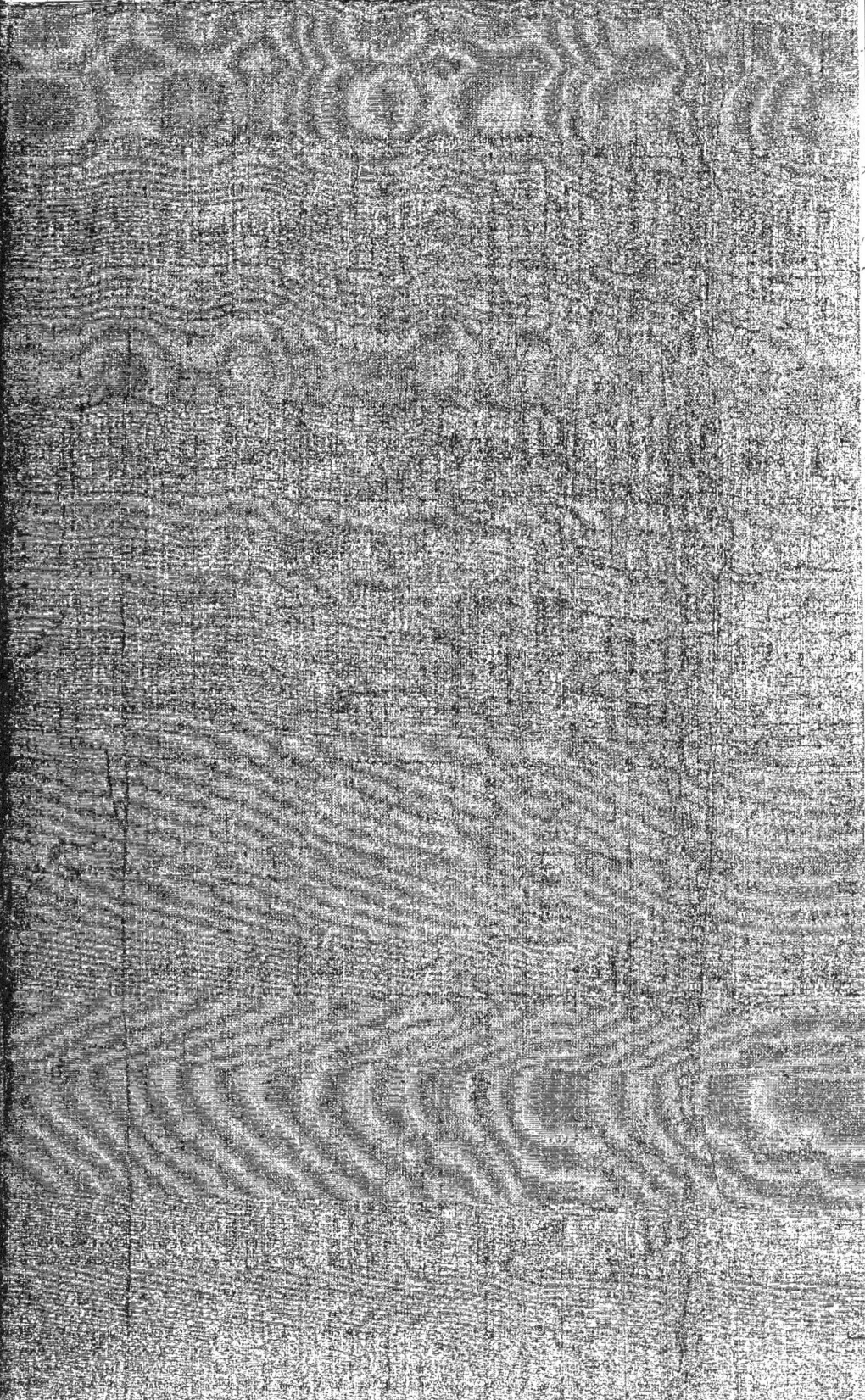

OEUVRES

COMPLETES

DE

VOLTAIRE.

OEUVRES

COMPLETES

DE

VOLTAIRE.

TOME QUARANTE-TROISIEME.

DE L'IMPRIMERIE DE LA SOCIÉTÉ LITTÉRAIRE-
TYPOGRAPHIQUE.

1 7 8 5.

DICTIONNAIRE

PHILOSOPHIQUE.

DICTIONNAIRE

PHILOSOPHIQUE.

Q.

QUAKERS.

SECTION PREMIERE.

De la religion des quakers. (*)

J'AI cru que la doctrine & l'hiftoire d'un peuple auffi extraordinaire que les quakers, méritaient la curiofité d'un homme raifonnable. Pour m'en inftruire, j'allai trouver un des plus célébres quakers d'Angleterre, qui, après avoir été trente ans dans le commerce, avait fu mettre des bornes à fa fortune & à fes défirs, & s'était retiré dans une campagne auprès de Londres. J'allai le chercher dans fa retraite; c'était une maifon petite, mais bien bâtie, & ornée de fa feule propreté. Le quaker (a) était un vieillard frais, qui n'avait jamais eu de maladie, parce qu'il n'avait jamais connu les

---

(*) Cet article & la plupart de ceux qui traitent de la philofophie ou de la littérature anglaife, parurent vers l'année 1727, lorfque l'auteur revint d'Angleterre. On fait combien ces ouvrages firent alors de bruit fous le titre de *Lettres philofophiques.*

(a) Il s'appelait *André Pitt*, & tout cela eft exactement vrai à quelques circonftances près. *André Pitt* écrivit depuis à l'auteur pour fe plaindre de ce qu'on avait ajouté un *peu* à la vérité, & l'affura que DIEU était offenfé de ce qu'on avait plaifanté les quakers.

paffions ni l'intempérance. Je n'ai point vu en ma vie
d'air plus noble ni plus engageant que le fien. Il était
vêtu comme tous ceux de fa religion, d'un habit fans
plis dans les côtés & fans boutons fur les poches ni
fur les manches, & portait un grand chapeau à bords
rabattus comme nos eccléfiaftiques. Il me reçut avec
fon chapeau fur la tête, & s'avança vers moi fans
faire la moindre inclination de corps; mais il y avait
plus de politeffe dans l'air ouvert & humain de fon
vifage, qu'il n'y en a dans l'ufage de tirer une jambe
derrière l'autre, & de porter à la main ce qui eft fait
pour couvrir la tête. Ami, me dit-il, je vois que tu es
étranger; fi je puis t'être de quelque utilité, tu n'as
qu'à parler. Monfieur, lui dis-je en me courbant le
corps, & en gliffant un pied vers lui felon notre
coutume; je me flatte que ma jufte curiofité ne vous
déplaira pas, & que vous voudrez bien me faire l'honneur de m'inftruire de votre religion. Les gens de ton
pays, me répondit-il, font trop de complimens & de
révérences; mais je n'en ai encore vu aucun qui ait
éu la même curiofité que toi. Entre, & dînons d'abord
enfemble. Je fis encore quelques mauvais complimens,
parce qu'on ne fe défait pas de fes habitudes tout d'un
coup; & après un repas fain & frugal, qui commença
& qui finit par une prière à DIEU, je me mis à interroger mon homme.

Je débutai par la queftion que de bons catholiques
ont fait plus d'une fois aux huguenots. Mon cher
monfieur, dis-je, êtes-vous baptifé? Non, me répondit le quaker; & mes confrères ne le font point.
Comment morbleu, repris-je, vous n'êtes donc pas
chrétiens? Mon ami, repartit-il d'un ton doux, ne

jure point : nous fommes chrétiens ; mais nous ne penfons pas que le chriftianifme confifte à jeter de l'eau fur la tête d'un enfant avec un peu de fel. Hé bon Dieu ! repris-je , outré de cette impiété , vous avez donc oublié que JESUS-CHRIST fut bapfifé par *Jean*? Ami, point de juremens, encore un coup, dit le benin quaker. Le CHRIST reçut le baptême de *Jean*, mais il ne baptifa jamais perfonne ; nous ne fommes pas les difciples de *Jean*, mais du CHRIST. Ah ! comme vous feriez brûlés par la fainte inquifition, m'écriai-je. Au nom de DIEU, cher homme, que je vous baptife ! S'il ne fallait que cela pour condefcendre à ta faibleffe, nous le ferions volontiers, repartit-il gravement: nous ne condamnons perfonne pour ufer de la cérémonie du baptême ; mais nous croyons que ceux qui profeffent une religion toute fainte & toute fpirituelle, doivent s'abftenir, autant qu'ils le peuvent, des cérémonies judaïques.

En voici bien d'une autre, m'écriai-je ; des cérémonies judaïques ! Oui, mon ami, continua-t-il, & fi judaïques que plufieurs juifs encore aujourd'hui ufent quelquefois du baptême de *Jean*. Confulte l'antiquité, elle t'apprendra que *Jean* ne fit que renouveler cette pratique, laquelle était en ufage long-temps avant lui parmi les Hébreux, comme le pélerinage de la Mecque l'était parmi les Ifmaëlites. JESUS voulut bien recevoir le baptême de *Jean*, de même qu'il était foumis à la circoncifion; mais, & la circoncifion & le lavement d'eau doivent être tous deux abolis par le baptême du CHRIST, ce baptême de l'efprit, cette ablution de l'ame qui fauve les hommes. Auffi le précurfeur *Jean* difait : *Je vous* *baptife à la vérité avec de l'eau ; mais un autre viendra après moi , plus puiffant que moi , & dont je ne fuis pas digne de porter les fandales ; celui-là vous baptifera avec le feu & le St Efprit.* Auffi le grand apôtre des gentils , *Paul ,* écrit aux Corinthiens : *Le Chrift ne m'a pas envoyé pour baptifer , mais pour prêcher l'évangile.* Auffi ce même *Paul* ne baptifa jamais avec de l'eau que deux perfonnes, encore fut-ce malgré lui. Il circoncit fon difciple *Timothée* : les autres apôtres circoncifaient auffi tous ceux qui voulaient l'être. Es-tu circoncis ? ajouta-t-il. Je lui répondis que je n'avais pas cet honneur. Hé bien , dit-il , ami , tu es chrétien fans être circoncis , & moi, fans être baptifé.

Voilà comme mon faint homme abufait affez fpé-cieufement de trois ou quatre paffages de la fainte Ecriture , qui femblaient favorifer fa fecte ; il oubliait, de la meilleure foi du monde , une centaine de paffages qui l'écrafaient. Je me gardai bien de lui rien contefter; il n'y a rien à gagner avec un enthoufiafte. Il ne faut pas s'avifer de dire à un homme les défauts de fa maîtreffe , ni à un plaideur le faible de fa caufe, ni des raifons à un illuminé. Ainfi je paffai à d'autres queftions.

A l'égard de la communion, lui dis-je , comment en ufez-vous ? Nous n'en ufons point , dit-il. Quoi ! point de communion ? Non, point d'autre que celle des cœurs. Alors il me cita encore les Ecritures ; il me fit un fort beau fermon contre la communion, & me parla d'un ton d'infpiré , pour me prouver que les facremens étaient tous d'invention humaine , & que le mot de *facrement* ne fe trouvait pas une feule fois dans l'évangile. Pardonne , dit-il , à mon ignorance ;

je ne t'ai pas apporté la centième partie des preuves de ma religion ; mais tu peux les voir dans l'expofition de notre foi par *Robert Barclay*. C'eft un des meilleurs livres qui foit jamais forti de la main des hommes ; nos ennemis conviennent qu'il eft très-dangereux ; cela prouve combien il eft raifonnable. Je lui promis de lire ce livre, & mon quaker me crut déjà converti.

Enfuite il me rendit raifon, en peu de mots, de quelques fingularités qui expofent cette feéte au mépris des autres. Avoue, dit-il, que tu as bien eu de la peine à t'empêcher de rire, quand j'ai répondu à toutes tes civilités avec mon chapeau fur la tête, & en te tutoyant. Cependant tu me parais trop inftruit pour ignorer que du temps de C H R I S T aucune nation ne tombait dans le ridicule de fubftituer le pluriel au fingulier : on difait à *Céfar Augufte* : *Je t'aime, je te prie, je te remercie* ; il ne fouffrait pas même qu'on l'appelât monfieur, *dominus*. Ce ne fut que long-temps après lui que les hommes s'avifèrent de fe faire appeler *vous* au lieu de *tu*, comme s'ils étaient doubles, & d'ufurper les titres impertinens de *grandeur*, d'*éminence*, de *fainteté*, de *divinité* même, que des vers de terre donnent à d'autres vers de terre, en les affurant qu'ils font avec *un profond refpeét*, & avec une fauffeté infame, *leurs très-humbles & très-obéiffans ferviteurs*. C'eft pour être plus fûr nos gardes contre cet indigne commerce de menfonges & de flatteries, que nous tutoyons également les rois & les charbonniers, que nous ne faluons perfonne, n'ayant pour les hommes que de la charité, & du refpeét que pour les lois.

Nous portons auffi un habit un peu différent des autres hommes, afin que ce foit pour nous un

avertiffement continuel de ne leur pas reffembler. Les
autres portent les marques de leurs dignités, & nous
celles de l'humilité chrétienne. Nous fuyons les affemblées de plaifirs, les fpectacles, le jeu; car nous ferions
bien à plaindre de remplir de ces bagatelles des
cœurs en qui DIEU doit habiter. Nous ne fefons
jamais de fermens, pas même en juftice; nous penfons que le nom du Très-Haut ne doit pas être
proftitué dans les débats miférables des hommes.
Lorfqu'il faut que nous comparaiffions devant les
magiftrats pour les affaires des autres, (car nous
n'avons jamais de procès) nous affirmons la vérité
par un *oui* ou par un *non*; & les juges nous en croient
fur notre fimple parole, tandis que tant d'autres
chrétiens fe parjurent fur l'évangile. Nous n'allons
jamais à la guerre : ce n'eft pas que nous craignions
la mort, au contraire, nous béniffons le moment qui
nous unit à l'être des êtres ; mais c'eft que nous ne
fommes ni loups, ni tigres, ni dogues, mais hommes,
mais chrétiens. Notre Dieu, qui nous a ordonné
d'aimer nos ennemis, & de fouffrir fans murmure,
ne veut pas, fans doute, que nous paffions la mer
pour aller égorger nos frères, parce que des meurtriers vêtus de rouge, coiffés d'un bonnet haut de
deux pieds, enrôlent des citoyens en fefant du bruit
avec deux petits bâtons fur une peau d'âne bien tendue.
Et, lorfqu'après des batailles gagnées, tout Londres
brille d'illuminations, que le ciel eft enflammé de
fufées, que l'air retentit du bruit des actions de grâces,
des cloches, des orgues, des canons, nous gémiffons
en filence fur ces meurtres qui caufent la publique
alégreffe.

Telle fut à peu près la converfation que j'eus avec cet homme fingulier; mais je fus bien furpris quand le dimanche fuivant il me mena à l'églife des quakers. Ils ont plufieurs chapelles à Londres; celle où j'allai eft près de ce fameux pilier que l'on appelle *le monument*. On était déjà affemblé, lorfque j'entrai avec mon conducteur. Il y avait environ quatre cents hommes dans l'églife, & trois cents femmes. Les femmes fe cachaient le vifage, les hommes étaient couverts de leurs larges chapeaux; tous étaient affis, tous dans un profond filence. Je paffai au milieu d'eux fans qu'un feul levât les yeux fur moi. Ce filence dura un quart d'heure; enfin un d'eux fe leva, ôta fon chapeau, & après quelques foupirs, débita moitié avec la bouche, moitié avec le nez, un galimatias tiré, à ce qu'il croyait, de l'évangile, où ni lui ni perfonne n'entendait rien. Quand ce fefeur de contorfions eut fini fon beau monologue, & que l'affemblée fe fut féparée toute édifiée & toute ftupide, je demandai à mon homme pourquoi les plus fages d'entr'eux fouffraient de pareilles fottifes? Nous fommes obligés de les tolérer, me dit-il, parce que nous ne pouvons pas favoir fi un homme qui fe lève pour parler fera infpiré par l'efprit ou par la folie. Dans le doute, nous écoutons tout patiemment, nous permettons même aux femmes de parler; deux ou trois de nos dévotes fe trouvent fouvent infpirées à la fois, & c'eft alors qu'il fe fait un beau bruit dans la maifon du Seigneur. Vous n'avez donc point de prêtres? lui dis-je. Non, mon ami, dit le quaker; & nous nous en trouvons bien. Alors ouvrant un livre de fa fecte, il lut avec emphafe ces paroles : A Dieu ne plaife que

nous oſions ordonner à quelqu'un de recevoir le Saint-
Eſprit le dimanche, à l'excluſion de tous les autres
fidelles! Grâce au ciel, nous ſommes les ſeuls ſur la
terre qui n'ayons point de prêtres. Voudrais-tu nous
ôter une diſtinction ſi heureuſe? Pourquoi abandon-
nerons-nous notre enfant à des nourrices mercenaires,
quand nous avons du lait à lui donner? Ces mercenaires domineraient bientôt dans la maiſon, & oppri-
meraient la mère & l'enfant. DIEU a dit: Vous avez
reçu gratis, donnez gratis. Irons-nous après cette
parole marchander l'évangile, vendre l'Eſprit-ſaint,
& faire d'une aſſemblée de chrétiens une boutique de
marchands? Nous ne donnons point d'argent à des
hommes vêtus de noir pour aſſiſter nos pauvres, pour
enterrer nos morts, pour prêcher les fidelles; ces
ſaints emplois nous ſont trop chers pour nous en
décharger ſur d'autres. Mais comment pouvez-vous
diſcerner, inſiſtai-je, ſi c'eſt l'eſprit de DIEU qui vous
anime dans vos diſcours? Quiconque, dit-il, priera
DIEU de l'éclairer, & annoncera des vérités évangé-
liques qu'il ſentira, que celui-là ſoit ſûr que DIEU
l'inſpire. Alors il m'accabla de citations de l'Ecriture,
qui démontraient, ſelon lui, qu'il n'y a point de
chriſtianiſme ſans une révélation immédiate; & il
ajouta ces paroles remarquables: Quand tu fais mou-
voir un de tes membres, eſt-ce ta propre force qui le
remue? non, ſans doute; car ce membre a ſouvent
des mouvemens involontaires: c'eſt donc celui qui a
créé ton corps qui meut ce corps de terre. Et les idées
que reçoit ton ame, eſt-ce toi qui les forme? encore
moins, car elles viennent malgré toi: c'eſt donc le
créateur de ton ame qui te donne tes idées; mais

comme il a laiffé à ton cœur la liberté, il donne à
ton efprit les idées que ton cœur mérite; tu vis dans
DIEU, tu agis, tu penfes dans DIEU. Tu n'as donc
qu'à ouvrir les yeux à cette lumière qui éclaire tous
les hommes, alors tu verras la vérité, & la feras voir.
Hé! voilà le père *Mallebranche* tout pur, m'écriai-je.
Je connais ton *Mallebranche*, dit-il ; il était un peu
quaker, mais il ne l'était pas affez.

Ce font-là les chofes les plus importantes que j'ai
apprifes touchant la doctrine des quakers. Dans le
chapitre fuivant vous aurez leur hiftoire que vous
trouverez encore plus fingulière que leur doctrine.

S E C T I O N I I.

Hiftoire des quakers.

Vous avez déjà vu que les quakers datent depuis
JESUS-CHRIST qui, felon eux, eft le premier quaker.
La religion, difent-ils, fut corrompue prefque après
fa mort, & refta dans cette corruption environ feize
cents années; mais il y avait toujours quelques quakers
cachés dans le monde, qui prenaient foin de conferver
le feu facré éteint par-tout ailleurs, jufqu'à ce qu'enfin
cette lumière s'étendit en Angleterre en l'an 1642.

Ce fut dans le temps que trois ou quatre fectes
déchiraient la Grande-Bretagne par des guerres civiles
entreprifes au nom de DIEU, qu'un nommé *George*
Fox, du comté de Leicefter, fils d'un ouvrier en foie,
s'avifa de prêcher en vrai apôtre, à ce qu'il prétendait;
c'eft-à-dire fans favoir ni lire ni écrire. C'était un

jeune homme de vingt-cinq ans, de mœurs irrépro-
chables, & faintement fou. Il était vêtu de cuir depuis
les pieds jufqu'à la tête; il allait de village en village,
criant contre la guerre & contre le clergé. S'il n'avait
prêché que contre les gens de guerre, il n'avait rien
à craindre; mais il attaquait les gens d'églife, il fut
bientôt mis en prifon : on le mena à Darby devant
le juge de paix. *Fox* fe préfenta au juge avec fon
bonnet de cuir fur la tête. Un fergent lui donna un
grand foufflet, en lui difant : Gueux, ne fais-tu pas
qu'il faut paraître tête nue devant monfieur le juge. *Fox*
tendit l'autre joue, & pria le fergent de vouloir bien
lui donner un autre foufflet pour l'amour de DIEU.
Le juge de Darby voulut lui faire prêter ferment
avant de l'interroger : Mon ami, fache, dit-il au
juge, que je ne prends jamais le nom de DIEU en
vain. Le juge en colère d'être tutoyé, & voulant qu'on
jurât, l'envoya aux petites-maifons de Darby pour ÿ
être fouetté. *Fox* alla en louant DIEU à l'hôpital des
fous, où l'on ne manqua pas d'exécuter la fentence
à la rigueur. Ceux qui lui infligèrent la pénitence du
fouet furent bien furpris quand il les pria de lui
appliquer encore quelques coups de verges pour le
bien de fon ame. Ces meffieurs ne fe firent pas prier :
Fox eut fa double dofe, dont il les remercia très-cor-
dialement; puis il fe mit à les prêcher. D'abord on
rit, enfuite on l'écouta; & comme l'enthoufiafme eft
une maladie qui fe gagne, plufieurs furent perfuadés,
& ceux qui l'avaient fouetté devinrent fes premiers
difciples. Délivré de la prifon, il courut les champs
avec une douzaine de profélytes, prêchant toujours
contre le clergé, & fouetté de temps en temps. Un

jour étant mis au pilori, il harangua tout le peuple avec tant de force, qu'il convertit une cinquantaine d'auditeurs, & mit le refte tellement dans fes intérêts, qu'on le tira en tumulte du trou où il était; on alla chercher le curé anglican dont le crédit avait fait condamner *Fox* à ce fupplice, & on le pilloria à fa place.

Il ofa bien convertir quelques foldats de *Cromwell*, qui renoncèrent au métier de tuer, & refufèrent de prêter le ferment. *Cromwell* ne voulait pas d'une fecte où l'on ne fe battait point, de même que *Sixte-Quint* augurait mal d'une fecte, *dove non fi chiavava* : il fe fervit de fon pouvoir pour perfécuter ces nouveaux venus. On en rempliffait les prifons; mais les perfécutions ne fervent prefque jamais qu'à faire des profélytes. Ils fortaient de leurs prifons affermis dans leur créance, & fuivis de leurs geoliers qu'ils avaient convertis. Mais voici ce qui contribua le plus à étendre la fecte. *Fox* fe croyait infpiré; il crut par conféquent devoir parler d'une manière différente des autres hommes. Il fe mit à trembler, à faire des contorfions & des grimaces, à retenir fon haleine, à la pouffer avec violence; la prêtreffe de Delphes n'eût pas mieux fait. En peu de temps il acquit une grande habitude d'infpiration, & bientôt après il ne fut guère en fon pouvoir de parler autrement. Ce fut le premier don qu'il communiqua à fes difciples. Ils firent de bonne foi toutes les grimaces de leur maître; ils tremblaient de toutes leurs forces au moment de l'infpiration. De-là ils eurent le nom de *quakers*, qui fignifie *trembleurs*. Le petit peuple s'amufait à les contrefaire; on tremblait, on parlait du nez, on avait des convulfions, & on croyait avoir le St Efprit. Il leur fallait quelques miracles, ils en firent.

Le patriarche *Fox* dit publiquement à un juge de paix, en préfence d'une grande affemblée : Ami, prends garde à toi, DIEU te punira bientôt de perfécuter les faints. Ce juge était un ivrogne qui s'enivrait tous les jours de mauvaife bière & d'eau-de-vie ; il mourut d'apoplexie deux jours après, précifément comme il venait de figner un ordre pour envoyer quelques quakers en prifon. Cette mort foudaine ne fut point attribuée à l'intempérance du juge ; tout le monde la regarda comme un effet des prédictions du faint homme. Cette mort fit plus de quakers que mille fermons & autant de convulfions n'en auraient pu faire. *Cromwell* voyant que leur nombre augmentait tous les jours, voulut les attirer à fon parti ; il leur fit offrir de l'argent, mais ils furent incorruptibles ; & il dit un jour que cette religion était la feule contre laquelle il n'avait pu prévaloir avec des guinées.

Ils furent quelquefois perfécutés fous *Charles II*, non pour leur religion, mais pour ne vouloir pas payer les dixmes au clergé, pour tutoyer les magif-trats, & refufer de prêter les fermens prefcrits par la loi. Enfin *Robert Barclay*, écoffais, préfenta au roi, en 1675, fon *apologie des quakers*, ouvrage auffi bon qu'il pouvait l'être. L'épître dédicatoire à *Charles II* contient non de baffes flatteries, mais des vérités hardies & des confeils juftes. Tu as goûté, dit-il à *Charles* à la fin de cette épître, de la douceur & de l'amertume, de la profpérité & des plus grands mal-heurs : tu as été chaffé des pays où tu règnes ; tu as fenti le poids de l'oppreffion ; & tu dois favoir combien l'oppreffeur eft déteftable devant DIEU & devant les hommes. Que fi après tant d'épreuves & de bénédictions ton cœur s'endurciffait & oubliait le Dieu qui s'eft fouvenu de toi dans tes difgraces, ton crime en ferait plus grand, & ta condamnation plus terrible : au lieu donc d'écouter les flatteurs de ta cour, écoute la voix de ta confcience qui ne te flattera jamais.

Je fuis ton fidelle ami & fujet,

BARCLAY.

Ce qui eft plus étonnant, c'eft que cette lettre écrite à un roi, par un particulier obfcur, eut fon effet, & que la perfécution ceffa.

Environ ce temps parut l'illuftre *Guillaume Pen*, qui établit la puiffance des quakers en Amérique, & qui les aurait rendus refpectables en Europe, fi les hommes pouvaient refpecter la vertu fous des apparences ridicules. Il était fils unique du chevalier *Pen*, vice-amiral d'Angleterre, & favori du duc d'Yorck depuis *Jacques II.*

Guillaume Pen, à l'âge de quinze ans, rencontra un quaker à Oxford où il fefait fes études : ce quaker le perfuada ; & le jeune homme qui était vif, naturellement éloquent, & qui avait de l'afcendant dans fa phyfionomie & dans fes manières, gagna bientôt quelques-uns de fes camarades : il établit infenfiblement une fociété de jeunes quakers, qui s'affemblaient chez lui ; de forte qu'il fe trouva chef de la fecte à l'âge de feize ans. De retour chez le vice-amiral fon père, au fortir du collége, au lieu de fe mettre à genoux devant lui, & de lui demander fa bénédiction, felon l'ufage des Anglais, il l'aborda le chapeau fur la tête, & lui dit : Je fuis fort aife, l'ami, de te voir en bonne fanté. Le vice-amiral crut que fon fils était devenu fou : il aperçut bientôt qu'il était quaker. Il mit en ufage tous les moyens que la prudence humaine peut employer pour l'engager à vivre comme un autre ; le jeune homme ne répondit à fon père, qu'en l'exhortant à fe faire quaker lui-même. Enfin le père fe relâcha à ne lui demander autre chofe, finon qu'il allât voir le roi & le duc d'Yorck le chapeau fous le bras, & qu'il ne les tutoyât point. *Guillaume* répondit que fa confcience ne le lui permettait pas, & qu'il valait mieux obéir à DIEU qu'aux hommes. Le père indigné & au défefpoir le chaffa de fa maifon. Le jeune *Pen* remercia DIEU de ce qu'il fouffrait déjà pour fa caufe ; il alla prêcher dans la cité ; il y fit beaucoup de profélytes. Les prêches des miniftres s'éclairciffaient tous les jours ; & comme il était jeune, beau & bien fait, les femmes de la cour & de la ville accouraient dévotement pour l'entendre. Le patriarche *George Fox* vint du fond de l'Angleterre le voir à Londres, fur fa réputation ; tous deux réfolurent de faire des miffions dans les pays étrangers : ils s'embarquèrent pour la Hollande, après avoir laiffé des ouvriers en affez bon nombre, pour avoir foin de la vigne de Londres.

Leurs travaux eurent un heureux fuccès à Amfter-dam : mais ce qui leur fit le plus d'honneur, & ce qui mit le plus leur humilité en danger, fut la réception que leur fit la princeffe palatine *Elifabeth*, tante de *George I* roi d'Angleterre, femme illuftre par fon efprit & par fon favoir, & à qui *Defcartes* avait dédié fon roman de philofophie. Elle était alors retirée à la Haye, où elle vit *les amis* ; car c'eft ainfi qu'on appelait alors

les

les quakers en Hollande. Elle eut plufieurs conférences avec eux; ils prêchèrent fouvent chez elle ; & s'ils ne firent pas d'elle une parfaite quakereffe, ils avouèrent au moins, qu'elle n'était pas loin du royaume des cieux. Les amis femèrent auffi en Allemagne ; mais ils y recueillirent peu ; on ne goûta pas la mode de tutoyer, dans un pays où il faut prononcer toujours les termes d'*alteffe* & d'*excellence*. *Pen* repaffa bientôt en Angleterre, fur la nouvelle de la maladie de fon père ; il vint recueillir fes derniers foupirs. Le vice-amiral fe réconcilia avec lui, & l'embraffa avec tendreffe, quoiqu'il fût d'une différente religion : mais *Guillaume* l'exhorta en vain à ne point recevoir le facrement & à mourir quaker ; & le vieux bon-homme recommanda inutilement à *Guillaume* d'avoir des boutons fur fes manches & des gances à fon chapeau.

Guillaume hérita de grands biens, parmi lefquels il fe trouvait des dettes de la couronne pour des avances faites par le vice-amiral dans des expéditions maritimes. Rien n'était moins affuré alors que l'argent dû par le roi. *Pen* fut obligé d'aller tutoyer *Charles II* & fes miniftres, plus d'une fois, pour fon payement. Le gouvernement lui donna en 1680, au lieu d'argent, la propriété & la fouveraineté d'une province d'Amérique au fud de Mariland. Voilà un quaker devenu fouverain. Il partit pour fes nouveaux Etats, avec deux vaiffeaux chargés de quakers qui le fuivirent. On appela dès-lors le pays *Penfilvanie* du nom de *Pen ;* il y fonda la ville de Philadelphie, qui eft aujourd'hui très-floriffante. Il commença par faire une ligue avec les Américains fes voifins. C'eft le feul traité entre ces peuples & les chrétiens qui n'ait point été juré &

qui n'ait point été rompu. Le nouveau souverain fut aussi le législateur de la Pensilvanie : il donna des lois très-sages, dont aucune n'a été changée depuis lui. La première est de ne maltraiter personne au sujet de la religion, & de regarder comme frères tous ceux qui croient un DIEU. A peine eut-il établi son gouvernement, que plusieurs marchands de l'Amérique vinrent peupler cette colonie. Les naturels du pays, au lieu de fuir dans les forêts, s'accoutumèrent insensiblement avec les pacifiques quakers. Autant qu'ils détestaient les autres chrétiens conquérans & destructeurs de l'Amérique, autant ils aimaient ces nouveaux venus. En peu de temps ces prétendus sauvages, charmés de leurs nouveaux voisins, vinrent en foule demander à *Guillaume Pen* de les recevoir au nombre de ses vassaux. C'était un spectacle bien nouveau qu'un souverain que tout le monde tutoyait, & à qui on parlait le chapeau sur la tête ; un gouvernement sans prêtres, un peuple sans armes, des citoyens tous égaux à la magistrature près, & des voisins sans jalousie. *Guillaume Pen* pouvait se vanter d'avoir apporté sur la terre l'âge d'or, dont on parle tant, & qui n'a vraisemblablement existé qu'en Pensilvanie.

Il revint en Angleterre pour les affaires de son nouveau pays, après la mort de *Charles II.* Le roi *Jacques*, qui avait aimé son père, eut la même affection pour le fils, & ne le considéra plus comme un sectaire obscur, mais comme un très-grand homme. La politique du roi s'accordait en cela avec son goût. Il avait envie de flatter les quakers en abolissant les lois contre les non-conformistes, afin de pouvoir introduire la religion catholique à la faveur de cette liberté. Toutes les fectes d'Angleterre virent le piége, & ne s'y laifsèrent pas prendre ; elles font toujours réunies contre le catho-licifme, leur ennemi commun. Mais *Pen* ne crut pas devoir renoncer à fes principes, pour favorifer des proteftans qui le haïffaient, contre un roi qui l'aimait. Il avait établi la liberté de confcience en Amérique, il n'avait pas envie de vouloir paraître la détruire en Europe; il demeura donc fidelle à *Jacques II*, au point qu'il fut généralement accufé d'être jéfuite. Cette calomnie l'affligea fenfiblement : il fut obligé de s'en juftifier par des écrits publics. Cependant le malheureux *Jacques II* qui, comme prefque tous les *Stuarts*, était un compofé de grandeur & de faibleffe, & qui, comme eux, en fit trop & trop peu, perdit fon royaume fans qu'il y eût une épée de tirée, & fans qu'on pût dire comment la chofe arriva. Toutes les fectes anglaifes reçurent de *Guillaume III* & de fon parlement, cette même liberté qu'elles n'avaient pas voulu tenir des mains de *Jacques*. Ce fut alors que les quakers com-mencèrent à jouir par la force des lois de tous les priviléges dont ils font en poffeffion aujourd'hui. *Pen*, après avoir vu enfin fa fecte établie fans contradiction dans le pays de fa naiffance, retourna en Penfilvanie. Les fiens & les Américains le reçurent avec des larmes de joie, comme un père qui revenait voir fes enfans. Toutes fes lois avaient été religieufement obfervées pendant fon abfence ; ce qui n'était arrivé à aucun légiflateur avant lui. Il refta quelques années à Phila-delphie : il en partit enfin malgré lui, pour aller folliciter à Londres de nouveaux avantages en faveur du commerce des Penfilvains ; il ne les revit plus, il mourut à Londres en 1718.

Ce fut fous le règne de *Charles II* qu'ils obtinrent le noble privilége de ne jamais jurer, & d'être crus en juftice fur leur parole. Le chancelier, homme d'efprit, leur parla ainfi : ,, Mes amis, *Jupiter* ordonna ,, un jour que toutes les bêtes de fomme vinffent fe ,, faire ferrer. Les ânes repréfentèrent que leur loi ne ,, le permettait pas. Hé bien, dit *Jupiter*, on ne vous ,, ferrera point; mais au premier faux pas que vous ,, ferez, vous aurez cent coups d'étrivières. ,,

Je ne puis deviner quel fera le fort de la religion des quakers en Amérique ; mais je vois qu'elle dépérit tous les jours à Londres. Par tout pays la religion dominante, quand elle ne perfécute point, engloutit à la longue toutes les autres. Les quakers ne peuvent être membres du parlement, ni pofféder aucun office, parce qu'il faudrait prêter ferment & qu'ils ne veulent point jurer; ils font réduits à la néceffité de gagner de l'argent par le commerce. Leurs enfans, enrichis par l'induftrie de leurs pères, veulent jouir, avoir des honneurs, des boutons & des manchettes; ils font honteux d'être appelés *quakers*, & fe font proteftans pour être à la mode.

S E C T I O N I I I.

Quaker ou Qouacre, ou primitif, ou membre de la primitive Eglife chrétienne, ou Penfilvanien, ou Philadelphien.

DE tous ces titres, celui que j'aime le mieux eft celui de Philadelphien, *ami des frères.* Il y a bien des fortes de vanité ; mais la plus belle eft celle qui ne s'arrogeant aucun titre, rend prefque tous les autres ridicules.

Je m'accoutume bientôt à voir un bon Philadelphien me traiter d'ami & de frère ; ces mots raniment dans mon cœur la charité, qui fe refroidit trop aifément. Mais que deux moines s'appellent, s'écrivent, votre révérence ; qu'ils fe faffent baifer la main en Italie & en Efpagne ; c'eft le dernier degré d'un orgueil en démence ; c'eft le dernier degré de fottife dans ceux qui la baifent ; c'eft le dernier degré de la furprife & du rire dans ceux qui font témoins de ces inepties. La fimplicité du Philadelphien eft la fatire continuelle des évêques qui fe monfeigneurifent.

N'avez-vous point de honte, difait un laïque au fils d'un manœuvre, devenu évêque, de vous intituler monfeigneur & prince ? eft-ce ainfi qu'en ufaient *Barnabé*, *Philippe* & *Jude* ? Va, va, dit le prélat, fi *Barnabé*, *Philippe* & *Jude* l'avaient pu, ils l'auraient fait ; & la preuve en eft, que leurs fucceffeurs l'ont fait dès qu'ils l'ont pu.

Un autre, qui avait un jour à fa table plufieurs gafcons, difait : Il faut bien que je fois monfeigneur, puifque tous ces meffieurs font marquis. *Vanitas vanitatum*.

J'ai déjà parlé des quakers à l'article *Eglife primitive*, & c'eft pour cela que j'en veux parler encore. Je vous prie, mon cher lecteur, de ne point dire que je me répète ; car s'il y a deux ou trois pages répétées dans ce Dictionnaire, ce n'eft pas ma faute ; c'eft celle des éditeurs. Je fuis malade au mont Krapac, je ne puis pas avoir l'œil à tout J'ai des affociés qui travaillent comme moi à la vigne du Seigneur, qui cherchent à infpirer la paix & la tolérance , l'horreur pour le fanatifme , la perfécution , la calomnie , la dureté de mœurs , & l'ignorance infolente.

Je vous dirai , fans me répéter , que j'aime les quakers. Oui , fi la mer ne me fefait pas un mal infupportable , ce ferait dans ton fein , ô Penfilvanie ! que j'irais finir le refte de ma carrière , s'il y a du refte. Tu es fituée au quarantième degré , dans le climat le plus doux & le plus favorable ; tes campagnes font fertiles ; tes maifons commodément bâties ; tes habitans induftrieux ; tes manufactures en honneur. Une paix éternelle règne parmi tes citoyens ; les crimes y font prefque inconnus ; & il n'y a qu'un feul exemple d'un homme banni du pays. Il le méritait bien ; c'était un prêtre anglican qui s'étant fait quaker, fut indigne de l'être. Ce malheureux fut fans doute poffédé du diable ; car il ofa prêcher l'intolérance : il s'appelait *George Keith :* on le chaffa ; je ne fais pas où il eft allé ; mais puiffent tous les intolérans aller avec lui !

Auffi de trois cents mille habitans qui vivent heureux chez toi, il y a deux cents mille étrangers. On peut , pour douze guinées , acquérir cent arpens de très-bonne terre ; & dans ces cent arpens on eft vérita-blement roi, car on eft libre , on eft citoyen ; vous ne pouvez faire de mal à perfonne , & perfonne ne peut vous en faire ; vous penfez ce qu'il vous plaît , & vous le dites fans que perfonne vous perfécute ; vous ne connaiffez point le fardeau des impôts , continuelle-ment redoublé ; vous n'avez point de cour à faire ; vous ne redoutez point l'infolence d'un fubalterne important. Il eft vrai qu'au mont Krapac nous vivons à peu près comme vous ; mais nous ne devons la tranquillité dont nous jouiſſons qu'aux montagnes couvertes de neiges éternelles, & aux précipices affreux qui entourent notre paradis terreſtre. Encore le diable quelquefois franchit-il, comme dans *Milton*, ces précipices & ces monts épouvantables, pour venir infecter de ſon haleine empoiſonnée les fleurs de notre paradis. *Satan* s'était déguiſé en crapaud pour venir tromper deux créatures qui s'aimaient. Il eſt venu une fois chez nous dans ſa propre figure pour apporter l'intolérance. Notre innocence a triomphé de toute la fureur du diable.

QUESTION, TORTURE.

J'AI toujours préſumé que la queſtion, la torture avait été inventée par des voleurs, qui étant entrés chez un avare, & ne trouvant point ſon tréſor, lui firent ſouffrir mille tourmens juſqu'à ce qu'il le découvrît.

On a dit ſouvent que la queſtion était un moyen de ſauver un coupable robuſte, & de perdre un innocent trop faible ; que chez les Athéniens on ne donnait la queſtion que dans les crimes d'Etat ; que les Romains n'appliquèrent jamais à la torture un citoyen romain pour ſavoir ſon ſecret.

Que le tribunal abominable de l'inquiſition renouvela ce ſupplice, & que par conſéquent il doit être en horreur à toute la terre.

Qu'il eſt auſſi abſurde d'infliger la torture pour parvenir à la connaiſſance d'un crime, qu'il était abſurde d'ordonner autrefois le duel pour juger un

B 4

coupable; car souvent le coupable était vainqueur, & souvent le coupable vigoureux & opiniâtre résiste à la question, tandis que l'innocent débile y succombe.

Que cependant le duel était appelé le *jugement de* DIEU, & qu'il ne manque plus que d'appeler la torture le *jugement de* DIEU.

Que la torture est un supplice plus long & plus douloureux que la mort; qu'ainsi on punit l'accusé avant d'être certain de son crime, & qu'on le punit plus cruellement qu'en le fesant mourir.

Que mille exemples funestes ont dû désabuser les législateurs de cet usage affreux.

Que cet usage est aboli dans plusieurs pays de l'Europe, & qu'on voit moins de grands crimes dans ces pays, que dans le nôtre où la torture est pratiquée.

On demande après cela pourquoi la torture est toujours admise chez les Français qui passent pour un peuple doux & agréable?

On répond que cet affreux usage subsiste encore parce qu'il est établi; on avoue qu'il y a beaucoup de personnes douces & agréables en France, mais on nie que le peuple soit humain.

Si on donne la question à des *Jacques Clément*, à des *Jean Châtel*, à des *Ravaillac*, à des *Damiens*, personne ne murmurera; il s'agit de la vie d'un roi & du salut de tout l'Etat. (1) Mais que des juges d'Abbeville condamnent à la torture un jeune officier

---

(1) Lorsque l'impératrice-reine demanda sur cet objet l'avis des juris-consultes les plus éclairés de ses Etats; celui qui proposa d'abolir la torture, crut devoir soutenir que le seul cas pour lequel elle pût être conservée, était le crime de lèse-majesté. L'impératrice lut son livre & abolit la torture sans aucune réserve. Une souveraine a osé faire plus qu'un philosophe n'avait osé dire.

pour favoir quels font les enfans qui ont chanté avec lui une vieille chanfon, qui ont paffé devant une proceffion de capucins fans ôter leur chapeau ; j'ofe prefque dire que cette horreur perpétrée dans un temps de lumières & de paix, eft pire que les maffacres de la St Barthelemi commis dans les ténèbres du fanatifme.

Nous l'avons déjà infinué ; & nous voudrions le graver bien profondément dans tous les cerveaux & dans tous les cœurs.

Q U E T E.

L'O N compte quatre-vingt-dix-huit ordres monaftiques dans l'Eglife ; foixante-quatre qui font rentés, & trente-quatre qui vivent de quête, *fans aucune obligation*, difent-ils, *de travailler, ni corporellement ni fpirituellement, pour gagner leur vie ; mais feulement pour éviter l'oifiveté : & comme feigneurs directs de tout le monde, & participans à la fouveraineté de* DIEU *en l'empire de l'univers, ils ont droit de vivre aux dépens du public, fans faire que ce qu'il leur plaira.*

Ces propres paroles fe lifent dans un livre très-curieux intitulé : *Les heureux fuccés de la piété ;* & les raifons qu'en allégue l'auteur ne font pas moins convaincantes. ,, Depuis, dit-il, que le cénobite a ,, confacré à JESUS-CHRIST le droit de fe fervir des ,, biens temporels, le monde ne poffède plus rien ,, qu'à fon refus ; & il voit les royaumes & les fei,, gneuries comme des ufages que fa libéralité a ,, laiffés en fief. C'eft ce qui le rend feigneur du

,, monde , poffédant tout par un domaine direct ,
,, parce que s'étant rendu une poffeffion de JESUS-
,, CHRIST par le vœu, & le poffédant , il prend aucu-
,, nement (en quelque manière) part à fa fouverai-
,, neté. Le religieux a même cet avantage fur le
,, prince, qu'il ne lui faut point d'armes pour lever
,, ce que le peuple doit à fon exercice : il poffède
,, les affections devant que de recevoir les libéralités ,
,, & fon empire s'étend plus fur les cœurs que fur
,, les biens. ,,

Ce fut *François d'Affife* qui , l'an 1209 , imagina
cette nouvelle manière de vivre de quête ; mais voici
ce que porte fa règle. (*a*) Les frères à qui DIEU en
a donné le talent travailleront fidellement , en forte
qu'ils évitent l'oifiveté fans éteindre l'efprit d'oraifon ;
& pour récompenfe de leur travail ils recevront leurs
befoins corporels pour eux & pour leurs frères , fuivant l'humilité & la pauvreté ; mais ils ne recevront
point d'argent. Les frères n'auront rien en propre ,
ni maifon, ni lieu, ni autre chofe ; mais fe regardant comme étrangers en ce monde , ils iront avec
confiance demander l'aumône.

Remarquons , avec le judicieux *Fleuri* , que fi les
inventeurs des nouveaux ordres mendians n'étaient
pas canonifés pour la plupart, on pourrait les foup-
çonner de s'être laiffé féduire à l'amour-propre , &
d'avoir voulu fe diftinguer par leur raffinement au-
deffus des autres. Mais fans préjudice de leur fainteté ,
on peut librement attaquer leurs lumières ; & le pape
Innocent III avait raifon de faire difficulté d'approuver
le nouvel inftitut de *S*^t *François ;* & plus encore le

(*a*) Chap. 5 & 6.

concile de Latran, tenu en 1215, de défendre de nouvelles religions, c'est-à-dire de nouveaux ordres ou congrégations.

Cependant, comme au treizième siècle l'on était touché des désordres que l'on avait devant les yeux, de l'avarice du clergé, de son luxe, de sa vie molle & voluptueuse qui avait gagné les monastères rentés, l'on fut si frappé de ce renoncement à la possession des biens temporels en particulier & en commun, qu'au chapitre général que S*t* *François* tint près d'Assise en 1219, où il se trouva plus de cinq mille frères mineurs qui campèrent en rase campagne, ils ne manquèrent de rien par la charité des villes voisines. On voyait accourir de tous les pays les ecclésiastiques, les laïques, la noblesse, le petit peuple, & non-seulement leur fournir les choses nécessaires, mais s'empresser à les servir de leurs propres mains avec une sainte émulation d'humilité & de charité.

S*t* *François*, par son testament, avait fait une défense expresse à ses disciples de demander au pape aucun privilége, & de donner aucune explication à sa règle; mais quatre ans après sa mort, dans un chapitre assemblé l'an 1230, ils obtinrent du pape *Grégoire IX* une bulle qui déclare qu'ils ne sont point obligés à l'observation de son testament, & qui explique la règle en plusieurs articles. Ainsi le travail des mains, si recommandé dans l'Ecriture, & si bien pratiqué par les premiers moines, est devenu odieux; & la mendicité, odieuse auparavant, est devenue honorable.

Aussi trente ans après la mort de S*t* *François*, on remarquait déjà un relâchement extrême dans les ordres de fa fondation. Nous n'en citerons pour preuve que le témoignage de *St Bonaventure* qui ne peut être fufpect. C'eft dans la lettre qu'il écrivit en 1257, étant général de l'ordre, à tous les provinciaux & les gardiens. Cette lettre eft dans fes opufcules, tome II, page 352. Il fe plaint de la multitude des affaires pour lefquelles ils requéraient de l'argent, de l'oifiveté de divers frères, de leur vie vagabonde, de leurs importunités à demander, des grands bâtimens qu'ils élevaient, enfin de leur avidité des fépultures & des teftamens. *St Bonaventure* n'eft pas le feul qui fe foit élevé contre ces abus, puifque M. *le Camus*, évêque de Bellay, obferve que le feul ordre des minoritains a fouffert plus de vingt-cinq réformes en 400 ans. Difons un mot fur chacun de ces griefs que tant de réformes n'ont pu déraciner encore.

Les frères mendians, fous prétexte de charité, fe mêlaient de toutes fortes d'affaires publiques & particulières. Ils entraient dans le fecret des familles, & fe chargeaient de l'exécution des teftamens ; ils prenaient des députations pour négocier la paix entre les villes & les princes. Les papes furtout leur donnaient volontiers des commiffions, comme à des gens fans conféquence, qui voyageaient à peu de frais, & qui leur étaient entièrement dévoués ; ils les employaient même quelquefois à des levées de deniers.

Mais une chofe plus fingulière encore, c'eft le tribunal de l'inquifition dont ils fe chargèrent. On fait que dans ce tribunal odieux il y a capture de criminels, prifon, torture, condamnations, confifcations, peines infamantes & fort fouvent corporelles par le bras féculier. Il eft fans doute bien étrange de voir des religieux, fefant profeffion de l'humilité la plus profonde & de la pauvreté la plus exacte, tranf-formés tout d'un coup en juges criminels, ayant des appariteurs & des familiers armés, c'eft-à-dire des gardes & des tréfors à leur difpofition, fe rendant ainfi terribles à toute la terre.

Nous gliffons fur le mépris du travail des mains, qui attire l'oifiveté chez les mendians comme chez les autres religieux. De-là cette vie vagabonde que *faint Bonaventure* reproche à ces frères, lefquels, dit-il, font à charge à leurs hôtes, & fcandalifent au lieu d'édi-fier. Leur importunité à demander fait craindre leur rencontre comme celle des voleurs. En effet cette importunité eft une efpèce de violence à laquelle peu de gens favent réfifter, furtout à l'égard de ceux dont l'habit & la profeffion ont attiré du refpect; & d'ail-leurs c'eft une fuite naturelle de la mendicité, car enfin il faut vivre. D'abord la faim & les autres befoins preffans font vaincre la pudeur d'une éducation honnête, & quand une fois on a franchi cette barrière, on fe fait un mérite & un honneur d'avoir plus d'in-duftrie qu'un autre à attirer les aumônes.

La grandeur & la curiofité des bâtimens, ajoute le même faint, incommodent nos amis qui fourniffent à la dépenfe, & nous expofent aux mauvais jugemens des hommes. Ces frères, dit auffi *Pierre Defvignes*, qui dans la naiffance de leur religion femblaient fouler aux pieds la gloire du monde, reprennent le fafte qu'ils ont quitté; n'ayant rien, ils poffèdent tout, & font plus riches que les riches mêmes. On connaît ce mot de *Dufrény* à *Louis XIV* : Sire, je ne regarde

jamais le nouveau louvre fans m'écrier : Superbe
monument de la magnificence d'un des plus grands
rois qui de fon nom ait rempli la terre, palais digne
de nos monarques, vous feriez achevé, fi l'on vous
avait donné à l'un des quatre ordres mendians pour
tenir fes chapitres & loger fon général.

Quant à leur avidité des fépultures & des teftamens,
Matthieu Pâris l'a peinte en ces termes : Ils font foigneux d'affifter à la mort des grands, au préjudice
des pafteurs ordinaires ; ils font avides de gain, &
extorquent des teftamens fecrets ; ils ne recommandent
que leur ordre, & le préfèrent à tous les autres.
Sauval rapporte auffi qu'en 1502, *Gilles Dauphin*,
général des cordeliers, en confidération des bienfaits
que fon ordre avait reçus de meffieurs du parlement
de Paris, envoya aux préfidens, confeillers & greffiers
la permiffion de fe faire enterrer en habit de cordelier.
L'année fuivante il gratifia d'un femblable brevet les
prévôt des marchands & échevins, & les principaux
officiers de la ville. Il ne faut pas regarder cette
permiffion comme une fimple politeffe, s'il eft vrai
que *St François* fait régulièrement chaque année une
defcente en purgatoire, pour en tirer les ames de ceux
qui font morts dans l'habit de fon ordre, comme
l'affuraient ces religieux.

Voici un trait à ce fujet qui ne fera pas hors de
propos. *L'Etoile*, dans fes Mémoires année 1577,
raconte qu'une fille fort belle déguifée en homme,
& qui fe fefait appeler *Antoine*, fut découverte & prife
dans le couvent des cordeliers de Paris. Elle fervait
entre autres frère *Jacques Berfon* qu'on appelait l'enfant de Paris, & le cordelier aux belles mains. Ces

révérends pères difaient tous qu'ils croyaient que c'était un vrai garçon. Elle en fut quitte pour le fouet, qui fut grand dommage à la chafteté de cette fille qui fe difait mariée, & qui par dévotion avait fervi dix ou douze ans ces bons religieux, fans jamais avoir été intéreffée en fon honneur. Peut-être croyait-elle s'exempter après la mort d'un long féjour en purgatoire ; c'eft ce que *l'Etoile* ne dit pas.

Le même évêque de Bellay que nous avons déjà cité, prétend qu'un feul ordre de mendians coûte par an trente millions d'or pour le vêtement & la nourriture de fes moines, fans compter l'extraordinaire ; de forte qu'il n'y a point de prince catholique qui lève tant fur fes fujets, que les cénobites mendians qui font dans fes Etats exigent de fes peuples. Que fera-ce fi on y ajoute les trente-trois autres ordres ? On verra, dit-il, que les trente-quatre enfemble tirent plus des peuples chrétiens que les foixante-quatre de cénobites rentés ni tous les autres eccléfiaftiques n'ont de bien. Avouons que c'eft beaucoup dire.

QUISQUIS (DU) DE RAMUS OU LA RAMÉE.

Avec quelques obfervations utiles fur les perfécuteurs, les calomniateurs, & les fefeurs de libelles.

IL vous importe fort peu, mon cher lecteur, qu'une des plus violentes perfécutions excitées au feizième fiècle contre *Ramus*, ait eu pour objet la manière dont on devait prononcer *quifquis* & *quanquam*.

Cette grande difpute partagea long-temps tous les régens de collége & tous les maîtres de penfion du feizième fiècle ; mais elle eft affoupie aujourd'hui , & probablement ne fe réveillera pas.

Voulez-vous apprendre (*a*) fi M. *Gallandius Torticolis paffait M. Ramus fon ennemi en l'art oratoire , ou fi M. Ramus paffait M. Gallandius Torticolis* ? vous pourrez vous fatisfaire en confultant *Thomas Freigius , in vitâ Rami ;* car *Thomas Freigius* eft un auteur qui peut être utile aux curieux , quoi qu'en dife *Banofius.*

Mais que ce *Ramus* ou *la Ramée* , fondateur d'une chaire de mathématiques au collége royal de Paris , bon philofophe dans un temps où l'on ne pouvait guère en compter que trois, *Montagne , Charon* , & de *Thou* l'hiftorien ; que ce *Ramus* , homme vertueux dans un fiècle de crimes , homme aimable dans la fociété , & même fi on veut bel-efprit ; qu'un tel homme , dis-je , ait été perfécuté toute fa vie , qu'il ait été affaffiné par des profeffeurs & des écoliers de l'univerfité , qu'on ait trainé les lambeaux de fon corps fanglant aux portes de tous les colléges comme une jufte réparation faite à la gloire d'*Ariftote ;* que cette horreur , dis-je encore , ait été commife à l'édification des ames catholiques & pieufes , ô Français ! avouez que cela eft un peu welche.

On me dit que depuis ces temps les chofes font bien changées en Europe , que les mœurs fe font adoucies , qu'on ne perfécute plus les gens jufqu'à la mort. Quoi donc ! n'avons-nous pas déjà obfervé dans ce dictionnaire que le refpectable *Barnevelt* , le

(*a*) Voyez Brantôme, *Hommes illuftres* , tom. II.

premier

premier homme de la Hollande, mourut fur l'échafaud pour la plus folle & la plus impertinente difpute qui ait jamais troublé les cerveaux théologiques ?

Que le procès criminel du malheureux *Théophile* n'eut fa fource que dans quatre vers d'une ode que les jéfuites *Garaffe* & *Voifin* lui imputèrent, qu'ils le pour-fuivirent avec la fureur la plus violente & les artifices les plus noirs, qu'ils le firent brûler en effigie ? (*)

Que de nos jours cet autre procès de la *Cadière* ne fut intenté que par la jaloufie d'un jacobin contre un jéfuite qui avait difputé avec lui fur la grâce ?

Qu'une miférable querelle de littérature dans un café fut la première origine de ce fameux procès de *Jean-Baptifte Rouffeau* le poëte ; procès dans lequel un philofophe innocent fut fur le point de fuccomber par des manœuvres bien criminelles ?

N'avons-nous pas vu l'abbé *Guyot Desfontaines* dénoncer le pauvre abbé *Pellegrin* comme auteur d'une pièce de théâtre, & lui faire ôter la permiffion de dire la meffe qui était fon gagne-pain ?

Le fanatique *Jurieu* ne perfécuta-t-il pas fans relâche le philofophe *Bayle* ; & lorfqu'il fut parvenu enfin à le faire dépouiller de fa penfion & de fa place, n'eut-il pas l'infamie de le perfécuter encore ?

Le théologien *Lange* n'accufa-t-il pas *Wolf*, non-feulement de ne pas croire en DIEU, mais encore d'avoir infinué dans fon cours de géométrie qu'il ne fallait pas s'enrôler au fervice du fecond roi de Pruffe ? Et fur cette belle délation, le roi ne donna-t-il pas au vertueux *Wolf* le choix de fortir de fes Etats dans

(*) Voyez l'article *Théophile*, au mot *Athéifme*.

Dictionn. philofoph. Tome VII.   C

vingt-quatre heures, ou d'être pendu? Enfin la cabale
jéfuitique ne voulut-elle pas perdre *Fontenelle*?

Je vous citerais cent exemples de fureurs de la
jaloufie pédantefque ; & j'ofe maintenir, à la honte
de cette indigne paffion, que fi tous ceux qui ont
perfécuté les hommes célébres ne les ont pas traités
comme les gens de collége traitèrent *Ramus*, c'eft
qu'ils ne l'ont pas pu.

C'eft furtout dans la canaille de la littérature, &
dans la fange de la théologie, que cette paffion éclate
avec le plus de rage.

Nous allons, mon cher lecteur, vous en donner
quelques exemples.

Exemples des perfécutions que des hommes de lettres
inconnus ont excitées, ou tâché d'exciter contre
des hommes de lettres connus.

LE catalogue de ces perfécutions ferait bien long;
il faut fe borner.

Le premier, qui éleva l'orage contre le très-
eftimable & très-regretté *Helvétius*, fut un petit
convulfionnaire.

Si ce malheureux avait été un véritable homme de
lettres, il aurait pu relever avec honnêteté les défauts
du livre.

Il aurait pu remarquer que ce mot *efprit* étant feul
ne fignifie pas l'entendement humain, titre convenable au livre de *Locke* ; qu'en français le mot *efprit*
ne veut dire ordinairement que penfée brillante. Ainfi
la manière de bien penfer dans les ouvrages d'*efprit*

fignifie, dans le titre de ce livre, la manière de mettre de la justesse dans les ouvrages agréables, dans les ouvrages d'imagination. Le titre *Esprit*, sans aucune explication, pouvait donc paraître équivoque ; & c'était assurément une bien petite faute.

Ensuite, en examinant le livre, on aurait pu observer :

Que ce n'est point parce que les singes ont les mains différentes de nous qu'ils ont moins de pensées ; car leurs mains sont comme les nôtres.

Qu'il n'est pas vrai que l'homme soit l'animal le plus multiplié sur la terre ; car dans chaque maison il y a deux ou trois mille fois plus de mouches que d'hommes.

Qu'il est faux que du temps de *Néron* on se plaignît de la doctrine de l'autre monde nouvellement introduite, laquelle énervait les courages ; car cette doctrine était introduite depuis long-temps. (*b*)

Qu'il est faux que les mots nous rappellent des images ou des idées ; car les images font des idées : il fallait dire, des idées simples ou composées.

Qu'il est faux que la Suisse ait à proportion plus d'habitans que la France & l'Angleterre.

Qu'il est faux que le mot de *libre* soit le synonyme d'*éclaire* : lisez le chapitre de *Locke* sur la puissance.

Qu'il est faux que les Romains aient accordé à *César* sous le nom d'*imperator*, ce qu'ils lui refusaient sous le nom de *rex* ; car ils le créèrent dictateur perpétuel, & quiconque avait gagné une bataille était *imperator*. *Cicéron* était *imperator*.

(*b*) Voyez *Cicéron*, *Lucrèce*, *Virgile* &c.

Qu'il eft faux que la fcience ne foit que le fouvenir des idées d'autrui ; car *Archiméde* & *Newton* inventaient.

Qu'il eft faux autant que déplacé de dire que la *Lecouvreur* & *Ninon* aient eu autant d'efprit qu'*Ariftote* & *Solon ;* car *Solon* fit des lois , *Ariftote* quelques livres excellens , & nous n'avons rien de ces deux demoifelles.

Qu'il eft faux de conclure que l'efprit foit le premier des dons , de ce que l'envie permet à chacun d'être le panégyrifte de fa probité , & qu'il n'eft pas permis de vanter fon efprit ; car premièrement , il n'eft permis de parler de fa probité que quand elle eft attaquée ; fecondement , l'efprit eft un ornement dont il eft impertinent de fe vanter , & la probité une chofe néceffaire dont il eft abominable de manquer.

Qu'il eft faux que l'on devienne ftupide dès qu'on ceffe d'être paffionné ; car, au contraire, une paffion violente rend l'ame ftupide fur tous les autres objets.

Qu'il eft faux que tous les hommes foient nés avec les mêmes talens ; car dans toutes les écoles des arts & des fciences , tous ayant les mêmes maîtres , il y en a toujours très-peu qui réuffiffent.

Qu'enfin , fans aller plus loin , cet ouvrage d'ailleurs eftimable eft un peu confus, qu'il manque de méthode, & qu'il eft gâté par des contes indignes d'un livre de philofophie.

Voilà ce qu'un véritable homme de lettres aurait pu remarquer. Mais de crier au déifme & à l'athéifme tout à la fois, de recourir indignement à ces deux accufations contradictoires, de cabaler pour perdre un homme d'un très-grand mérite, pour le dépouiller lui & fon approbateur de leurs charges, de folliciter contre lui non-feulement la forbonne qui ne peut faire aucun mal par elle-même, mais le parlement qui en pouvait faire beaucoup ; ce fut la manœuvre la plus lâche & la plus cruelle ; & c'eft ce qu'ont fait deux ou trois hommes pétris de fanatifme, d'orgueil & d'envie.

Du gazetier eccléfiaftique.

LORSQUE l'Efprit des lois parut, le gazetier eccléfiaftique ne manqua pas de gagner de l'argent, ainfi que nous l'avons déjà remarqué, en accufant dans deux feuilles abfurdes le préfident de *Montefquieu* d'être déifte & athée. Sous un autre gouvernement *Montefquieu* eût été perdu : mais les feuilles du gazetier, qui, à la vérité, furent bien vendues, parce qu'elles étaient calomnieufes, lui valurent auffi les fifflets & l'horreur du public.

De Patouillet.

UN ex-jéfuite, nommé *Patouillet*, s'avifa de faire en 1764 un mandement fous le nom d'un prélat, dans lequel il accufait encore deux hommes de lettres connus, d'être déiftes & athées, felon la louable coutume de ces meffieurs. Mais comme ce mandement attaquait auffi tous les parlemens du royaume, & que d'ailleurs il était écrit d'un ftyle de collége, il ne fut guère connu que du procureur-général qui le déféra, & du bourreau qui le brûla.

Du Journal chrétien.

QUELQUES écrivains avaient entrepris un Journal chrétien, comme fi les autres journaux étaient idolâtres. Ils vendaient leur chriftianifme vingt fous par mois, enfuite ils le propoférent à quinze, il tomba à douze, puis difparut à jamais. Ces bonnes gens avaient en 1760 renouvelé l'accufation ordinaire de déifme & d'athéifme contre M. de *Saint-Foix*, à l'occafion de quelques faits très-vrais rapportés dans *l'hiftoire des rues de Paris*. Ils trouvèrent cette fois-là dans l'auteur qu'ils attaquaient, un homme qui fe défendait mieux que *Ramus* : il leur fit un procès criminel au châtelet. Ces chrétiens furent obligés de fe rétracter, après quoi ils reftèrent dans leur néant.

De Nonotte.

UN autre ex-jéfuite, nommé *Nonotte*, dont nous avons quelquefois dit deux mots pour le faire connaître, fit encore la même manœuvre en deux volumes, & répéta les accufations de déifme & d'athéifme contre un homme affez connu. Sa grande preuve était que cet homme avait, cinquante ans auparavant, traduit dans une tragédie deux vers de *Sophocle*, dans lefquels il eft dit que les prêtres païens s'étaient fouvent trompés. *Nonotte* envoya fon livre à Rome au fecrétaire des brefs ; il efpérait un bénéfice & n'en eut point ; mais il obtint l'honneur ineftimable de recevoir une lettre du fecrétaire des brefs.

C'eft une chofe plaifante que tous ces dogues attaqués de la rage aient encore de la vanité. Ce *Nonotte*, régent

de collége & prédicateur de village, le plus ignorant
des prédicateurs, avait imprimé dans fon libelle, que
Conftantin fut en effet très-doux & très-honnête dans
fa famille; qu'en conféquence le *Labarum* s'était fait
voir à lui dans le ciel; que *Dioclétien* avait paffé toute
fa vie à maffacrer des chrétiens pour fon plaifir, quoiqu'il les eût protégés fans interruption pendant dix-huit
années; que *Clovis* ne fut jamais cruel; que les rois de
ce temps-là n'eurent jamais plufieurs femmes à la fois;
que les confeffionaux furent en ufage dès les premiers
fiècles de l'Eglife; que ce fut une action très-méritoire
de faire une croifade contre le comte de Touloufe,
de lui donner le fouet, & de le dépouiller de fes
Etats.

M. *Damilaville* daigna relever les erreurs de *Nonotte*,
& l'avertit qu'il n'était pas poli de dire de groffes injures
fans aucune raifon, à l'auteur de l'*Effai fur les mœurs
& l'efprit des nations*; qu'un critique eft obligé d'avoir
toujours raifon, & que *Nonotte* avait trop rarement
obfervé cette loi.

Comment! s'écrie *Nonotte*; je n'aurais pas toujours
raifon, moi qui fuis jéfuite, ou qui du moins l'ai été! Je
pourrais me tromper, moi qui ai régenté en province
& qui même ai prêché! Et voilà *Nonotte* qui fait
encore un gros livre, pour prouver à l'univers que
s'il s'eft trompé, c'eft fur la foi de quelques jéfuites;
que par conféquent on doit le croire. Et il entaffe, il
entaffe bévue fur bévue, pour fe plaindre à l'univers
du tort qu'on lui fait, pour éclairer l'univers très-peu
inftruit de la vanité de *Nonotte* & de fes erreurs.

Tous ces gens-là trouvent toujours mauvais qu'on
ofe fe défendre contr'eux. Ils reffemblent au *Scaramouche*

de l'ancienne comédie italienne, qui volait un rabat de point à *Mézétin* : celui-ci déchirait un peu le rabat en se défendant ; & *Scaramouche* lui difait : Comment ! infolent, vous me déchirez mon rabat !

De Larcher , ancien répétiteur du collége Mazarin.

UNE autre lumière de collége, un nommé *Larcher*, pouvait, fans être un méchant homme, faire un méchant livre de critique, dans lequel il femble inviter toutes les belles dames de Paris à venir coucher pour de l'argent dans l'églife Notre-Dame, avec tous les rouliers & tous les bateliers, & cela par dévotion. Il prétend que les jeunes parifiens font fort fujets à la fodomie ; il cite pour fon garant un auteur grec fon favori. Il s'étend avec complaifance fur la beftialité ; & il fe fâche férieufement de ce que dans un errata de fon livre on a mis par mégarde : *Beftialité ;* lifez *bêtife.*

Mais ce même *Larcher* commence fon livre comme ceux de fes confrères, par vouloir faire brûler l'abbé *Bazin.* Il l'accufe de déifme & d'athéifme, pour avoir dit que les fléaux qui affligent la nature viennent tous de la Providence. Et après cela M. *Larcher* eft tout étonné qu'on fe foit moqué de lui.

A préfent que toutes les impoftures de ces meffieurs font reconnues, que les délateurs en fait de religion, font devenus l'opprobre du genre-humain ; que leurs livres, s'ils trouvent deux ou trois lecteurs, n'excitent que la rifée ; c'eft une chofe divertiffante de voir comment tous ces gens-là s'imaginent que l'univers a les yeux fur eux ; comme ils accumulent brochures fur brochures, dans lefquelles ils prennent à témoin tout le public de leurs innombrables efforts pour inſpirer les bonnes mœurs , la modération & la piété.

Des libelles de Langleviel, dit la Beaumelle.

ON a remarqué que tous ces écrivains ſubalternes de libelles diffamatoires, ſont un compoſé d'ignorance, d'orgueil, de méchanceté & de démence. Une de leurs folies eſt de parler toujours d'eux - mêmes , eux qui par tant de raiſons ſont forcés de ſe cacher.

Un des plus inconcevables héros de cette eſpèce eſt un certain *Langleviel de la Beaumelle*, qui atteſte tout le public qu'on a mal orthographié ſon nom. Je m'appelle *Langleviel* & non pas *Langlevieux*, dit-il dans une de ſes immortelles productions; donc, tout ce qu'on me reproche eſt faux, & ne peut porter ſur moi.

Dans une autre lettre, voici comme il parle à l'univers attentif. ,, Le ſix du même mois parut mon ode : ,, on la trouva très-belle, & elle l'était pour Copenhague ,, où je l'envoyai, & autant pour Berlin, où il y a ,, peut-être moins de goût qu'à Copenhague. J'avais ,, le projet de faire imprimer les Claſſiques français; ,, mais j'en fus détourné le 27 janvier par une aventure ,, de galanterie qui eut des ſuites funeſtes. Je fus volé ,, par le capitaine *Cocchius*, dont la femme m'avait ,, fait des agaceries à l'opéra. Je fus condamné ſans ,, avoir été interrogé, ni confronté ,& je fus conduit ,, à Spandau. J'écrivis au roi. Je crois que *Darget* ,, ſupprima mes lettres. Il écrivit à l'ingénieur *Lefèvre* ,, qu'on ne cherchait qu'à me jouer un mauvais tour. ,, Vous voyez que *Darget* ne me diſait pas bien fine- ,, ment que ſon maître avait des impreſſions fâcheuſes ,, contre moi, ,,

Hé pauvre homme! qui dans le monde peut s'embarraffer fi tu as donné une galanterie à madame *Cocchius*, ou fi madame *Cocchius* te l'a donnée! qu'importe que tu aies été volé par M. *Cocchius* ou que tu l'aies volé! qu'importe que *Darget* fe foit moqué de toi! qui faura jamais qu'un natif des Cévènes ait fait une ode à Copenhague!

On retrouve par-tout la mouche d'*Efope* qui du fond d'un char, dans un chemin fablonneux, s'écriait: *Que j'élève de pouffière!*

L'orgueil des petits confifte à parler toujours de foi. L'orgueil des grands eft de n'en jamais parler. Ce dernier orgueil eft infiniment plus noble; mais il eft quelquefois un peu infultant pour la compagnie. Il veut dire: Meffieurs, vous ne valez pas la peine que je cherche à être eftimé de vous.

Tout homme a de l'orgueil; tout homme eft fenfible. Le plus habile eft celui qui fait le mieux cacher fon jeu.

Il y a un cas où l'on eft malheureufement obligé de parler de foi, & même très-long-temps; c'eft quand on a un procès. Alors il faut bien inftruire fes juges. C'eft un devoir de leur donner bonne opinion de vous. *Cicéron* en plaidant *pro domo fua*, fut obligé de rappeler fes fervices à la république: *Démofthènes* avait été réduit à la même néceffité dans fa harangue contre *Echine*. Hors de-là taifez-vous, & ne faites parler que votre mérite, fi vous en avez.

La mère du maréchal de *Villars* difait à fon fils: Ne parlez jamais de vous qu'au roi, & de votre femme à perfonne.

On pardonne à un tailleur qui vous apporte votre habit, de vouloir vous perfuader qu'il eft un très-bon ouvrier. Sa fortune dépend de l'opinion qu'il vous infpire.

Il était permis à *du Belloi* de vanter un peu les vers durs & mal faits de fon Siège de Calais ; toute fon exiftence était fondée fur cette pièce, auffi infipide qu'éblouiffante. Si *Racine* avait parlé ainfi d'Iphigénie, il aurait révolté les lecteurs.

C'eft prefque toujours par orgueil qu'on attaque de grands noms. *La Beaumelle* dans un de fes libelles infulte meffieurs d'*Erlac*, de *Sinner*, de *Diesbac*, de *Vatteville* &c., & il s'en juftifie en difant que c'eft un ouvrage de politique. Mais dans ce même libelle qu'il appelle fon livre de politique, il dit en propres mots : (c) *Une république fondée par Cartouche aurait eu de plus fages lois que la république de Solon.* Quel refpect cet homme a pour les voleurs !

(d) *Le roi de Pruffe ne tient fon fceptre que de l'abus que l'empereur a fait de fa puiffance , & de la lâcheté des autres princes.* Quel juge des rois & des royaumes!

(e) *Pourquoi aurions-nous de l'horreur du régicide de Charles I ? il ferait mort aujourd'hui !*

Quelle raifon, ou plutôt quelle exécrable démence! Sans doute il ferait mort aujourd'hui , puifque cet horrible parricide fut commis en 1649. Ainfi donc il ne faut pas, felon *Langleviel*, détefter *Ravaillac* parce que le grand *Henri IV* fut affaffiné en 1610.

(f) *Cromwell & Richelieu fe reffemblent.* Cette reffemblance eft difficile à trouver , mais la folie atroce de l'auteur eft aifée à reconnaître.

(c) Num. XXXIII.
(d) Num. CLXXXIII.

(e) Num. CCX.
(f) *Ibid.*

Il parle de meffieurs de *Maurepas*, *Chauvelin*, *Machault*, *Berrier*, en les nommant par leurs noms fans y mettre le *monfieur*; & il en parle avec un ton d'autorité qui fait rire.

Enfuite il fit le roman des mémoires de madame de *Maintenon*, dans lequel il outrage les maifons de *Noailles*, de *Richelieu*, tous les miniftres de *Louis XIV*, tous les généraux d'armée; facrifiant toujours la vérité à la fiction, pour l'amufement des lecteurs.

Ce qui paraît fon chef-d'œuvre en ce genre, c'eft fa réponfe à un de nos écrivains qui avait dit en parlant de la France :

,, Je défie qu'on me montre aucune monarchie fur
,, la terre dans laquelle les lois, la juftice diftributive,
,, les droits de l'humanité, aient été moins foulés
,, aux pieds. ,,

Voici comme ce monfieur réfute cette affertion qui eft de la plus exacte vérité.

,, Je ne puis relire ce paffage fans indignation,
,, quand je me rappelle toutes les injuftices générales
,, & particulières que commit le feu roi. Quoi !
,, *Louis XIV* était jufte quand il ramenait tout à
,, lui-même, quand il oubliait (& il l'oubliait fans
,, ceffe) que l'autorité n'était confiée à un feul que
,, pour la félicité de tous ? Etait-il jufte quand il
,, armait cent mille (*g*) hommes pour venger l'affront
,, fait par un fou (*h*) à un de fes ambaffadeurs,

(*g*) Où cet ignorant a-t-il vu que *Louis XIV* ait levé une armée de cent mille hommes en 1662, dans la querelle des ambaffadeurs de France & d'Efpagne à Londres ?

(*h*) Où a-t-il pris que le baron de *Batteville*, ambaffadeur d'Efpagne, était fou ?

» quand en 1667 il déclarait la guerre à l'Efpagne
» pour agrandir fes Etats malgré la légitimité d'une
» renonciation folemnelle & libre ; (*i*) quand il enva-
» hiffait la Hollande uniquement pour l'humilier ;
» quand il bombardait Gènes pour la punir de n'être
» pas fon alliée ; (*k*) quand il s'obftinait à ruiner
» totalement la France pour placer un de fes petits-
» fils fur un trône étranger ? (*l*)

» Etait-il jufte, refpeétait-il les lois, était-il plein
» des droits de l'humanité quand il écrafait fon
» peuple d'impôts , (*m*) quand pour foutenir des
» entreprifes imprudentes il imaginait mille nouvelles
» efpèces de tributs , telles que le papier marqué qui
» excita une révolte à Rennes & à Bordeaux ; quand
» en 1691 (*n*) il abymait par quatre-vingts édits
» burfaux quatre-vingts mille familles ; quand en
» 1692 (*o*) il extorquait l'argent de fes fujets par

(*i*) Où a-t-il pris qu'une renonciation d'une mineure eft libre ? Il ignore d'ailleurs la loi de dévolution qui adjugeait la Flandre au roi de France.

(*k*) Ce n'était pas pour la punir de n'être pas fon alliée , mais d'avoir fecouru fes ennemis fon étant alliée.

(*l*) Oublie-t-il les droits du roi d'Efpagne , le teftament de *Charles* , les vœux de la nation , l'ambaffade qui vint demander à *Louis XIV* fon petit-fils pour roi ? *Langleviel* veut-il détrôner les fouverains d'Efpagne , de Naples , de Sicile , & de Parme ?

(*m*) Il remit pour quatre millions d'impôts en 1662 , & il fournit du blé aux pauvres à fes dépens.

(*n*) Il ne mit aucun impôt fur le peuple en 1691 , dans le plus fort d'une guerre très-ruineufe. Il créa pour un million de rentes fur l'hôtel-de-ville , des augmentations de gages , de nouveaux offices , & pas une feule taxe fur les cultivateurs ni fur les marchands. Son revenu, cette année, ne monta qu'à cent douze millions deux cents cinquante & une mille livres.

(*o*) Même erreur,

„ cinquante-cinq édits , quand en 1693 (*p*) il
„ épuisait leur patience & appauvrissait leur misère
„ par soixante autres ?

„ Protégeait-il les lois, observait-il la justice distri-
„ butive, respectait-il les droits de l'humanité, fesait-il
„ de grandes choses pour le bien public , mettait-il
„ la France au-dessus de toutes les monarchies de la
„ terre , quand pour abattre par les fondemens
„ un édit accordé au cinquième de la nation , il
„ surséyait en 1676 pour trois ans les dettes des
„ prosélytes ? „ (*q*)

Ce n'est pas le seul endroit où ce monsieur insulte
avec brutalité à la mémoire d'un de nos grands rois ,
& qui est si chère à son successeur. Il a osé dire ailleurs
que *Louis XIV* avait empoisonné le marquis de
Louvois son ministre. (*r*) Que le régent avait empoisonné la famille royale, (*s*) & que le père du prince
de *Condé* d'aujourd'hui avait fait assassiner *Vergier*.
Que la maison d'Autriche a des empoisonneurs à
gages.

Une fois , il s'est avisé de faire le plaisant dans
une brochure contre l'histoire de *Henri IV*. Quelle
plaisanterie !

(*p*) Même erreur. Il est donc démontré que cet ignorant est le plus
infame calomniateur , & de qui ? de ses rois.

(*q*) Cette grâce accordée aux prosélytes n'était point à charge à l'Etat :
on voit seulement dans cette observation , l'audace d'un petit huguenot
qui a été apprentif prédicant à Genève , & qui n'imitant pas la sagesse de
ses confrères , s'est rendu indigne de la protection qu'il a surprise en
France.

(*r*) Tom. III, pag. 269 & 270 du *Siècle de Louis XIV*, qu'il falsifia,
& qu'il vendit, chargé de notes infames, à un libraire de Francfort ,
nommé *Eslinger* , comme il a eu l'impudence de l'avouer lui-même.

(*s*) Tom. III, pag. 323.

„ Je lis avec un charme infini, dans l'hiſtoire du
„ Mogol, (*t*) que le petit-fils de *Sha-Abas* fut bercé
„ pendant ſept ans par des femmes, qu'enſuite il fut
„ bercé pendant huit ans par des hommes ; qu'on
„ l'accoutuma de bonne heure à s'adorer lui-même &
„ à ſe croire formé d'un autre limon que ſes ſujets ;
„ que tout ce qui l'environnait avait ordre de lui
„ épargner le pénible ſoin d'agir, de penſer, de
„ vouloir, & de le rendre inhabile à toutes les
„ fonctions du corps & de l'ame ; qu'en conféquence
„ un prêtre le diſpenſait de la fatigue de prier de ſa
„ bouche le grand être ; que certains officiers étaient
„ prépoſés pour lui mâcher noblement, comme dit
„ *Rabelais*, le peu de paroles qu'il avait à prononcer ;
„ que d'autres lui tâtaient le pouls trois ou quatre
„ fois le jour comme à un agoniſant ; qu'à ſon lever,
„ qu'à ſon coucher trente ſeigneurs accouraient, l'un
„ pour lui dénouer l'aiguillette, l'autre pour le
„ déconſtiper, celui-ci pour l'accoutrer d'une chemiſe,
„ celui-là pour l'armer d'un cimeterre, chacun pour
„ s'emparer du membre dont il avait la ſurinten-
„ dance. Ces particularités me plaiſent, parce
„ qu'elles me donnent une idée nette du caractère
„ des Indiens, & que d'ailleurs elles me font aſſez
„ entrevoir celui du petit-fils de *Sha-Abas*, de cet
„ empereur automate. „

Cet homme eſt bien mal inſtruit de l'éducation des
princes mogols. Ils ſont à trois ans entre les mains
des eunuques, & non entre les mains des femmes. Il
n'y a point de ſeigneurs à leur lever & à leur coucher ;
on ne leur dénoue point l'aiguillette. On voit aſſez

(*t*) Page 25.

qui l'auteur veut défigner. Mais reconnaîtra-t-on à ce
portrait le fondateur des invalides, de l'obfervatoire,
de Saint-Cyr ; le protecteur généreux d'une famille
royale infortunée ; le conquérant de la Franche-Comté,
de la Flandre françaife, le fondateur de la marine, le
rémunérateur éclairé de tous les arts utiles ou
agréables ; le légiflateur de la France qui reçut fon
royaume dans le plus horrible défordre, & qui le mit
au plus haut point de la gloire & de la grandeur ;
enfin le roi que dom *Uflaris*, cet homme d'Etat fi
eftimé, appelle *un homme prodigieux*, malgré des défauts
inféparables de la nature humaine ?

Y reconnaîtra-t-on le vainqueur de Fontenoy & de
Laufelt, qui donna la paix à fes ennemis étant victorieux ; le fondateur de l'école militaire qui, à l'exemple
de fon aïeul, n'a jamais manqué de tenir fon confeil ?
où eft ce petit-fils automate de *Sha-Abas* ?

Qui ne voit la délicate allufion de ce brave homme,
ainfi que la profonde fcience de ce grand écrivain ! il
croit que *Sha-Abas* était un mogol, & c'était un perfan
de là race des fophi. Il appelle au hafard fon petit-fils
automate ; & ce petit-fils était *Abas*, fecond fils de *Saïn-
Mirza*, qui remporta quatre victoires contre les Turcs,
& qui fit enfuite la guerre aux Mogols.

C'eft ainfi que ce pauvre homme a écrit tous fes
libelles ; c'eft ainfi qu'il fit le pitoyable roman de
madame de *Maintenon*, parlant d'ailleurs de tout à tort
& à travers, avec une fuffifance qui ne ferait pas
permife au plus favant homme de l'Europe.

De quelle indignation n'eft-on pas faifi quand on
voit un miférable échappé des Cévènes, élevé par
charité, & fouillé des actions les plus infames, ofer

parler

parler ainfi des rois, s'emporter jufqu'à une licence fi
effrénée ; abufer à ce point du mépris qu'on a pour
lui, & de l'indulgence qu'on a eue de ne le condamner
qu'à fix mois de cachot !

On ne fait pas combien de telles horreurs font tort
à la littérature. C'eft-là pourtant ce qui lui attire des
entraves rigoureufes. Ce font ces abominables libelles
dignes de la potence qui font qu'on eft fi difficile fur
les bons livres.

Il vient de paraître un de ces ouvrages de ténèbres,
(*u*) où depuis le monarque jufqu'au dernier citoyen,
tout le monde eft infulté avec fureur ; où la calomnie
la plus atroce & la plus abfurde diftille un poifon
affreux fur tout ce qu'on refpecte & qu'on aime.
L'auteur s'eft dérobé à l'exécration publique , mais
la Beaumelle s'y eft offert.

Puiffent les jeunes fous qui feraient tentés de fuivre
de tels exemples , & qui, fans talens & fans fcience,
ont la rage d'écrire , fentir à quoi une telle frénéfie
les expofe. On rifque la corde fi on eft connu ; & fi
on ne l'eft pas, on vit dans la fange & dans la crainte.
La vie d'un forçat eft préférable à celle d'un fefeur de
libelles ; car l'un peut avoir été condamné injuftement
aux galères , & l'autre les mérite.

Obfervation fur tous ces libelles diffamatoires.

QUE tous ceux qui font tentés d'écrire de telles
infamies fe difent : Il n'y a point d'exemple qu'un
libelle ait fait le moindre bien à fon auteur : jamais

(*u*) Gazetier cuiraffé.

Dictionn. philofoph. Tome VII.   D

on ne recueillit de profit ni de gloire dans cette
carrière honteuse. De tous ces libelles contre *Louis XIV*,
il n'en est pas un seul aujourd'hui qui soit un livre
de bibliothèque, & qui ne soit tombé dans un oubli
profond. De cent combats meurtriers livrés dans une
guerre, & dont chacun semblait devoir décider du
destin d'un Etat, il en est à peine trois ou quatre qui
laissent un long souvenir; les événemens tombent les
uns sur les autres, comme les feuilles dans l'automne
pour disparaître sur la terre ; & un gredin voudrait
que son libelle obscur demeurât dans la mémoire des
hommes ? Le gredin vous répond : On se souvient des
vers d'*Horace* contre *Pantolabus*, contre *Nomentanus ;* &
de ceux de *Boileau* contre *Cotin* & l'abbé de *Pure*. On
réplique au gredin : Ce ne sont point là des libelles;
si tu veux mortifier tes adversaires , tâche d'imiter
Boileau & *Horace :* mais quand tu auras un peu de
leur bon sens & de leur génie , tu ne feras plus de
libelles.

R.

R A I S O N.

Dans le temps que toute la France était folle du
système de *Lass* , & qu'il était contrôleur-général ,
un homme qui avait toujours raison vint lui dire en
présence d'une grande assemblée :

Monsieur , vous êtes le plus grand fou, le plus
grand fot, ou le plus grand fripon , qui ait encore paru
parmi nous ; & c'est beaucoup dire : voici comme je

le prouve. Vous avez imaginé qu'on peut décupler les
richeffes d'un Etat avec du papier ; mais ce papier ne
pouvant repréfenter que l'argent repréfentatif des
vraies richeffes qui font les productions de la terre &
des manufactures, il faudrait que vous euffiez commencé par nous donner dix fois plus de blé, de vin,
de drap & de toile &c. Ce n'eft pas affez, il faudrait
être fûr du débit.

Or vous faites dix fois plus de billets que nous
n'avons d'argent & de denrées, donc vous êtes dix
fois plus extravagant, ou plus inepte, ou plus fripon,
que tous les contrôleurs ou furintendans qui vous
ont précédé. Voici d'abord comme je prouve ma
majeure.

A peine avait-il commencé fa majeure qu'il fut
conduit à St Lazare.

Quand il fut forti de St Lazare, où il étudia beaucoup & où il fortifia fa raifon, il alla à Rome ; il
demanda une audience publique au pape, à condition
qu'on ne l'interromprait point dans fa harangue ; &
il lui parla en ces termes.

Saint père, vous êtes un antechrift, & voici comme
je le prouve à votre fainteté. J'appelle antechrift ou
antichrift, felon la force du mot, celui qui fait tout
le contraire de ce que le CHRIST a fait & commandé.
Or le CHRIST a été pauvre, & vous êtes très-riche ; il
a payé le tribut, & vous exigez des tributs ; il a été
foumis aux puiffances, & vous êtes devenu puiffance ;
il marchait à pied, & vous allez à Caftel-Gandolfe
dans un équipage fomptueux ; il mangeait tout ce
qu'on voulait bien lui donner, & vous voulez que nous
mangions du poiffon le vendredi & le famedi, quand

nous habitons loin de la mer & des rivières ; il a défendu à *Simon-Barjone* de se servir de l'épée, & vous avez des épées à votre service &c. &c. &c. Donc en ce sens votre sainteté est antichrist. Je vous révère fort en tout autre sens, & je vous demande une indulgence *in articulo mortis*. On mit mon homme au château St Ange.

Quand il fut sorti du château St Ange, il courut à Venise, & demanda à parler au doge. Il faut, lui dit-il, que votre sérénité soit un grand extravagant d'épouser tous les ans la mer : car premièrement, on ne se marie qu'une fois avec la même personne ; secondement, votre mariage ressemble à celui d'*Arlequin*, lequel était à moitié fait, attendu qu'il ne manquait que le consentement de la future ; troisièmement, qui vous a dit qu'un jour d'autres puissances maritimes ne vous déclareraient pas inhabile à consommer le mariage ?

Il dit, & on l'enferma dans la tour de St Marc.

Quand il fut sorti de la tour de St Marc, il alla à Constantinople ; il eut audience du mufti, & lui parla en ces termes : Votre religion, quoiqu'elle ait de bonnes choses, comme l'adoration du grand Etre, & la nécessité d'être juste & charitable, n'est d'ailleurs qu'un réchauffé du judaïsme, & un ramas ennuyeux de contes de ma mère-l'oie. Si l'archange *Gabriel* avait apporté de quelque planète les feuilles du Koran à *Mahomet*, toute l'Arabie aurait vu descendre *Gabriel* : personne ne l'a vu ; donc *Mahomet* n'était qu'un imposteur hardi qui trompa des imbécilles.

A peine eut-il prononcé ces paroles qu'il fut empalé. Cependant il avait eu toujours raison.

R A R E.

Rare en phyfique eft oppofé à denfe. En morale, il eft oppofé à commun.

Ce dernier rare eft ce qui excite l'admiration. On n'admire jamais ce qui eft commun, on en jouit.

Un curieux fe préfère au refte des chétifs mortels, quand il a dans fon cabinet une médaille rare qui n'eft bonne à rien; un livre rare que perfonne n'a le courage de lire; une vieille eftampe d'*Albert-dure*, mal deffinée & mal empreinte : il triomphe s'il a dans fon jardin un arbre rabougri venu d'Amérique. Ce curieux n'a point de goût, il n'a que de la vanité. Il a ouï-dire que le beau eft rare; mais il devrait favoir que tout rare n'eft point beau.

Le beau eft rare dans tous les ouvrages de la nature, & dans ceux de l'art.

Quoiqu'on ait dit bien du mal des femmes, je maintiens qu'il eft plus rare de trouver des femmes parfaitement belles que de paffablement bonnes.

Vous rencontrerez dans les campagnes dix mille femmes attachées à leur ménage, laborieufes, fobres, nourriffant, élevant, inftruifant leurs enfans; & vous en trouverez à peine une que vous puiffiez montrer aux fpectacles de Paris, de Londres, de Naples, ou dans les jardins publics, & qu'on puiffe regarder comme une beauté.

De même, dans les ouvrages de l'art, vous avez dix mille barbouillages contre un chef-d'œuvre.

Si tout était beau & bon, il eſt clair qu'on n'admirerait plus rien; on jouirait. Mais aurait-on du plaiſir en jouiſſant? c'eſt une grande queſtion.

Pourquoi les beaux morceaux du Cid, des Horaces, de Cinna, eurent-ils un ſuccès ſi prodigieux? c'eſt que dans la profonde nuit où l'on était plongé, on vit briller tout à coup une lumière nouvelle que l'on n'attendait pas. C'eſt que ce beau était la choſe du monde la plus rare.

Les boſquets de Verſailles étaient une beauté unique dans le monde, comme l'étaient alors certains morceaux de *Corneille*. St Pierre de Rome eſt unique, & on vient du bout du monde s'extaſier en le voyant.

Mais ſuppoſons que toutes les égliſes de l'Europe égalent St Pierre de Rome, que toutes les ſtatues ſoient des Vénus de Médicis, que toutes les tragédies ſoient auſſi belles que l'Iphigénie de *Racine*, tous les ouvrages de poëſie auſſi bien faits que l'Art poëtique de *Boileau*, toutes les comédies auſſi bonnes que le Tartuffe, & ainſi en tout genre; aurez-vous alors autant de plaiſir à jouir des chefs-d'œuvre rendus communs, qu'ils vous en feſaient goûter quand ils étaient rares? Je dis hardiment que non : & je crois qu'alors l'ancienne école a raiſon, elle qui l'a ſi rarement. *Ab aſſuetis non fit paſſio*. Habitude ne fait point paſſion.

Mais, mon cher lecteur, en ſera-t-il de même dans les œuvres de la nature? Serez-vous dégoûté ſi toutes les filles ſont belles comme *Hélène;* & vous, meſdames, ſi tous les garçons ſont des *Pâris?* Suppoſons que tous les vins ſoient excellens, aurez-vous moins d'envie de boire? ſi les perdreaux, les faiſandeaux, les gelinotes ſont communs en tout temps, aurez-vous moins

d'appétit ? Je dis encore hardiment que non, malgré
l'axiome de l'école, *habitude ne fait point paſſion* : & la
raiſon, vous le ſavez ; c'eſt que tous les plaiſirs que la
nature nous donne ſont des beſoins toujours renaiſſans,
des jouiſſances néceſſaires, & que les plaiſirs des arts
ne ſont pas néceſſaires. Il n'eſt pas néceſſaire à l'homme
d'avoir des boſquets où l'eau jailliſſe juſqu'à cent
pieds de la bouche d'une figure de marbre, & d'aller
au ſortir de ces boſquets voir une belle tragédie. Mais
les deux ſexes ſont toujours néceſſaires l'un à l'autre.
La table & le lit ſont néceſſaires. L'habitude d'être
alternativement ſur ces deux trônes ne vous dégoûtera
jamais.

Quand les petits ſavoyards montrèrent pour la
première fois la rareté, la curioſité, rien n'était plus
rare en effet. C'était un chef-d'œuvre d'optique inventé,
dit-on, par *Kirker ;* mais cela n'était pas néceſſaire,
& il n'y a plus de fortune à eſpérer dans ce grand
art.

On admira dans Paris un rhinocéros il y a quelques
années. S'il y avait dans une province dix mille rhinocéros, on ne courrait après eux que pour les tuer.
Mais qu'il y ait cent mille belles femmes, on courra
toujours après elles pour les ...... honorer.

R A V A I L L A C.

J'AI connu dans mon enfance un chanoine de Péronne,
âgé de quatre-vingt-douze ans, qui avait été élevé par
un des plus furieux bourgeois de la ligue. Il diſait
toujours : *Feu monſieur de Ravaillac.* Ce chanoine avait

conſervé pluſieurs manuſcrits très-curieux de ces temps apoſtoliques, quoiqu'ils ne fiſſent pas beaucoup d'honneur à ſon parti; en voici un qu'il laiſſa à mon oncle.

Dialogue d'un page du duc de Sully, & de maître Fileſac, docteur de Sorbonne, l'un des deux confeſſeurs de Ravaillac.

MAITRE FILESAC.

Dieu merci, mon cher enfant, *Ravaillac* eſt mort comme un ſaint. Je l'ai entendu en confeſſion; il s'eſt repenti de ſon péché, & a fait un ferme propos de n'y plus retomber. Il voulait recevoir la ſainte communion; mais ce n'eſt pas ici l'uſage comme à Rome; ſa pénitence lui en a tenu lieu; & il eſt certain qu'il eſt en paradis.

LE PAGE.

Lui en paradis? dans le jardin? lui! ce monſtre!

MAITRE FILESAC.

Oui, mon bel enfant, dans le jardin, dans le ciel, c'eſt la même choſe.

LE PAGE.

Je le veux croire; mais il a pris un mauvais chemin pour y arriver.

MAITRE FILESAC.

Vous parlez en jeune huguenot. Apprenez que ce que je vous dis eſt de foi. Il a eu l'attrition; & cette attrition, jointe au ſacrement de confeſſion, opère immanquablement ſalvation, qui mène droit en paradis où il prie maintenant DIEU pour vous.

LE PAGE.

Je ne veux point du tout qu'il parle à DIEU de moi. Qu'il aille au diable avec fes prières & fon attrition.

MAITRE FILESAC.

Dans le fond c'était une bonne ame. Son zèle l'a emporté, il a mal fait; mais ce n'était pas en mauvaife intention. Car dans tous fes interrogatoires il a répondu qu'il n'avait affaffiné le roi que parce qu'il allait faire la guerre au pape, & que c'était la faire à DIEU. Ses fentimens étaient fort chrétiens. Il eft fauvé, vous dis-je; il était lié, & je l'ai délié.

LE PAGE.

Ma foi, plus je vous écoute, plus vous me paraiffez un homme à lier vous-même. Vous me faites horreur.

MAITRE FILESAC.

C'eft que vous n'êtes pas encore dans la bonne voie; vous y ferez un jour. Je vous ai toujours dit que vous n'étiez pas loin du royaume des cieux, mais le moment n'eft pas encore venu.

LE PAGE.

Le moment ne viendra jamais de me faire croire que vous avez envoyé *Ravaillac* en paradis.

MAITRE FILESAC.

Dès que vous ferez converti, comme je l'efpère, vous le croirez comme moi; mais en attendant, fachez que vous & le duc de *Sully* votre maître, vous ferez damnés à toute éternité avec *Judas Ifcariote* & le mauvais riche, tandis que *Ravaillac* eft dans le fein d'*Abraham*.

Comment coquin !

MAITRE FILESAC.

Point d'injures, petit fils ; il eſt défendu d'appeler
ſon frère *raca*. On eſt alors coupable de la gehenne
ou gebenne du feu. Souffrez que je vous endoctrine
ſans vous fâcher.

L E   P A G E.

Va, tu me parais ſi raca que je ne me fâcherai
plus.

MAITRE FILESAC.

Je vous diſais donc qu'il eſt de foi que vous ferez
damné ; & malheureuſement notre cher *Henri IV* l'eſt
déjà, comme la ſorbonne l'avait toujours prévu.

L E   P A G E.

Mon cher maître damné ! attends, attends, ſcélérat,
un bâton, un bâton.

MAITRE FILESAC.

Calmez-vous, petit fils, vous m'avez promis de
m'écouter patiemment. N'eſt-il pas vrai que le grand
Henri eſt mort ſans confeſſion ? N'eſt-il pas vrai qu'il
était en péché mortel, étant encore amoureux de
madame la princeſſe de *Condé*, & qu'il n'a pas eu le
temps de demander le ſacrement de pénitence ; DIEU
ayant permis qu'il ait été frappé à l'oreillette gauche
du cœur, & que le ſang l'ait étouffé en un inſtant ?
Vous ne trouverez abſolument aucun bon catholique
qui ne vous diſe les mêmes vérités que moi.

LE   PAGE.

Tais-toi, maître fou ; fi je croyais que tes docteurs enfeignaffent une doctrine fi abominable, j'irais fur le champ les brûler dans leurs loges.

MAITRE   FILESAC.

Encore une fois, ne vous emportez pas, vous l'avez promis. Monfeigneur le marquis de *Conchini*, qui eft un bon catholique, faurait bien vous empêcher d'être affez facrilége pour maltraiter mes confrères.

LE   PAGE.

Mais en confcience, maître *Filefac*, eft-il bien vrai que l'on penfe ainfi dans ton parti ?

MAITRE   FILESAC.

Soyez-en très-fûr ; c'eft notre catéchifme.

LE   PAGE.

Ecoute ; il faut que je t'avoue qu'un de tes forboniqueurs m'avait prefque féduit l'an paffé. Il m'avait fait efpérer une penfion fur un bénéfice. Puifque le roi, me difait-il, a entendu la meffe en latin, vous qui n'êtes qu'un petit gentilhomme, vous pourriez bien l'entendre auffi fans déroger. DIEU a foin de fes élus, il leur donne des mitres, des croffes, & prodigieufement d'argent. Vos réformés vont à pied & ne favent qu'écrire. Enfin, j'étais ébranlé ; mais après ce que tu viens de me dire, j'aimerais cent fois mieux me faire mahométan que d'être de ta fecte.

Ce page avait tort. On ne doit point fe faire mahométan parce qu'on eft affligé ; mais il faut pardonner à un jeune homme fenfible, & qui aimait tant *Henri IV*. Maître *Filefac* parlait fuivant fa théologie, & le petit page felon fon cœur.

RELIGION.

SECTION PREMIERE.

LES épicuriens qui n'avaient nulle religion, recommandaient l'éloignement des affaires publiques, l'étude & la concorde. Cette fecte était une fociété d'amis ; car leur principal dogme était l'amitié. *Atticus*, *Lucrèce*, *Memmius*, & quelques hommes de cette trempe, pouvaient vivre très-honnêtement enfemble, & cela fe voit dans tous les pays ; philofophez tant qu'il vous plaira entre vøus. Je crois entendre des amateurs qui fe donnent un concert d'une mufique favante & rafinée ; mais gardez-vous d'exécuter ce concert devant le vulgaire ignorant & brutal ; il pourrait vous caffer vos inftrumens fur vos têtes. Si vous avez une bourgade à gouverner, il faut qu'elle ait une religion.

Je ne parle point ici de la nôtre ; elle eft la feule bonne, la feule néceffaire, la feule prouvée, & la feconde révélée.

Aurait-il été poffible à l'efprit humain, je ne dis pas d'admettre une religion qui approchât de la nôtre, mais qui fût moins mauvaife que toutes les autres religions de l'univers enfemble ? & quelle ferait cette religion ?

Ne ferait-ce point celle qui nous propoferait l'adoration de l'Etre fuprême, unique, infini, éternel, formateur du monde, qui le meut & le vivifie, *cui nec fimile nec fecundum* ; celle qui nous réunirait à cet Etre des êtres pour prix de nos vertus, & qui nous en féparerait pour le châtiment de nos crimes ?

Celle qui admettrait très-peu de dogmes inventés par la démence orgueilleufe, éternels fujets de difpute; celle qui enfeignerait une morale pure fur laquelle on ne difputa jamais ?

Celle qui ne ferait point confifter l'effence du culte dans des vaines cérémonies, comme de vous cracher dans la bouche, ou de vous ôter un bout de votre prépuce, ou de vous couper un tefticule, attendu qu'on peut remplir tous les devoirs de la fociété avec deux tefticules & un prépuce entier, & fans qu'on vous crache dans la bouche ?

Celle de fervir fon prochain pour l'amour de DIEU, au lieu de le perfécuter, de l'égorger au nom de DIEU; celle qui tolérerait toutes les autres, & qui, méritant ainfi la bienveillance de toutes, ferait feule capable de faire du genre-humain un peuple de frères ?

Celle qui aurait des cérémonies auguftes dont le vulgaire ferait frappé, fans avoir des myftères qui pourraient révolter les fages & irriter les incrédules ?

Celle qui offrirait aux hommes plus d'encourage-mens aux vertus fociales, que d'expiations pour les perverfités ?

Celle qui affurerait à fes miniftres un revenu affez honorable pour les faire fubfifter avec décence, & ne leur laifferait jamais ufurper des dignités & un pouvoir qui pourraient en faire des tyrans ? Celle qui établirait des retraites commodes pour la vieilleffe & pour la maladie, mais jamais pour la fainéantife ?

Une grande partie de cette religion eft déjà dans le cœur de plufieurs princes, & elle fera dominante dès que les articles de paix perpétuelle que l'abbé de *St Pierre* a propofés feront fignés de tous les potentats.

S E C T I O N   I I.

JE méditais cette nuit ; j'étais abforbé dans la contemplation de la nature ; j'admirais l'immenfité, le cours, les rapports de ces globes infinis que le vulgaire ne fait pas admirer.

J'admirais encore plus l'intelligence qui préfide à ces vaftes refforts. Je me difais : il faut être aveugle pour n'être pas ébloui de ce fpectacle ; il faut être ftupide pour n'en pas reconnaître l'auteur ; il faut être fou pour ne pas l'adorer. Quel tribut d'adoration dois-je lui rendre ? ce tribut ne doit-il pas être le même dans toute l'étendue de l'efpace, puifque c'eft le même pouvoir fuprême qui règne également dans cette étendue ?

Un être penfant, qui habite dans une étoile de la voie lactée, ne lui doit-il pas le même hommage que l'être penfant fur ce petit globe où nous fommes ? La lumière eft uniforme pour l'aftre de Sirius & pour nous ; la morale doit être uniforme.

Si un animal fentant & penfant dans Sirius eft né d'un père & d'une mère tendres qui aient été occupés de fon bonheur, il leur doit autant d'amour & de foins que nous en devons ici à nos parens. Si quelqu'un dans la voie lactée voit un indigent eftropié, s'il peut le foulager & s'il ne le fait pas, il eft coupable envers tous les globes.

Le cœur a par-tout les mêmes devoirs : fur les marches du trône de DIEU, s'il a un trône ; & au fond de l'abyme, s'il eſt un abyme.

J'étais plongé dans ces idées, quand un de ces génies qui rempliffent les intermondes defcendit vers moi. Je reconnus cette même créature aérienne qui m'avait apparu autrefois pour m'apprendre combien les jugemens de DIEU diffèrent des nôtres, & combien une bonne action eſt préférable à la controverſe. (*)

Il me tranfporta dans un défert tout couvert d'offemens entaffés ; & entre ces monceaux de morts il y avait des allées d'arbres toujours verds, & au bout de chaque allée un grand homme d'un afpeột augufte, qui regardait avec compaffion ces triftes reftes.

Hélas ! mon archange, lui dis-je, où m'avez-vous mené ? A la défolation, me répondit-il. Et qui font ces beaux patriarches que je vois immobiles & attendris au bout de ces allées vertes, & qui femblent pleurer fur cette foule innombrable de morts ? Tu le fauras, pauvre créature humaine, me répliqua le génie des intermondes ; mais auparavant il faut que tu pleures.

Il commença par le premier amas. Ceux ci, dit il, font les vingt-trois mille juifs qui danferent devant un veau, avec les vingt-quatre mille qui furent tués fur des filles madianites. Le nombre des maffacrés pour des délits ou des méprifes pareilles fe monte à près de trois cents mille.

Aux allées fuivantes font les charniers des chrétiens égorgés les uns par les autres pour des difputes métaphyfiques. Ils font divifés en plufieurs monceaux de

(*) Voyez *Dogme.*

quatre siècles chacun. Un seul aurait monté jusqu'au ciel; il a fallu les partager.

Quoi! m'écriai-je, des frères ont traité ainsi leurs frères, & j'ai le malheur d'être dans cette confrérie!

Voici, dit l'esprit, les douze millions d'américains tués dans leur patrie, parce qu'ils n'avaient pas été baptisés. Hé mon Dieu! que ne laissiez-vous ces offemens affreux se dessécher dans l'hémisphère où leurs corps naquirent, & où ils furent livrés à tant de trépas différens? Pourquoi réunir ici tous ces monumens abominables de la barbarie & du fanatisme? — Pour t'instruire.

Puisque tu veux m'instruire, dis-je au génie, apprends-moi s'il y a eu d'autres peuples que les chrétiens & les Juifs à qui le zèle & la religion, malheureusement tournée en fanatisme, aient inspiré tant de cruautés horribles. Oui, me dit-il; les mahométans se sont souillés des mêmes inhumanités, mais rarement; & lorsqu'on leur a demandé *amman*, miséricorde, & qu'on leur a offert le tribut, ils ont pardonné.

Pour les autres nations, il n'y en a aucune depuis l'existence du monde qui ait jamais fait une guerre purement de religion. Suis-moi maintenant. Je le suivis.

Un peu au-delà de ces piles de morts nous trouvâmes d'autres piles; c'étaient des sacs d'or & d'argent, & chacune avait son étiquette. *Substance des hérétiques massacrés au dix-huitième siècle, au dix-sept, au seizième.* Et ainsi en remontant: *Or & argent des Américains égorgés* &c. &c. Et toutes ces piles étaient surmontées de

croix,

croix, de mitres, de croffes, de tiares enrichies de pierreries.

Quoi! mon génie, ce fut donc pour avoir ces richeffes qu'on accumula ces morts? — Oui, mon fils.

Je verfai des larmes; & quand j'eus mérité par ma douleur qu'il me menât au bout des allées vertes, il m'y conduifit.

Contemple, me dit-il, les héros de l'humanité qui ont été les bienfaiteurs de la terre, & qui fe font tous réunis à bannir du monde, autant qu'ils l'ont pu, la violence & la rapine. Interroge les.

Je courus au premier de la bande; il avait une couronne fur la tête, & un petit encenfoir à la main; je lui demandai humblement fon nom. Je fuis *Numa Pompilius*, me dit-il; je fuccédai à un brigand, & j'avais des brigands à gouverner: je leur enfeignai la vertu & le culte de DIEU, ils oublièrent après moi plus d'une fois l'un & l'autre; je défendis qu'il y eût dans les temples aucun fimulacre, parce que la Divinité qui anime la nature ne peut être repréfentée. Les Romains n'eurent fous mon règne ni guerres ni féditions, & ma religion ne fit que du bien. Tous les peuples voifins vinrent honorer mes funérailles, ce qui n'eft arrivé qu'à moi.

Je lui baifai la main, & j'allai au fecond; c'était un beau vieillard d'environ cent ans, vêtu d'une robe blanche; il mettait le doigt médium fur fa bouche, & de l'autre main il jetait des féves derrière lui. Je reconnus *Pythagore*. Il m'affura qu'il n'avait jamais eu de cuiffe d'or, & qu'il n'avait point été coq; mais qu'il avait gouverné les Crotoniates avec autant de juftice que *Numa* gouvernait les Romains, à peu près

Dictionn. philofoph. Tome VII.   E

de son temps ; & que cette justice était la chose du monde la plus nécessaire & la plus rare. J'appris que les pythagoriciens fesaient leur examen de conscience deux fois par jour. Les honnêtes gens ! & que nous sommes loin d'eux ! Mais nous qui n'avons été pendant treize cents ans que des assassins, nous disons que ces sages étaient des orgueilleux.

Je ne dis mot à *Pythagore* pour lui plaire, & je passai à *Zoroastre* qui s'occupait à concentrer le feu céleste dans le foyer d'un miroir concave, au milieu d'un vestibule à cent portes qui toutes conduisent à la sagesse. Sur la principale de ces portes, (*a*) je lus ces paroles qui font le précis de toute la morale, & qui abrègent toutes les disputes des casuistes :

Dans le doute si une action est bonne ou mauvaise, abstiens-toi.

Certainement, dis-je à mon génie, les barbares qui ont immolé toutes les victimes dont j'ai vu les offemens, n'avaient pas lu ces belles paroles.

Nous vîmes ensuite les *Zaleucus*, les *Thalès*, les *Anaximandres*, & tous les sages qui avaient cherché la vérité & pratiqué la vertu.

Quand nous fûmes à *Socrate*, je le reconnus bien vîte à son nez épaté. (*b*) Hé bien, lui dis-je, vous voilà donc au nombre des confidens du Très-Haut ! tous les habitans de l'Europe, excepté les Turcs & les Tartares de Crimée qui ne savent rien, prononcent votre nom avec respect. On le révère, on l'aime ce grand nom, au point qu'on a voulu savoir ceux de

---

(*a*) Les préceptes de *Zoroastre* sont appelés *portes*, & sont au nombre de cent.

(*b*) Voyez *Xénophon.*

vos perfécuteurs. On connaît *Mélitus* & *Anitus* à caufe de vous , comme on connaît *Ravaillac* à caufe de *Henri IV ;* mais je ne connais que ce nom d'*Anitus.* Je ne fais pas précifément quel était ce fcélérat par qui vous fûtes calomnié , & qui vint à bout de vous faire condamner à la ciguë.

Je n'ai jamais penfé à cet homme depuis mon aventure , me répondit *Socrate ;* mais puifque vous m'en faites fouvenir , je le plains beaucoup. C'était un méchant prêtre qui fefait fecrétement un commerce de cuirs, négoce réputé honteux parmi nous. Il envoya fes deux enfans dans mon école. Les autres difciples leur reprochèrent leur père le corroyeur ; ils furent obligés de fortir. Le père irrité n'eut point de ceffe qu'il n'eût ameuté contre moi tous les prêtres & tous les fophiftes. On perfuada au confeil des cinq cents que j'étais un impie qui ne croyait pas que la *Lune ,* *Mercure* & *Mars* fuffent des dieux. En effet, je penfais comme à préfent qu'il n'y a qu'un Dieu , maître de toute la nature. Les juges me livrèrent à l'empoifonneur de la république ; il accourcit ma vie de quelques jours : je mourus tranquillement à l'âge de foixante & dix ans ; & depuis ce temps-là je paffe une vie heu- reufe avec tous ces grands-hommes que vous voyez , & dont je fuis le moindre.

Après avoir joui quelque temps de l'entretien de *Socrate,* je m'avançai avec mon guide dans un bofquet fitué au-deffus des bocages où tous ces fages de l'antiquité femblaient goûter un doux repos.

Je vis un homme d'une figure douce & fimple, qui me parut âgé d'environ trente-cinq ans. Il jetait de loin des regards de compaffion fur ces amas d'offemens

E 2

blanchis , à travers defquels on m'avait fait paffer pour arriver à la demeure des fages. Je fus étonné de lui trouver les pieds enflés & fanglans, les mains de même , le flanc percé , & les côtes écorchées de coups de fouet. Hé bon Dieu, lui dis-je , eft-il poffible qu'un jufte, un fage foit dans cet état ? je viens d'en voir un qui a été traité d'une manière bien odieufe , mais il n'y a pas de comparaifon entre fon fupplice & le vôtre. De mauvais prêtres & de mauvais juges l'ont empoifonné ; eft-ce auffi par des prêtres & par des juges que vous avez été affaffiné fi cruellement ?

Il me répondit *oui* avec beaucoup d'affabilité.

Et qui étaient donc ces monftres ?

C'étaient des hypocrites.

Ah! c'eft tout dire ; je comprends par ce feul mot qu'ils durent vous condamner au dernier fupplice. Vous leur aviez donc prouvé, comme *Socrate* , que la *Lune* n'était pas une déeffe, & que *Mercure* n'était pas un dieu ?

Non , il n'était pas queftion de ces planètes. Mes compa-triotes ne favaient point du tout ce que c'eft qu'une planète ; ils étaient tous de francs ignorans. Leurs fuperftitions étaient toutes différentes de celles des Grecs.

Vous voulûtes donc leur enfeigner une nouvelle religion ?

Point du tout ; je leur difais fimplement : Aimez DIEU *de tout votre cœur & votre prochain comme vous-même, car c'eft-là tout l'homme. Jugez fi ce précepte n'eft pas auffi ancien que l'univers ; jugez fi je leur apportais un culte nouveau. Je ne ceffais de leur dire que j'étais venu non pour abolir la loi, mais pour l'accomplir ; j'avais obfervé tous leurs rites ; circoncis comme ils l'étaient tous, baptifé comme l'étaient les plus zélés d'entr'eux, je payais comme eux le corban ; je fefais comme eux la pâque, en mangeant debout un agneau cuit dans des laitues. Moi & mes amis nous allions prier dans le temple ; mes amis même fréquentèrent ce temple après ma mort ; en un mot, j'accomplis toutes leurs lois fans en excepter une.*

Quoi ! ces miférables n'avaient pas même à vous reprocher de vous être écarté de leurs lois ?

Non, fans doute.

Pourquoi donc vous ont-ils mis dans l'état où je vous vois ?

Que voulez-vous que je- vous dife ! ils étaient fort orgueilleux & intéreffés. Ils virent que je les connaiffais ; ils furent que je les fefais connaître aux citoyens ; ils étaient les plus forts ; ils m'ôtèrent la vie : & leurs femblables en feront toujours autant, s'ils le peuvent, à quiconque leur aura trop rendu juftice.

Mais, ne dîtes-vous, ne fîtes-vous rien qui pût leur fervir de prétexte ?

Tout fert de prétexte aux méchans.

Ne leur dîtes-vous pas une fois que vous étiez venu apporter le glaive & non la paix ?

C'eft une erreur de copifte ; je leur dis que j'apportais la paix & non le glaive. Je n'ai jamais rien écrit ; on a pu changer ce que j'avais dit fans mauvaife intention.

Vous n'avez donc contribué en rien par vos difcours ou mal rendus, ou mal interprétés, à ces monceaux affreux d'offemens que j'ai vus fur ma route en venant vous confulter ?

Je n'ai vu qu'avec horreur ceux qui fe font rendus coupables de tous ces meurtres.

E 3

Et ces monumens de puiffance & de richeffe, d'orgueil & d'avarice, ces tréfors, ces ornemens, ces fignes de grandeur, que j'ai vus accumulés fur la route en cherchant la fageffe, viennent-ils de vous?

Cela eft impoffible; j'ai vécu moi & les miens dans la pauvreté & dans la baffeffe: ma grandeur n'était que dans la vertu.

J'étais prêt de le fupplier de vouloir bien me dire au jufte qui il était. Mon guide m'avertit de n'en rien faire. Il me dit que je n'étais pas fait pour comprendre ces myftères fublimes. Je le conjurai feulement de m'apprendre en quoi confiftait la vraie religion.

Ne vous l'ai-je pas déjà dit? Aimez DIEU *& votre prochain comme vous-même.*

Quoi! en aimant DIEU on pourrait manger gras le vendredi?

J'ai toujours mangé ce qu'on m'a donné; car j'étais trop pauvre pour donner à diner à perfonne.

En aimant DIEU, en étant jufte, ne pourrait-on pas être affez prudent pour ne point confier toutes les aventures de fa vie à un inconnu?

C'eft ainfi que j'en ai toujours ufé.

Ne pourrai-je, en fefant du bien, me difpenfer d'aller en pélerinage à St Jacques de Compoftelle?

Je n'ai jamais été dans ce pays-là.

Faudrait-il me confiner dans une retraite avec des fots?

Pour moi, j'ai toujours fait de petits voyages de ville en ville.

Me faudrait-il prendre parti pour l'Eglife grecque ou pour la latine?

Je ne fis aucune différence entre le juif & le samaritain quand je fus au monde.

Hé bien, s'il eſt ainſi, je vous prends pour mon ſeul maître. Alors il me fit un ſigne de tête qui me remplit de conſolation. La viſion diſparut, & la bonne conſcience me reſta.

S E C T I O N   I I I.

QUESTIONS SUR LA RELIGION.

Première queſtion.

L'E V E Q U E de Worceſter, *Warburton*, auteur d'un des plus ſavans ouvrages qu'on ait jamais faits, s'exprime ainſi, page 8, tome I : ,, Une religion, une ſociété ,, qui n'eſt pas fondée ſur la créance d'une autre vie, ,, doit être ſoutenue par une providence extraordi- ,, naire. Le judaïſme n'eſt pas fondé ſur la créance ,, d'une autre vie ; donc le judaïſme a été ſoutenu ,, par une providence extraordinaire. ,,

Pluſieurs théologiens ſe ſont élevés contre lui ; & comme on rétorque tous les argumens, on a rétorqué le ſien, on lui a dit :

,, Toute religion qui n'eſt pas fondée ſur le dogme ,, de l'immortalité de l'ame, & ſur les peines & les ,, récompenſes éternelles, eſt néceſſairement fauſſe : ,, or le judaïſme ne connut point ces dogmes ; donc ,, le judaïſme, loin d'être ſoutenu par la Providence, ,, était par vos principes une religion fauſſe & barbare ,, qui attaquait la Providence. ,,

Cet évêque eut quelques autres adverſaires qui lui ſoutinrent que l'immortalité de l'ame était connue

E 4

chez les Juifs, dans le temps même de *Moïfe* ; mais il leur prouva très-évidemment, que ni le Décalogue, ni le Lévitique, ni le Deutéronome, n'avait dit un feul mot de cette créance; & qu'il eft ridicule de vouloir tordre & corrompre quelques paffages des autres livres, pour en tirer une vérité qui n'eft point annoncée dans le livre de la loi.

Monfieur l'évêque ayant fait quatre volumes pour démontrer que la loi judaïque ne propofait ni peines, ni récompenfes après la mort, n'a jamais pu répondre à fes adverfaires d'une manière bien fatisfefante. Ils lui difaient : ,, Ou *Moïfe* connaiffait ce dogme; & alors ,, il a trompé les Juifs en ne le manifeftant pas: ou il ,, l'ignorait; & en ce cas il n'en favait pas affez pour ,, fonder une bonne religion. En effet, fi fa religion ,, avait été bonne, pourquoi l'aurait-on abolie? Une ,, religion vraie doit être pour tous les temps & pour ,, tous les lieux; elle doit être comme la lumière du ,, foleil, qui éclaire tous les peuples & toutes les ,, générations. ,,

Ce prélat, tout éclairé qu'il eft, a eu beaucoup de peine à fe tirer de toutes ces difficultés; mais quel fyftème en eft exempt?

Seconde queftion.

UN autre favant beaucoup plus philofophe, qui eft un des plus profonds métaphyficiens de nos jours, donne de fortes raifons pour prouver que le poly-théifme a été la première religion des hommes, & qu'on a commencé à croire plufieurs dieux, avant que la raifon fût affez éclairée pour ne reconnaître qu'un feul Etre fuprême.

J'ofe croire, au contraire, qu'on a commencé d'abord par reconnaître un feul DIEU, & qu'enfuite la faibleffe humaine en a adopté plufieurs; & voici comme je conçois la chofe.

Il eft indubitable qu'il y eut des bourgades avant qu'on eût bâti de grandes villes, & que tous les hommes ont été divifés en petites républiques, avant qu'ils fuffent réunis dans de grands empires. Il eft bien naturel qu'une bourgade effrayée du tonnerre, affligée de la perte de fes moiffons, maltraitée par la bourgade voifine, fentant tous les jours fa faibleffe, fentant par-tout un pouvoir invifible, ait bientôt dit : Il y a quelque être au-deffus de nous qui nous fait du bien & du mal.

Il me paraît impoffible qu'elle ait dit : Il y a deux pouvoirs. Car pourquoi plufieurs? on commence en tout genre par le fimple, enfuite vient le compofé, & fouvent enfin on revient au fimple par des lumières fupérieures? Telle eft la marche de l'efprit humain.

Quel eft cet être qu'on aura d'abord invoqué? fera-ce le foleil? fera-ce la lune? je ne le crois pas. Examinons ce qui fe paffe dans les enfans; ils font à peu près ce que font les hommes ignorans. Ils ne font frappés, ni de la beauté, ni de l'utilité de l'aftre qui anime la nature, ni des fecours que la lune nous prête, ni des variations régulières de fon cours; ils n'y penfent pas; ils y font trop accoutumés. On n'adore, on n'invoque, on ne veut apaifer que ce qu'on craint; tous les enfans voient le ciel avec indifférence; mais que le tonnerre gronde, ils tremblent, ils vont fe cacher. Les premiers hommes en ont fans doute agi de même. Il ne peut y avoir que des efpèces de

philofophes qui aient remarqué le cours des aftres,
les aient fait admirer, & les aient fait adorer ; mais
des cultivateurs fimples & fans aucune lumière, n'en
favaient pas affez pour embraffer une erreur fi noble.

Un village fe fera donc borné à dire : Il y a une
puiffance qui tonne, qui grêle fur nous, qui fait
mourir nos enfans ; apaifons-la : mais comment
l'apaifer ? Nous voyons que nous avons calmé par
de petits préfens la colère des gens irrités, fefons donc
de petits préfens à cette puiffance. Il faut bien auffi
lui donner un nom. Le premier qui s'offre eft celui
de *chef*, de *maître*, de *feigneur* ; cette puiffance eft donc
appelée monfeigneur. C'eft probablement la raifon
pour laquelle les premiers Egyptiens appelèrent leur
dieu *Knef* ; les Syriens *Adoni* ; les peuples voifins *Baal*
ou *Bel*, ou *Melch*, ou *Moloc* ; les Scythes *Papée* : tous
mots qui fignifient *feigneur*, *maître*.

C'eft ainfi qu'on trouva prefque toute l'Amérique
partagée en une multitude de petites peuplades, qui
toutes avaient leur dieu protecteur. Les Mexiquains
même, & les Péruviens qui étaient de grandes nations,
n'avaient qu'un feul dieu. L'une adorait *Manco Kapak*,
l'autre le dieu de la guerre. Les Mexiquains donnaient
à leur dieu guerrier le nom de *Viliputfi*, comme les
Hébreux avaient appelé leur Seigneur *Sabaoth*.

Ce n'eft point par une raifon fupérieure & cultivée
que tous les peuples ont ainfi commencé à reconnaître
une feule divinité ; s'ils avaient été philofophes, ils
auraient adoré le Dieu de toute la nature, & non pas
le Dieu d'un village ; ils auraient examiné ces rapports
infinis de tous les êtres, qui prouvent un être créateur
& confervateur ; mais ils n'examinèrent rien, ils

fentirent. C'eft-là le progrès de notre faible entendement ; chaque bourgade fentait fa faibleffe & le befoin
qu'elle avait d'un fort protecteur. Elle imaginait cet
être tutélaire & terrible réfidant dans la forêt voifine,
ou fur la montagne, ou dans une nuée. Elle n'en imaginait qu'un feul, parce que la bourgade n'avait qu'un
chef à la guerre. Elle l'imaginait corporel, parce qu'il
était impoffible de fe le repréfenter autrement. Elle
ne pouvait croire que la bourgade voifine n'eût pas
auffi fon Dieu. Voilà pourquoi *Jephté* dit aux habitans de Moab : *Vous poffédez légitimement ce que votre*
Dieu Chamos vous a fait conquérir, vous devez nous laiffer
jouir de ce que notre Dieu nous a donné pour fes victoires.

Ce difcours tenu par un étranger à d'autres étrangers eft très-remarquable. Les Juifs & les Moabites
avaient dépoffédé les naturels du pays ; l'un & l'autre
n'avait d'autre droit que celui de la force, & l'un dit
à l'autre : Ton Dieu t'a protégé dans ton ufurpation,
fouffre que mon Dieu me protège dans la mienne.

Jérémie & *Amos* demandent l'un & l'autre, *quelle*
raifon a eu le Dieu Melchom de s'emparer du pays de
Gad ? Il paraît évident par ces paffages que l'antiquité
attribuait à chaque pays un dieu protecteur. On trouve
encore des traces de cette théologie dans *Homère.*

Il eft bien naturel que l'imagination des hommes
s'étant échauffée, & leur efprit ayant acquis des
connaiffances confufes, ils aient bientôt multiplié
leurs dieux, & affigné des protecteurs aux élémens,
aux mers, aux forêts, aux fontaines, aux campagnes.
Plus ils auront examiné les aftres, plus ils auront été
frappés d'admiration. Le moyen de ne pas adorer le
foleil, quand on adore la divinité d'un ruiffeau ? Dès

que le premier pas eſt fait, la terre eſt bientôt couverte de dieux; & on deſcend enfin des aſtres aux
chats & aux oignons.

Cependant il faut bien que la raiſon ſe perfectionne;
le temps forme enfin des philoſophes qui voient que
ni les oignons ni les chats, ni même les aſtres, n'ont
arrangé l'ordre de la nature. Tous ces philoſophes
babyloniens, perſans, égyptiens, ſcythes, grecs &
romains admettent un Dieu ſuprême, rémunérateur
& vengeur.

Ils ne le diſent pas d'abord aux peuples; car quiconque eût mal parlé des oignons & des chats devant
des vieilles & des prêtres, eût été lapidé. Quiconque
eût reproché à certains égyptiens de manger leurs
dieux, eût été mangé lui-même, comme en effet
Juvénal rapporte qu'un égyptien fut tué & mangé tout
cru dans une diſpute de controverſe.

Mais que fit-on? *Orphée* & d'autres établiſſent des
myſtères que les initiés jurent par des ſermens
exécrables de ne point révéler, & le principal de ces
myſtères eſt l'adoration d'un ſeul Dieu. Cette grande
vérité pénètre dans la moitié de la terre; le nombre
des initiés devient immenſe; il eſt vrai que l'ancienne
religion ſubſiſte toujours, mais comme elle n'eſt point
contraire au dogme de l'unité de DIEU, on la laiſſe
ſubſiſter. Et pourquoi l'abolirait-on? Les Romains
reconnaiſſent le *Deus optimus maximus;* les Grecs ont
leur *Zeus,* leur Dieu ſuprême. Toutes les autres divinités ne ſont que des êtres intermédiaires; on place des
héros & des empereurs au rang des dieux, c'eſt-à-dire
des bienheureux : mais il eſt ſûr que *Claude, Octave,*

Tibère & *Caligula* ne font pas regardés comme les créateurs du ciel & de la terre.

En un mot il paraît prouvé que du temps d'*Augufte*, tous ceux qui avaient une religion reconnaiffaient un Dieu fupérieur, éternel, & plufieurs ordres de dieux fecondaires dont le culte fut appelé depuis *idolâtrie*.

Les lois des Juifs n'avaient jamais favorifé l'idolâtrie; car quoiqu'ils admiffent des malachim, des anges, des êtres céleftes d'un ordre inférieur, leur loi n'ordonnait point que ces divinités fecondaires euffent un culte chez eux. Ils adoraient les anges, il eft vrai, c'eft-à-dire ils fe profternaient quand ils en voyaient; mais comme cela n'arrivait pas fouvent, il n'y avait ni de cérémonial ni de culte légal établi pour eux. Les chérubins de l'arche ne recevaient point d'hommages. Il eft conftant que les Juifs, du moins depuis *Alexandre*, adoraient ouvertement un feul Dieu, comme la foule innombrable d'initiés l'adoraient fecrétement dans leurs myftères.

Troifième queftion.

CE fut dans ce temps où le culte d'un Dieu fuprême était univerfellement établi chez tous les fages en Afie, en Europe & en Afrique, que la religion chrétienne prit naiffance.

Le platonifme aida beaucoup à l'intelligence de fes dogmes. Le *Logos* qui, chez *Platon*, fignifiait la fageffe, la raifon de l'Etre fuprême, devint chez nous le Verbe & une feconde perfonne de DIEU. Une métaphyfique profonde & au-deffus de l'intelligence humaine, fut un fanctuaire inacceffible dans lequel la religion fut enveloppée.

On ne répétera point ici comment *Marie* fut déclarée dans la fuite mère de D I E U , comment on établit la confubftantialité du Père & du Verbe, & la proceffion du *Pneuma*, organe divin du divin *Logos*, deux natures & deux volontés réfultantes de l'hypoftafe, & enfin la manducation fupérieure, l'ame nourrie ainfi que le corps des membres & du fang de l'homme-D I E U adoré & mangé fous la forme du pain, préfent aux yeux, fenfible au goût , & cependant anéanti. Tous les myftères ont été fublimes.

On commença, dès le fecond fiècle, par chaffer les démons au nom de J E S U S ; auparavant on les chaffait au nom de *Jehovah* ou *Ihaho* , car St *Matthieu* rapporte que les ennemis de J E S U S ayant dit qu'il chaffait les démons au nom du prince des démons, il leur répondit : *Si c'eft par Belzébuth que je chaffe les démons , par qui vos enfans les chaffent-ils ?*

On ne fait point en quel temps les Juifs reconnurent pour prince des démons *Belzébuth* , qui était un dieu étranger ; mais on fait (& c'eft *Jofephe* qui nous l'apprend) qu'il y avait à Jérufalem des exorciftes prépofés pour chaffer les démons des corps des poffédés, c'eft-à-dire des hommes attaqués de maladies fingulières , qu'on attribuait alors dans une grande partie de la terre à des génies malfefans.

On chaffait donc ces démons avec la véritable prononciation de *Jehovah* aujourd'hui perdue, & avec d'autres cérémonies aujourd'hui oubliées.

Cet exorcifme par *Jehovah* ou par les autres noms de D I E U était encore en ufage dans les premiers fiècles de l'Eglife. *Origène* , en difputant contre *Celfe* , lui dit, n°. 262 : ,, Si en invoquant D I E U , ou en jurant

,, par lui , on le nomme le Dieu d'*Abraham* , d'*Ifaac*
,, & de *Jacob* , on fera certaines chofes par ces noms ,
,, dont la nature & la force font telles que les démons
,, fe foumettent à ceux qui les prononcent ; mais fi
,, on le nomme d'un autre nom , comme Dieu de
,, la mer bruyante , fupplantateur , ces noms feront
,, fans vertu. Le nom d'Ifraël traduit en grec ne
,, pourra rien opérer ; mais prononcez-le en hébreu ,
,, avec les autres mots requis , vous opérerez la
,, conjuration. ,,

Le même *Origène* , au nombre XIX , dit ces paroles
remarquables : ,, Il y a des noms qui ont naturelle-
,, ment de la vertu , tels que font ceux dont fe
,, fervent les fages parmi les Egyptiens , les mages
,, en Perfe , les brachmanes dans l'Inde. Ce qu'on
,, nomme magie n'eft pas un art vain & chimérique ,
,, ainfi que le prétendent les ftoïciens & les épicuriens :
,, ni le nom de *Sabaoth* , ni celui d'*Adonaï* , n'ont
,, pas été faits pour des êtres créés , mais ils appar-
,, tiennent à une théologie myftérieufe qui fe rapporte
,, au Créateur ; de-là vient la vertu de ces noms
,, quand on les arrange & qu'on les prononce felon
,, les règles &c. ,,

Origène en parlant ainfi ne donne point fon fentiment particulier, il ne fait que rapporter l'opinion
univerfelle. Toutes les religions alors connues admet-
taient une efpèce de magie ; & on diftinguait la
magie célefte & la magie infernale , la nécromancie &
la théurgie ; tout était prodige , divination , oracle. Les
Perfes ne niaient point les miracles des Egyptiens , ni
les Egyptiens ceux des Perfes. D I E U permettait que
les premiers chrétiens fuffent perfuadés des oracles

attribués aux fibylles , & leur laiſſait encore quelques erreurs peu importantes , qui ne corrompaient point le fond de la religion.

Une choſe encore fort remarquable , c'eſt que les chrétiens des deux premiers fiècles avaient de l'horreur pour les temples , les autels & les fimulacres. C'eſt ce qu'*Origène* avoue n°. 347. Tout changea depuis avec la diſcipline , quand l'Egliſe reçut une forme conſtante.

Quatrième queſtion.

LORSQU'UNE fois une religion eſt établie légalement dans un Etat , les tribunaux ſont tous occupés à empêcher qu'on ne renouvelle la plupart des choſes qu'on feſait dans cette religion avant qu'elle fût publiquement reçue. Les fondateurs s'aſſemblaient en ſecret malgré les magiſtrats ; on ne permet que les aſſemblées publiques ſous les yeux de la loi , & toutes aſſociations qui ſe dérobent à la loi ſont défendues. L'ancienne maxime était qu'il vaut mieux obéir à DIEU qu'aux hommes ; la maxime oppoſée eſt reçue , que c'eſt obéir à DIEU que de ſuivre les lois de l'Etat. On n'entendait parler que d'obſeſſions & de poſſeſſions ; le diable était alors déchaîné ſur la terre ; le diable ne ſort plus aujourd'hui de ſa demeure. Les prodiges, les prédictions étaient alors néceſſaires ; on ne les admet plus ; un homme qui prédirait des calamités dans les places publiques , ſerait mis aux petites-maiſons. Les fondateurs recevaient ſecrétement l'argent des fidelles ; un homme qui recueillerait de l'argent pour en diſpoſer, ſans y être autoriſé par la loi , ſerait repris de juſtice.

Ainſi

Ainſi on ne ſe ſert plus d'aucun des échafauds qui ont ſervi à bâtir l'édifice.

Cinquième queſtion.

APRÈS notre ſainte religion, qui ſans doute eſt la ſeule bonne, quelle ſerait la moins mauvaiſe?

Ne ſerait-ce pas la plus ſimple? ne ſerait-ce pas celle qui enſeignerait beaucoup de morale & très-peu de dogmes? celle qui tendrait à rendre les hommes juſtes, ſans les rendré abſurdes? celle qui n'ordonnerait point de croire des choſes impoſſibles, contradictoires, injurieuſes à la Divinité, & pernicieuſes au genre-humain, & qui n'oſerait point menacer des peines éternelles quiconque aurait le ſens commun? Ne ſerait-ce point celle qui ne ſoutiendrait pas ſa créance par des bourreaux, & qui n'inonderait pas la terre de ſang pour des ſophiſmes inintelligibles? celle dans laquelle une équivoque, un jeu de mots, & deux ou trois chartes ſuppoſées ne feraient pas un ſouverain & un dieu d'un prêtre ſouvent inceſtueux, homicide & empoiſonneur? celle qui ne ſoumettrait pas les rois à ce prêtre? celle qui n'enſeignerait que l'adoration d'un Dieu, la juſtice, la tolérance & l'humanité?

Sixième queſtion.

ON a dit que la religion des gentils était abſurde en pluſieurs points, contradictoire, pernicieuſe; mais ne lui a-t-on pas imputé plus de mal qu'elle n'en a fait, & plus de ſottiſes qu'elle n'en a prêchées?

Car de voir Jupiter taureau,
Serpent, cygne, ou quelque autre chofe;
Je ne trouve point cela beau,
Et ne m'étonne pas, fi par fois on en caufe.

Prologue d'Amphitrion.

Sans doute cela eft fort impertinent; mais qu'on me montre dans toute l'antiquité un temple dédié à *Léda* couchant avec un cygne ou avec un taureau ? Y a-t-il eu un fermon prêché dans Athènes ou dans Rome pour encourager les filles à faire des enfans avec les cygnes de leur baffe-cour ? Les fables recueillies & ornées par *Ovide* font-elles la religion ? ne reffemblent-elles pas à notre Légende dorée, à notre Fleur des faints ? Si quelque brame ou quelque derviche venait nous objecter l'hiftoire de *Ste Marie égyptienne*, laquelle n'ayant pas de quoi payer les matelots qui l'avaient conduite en Egypte, donna à chacun d'eux ce que l'on appelle des faveurs, en guife de monnaie; nous dirions au brame : mon révérend père, vous vous trompez, notre religion n'eft pas la Légende dorée.

Nous reprochons aux anciens leurs oracles, leurs prodiges : s'ils revenaient au monde, & qu'on pût compter les miracles de Notre-Dame de Lorette, & ceux de Notre-Dame d'Ephèfe, en faveur de qui des deux ferait la balance du compte ?

Les facrifices humains ont été établis chez prefque tous les peuples, mais très-rarement mis en ufage. Nous n'avons que la fille de *Jephté* & le roi *Agag* d'immolés chez les Juifs, car *Ifaac* & *Jonathas* ne le furent pas. L'hiftoire d'*Iphigénie* n'eft pas bien avérée chez les Grecs. Les facrifices humains font très-rares chez les anciens Romains ; en un mot la religion païenne a fait répandre très-peu de fang, & la nôtre en a couvert la terre. La nôtre eft fans doute la feule bonne, la feule vraie, mais nous avons fait tant de mal par fon moyen, que quand nous parlons des autres nous devons être modeftes.

Septième queftion.

Si un homme veut perfuader fa religion à des étrangers ou à fes compatriotes, ne doit-il pas s'y prendre avec la plus infinuante douceur, & la modération la plus engageante ? S'il commence par dire que ce qu'il annonce eft démontré, il trouvera une foule d'incrédules ; s'il ofe leur dire qu'ils ne rejettent fa doctrine qu'autant qu'elle condamne leurs paffions, que leur cœur a corrompu leur efprit, qu'ils n'ont qu'une raifon fauffe & orgueilleufe, il les révolte, il les anime contre lui, il ruine lui-même ce qu'il veut établir.

Si la religion qu'il annonce eft vraie, l'emportement & l'infolence la rendront-ils plus vraie ? Vous mettez-vous en colère quand vous dites qu'il faut être doux, patient, bienfefant, jufte, remplir tous les devoirs de la fociété ? non, car tout le monde eft de votre avis ; pourquoi donc dites-vous des injures à votre frère, quand vous lui prêchez une métaphyfique myf-térieufe ? C'eft que fon fens irrite votre amour-propre Vous avez l'orgueil d'exiger que votre frère foumette fon intelligence à la vôtre : l'orgueil humilié produit la colère ; elle n'a point d'autre fource. Un homme bleffé de vingt coups de fufil dans une bataille, ne fe met point en colère ; mais un docteur bleffé du refus d'un fuffrage devient furieux & implacable.

Huitiéme queſtion.

Ne faut-il pas foigneuſement diſtinguer la religion de l'Etat & la religion théologique ? Celle de l'Etat exige que les imans tiennent des regiſtres des circoncis, les curés ou paſteurs des regiſtres des baptiſés ; qu'il y ait des moſquées, des égliſes, des temples, des jours conſacrés à l'adoration & au repos, des rites établis par la loi ; que les miniſtres de ces rites aient de la conſidération fans pouvoir ; qu'ils enſeignent les bonnes mœurs au peuple, & que les miniſtres de la loi veillent fur les mœurs des miniſtres des temples. Cette religion de l'Etat ne peut en aucun temps cauſer aucun trouble.

Il n'en eſt pas ainſi de la religion théologique ; celle-ci eſt la fource de toutes les fottiſes, & de tous les troubles imaginables ; c'eſt la mère du fanatiſme & de la diſcorde civile ; c'eſt l'ennemie du genre-humain. Un bonze prétend que *Fo* eſt un dieu ; qu'il a été prédit par des faquirs ; qu'il eſt né d'un éléphant blanc ; que chaque bonze peut faire un *Fo* avec des grimaces. Un ṭalapoin dit que *Fo* était un faint homme, dont les bonzes ont corrompu la doctrine, & que c'eſt *Sammonocodom* qui eſt le vrai dieu. Après cent argumens & cent démentis, les deux factions conviennent de s'en rapporter au dalaï-lama, qui demeure à trois cents lieues de là, qui eſt immortel & même infaillible. Les deux factions lui envoient une députation folemnelle. Le dalaï-lama commence, felon fon divin uſage, par leur diſtribuer fa chaiſe percée.

Les deux sectes rivales la reçoivent d'abord avec un respect égal, la font sécher au soleil, & l'enchâssent dans de petits chapelets qu'ils baisent dévotement : mais dès que le dalaï-lama & son conseil ont prononcé au nom de *Fo*, voilà le parti condamné qui jette les chapelets au nez du vice-dieu, & qui lui veut donner cent coups d'étrivières. L'autre parti défend son lama dont il a reçu de bonnes terres ; tous deux se battent long-temps ; & quand ils sont las de s'exterminer, de s'assassiner, de s'empoisonner réciproquement, ils se disent encore de grosses injures ; & le dalaï-lama en rit; & il distribue encore sa chaise percée à quiconque veut bien recevoir les déjections du bon père lama.

R E L I Q U E S.

On désigne par ce nom les restes ou les parties restantes du corps ou des habits d'une personne mise après sa mort, par l'Eglise, au nombre des bienheureux.

Il est clair que JESUS n'a condamné que l'hypocrisie des Juifs, en disant : (*a*) Malheur à vous, scribes & pharisiens hypocrites, qui bâtissez des tombeaux aux prophètes & ornez les monumens des justes. Aussi les chrétiens orthodoxes ont une égale vénération pour les reliques & pour les images des saints ; & même je ne sais quel docteur, nommé *Henri*, ayant osé dire que quand les os ou autres reliques sont changés en vers, il ne faut pas adorer ces vers, le jésuite *Vasquez* (*b*) décida que l'opinion de *Henri* est absurde

(*a*) *Matthieu*, cap. XXIII, v. 29.
(*b*) L. II, de l'adoration, disp. III, chap. VIII.

& vaine : car il n'importe de quelle manière se fasse la corruption. Par conséquent, dit-il, nous pouvons adorer les reliques, tant sous la forme de vers que sous la forme de cendres.

Quoi qu'il en soit, St *Cyrille* de Jérusalem (*c*) avoue que l'origine des reliques est païenne ; & voici la description que fait de leur culte *Théodoret*, qui vivait au commencement de l'ère chrétienne. On court aux temples des martyrs, dit ce savant évêque, (*d*) pour leur demander les uns la conservation de leur santé, les autres la guérison de leurs maladies, & les femmes stériles la fécondité. Après avoir obtenu des enfans ces femmes en demandent la conservation. Ceux qui entreprennent des voyages, conjurent les martyrs de les accompagner & de les conduire. Lorsqu'ils font de retour, ils vont leur témoigner leur reconnaissance. Ils ne les adorent pas comme des dieux ; mais ils les honorent comme des hommes divins, & les conjurent d'être leurs intercesseurs.

Les offrandes qui font appendues dans leurs temples, font des preuves publiques que ceux qui ont demandé avec foi ont obtenu l'accomplissement de leurs vœux & la guérison de leurs maladies. Les uns y appendent des yeux, les autres des pieds, les autres des mains d'or & d'argent. Ces monumens publient la vertu de ceux qui font ensevelis dans ces tombeaux, comme leur vertu publie que le Dieu pour lequel ils ont souffert est le vrai Dieu ; aussi les chrétiens ont-ils soin de donner à leurs enfans les noms des martyrs, afin de les mettre en sureté sous leur protection.

(*c*) Liv. X , contre *Julien*.   (*d*) Question 5 1 sur l'Exode.

Enfin *Théodoret* ajoute que les temples des dieux ont été démolis & que les matériaux ont fervi à la conftruction des temples des martyrs : car le Seigneur, dit-il aux païens, a fubftitué fes morts à vos dieux ; il a fait voir la vanité de ceux-ci, & a transféré aux autres les honneurs qu'on rendait aux premiers. C'eft de quoi fe plaint amèrement le fameux fophifte de Sardes, en déplorant la ruine du temple de *Sérapis* à Canope, qui fut démoli par ordre de l'empereur *Théodofe I*, l'an 389.

Des gens, dit *Eunapius*, qui n'avaient jamais entendu parler de la guerre, fe trouvèrent pourtant fort vaillans contre les pierres de ce temple, & principalement contre les riches offrandes dont il était rempli. On donna ces lieux faints à des moines, gens infames & inutiles, qui pourvu qu'ils euffent un habit noir & mal propre, prenaient une autorité tyrannique fur l'efprit des peuples, & à la place des dieux que l'on voyait par les lumières de la raifon, ces moines donnaient à adorer des têtes de brigands punis pour leurs crimes, qu'on avait falées pour les conferver.

Le peuple eft fuperftitieux, & c'eft par la fuperftition qu'on l'enchaîne. Les miracles forgés au fujet des reliques, devinrent un aimant qui attirait de toutes parts des richeffes dans les églifes. La fourberie & la crédulité avaient été portées fi loin, que dès l'an 386, le même *Théodofe* fut obligé de faire une loi par laquelle il défendait de tranfporter d'un lieu dans un autre les corps enfevelis, de féparer les reliques de chaque martyr, & d'en trafiquer.

Pendant les trois premiers fiècles du chriftianifme, on s'était contenté de célébrer le jour de la mort des

martyrs, qu'on appelait leur jour natal, en s'assemblant
dans les cimetières où reposaient leurs corps pour prier
pour eux, comme nous l'avons remarqué à l'article *Messe*.
On ne pensait point alors qu'avec le temps les chrétiens dussent leur élever des temples, transporter leurs
cendres & leurs os d'un lieu dans un autre, les montrer
dans des châsses, & enfin en faire un trafic qui excitât
l'avarice à remplir le monde de reliques supposées.

Mais le troisième concile de Carthage, tenu l'an
397, ayant inséré dans le canon des Ecritures l'apo-
calypse de *St Jean*, dont l'authenticité jusqu'alors avait
été contestée, ce passage du chapitre VI : *Je vis sous
les autels les ames de ceux qui avaient été tués pour la parole
de Dieu*, autorisa la coutume d'avoir des reliques de
martyrs sous les autels ; & cette pratique fut bientôt
regardée comme si essentielle, que *St Ambroise*, malgré les
instances du peuple, ne voulut pas consacrer une église
où il n'y en avait point ; & l'an 692, le concile de
Constantinople, *in Trullo*, ordonna même de démolir
tous les autels sous lesquels il ne se trouverait point
de reliques. Un autre concile de Carthage, au contraire,
avait ordonné l'an 401 aux évêques de faire abattre
les autels qu'on voyait élever par-tout dans les champs
& sur les grands chemins en l'honneur des martyrs,
dont on déterrait çà & là de prétendues reliques, sur
des songes & de vaines révélations de toutes sortes de
gens.

St Augustin (e) rapporte que vers l'an 415, *Lucien*,
prêtre & curé d'un bourg nommé Caphargamata,
distant de quelques milles de Jérusalem, vit en songe
jusqu'à trois fois le docteur *Gamaliel* qui lui déclara

(e) Cité de Dieu, liv. XXII, chap. VIII.

que fon corps, ceux d'*Abibas* fon fils, de *St Etienne*
& de *Nicodéme*, étaient enterrés dans un endroit de
fa paroiffe qu'il lui indiqua. Il lui commanda de leur
part & de la fienne de ne les pas laiffer plus long-
temps dans le tombeau négligé où ils étaient depuis
quelques fiècles, & d'aller dire à *Jean*, évêque de
Jérufalem, de venir les en tirer inceffamment, s'il
voulait prévenir les malheurs dont le monde était
menacé. *Gamaliel* ajouta que cette tranflation devait fe
faire fous l'épifcopat de *Jean* qui mourut environ un
an après. L'ordre du ciel était que le corps de *St Etienne*
fût tranfporté à Jérufalem.

Lucien ou entendit mal ou fut malheureux ; il fit
creufer & ne trouva rien : ce qui obligea le docteur
juif d'apparaître à un moine fort fimple & fort innocent, & de lui marquer plus précifément l'endroit où
repofaient les facrées reliques. *Lucien* y trouva le tréfor
qu'il cherchait, felon la révélation que DIEU lui en
avait faite. Il y avait dans ce tombeau une pierre où
était gravé le mot de *cheliel*, qui fignifie couronne en
hébreu, comme *Stephanos* en grec. A l'ouverture du
cercueil d'*Etienne* la terre trembla ; on fentit une odeur
excellente, & un grand nombre de malades furent
guéris. Le corps du faint était réduit en cendres,
hormis les os que l'on tranfporta à Jérufalem & que
l'on mit dans l'églife de Sion. A la même heure il
furvint une grande pluie, au lieu qu'il y avait eu jufqu'alors une extrême féchereffe.

Avite, prêtre efpagnol, qui était alors en Orient,
traduifit en latin cette hiftoire que *Lucien* avait écrite
en grec. Comme l'efpagnol était ami de *Lucien*, il en
obtint une petite portion des cendres du faint, quelques

os pleins d'une onction qui était la preuve visible de leur sainteté, surpassant les parfums nouvellement faits & les odeurs les plus agréables. Ces reliques apportées par *Orose* dans l'île de Minorque, y convertirent en huit jours cinq cents quarante juifs.

On fut ensuite informé par diverses visions, que des moines d'Egypte avaient des reliques de *St Etienne*, que des inconnus y avaient portées. Comme les moines n'étant pas prêtres alors, n'avaient point encore d'églises en propre, on alla prendre ce trésor pour le transporter dans une église qui était près d'Usale. Aussitôt quelques personnes virent au-dessus de l'église une étoile qui semblait venir au-devant du saint martyr. Ces reliques ne restèrent pas long-temps dans cette église; l'évêque d'Usale trouvant à propos d'en enrichir la sienne, alla les prendre & les transporta, assis sur un char, accompagné de beaucoup de peuple, qui chantait les louanges de D I E U , & d'un grand nombre de cierges & de luminaires.

Ainsi les reliques furent portées dans un lieu élevé de l'église, & placées sur un trône orné de tentures. On les mit ensuite sur un carreau ou sur un petit lit dans un lieu fermé à clef, auquel on avait laissé une petite fenêtre, afin que l'on pût y faire toucher des linges qui servaient à guérir divers maux. Un peu de poussière ramassée sur la châsse guérit tout d'un coup un paralytique. Des fleurs qu'on avait présentées au saint, appliquées sur les yeux d'un aveugle, lui rendirent la vue. Il y eut même sept ou huit morts de ressuscités.

St Augustin, (*f*) qui tâche de justifier ce culte en le distinguant de celui d'adoration qui n'est dû qu'à D I E U

(*f*) Contre *Fauste* , liv. XX , chap. IV.

feul, eft obligé de convenir (*g*) qu'il connaît lui-même plufieurs chrétiens qui adorent les fépulcres & les images. J'en connais plufieurs, ajoute ce faint, qui boivent avec les plus grands excès fur les tombeaux, & qui donnant des feftins aux cadavres, s'enfeveliffent eux-mêmes fur ceux qui font enfevelis.

En effet, fortant tout fraîchement du paganifme, & ravis de trouver dans l'Eglife chrétienne, quoique fous d'autres noms, des hommes déifiés, les peuples les honoraient tout comme ils avaient honoré leurs faux dieux ; & ce ferait vouloir fe tromper groffiè-rement, que de juger des idées & des pratiques de la populace par celles des évêques éclairés & des philofophes. On fait que les fages, parmi les païens, fefaient les mêmes diftinctions que nos faints évêques. Il faut, difait *Hiérocles*, (*h*) reconnaître & fervir les dieux, de forte que l'on ait grand foin de les bien diftinguer du Dieu fuprême, qui eft leur auteur & leur père. Il ne faut pas non plus trop exalter leur dignité. Et enfin le culte qu'on leur rend doit fe rapporter à leur unique créateur, que vous pouvez nommer proprement le Dieu des dieux, parce qu'il eft le maître de tous & le plus excellent de tous. *Porphyre*, (*i*) qui, comme *St Paul*, (*k*) qualifie le DIEU fuprême, de Dieu qui eft au-deffus de toutes chofes, ajoute qu'on ne doit lui facrifier rien de fenfible, rien de matériel, parce qu'étant un efprit pur, tout ce qui eft matériel eft impur pour lui. Il ne

(*g*) Des mœurs de l'Eglife, chap. XXXIX.
(*h*) Sur les vers de *Pythagore*, pag. 10.
(*i*) De l'abftinence, liv. II, art. XXXIV.
(*k*) Romains, chap. IX, v. 5.

peut être dignement honoré que par la pensée & les sentimens d'une ame qui n'est souillée d'aucune passion vicieuse.

En un mot, S*t* *Augustin* (*l*) en déclarant avec naïveté qu'il n'ose parler librement sur plusieurs semblables abus, pour ne pas donner occasion de scandale à des personnes pieuses ou à des brouillons, fait assez voir que les évêques usaient avec les païens pour les convertir, de la même connivence que S*t* *Grégoire* recommandait deux siècles après pour convertir l'Angleterre. Ce pape consulté par le moine *Augustin* sur quelques restes de cérémonies, moitié civiles, moitié païennes, auxquelles les Anglais, nouveaux convertis, ne voulaient pas renoncer, lui répondit : On n'ôte point à des esprits durs toutes leurs habitudes à la fois ; on n'arrive point sur un rocher escarpé en y sautant, mais en s'y traînant pas à pas.

La réponse du même pape à *Constantine*, fille de l'empereur *Tibère Constantin* & épouse de *Maurice*, qui lui demandait la tête de S*t* *Paul*, pour mettre dans un temple qu'elle avait bâti à l'honneur de cet apôtre, n'est pas moins remarquable. S*t* *Grégoire* (*m*) mande à cette princesse que les corps des saints brillent de tant de miracles, qu'on n'ose même approcher de leurs tombeaux pour y prier sans être saisi de frayeur. Que son prédécesseur (*Pélage II*) ayant voulu ôter de l'argent qui était sur le tombeau de S*t* *Pierre*, pour le mettre à la distance de quatre pieds, il lui apparut des signes épouvantables. Que lui *Grégoire* voulant faire quelques réparations au monument de S*t* *Paul*,

---

(*l*) Cité de Dieu, liv. XXII, chap. VIII.
(*m*) Lettre XXX, indict. XII, liv. III.

comme il fallait creufer un peu avant, & celui qui
avait la garde du lieu ayant eu la hardieffe de lever
des os, qui ne touchaient pas au tombeau de l'apôtre,
pour les tranfporter ailleurs, il lui apparut auffi des
fignes terribles & il mourut fur le champ. Que fon
prédéceffeur ayant voulu auffi faire des réparations
au tombeau de St Laurent, on découvrit imprudem-
ment le cercueil où était le corps du martyr; & quoique
ceux qui y travaillaient fuffent des moines & des
officiers du temple, ils moururent tous dans l'efpace
de dix jours, parce qu'ils avaient vu le corps du faint.
Que lorfque les Romains donnent des reliques, ils ne
touchent jamais aux corps facrés ; mais fe contentent
de mettre dans une boîte quelques linges & de les
en approcher. Que ces linges ont la même vertu que
les reliques & font autant de miracles. Que certains
grecs doutant de ce fait, le pape Léon fe fit apporter
des cifeaux, & ayant coupé en leur préfence de ces
linges, qu'on avait approchés des corps faints, il
en fortit du fang. Qu'à Rome dans l'Occident, c'eft
un facrilége de toucher aux corps des faints ; & que
fi quelqu'un l'entreprend, il peut s'affurer que fon
crime ne fera pas impuni. Que c'eft pour cela qu'il
ne peut fe perfuader que les Grecs aient la coutume
de tranfporter les reliques. Que des Grecs ayant ofé
déterrer la nuit des corps proche de l'églife de St Paul,
dans le deffein de les tranfporter en leur pays, ils furent
auffitôt découverts ; & que c'eft ce qui le perfuade
que les reliques qui fe tranfportent de la forte font
fauffes. Que des orientaux prétendant que les corps de
St Pierre & de St Paul leur appartenaient, vinrent
à Rome pour les emporter dans leur patrie ; mais

qu'arrivés aux catacombes où ces corps repofaient, lorfqu'ils voulurent les prendre, des éclairs foudains, des tonnerres effroyables difperfèrent leur multitude épouvantée, & les forcèrent de renoncer à leur entre- prife. Que ceux qui ont fuggéré à *Conftantine* de lui demander la tête de S*t* *Paul*, n'ont eu deffein que de lui faire perdre fes bonnes grâces.

St Grégoire finit par ces mots : J'ai cette confiance en DIEU, que vous ne ferez pas privée du fruit de votre bonne volonté, ni de la vertu des faints apôtres, que vous aimez de tout votre cœur & de tout votre efprit ; & que fi vous n'avez pas leur préfence corpo- relle, vous jouirez toujours de leur protection.

Cependant l'hiftoire eccléfiaftique fait foi, que les tranflations de reliques étaient également fréquentes en Occident & en Orient ; bien plus, l'auteur des notes fur cette lettre obferve que le même S*t* *Grégoire*, dans la fuite, donna divers corps faints, & que d'autres papes en ont donné jufqu'à fix ou fept à un feul parti- culier.

Après cela faut-il s'étonner de la faveur qu'eurent les reliques dans l'efprit des peuples & des rois ? Les fermens les plus ordinaires des anciens Français fe fefaient fur les reliques des faints. Ce fut ainfi que les rois *Gontran*, *Sigebert* & *Chilperic* partagèrent les Etats de *Clotaire*, & convinrent de jouir de Paris en commun. Ils en firent le ferment fur les reliques de S*t* *Polyeucte*, de S*t* *Hilaire*, & de S*t* *Martin*. Cependant *Chilpéric* fe jeta dans la place, & prit feulement la précaution d'avoir la châffe de quantité de reliques qu'il fit porter comme une fauve-garde à la tête de fes troupes, dans l'efpérance que la protection de ces nouveaux patrons le mettrait à l'abri des peines dues à son parjure. Enfin le Catéchisme du concile de Trente approuve la coutume de jurer par les reliques.

On observe encore que les rois de France de la première & de la seconde race gardaient dans leur palais un grand nombre de reliques, surtout la chappe & le manteau de *St Martin*, & qu'ils les fesaient porter à leur suite & jusque dans les armées. On envoyait les reliques du palais dans les provinces, lorsqu'il s'agissait de prêter serment de fidélité au roi, ou de conclure quelque traité.

RESURRECTION.

SECTION PREMIERE.

ON conte que les Egyptiens n'avaient bâti leurs pyramides que pour en faire des tombeaux, & que leurs corps embaumés par dedans & par dehors attendaient que leurs ames vinssent les ranimer au bout de mille ans. Mais si leurs corps devaient ressusciter, pourquoi la première opération des parfumeurs était-elle de leur percer le crâne avec un crochet, & d'en tirer la cervelle ? L'idée de ressusciter sans cervelle, fait soupçonner (si on peut user de ce mot) que les Egyptiens n'en avaient guère de leur vivant ; mais il faut considérer que la plupart des anciens croyaient que l'ame est dans la poitrine. Et pourquoi l'ame est-elle dans la poitrine plutôt qu'ailleurs ? C'est qu'en effet dans tous nos sentimens un peu violens, on éprouve vers la région du cœur une dilatation ou un resserrement, qui a fait penser que c'était-là le logement de l'ame. Cette ame était quelque chose d'aérien ; c'était une figure légère qui se promenait où elle pouvait, jusqu'à ce qu'elle eût retrouvé son corps.

La croyance de la résurrection est beaucoup plus ancienne que les temps historiques. *Athalide*, fils de *Mercure*, pouvait mourir & ressusciter à son gré ; *Esculape* rendit la vie à *Hippolyte* ; *Hercule* à *Alceste*. *Pélops* ayant été haché en morceaux par son père, fut ressuscité par les dieux. *Platon* raconte qu'*Hérès* ressuscita pour quinze jours seulement.

Les pharisiens, chez les Juifs, n'adoptèrent le dogme de la résurrection que très-long-temps après *Platon*.

Il y a dans les Actes des apôtres un fait bien singulier, & bien digne d'attention. *St Jacques* & plusieurs de ses compagnons conseillent à *St Paul* d'aller dans le temple de Jérusalem, observer toutes les cérémonies de l'ancienne loi, tout chrétien qu'il était, *afin que tous sachent*, disent-ils, *que tout ce qu'on dit de vous est faux, & que vous continuez de garder la loi de Moïse.* C'est dire bien clairement : Allez mentir, allez vous parjurer, allez renier publiquement la religion que vous enseignez.

St Paul alla donc pendant sept jours dans le temple ; mais le septième il fut reconnu. On l'accusa d'y être venu avec des étrangers, & de l'avoir profané. Voici comment il se tira d'affaire.

Or Paul sachant qu'une partie de ceux qui étaient là étaient saducéens, & l'autre pharisiens ; il s'écria dans l'assemblée : Mes frères, je suis pharisien & fils de pharisien ; c'est à cause de l'espérance d'une autre vie & de la résurrection

des

des morts, que l'on veut me condamner. (*a*) Il n'avait point
du tout été queſtion de la réſurrection des morts dans
toute cette affaire ; *Paul* ne le diſait que pour animer
les phariſiens & les ſaducéens les uns contre les autres.

v. 7. *Paul ayant parlé de la ſorte, il s'émut une diſſen-*
tion entre les phariſiens & les ſaducéens ; & l'aſſemblée fut
diviſée.

v. 8. *Car les ſaducéens diſent qu'il n'y a ni réſurrection,*
ni ange, ni eſprit, au lieu que les phariſiens reconnaiſſent
& l'un & l'autre &c.

On a prétendu que *Job*, qui eſt très-ancien,
connaiſſait le dogme de la réſurrection. On cite ces
paroles : *Je ſais que mon rédempteur eſt vivant, & qu'un*
jour ſa rédemption s'élévera ſur moi, ou que je me reléverai
de la pouſſiere, que ma peau reviendra, que je verrai
encore DIEU *dans ma chair.*

Mais pluſieurs commentateurs entendent par ces
paroles, que *Job* eſpère qu'il relévera bientôt de
maladie, & qu'il ne demeurera pas toujours couché
ſur la terre comme il l'était. La ſuite prouve aſſez que
cette explication eſt la véritable ; car il s'écrie le moment
d'après à ſes faux & durs amis : *Pourquoi donc dites-*
vous, perſécutons-le ; ou bien, parce que vous direz, parce
que nous l'avons perſécuté. Cela ne veut-il pas dire évidemment : Vous vous repentirez de m'avoir offenſé,
quand vous me reverrez dans mon premier état de
ſanté & d'opulence ? Un malade qui dit, je me leverai,
ne dit pas, je reſſuſcitterai. Donner des ſens forcés à
des paſſages clairs, c'eſt le ſûr moyen de ne jamais
s'entendre, ou plutôt d'être regardé comme des gens
de mauvaiſe foi par les honnêtes gens.

(*a*) Actes des apôtres, chap. XXIII, v. 6, 7, 8.

Dictionn. philoſoph. Tome VII.   G

St *Jérôme* ne place la naiffance de la fecte des pharifiens que très-peu de temps avant J*esus*-C*hrist*.
Le rabbin *Hillel* paffe pour le fondateur de la fecte
pharifienne; & cet *Hillel* était contemporain de *Gamaliel*
le maître de St *Paul*.

Plufieurs de ces pharifiens croyaient que les Juifs
feuls reffufciteraient, & que le refte des hommes n'en
valait pas la peine. D'autres ont foutenu qu'on ne
reffufciterait que dans la Paleftine, & que les corps
de ceux qui auront été enterrés ailleurs, feront fecrétement tranfportés auprès de Jérufalem pour s'y rejoindre
à leur ame. Mais St *Paul* écrivant aux habitans de
Theffalonique, leur a dit que *le fecond avénement de*
J*esus*-C*hrist eft pour eux & pour lui, qu'ils en feront*
témoins.

v. 16. *Car auffitôt que le fignal aura été donné par*
l'archange, & par le fon de la trompette de D*ieu*, *le*
Seigneur lui-même defcendra du ciel, & ceux qui feront
morts en J*esus*-C*hrist reffufciteront les premiers.*

v. 17. *Puis nous autres qui fommes vivans, & qui*
ferons demeurés jufqu'alors, nous ferons emportés avec eux
dans les nuées, pour aller au-devant du Seigneur au milieu
de l'air, & ainfi nous vivrons pour jamais avec le
Seigneur. (*b*)

Ce paffage important ne prouve-t-il pas évidemment
que les premiers chrétiens comptaient voir la fin du
monde, comme en effet elle eft prédite dans St *Luc*,
pour le temps même que St *Luc* vivait? S'ils ne virent
point cette fin du monde, fi perfonne ne reffufcita
pour lors, ce qui eft différé n'eft pas perdu.

(*b*) Epit. aux Theff. chap. IV.

S*t* *Auguftin* croit que les enfans, & même les enfans morts-nés, reffufciteront dans l'âge de la maturité. Les *Origène*, les *Jérôme*, les *Athanafe*, les *Bafile*, n'ont pas cru que les femmes duffent reffufciter avec leur fexe.

Enfin, on a toujours difputé fur ce que nous avons été, fur ce que nous fommes, & fur ce que nous ferons.

S E C T I O N I I.

L E père *Mallebranche* prouve la réfurrection par les chenilles qui deviennent papillons. Cette preuve, comme on voit, eft auffi légère que les ailes des infectes dont il l'emprunte. Des penfeurs qui calculent, font des objections arithmétiques contre cette vérité fi bien prouvée. Ils difent que les hommes & les autres animaux font réellement nourris, & reçoivent leur croiffance de la fubftance de leurs prédéceffeurs. Le corps d'un homme réduit en pouffière, répandu dans l'air & retombant fur la furface de la terre, devient légume ou froment. Ainfi *Caïn* mangea une partie d'*Adam*; *Enoch* fe nourrit de *Caïn*; *Irad* d'*Enoch*; *Maviael* de *Irad*; *Mathufalem* de *Maviael*; & il fe trouve qu'il n'y a aucun de nous qui n'ait avalé une petite portion de notre premier père. C'eft pourquoi on a dit que nous étions tous anthropophages. Rien n'eft plus fenfible après une bataille; non-feulement nous tuons nos frères; mais au bout de deux ou trois ans, nous les avons tous mangés quand on a fait les moiffons fur le champ de bataille; nous ferons auffi mangés fans difficulté à notre tour. Or, quand il faudra reffufciter, comment rendrons-nous à chacun le corps qui lui appartenait fans perdre du nôtre?

Voilà ce que difent ceux qui fe défient de la réfurrection; mais les reffufciteurs leur ont répondu très-pertinemment.

Un rabbin nommé *Samaï* démontre la réfurrection par ce paffage de l'Exode : *J'ai apparu à Abraham, à Ifaac, & à Jacob; & je leur ai promis avec ferment de leur donner la terre de Canaan.* Or, DIEU, malgré fon ferment, dit ce grand rabbin, ne leur donna point cette terre; donc ils reffufciteront pour en jouir, afin que le ferment foit accompli.

Le profond philofophe dom *Calmet* trouve dans les vampires une preuve bien plus concluante. Il a vu de ces vampires qui fortaient des cimetières pour aller fucer le fang des gens endormis; il eft clair qu'ils ne pouvaient fucer le fang des vivans s'ils étaient encore morts; donc ils étaient reffufcités : cela eft péremptoire.

Une chofe encore certaine, c'eft que tous les morts, au jour du jugement, marcheront fous la terre comme des taupes, à ce que dit le Talmud, pour aller comparaître dans la vallée de Jofaphat, qui eft entre la ville de Jérufalem & le mont des Oliviers. On fera fort preffé dans cette vallée; mais il n'y a qu'à réduire les corps proportionnellement, comme les diables de *Milton* dans la falle du Pandémonium.

Cette réfurrection fe fera au fon de la trompette, à ce que dit *St Paul.* Il faudra néceffairement qu'il y ait plufieurs trompettes, car le tonnerre lui-même ne s'entend guère plus de trois ou quatre lieues à la ronde. On demande combien il y aura de trompettes?

les théologiens n'ont pas encore fait ce calcul ; mais ils le feront.

Les Juifs difent que la reine *Cléopâtre*, qui fans doute croyait la réfurrection comme toutes les dames de ces temps-là, demanda à un pharifien fi on reffuf-citerait tout nu. Le docteur lui répondit qu'on ferait très-bien habillé, par la raifon que le blé qu'on fème étant mort en terre, reffufcite en épi avec une robe & des barbes. Ce rabbin était un théologien excellent. Il raifonnait comme dom *Calmet*.

SECTION III.

De la réfurrection des anciens.

ON a prétendu que le dogme de la réfurrection était fort en vogue chez les Egyptiens, & que ce fut l'origine de leurs embaumemens & de leurs pyra-mides. Et moi-même je l'ai cru autrefois. Les uns difaient qu'on reffufciterait au bout de mille ans, d'autres voulaient que ce fût après trois mille. Cette différence dans leurs opinions théologiques, femble prouver qu'ils n'étaient pas bien furs de leur fait.

D'ailleurs nous ne voyons aucun homme reffufcité dans l'hiftoire d'Egypte, mais nous en avons quelques-uns chez les Grecs. C'eft donc aux Grecs qu'il faut s'informer de cette invention de reffufciter.

Mais les Grecs brûlaient fouvent les corps, & les Egyptiens les embaumaient, afin que quand l'ame qui était une petite figure aérienne reviendrait dans fon ancienne demeure, elle la trouvât toute prête.

Cela eût été bon si elle eût retrouvé ses organes; mais l'embaumeur commençait par ôter la cervelle & vider les entrailles. Comment les hommes auraient-ils pu ressusciter sans intestins & sans la partie médullaire par où l'on pense? où reprendre son sang, sa lymphe & ses autres humeurs?

Vous me direz qu'il était encore plus difficile de ressusciter chez les Grecs quand il ne restait de vous qu'une livre de cendres tout au plus, & encore mêlée avec la cendre du bois, des aromates & des étoffes.

Votre objection est forte, & je tiens comme vous la résurrection pour une chose fort extraordinaire; mais cela n'empêche pas qu'*Athalide* fils de *Mercure* ne mourût & ne ressuscitât plusieurs fois. Les dieux ressuscitèrent *Pélops* quoiqu'il eût été mis en ragoût, & que *Cérès* en eût déjà mangé une épaule. Vous savez qu'*Esculape* avait rendu la vie à *Hippolyte*; c'était un fait avéré dont les plus incrédules ne doutaient pas: le nom de *Virbius* donné à *Hippolyte* était une preuve convaincante. *Hercule* avait ressuscité *Alceste* & *Pirithoüs*. *Hérès*, chez *Platon*, ne ressuscita à la vérité que pour quinze jours; mais c'était toujours une résurrection, & le temps ne fait rien à l'affaire.

Plusieurs graves scoliastes voient évidemment le purgatoire & la résurrection dans *Virgile*. Pour le purgatoire, je suis obligé d'avouer qu'il y est expressément au sixième chant. Cela pourra déplaire aux protestans, mais je ne sais qu'y faire.

*Non tamen omne malum miseris, nec funditus omnes
Corpora excedunt pestes &c.*

Les cœurs les plus parfaits, les ames les plus pures
Sont aux regards des dieux tout chargés de fouillures ;
Il faut en arracher jufqu'au feul fouvenir.
Nul ne fut innocent : il faut tous nous punir.
Chaque ame a fon démon ; chaque vice a fa peine ;
Et dix fiécles entiers nous fuffifent à peine
Pour nous former un cœur qui foit digne des dieux &c.

Voilà mille ans de purgatoire bien nettement expri‑
més, fans même que vos parens puffent obtenir des
prêtres de ce temple-là une indulgence qui abrégeât
votre fouffrance pour de l'argent comptant. Les anciens
étaient beaucoup plus févères & moins fimoniaques
que nous, eux qui d'ailleurs imputaient à leurs
dieux tant de fottifes. Que voulez-vous ! toute leur
théologie était pétrie de contradictions, comme les
malins difent qu'eft la nôtre.

Le purgatoire achevé, ces ames allaient boire de
l'eau du Léthé, & demandaient inftamment à rentrer
dans de nouveaux corps, & à revoir la lumière du
jour. Mais eft-ce là une réfurrection ? point du tout,
c'eft prendre un corps entièrement nouveau, ce n'eft
point reprendre le fien ; c'eft une métempfycofe qui
n'a nul rapport à la manière dont nous autres reffuf‑
citons.

Les ames des anciens fefaient un très‑mauvais
marché, je l'avoue, en revenant au monde ; car
qu'eft-ce que revenir fur la terre pendant foixante &
dix ans tout au plus, & fouffrir encore tout ce que
vous favez qu'on fouffre dans foixante & dix ans de
vie, pour aller enfuite paffer mille ans encore à rece‑
voir la difcipline ? il n'y a point d'ame à mon gré qui

ne se laffât de cette éternelle viciffitude d'une vie fi courte & d'une fi longue pénitence.

SECTION IV.

De la réfurrection des modernes.

NOTRE réfurrection eft toute différente. Chaque homme reprendra précifément le même corps qu'il avait eu ; & tous ces corps feront brûlés dans toute l'éternité , excepté un fur cent mille tout au plus. C'eft bien pis qu'un purgatoire de dix fiècles pour revivre ici-bas quelques années.

Quand viendra le grand jour de cette réfurrection générale? on ne le fait pas pofitivement; & les doctes font fort partagés. Ils ne favent pas non plus comment chacun retrouvera fes membres. Ils font fur cela beaucoup de difficultés.

1º. Notre corps , difent-ils , eft pendant la vie dans un changement continuel ; nous n'avons rien à cinquante ans du corps où était logée notre ame à vingt.

2º. Un foldat breton va en Canada ; il fe trouve que par un hafard affez commun il manque de nourriture : il eft forcé de manger d'un iroquois qu'il a tué la veille. Cet iroquois s'était nourri de jéfuites pendant deux ou trois mois ; une grande partie de fon corps était devenue jéfuite. Voilà le corps de ce foldat compofé d'iroquois , de jéfuites & de tout ce qu'il a mangé auparavant. Comment chacun reprendra-t-il précifément ce qui lui appartient? & que lui appartient-il en propre ?

3°. Un enfant meurt dans le ventre de fa mère, jufte au moment qu'il vient de recevoir une ame ; reffufcitera-t-il fœtus, ou garçon , ou homme fait ? Si fœtus, à quoi bon ? fi garçon ou homme, d'où lui viendra fa fubftance ?

4°. L'ame arrive dans un autre fœtus avant qu'il foit décidé garçon ou fille ; reffufcitera-t-il fille, garçon, ou fœtus ?

5°. Pour reffufciter, pour être la même perfonne que vous étiez, il faut que vous ayez la mémoire bien fraîche & bien préfente ; c'eft la mémoire qui fait votre identité. Si vous avez perdu la mémoire , comment ferez-vous le même homme ?

6°. Il n'y a qu'un certain nombre de particules terreftres qui puiffent conftituer un animal. Sable, pierre , minéral, métal, n'y fervent de rien. Toute terre n'y eft pas propre ; il n'y a que les terrains favorables à la végétation qui le foient au genre animal. Quand au bout de plufieurs fiècles il faudra que tout le monde reffufcite , où trouver la terre propre à former tous ces corps ?

7°. Je fuppofe une île dont la partie végétale puiffe fournir à la fois à mille hommes, & à cinq ou fix mille animaux pour la nourriture & le fervice de ces mille hommes ; au bout de cent mille générations , nous aurons un milliar d'hommes à reffufciter. La matière manque évidemment.

Materiæque opus eft ut crefcant poftera fæcla.

8°. Enfin quand on a prouvé ou cru prouver qu'il faut un miracle auffi grand que le déluge univerfel ou les dix plaies d'Egypte pour opérer la réfurrection du genre-humain dans la vallée de Jofaphat , on demande ce que font devenues toutes les ames de ces corps en attendant le moment de rentrer dans leur étui?

On pourrait faire cinquante queftions un peu épineufes , mais les docteurs répondent aifément à tout cela.

R I M E.

LA rime n'aurait-elle pas été inventée pour aider la mémoire , & pour régler en même temps le chant & la danfe ? le retour des mêmes fons fervait à faire fouvenir promptement des mots intermédiaires entre les deux rimes. Ces rimes avertiffaient à la fois le chanteur & le danfeur ; elles indiquaient la mefure. Ainfi les vers furent dans tous les pays le langage des dieux.

On peut donc mettre au rang des opinions probables , c'eft-à-dire incertaines , que la rime fut d'abord une cérémonie religieufe ; car après tout , il fe pourrait qu'on eût fait des vers & des chanfons pour fa maîtreffe avant d'en faire pour fes dieux ; & les amans emportés vous diront que cela revient au même.

Un rabbin qui me montrait l'hébreu, lequel je n'ai jamais pu apprendre , me citait un jour plufieurs pfeaumes rimés que nous avions, difait-il , traduits pitoyablement. Je me fouviens de deux vers que voici :

> (a) *Hibbitu clarè vena haru*
> *Uph nehem al jech pharu.*

(a) Pfeaume XXXIII , v. 5.

Si on le regarde on en eſt illuminé
Et leurs faces ne font point confuſes.

Il n'y a guère de rime plus riche que celle de ces deux vers; cela poſé, je raiſonne ainſi.

Les Juifs qui parlaient un jargon moitié phénicien, moitié ſyriaque, rimaient; donc les grandes nations dans leſquelles ils étaient enclavés devaient rimer auſſi. Il eſt à croire que les Juifs, qui, comme nous l'avons dit ſi ſouvent, prirent tout de leurs voiſins, en prirent auſſi la rime.

Tous les Orientaux riment; ils ſont fidelles à leurs uſages; ils s'habillent comme ils s'habillaient il y a cinq ou ſix mille ans. Donc il eſt à croire qu'ils riment depuis ce temps-là.

Quelques doctes prétendent que les Grecs commen-cèrent par rimer, ſoit pour leurs dieux, ſoit pour leurs héros, ſoit pour leurs amies; mais qu'enſuite ayant mieux ſenti l'harmonie de leur langue, ayant mieux connu la proſodie, ayant raffiné ſur la mélodie, ils firent ces beaux vers non-rimés, que les Latins imitèrent & ſurpaſſèrent bien ſouvent.

Pour nous autres deſcendans des Goths, des Van-dales, des Huns, des Welches, des Francs, des Bourguignons; nous barbares, qui ne pouvons avoir la mélodie grecque & latine, nous ſommes obligés de rimer. Les vers blancs chez tous les peuples modernes ne ſont que de la proſe ſans aucune meſure; elle n'eſt diſtinguée de la proſe ordinaire, que par un certain nombre de ſyllabes égales & monotones, qu'on eſt convenu d'appeler *vers*.

Nous avons dit ailleurs, que ceux qui avaient écrit en vers blancs ne l'avaient fait que parce qu'ils ne favaient pas rimer ; les vers blancs font nés de l'impuiſſance de vaincre la difficulté, & de l'envie d'avoir plutôt fait.

Nous avons remarqué que l'*Arioſte* a fait quarante-huit mille rimes de fuite dans fon Orlando, fans ennuyer perfonne. Nous avons obfervé combien la poëfie françaife en vers rimés entraîne d'obſtacles avec elle, & que le plaifir naiſſait de ces obſtacles même. Nous avons toujours été perfuadés qu'il fallait rimer pour les oreilles, non pour les yeux ; & nous avons expofé nos opinions fans fuffifance, attendu notre infuffifance.

Mais toute notre modération nous abandonne aux funeſtes nouvelles qu'on nous mande de Paris au mont Krapac. Nous apprenons qu'il s'élève une petite feête de barbares qui veut qu'on ne faſſe déformais des tragédies qu'en profe. Ce dernier coup manquait à nos douleurs : c'eſt l'abomination de la défolation dans le temple des Mufes. Nous concevons bien que *Corneille* ayant mis l'Imitation de JESUS-CHRIST en vers, quelque mauvais plaifant aurait pu menacer le public de faire jouer une tragédie en profe par *Floridor* & *Mondori* ; mais ce projet ayant été exécuté férieufement par l'abbé d'*Aubignac*, on fait quel fuccès il eut. On fait dans quel difcrédit tomba la profe de l'Oedipe de *la Motte-Houdart* ; il fut prefque auſſi grand que celui de fon Oedipe en vers. Quel malheureux vifigoth peut ofer, après *Cinna* & *Andromaque*, bannir les vers du théâtre ? C'eſt donc à cet excès d'opprobre que nous fommes parvenus après le grand fiècle! Ah! barbares, allez donc voir jouer cette tragédie en redingote à Faxhall, après quoi venez-y manger du roft-bif de mouton & boire de la bière forte.

Qu'auraient dit *Racine* & *Boileau* fi on leur avait annoncé cette terrible nouvelle? *Bone Deus!* de quelle hauteur fommes-nous tombés, & dans quel bourbier fommes-nous!

Il eft vrai que la rime ajoute un mortel ennui aux vers médiocres. Le poëte alors eft un mauvais méca-nicien, qui fait entendre le bruit choquant de fes poulies & de fes cordes : fes lecteurs éprouvent la même fatigue-qu'il a reffentie en rimant; fes vers ne font qu'un vain tintement de fyllabes faftidieufes. Mais s'il penfe heureufement, & s'il rime de même, il éprouve & il donne un grand plaifir, qui n'eft goûté que par les ames fenfibles & par les oreilles harmonieufes.

R I R E.

Q u e le rire foit le figne de la joie comme les pleurs font le fymptôme de la douleur, quiconque a ri n'en doute pas. Ceux qui cherchent des caufes métaphy-fiques au rire ne font pas gais : ceux qui favent pourquoi cette efpèce de joie qui excite le ris, retire vers les oreilles le mufcle zigomatique, l'un des treize mufcles de la bouche, font bien favans. Les animaux ont ce mufcle comme nous; mais ils ne rient point de joie, comme ils ne répandent point de pleurs de trifteffe. Le cerf peut laiffer couler une humeur de fes yeux quand il eft aux abois, le chien auffi quand

on le difféque vivant ; mais ils ne pleurent point leurs
maîtreffes, leurs amis comme nous ; ils n'éclatent
point de rire comme nous à la vue d'un objet comique:
l'homme eft le feul animal qui pleure & qui rie.

Comme nous ne pleurons que de ce qui nous
afflige, nous ne rions que de ce qui nous égaie : les
raifonneurs ont prétendu que le rire naît de l'orgueil,
qu'on fe croit fupérieur à celui dont on rit. Il eft
vrai que l'homme, qui eft un animal rifible, eft auffi
un animal orgueilleux ; mais la fierté ne fait pas rire ;
un enfant qui rit de tout fon cœur ne s'abandonne
point à ce plaifir, parce qu'il fe met au deffus de ceux
qui le font rire ; s'il rit quand on le chatouille, ce
n'eft pas affurément parce qu'il eft fujet au péché
mortel de l'orgueil. J'avais onze ans quand je lus tout
feul, pour la première fois, l'Amphitrion de *Molière;*
je ris au point de tomber à la renverfe ; était-ce par
fierté ? On n'eft point fier quand on eft feul. Etait-ce
par fierté que le maître de l'âne d'or fe mit tant à rire
quand il vit fon âne manger fon fouper ? Quiconque
rit éprouve une joie gaie dans ce moment-là, fans
avoir un autre fentiment.

Toute joie ne fait pas rire, les grands plaifirs font
très-férieux ; les plaifirs de l'amour, de l'ambition,
de l'avarice n'ont jamais fait rire perfonne.

Le rire va quelquefois jufqu'aux convulfions : on
dit même que quelques perfonnes font mortes de rire ;
j'ai peine à le croire, & furement il en eft davantage
qui font mortes de chagrin.

Les vapeurs violentes qui excitent tantôt les larmes,
tantôt les fymptômes du rire, tirent à la vérité les
mufcles de la bouche ; mais ce n'eft point un ris

véritable, c'eft une convulfion, c'eft un tourment. Les larmes peuvent alors être vraies, parce qu'on fouffre; mais le rire ne l'eft pas; il faut lui donner un autre nom, auffi l'appelle-t-on rire *fardonien*.

Le ris malin, le *perfidum ridens*, eft autre chofe; c'eft la joie de l'humiliation d'autrui : on pourfuit par des éclats moqueurs, par le *cachinnum*, (terme qui nous manque) celui qui nous a promis des merveilles & qui ne fait que des fottifes : c'eft huer plutôt que rire. Notre orgueil alors fe moque de l'orgueil de celui qui s'en eft fait accroire. On hue notre ami *Fréron* dans l'Ecoffaife plus encore qu'on n'en rit : j'aime toujours à parler de l'ami *Fréron;* cela me fait rire.

ROCHESTER ET WALLER.

Tout le monde connaît la réputation du comte de *Rochefter*. M. de *S¹ Evremont* en a beaucoup parlé, mais il ne nous a fait connaître du fameux *Rochefter* que l'homme de plaifir, l'homme à bonnes fortunes. Je voudrais faire connaître en lui l'homme de génie & le grand poëte. Entr'autres ouvrages qui brillaient de cette imagination ardente qui n'appartenait qu'à lui, il a fait quelques fatires fur les mêmes fujets que notre célébre *Defpréaux* avait choifis. Je ne fais rien de plus utile pour fe perfeétionner le goût, que la comparaifon des grands génies qui fe font exercés fur les mêmes matières. Voici comme *Defpréaux* parle contre la raifon humaine dans fa fatire fur l'homme:

Cependant à le voir, plein de vapeurs légères,
Soi-même fe bercer de fes propres chimères,

Lui feul de la nature eſt la baſe & l'appui,
Et le dixième ciel ne tourne que pour lui.
De tous les animaux il eſt ici le maître ;
Qui pourrait le nier ? pourſuis-tu. Moi peut-être.
Ce maître prétendu qui leur donne des lois,
Ce roi des animaux , combien a-t-il de rois ?

Voici à peu près comme s'exprime le comte de
Rocheſter dans ſa ſatire ſur l'homme ; mais il faut que le
lecteur ſe reſſouvienne toujours que ce ſont ici des
traductions libres de poëtes anglais, & que la gêne
de notre verſification , & les bienſéances délicates de
notre langue ne peuvent donner l'équivalent de la
licence impétueuſe du ſtyle anglais.

Cet eſprit que je hais, cet eſprit plein d'erreur,
Ce n'eſt pas ma raiſon, c'eſt la tienne, docteur;
C'eſt la raiſon frivole , inquiète , orgueilleuſe ,
Des ſages animaux rivale dédaigneuſe ,
Qui croit entr'eux & l'ange occuper le milieu ,
Et penſe être ici-bas l'image de ſon Dieu.
Vil atome imparfait, qui croit, doute, diſpute,
Rampe, s'élève, tombe, & nie encor ſa chute,
Qui nous dit je ſuis libre en nous montrant ſes fers,
Et dont l'œil trouble & faux croit percer l'univers.
Allez, révérends fous, bienheureux fanatiques ,
Compilez bien l'amas de vos riens ſcolaſtiques
Pères de viſions, & d'énigmes ſacrés ,
Auteurs du labyrinthe où vous vous égarez,
Allez obſcurément éclaircir vos myſtères ,
Et courez dans l'école adorer vos chimères.
Il eſt d'autres erreurs, il eſt de ces dévots
Condamnés par eux-même à l'ennui du repos.

Ce

Ce myſtique encloîtré, fier de ſon indolence,
Tranquille au ſein de DIEU, qu'y peut-il faire? Il penſe.
Non, tu ne penſes point, tu végètes, tu dors;
Inutile à la terre, & mis au rang des morts,
Ton eſprit énervé croupit dans la molleſſe.
Réveille-toi, ſois homme; & ſors de ton ivreſſe.
L'homme eſt né pour agir, & tu prétends penſer!

Que ces idées ſoient vraies ou fauſſes, il eſt toujours certain qu'elles ſont exprimées avec une énergie qui fait le poëte. Je me garderai bien d'examiner la choſe en philoſophe, & de quitter ici le pinceau pour le compas; mon unique but eſt de faire connaître le génie des poëtes anglais.

On a beaucoup entendu parler du célébre *Waller* en France; *la Fontaine*, S*t* *Evremont*, & *Bayle*, ont fait ſon éloge: mais on ne connaît de lui que ſon nom. Il eut à peu près à Londres la même réputation que *Voiture* eut à Paris, & je crois qu'il la méritait mieux. *Voiture* vint dans un temps où l'on ſortait de la barbarie, & où l'on était encore dans l'ignorance. On voulait avoir de l'eſprit, & on n'en avait point encore. On cherchait des tours au lieu de penſées; les fauxbrillans ſe trouvent plus aiſément que les pierres précieuſes. *Voiture*, né avec un génie frivole & facile, fut le premier qui brilla dans cette aurore de la littérature françaiſe. S'il était venu après les grands hommes qui ont illuſtré le ſiècle de *Louis XIV*, il aurait été obligé d'avoir plus que de l'eſprit. C'en était aſſez pour l'*hôtel de Rambouillet*, & non pour la poſtérité. *Deſpréaux* le loue, mais c'eſt dans ſes premières ſatires; c'eſt dans le temps que le goût de

Dictionn. philoſoph. Tome VII.   H

Defpréaux n'était pas encore formé : il était jeune , & dans l'âge où l'on juge des hommes par la réputation , & non point par eux-mêmes. D'ailleurs, *Defpréaux* était fouvent bien injufte dans fes louanges & dans fes cenfures. Il louait *Ségrais* que perfonne ne lit ; il infultait *Quinault* que tout le monde fait par cœur ; & il ne dit rien de *la Fontaine.*

Waller , meilleur que *Voiture* , n'était pas encore parfait. Ses ouvrages galans refpirent la grâce ; mais la négligence les fait languir , & fouvent les penfées fauffes les défigurent. Les Anglais n'étaient pas encore parvenus de fon temps à écrire avec correction. Ses ouvrages férieux font pleins d'une vigueur qu'on n'attendrait pas de la molleffe de fes autres pièces. Il a fait un éloge funèbre de *Cromwell* qui , avec fes défauts , paffe pour un chef-d'œuvre. Pour entendre cet ouvrage , il faut favoir que *Cromwell* mourut le jour d'une tempête extraordinaire. La pièce commence ainfi :

> Il n'eft plus , c'en eft fait , foumettons-nous au fort.
> Le ciel a fignalé ce jour par des tempêtes ,
> Et la voix du tonnerre éclatant fur nos têtes ,
> Vient d'annoncer fa mort.
> Par fes derniers foupirs il ébranle cette île ,
> Cette île que fon bras fit trembler tant de fois ,
> Quand dans le cours de fes exploits
> Il brifait la tête des rois ,
> Et foumettait un peuple , à fon joug feul docile.
> Mer, tu t'en es troublée ; ô mer ! tes flots émus
> Semblent dire en grondant aux plus lointains rivages,

Que l'effroi de la terre & ton maître n'eſt plus.
Tel au ciel autrefois s'envola Romulus;
Tel il quitta la terre au milieu des orages;
Tel d'un peuple guerrier il reçut les hommages;
Obéi dans ſa vie, à ſa mort adoré,
Son palais fut un temple &c.

C'eſt à propos de cet éloge de *Cromwell* que *Waller*
fit au roi *Charles II* cette réponſe qu'on trouve dans
le dictionnaire de *Bayle*. Le roi à qui *Waller* venait,
ſelon l'uſage des rois & des poëtes, de préſenter
une pièce farcie de louanges, lui reprocha qu'il avait
fait mieux pour *Cromwell*. *Waller* répondit : *Sire, nous
autres poëtes, nous réuſſiſſons mieux dans les fictions que
dans les vérités.* Cette réponſe n'était pas ſi ſincère que
celle de l'ambaſſadeur hollandais qui, lorſque le
même roi ſe plaignait que l'on avait moins d'égards
pour lui que pour *Cromwell*, répondit : *Ah ! Sire, ce
Cromwell était tout autre choſe.* Il y a des courtiſans
même en Angleterre, & *Waller* l'était ; mais je ne
conſidère les gens après leur mort que par leurs
ouvrages ; tout le reſte eſt anéanti pour moi. Je
remarque ſeulement que *Waller*, né à la cour avec
ſoixante mille livres de rente, n'eut jamais ni le ſot
orgueil ni la nonchalance d'abandonner ſon talent.
Les comtes de *Dorſet* & de *Roſcomon*, les deux ducs
de *Buckingham*, milord *Hallifax*, & tant d'autres n'ont
pas cru déroger en devenant de très-grands poëtes &
d'illuſtres écrivains. Leurs ouvrages leur font plus
d'honneur que leurs noms. Ils ont cultivé les lettres
comme s'ils en euſſent attendu leur fortune. Ils ont
de plus rendu les arts reſpectables aux yeux du peuple,

qui en tout a befoin d'être mené par les grands , & qui pourtant fe règle moins fur eux en Angleterre qu'en aucun lieu du monde.

R O I.

R o i, *bafileus* , *tyrannos* , *rex* , *dux* , *imperator* , *melch* , *baal* , *bel* , *pharao* , *éli* , *shadai* , *adoni* , *shak* , *fophi* , *padisha* , *bogdan* , *chazan* , *kan* , *krall* , *king* , *kong* , *kœnig* &c. &c. toutes expreffions qui femblent fignifier la même chofe, & qui expriment des idées toutes différentes.

Dans la Grèce , ni *bafileus* , ni *tyrannos* , ne donna jamais l'idée du pouvoir abfolu. Saifit ce pouvoir qui put ; mais ce n'eft que malgré foi qu'on le laiffa prendre.

Il eft clair que chez les Romains les rois ne furent point defpotiques. Le dernier *Tarquin* mérita d'être chaffé & le fut. Nous n'avons aucune preuve que les petits chefs de l'Italie aient jamais pu faire à leur gré préfent d'un lacet au premier homme de l'Etat, comme fait aujourd'hui un turc imbécille dans fon férail, & comme de vils efclaves barbares beaucoup plus imbécilles le fouffrent fans murmurer.

Nous ne voyons pas un roi au-delà des Alpes & vers le Nord, dans les temps où nous commençons à connaître cette vafte partie du monde. Les Cimbres qui marchèrent vers l'Italie, & qui furent exterminés par *Marius*, étaient des loups affamés qui fortaient de leurs forêts avec leurs louves & leurs louveteaux. Mais de tête couronnée chez ces animaux ; d'ordres intimés de la part d'un fecrétaire d'Etat, d'un grandboutillier, d'un logothète; d'impôts, de taxes arbitraires, de commis aux portes, d'édits burfaux, on n'en avait pas plus de notion que de vêpres & de l'opéra.

Il faut que l'or & l'argent monnayé & même non-monnayé, foit une recette infaillible pour mettre celui qui n'en a pas dans la dépendance abfolue de celui qui a trouvé le fecret d'en amaffer. C'eft avec cela feul qu'il eut des poftillons & des grands-officiers de la couronne, des gardes, des cuifiniers, des filles, des femmes, des geoliers, des aumôniers, des pages, & des foldats.

Il eût été fort difficile de fe faire obéir ponctuellement fi on n'avait eu à donner que des moutons & des pourpoints. Auffi il eft très-vraifemblable qu'après toutes les révolutions qu'éprouva notre globe, ce fut l'art de fondre les métaux qui fit les rois, comme ce font aujourd'hui les canons qui les maintiennent.

Céfar avait bien raifon de dire qu'avec de l'or on a des hommes, & qu'avec des hommes on a de l'or. Voilà tout le fecret.

Ce fecret avait été connu dès long-temps en Afie & en Egypte. Les princes & les prêtres partagèrent autant qu'ils le purent.

Le prince difait au prêtre : Tiens, voilà de l'or; mais il faut que tu affermiffes mon pouvoir, & que tu prophétifes en ma faveur; je ferai oint, tu feras oint. Rends des oracles, fais des miracles, tu feras bien payé, pourvu que je fois toujours le maître. Le prêtre fe fefait donner terres & monnaie, & il prophétifait pour lui-même, rendait des oracles pour lui-même, chaſſait le ſouverain très-ſouvent & ſe mettait à ſa place. Ainſi les choen ou chotim d'Egypte, les mag de Perſe, les Chaldéens devers Babylone, les chazin de Syrie, (ſi je me trompe de nom il n'importe guère) tous ces gens-là voulaient dominer. Il y eut des guerres fréquentes entre le trône & l'autel en tout pays, juſque chez la miſérable nation juive.

Nous le ſavons bien depuis douze cents ans, nous autres habitans de la zône tempérée d'Europe. Nos eſprits ne tiennent pas trop de cette température; nous ſavons ce qu'il nous en a coûté. Et l'or & l'argent ſont tellement le mobile de tout, que pluſieurs de nos rois d'Europe envoient encore aujourd'hui de l'or & de l'argent à Rome, où des prêtres le partagent dès qu'il eſt arrivé.

Lorſque dans cet éternel conflit de juriſdiction, les chefs des nations ont été puiſſans, chacun d'eux a manifeſté ſa prééminence à ſa mode. C'était un crime, dit-on, de cracher en préſence du roi des Mèdes. Il faut frapper la terre de ſon front neuf fois devant le roi de la Chine. Un roi d'Angleterre imagina de ne jamais boire un verre de bière ſi on ne le lui préſentait à genoux. Un autre ſe fait baiſer ſon pied droit. Les cérémonies diffèrent; mais tous en tout temps ont voulu avoir l'argent des peuples. Il y a des pays où l'on fait au krall, au chazan, une penſion comme en Pologne, en Suède, dans la Grande-Bretagne. Ailleurs, un morceau de papier ſuffit pour que le bogdan ait tout l'argent qu'il déſire.

Et puis, écrivez ſur le droit des gens, ſur la théorie de l'impôt, ſur le tarif, ſur le *foderum manſionaticum*

viaticum; faites de beaux calculs fur la taille propor-
tionnelle ; prouvez par de profonds raifonnemens
cette maxime fi neuve que le berger doit tondre fes
moutons & non pas les écorcher.

Quelles font les limites de la prérogative des rois
& de la liberté des peuples ? Je vous confeille d'aller
examiner cette queftion dans l'hôtel-de-ville d'Amfterdam à tête repofée.

ROME. (COUR DE ROME.)

L'EVEQUE de Rome, avant *Conftantin*, n'était aux
yeux des magiftrats romains, ignorans de notre fainte
religion, que le chef d'une faction fecrète, fouvent
toléré par le gouvernement, & quelquefois puni du
dernier fupplice. Les noms des premiers difciples nés
juifs, & de leurs fucceffeurs, qui gouvernèrent le
petit troupeau caché dans la grande ville de Rome,
furent abfolument ignorés de tous les écrivains latins.
On fait affez que tout changea, & comment tout
changea fous *Conftantin.*

L'évêque de Rome protégé & enrichi, fut toujours
fujet des empereurs, ainfi que l'évêque de Conftantinople, de Nicomédie, & tous les autres évêques,
fans prétendre à la moindre ombre d'autorité fouveraine. La fatalité, qui dirige toutes les affaires de ce
monde, établit enfin la puiffance de la cour eccléfiaftique romaine, par les mains des barbares qui
détruifirent l'empire.

L'ancienne religion, fous laquelle les Romains
avaient été victorieux pendant tant de fiècles, fubfiftait

H 4

encore dans les cœurs malgré la perfécution , quand *Alaric* vint alliéger Rome l'an 408 de notre ère vulgaire ; & le pape *Innocent I* n'empêcha pas qu'on ne facrifiât aux dieux dans le Capitole & dans les autres temples , pour obtenir contre les Goths le fecours du ciel. Mais ce pape *Innocent* fut du nombre des députés vers *Alaric*, fi on en croit *Zozime* & *Orofe*. Cela prouve que le pape était déjà un perfonnage confidérable.

Lorfqu'*Attila* vint ravager l'Italie en 452 , par le même droit que les Romains avaient exercé fur tant de peuples, par le droit de *Clovis*, & des Goths, & des Vandales , & des Hérules , l'empereur envoya le pape *Léon I*, afliflé de deux perfonnages confulaires, pour négocier avec *Attila*. Je ne doute pas que St *Léon* ne fût accompagné d'un ange armé d'une épée flamboyante qui fit trembler le roi des Huns , quoi- qu'il ne crût pas aux anges, & qu'une épée ne lui fit pas peur. Ce miracle eft très-bien peint dans le Vatican ; & vous fentez bien qu'on ne l'eût jamais peint s'il n'avait été vrai. Tout ce qui me fâche, c'eft que cet ange laiffa prendre & faccager Aquilée & toute l'Illyrie, & qu'il n'empêcha pas enfuite *Genferic* de piller Rome pendant quatorze jours : ce n'était pas apparemment l'ange exterminateur.

Sous les exarques, le crédit des papes augmenta ; mais ils n'eurent encore nulle ombre de puiffance civile. L'évêque romain élu par le peuple demandait, felon le protocole du *Diarium romanum* , la protection de l'évêque de Ravenne auprès de l'exarque , qui accordait ou refufait la confirmation à l'élu.

L'exarchat ayant été détruit par les Lombards, les rois lombards voulurent fe rendre maîtres auffi de la ville de Rome ; rien n'eft plus naturel.

Pepin, l'ufurpateur de la France, ne fouffrit pas que les Lombards ufurpaffent cette capitale & fuffent trop puiffans; rien n'eft plus naturel encore.

On prétend que *Pepin* & fon fils *Charlemagne* donnèrent aux évêques romains plufieurs terres de l'exarchat, que l'on nomma *les juftices de St Pierre*. Telle eft la première origine de leur puiffance temporelle. Il paraît que dès ce temps-là, ces évêques fongeaient à fe procurer quelque chofe de plus confidérable que ces juftices.

Nous avons une lettre du pape *Adrien I* à *Charlemagne*, dans laquelle il dit : *La libéralité pieufe de Conftantin le grand, empereur de fainte mémoire, éleva & exalta, du temps du bienheureux pontife romain Silveftre, la fainte Eglife romaine, & lui conféra fa puiffance dans cette partie de l'Italie.*

On voit que dès-lors on commençait à vouloir faire croire la donation de *Conftantin*, qui fut depuis regardée pendant cinq cents ans, non pas abfolument comme un article de foi, mais comme une vérité inconteftable. Ce fut à la fois un crime de lèfe-majefté & un péché mortel, de former des doutes fur cette donation. (*)

Depuis la mort de *Charlemagne*, l'évêque augmenta fon autorité dans Rome de jour en jour; mais il s'écoula des fiècles avant qu'il y fût regardé comme fouverain. Rome eut très-long-temps un gouvernement patricien municipal.

Ce *Jean XII* que l'empereur allemand *Othon I* fit dépofer dans une efpèce de concile, en 963, comme

(*) Voyez *Donations*.

fimoniaque, inceftueux, fodomite, athée, & ayant fait pacte avec le diable ; ce *Jean XII*, dis-je , était le premier homme de l'Italie en qualité de patrice & de conful, avant d'être évêque de Rome ; & malgré tous ces titres , malgré le crédit de la fameufe *Marofie* fa mère, il n'y avait qu'une autorité très-conteftée.

Ce *Grégoire VII* qui , de moine étant devenu pape, voulut dépofer les rois & donner les empires , loin d'être le maître à Rome , mourut le protégé ou plutôt le prifonnier de ces princes normands conquérans des deux Siciles , dont il fe croyait le feigneur fuzerain.

Dans le grand fchifme d'Occident , les papes qui fe difputèrent l'empire du monde vécurent fouvent d'aumônes.

Un fait affez extraordinaire, c'eft que les papes ne furent riches que depuis le temps où ils n'oferent fe montrer à Rome.

Bertrand de Goth , *Clément V* le bordelais , qui paffa fa vie en France , vendait publiquement les bénéfices , & laiffa des tréfors immenfes , felon *Villani*.

Jean XXII fon fucceffeur fut élu à Lyon. On prétend qu'il était le fils d'un favetier de Cahors. Il inventa plus de manières d'extorquer l'argent de l'Eglife , que jamais les traitans n'ont inventé d'impôts.

Le même *Villani* affure qu'il laiffa à fa mort vingt-cinq millions de florins d'or. Le patrimoine de St Pierre ne lui aurait pas affurément fourni cette fomme.

En un mot , jufqu'à *Innocent VIII* qui fe rendit maître du château St Ange , les papes ne jouirent jamais dans Rome d'une fouveraineté véritable.

Leur autorité fpirituelle fut fans doute le fondement de la temporelle : mais s'ils s'étaient bornés à imiter la conduite de *St Pierre*, dont on se persuada qu'ils remplissaient la place, ils n'auraient jamais acquis que le royaume des cieux. Ils furent toujours empêcher les empereurs de s'établir à Rome, malgré ce beau nom de *roi des Romains*. La faction *Guelfe* l'emporta toujours en Italie sur la faction *Gibeline*. On aimait mieux obéir à un prêtre italien qu'à un roi allemand.

Dans les guerres civiles que la querelle de l'Empire & du sacerdoce suscita pendant plus de cinq cents années, plusieurs seigneurs obtinrent des souverainetés tantôt en qualité de vicaires de l'Empire, tantôt comme vicaires du St Siége. Tels furent les princes d'*Est* à Ferrare, les *Bentivoglio* à Bologne, les *Malatesta* à Rimini, les *Manfreddi* à Faenza, les *Baglione* à Pérouse, les *Ursins* dans Anguillara & dans Servetri, les *Colonnes* dans Ostie, les *Riario* à Forli, les *Montefeltro* dans Urbin, les *Varano* dans Camerino, les *Gravina* dans Sinigaglia.

Tous ces seigneurs avaient autant de droits aux terres qu'ils possédaient, que les papes en avaient au patrimoine de *St Pierre*. Les uns & les autres étaient fondés sur des donations.

On sait comme le pape *Alexandre VI* se servit de son bâtard *Céfar de Borgia* pour envahir toutes ces principautés.

Le roi *Louis XII* obtint de ce pape la cassation de son mariage, après dix-huit années de jouissance, à condition qu'il aiderait l'usurpateur.

Les assassinats commis par *Clovis* pour s'emparer des Etats des petits rois ses voisins, n'approchent pas des horreurs exécutées par *Alexandre VI* & par son fils.

L'hiftoire de *Néron* eft bien moins abominable. Le prétexte de la religion n'augmentait pas l'atrocité de fes crimes. Obfervez que dans le même temps les rois d'Efpagne & de Portugal demandaient à ce pape, l'un l'Amérique & l'autre l'Afie, & que ce monftre les donna au nom du Dieu qu'il repréfentait. Obfervez que cent mille pélerins couraient à fon jubilé, & adoraient fa perfonne.

Jules II acheva ce qu'*Alexandre VI* avait commencé. *Louis XII*, né pour être la dupe de tous fes voifins, aida *Jules* à prendre Bologne & Péroufe. Ce malheureux roi, pour prix de fes fervices, fut chaffé d'Italie & excommunié par ce même pape que l'archevêque d'Auch fon ambaffadeur à Rome appelait *votre méchanceté*, au lieu de votre fainteté.

Pour comble de mortification, *Anne de Bretagne* fa femme, auffi dévote qu'impérieufe, lui difait qu'il ferait damné pour avoir fait la guerre au pape.

Si *Léon X* & *Clément VII* perdirent tant d'Etats qui fe détachèrent de la communion papale, ils ne reftèrent pas moins abfolus fur les provinces fidelles à la foi catholique.

La cour romaine excommunia *Henri III*, & déclara *Henri IV* indigne de régner.

Elle tire encore beaucoup d'argent de tous les Etats catholiques d'Allemagne, de la Hongrie, de la Pologne, de l'Efpagne, & de la France. Ses ambaffadeurs ont la préféance fur tous les autres; elle n'eft plus affez puiffante pour faire la guerre, & fa faibleffe fait fon bonheur. L'Etat eccléfiaftique eft le feul qui ait toujours joui des douceurs de la paix depuis le faccagement de Rome par les troupes de *Charles-Quint*.

Il paraît que les papes avaient été souvent traités comme ces dieux des Japonais à qui tantôt on présente des offrandes d'or, & que tantôt on jette dans la rivière. (*)

S.

SALOMON.

Plusieurs rois ont été de grands clercs, & ont fait de bons livres. Le roi de Prusse *Fréderic le grand* est le dernier exemple que nous en ayons. Il sera peu imité; nous ne devons pas présumer qu'on trouve beaucoup de monarques allemands qui fassent des vers français, & qui écrivent l'histoire de leur pays. *Jacques I* en Angleterre, & même *Henri VIII* ont écrit: Il faut en Espagne remonter jusqu'au roi *Alfonse X*, encore est-il douteux qu'il ait mis la main aux tables alfonsines.

La France ne peut se vanter d'avoir eu un roi auteur. (1) L'empire d'Allemagne n'a aucun livre de la main de ses empereurs; mais l'empire romain se glorifie de *César*, de *Marc-Aurèle*, & de *Julien*. On

(*) Pour l'article RUSSIE, voyez *Pierre le Grand*.

(1) On a prétendu que *Charles IX* était l'auteur d'un livre sur la chasse. Il est très-vraisemblable que si ce prince eut moins cultivé l'art de tuer les bêtes, & n'eût point pris dans les forêts l'habitude de voir couler le sang, on eût eu plus de peine à lui arracher l'ordre de la saint Barthelemi. La chasse est un des moyens les plus sûrs pour émousser dans les hommes le sentiment de la pitié pour leurs semblables; effet d'autant plus funeste, que ceux qui l'éprouvent, placés dans un rang plus élevé, ont plus besoin de ce frein.

compte en Afie plufieurs écrivains parmi les rois. Le préfent empereur de la Chine, *Kien-long*, paffe furtout pour un grand poëte ; mais *Salomon* ou *Soleyman* l'hébreu a encore plus de réputation que *Kien-long* le chinois.

Le nom de *Salomon* a toujours été révéré dans l'Orient. Les ouvrages qu'on croit de lui, les annales des Juifs, les fables des Arabes, ont porté fa renommée jufqu'aux Indes. Son règne eft la grande époque des Hébreux.

Il était le troifième roi de la Paleftine. Le premier livre des Rois dit que fa mère *Betzabée* obtint de *David* qu'il fît couronner *Salomon* fon fils au lieu de fon aîné. *Adonias*. Il n'eft pas furprenant qu'une femme complice de la mort de fon premier mari, ait eu affez d'artifice pour faire donner l'héritage au fruit de fon adultère, & pour faire déshériter le fils légitime, qui de plus était l'aîné.

C'eft une chofe très-remarquable que le prophète *Nathan* qui était venu reprocher à *David* fon adultère, le meurtre d'*Urie*, le mariage qui fuivit ce meurtre, fut le même qui depuis feconda *Betzabée* pour mettre fur le trône *Salomon* né de ce mariage fanguinaire & infâme. Cette conduite, à ne raifonner que felon *la chair*, prouverait que ce prophète *Nathan* avait, felon les temps, deux poids & deux mefures. Le livre même ne dit pas que *Nathan* reçut une miffion particulière de D I E U, pour faire déshériter *Adonias*. S'il en eut une, il faut la refpecter ; mais nous ne pouvons admettre que ce que nous trouvons écrit.

C'eft une grande queftion en théologie fi *Salomon* eft plus renommé par fon argent comptant, ou par ſes femmes, ou par ſes livres. Je ſuis fâché qu'il ait commencé ſon règne à la turque, en égorgeant ſon frère.

Adonias, exclus du trône par *Salomon*, lui demanda pour toute grâce qu'il lui permît d'épouſer *Abiſag*, cette jeune fille qu'on avait donnée à *David* pour le réchauffer dans ſa vieilleſſe. L'Ecriture ne dit point ſi *Salomon* diſputait à *Adonias* la concubine de ſon père, mais elle dit que *Salomon*, ſur la ſeule demande d'*Adonias*, le fit aſſaſſiner. Apparemment que DIEU, qui lui donna l'eſprit de ſageſſe, lui refuſa alors celui de juſtice & d'humanité, comme il lui refuſa depuis le don de la continence.

Il eſt dit, dans le même livre des Rois, qu'il était maître d'un grand royaume qui s'étendait de l'Euphrate à la mer Rouge & à la Méditerranée ; mais malheureuſement il eſt dit en même temps que le roi d'Egypte avait conquis le pays de Gazer dans le Canaan, & qu'il donna pour dot la ville de Gazer à ſa fille qu'on prétend que *Salomon* épouſa ; il eſt dit qu'il y avait un roi à Damas ; les royaumes de Sidon & de Tyr floriſſaient : entouré d'Etats puiſſans, il manifeſta ſans doute ſa ſageſſe, en demeurant en paix avec eux tous. L'abondance extrême qui enrichit ſon pays ne pouvait être que le fruit de cette ſageſſe profonde, puiſque du temps de *Saül* il n'y avait pas un ouvrier en fer dans ſon pays. Nous l'avons déjà remarqué : ceux qui veulent raiſonner trouvent difficile que *David* ſucceſſeur de *Saül*, vaincu par les Philiſtins, ait pu pendant ſon adminiſtration fonder un vaſte empire.

Les richeſſes qu'il laiſſa à *Salomon* ſont encore plus merveilleuſes ; il lui donna comptant cent trois mille

talens d'or, & un million treize mille talens d'argent.
Le talent d'or hébraïque vaut, felon *Arbutnot*, fix mille
livres fterling ; le talent d'argent environ cinq cents
livres fterling. La fomme totale du legs en argent
comptant, fans les pierreries & les autres effets, &
fans le revenu ordinaire proportionné fans doute à ce
tréfor, montait fuivant ce calcul à un milliar cent
dix-neuf millions cinq cents mille livres fterling, ou à
cinq milliars cinq cents quatre-vingt-dix-fept millions
d'écus d'Allemagne, ou à vingt-cinq milliars fix cents
quarante-huit millions de France. Il n'y avait pas alors
autant d'efpèces circulantes dans le monde entier.
Quelques érudits évaluent ce tréfor un peu plus
bas, mais la fomme eft toujours bien forte pour la
Paleftine.

On ne voit pas après cela pourquoi *Salomon* fe
tourmentait tant à envoyer fes flottes au pays d'Ophir
pour rapporter de l'or. On devine encore moins
comment ce puiffant monarque n'avait pas dans fes
vaftes Etats un feul homme qui fût façonner du
bois dans la forêt du Liban. Il fut obligé de prier
Hiram roi de Tyr de lui prêter des fendeurs de bois
& des ouvriers pour le mettre en œuvre. Il faut
avouer que ces contradictions exercent le génie des
commentateurs.

On fervait par jour, pour le dîner & le fouper de
fa maifon, cinquante bœufs & cent moutons, & de
la volaille & du gibier à proportion ; ce qui peut aller
par jour à foixante mille livres pefant de viande. Cela
fait une bonne maifon.

On ajoute qu'il avait quarante mille écuries &
autant de remifes pour fes chariots de guerre, mais
feulement

feulement douze mille écuries pour fa cavalerie. Voilà bien des chariots pour un pays de montagnes; & c'était un grand appareil pour un roi dont le prédéceffeur n'avait eu qu'une mule à fon çouronnement, & pour un terrain qui ne nourrit que des ânes.

On n'a pas voulu qu'un prince qui avait tant de chariots fe bornât à un petit nombre de femmes; on lui en donne fept cents qui portaient le nom de *reines* ; & ce qui eft étrange, c'eft qu'il n'avait que trois cents concubines, contre la coutume des rois qui ont d'ordinaire plus de maîtreffes que de femmes.

Il entretenait quatre cents douze mille chevaux, fans doute pour aller fe promener avec elles le long du lac de Génézareth, ou vers celui de Sodome, ou vers le torrent de Cédron qui ferait un des endroits les plus délicieux de la terre, fi ce torrent n'était pas à fec neuf mois de l'année, & fi le terrain n'était pas horriblement pierreux.

Quant au temple qu'il fit bâtir, & que les Juifs ont cru le plus bel ouvrage de l'univers, fi les *Bramante*, les *Michel-Ange*, & les *Palladio*, avaient vu ce bâtiment, ils ne l'auraient pas admiré. C'était une efpèce de petite fortereffe quarrée qui renfermait une cour, & dans cette cour un édifice de quarante coudées de long, & un autre de vingt; & il eft dit feulement que ce fecond édifice, qui était proprement le temple, l'oracle, le faint des faints, avait vingt coudées de large comme de long, & vingt de haut. M. *Souflot* n'aurait pas été fort content de ces proportions.

Les livres attribués à *Salomon* ont duré plus que fon temple.

Le nom seul de l'auteur a rendu ces livres respec-
tables. Ils devaient être bons , puisqu'ils étaient
d'un roi, & que ce roi passait pour le plus sage des
hommes.

Le premier ouvrage qu'on lui attribue est celui des
Proverbes. C'est un recueil de maximes qui paraissent
à nos esprits raffinés quelquefois triviales, basses, incohérentes, sans goût, sans choix, & sans dessein. Ils ne
peuvent se persuader qu'un roi éclairé ait composé un
recueil de sentences dans lesquelles on n'en trouve pas
une seule qui regarde la manière de gouverner, la
politique, les mœurs des courtisans, les usages d'une
cour. Ils sont étonnés de voir des chapitres entiers où
il n'est parlé que de gueuses qui vont inviter les
passans dans les rues à coucher avec elles.

Ils se révoltent contre les sentences dans ce goût.

*Il y a trois choses insatiables , & une quatrième qui ne
dit jamais c'est assez : le sépulcre, la matrice, la terre qui
n'est jamais rassasiée d'eau; & le feu, qui est la quatrième,
ne dit jamais c'est assez.*

*Il y a trois choses difficiles , & j'ignore entièrement la
quatrième : la voie d'un aigle dans l'air , la voie d'un
serpent sur la pierre, la voie d'un vaisseau sur la mer, &
la voie d'un homme dans une femme.*

*Il y a quatre choses qui sont les plus petites de la terre,
& qui sont plus sages que les sages : les fourmis, petit
peuple qui se prépare une nourriture pendant la moisson ;
le lièvre, peuple faible qui couche sur des pierres; la saute-
relle qui , n'ayant pas de rois, voyage par troupes; le lézard
qui travaille de ses mains, & qui demeure dans les palais
des rois.*

Est-ce à un grand roi, disent-ils, au plus sage des mortels qu'on ose imputer de telles niaiseries ? Cette critique est forte, il faut parler avec plus de respect.

Les Proverbes ont été attribués à *Isaïe*, à *Elzia*, à *Sobna*, à *Eliacin*, à *Joaké*, & à plusieurs autres ; mais qui que ce soit qui ait compilé ce recueil de sentences orientales, il n'y a pas d'apparence que ce soit un roi qui s'en soit donné la peine. Aurait-il dit que *la terreur du roi est comme le rugissement du lion?* C'est ainsi que parle un sujet ou un esclave que la colère de son maître fait trembler. *Salomon* aurait-il tant parlé de la femme impudique ? aurait-il dit : *Ne regardez point le vin quand il paraît clair, & que sa couleur brille dans le verre ?*

Je doute fort qu'on ait eu des verres à boire du temps de *Salomon ;* c'est une invention fort récente ; toute l'antiquité buvait dans des tasses de bois ou de métal ; & ce seul passage indique peut-être que cette collection juive fut composée dans Alexandrie, ainsi que tant d'autres livres juifs. (*a*)

L'Ecclésiaste, que l'on met sur le compte de *Salomon*, est d'un ordre & d'un goût tout différent. Celui qui parle dans cet ouvrage semble être détrompé des illusions de la grandeur, lassé de plaisirs, & dégoûté de la science. On l'a pris pour un épicurien qui répète à chaque page que le juste & l'impie sont sujets aux mêmes accidens, que l'homme n'a rien de plus que la bête, qu'il vaut mieux n'être pas né que d'exister,

---

(*a*) Un pédant a cru trouver une erreur dans ce passage : il a prétendu qu'on a mal traduit par le mot de *verre*, le gobelet qui était, dit-il, de bois ou de métal ; mais comment le vin aurait-il brillé dans un gobelet de métal ou de bois ? & puis qu'importe !

qu'il n'y a point d'autre vie, & qu'il n'y a rien de bon
& de raifonnable que de jouir en paix du fruit de fes
travaux avec la femme qu'on aime.

On a cru voir un matérialifte à la fois fenfuel &
dégoûté, qui paraiffait avoir mis au dernier verfet un
mot édifiant fur DIEU, pour diminuer le fcandale
qu'un tel livre devait caufer.

Les critiques ont de la peine à fe perfuader que
ce livre foit de *Salomon*. Il n'eft pas naturel qu'il ait
dit : *Malheur à la terre qui a un roi enfant*. Les Juifs
n'avaient point eu encore de tels rois.

Il n'eft pas naturel qu'il ait dit : *J'obferve le vifage du
roi*. Il eft bien plus vraifemblable que l'auteur ait voulu
faire parler *Salomon*, & que par cette aliénation
d'efprit qu'on découvre dans tant de rabbins, il ait
oublié fouvent dans le corps du livre que c'était un
roi qu'il fefait parler.

Ce qui leur paraît furprenant, c'eft que l'on ait
confacré cet ouvrage parmi les livres canoniques. S'il
fallait, difent-ils, établir aujourd'hui le canon de la
Bible, peut-être n'y mettrait-on pas l'Eccléfiafte ;
mais il fut inféré dans un temps où les livres étaient
très-rares, où ils étaient plus admirés que lus. Tout
ce qu'on peut faire aujourd'hui, c'eft de pallier autant
qu'il eft poffible l'épicuréifme qui règne dans cet
ouvrage. On a fait pour l'Eccléfiafte comme pour
tant d'autres chofes qui révoltent bien autrement.
Elles furent établies dans des temps d'ignorance ; &
on eft forcé, à la honte de la raifon, de les foutenir
dans des temps éclairés, & d'en déguifer ou l'abfur-
dité ou l'horreur par des allégories. Ces critiques font
trop hardis.

Grotius prétend que l'Ecclésiaste fut écrit sous *Zoro-babel*. On sait avec quelle liberté l'auteur s'exprime ; on sait qu'il dit *que les hommes n'ont rien de plus que les bêtes, qu'il vaut mieux n'être pas né que d'exister, qu'il n'y a point d'autre vie, qu'il n'y a rien de bon que de se réjouir dans ses œuvres avec celle qu'on aime.*

Il se pourrait faire que *Salomon* eût tenu de tels discours à quelques-unes de ses femmes : on prétend que ce sont des objections qu'il se fait ; mais ces maximes qui ont l'air un peu libertin, ne ressemblent point du tout à des objections ; & c'est se moquer du monde d'entendre dans un auteur le contraire de ce qu'il dit.

Au reste, plusieurs pères ont prétendu que *Salomon* avait fait pénitence ; ainsi on peut lui pardonner.

Le Cantique des cantiques est encore attribué à *Salomon*, parce que le nom de roi s'y trouve en deux ou trois endroits, parce qu'on fait dire à l'amante qu'elle est belle *comme les peaux de Salomon*, parce que l'amante dit qu'elle est *noire*, & qu'on a cru que *Salomon* désignait par-là sa femme égyptienne.

Ces trois raisons n'ont pas persuadé. 1°. Quand l'amante, en parlant à son amant, dit : *Le roi m'a menée dans ses celliers,* elle parle visiblement d'un autre que de son amant, donc le roi n'est pas cet amant : c'est le roi du festin, c'est le paranymphe, c'est le maître de la maison qu'elle entend ; & cette juive est si loin d'être la maîtresse d'un roi, que dans tout le cours de l'ouvrage c'est une bergère, une fille des champs qui va chercher son amant à la campagne & dans les rues de la ville, & qui est arrêtée aux portes par les gardes qui lui volent sa robe.

2°. *Je suis belle comme les peaux de Salomon* est l'ex-pression d'une villageoise qui dirait : Je suis belle comme les tapisseries du roi : & c'est précisément parce que le nom de *Salomon* se trouve dans cet ouvrage qu'il ne saurait être de lui. Quel monarque ferait une comparaison si ridicule. *Voyez*, dit l'amante au troisième chapitre, *voyez le roi Salomon avec le diadème dont sa mère l'a couronné au jour de son mariage.* Qui ne reconnaît à ces expressions la comparaison ordinaire que font les filles du peuple en parlant de leurs amans? Elles disent : Il est beau comme un prince, il a un air de roi &c.

3°. Il est vrai que cette bergère qu'on fait parler dans ce cantique amoureux, dit qu'elle est hâlée du soleil, qu'elle est *brune*. Or si c'était-là la fille du roi d'Egypte, elle n'était point si hâlée. Les filles de qualité en Egypte sont blanches. *Cléopâtre* l'était ; & en un mot, ce personnage ne peut être à la fois une fille de village & une reine.

Il se peut qu'un monarque qui avait mille femmes ait dit à l'une d'elles : *Qu'elle me baise d'un baiser de sa bouche, car vos tetons sont meilleurs que le vin.* Un roi & un berger, quand il s'agit de baiser sur la bouche, peuvent s'exprimer de la même manière. Il est vrai qu'il est assez étrange qu'on ait prétendu que c'était la fille qui parlait en cet endroit, & qui fesait l'éloge des tetons de son amant.

On avoue encore qu'un roi galant a pu faire dire à sa maîtresse : *Mon bien-aimé est comme un bouquet de myrrhe, il demeurera entre mes tetons.*

Qu'il a pu lui dire : *Votre nombril est comme une coupe dans laquelle il y a toujours quelque chose à boire ; votre ventre est comme un boisseau de froment, vos tetons sont comme deux faons de chevreuil, & votre nez est comme la tour du mont Liban.*

J'avoue que les Eglogues de *Virgile* sont d'un autre style ; mais chacun a le sien , & un juif n'est pas obligé d'écrire comme *Virgile*.

On n'a pas approuvé ce beau tour d'éloquence orientale : *Notre sœur est encore petite, elle n'a point de tetons ; que ferons-nous de notre sœur ? Si c'est un mur, bâtissons dessus ; si c'est une porte, fermons-la.*

A la bonne heure que *Salomon* le plus sage des hommes ait parlé ainsi dans ses goguettes ; mais plusieurs rabbins ont soutenu que non-seulement cette petite églogue voluptueuse n'était pas du roi *Salomon*, mais qu'elle n'était pas authentique. *Théodore* de Mopsuète était de ce sentiment ; & le célèbre *Grotius* appelle le Cantique des cantiques *un ouvrage libertin*, *flagitiosus :* cependant il est consacré, & on le regarde comme une allégorie perpétuelle du mariage de JESUS-CHRIST avec son Eglise. Il faut avouer que l'allégorie est un peu forte, & qu'on ne voit pas ce que l'Eglise pourrait entendre quand l'auteur dit que sa petite sœur n'a point de tetons.

Après tout, ce cantique est un morceau précieux de l'antiquité. C'est le seul livre d'amour qui nous soit resté des Hébreux. Il y est souvent parlé de jouissance. C'est une églogue juive. Le style est comme celui de tous les ouvrages d'éloquence des Hébreux, sans liaison, sans suite, plein de répétitions, confus, ridiculement métaphorique; mais il y a des endroits qui respirent la naïveté & l'amour.

Le livre de la Sageſſe eſt dans un goût plus ſérieux ; mais il n'eſt pas plus de *Salomon* que le Cantique des cantiques. On l'attribue communément à *Jéſus* fils de *Sirac*, d'autres à *Philon* de Biblos ; mais quel que ſoit l'auteur, on a cru que de ſon temps on n'avait point encore le Pentateuque, car il dit au chap. X, qu'*Abraham* voulut immoler *Iſaac* du temps du déluge ; & dans un autre endroit, il parle du patriarche *Joſeph* comme d'un roi d'Egypte. Du moins c'eſt le ſens le plus naturel.

Le pis eſt que l'auteur, dans le même chapitre, prétend qu'on voit de ſon temps la ſtatue de ſel en laquelle la femme de *Loth* fut changée. Ce que les critiques trouvent de pis encore, c'eſt que le livre leur paraît un amas très-ennuyeux de lieux communs ; mais ils doivent conſidérer que de tels ouvrages ne ſont pas faits pour ſuivre les vaines règles de l'éloquence. Ils ſont écrits pour édifier & non pour plaire. Il faut même lutter contre ſon dégoût pour les lire.

Il y a grande apparence que *Salomon* était riche & ſavant, pour ſon temps & pour ſon peuple. L'exagération, compagne inſéparable de la groſſièreté, lui attribua des richeſſes qu'il n'avait pu poſſéder, & des livres qu'il n'avait pu faire. Le reſpect pour l'antiquité a depuis conſacré ces erreurs.

Mais que ces livres aient été écrits par un juif, que nous importe ? Notre religion chrétienne eſt fondée ſur la juive, mais non pas ſur tous les livres que les Juifs ont faits.

Pourquoi le Cantique des cantiques, par exemple, ſera-t-il plus ſacré pour nous que les fables du Talmud ? C'eſt, dit-on, que nous l'avons compris dans le canon des Hébreux. Et qu'eſt-ce que ce canon ? C'eſt un recueil d'ouvrages authentiques. Eh bien, un ouvrage pour être authentique eſt-il divin ? une hiſtoire des roitelets de Juda & de Sichem, par exemple, eſt-elle autre choſe qu'une hiſtoire ? Voilà un étrange préjugé. Nous avons les Juifs en horreur, & nous voulons que tout ce qui a été écrit par eux & recueilli par nous, porte l'empreinte de la Divinité. Il n'y a jamais eu de contradiction ſi palpable.

S A M M O N O C O D O M.

JE me ſouviens que *Sammonocodom*, le dieu des Siamois, naquit d'une jeune vierge, & fut élevé ſur une fleur. Ainſi la grand'mère de *Gengis* fut engroſſée par un rayon du ſoleil. Ainſi l'empereur de la Chine, *Kien-long*, aujourd'hui glorieuſement régnant, aſſure poſitivement dans ſon beau poëme de *Moukden*, que ſa biſaïeule était une très-jolie vierge, qui devint mère d'une race de héros pour avoir mangé des ceriſes. Ainſi *Danaé* fut mère de *Perſée; Rhéa Silvia* de *Romulus*. Ainſi arlequin avait bien raiſon de dire, en voyant tout ce qui ſe paſſait dans le monde : *Tutto il mondo è fatto come la noſtra famiglia.*

La religion de ce Siamois nous prouve que jamais légiſlateur n'enſeigna une mauvaiſe morale. Voyez, lecteur, que celle de *Brama*, de *Zoroaſtre*, de *Numa*, de *Thaut*, de *Pythagore*, de *Mahomet*, & même du poiſſon *Oannès*, eſt abſolument la même. J'ai dit ſouvent qu'on jeterait des pierres à un homme qui viendrait prêcher une morale relâchée : & voilà

pourquoi les jéfuites eux-mêmes ont eu des prédicateurs fi auftères.

Les règles que *Sammonocodom* donna aux talapoins
fes difciples, font auffi fevères que celles de *St Bafile* &
de *St Benoît*.

,, Fuyez les chants, les danfes, les affemblées,
,, tout ce qui peut amollir l'ame.

,, N'ayez ni or ni argent.

,, Ne parlez que de juftice & ne travaillez que
,, pour elle.

,, Dormez peu, mangez peu; n'ayez qu'un habit.

,, Ne raillez jamais.

,, Méditez en fecret, & réfléchiffez fouvent fur la
,, fragilité des chofes humaines. ,,

Par quelle fatalité, par quelle fureur eft-il arrivé
que dans tous les pays, l'excellence d'une morale fi
fainte & fi néceffaire a été toujours déshonorée par
des contes extravagans, par des prodiges plus ridicules
que toutes les fables des métamorphofes? Pourquoi
n'y a-t-il pas une feule religion, dont les préceptes ne
foient d'un fage, & dont les dogmes ne foient d'un
fou? (On fent bien que j'excepte la nôtre, qui eft en
tout fens infiniment fage.)

N'eft-ce point que les légiflateurs s'étant contentés
de donner des préceptes raifonnables & utiles, les
difciples des premiers difciples & les commentateurs
ont voulu enchérir? Ils ont dit: Nous ne ferons pas affez
refpectés, fi notre fondateur n'a pas eu quelque chofe
de furnaturel & de divin. Il faut abfolument que notre
Numa ait eu des rendez-vous avec la nymphe *Egérie*;
qu'une des cuiffes de *Pythagore* ait été de pur or; que
la mère de *Sammonocodom* ait été vierge en accouchant

de lui ; qu'il foit né fur une rofe & qu'il foit devenu dieu.

Les premiers Chaldéens ne nous ont tranfmis que des préceptes moraux très-honnêtes ; cela ne fuffit pas : il eft bien plus beau que ces préceptes aient été annoncés par un brochet qui fortait deux fois par jour du fond de l'Euphrate pour venir faire un fermon.

Ces malheureux difciples, ces déteftables commentateurs n'ont pas vu qu'ils avertiffaient le genre-humain. Tous les gens raifonnables difent : Voilà des préceptes très-bons ; j'en aurais bien dit autant : mais voilà des doctrines impertinentes, abfurdes, révoltantes, capables de décrier les meilleurs préceptes. Qu'arrive-t-il ? ces gens raifonnables ont des paffions tout comme les talapoins ; & plus ces paffions font fortes, plus ils s'enhardiffent à dire tout haut : Mes talapoins m'ont trompé fur la doctrine ; ils pourraient bien m'avoir trompé fur des maximes qui contredifent mes paffions. Alors ils fecouent le joug, parce qu'il a été impofé mal-adroitement ; ils ne croient plus en Dieu, parce qu'ils voient bien que *Sammonocodom* n'eft pas dieu. J'en ai déjà averti mon cher lecteur en quelques endroits, lorfque j'étais à Siam ; & je l'ai conjuré de croire en Dieu malgré les talapoins.

Le révérend père *Tachard* qui s'était tant amufé fur le vaiffeau avec le jeune *Deflouches* garde-marine, & depuis auteur de l'opéra d'Iffé, favait bien que ce que je dis eft très-vrai.

D'un frère cadet du dieu Sammonocodom.

VOYEZ fi j'ai eu tort de vous exhorter fouvent à définir les termes, à éviter les équivoques. Un mot étranger que vous traduifez très-mal par le mot Dieu, vous fait tomber mille fois dans des erreurs très-groffières. L'effence fuprême, l'intelligence fuprême, l'ame de la nature, le grand-être, l'éternel géomètre qui a tout arrangé avec ordre, poids & mefure, voilà DIEU. Mais lorfqu'on donne le même nom à *Mercure*, aux empereurs romains, à *Priape*, à la divinité des tetons, à la divinité des feffes, au dieu pet, au dieu de la chaife percée, on ne s'entend plus, on ne fait plus où l'on en eft. Un juge juif, une efpèce de bailli eft appelé dieu dans nos faintes Ecritures. Un ange eft appelé dieu. On donne le nom de dieux aux idoles des petites nations voifines de la horde juive.

Sammonocodom n'eft pas dieu proprement dit; & une preuve qu'il n'eft pas dieu, c'eft qu'il devint dieu, & qu'il avait un frère nommé *Thevatat* qui fut pendu & qui fut damné.

Or il n'eft pas rare que dans une famille il y ait un homme habile qui faffe fortune, & un autre mal-avifé qui foit repris de juftice. *Sammonocodom* devint faint, il fut canonifé à la manière fiamoife; & fon frère qui fut un mauvais garnement, & qui fut mis en croix, alla dans l'enfer, où il eft encore.

Nos voyageurs ont rapporté que quand nous vou-lûmes prêcher un Dieu crucifié aux Siamois, ils fe moquèrent de nous. Ils nous dirent que la croix pouvait bien être le fupplice du frère d'un Dieu, mais non pas d'un Dieu lui-même. Cette raifon paraiffait affez plaufible, mais elle n'eft pas convaincante en bonne logique ; car puifque le vrai Dieu donna pouvoir à *Pilate* de le crucifier, il put, à plus forte raifon, donner pouvoir de crucifier fon frère. En effet, JESUS-CHRIST avait un frère, S*ᵗ Jacques*, qui fut lapidé. Il n'en était pas moins Dieu. Les mauvaifes actions imputées à *Thevatat*, frère du dieu *Sammonoco-dom*, étaient encore un faible argument contre l'abbé de *Choifi* & le père *Tachard ;* car il fe pouvait très-bien faire que *Thevatat* eût été pendu injuftement, & qu'il eût mérité le ciel au lieu d'être damné : tout cela eft fort délicat.

Au refte, on demande comment le père *Tachard* put en fi peu de temps apprendre affez bien le fiamois pour difputer contre les talapoins ?

On répond que *Tachard* entendait la langue fiamoife comme *François-Xavier* entendait la langue indienne.

S A M O T H R A C E.

QUE la fameufe île de Samothrace foit à l'embouchure de l'Hèbre, comme le difent tant de dictionnaires, ou qu'elle en foit à vingt milles, comme c'eft la vérité ; ce n'eft pas ce que je recherche.

Cette île fut long-temps la plus célébre de tout l'Archipel & même de toutes les îles. Ses dieux Cabires, fes hiérophantes, fes myftères lui donnèrent autant de réputation que le trou S*ᵗ Patrice* en eut en Irlande il n'y a pas long-temps. (*a*)

(*a*) Ce trou *faint Patrice*, ou *faint Patrik*, eft une des portes du purga-toire. Les cérémonies & les épreuves que les moines fefaient obferver aux

Cette Samothrace, qu'on appelle aujourd'hui Saman-drachi, eſt un rocher recouvert d'un peu de terre ſtérile, habitée par de pauvres pêcheurs. Ils feraient bien étonnés ſi on leur diſait que leur île eut autrefois tant de gloire; & ils diraient, qu'eſt-ce que la gloire?

Je demande ce qu'étaient ces hiérophantes, ces francs-maçons ſacrés qui célébraient leurs myſtères antiques de Samothrace, & d'où ils venaient eux & leurs dieux Cabires?

Il n'eſt pas vraiſemblable que ces pauvres gens fuſſent venus de Phénicie, comme le dit *Bochart* avec ſes étymologies hébraïques, & comme le dit après lui l'abbé *Banier*. Ce n'eſt pas ainſi que les dieux s'établiſſent; ils ſont comme les conquérans qui ne ſubjuguent les peuples que de proche en proche. Il y a trop loin de la Phénicie à cette pauvre île, pour que les dieux de la riche Sidon & de la ſuperbe Tyr ſoient venus ſe confiner dans cet ermitage. Les hiérophantes ne ſont pas ſi ſots.

Le fait eſt qu'il y avait des dieux Cabires, des prêtres Cabires, des myſtères Cabires, dans cette île chétive & ſtérile. Non-ſeulement *Hérodote* en parle; mais le phé-nicien *Sanchoniathon*, ſi antérièur à *Hérodote*, en parle auſſi dans ſes fragmens heureuſement conſervés par *Euſèbe*. Et qui pis eſt, ce *Sanchoniathon*, qui vivait cer-tainement avant le temps où l'on place *Moïſe*, cite le grand *Thaut*, le premier *Hermès*, le premier *Mercure*

---

pèlerins qui venaient viſiter ce redoutable trou, reſſemblaient aſſez aux cérémonies & aux épreuves des myſtères d'*Iſis* & de Samothrace. L'ami lecteur qui voudra un peu approfondir la plupart de nos queſtions, s'apercevra fort agréablement que les mêmes friponneries, les mêmes extravagances ont fait le tour de la terre; le tout pour gagner honneur & argent.

Voyez l'extrait du purgatoire de *ſaint Patrice* par M. *Sinner*.

d'Egypte ; & ce grand *Thaut* vivait huit cents ans avant *Sanchoniathon*, de l'aveu même de ce Phénicien.

Les Cabires étaient donc en honneur deux mille trois ou quatre cents ans avant notre ère vulgaire.

Maintenant fi vous voulez favoir d'où venaient ces dieux Cabires établis en Samothrace, n'eft-il pas vraifemblable qu'ils venaient de Thrace le pays le plus voifin, & qu'on leur avait donné cette petite île pour y jouer leurs farces, & pour gagner quelque argent ? Il fe pourrait bien faire qu'*Orphée* eût été un fameux ménétrier des dieux Cabires.

Mais qui étaient ces dieux ? ils étaient ce qu'ont été tous les dieux de l'antiquité, des fantômes inventés par des fripons groffiers, fculptés par des ouvriers plus groffiers encore, & adorés par des brutes appelés hommes.

Ils étaient trois Cabires ; car nous avons déjà obfervé que dans l'antiquité tout fe fefait par trois.

Il faut qu'*Orphée* foit venu très-long-temps après l'invention de ces trois dieux ; car il n'en admit qu'un feul dans fes myftères. Je prendrais volontiers *Orphée* pour un focinien rigide.

Je tiens les anciens dieux Cabires pour les premiers dieux des Thraces, quelques noms grecs qu'on leur ait donnés depuis.

Mais voici quelque chofe de bien plus curieux pour l'hiftoire de Samothrace. Vous favez que la Grèce & la Thrace ont été affligées autrefois de plufieurs inondations. Vous connaiffez les déluges de *Deucalion* & d'*Ogygès*. L'île de Samothrace fe vantait d'un déluge plus ancien, & fon déluge fe rapportait affez au temps où l'on prétend que vivait cet ancien roi de Thrace nommé *Xiſſutre* , dont nous avons parlé à l'article *Ararat*.

Vous pouvez vous ſouvenir que les dieux de *Xixutru* ou *Xiſſutre*, qui étaient probablement les Cabires, lui ordonnèrent de bâtir un vaiſſeau d'environ trente mille pieds de long ſur cent douze pieds de large. Que ce vaiſſeau vogua long-temps ſur les montagnes de l'Arménie pendant le déluge. Qu'ayant embarqué avec lui des pigeons & beaucoup d'autres animaux domeſtiques, il lâcha ſes pigeons pour ſavoir ſi les eaux s'étaient retirées, & qu'ils revinrent tout crotés, ce qui fit prendre à *Xiſſutre* le parti de ſortir enfin de ſon grand vaiſſeau.

Vous me direz qu'il eſt bien étrange que *Sancho-niathon* n'ait point parlé de cette aventure. Je vous répondrai que nous ne pouvons pas décider s'il l'inſéra ou non dans ſon hiſtoire; vu qu'*Euſèbe*, qui n'a rapporté que quelques fragmens de cet ancien hiſtorien, n'avait aucun intérêt à rapporter l'hiſtoire du vaiſſeau & des pigeons. Mais *Béroſe* la raconte; & il y joint du merveilleux, ſelon l'uſage de tous les anciens.

Les habitans de Samothrace avaient érigé des monumens de ce déluge.

Ce qui eſt encore plus étonnant, & ce que nous avons déjà remarqué en partie; c'eſt que ni la Grèce, ni la Thrace, ni aucun peuple, ne connut jamais le véritable déluge, le grand déluge, le déluge de *Noé*.

Comment, encore une fois, un événement auſſi terrible que celui du ſubmergement de toute la terre, put-il être ignoré des ſurvivans? comment le nom de notre père *Noé*, qui repeupla le monde, put-il être inconnu à tous ceux qui lui devaient la vie? C'eſt le

plus

plus étonnant de tous les prodiges, que de tant de petits-fils aucun n'ait parlé de son grand-père !

Je me suis adressé à tous les doctes ; je leur ai dit : Avez-vous jamais lu quelque vieux livre grec, toscan, arabe, égyptien, chaldéen, indien, persan, chinois, où le nom de *Noé* se soit trouvé ? Ils m'ont tous répondu que non. J'en suis encore tout confondu.

Mais que l'histoire de cette inondation universelle se trouve dans une page d'un livre écrit dans le désert par des fugitifs, & que cette page ait été inconnue au reste du monde entier, jusque vers l'an neuf cent de la fondation de Rome ; c'est ce qui me pétrifie. Je n'en reviens pas. Mon cher lecteur, crions bien fort : *O altitudo ignorantiarum !*

S A M S O N.

EN qualité de pauvres compilateurs par alphabet, de ressasseurs d'anecdotes, d'éplucheurs de minuties, de chiffoniers qui ramassent des guenilles au coin des rues, nous nous glorifierons avec toute la fierté attachée à nos sublimes sciences d'avoir découvert qu'on joua *le fort Samson*, tragédie, sur la fin du seizième siècle en la ville de Rouen, & qu'elle fut imprimée chez *Abraham Couturier*. *Jean* ou *John Milton*, long-temps maître d'école à Londres, puis secrétaire pour le latin du parlement nommé *le croupion* ; *Milton*, auteur du Paradis perdu & du Paradis retrouvé, fit la tragédie de Samson agoniste ; & il est bien cruel de ne pouvoir dire en quelle année.

Dictionn. philosoph. Tome VII.   K

Mais nous favons qu'on l'imprima avec une préface, dans laquelle on vante beaucoup un de nos confrères les commentateurs, nommé *Paræus*, lequel s'aperçut le premier, par la force de fon génie, que l'Apocalypfe eft une tragédie. En vertu de cette découverte, il partagea l'Apocalypfe en cinq actes, & y inféra des chœurs dignes de l'élégance & du beau naturel de la pièce. L'auteur de cette même préface nous parle des belles tragédies de *St Grégoire* de Nazianze. Il affure qu'une tragédie ne doit jamais avoir plus de cinq actes; & pour le prouver, il nous donne le Samfon agonifte de *Milton*, qui n'en a qu'un. Ceux qui aiment les longues déclamations, feront fatisfaits de cette pièce.

Une comédie de *Samfon* fut jouée long-temps en Italie. On en donna une traduction à Paris en 1717, par un nommé *Romagnéfi*; on la repréfenta fur le théâtre français de la comédie prétendue italienne, anciennement le palais des ducs de Bourgogne. Elle fut imprimée & dédiée au duc d'*Orléans* régent de France.

Dans cette pièce fublime, *Arlequin* valet de *Samfon* fe battait contre un coq-d'inde, tandis que fon maître emportait les portes de la ville de Gaza fur fes épaules.

En 1732 on voulut repréfenter à l'opéra de Paris une tragédie de *Samfon* mife en mufique par le célébre *Rameau*, mais on ne le permit pas. Il n'y avait ni arlequin ni coq-d'inde, la chofe parut trop férieufe: on était bien aife d'ailleurs de mortifier *Rameau* qui avait de grands talens. Cependant on joua dans ce temps-là l'opéra de Jephté, tiré de l'ancien testament, & la comédie de l'Enfant prodigue, tirée du nouveau.

Il y a une vieille édition du Samson agoniste de *Milton*, précédée d'un abrégé de l'histoire de ce héros; voici la traduction de cet abrégé.

Les Juifs, à qui DIEU avait promis par serment tout le pays qui est entre le ruisseau d'Egypte & l'Euphrate, & qui pour leurs péchés n'eurent jamais ce pays, étaient au contraire réduits en servitude; & cet esclavage dura quarante ans. Or il y avait un juif de la tribu de Dan, nommé *Mannué* ou *Mannoa*, & la femme de ce *Mannué* était stérile; & un ange apparut à cette femme, & lui dit : Vous aurez un fils, à condition qu'il ne boira jamais de vin, qu'il ne mangera jamais de lièvre, & qu'on ne lui fera jamais les cheveux.

L'ange apparut ensuite au mari & à la femme; on lui donna un chevreau à manger, il n'en voulut point, & disparut au milieu de la fumée; & la femme dit : Certainement nous mourrons, car nous avons vu un Dieu. Mais ils n'en moururent pas.

L'esclave *Samson* naquit, fut consacré nazaréen; & dès qu'il fut grand, la première chose qu'il fit fut d'aller dans la ville phénicienne ou philistine de Tamnala courtiser une fille d'un de ses maîtres, qu'il épousa.

En allant chez sa maîtresse, il rencontra un lion, le déchira en pièces de sa main nue comme il eût fait un chevreau. Quelques jours après il trouva un essaim d'abeilles dans la gueule de ce lion mort, avec un rayon de miel, quoique les abeilles ne se reposent jamais sur des charognes.

K 2

Alors il propofa cette énigme à fes camarades : La nourriture eft fortie du mangeur, & le doux eft forti du dur. Si vous devinez, je vous donnerai trente tuniques & trente robes, finon vous me donnerez trente robes & trente tuniques. Ses camarades ne pouvant deviner le fait en quoi confiftait le mot de l'énigme, gagnèrent la jeune femme de *Samfon ;* elle tira le fecret de fon mári, & il fut obligé de leur donner trente tuniques & trente robes : Ah! leur dit-il, fi vous n'aviez pas labouré avec ma vache, vous n'auriez pas deviné.

Auffitôt le beau-père de *Samfon* donna un autre mari à fa fille.

Samfon, en colère d'avoir perdu fa femme, alla prendre fur le champ trois cents renards, les attacha tous enfemble par la queue avec des flambeaux allumés, & ils allèrent mettre le feu dans les blés des Philiftins.

Les Juifs efclaves ne voulant point être punis par leurs maîtres pour les exploits de *Samfon*, vinrent le furprendre dans la caverne où il demeurait, le lièrent avec de groffes cordes, & le livrèrent aux Philiftins. Dès qu'il eft au milieu d'eux, il rompt fes cordes ; & trouvant une mâchoire d'âne, il tue en un tour de main mille philiftins avec cette mâchoire. Un tel effort l'ayant mis tout en feu, il fe mourait de foif. Auffitôt D I E U fit jaillir une fontaine d'une dent de la mâchoire d'âne. *Samfon* ayant bu s'en alla dans Gaza ville philiftine ; il y devint fur le champ amoureux d'une fille de joie. Comme il dormait avec elle, les Philiftins fermèrent les portes de la ville, & environnèrent la maifon ; il fe leva, prit les portes & les emporta. Les Philiſtins, au déſeſpoir de ne pouvoir venir à bout de ce héros, s'adreſſèrent à une autre fille de joie nommée *Dalila*, avec laquelle il couchait pour lors. Celle-ci lui arracha enfin le ſecret en quoi conſiſtait ſa force. Il ne fallait que le tondre pour le rendre égal aux autres hommes ; on le tondit, il devint faible, on lui creva les yeux, on lui fit tourner la meule & jouer du violon. Un jour qu'il jouait du violon dans un temple philiſtin, entre deux colonnes du temple, il fut indigné que les Philiſtins euſſent des temples à colonnade, tandis que les Juifs n'avaient qu'un tabernacle porté ſur quatre bâtons. Il ſentit que ſes cheveux commençaient à revenir. Tranſporté d'un ſaint zèle, il jeta à terre les deux colonnes, le temple fut renverſé ; les Philiſtins furent écraſés & lui auſſi.

Telle eſt mot à mot cette préface.

C'eſt cette hiſtoire qui eſt le ſujet de la pièce de *Milton* & de *Romagnéſi* : elle était faite pour la farce italienne.

S C A N D A L E.

Sans rechercher ſi le ſcandale était originairement une pierre qui pouvait faire tomber les gens, ou une querelle, ou une ſéduction, tenons-nous-en à la ſignification d'aujourd'hui. Un ſcandale eſt une grave indécence. On l'applique principalement aux gens d'égliſe. Les Contes de *la Fontaine* ſont libertins, pluſieurs endroits de *Sanchez*, de *Tambourin*, de *Molina*, ſont ſcandaleux.

On eſt ſcandaleux par ſes écrits ou par ſa conduite. Le ſiége que ſoutinrent les auguſtins contre les archers du guet., au temps de la fronde, fut ſcandaleux. La banqueroute du frère jéſuite *la Valette* fut plus que ſcandaleuſe. Le procès des révérends pères capucins de Paris en 1764, fut un ſcandale très-réjouiſſant. Il faut en dire ici un petit mot pour l'édification du lecteur.

Les révérends pères capucins s'étaient battus dans le couvent; les uns avaient caché leur argent, les autres l'avaient pris. Juſque-là, ce n'était qu'un ſcandale particulier, une pierre qui ne pouvait faire tomber que des capucins : mais quand l'affaire fut portée au parlement, le ſcandale devint public.

Il eſt dit (*a*) au procès qu'il faut douze cents livres de pain par ſemaine au couvent de Sᵗ Honoré, de la viande, du vin, du bois à proportion, & qu'il y a quatre quêteurs en titre d'office chargés de lever ces contributions dans la ville. Quel ſcandale épouvantable ! douze cents livres de viande & de pain par ſemaine pour quelques capucins, tandis que tant d'artiſtes accablés de vieilleſſe, & tant d'honnêtes veuves ſont expoſés tous les jours à périr de miſère !

(*b*) Que le révérend père *Dorothée* ſe ſoit fait trois mille livres de rente aux dépens du couvent, & par conſéquent aux dépens du public, voilà non-ſeulement un ſcandale énorme, mais un vol manifeſte ; & un vol fait à la claſſe la plus indigente des citoyens de Paris : car ce ſont les pauvres qui payent la taxe

(*a*) Page 27 du mémoire contre frère *Athanaſe*, préſenté au parlement.
(*b*) Page 3.

impofée par les moines mendians. L'ignorance & la faibleffe du peuple lui perfuadent qu'il ne peut gagner le ciel qu'en donnant fon néceffaire dont ces moines compofent leur fuperflu. Il a donc fallu que de ce feul chef frère *Dorothée* ait extorqué vingt mille écus au moins aux pauvres de Paris, pour fe faire mille écus de rente.

Songez bien, mon cher lecteur, que de telles aventures ne font pas rares dans ce dix-huitième fiècle de notre ère vulgaire, qui a produit tant de bons livres. Je vous l'ai déjà dit, le peuple ne lit point. Un capucin, un récollet, un carme, un picpus, qui confeffe & qui prêche, eft capable de faire lui feul plus de mal que les meilleurs livres ne pourront jamais faire de bien.

J'oferais propofer aux ames bien nées de répandre dans une capitale un certain nombre d'anti-capucins, d'anti-récollets, qui iraient de maifon en maifon recommander aux pères & mères d'être bien vertueux & de garder leur argent pour l'entretien de leur famille, & le foutien de leur vieilleffe; d'aimer DIEU de tout leur cœur, & de ne jamais rien donner aux moines. Mais revenons à la vraie fignification du mot fcandale.

(*c*) Dans ce procès des capucins, on accufe frère *Grégoire* d'avoir fait un enfant à mademoifelle *Bras-de-fer*, & de l'avoir enfuite màriée à *Moutard* le cordonnier. On ne dit point fi frère *Grégoire* a donné lui-même la bénédiction nuptiale à fa maîtreffe & à ce pauvre *Moutard* avec difpenfe. S'il l'a fait, voilà le fcandale le plus complet qu'on puiffe donner; il renferme

(*c*) Page 43.

K 4

fornication , vol , adultère , & facrilége. *Horrefco referens.*

Je dis d'abord fornication ; puifque frère *Grégoire* forniqua avec *Magdelène Bras-de-fer*, qui n'avait alors que quinze ans.

Je dis vol ; puifqu'il donna des tabliers & des rubans à *Magdelène*, & qu'il eft évident qu'il vola le couvent pour les acheter, pour payer les foupers, & les frais des couches, & les mois de nourrice.

Je dis adultère ; puifque ce méchant homme conti-nua à coucher avec madame *Moutard*.

Je dis facrilége ; puifqu'il confeffait *Magdelène*. Et s'il maria lui-même fa maîtreffe , figurez-vous quel homme c'était que frère *Grégoire*.

Un de nos collaborateurs & coopérateurs à ce petit ouvrage des *Queftions philofophiques & encyclopédiques*, travaille à faire un livre de morale fur les fcandales, contre l'opinion de frère *Patouillet*. Nous efpérons que le public en jouira inceffamment.

S C H I S M E.

ON a inféré dans le grand Dictionnaire encyclo-pédique tout ce que nous avions dit du grand fchifme des Grecs & des Latins , dans l'*Effai fur les mœurs & l'efprit des nations.* Nous ne voulons pas nous répéter.

Mais en fongeant que fchifme fignifie déchirure , & que la Pologne eft déchirée , nous ne pouvons que renouveler nos plaintes fur cette fatale maladie particulière aux chrétiens. Cette maladie, que nous n'avons pas affez décrite, eft une efpèce de rage qui fe porte d'abord aux yeux & à la bouche : on regarde avec un œil enflammé celui qui ne penfe pas comme nous; on lui dit les injures les plus atroces. La rage paffe enfuite aux mains; on écrit des chofes qui manifeftent le tranfport au cerveau. On tombe dans des convulfions de démoniaque, on tire l'épée, on fe bat avec acharnement jufqu'à la mort. La médecine n'a pu jufqu'à préfent trouver de remède à cette maladie, la plus cruelle de toutes. Il n'y a que la philofophie & le temps qui puiffent la guérir.

Les Polonais font aujourd'hui les feuls chez qui la contagion dont nous parlons faffe des ravages. Il eft à croire que cette maladie horrible eft née chez eux avec la plika. Ce font deux maladies de la tête qui font bien funeftes. La propreté peut guérir la plika; la feule fageffe peut extirper le fchifme.

On dit que ces deux maux étaient inconnus chez les Sarmates quand ils étaient païens. La plika n'attaque aujourd'hui que la populace; mais tous les maux nés du fchifme dévorent aujourd'hui les plus grands de la république.

L'origine de ce mal eft dans la fertilité de leurs terres qui produifent beaucoup de blé. Il eft bien trifte que la bénédiction du ciel les ait rendus fi malheureux. Quelques provinces ont prétendu qu'il fallait abfolument mettre du levain dans leur pain; mais la plus grande partie du royaume s'eft obftinée à croire qu'il y a de certains jours de l'année où la pâte fermentée était mortelle. (a)

(a) Allufion à la querelle pour le pain ordinaire avec lequel les Ruffes communient, & le pain azyme des Polonais du rite de Rome.

Voilà une des premières origines du fchifme ou de la déchirure de la Pologne ; la difpute a aigri le fang. D'autres caufes s'y font jointes.

Les uns fe font imaginés, dans les convulfions de cette maladie, que le St Efprit procédait du père & du fils, & les autres ont crié qu'il ne procédait que du père. Les deux partis, dont l'un s'appelle le parti romain, & l'autre le diffident, fe font regardés mutuellement comme des peftiférés ; mais par un fymptôme fingulier de ce mal, les peftiférés diffidens ont voulu toujours s'approcher des catholiques, & les catholiques n'ont jamais voulu s'approcher d'eux.

Il n'y a point de maladie qui ne varie beaucoup. La diète, qu'on croit fi falutaire, a été fi pernicieufe à cette nation, qu'au fortir d'une diète au mois de juin 1768, les villes de Uman, de Zablotin, de Tetiou, de Zilianka, de Zafran, ont été détruites & inondées de fang ; & que plus de deux cents mille malades ont péri miférablement.

D'un côté l'empire de Ruffie, & de l'autre l'empire de Turquie ont envoyé cent mille chirurgiens pourvus de lancettes, de biftouris, & de tous les inftrumens propres à couper les membres gangrenés ; la maladie n'en a été que plus violente. Le tranfport au cerveau a été fi furieux, (*b*) qu'une quarantaine de malades fe font affemblés pour difféquer le roi qui n'était nullement attaqué du mal, & dont la cervelle & toutes les parties nobles étaient très-faines, ainfi que nous l'avons obfervé à l'article *Superflition*. On croit que fi on s'en rapportait à lui, il pourrait guérir la nation ;

(*b*) Affaffinat du roi de Pologne commis à Varfovie.

mais un des caractères de cette maladie fi cruelle eft de craindre la guérifon, comme les enragés craignent l'eau.

Nous avons des favans qui prétendent que ce mal vient anciennement de la Paleftine, & que les habitans de Jérufalem & de Samarie en furent long-temps attaqués. D'autres croient que le premier fiége de cette pefte fut l'Egypte, & que les chiens & les chats qui étaient en grande confidération, étant devenus enragés, communiquèrent la rage du fchifme à la plupart des égyptiens qui avaient la tête faible.

On remarque furtout que les Grecs qui voyagèrent en Egypte, comme *Timée* de Locres & *Platon*, eurent le cerveau un peu bleffé. Mais ce n'était ni la rage, ni la pefte proprement dite; c'était une efpèce de délire dont on ne s'apercevait même que difficilement, & qui était fouvent caché fous je ne fais quelle apparence de raifon. Mais les Grecs ayant avec le temps porté leur mal chez les nations de l'occident & du feptentrion, la mauvaife difpofition des cerveaux de nos malheureux pays, fit que la petite fièvre de *Timée* de Locres & de *Platon* devint chez nous une contagion effroyable, que les médecins appelèrent tantôt intolérance, tantôt perfécution, tantôt guerre de religion, tantôt rage, tantôt pefte.

Nous avons vu quels ravages ce fléau épouvantable a faits fur la terre. Plufieurs médecins fe font préfentés de nos jours pour extirper ce mal horrible jufque dans fa racine. Mais qui le croirait ! il fe trouve des facultés entières de médecine, à Salamanque, à Coimbre, en Italie, à Paris même, qui foutiennent que le fchifme, la déchirure, eft néceffaire à l'homme;

que les mauvaises humeurs s'évacuent par les blessures qu'elle fait; que l'enthousiasme, qui est un des premiers symptômes du mal, exalte l'ame, & produit de très-bonnes choses ; que la tolérance est sujette à mille inconvéniens; que si tout le monde était tolérant, les grands génies manqueraient de ce ressort qui a produit tant de beaux ouvrages théologiques ; que la paix est un grand malheur pour un Etat, parce que la paix amène les plaisirs, & que les plaisirs, à la longue, pourraient adoucir la noble férocité qui forme les héros ; que si les Grecs avaient fait un traité de commerce avec les Troyens au lieu de leur faire la guerre, il n'y aurait eu ni d'*Achille*, ni d'*Hector*, ni d'*Homère*, & que le genre-humain aurait croupi dans l'ignorance.

Ces raisons sont fortes, je l'avoue; je demande du temps pour y répondre.

SCOLIASTE.

PAR exemple, *Dacier* & son illustre épouse étaient, quoi qu'on dise, des traducteurs & des scoliastes très-utiles. C'était encore une des singularités du grand siècle, qu'un savant & sa femme nous fissent connaître *Homère* & *Horace*, en nous apprenant les mœurs & les usages des Grecs & des Romains, dans le même temps où *Boileau* donnait son Art poëtique, *Racine* Iphigénie & Athalie, *Quinault* Atys & Armide, où *Fénélon* écrivait son Télémaque, où *Bossuet* déclamait ses oraisons funèbres, où *le Brun* peignait, où *Girardon* sculptait, où *Ducange* fouillait les ruines des

siècles barbares pour en tirer des tréfors &c. &c. :
remercions les *Daciers* mari & femme. J'ai plufieurs
queftions à leur propofer.

Queftions fur Horace , à M. Dacier.

VOUDRIEZ-VOUS , Monfieur , avoir la bonté de
me dire pourquoi dans la vie d'*Horace* imputée à
Suétone , vous traduifez le mot d'Augufte *puriffimum
penem* , par petit débauché ? Il me femble que les
Latins , dans le difcours familier , entendaient par
purus penis , ce que les Italiens modernes ont entendu
par *buon coglione* , *faceto coglione* , phrafe que nous
traduifions à la lettre au feizième fiècle , quand notre
langue était un compofé de welche & d'italien. *Puriffimus penis* ne fignifierait-il pas un convive agréable ,
un bon compagnon ? le *puriffimus* exclut le débauché.
Ce n'eft pas que je veuille infinuer par-là qu'*Horace*
ne fût très-débauché ; à Dieu ne plaife.

Je ne fais pourquoi vous dites (*a*) qu'une efpèce
de guitarre grecque , le *barbiton* , avait anciennement
des cordes de foie. Ces cordes n'auraient point rendu
de fon , & les premiers Grecs ne connaiffaient point
la foie.

Il faut que je vous dife un mot fur la quatrième
ode , (*b*) dans laquelle ,, le beau Printemps revient
,, avec le Zéphyre ; *Vénus* ramène les Amours , les
,, Grâces , les Nymphes ; elles danfent d'un pas léger
,, & mefuré aux doux rayons de *Diane* qui les regarde ,

(*a*) Remarques fur l'ode I du livre I.
(*b*) Ode IV.

,, tandis que *Vulcain* embrafe les forges des laborieux
,, Cyclopes. ,,

Vous traduifez : *Vénus recommence à danfer au clair
de la lune avec les Grâces & les Nymphes , pendant que
Vulcain eft empreffé à faire travailler fes Cyclopes.*

Vous dites dans vos remarques que l'on n'a jamais
vu de cour plus jolie que celle de *Vénus* , & qu'*Horace*
fait ici une allégorie fort galante. Car par *Vénus* il
entend les femmes ; par les Nymphes il entend les
filles ; & par *Vulcain* il entend les fots qui fe tuent du
foin de leurs affaires , tandis que leurs femmes fe
divertiffent. Mais êtes-vous bien fûr qu'*Horace* ait
entendu tout cela ?

Dans l'ode fixième , *Horace* dit :

> *Nos convivia , nos prælia virginum*
> *Sectis in juvenes unguibus acrium*
> *Cantamus vacui , five quid urimur*
> *Non præter folitum leves.*

,, Pour moi , foit que je fois libre , foit que j'aime,
,, fuivant ma légéreté ordinaire , je chante nos feftins
,, & les combats de nos jeunes filles qui menacent
,, leurs amans de leurs ongles qui ne peuvent les
,, bleffer. ,,

Vous traduifez : *En quelque état que je fois , libre ou
amoureux , & toujours prêt à changer , je ne m'amufe qu'à
chanter les combats des jeunes filles qui fe font les ongles
pour mieux égratigner leurs amans.*

Mais j'oferai vous dire , Monfieur , qu'*Horace* ne
parle point d'égratigner , & que mieux on coupe fes
ongles , moins on égratigne.

Voici un trait plus curieux que celui des filles qui égratignent. Il s'agit de *Mercure* dans l'ode dixième ; vous dites qu'il eſt très-vraiſemblable qu'on n'a donné à *Mercure* la qualité de dieu des larrons (*c*) *que par rapport à Moïſe, qui commanda à ſes Hébreux de prendre tout ce qu'ils pourraient aux Egyptiens, comme le remarque le ſavant Huet évêque d'Avranches dans ſa Démonſtration évangélique.*

Ainſi, ſelon vous & cet évêque, *Moïſe* & *Mercure* ſont les patrons des voleurs. Mais vous ſavez combien on ſe moqua du ſavant évêque qui fit de *Moïſe* un *Mercure*, un *Bacchus*, un *Priape*, un *Adonis*, &c. Aſſurément *Horace* ne ſe doutait pas que *Mercure* ſerait un jour comparé à *Moïſe* dans les Gaules.

Quant à cette ode à *Mercure*, vous croyez que c'eſt une hymne dans laquelle *Horace* l'adore ; & moi je ſoupçonne qu'il s'en moque.

Vous croyez qu'on donna l'épithète de *Liber* à *Bacchus*, (*d*) parce que les rois s'appelaient *Liberi*. Je ne vois dans l'antiquité aucun roi qui ait pris ce titre. Ne ſe pourrait-il pas que la liberté avec laquelle les buveurs parlent à table, eût valu cette épithète au dieu des buveurs ?

O matre pulchrâ filia pulchrior. (*e*)

Vous traduiſez : *Belle Tendaris, qui pouvez ſeule remporter le prix de la beauté ſur votre charmante mère.* *Horace* dit ſeulement : „ Votre mère eſt belle & vous „ êtes plus belle encore. „ Cela me paraît plus court & mieux ; mais je puis me tromper.

(*c*) Ode X.   (*d*) Notes ſur l'ode XII.   (*e*) Ode XVI.

Horace, dans cette ode, dit que *Prométhée* ayant pétri l'homme de limon, fut obligé d'y ajouter les qualités des autres animaux, & qu'il mit dans son cœur la colère du lion.

Vous prétendez que cela est imité de *Simonide* qui assure que Dieu ayant fait l'homme, & n'ayant plus rien à donner à la femme, prit chez les animaux tout ce qui lui convenait, donna aux unes les qualités du pourceau, aux autres celles du renard, à celles-ci les talens du singe, à ces autres celles de l'âne. Assurément *Simonide* n'était pas galant, ni *Dacier* non plus.

> *In me tota ruens Venus (f)*
> *Cyprum deseruit.*

Vous traduisiez : *Vénus a quitté entièrement Chypre pour venir loger dans mon cœur.*

N'aimez-vous pas mieux ces vers de *Racine* ?

> Ce n'est plus une ardeur en mes veines cachée,
> C'est Vénus toute entière à sa proie attachée.

Dulce ridentem Lalagem, amabo dulce loquentem. (g)

J'aimerai Lalagé qui parle & qui rit avec tant de grâce.

N'aimez-vous pas encore mieux la traduction de *Sapho* par *Boileau* ?

> Que l'on voit quelquefois doucement lui sourire,
> Que l'on voit quelquefois tendrement lui parler.

> *Quis desiderio sit pudor aut modus (h)*
> *Tam cari capitis ?*

(f) Ode XIX.   (g) Ode XXII.   (h) Ode XXIII.

Vous

Vous traduisez : *Quelle honte peut-il y avoir à pleurer un homme qui nous était si cher ?* &c. &c.

Le mot de *honte* ne rend pas ici celui de *pudor ; que peut-il y avoir*, n'est pas le style d'*Horace*. J'aurais peut-être mis à la place ,, Peut-on rougir de regretter ,, une tête si chère, peut-on sécher ses larmes ? ,,

> *Natis in usum lætitiæ scyphis*
> *Pugnare Thracum est.*

Vous traduisez : *C'est aux Thraces de se battre avec les verres qui ont été faits pour la joie.*

On ne buvait point dans des verres alors , & les Thraces encore moins que les Romains.

N'aurait-il pas mieux valu dire ,, C'est une barbarie ,, des Thraces d'ensanglanter des repas destinés à la ,, joie ? ,,

> *Nunc est bibendum , nunc pede libero (i)*
> *Pulsanda tellus.*

Vous traduisez : *C'est maintenant , mes chers amis , qu'il faut boire , & que sans rien craindre il faut danser de toute sa force.*

Frapper la terre d'un pas libre en cadence , ce n'est pas danser de toute sa force. Cette expression même n'est ni agréable , ni noble , ni d'*Horace*.

Je saute par-dessus cent questions grammaticales que je voudrais vous faire , pour vous demander compte du *vin superbe* de Cécube. Vous voulez absolument qu'*Horace* ait dit :

> *Tinget pavimentum superbo (k)*
> *Pontificum potiore cœnis.*

(i) Ode XXXVII.   (k) Liv. II , ode XIV.

Dictionn. philosoph. Tome VII.   L

Vous traduifez : *Il inondera fes chambres de ce vin qui nagera fur ces riches parquets , de ce vin qui aurait dû être réfervé pour les feftins des pontifes.*

Horace ne dit rien de tout cela. Comment voulez-vous que du vin dont on fait une petite libation dans le *triclinium*, dans la falle à manger, inonde ces chambres ? pourquoi prétendez-vous que ce vin dût être réfervé pour les pontifes ? J'ai d'excellent vin de Malaga & de Canarie ; mais je vous réponds que je ne l'enverrai pas à mon évêque.

Horace parle d'un fuperbe parquet, d'une magnifique mofaïque ; & vous m'allez parler d'un vin fuperbe, d'un vin magnifique. On lit dans toutes les éditions d'Horace , *Tinget pavimentum fuperbum* , & non pas *fuperbo.*

Vous dites que c'eft un grand fentiment de religion dans *Horace*, de ne vouloir réferver ce bon vin que pour les prêtres. Je crois , comme vous, qu'*Horace* était très-religieux , témoin tous fes vers pour les bambins ; mais je penfe qu'il aurait encore mieux aimé boire ce bon vin de Cécube , que de le réferver pour les prêtres de Rome.

> *Motus doceri gaudet ionicos*
> *Matura virgo & fingitur artubus &c.*

Vous traduifez : *Le plus grand plaifir de nos filles à marier , eft d'apprendre les danfes lafcives des Ioniens. A cet ufage elles n'ont point de honte de fe rendre les membres fouples , & de les former à des poftures déshonnêtes.*

Que de phrafes pour deux petits vers ! ah , Monfieur, des poftures déshonnêtes ! S'il y a dans le latin *fingitur artubus*, & non pas *artibus*, cela ne fignifie-t-il pas ,, Nos jeunes filles apprennent les danfes & les ,, mouvemens voluptueux des Ioniennes ? ,, & rien de plus.

Je tombe fur cette ode, (*l*) *horrida tempeſtas.*

Vous dites que le vieux commentateur fe trompe en penfant que *contraxit cælum* fignifie, *nous a caché le ciel;* & pour montrer qu'il s'eſt trompé, vous êtes de fon avis.

Enfuite quand *Horace* introduit le docteur *Chiron* précepteur d'*Achille*, annonçant à fon élève, pour l'encourager, qu'il ne reviendra pas de Troye :

> *Unde tibi reditum Parcæ fubtemine certo*
> *Rupêre.*

Vous traduifez : *Les Parques ont coupé le fil de votre vie.* Mais ce fil n'eſt pas coupé. Il le fera ; mais *Achille* n'eſt pas encore tué. *Horace* ne parle point de fil ; *parcæ* eſt là pour *fata*. Cela veut dire mot à mot : ,, Les deſtins s'oppofent à votre retour. ,,

Vous dites que *Chiron favait cela par lui-même*, *car il était grand aſtrologue.*

Vous ne voulez pas que *dulcibus alloquiis* fignifie de doux entretiens. Que voulez-vous donc qu'il fignifie ? Vous affurez poſitivement que *rien n'eſt plus ridicule*, *& qu'Achille ne parlait jamais à perfonne.* Mais il parlait à *Patrocle*, à *Phœnix*, à *Automedon*, aux capitaines theffaliens. Enfuite vous imaginez que le mot *alloqui* fignifie confoler. Ces contradictions peuvent égarer *ſtudiofam juventutem.*

(*l*) Liv. V, ode XIII.

L 2

Dans vos remarques fur la troifième fatire du fecond livre, vous nous apprenez que les firènes s'appelaient de ce nom chez les Grecs, parce que *fir* fignifiait *cantique* chez les Hébreux. Eft-ce *Bochart* qui vous l'a dit? Croyez-vous qu'*Homère* eût beaucoup de liaifons avec les Juifs? Non, vous n'êtes pas du nombre de ces fous qui veulent faire accroire aux fots que tout nous vient de cette miférable nation juive, qui habitait un fi petit pays, & qui fut fi long-temps inconnue à l'Europe entière.

Je pourrais faire des queftions fur chaque ode & fur chaque épître, mais ce ferait un gros livre. Si jamais j'ai le temps, je vous propoferai mes doutes, non-feulement fur ces odes, mais encore fur les fatires, les épîtres & l'Art poëtique. Mais à préfent il faut que je parle à madame votre femme.

A madame Dacier, fur Homère.

Madame, fans vouloir troubler la paix de votre ménage, je vous dirai que je vous eftime & vous refpecte encore plus que votre mari : car il n'eft pas le feul traducteur & commentateur, & vous êtes la feule traductrice & commentatrice. Il eft fi beau à une Françaife d'avoir fait connaître le plus ancien des poëtes, que nous vous devons d'éternels remercîmens.

Je commence par remarquer la prodigieufe différence du grec à notre welche, devenu latin & enfuite français.

Voici votre élégante traduction du commencement de l'Iliade.

,, Déeffe, chantez la colère d'*Achille* fils de *Pélée ;*
,, cette colère pernicieufe qui caufa tant de malheurs
,, aux Grecs, & qui précipita dans le fombre royaume
,, de *Pluton* les ames généreufes de tant de héros,
,, & livra leurs corps en proie aux chiens & aux
,, vautours, depuis le jour fatal qu'une querelle d'éclat
,, eut divifé le fils d'*Atrée* & le divin *Achille ;* ainfi les
,, décrets de *Jupiter* s'accompliffaient. Quel Dieu les
,, jeta dans ces diffentions ? Le fils de *Jupiter* & de
,, *Latone*, irrité contre le roi qui avait déshonoré
,, *Chryfès* fon facrificateur, envoya fur l'armée une
,, affreufe maladie qui emportait les peuples. Car
,, *Chryfès* étant allé aux vaiffeaux des Grecs chargés
,, de préfens pour la rançon de fa fille, & tenant
,, dans fes mains les bandelettes facrées d'*Apollon* avec
,, le fceptre d'or, pria humblement les Grecs, &
,, furtout les deux fils d'*Atrée* leurs généraux. *Fils*
d'Atrée, leur dit-il, *& vous généreux Grecs, que les*
Dieux qui habitent l'Olympe vous faffent la grâce de détruire
la fuperbe ville de Priam, & de vous voir heureufement
de retour dans votre patrie; mais rendez-moi ma fille en
recevant ces préfens, & refpectez en moi le fils du grand
Jupiter, Apollon, dont les traits font inévitables. ,, Tous
,, les Grecs firent connaître par un murmure favorable,
,, qu'il fallait refpecter le miniftre du Dieu, & recevoir
,, fes riches préfens. Mais cette demande déplut à
,, *Agamemnon* aveuglé par fa colère. ,,

Voici la traduction mot à mot, & vers par ligne.

La colère chantez, déeffe, de piliade Achille,
Funefte, qui infinis aux Akaïens maux apporta,
Et plufieurs fortes ames à l'enfer envoya

L 3

De héros; & à l'égard d'eux, proie les fit aux chiens
Et à tous les oiseaux. S'accomplissait la volonté de Dieu,
Depuis que d'abord différèrent disputans
Agamemnon chef des hommes & le divin Achille.
Qui des Dieux par dispute les commit à combattre?
De Latone & de Dieu le fils. Car contre le roi étant irrité
Il suscita dans l'armée une maladie mauvaise, & mouraient
les peuples.

Il n'y a pas moyen d'aller plus loin. Cet échantillon suffit pour montrer le différent génie des langues, & pour faire voir combien les traductions littérales sont ridicules.

Je pourrais vous demander pourquoi vous avez parlé du sombre royaume de *Pluton* , & des vautours dont *Homère* ne dit rien ?

Pourquoi vous dites qu'*Agamemnon* avait déshonoré le prêtre d'*Apollon*? Déshonorer signifie ôter l'honneur. *Agamemnon* n'avait ôté à ce prêtre que sa fille. Il me semble que le verbe *itimao* ne signifie pas en cet endroit déshonorer , mais mépriser , maltraiter.

Pourquoi vous faites dire à ce prêtre , que les Dieux vous fassent la grâce de détruire &c.? ces termes *vous fassent la grâce* , semblent pris de notre catéchisme. *Homère* dit , que les Dieux habitans de l'Olympe vous donnent de détruire la ville de Troye.

Doien olympia domata echontes
Ekperfai priamoio polin.

Pourquoi vous dites que tous les Grecs firent connaître par un murmure favorable , qu'il fallait refpecter le miniftre des Dieux ? Il n'eft point queftion dans *Homère* d'un murmure favorable. Il y a expref-fément, tous dirent *pantes epiphemifan.*

Vous avez par-tout ou retranché, ou ajouté, ou changé ; & ce n'eft pas à moi de décider fi vous avez bien ou mal fait.

Il n'y a qu'une chofe dont je fois fûr, & dont vous n'êtes pas convenue ; c'eft que fi on fefait aujourd'hui un poëme tel que celui d'*Homère*, on ferait, je ne dis pas feulement fifflé d'un bout de l'Europe à l'autre, mais je dis entièrement ignoré ; & cependant l'Iliade était un poëme excellent pour les Grecs. Nous avons vu combien les langues diffèrent. Les mœurs, les ufages, les fentimens, les idées diffèrent bien davantage.

Si je l'ofais, je comparerais l'Iliade au livre de *Job ;* tous deux font orientaux, fort anciens, également pleins de fictions, d'images & d'hyperboles. Il y a dans l'un & dans l'autre des morceaux qu'on cite fouvent. Les héros de ces deux romans fe piquent de parler beaucoup & de fe répéter : les amis s'y difent des injures. Voilà bien des reffemblances.

Que quelqu'un s'avife aujourd'hui de faire un poëme dans le goût de *Job*, vous verrez comme il fera reçu.

Vous dites dans votre préface qu'il eft impoffible de mettre *Homère* en vers français ; dites que cela vous eft impoffible, parce que vous ne vous êtes pas adonnée à notre poëfie. Les Géorgiques de *Virgile* font bien plus difficiles à traduire ; cependant on y eft parvenu.

Je fuis perfuadé que nous avons deux ou trois poëtes en France qui traduiraient bien *Homère ;* mais en même temps je fuis très-convaincu qu'on ne les lira pas s'ils ne changent, s'ils n'adouciffent, s'ils n'élaguent

prefque tout. La raifon en eft, Madame, qu'il faut
écrire pour fon temps, & non pour les temps paffés.
Il eft vrai que notre froid *la Motte* a tout adouci,
tout élagué; & qu'on ne l'en a pas lu davantage.
Mais c'eft qu'il a tout énervé.

Un jeune homme vint ces jours paffés me montrer
une traduction d'un morceau du vingt-quatrième
livre de l'Iliade. Je le mets ici fous vos yeux, quoique
vous ne vous connaiffiez guère en vers français.

L'horizon fe couvrait des ombres de la nuit;
L'infortuné Priam, qu'un Dieu même a conduit,
Entre, & paraît foudain dans la tente d'Achille.
Le meurtrier d'Hector, en ce moment tranquille,
Par un léger repas fufpendait fes douleurs.
Il fe détourne; il voit ce front baigné de pleurs,
Ce roi jadis heureux, ce vieillard vénérable
Que le fardeau des ans & la douleur accable,
Exhalant à fes pieds fes fanglots & fes cris,
Et lui baifant la main qui fit périr fon fils.
Il n'ofait fur Achille encor jeter la vue.
Il voulait lui parler, & fa voix s'eft perdue.
Enfin il le regarde, & parmi fes fanglots
Tremblant, pâle, & fans force, il prononce ces mots:
  Songez, Seigneur, fongez que vous avez un père....
Il ne put achever. — Le héros fanguinaire
Sentit que la pitié pénétrait dans fon cœur.
Priam lui prend les mains — Ah prince, ah mon vainqueur!
J'étais père d'Hector!.... & fes généreux frères
Flattaient mes derniers jours & les rendaient profpères....
Ils ne font plus.... Hector eft tombé fous vos coups....
Puiffe l'heureux Pélée entre Thétis & vous

Prolonger de fes ans l'éclatante carrière !
Le feul nom de fon fils remplit la terre entière ;
Ce nom fait fon bonheur ainfi que fon appui.
Vos honneurs font les fiens, vos lauriers font à lui.
Hélas ! tout mon bonheur & toute mon attente
Eft de voir de mon fils la dépouille fanglante ;
De racheter de vous ces reftes mutilés ,
Trainés devant mes yeux fous nos murs défolés.
Voilà le feul efpoir, le feul bien qui me refte.
Achille, accordez-moi cette grâce funefte ,
Et laiffez-moi jouir de ce fpeétacle affreux.

    Le héros qu'attendrit ce difcours douloureux,
Aux larmes de Priam répondit par des larmes.
Tous nos jours font tiffus de regrets & d'alarmes ,
Lui dit-il ; par mes mains les Dieux vous ont frappé.
Dans le malheur commun moi-même enveloppé ,
Mourant avant le temps loin des yeux de mon père ,
Je teindrai de mon fang cette terre étrangère.
J'ai vu tomber Patrocle, Heétor me l'a ravi :
Vous perdez votre fils , & je perds un ami.
Tel eft donc des humains le deftin déplorable.
Dieu verfe donc fur nous la coupe inépuifable,
La coupe des douleurs & des calamités ;
Il y mêle un moment de faibles voluptés ,
Mais c'eft pour en aigrir la fatale amertume.

    Me confeillez-vous de continuer ? me dit le jeune homme. Comment ! lui répondis-je , vous vous mêlez auffi de peindre ! il me femble que je vois ce vieillard qui veut parler , & qui dans fa douleur ne peut d'abord que prononcer quelques mots étouffés par fes foupirs. Cela n'eft pas dans *Homère* , mais je vous

le pardonne. Je vous fais même bon gré d'avoir
efquivé les deux tonneaux qui feraient un mauvais
effet dans notre langue , & furtout d'avoir accourci.
Oui , oui , continuez. La nation ne vous donnera
pas quinze mille livres fterling , comme les Anglais les
ont données à *Pope ;* mais peu d'Anglais ont eu le
courage de lire toute fon Iliade.

Croyez-vous de bonne foi , que depuis Verfailles
jufqu'à Perpignan , & jufqu'à St Malo , vous trouviez
beaucoup de Grecs qui s'intéreffent à *Eurithion* tué
autrefois par *Neftor ;* à *Ekopolious ,* fils de *Thalefious ,*
tué par *Antilokous ;* à *Simoifious ,* fils d'*Athemion ,* tué
par *Telamon ;* & à *Pirous ,* fils d'*Embrafous ,* bleffé à la
cheville du pied droit ? Nos vers français , cent fois
plus difficiles à faire que des vers grecs , n'aiment
point ces détails. J'ofe vous répondre qu'aucune de
nos dames ne vous lira. Et que deviendrez-vous fans
elles ? fi elles étaient toutes des *Dacier ,* elles vous
liraient encore moins. N'eft-il pas vrai , Madame ?
on ne réuffira jamais fi on ne connaît bien le goût
de fon fiècle & le génie de fa langue.

SECTE.

SECTION PREMIÈRE.

TOUTE feĉte , en quelque genre que ce puiffe être ,
eft le ralliement du doute & de l'erreur. Scotiftes ,
thomiftes , réaux , nominaux , papiftes , calviniftes ,
moliniftes , janféniftes , ne font que des noms de
guerre.

Il n'y a point de fecte en géométrie ; on ne dit point un euclidien, un archimédien.

Quand la vérité est évidente, il est impossible qu'il s'élève des partis & des factions. Jamais on n'a disputé s'il fait jour à midi.

La partie de l'astronomie qui détermine le cours des astres & le retour des éclipses étant une fois connue, il n'y a plus de dispute chez les astronomes.

On ne dit point en Angleterre, je suis newtonien, je suis lockien, halleyen ; pourquoi ? parce que quiconque a lu, ne peut refuser son consentement aux vérités enseignées par ces trois grands-hommes. Plus *Newton* est révéré, moins on s'intitule newtonien ; ce mot supposerait qu'il y a des anti-newtoniens en Angleterre. Nous avons peut-être encore quelques cartésiens en France, c'est uniquement parce que le système de *Descartes* est un tissu d'imaginations erronées & ridicules.

Il en est de même dans le petit nombre de vérités de fait qui sont bien constatées. Les actes de la tour de Londres ayant été authentiquement recueillis par *Rymer*, il n'y a point de rymériens, parce que personne ne s'avise de combattre ce recueil. On n'y trouve ni contradictions, ni absurdités, ni prodiges ; rien qui révolte la raison, rien, par conséquent, que des sectaires s'efforcent de soutenir ou de renverser par des raisonnemens absurdes. Tout le monde convient donc que les actes de *Rymer* sont dignes de foi.

Vous êtes mahométan, donc il y a des gens qui ne le sont pas, donc vous pourriez bien avoir tort.

Quelle serait la religion véritable, si le christianisme n'existait pas ? c'est celle dans laquelle il n'y a point de sectes ; celle dans laquelle tous les esprits s'accordent nécessairement.

Or, dans quel dogme tous les esprits se font-ils accordés ? dans l'adoration d'un Dieu & dans la probité. Tous les philosophes de la terre qui ont eu une religion, dirent dans tous les temps : Il y a un Dieu, & il faut être juste. Voilà donc la religion universelle établie dans tous les temps & chez tous les hommes.

Le point dans lequel ils s'accordent tous est donc vrai, & les systèmes par lesquels ils diffèrent sont donc faux.

Ma secte est la meilleure, me dit un brame. Mais, mon ami, si ta secte est bonne, elle est nécessaire ; car si elle n'était pas absolument nécessaire, tu m'avoueras qu'elle serait inutile : si elle est absolument nécessaire, elle l'est à tous les hommes ; comment donc se peut-il faire que tous les hommes n'aient pas ce qui leur est absolument nécessaire ? comment se peut-il que le reste de la terre se moque de toi & de ton *Brama*?

Lorsque *Zoroastre*, *Hermès*, *Orphée*, *Minos*, & tous les grands-hommes disent : Adorons DIEU, & soyons justes, personne ne rit ; mais toute la terre siffle celui qui prétend qu'on ne peut plaire à DIEU qu'en tenant à sa mort une queue de vache, & celui qui veut qu'on se fasse couper un bout de prépuce, & celui qui consacre des crocodiles & des oignons, & celui qui attache le salut éternel à des os de morts qu'on porte sous sa chemise, ou à une indulgence plénière qu'on achète à Rome pour deux sous & demi.

D'où vient ce concours universel de risée & de sifflets d'un bout de l'univers à l'autre ? Il faut bien que les choses dont tout le monde se moque ne soient pas d'une vérité bien évidente. Que dirons-nous d'un fecrétaire de *Séjan*, qui dédia à *Pétrone* un livre d'un ftyle ampoulé , intitulé : *La vérité des oracles fibyllins prouvée par les faits ?*

Ce fecrétaire vous prouve d'abord qu'il était nécef-faire que DIEU envoyât fur la terre plufieurs fibylles l'une après l'autre ; car il n'avait pas d'autres moyens d'inftruire les hommes. Il eft démontré que DIEU par-lait à ces fibylles ; car le mot de *fibylle* fignifie *confeil de* DIEU. Elles devaient vivre long-temps ; car c'eft bien le moins que des perfonnes à qui D I E U parle aient ce privilége. Elles furent au nombre de douze ; car ce nombre eft facré. Elles avaient certainement prédit tous les événemens du monde ; car *Tarquin* le fuperbe acheta trois de leurs livres cent écus d'une vieille. Quel incrédule , ajoute le fecrétaire , ofera nier tous ces faits évidens qui fe font paffés dans un coin à la face de toute la terre ? Qui pourra nier l'accompliffe-ment de leurs prophéties ? *Virgile* lui-même n'a-t-il pas cité les prédictions des fibylles ? Si nous n'avons pas les premiers exemplaires des livres fibyllins, écrits dans un temps où l'on ne favait ni lire ni écrire , n'en avons-nous pas des copies authentiques ? Il faut que l'impiété fe taife devant ces preuves. Ainfi parlait *Houttevillus* à *Séjan*. (1) Il efpérait avoir une place d'augure qui lui vaudrait cinquante mille livres de rente , & il n'eut rien.

Ce que ma fecte enfeigne eft obfcur , je l'avoue, dit un fanatique ; & c'eft en vertu de cette obfcurité qu'il la faut croire : car elle dit elle-même qu'elle eft

---

(1) Il s'agit ici de l'abbé *Houtteville*, auteur d'un mauvais livre, intitulé : *La vérité de la religion chrétienne , prouvée par les faits.*

pleine d'obfcurités. Ma fecte eft extravagante, donc
elle eft divine; car comment ce qui paraît fi fou aurait-il
été embraffé par tant de peuples, s'il n'y avait pas
du divin ? C'eft précifément comme l'Alcoran que les
Sonnites difent avoir un vifage d'ange & un vifage
de bête; ne foyez pas fcandalifés du mufle de la bête,
& révérez la face de l'ange. Ainfi parle cet infenfé;
mais un fanatique d'une autre fecte répond à ce fanatique : C'eft toi qui es la bête, & c'eft moi qui fuis
l'ange.

Or, qui jugera ce procès ? qui décidera entre ces
deux énergumènes? L'homme raifonnable, impartial,
favant d'une fcience qui n'eft pas celle des mots;
l'homme dégagé des préjugés & amateur de la vérité
& de la juftice; l'homme enfin qui n'eft pas bête, &
qui ne croit point être ange.

SECTION II.

SECTE & *erreur* font fynonymes. Tu es péripatéticien, & moi platonicien; nous avons donc tous deux
tort : car tu ne combats *Platon* que parce que fes
chimères t'ont révolté, & moi je ne m'éloigne d'*Ariftote*
que parce qu'il m'a paru qu'il ne fait ce qu'il dit. Si
l'un ou l'autre avait démontré la vérité, il n'y aurait
plus de fecte. Se déclarer pour l'opinion d'un homme
contre celle d'un autre, c'eft prendre parti comme
dans une guerre civile. Il n'y a point de fecte en
mathématique, en phyfique expérimentale. Un homme
qui examine le rapport d'un cône & d'une fphère,
n'eft point de la fecte d'*Archiméde :* celui qui voit que

le carré de l'hypothénufe d'un triangle rectangle eft égal au carré des deux autres côtés, n'eft point de la fecte de *Pythagore*.

Quand vous dites que le fang circule, que l'air pèfe, que les rayons du foleil font des faifceaux de fept rayons réfrangibles, vous n'êtes ni de la fecte d'*Harvey*, ni de celle de *Torricelli*, ni de celle de *Newton*; vous acquiefcez feulement à des vérités démontrées par eux, & l'univers entier fera à jamais de votre avis.

Voilà le caractère de la vérité; elle eft de tous les temps; elle eft pour tous les hommes; elle n'a qu'à fe montrer pour qu'on la reconnaiffe; on ne peut difputer contre elle. Longue difpute fignifie, *les deux partis ont tort.* (2)

SENS COMMUN.

Il y a quelquefois dans les expreffions vulgaires, une image de ce qui fe paffe au fond du cœur de tous les hommes. *Senfus communis* fignifiait chez les Romains non-feulement fens commun, mais humanité, fenfibilité. Comme nous ne valons pas les Romains, ce mot ne dit chez nous que la moitié de ce qu'il difait chez eux. Il ne fignifie que le bon fens, raifon

(2) Une erreur générale & populaire, qu'un parti riche & puiffant eft intéreffé à foutenir, peut réfifter long-temps aux attaques de la vérité. Il en eft de même de quelques vérités politiques, directement contraires aux intérêts de certaines claffes qui vivent dans tous les pays, des erreurs du gouvernement, & de la mifère du peuple. Ces vérités ne peuvent s'établir qu'après une longue réfiftance. Mais M. de *Voltaire* fuppofe dans cet article que la vérité n'a point à combattre l'intérêt; & dans ce fens la maxime eft vraie.

groffière , raifon commencée , première notion des
chofes ordinaires , état mitoyen entre la ftupidité &
l'efprit. *Cet homme n'a pas le fens commun* , eft une groffe
injure. *Cet homme a le fens commun* , eft une injure
auffi ; cela veut dire qu'il n'eft pas tout-à-fait ftupide
& qu'il manque de ce qu'on appelle efprit. Mais
d'où vient cette expreffion *fens commun* , fi ce n'eft
des fens ? Les hommes , quand ils inventèrent ce mot,
fefaient l'aveu que rien n'entrait dans l'ame que par
les fens ; autrement , auraient-ils employé le mot de
fens pour fignifier le raifonnement commun ?

On dit quelquefois , le fens commun eft fort rare;
que fignifie cette phrafe ? que dans plufieurs hommes
la raifon commencée eft arrêtée dans fes progrès par
quelques préjugés , que tel homme qui juge très-fai-
nement dans une affaire , fe trompera toujours grof-
fièrement dans une autre. Cet Arabe qui fera d'ailleurs
un bon calculateur , un favant chimifte , un aftronome
exaĉt , croira cependant que *Mahomet* a mis la moitié
de la lune dans fa manche.

Pourquoi ira-t-il au-delà du fens commun dans les
trois fciences dont je parle , & fera-t-il au-deffous du
fens commun quand il s'agira de cette moitié de lune?
C'eft que dans les premiers cas il a vu avec fes yeux ,
il a perfeĉtionné fon intelligence ; & dans le fecond
il a vu par les yeux d'autrui , il a fermé les fiens , il
a perverti le fens commun qui eft en lui.

Comment cet étrange renverfement d'efprit peut-il
s'opérer? Comment les idées qui marchent d'un pas fi
régulier & fi ferme dans la cervelle fur un grand nombre
d'objets , peuvent-elles clocher fi miférablement fur
un autre mille fois plus palpable , & plus aifé à
comprendre?

comprendre ? cet homme a toujours en lui les mêmes principes d'intelligence ; il faut donc qu'il y ait un organe vicié , comme il arrive quelquefois que le gourmet le plus fin peut avoir le goût dépravé fur une efpèce particulière de nourriture.

Comment l'organe de cet Arabe qui voit la moitié de la lune dans la manche de *Mahomet*, eft-il vicié ? C'eft par la peur. On lui a dit que s'il ne croyait pas à cette manche , fon ame immédiatement après fa mort , en paffant fur le pont aigu tomberait pour jamais dans l'abyme ; on lui a dit bien pis : fi jamais vous doutez de cette manche , un derviche vous traitera d'impie ; un autre vous prouvera que vous êtes un infenfé , qui ayant tous les motifs poffibles de crédibilité n'avez pas voulu foumettre votre raifon fuperbe à l'évidence ; un troifième vous déférera au petit divan d'une petite province , & vous ferez légalement empalé.

Tout cela donne une terreur panique au bon Arabe, à fa femme , à fa fœur, à toute la petite famille. Ils ont du bon fens fur tout le refte , mais fur cet article leur imagination eft bleffée , comme celle de *Pafcal*, qui voyait continuellement un précipice auprès de fon fauteuil. Mais notre Arabe croit-il en effet à la manche de *Mahomet*? non , il fait des efforts pour croire ; il dit, cela eft impoffible , mais cela eft vrai ; je crois ce que je ne crois pas. Il fe forme dans fa tête fur cette manche , un chaos d'idées qu'il craint de débrouiller ; & c'eft véritablement n'avoir pas le fens commun.

SENSATION.

Les huîtres ont, dit-on, deux fens ; les taupes, quatre ; les autres animaux, comme les hommes, cinq : quelques perfonnes en admettent un fixième ; mais il eft évident que la fenfation voluptueufe, dont ils veulent parler, fe réduit au fentiment du tact, & que cinq fens font notre partage. Il nous eft impoffible d'en imaginer par-delà, & d'en défirer.

Il fe peut que dans d'autres globes on ait des fens dont nous n'avons pas d'idées : il fe peut que le nombre des fens augmente de globe en globe, & que l'être qui a des fens innombrables & parfaits foit le terme de tous les êtres.

Mais nous autres avec nos cinq organes quel eft notre pouvoir ? Nous fentons toujours malgré nous, & jamais parce que nous le voulons ; il nous eft impoffible de ne pas avoir la fenfation que notre nature nous deftine, quand l'objet nous frappe. Le fentiment eft dans nous, mais il ne peut en dépendre. Nous le recevons, & comment le recevons-nous ? On fait affez qu'il n'y a aucun rapport entre l'air battu, & des paroles qu'on me chante, & l'impreffion que ces paroles font dans mon cerveau.

Nous fommes étonnés de la penfée ; mais le fentiment eft tout auffi merveilleux. Un pouvoir divin éclate dans la fenfation du dernier des infectes comme dans le cerveau de *Newton*. Cependant, que mille animaux meurent fous nos yeux, vous n'êtes point inquiets de ce que deviendra leur faculté de fentir,

quoique cette faculté foit l'ouvrage de l'Etre des êtres ;
vous les regardez comme des machines de la nature,
nées pour périr & pour faire place à d'autres.

Pourquoi & comment leur fenfation fubfifterait-elle,
quand ils n'exiftent plus ? Quel befoin l'auteur de tout
ce qui eft, aurait-il de conferver des propriétés dont
le fujet eft détruit ? Il vaudrait autant dire que le
pouvoir de la plante nommée fenfitive, de retirer fes
feuilles vers fes branches, fubfifte encore quand la
plante n'eft plus. Vous allez fans doute demander
comment la fenfation des animaux périffant avec
eux, la penfée de l'homme ne périra pas ? je ne peux
répondre à cette queftion, je n'en fais pas affez pour
la réfoudre. L'auteur éternel de la fenfation & de la
penfée fait feul comment il la donne, & comment
il la conferve.

Toute l'antiquité a maintenu, que rien n'eft dans
notre entendement qui n'ait été dans nos fens.
Defcartes dans fes romans prétendit que nous avions
des idées métaphyfiques avant de connaître le teton
de notre nourrice ; une faculté de théologie profcrivit
ce dogme, non parce que c'était une erreur, mais
parce que c'était une nouveauté : enfuite elle adopta
cette erreur parce qu'elle était détruite par *Locke* philofophe anglais, & qu'il fallait bien qu'un anglais eût
tort. Enfin après avoir changé fi fouvent d'avis, elle
eft revenue à profcrire cette ancienne vérité, que les
fens font les portes de l'entendement ; elle a fait comme
les gouvernemens obérés, qui tantôt donnent cours
à certains billets, & tantôt les décrient ; mais depuis
long-temps perfonne ne veut des billets de cette faculté.

Toutes les facultés du monde n'empêcheront jamais les philosophes de voir que nous commençons par sentir, & que notre mémoire n'est qu'une sensation continuée. Un homme qui naîtrait privé de ses cinq sens, serait privé de toute idée, s'il pouvait vivre. Les notions métaphysiques ne viennent que par les sens; car comment mesurer un cercle ou un triangle, si on n'a pas vu ou touché un cercle & un triangle? comment se faire une idée imparfaite de l'infini, qu'en reculant des bornes? & comment retrancher des bornes, sans en avoir vu ou senti?

La sensation enveloppe toutes nos facultés, dit un grand philosophe. (*a*)

Que conclure de tout cela? Vous qui lisez & qui pensez, concluez.

Les Grecs avaient inventé la faculté *Psyché* pour les sensations, & la faculté *Nous* pour les pensées. Nous ignorons malheureusement ce que c'est que ces deux facultés; nous les avons, mais leur origine ne nous en est pas plus connue qu'à l'huître, à l'ortie de mer, au polype, aux vermisseaux, & aux plantes. Par quelle mécanique inconcevable le sentiment est-il dans tout mon corps, & la pensée dans ma seule tête? Si on vous coupe la tête, il n'y a pas d'apparence que vous puissiez alors résoudre un problème de géométrie: cependant votre glande pinéale, votre corps calleux, dans lesquels vous logez votre ame, subsistent long-temps sans altération, votre tête coupée est si pleine d'esprits animaux, que souvent elle bondit après avoir été séparée de son tronc : il semble qu'elle devrait avoir dans ce moment des idées très-vives, & ressembler

(*a*) Traité des sensations, tome II, page 128.

à la tête d'*Orphée* qui fefait encore de la mufique, & qui chantait *Eurydice* quand on la jetait dans les eaux de l'Ebre.

Si vous ne penfez pas quand vous n'avez plus de tête, d'où vient que votre cœur fe meut & paraît fentir quand il eft arraché ?

Vous fentez, dites-vous, parce que tous les nerfs ont leur origine dans le cerveau ; & cependant fi on vous a trépané, & fi on vous brûle le cerveau, vous ne fentez rien. Les gens qui favent les raifons de tout cela font bien habiles.

S E R P E N T.

,, JE certifie que j'ai tué en diverfes fois plufieurs ,, ferpens, en mouillant un peu avec ma falive un ,, bâton ou une pierre, & en donnant fur le milieu ,, du corps du ferpent un petit coup, qui pouvait ,, à peine occafionner une petite contufion. 19 janvier ,, 1772. *Figuier* chirurgien. ,,

Ce chirurgien m'ayant donné ce certificat, deux témoins, qui lui ont vu tuer ainfi des ferpens, m'ont attefté ce qu'ils avaient vu. Je voudrais le voir auffi ; car j'ai avoué, dans plufieurs endroits de nos *Queftions*, que j'avais pris pour mon patron St *Thomas Didyme*, qui voulait toujours mettre le doigt deffus.

Il y a dix-huit cents ans que cette opinion s'eft perpétuée chez les peuples. Et peut-être aurait-elle dix-huit mille ans d'antiquité, fi la Genèfe ne nous inftruifait pas au jufte de la date de notre inimitié avec le ferpent. Et l'on peut dire que fi *Eve* avait craché,

M 3

quand le ferpent était à fon oreille , elle eût épargné bien des maux au genre-humain.

Lucrèce , au livre **IV** , rapporte cette manière de tuer les ferpens comme une chofe très-connuè.

> *Eft utique ut ferpens hominis contaɛta falivis*
> *Difperit , ac fefe mandendo conficit ipfa.*

„ Crachez fur un ferpent, fa force l'abandonne;
„ Il fe mange lui-même, il fe dévore, il meurt. „

Il y a un peu de contradiction à le peindre languif-fant & fe dévorant lui-même. Auffi mon chirurgien *Figuier* n'affirme pas que les ferpens qu'il a tués fe foient mangés. La Genèfe dit bien que nous les tuons avec le talon , mais non pas avec de la falive.

Nous fommes dans l'hiver , au 19 janvier : c'eft le temps où les ferpens reftent chez eux. Je ne puis en trouver au mont Krapac ; mais j'exhorte tous les philofophes à cracher fur tous les ferpens qu'ils rencontreront en chemin , au printemps. Il eft bon de favoir jufqu'où s'étend le pouvoir de la falive de l'homme.

Il eft certain que JESUS-CHRIST lui-même fe fervit de falive, pour guérir un homme fourd & muet. (*a*) Il le prit à part ; il mit fes doigts dans fes oreilles ; il cracha fur fa langue ; & regardant le ciel il foupira , & s'écria *effeta*. Auffitôt le fourd & muet fe mit à parler.

Il fe peut donc en effet que DIEU ait permis que la falive de l'homme tue les ferpens ; mais il peut avoir permis auffi que mon chirurgien ait affommé

(*a*) *Marc* , chap. VII.

des ferpens à grands coups de pierre & de bâton ; & il eſt même probable qu'ils en feraient morts , foit que le fieur *Figuier* eût craché , foit qu'il n'eût pas craché.

Je prie donc tous les philofophes d'examiner là chofe avec attention. On peut, par exemple, quand on verra paffer *Fréron* dans la rue , lui cracher au nez ; & s'il en meurt, le fait fera conftaté , malgré tous les raifonnemens des incrédules.

Je faifis cette occafion de prier auffi les philofophes de couper le plus qu'ils pourront de têtes de limaçons à coquille : car j'attefte que la tête eſt revenue à des limaçons à qui je l'avais très-bien coupée. Mais ce n'eſt pas affez que j'en aie fait l'expérience , il faut que d'autres la faffent encore , pour que la chofe acquierre quelque degré de probabilité. Car , fi j'ai fait heureufement deux fois cette expérience , je l'ai manquée trente fois : fon fuccès dépend de l'âge du limaçon , du temps auquel on lui coupe la tête , de l'endroit où on la lui coupe, du lieu où on le garde jufqu'à ce que la tête lui revienne.

S'il eſt important de favoir qu'on peut donner la mort en crachant , il eſt bien plus effentiel de favoir qu'il revient des têtes. L'homme vaut mieux qu'un limaçon ; & je ne doute pas que dans un temps où tous les arts fe perfectionnent, on ne trouve l'art de donner une bonne tête à un homme qui n'en aura point.

M 4

S I B Y L L E.

LA première femme qui s'avisa de prononcer des oracles à Delphes, s'appelait *Sibylla*. Elle eut pour père *Jupiter*, au rapport de *Pausanias*, & pour mère *Lamia* fille de *Neptune*, & elle vivait fort long-temps avant le siége de Troye. De-là vient que par le nom de sibylle on désigna toutes les femmes qui, sans être prêtresses ni même attachées à un oracle particulier, annonçaient l'avenir & se disaient ins-pirées. Différens pays & différens siècles avaient eu leurs sibylles; on conservait les prédictions qui por-taient leur nom, & l'on en formait des recueils.

Le plus grand embarras pour les anciens, était d'expliquer par quel heureux privilége ces sibylles avaient le don de prédire l'avenir. Les platoniciens en trouvaient la cause dans l'union intime que la créature, parvenue à un certain degré de perfection, pouvait avoir avec la Divinité. D'autres rapportaient cette vertu divinatrice des sibylles aux vapeurs & aux exhalaisons des cavernes qu'elles habitaient. D'autres enfin attribuaient l'esprit prophétique des sibylles à leur humeur sombre & mélancolique ou à quelque maladie singulière.

Saint Jérôme (a) a soutenu que ce don était en elles la récompense de leur chasteté; mais il y en a du moins une très-célébre qui se vante d'avoir eu mille amans, sans avoir été mariée. Il eût été plus court & plus sensé à *saint Jérôme* & aux autres pères de

(a) Contre *Jovinien*.

l'Eglife de nier l'efprit prophétique des fibylles , & de
dire qu'à force de proférer des prédictions à l'aventure,
elles ont pu rencontrer quelquefois , furtout à l'aide
d'un commentaire favorable par lequel on ajuftait
des paroles dites au hafard à des faits qu'elles n'avaient
jamais pu prévoir.

Le fingulier , c'eft qu'on recueillit leurs prédictions
après l'événement. La première collection de vers
fibyllins, achetée par *Tarquin* , contenait trois livres ;
la feconde fut compilée après l'incendie du capitole ;
mais on ignore combien de livres elle contenait ; &
la troifième eft celle que nous avons en huit livres.,
& dans laquelle il n'eft pas douteux que l'auteur
n'ait inféré plufieurs prédictions de la feconde. Cette
collection eft le fruit de la pieufe fraude de quelques
chrétiens platoniciens plus zélés qu'habiles , qui
crurent en la compofant prêter des armes à la religion
chrétienne , & mettre ceux qui la défendaient en état
de combattre le paganifme avec le plus grand avantage.

Cette compilation informe de prophéties différentes fut imprimée pour la première fois l'an 1545 fur
des manufcrits , & publiée plufieurs fois depuis avec
d'amples commentaires , furchargés d'une érudition
fouvent triviale & prefque toujours étrangère au
texte que ces commentaires éclairciffent rarement.
Les ouvrages compofés pour & contre l'authenticité
de ces livres fibyllins font en très-grand nombre , &
quelques - uns même très-favans ; mais il y règne fi
peu d'ordre & de critique , & les auteurs étaient
tellement dénués de tout efprit philofophique, qu'il
ne refterait à ceux qui auraient le courage de les lire ,
que l'ennui & la fatigue de cette lecture.

La date de cette compilation se trouve clairement indiquée dans le cinquième & dans le huitième livre. On fait dire à la sibylle que l'Empire romain aura quinze empereurs, dont quatorze font désignés par la valeur numérale de la première lettre de leur nom dans l'alphabet grec. Elle ajoute que le quinzième qui fera, dit-on, un homme à tête blanche, portera le nom d'une mer voisine de Rome : le quinzième des empereurs romains est *Adrien*, & le golfe Adriatique est la mer dont il porte le nom.

De ce prince, continue la sibylle, en sortiront trois autres qui régiront l'Empire en même temps ; mais à la fin un feul d'entr'eux en restera poffeffeur. Ces trois rejetons font *Antonin*, *Marc-Aurèle*, & *Lucius Vérus*. La sibylle fait allusion aux adoptions & aux affociations qui les unirent. *Marc-Aurèle* se trouva feul maître de l'Empire à la mort de *Lucius Vérus*, au commencement de l'an 169, & il le gouverna fans collégue jufqu'à l'année 177 qu'il s'affocia fon fils *Commode*. Comme il n'y a rien qui puiffe avoir quelque rapport avec ce nouveau collégue de *Marc-Aurèle*, il est visible que la collection doit avoir été faite entre les années 169 & 177 de l'ère vulgaire.

Jofephe l'hiftorien (*b*) cite un ouvrage de la sibylle, où l'on parlait de la tour de Babel & de la confufion des langues à-peu-près comme dans la Genèfe : (*c*) ce qui prouve que les chrétiens ne font pas les premiers auteurs de la fuppofition des livres fibyllins. *Jofephe* ne rapportant pas les paroles mêmes de la sibylle,

(*b*) Antiquités judaïques, liv. XX, ch. XVI.
(*c*) Chap. XI.

nous ne fommes plus en état de vérifier fi ce qui eft dit de ce même événement dans notre collection était tiré de l'ouvrage cité par *Jofephe ;* mais il eft certain que plufieurs des vers attribués à la fibylle dans l'exhortation qui fe trouve parmi les œuvres de *St Juftin ,* dans l'ouvrage de *Théophile* d'Antioche , dans *Clément* d'Alexandrie , & dans quelques autres pères , ne fe lifent point dans notre recueil ; & comme la plupart de ces vers ne portent aucun caractère de chriftianifme , ils pourraient être l'ouvrage de quelque juif platonifant.

Dès le temps de *Celfe* les fibylles avaient déjà quelque crédit parmi les chrétiens , comme il paraît par deux paffages de la réponfe d'*Origène.* Mais dans la fuite les vers fibyllins paraiffant favorables au chriftianifme, on les employa communément dans les ouvrages de controverfe, avec d'autant plus de confiance que les païens eux-mêmes , qui reconnaiffaient les fibylles pour des femmes infpirées, fe retranchaient à dire que les chrétiens avaient falfifié leurs écrits ; queftion de fait qui ne pouvait être décidée que par une comparaifon des différens manufcrits , que très-peu de gens étaient en état de faire.

Enfin ce fut d'un poëme de la fibylle de Cumes que l'on tira les principaux dogmes du chriftianifme. *Conftantin* dans le beau difcours qu'il prononça devant l'affemblée des Saints , montre que la quatrième églogue de *Virgile* n'eft qu'une defcription prophétique du Sauveur , & que s'il n'a pas été l'objet immédiat du poëte , il l'a été de la fibylle dont le poëte a emprunté fes idées, laquelle étant remplie de l'efprit de DIEU, avait annoncé la naiffance du Rédempteur.

On crut voir dans ce poëme le miracle de la naïf-
fance de JESUS d'une vierge, l'abolition du péché
par la prédication de l'évangile, l'abolition de la
peine par la grâce du Rédempteur. On y crut voir
l'ancien ferpent terraffé, & le venin mortel dont il
a empoifonné la nature humaine entièrement amorti.
On y crut voir que la grâce du Seigneur, quelque
puiffante qu'elle foit, laifferait néanmoins fubfifter
dans les fidelles des reftes & des veftiges du péché;
en un mot on y crut voir JESUS-CHRIST annoncé
fous le grand caractère de fils de DIEU.

Il y a dans cette églogue quantité d'autres traits,
qu'on dirait avoir été copiés d'après les prophètes
juifs & qui s'appliquent d'eux-mêmes à JESUS-CHRIST;
c'eft du moins le fentiment général de l'Eglife. (d)
St Auguftin (e) en a été perfuadé comme les autres,
& a prétendu qu'on ne peut appliquer qu'à JESUS-
CHRIST les vers de Virgile. Enfin les plus habiles
modernes foutiennent la même opinion. (f)

S I C L E.

POIDS & monnaie des Juifs. Mais comme ils ne
frappèrent jamais de monnaie, & qu'ils fe fervirent
toujours à leur avantage de la monnaie des autres
peuples, toute monnaie d'or qui pefait environ une
guinée, & toute monnaie d'argent pefant un petit
écu de France, était appelée ficle; & ce ficle était le
poids du fanctuaire, & le poids de roi.

(d) Remarques de Valois fur Eufebe, page 267.
(e) Lettre CLV.   (f) Noël Alexandre, fiècle I.

Il est dit dans les livres des Rois, (*a*) qu'*Absalon* avait de très-beaux cheveux, dont il fesait couper tous les ans une partie. Plusieurs grands commentateurs prétendent qu'il les fesait couper tous les mois, & qu'il y en avait pour la valeur de deux cents sicles. Si c'était des sicles d'or, la chevelure d'*Absalon* lui valait juste deux mille quatre cents guinées par an. Il y a peu de seigneuries qui rapportent aujourd'hui le revenu qu'*Absalon* tirait de sa tête.

Il est dit que lorsqu'*Abraham* acheta un antre en Hébron, du cananéen *Ephron*, pour enterrer sa femme, *Ephron* lui vendit cet antre quatre cents sicles d'argent, de monnaie valable & reçue, (*b*) *probatæ monetæ publicæ.*

Nous avons remarqué qu'il n'y avait point de monnaie dans ce temps-là. Ainsi ces quatre cents sicles d'argent devaient être quatre cents sicles de poids; lesquels vaudraient aujourd'hui trois livres quatre sous pièce, qui font douze cents quatre-vingts livres de France.

Il fallait que le petit champ qui fut vendu avec cette caverne, fût d'une excellente terre pour être vendu si cher.

Lorsqu'*Eliézer*, serviteur d'*Abraham*, rencontra la belle *Rebecca* fille de *Batuel*, portant une cruche d'eau sur son épaule, & qu'elle lui eut donné à boire à lui & à ses chameaux, il lui donna des pendans d'oreille d'or qui pesaient deux sicles, (*c*) & des bracelets d'or qui en pesaient dix. C'était un présent de vingt-quatre guinées.

(*a*) Liv. I, chap. XIV, v. 24 & 26.
(*b*) Genèse, ch. XXIII, v. 16.   (*c*) Gen. ch. XXIV, v. 22.

Parmi les lois de l'Exode , il eſt dit que ſi un bœuf frappe de ſes cornes un eſclave mâle ou femelle , le poſſeſſeur du bœuf donnera trente ſicles d'argent au maître de l'eſclave , & le bœuf ſera lapidé. Apparemment il était ſous-entendu que le bœuf aurait fait une bleſſure dangereuſe ; ſans quoi trente-deux écus auraient été une ſomme un peu trop forte vers le mont Sinaï , où l'argent n'était pas commun. C'eſt ce qui a fait ſoupçonner à pluſieurs graves perſonnages , mais trop téméraires , que l'Exode , ainſi que la Genèſe , n'avait été écrit que dans des temps poſtérieurs.

Ce qui les a confirmés dans leur opinion erronée , c'eſt qu'il eſt dit dans le même Exode : (d) Prenez d'excellente myrrhe du poids de cinq cents ſicles , deux cents cinquante de cinnamum , deux cents cinquante de cannes de ſucre , deux cents cinquante de caſſe , quatre pintes & chopine d'huile d'olive pour oindre le tabernacle ; & on fera mourir quiconque s'oindra d'une pareille compoſition , ou en oindra un étranger.

Il eſt ajouté qu'à tous ces aromates on joindra du ſtacté , de l'onix , du galbanum , & de l'encens brillant , & que du tout on doit faire une collature ſelon l'art du parfumeur.

Mais je ne vois pas ce qui a dû tant révolter les incrédules dans cette compoſition. Il eſt naturel de penſer que les Juifs qui , ſelon le texte , volèrent aux Egyptiens tout ce qu'ils purent emporter , aient volé de l'encens brillant , du galbanum , de l'onix , du ſtacté , de l'huile d'olive , de la caſſe , des cannes de

(d) Exode , chap. XXX , v. 30 & ſuivans.

fucre, du cinnamum, & de la myrrhe. Ils avaient aufli volé fans doute beaucoup de ficles ; & nous avons vu qu'un des plus zélés partifans de cette horde hébraïque évalue ce qu'ils avaient volé feulement en or, à neuf millions. Je ne compte pas après lui.

SOCIETÉ ROYALE DE LONDRES,

ET DES ACADEMIES.

LES grands-hommes fe font tous formés ou avant les académies, ou indépendamment d'elles. *Homère & Phidias, Sophocle & Apelle, Virgile & Vitruve, l'Ariofte & Michel-Ange*, n'étaient d'aucunes académies ; *le Taffe* n'eut que des critiques injuftes de *la Crufca*, & *Newton* ne dut point à la fociété royale de Londres fes découvertes fur l'optique, fur la gravitation, fur le calcul intégral, & fur la chronologie. A quoi peuvent donc fervir les académies ? A entretenir le feu que les grands génies ont allumé. (1)

La fociété royale de Londres fut formée en 1660, fix ans avant notre académie des fciences. Elle n'a point de récompenfes comme la nôtre ; mais auffi elle eft libre ; point de ces diftinctions défagréables, inventées par l'abbé *Bignon*, qui diftribua l'académie des fciences en favans qu'on payait, & en honoraires

---

(1) Les académies des fciences font encore utiles : 1°. pour empêcher le public & furtout les gouverneurs, d'être la dupe des charlatans dans les fciences; 2°. pour faire exécuter certains travaux, entreprendre certaines recherches, dont le réfultat ne peut devenir utile qu'au bout d'un long temps, & qui ne peuvent procurer de gloire à ceux qui s'en occupent : comme tout ce qui n'exige, pour être découvert, que de la méditation & du genie doit s'épuifer en peu de temps ; ces travaux obfcurs préparent pour les générations qui fuivent, des matériaux néceffaires pour de nou-velles découvertes.

qui n'étaient pas favans. La fociété de Londres indé‑
pendante, & n'étant encouragée que par elle-même,
a été compofée de fujets qui ont trouvé le calcul
de l'infini, les lois de la lumière, celles de la pefanteur,
l'aberration des étoiles, le téléfcope de réflexion, la
pompe à feu, le microfcope folaire, & beaucoup
d'autres inventions auffi utiles qu'admirables. Qu'au‑
raient fait de plus ces grands-hommes, s'ils avaient
été penfionnaires ou honoraires?

Le fameux docteur *Swift* forma le deffein, dans
les dernières années du règne de la reine *Anne*,
d'établir une académie pour la langue, à l'exemple
de l'académie françaife. Ce projet était appuyé par
le comte d'*Oxford*, grand-tréforier, & encore plus
par le vicomte *Bolingbroke* fecrétaire d'Etat, qui avait
le don de parler fur le champ dans le parlement avec
autant de pureté que *Swift* écrivait dans fon cabinet,
& qui aurait été le protecteur & l'ornement de cette
académie. Les membres qui la devaient compofer,
étaient des hommes dont les ouvrages dureront autant
que la langue anglaife. C'était ce docteur *Swift*,
M. *Prior*, que nous avons vu ici miniftre public, & qui
en Angleterre a la même réputation que *la Fontaine* a
parmi nous : c'était M. *Pope*, le *Boileau* d'Angleterre;
M. *Congrève*, qu'on peut en appeler le *Molière*; plufieurs
autres, dont les noms m'échappent ici, auraient tous
fait fleurir cette compagnie dans fa naiffance. Mais la
reine mourut fubitement; les *Wihgs* fe mirent dans la
tête de faire pendre les protecteurs de l'académie; ce
qui, comme vous voyez bien, fut mortel aux belles‑
lettres. Les membres de ce corps auraient eu un grand
avantage fur les premiers qui compofèrent l'académie
françaife.

française. *Swift* , *Prior* , *Congrève* , *Dryden* , *Pope* , *Addisson* &c. , avaient fixé la langue anglaise par leurs écrits ; au lieu que *Chapelain*, *Colletet*, *Cassaigne*, *Faret* , *Cotin* , nos premiers académiciens , étaient l'opprobre de notre nation ; & leurs noms font devenus si ridicules , que si quelque auteur avait le malheur de s'appeler aujourd'hui *Chapelain* ou *Cotin*, il serait obligé de changer de nom.

Il aurait fallu surtout , que l'académie anglaise se fût proposé des occupations toutes différentes de la nôtre. Un jour un bel esprit de ce pays-là me demanda les mémoires de l'académie française. Elle n'écrit point de mémoires , lui répondis-je ; mais elle a fait imprimer soixante ou quatre-vingts volumes de complimens. Il en parcourut un ou deux. Il ne put jamais entendre ce style , quoiqu'il entendît fort bien tous nos bons auteurs. Tout ce que j'entrevois , me dit-il, dans ces beaux discours , c'est que le récipiendaire ayant assuré que son prédécesseur était un grand-homme , que le cardinal de *Richelieu* était un très-grand-homme , le chancelier *Seguier* un assez grand-homme ; le directeur lui répond la même chose , & ajoute que le récipien-daire pourrait bien aussi être une espèce de grand-homme , & que pour lui directeur il n'en quitte pas sa part. Il est aisé de voir par quelle fatalité presque tous ces discours académiques ont fait si peu d'honneur à ce corps. *Vitium est temporis potius quàm hominis.* L'usage s'est insensiblement établi , que tout acadé-micien répéterait ces éloges à sa réception : (2) on

----

(2) L'usage de ces complimens s'est aboli insensiblement ; & dans le dernier discours de réception , on s'est contenté de rendre un hommage à la mémoire du prédécesseur , & au roi protecteur de l'académie.

Dictionn. philosoph. Tome VII.   N

s'eſt impofé une eſpèce de loi d'ennuyer le public. Si l'on cherche enſuite pourquoi les plus grands génies qui ſont entrés dans ce corps, ont fait quelquefois les plus mauvaiſes harangues, la raiſon en eſt encore bien aiſée ; c'eſt qu'ils ont voulu briller, c'eſt qu'ils ont voulu traiter nouvellement une matière toute uſée. La néceſſité de parler, l'embarras de n'avoir rien à dire, & l'envie d'avoir de l'eſprit, ſont trois choſes capables de rendre ridicule même le plus grand-homme. Ne pouvant trouver des penſées nouvelles, ils ont cherché des tours nouveaux, & ont parlé ſans penſer, comme des gens qui mâcheraient à vide, & feraient ſemblant de manger en périſſant d'inanition. Au lieu que c'eſt une loi dans l'académie françaiſe, de faire imprimer tous ces diſcours par leſquels ſeuls elle eſt connue, ce devrait être une loi de ne les imprimer pas.

L'académie des belles-lettres s'eſt propoſé un but plus ſage & plus utile ; c'eſt de préſenter au public un recueil de mémoires remplis de recherches & de critiques curieuſes. Ces mémoires ſont déjà eſtimés chez les étrangers. On ſouhaiterait ſeulement que quelques matières y fuſſent plus approfondies, & qu'on n'en eût point traité d'autres. On ſe ferait, par exemple, fort bien paſſé de je ne ſais quelle diſſertation ſur les prérogatives de la main droite ſur la main gauche, & de quelques autres recherches qui, ſous un titre moins ridicule, n'en ſont guère moins frivoles. L'académie des ſciences, dans ſes recherches plus difficiles & d'une utilité plus ſenſible, embraſſe la connaiſſance de la nature & la perfection des arts. Il eſt à croire que des études ſi profondes

& fi fuivies , des calculs fi exacts , des découvertes fi
fines , des vues fi grandes , produiront enfin quelque
chofe qui fervira au bien de l'univers.

C'eft dans les fiècles les plus barbares , que fe font
faites les plus utiles découvertes. Il femble que le
partage des temps les plus éclairés , & des compagnies
les plus favantes , foit de raifonner fur ce que des
ignorans ont inventé. On fait aujourd'hui , après les
longues difputes de M. *Huyghens* & de M. *Renaud* ,
la détermination de l'angle le plus avantageux d'un
gouvernail de vaiffeau avec la quille ; mais *Chriftophe*
Colomb avait découvert l'Amérique fans rien foup-
çonner de cet angle. Je fuis bien loin d'inférer de-là ,
qu'il faille s'en tenir feulement à une pratique aveugle ;
mais il ferait heureux que les phyficiens & les géomètres joigniffent autant qu'il eft poffible la pratique
à la fpéculation. Faut-il que ce qui fait le plus
d'honneur à l'efprit humain , foit fouvent ce qui eft
le moins utile ? Un homme avec les quatre règles
d'arithmétique , & du bon fens , devient un grand
négociant , un *Jacques Cœur* , un *Delmet* , un *Bernard* ;
tandis qu'un pauvre algébrifte paffe fa vie à chercher
dans les nombres des rapports & des propriétés
étonnantes , mais fans ufage , & qui ne lui apprendront
pas ce que c'eft que le change. (3) Tous les arts font
à peu près dans ce cas. Il y a un point , paffé lequel

_____

(3) Cet exemple nous paraît mal choifi. Il eft fort inutile qu'un
géomètre né avec des talens s'applique à la banque. Ce métier exige
très-peu de fcience , encore moins d'efprit de combinaifon ; & feulement de
l'ordre , de l'activité , avec un grand amour de l'or. Mais il ferait bon
qu'un géomètre appliquât le calcul à des queftions d'arithmétique politique , & à la phyfique , tandis que les phyficiens appliqueraient la
phyfique aux arts.

les recherches ne font plus que pour la curiofité. Ces vérités ingénieufes & inutiles reffemblent à des étoiles qui, placées trop loin de nous, ne nous donnent point de clarté.

Pour l'académie françaife, quel fervice ne rendrait-elle pas aux lettres, à la langue, & à la nation, fi au lieu de faire imprimer tous les ans des complimens, elle fefait imprimer les bons ouvrages du fiècle de *Louis XIV*, épurés de toutes les fautes de langage qui s'y font gliffées ? *Corneille* & *Molière* en font pleins. *La Fontaine* en fourmille. Celles qu'on ne pourrait pas corriger, feraient au moins marquées. L'Europe, qui lit ces auteurs, apprendrait par eux notre langue avec fureté. Sa pureté ferait à jamais fixée. Les bons livres français, imprimés avec foin aux dépens du roi, feraient un des plus glorieux monumens de la nation. J'ai ouï dire que M. *Defpréaux* avait fait autrefois cette propofition, & qu'elle a été renouvelée par un homme dont l'efprit, la fageffe, & la faine critique font connus ; mais cette idée a eu le fort de beaucoup d'autres projets utiles, d'être approuvée & d'être négligée.

Une chofe affez fingulière, c'eft que *Corneille*, qui écrivit avec affez de pureté & beaucoup de nobleffe les premières de fes bonnes tragédies lorfque la langue commençait à fe former, écrivit toutes les autres très-incorrectement & d'un ftyle très-bas, dans le temps que *Racine* donnait à la langue françaife tant de pureté, de vraie nobleffe & de grâces, dans le temps que *Defpréaux* la fixait par l'exactitude la plus correcte, par la précifion, la force, & l'harmonie. Que l'on compare la Bérénice de *Racine* avec celle de

Corneille, on croirait que celle-ci eft du temps de *Triftan*. Il femblait que *Corneille* négligeât fon ftyle à mefure qu'il avait plus befoin de le foutenir, & qu'il n'eût que l'émulation d'écrire, au lieu de l'émulation de bien écrire. Non-feulement fes douze ou treize dernières tragédies font mauvaifes, mais le ftyle en eft très-mauvais. Ce qui eft encore plus étrange, c'eft que de notre temps même nous avons eu des pièces de théâtre, des ouvrages de profe & de poëfie, compofés par des académiciens qui ont négligé leur langue au point qu'on ne trouve pas chez eux dix vers ou dix lignes de fuite fans quelque barbarifme. On peut être un très-bon auteur avec quelques fautes, mais non pas avec beaucoup de fautes. Un jour une fociété de gens d'efprit éclairés compta plus de fix cents folécifmes intolérables dans une tragédie qui avait eu le plus grand fuccès à Paris & la plus grande faveur à la cour. Deux ou trois fuccès pareils fuffiraient pour corrompre la langue fans retour, & pour la faire retomber dans fon ancienne barbarie dont les foins affidus de tant de grands-hommes l'ont tirée.

SOCINIENS, OU ARIENS, OU ANTITRINITAIRES. (*)

IL y a en Angleterre une petite fecte, compofée d'eccléfiaftiques & de quelques féculiers très-favans, qui ne prennent ni le nom d'ariens, ni celui de fociniens; mais qui ne font point du tout de l'avis de

(*) Fragment d'une lettre écrite de Londres, vers 1730.

St *Athanafe* fur le chapitre de la Trinité, & qui vous difent nettement que le Père eft plus grand que le Fils.

Vous fouvenez-vous d'un certain évêque orthodoxe, qui pour convaincre un empereur de la confubftantialité, s'avifa de prendre le fils de l'empereur fous le menton, & de lui tirer le nez en préfence de fa facrée majefté? L'empereur allait faire jeter l'évêque par les fenêtres, quand le bon - homme lui dit ces belles & convaincantes paroles : ,, Seigneur, fi votre ,, majefté eft fi fâchée que l'on manque de refpect à ,, fon fils, comment penfez - vous que DIEU le Père ,, traitera ceux qui refufent à JESUS-CHRIST les titres ,, qui lui font dus? ,, Les gens dont je vous parle difent que le faint évêque était fort mal avifé, que fon argument n'était rien moins que concluant, & que l'empereur devait lui répondre : Apprenez qu'il y a deux façons de me manquer de refpect; la première de ne rendre pas affez d'honneur à mon fils; & la feconde, de lui en rendre autant qu'à moi.

Quoi qu'il en foit, le parti d'*Arius* commence à revivre en Angleterre, auffi-bien qu'en Hollande & en Pologne. Le grand *Newton* fefait à cette opinion l'honneur de la favorifer. Ce philofophe penfait que les unitaires raifonnaient plus géométriquement que nous. Mais le plus ferme patron de la doctrine arienne, eft l'illuftre docteur *Clarke*. Cet homme eft d'une vertu rigide & d'un caractère doux, plus amateur de fes opinions, que paffionné pour faire des profélytes, uniquement occupé de calculs & de démonftrations, aveugle & fourd pour tout le refte, une vraie machine à raifonnemens. C'eft lui qui eft l'auteur d'un livre

affez peu entendu, mais eftimé, fur l'exiftence de DIEU;
& d'un autre plus intelligible, mais affez méprifé, fur
la vérité de la religion chrétienne. Il ne s'eft point
engagé dans de belles difputes fcolaftiques, que notre
ami appelle *de vénérables billevefées;* il s'eft contenté de
faire imprimer un livre qui contient tous les témoignages des premiers fiècles pour & contre les unitaires,
& a laiffé au lecteur le foin de compter les voix & de
juger. Ce livre du docteur lui a attiré beaucoup de
partifans, mais l'a empêché d'être archevêque de
Cantorbéri : car lorfque la reine *Anne* voulut lui
donner ce pofte, un docteur nommé *Gibfon,* qui avait
fans doute fes raifons, dit à la reine : Madame,
M. *Clarke* eft le plus favant & le plus honnête homme
du royaume; il ne lui manque qu'une chofe. Et quoi?
dit la reine. C'eft d'être chrétien, dit le docteur
bénévole. Je crois que *Clarke* s'eft trompé dans fon
calcul, & qu'il valait mieux être primat orthodoxe
d'Angleterre que curé arien.

Vous voyez quelles révolutions arrivent dans les
opinions comme dans les empires. Le parti d'*Arius,*
après trois cents ans de triomphe, & douze fiècles
d'oubli, renaît enfin de fa cendre; mais il prend très-
mal fon temps, de reparaître dans un âge où tout le
monde eft raffafié de difputes & de fectes. Celle-ci eft
encore trop petite pour obtenir la liberté des affemblées publiques; elle l'obtiendra fans doute, fi elle
devient plus nombreufe : mais on eft fi tiède à préfent
fur tout cela, qu'il n'y a plus guère de fortune à faire
pour une religion nouvelle ou renouvelée. N'eft-ce
pas une chofe plaifante, que *Luther*, *Calvin*, *Zuingle*,
tous écrivains qu'on ne peut lire, aient fondé des

N 4

fectes qui partagent l'Europe? que l'ignorant *Mahomet* ait donné une religion à l'Afie & à l'Afrique, & que meffieurs *Newton*, *Clarke*, *Locke*, *le Clerc* &c., les plus grands philofophes & les meilleures plumes de leur temps, aient pu à peine venir à bout d'établir un petit troupeau? Voilà ce que c'eft que de venir au monde à propos. Si le cardinal de *Retz* reparaiffait aujourd'hui, il n'ameuterait pas dix femmes dans Paris. Si *Cromwell* renaiffait, lui qui a fait couper la tête à fon roi, & s'eft fait fouverain, il ferait un fimple citoyen de Londres.

S O C R A T E.

LE moule eft-il caffé de ceux qui aimaient la vertu pour elle-même, un *Confucius*, un *Pythagore*, un *Thalès*, un *Socrate*? Il y avait de leur temps des foules de dévots à leurs pagodes & à leurs divinités, des efprits frappés de la crainte de *Cerbère*, & des furies qui couraient les initiations, les pélerinages, les myftères, qui fe ruinaient en offrandes de brebis noires. Tous les temps ont vu de ces malheureux dont parle *Lucrèce*.

Qui quocumque tamen miferi venêre parentant,
Et nigras mactant pecudes, & Manibu' Divis
In ferias mittunt; multòque in rebus acerbis
Acriùs advertunt animos ad relligionem.

Les macérations étaient en ufage; les prêtres de *Cybèle* fe fefaient châtrer pour garder la continence. D'où vient que parmi tous ces martyrs de la fuperftition, l'antiquité ne compte pas un feul grand-homme, un fage ? C'eft que la crainte n'a jamais pu faire la vertu. Les grands-hommes ont été les enthoufiaftes du bien moral. La fageffe était leur paffion dominante ; ils étaient fages comme *Alexandre* était guerrier, comme *Homère* était poëte, & *Apelle* peintre, par une force & une nature fupérieure : & voilà peut-être tout ce qu'on doit entendre par le démon de *Socrate*.

Un jour deux citoyens d'Athènes revenant de la chapelle de *Mercure*, aperçurent *Socrate* dans la place publique. L'un dit à l'autre : N'eft-ce pas là ce fcélérat qui dit qu'on peut être vertueux fans aller tous les jours offrir des moutons & des oies ? Oui, dit l'autre, c'eft ce fage qui n'a point de religion ; c'eft cet athée qui dit qu'il n'y a qu'un feul DIEU. *Socrate* approcha d'eux avec fon air fimple, fon démon, & fon ironie que madame *Dacier* a fi fort exaltée : Mes amis, leur dit-il, un petit mot, je vous prie ; un homme qui prie la Divinité, qui l'adore, qui cherche à lui reffembler autant que le peut la faibleffe humaine, & qui fait tout le bien dont il eft capable, comment nommeriez-vous un tel homme ? C'eft une ame très-religieufe, dirent-ils. Fort bien : on pourrait donc adorer l'Etre fuprême, & avoir à toute force de la religion ? D'ac-cord, dirent les deux Athéniens. Mais croyez-vous, pourfuivit *Socrate*, que quand le divin architecte du monde arrangea tous ces globes qui roulent fur vos têtes, quand il donna le mouvement & la vie à tant d'êtres différens, il fe fervit du bras d'*Hercule*, ou de la lyre d'*Apollon*, ou de la flûte de *Pan* ? Cela n'eft pas probable, dirent-ils. Mais s'il n'eft pas vraifemblable qu'il ait employé le fecours d'autrui pour conftruire

ce que nous voyons, il n'eſt pas croyable qu'il le
conſerve par d'autres que par lui-même. Si *Neptune*
était le maître abſolu de la mer, *Junon* de l'air, *Eole*
des vents, *Cérès* des moiſſons, & que l'un voulût le
calme quand l'autre voudrait du vent & de la pluie,
vous ſentez bien que l'ordre de la nature ne ſubſiſterait
pas tel qu'il eſt. Vous m'avouerez qu'il eſt néceſſaire
que tout dépende de celui qui a tout fait. Vous donnez
quatre chevaux blancs au ſoleil, & deux chevaux
noirs à la lune; mais ne vaut-il pas mieux que le
jour & la nuit ſoient l'effet du mouvement imprimé
aux aſtres par le maître des aſtres, que s'ils étaient
produits par ſix chevaux? Les deux citoyens ſe regar-
dèrent & ne répondirent rien. Enfin *Socrate* finit par
leur prouver qu'on pouvait avoir des moiſſons ſans
donner de l'argent aux prêtres de *Cérès*, aller à la chaſſe
ſans offrir des petites ſtatues d'argent à la chapelle de
Diane, que *Pomone* ne donnait point des fruits, que
Neptune ne donnait point des chevaux, & qu'il fallait
remercier le ſouverain qui a tout fait.

Son diſcours était dans la plus exacte logique.
Xénophon ſon diſciple, homme qui connaiſſait le
monde, & qui depuis ſacrifia au vent dans la retraite
des dix mille, tira *Socrate* par la manche, & lui dit:
Votre diſcours eſt admirable; vous avez parlé bien
mieux qu'un oracle : vous êtes perdu; l'un de ces
honnêtes gens à qui vous parlez, eſt un boucher qui
vend des moutons & des oies pour les ſacrifices; &
l'autre, un orfèvre qui gagne beaucoup à faire de
petits dieux d'argent & de cuivre pour les femmes;
ils vont vous accuſer d'être un impie qui voulez
diminuer leur négoce; ils dépoſeront contre vous

auprès de *Mélitus* & *d'Anitus* vos ennemis, qui ont conjuré votre perte : gare la ciguë ; votre démon familier aurait bien dû vous avertir de ne pas dire à un boucher & à un orfèvre, ce que vous ne deviez dire qu'à *Platon* & à *Xénophon*.

Quelque temps après, les ennemis de *Socrate* le firent condamner par le confeil des cinq cents. Il eut deux cents vingt voix pour lui. Cela fait préfumer qu'il y avait deux cents vingt philofophes dans ce tribunal ; mais cela fait voir que dans toute compagnie le nombre des philofophes eft toujours le plus petit.

Socrate but donc la ciguë pour avoir parlé en faveur de l'unité de DIEU : & enfuite les Athéniens confacrèrent une chapelle à *Socrate* ; à celui qui s'était élevé contre les chapelles dédiées aux êtres inférieurs.

S O L D A T.

LE ridicule fauffaire qui fit ce teftament du cardinal de *Richelieu*, dont nous avons beaucoup plus parlé qu'il ne mérite, donne pour un beau fecret d'Etat de lever cent mille foldats quand on veut en avoir cinquante mille.

Si je ne craignais d'être auffi ridicule que ce fauffaire, je dirais qu'au lieu de lever cent mille mauvais foldats, il en faut engager cinquante mille bons ; qu'il faut rendre leur profeffion honorable ; qu'il faut qu'on la brigue & non pas qu'on la fuie. Que cinquante mille guerriers affujettis à la févérité de la règle, font bien plus utiles que cinquante mille moines.

Que ce nombre eſt ſuffiſant pour défendre un Etat de l'étendue de l'Allemagne, ou de la France, ou de l'Eſpagne, ou de l'Italie.

Que des ſoldats en petit nombre dont on a augmenté l'honneur & la paye, ne déſerteront point.

Que cette paye étant augmentée dans un Etat, & le nombre des engagés diminué, il faudra bien que les Etats voiſins imitent celui qui aura le premier rendu ce ſervice au genre-humain.

Qu'une multitude d'hommes dangereux étant rendue à la culture de la terre ou aux métiers, & devenue utile, chaque Etat en ſera plus floriſſant.

M. le marquis de *Monteynard* a donné en 1771 un exemple à l'Europe; il a donné un ſurcroît à la paye, & des honneurs aux ſoldats qui ſerviraient après le temps de leur engagement. Voilà comme il faut mener les hommes.

SOMNAMBULES, ET SONGES.

S E C T I O N P R E M I E R E.

J'ai vu un ſomnambule, mais il ſe contentait de ſe lever, de s'habiller, de faire la révérence, de danſer le menuet aſſez proprement, après quoi il ſe déshabillait, ſe recouchait, & continuait de dormir.

Cela n'approche pas du ſomnambule de l'Encyclopédie. C'était un jeune ſéminariſte qui ſe relevait pour compoſer un ſermon en dormant, l'écrivait correctement, le relifait d'un bout à l'autre, ou du moins croyait le relire , y fefait des corrections , raturait des lignes, en fubftituait d'autres, remettait à fa place un mot oublié ; compofait de la mufique, la notait exactement , après avoir réglé fon papier avec fa canne, & plaçait les paroles fous les notes fans fe tromper &c. &c.

Il eft dit qu'un archevêque de Bordeaux a été témoin de toutes ces opérations , & de beaucoup d'autres auffi étonnantes. Il ferait à fouhaiter que ce prélat eût donné lui-même fon atteftation fignée de fes grands-vicaires , ou du moins de monfieur fon fecrétaire.

Mais fuppofons que ce fomnambule ait fait tout ce qu'on lui attribue , je lui ferai toujours les mêmes queftions que je ferais à un fimple fongeur. Je lui dirais : Vous avez fongé plus fortement qu'un autre, mais c'eft par le même principe ; cet autre n'a eu que la fièvre , & vous avez eu le tranfport au cerveau. Mais enfin , vous avez reçu l'un & l'autre des idées , des fenfations auxquelles vous ne vous attendiez nullement ; vous avez fait tout ce que vous n'aviez nulle envie de faire.

De deux dormeurs l'un n'a pas une feule idée , l'autre en reçoit une foule ; l'un eft infenfible comme un marbre, l'autre éprouve des défirs & des jouif-fances. Un amant fait en rêvant une chanfon pour fa maîtreffe , qui dans fon délire croit lui écrire une lettre tendre , & qui en récite tout haut les paroles.

Scribit amatori meretrix; dat adultera munus:
In noctis fpatio miferorum vulnera durant.

S'eft-il paffé autre chofe dans votre machine pendant ce rêve fi puiffant fur vous, que ce qui fe paffe tous les jours dans votre machine éveillée ?

Vous, monfieur le féminarifte, né avec le don de l'imitation, vous avez écouté cent fermons, votre cerveau s'eft monté à en faire; vous en avez écrit en veillant, pouffé par le talent d'imiter; vous en écrivez de même en dormant. Comment s'eft-il pu faire que vous foyez devenu prédicateur en rêve, vous étant couché fans aucune volonté de prêcher ? Reffouvenez-vous bien de la première fois que vous mîtes par écrit l'efquiffe d'un fermon pendant la veille. Vous n'y penfiez pas le quart-d'heure d'au-paravant ; vous étiez dans votre chambre livré à une rêverie vague fans aucune idée déterminée ; votre mémoire vous rappelle, fans que votre volonté s'en mêle, le fouvenir d'une certaine fête ; cette fête vous rappelle qu'on prêche ce jour-là ; vous vous fouvenez d'un texte, ce texte fournit un exorde ; vous avez auprès de vous encre & papier, vous écrivez des chofes que vous ne penfiez pas devoir jamais écrire.

Voilà précifément ce qui vous eft arrivé dans votre acte de noctambule.

Vous avez cru dans l'une & l'autre opération ne faire que ce que vous vouliez ; & vous avez été dirigé fans le favoir par tout ce qui a précédé l'écriture de ce fermon.

De même lorfqu'en fortant de vêpres vous vous êtes renfermé dans votre cellule pour méditer, vous n'aviez nul deffein de vous occuper de votre voifine ; cependant fon image s'eft peinte à vous quand vous n'y penfiez pas ; votre imagination s'eft allumée fans que vous ayez fongé à un éteignoir ; vous favez ce qui s'en eft enfuivi.

Vous avez éprouvé la même aventure pendant votre fommeil.

Quelle part avez-vous eu à toutes ces modifications de votre individu ? la même que vous avez à la courfe de votre fang dans vos artères & dans vos veines, à l'arrofement de vos vaiffeaux lymphatiques, au battement de votre cœur & de votre cerveau.

J'ai lu l'article *Songe* dans le dictionnaire encyclopédique, & je n'y ai rien compris. Mais quand je recherche la caufe de mes idées & de mes actions dans le fommeil & dans la veille, je n'y comprends pas davantage.

Je fais bien qu'un raifonneur qui voudrait me prouver que quand je veille, & que je ne fuis ni frénétique ni ivre, je fuis alors un animal agent, ne laifferait pas de m'embarraffer.

Mais je l'embarrafferais bien davantage, en lui prouvant que quand il dort il eft entièrement patient, pur automate.

Or, dites-moi ce que c'eft qu'un animal qui eft abfolument machine la moitié de fa vie, & qui change de nature deux fois en vingt-quatre heures ?

SECTION II.

Lettre aux auteurs de la gazette littéraire, sur les songes. Août 1764.

MESSIEURS,

Tous les objets des sciences sont de votre ressort; souffrez que les chimères en soient aussi. *Nil sub sole novum* : rien de nouveau sous le soleil ; aussi n'est-ce pas de ce qui se fait en plein jour que je veux vous entretenir, mais de ce qui se passe pendant la nuit. Ne vous alarmez pas, il ne s'agit que de songes.

Je vous avoue, Messieurs, que je pense assez comme le médecin de votre M. de *Pourceaugnac*; il demande à son malade de quelle nature sont ses songes, & M. de *Pourceaugnac*, qui n'est pas philosophe, répond qu'ils sont de la nature des songes. Il est très-certain pourtant, n'en déplaise à votre limousin, que des songes pénibles & funestes dénotent les peines de l'esprit & du corps, un estomac surchargé d'alimens, ou un esprit occupé d'idées douloureuses pendant la veille.

Le laboureur qui a bien travaillé sans chagrin, & bien mangé sans excès, dort d'un sommeil plein & tranquille, que les rêves ne troublent point. Tant qu'il est dans cet état, il ne se souvient jamais d'avoir fait aucun rêve. C'est une vérité dont je

me

me fuis affuré autant que je l'ai pu dans mon manoir de Herfordshire. Tout rêve un peu violent eft produit par un excès, foit dans les paffions de l'ame, foit dans la nourriture du corps ; il femble que la nature alors vous en puniffe en vous donnant des idées, en vous y fefant penfer malgré vous. On pourrait inférer de-là que ceux qui penfent le moins font les plus heureux ; mais ce n'eft pas là que je veux en venir.

Il faut dire avec *Pétrone*, *quidquid luce fuit, tenebris agit*. J'ai connu des avocats qui plaidaient en fonge, des mathématiciens qui cherchaient à réfoudre des problèmes, des poëtes qui fefaient des vers. J'en ai fait moi-même qui étaient affez paffables, & je les ai retenus. Il eft donc inconteftable que dans le fommeil on a des idées fuivies comme en veillant. Les idées nous viennent incontestablement malgré nous. Nous penfons en dormant, comme nous nous remuons dans notre lit, fans que notre volonté y ait aucune part. Votre père *Mallebranche* a donc très-grande raifon de dire que nous ne pouvons jamais nous donner nos idées ; car pourquoi en ferions-nous les maîtres plutôt pendant la veille que pendant le fommeil ? Si votre *Mallebranche* s'en était tenu là, il ferait un très grand philofophe ; il ne s'eft trompé que parce qu'il a été trop loin : c'eft de lui dont on peut dire :

Præceffit longè flammantia mænia mundi.

Pour moi, je fuis perfuadé que cette réflexion que nos penfées ne viennent pas de nous, peut

Dictionn. philofoph. Tome VII.   O

nous faire venir de très-bonnes penfées ; je n'entre-
prends pas de développer les miennes , de peur
d'ennuyer quelques lecteurs , & d'en étonner quelques
autres.

Je vous prie feulement de fouffrir encore un petit
mot fur les fonges. Ne trouvez-vous pas , comme
moi , qu'ils font l'origine de l'opinion généralement
répandue dans toute l'antiquité touchant les ombres
& les manes ? Un homme profondément affligé de
la mort de fa femme ou de fon fils , les voit dans
fon fommeil ; ce font les mêmes traits, il leur parle ,
ils lui répondent ; ils lui font certainement apparus.
D'autres hommes ont eu les mêmes rêves ; il eft
impoffible de douter que les morts ne reviennent ;
mais on eft fûr en même temps que ces morts ou
enterrés , ou réduits en cendres , ou abymés dans
les mers, n'ont pu reparaître en perfonne ; c'eft
donc leur ame qu'on a vue : cette ame doit être
étendue , légère , impalpable, puifqu'en lui parlant
on n'a pu l'embraffer : *Effugit imago par levibus ventis.*
Elle eft moulée, deffinée fur le corps qu'elle habitait,
puifqu'elle lui reffemble parfaitement ; on lui donne
le nom d'ombre , de manes ; & de tout cela il refte
dans les têtes une idée confufe qui fe perpétue d'autant
mieux que perfonne ne la comprend.

Les fonges me paraiffent encore l'origine fenfible
des premières prédictions. Qu'y a-t-il de plus naturel
& de plus commun, que de rêver à une perfonne
chère qui eft en danger de mort, & de la voir expirer
en fonge ? Quoi de plus naturel encore, que cette
perfonne meure après le rêve funefte de fon ame ?
Les fonges qui auront été accomplis font des prédictions

que perfonne ne révoque en doute. On ne tient point compte des rêves qui n'auront point eu leur effet : un feul fonge accompli fait plus d'effet que cent qui ne l'auront pas été. L'antiquité eft pleine de ces exemples. Combien nous fommes faits pour l'erreur! Le jour & la nuit ont fervi à nous tromper.

Vous voyez bien, Meffieurs, qu'en étendant ces idées on pourrait tirer quelque fruit du livre de mon compatriote le révaffeur; mais je finis, de peur que vous ne me preniez moi-même pour un fonge-creux.

JOHN DREAMER.

SECTION III.

Des fonges.

Somnia quæ ludunt animos volitantibus umbris,
Non delubra deûm nec ab æthere numina mittunt,
Sed fua quifque facit.

MAIS comment tous les fens étant morts dans le fommeil, y en a-t-il un interne qui eft vivant ? comment vos yeux ne voyant plus, vos oreilles n'entendant rien, voyez-vous cependant & entendez-vous dans vos rêves ? Le chien eft à la chaffe en fonge, il aboie, il fuit fa proie, il eft à la curée. Le poëte fait des vers en dormant. Le mathématicien voit des figures ; le métaphyficien raifonne bien ou mal : on en a des exemples frappans.

O 2

Sont-ce les feuls organes de la machine qui agiffent?
eft-ce l'ame pure , qui fouftraite à l'empire des fens
jouit de fes droits en liberté ?

Si les organes feuls produifent les rêves de la nuit,
pourquoi ne produiront-ils pas feuls les idées du jour?
Si l'ame pure, tranquille dans le repos des fens ,
agiffant par elle-même , eft l'unique caufe, le fujet
unique de toutes les idées que vous avez en dormant,
pourquoi toutes ces idées font-elles prefque toujours
irrégulières , déraifonnables , incohérentes? Quoi, c'eft
dans le temps où cette ame eft le moins troublée ,
qu'il y a plus de trouble dans toutes fes imaginations !
elle eft en liberté , & elle eft folle ! fi elle était née
avec des idées métaphyfiques , (comme l'ont dit tant
d'écrivains qui rêvaient les yeux ouverts) fes idées
pures & lumineufes de l'être, de l'infini, de tous les
premiers principes, devraient fe réveiller en elle avec
la plus grande énergie quand fon corps eft endormi :
on ne ferait jamais bon philofophe qu'en fonge.

Quelque fyftème que vous embraffiez , quelques
vains efforts que vous faffiez pour vous prouver que
la mémoire remue votre cerveau , & que votre cerveau
remue votre ame ; il faut que vous conveniez que
toutes vos idées vous viennent dans le fommeil fans
vous , & malgré vous : votre volonté n'y a aucune
part. Il eft donc certain que vous pouvez penfer fept
ou huit heures de fuite, fans avoir la moindre envie
de penfer , & fans même être fûr que vous penfez.
Pefez cela , & tâchez de deviner ce que c'eft que le
compofé de l'animal.

Les fonges ont toujours été un grand objet de
fuperftition ; rien n'était plus naturel. Un homme

vivement touché de la maladie de fa maîtreffe, fonge qu'il la voit mourante ; elle meurt le lendemain, donc les dieux lui ont prédit fa mort.

Un général d'armée rêve qu'il gagne une bataille ; il la gagne en effet, les dieux l'ont averti qu'il ferait vainqueur.

On ne tient compte que des rêves qui ont été accomplis, on oublie les autres. Les fonges font une grande partie de l'hiftoire ancienne, auffi-bien que les oracles.

La Vulgate traduit ainfi la fin du verf. 26 du chap. XIX du Lévitique : *Vous n'obferverez point les fonges.* Mais le mot *fonge* n'eft point dans l'hébreu : & il ferait affez étrange qu'on réprouvât l'obfervation des fonges dans le même livre où il eft dit que *Jofeph* devint le bienfaiteur de l'Egypte & de fa famille, pour avoir expliqué trois fonges.

L'explication des rêves était une chofe fi commune qu'on ne fe bornait pas à cette intelligence ; il fallait encore deviner quelquefois ce qu'un autre homme avait rêvé. *Nabuchodonofor* ayant oublié un fonge qu'il avait fait, ordonna à fes mages de le deviner, & les menaça de mort s'ils n'en venaient pas à bout ; mais le juif *Daniel*, qui était de l'école des mages, leur fauva la vie en devinant quel était le fonge du roi, & en l'interprétant. Cette hiftoire & beaucoup d'autres pourraient fervir à prouver que la loi des Juifs ne défendait pas l'onciromancie, c'eft-à-dire, la fcience des fonges.

SECTION IV.

A Laufanne, 25 octobre 1757.

DANS un de mes rêves, je foupais avec M. *Touron* qui fefait les paroles & la mufique des vers qu'il nous chantait. Je lui fis ces quatre vers dans mon fonge.

> Mon cher Touron, que tu m'enchantes
> Par la douceur de tes accens !
> Que tes vers font doux & coulans :
> Tu les fais comme tu les chantes.

Dans un autre rêve je récitai le premier chant de la Henriade tout autrement qu'il n'eft. Hier je rêvai qu'on nous difait des vers à fouper. Quelqu'un prétendait qu'il y avait trop d'efprit ; je lui répondis que les vers étaient une fête qu'on donnait à l'ame & qu'il fallait des ornemens dans les fêtes.

J'ai donc en rêvant dit des chofes que j'aurais dites à peine dans la veille ; j'ai donc eu des penfées réfléchies malgré moi, & fans y avoir la moindre part. Je n'avais ni volonté, ni liberté ; & cependant je combinais des idées avec fagacité, & même avec quelque génie. Que fuis-je donc finon une machine ?

S O P H I S T E.

UN géomètre un peu dur nous parlait ainsi. Y a-t-il rien dans la littérature de plus dangereux que des rhéteurs sophistes ? parmi ces sophistes y en eut-il jamais de plus inintelligibles & de plus indignes d'être entendus que le divin *Platon* ?

La seule idée utile qu'on puisse peut-être trouver chez lui, est l'immortalité de l'ame, qui était déjà établie chez tous les peuples policés. Mais comment prouve-t-il cette immortalité ?

On ne peut trop remettre cette preuve sous nos yeux pour nous faire bien apprécier ce fameux Grec.

Il dit, dans son *Phédon*, que la mort est le contraire de la vie, que le mort naît du vivant & le vivant du mort, & que par conséquent les ames vont sous terre après notre mort.

S'il est vrai que le sophiste *Platon*, qui se donne pour ennemi de tous les sophistes, raisonne presque toujours ainsi, qu'étaient donc ces prétendus grands-hommes, & à quoi ont-ils servi ?

Le grand défaut de toute la philosophie platoni-cienne était d'avoir pris les idées abstraites pour des choses réelles. Un homme ne peut avoir fait une belle action que parce qu'il y a un beau réellement existant, auquel cette action est conforme !

On ne peut faire aucune action sans avoir l'idée de cette action. Donc ces idées existent je ne sais où, & il faut les consulter !

DIEU avait l'idée du monde avant de le former, c'était fon logos. Donc le monde était la production du logos !

Que de querelles tantôt vaines, tantôt fanglantes cette manière d'argumenter apporta-t-elle enfin fur la terre ! *Platon* ne fe doutait pas que fa doctrine pût un jour divifer une Eglife qui n'était pas encore née.

Pour concevoir le jufte mépris que méritent toutes ces vaines fubtilités, lifez *Démofthènes;* voyez fi dans aucune de fes harangues il emploie un feul de ces ridicules fophifmes. C'eft une preuve bien claire que dans les affaires férieufes on ne fefait pas plus de cas de ces ergoteries, que le confeil d'Etat n'en fait des thèfes de théologie.

Vous ne trouverez pas un feul de ces fophifmes dans les oraifons de *Cicéron.* C'était un jargon de l'école, inventé pour amufer l'oifiveté : c'était le charlatanifme de l'efprit.

SOTTISE DES DEUX PARTS.

SOTTISE des deux parts, eft, comme on fait, la devife de toutes les querelles. Je ne parle pas ici de celles qui ont fait verfer le fang. Les anabaptiftes qui ravagèrent la Veftphalie, les calviniftes qui allumèrent tant de guerres en France, les factions fanguinaires des Armagnacs & des Bourguignons, le fupplice de *la pucelle d'Orléans,* que la moitié de la France regardait comme une héroïne célefte, & l'autre comme une forcière ; la forbonne qui préfentait requête pour la faire brûler ; l'affaffinat du duc *d'Orléans* juftifié par

des docteurs ; les sujets dispensés du serment de fidélité
par un décret de la sacrée faculté ; les bourreaux tant
de fois employés à soutenir des opinions ; les bûchers
allumés pour des malheureux à qui on persuadait
qu'ils étaient sorciers ou hérétiques : tout cela passa
la sottise. Ces abominations cependant étaient du bon
temps de la bonne foi germanique, de la naïveté
gauloise ; & j'y renvoie les honnêtes gens qui regrettent
toujours les temps passés.

Je ne veux ici que me faire, pour mon édification
particulière, un petit mémoire instructif des belles
choses qui ont partagé les esprits de nos aïeux.

Dans l'onzième siècle, dans ce bon temps où nous
ne connaissions ni l'art de la guerre qu'on fesait toujours, ni celui de policer les villes, ni le commerce,
ni la société, & où nous ne savions ni lire ni écrire ;
des gens de beaucoup d'esprit disputèrent solemnel-
lement, longuement, & vivement, sur ce qui arrivait à
la garde-robe quand on avait rempli un devoir sacré,
dont il ne faut parler qu'avec le plus profond respect.
C'est ce qu'on appela *la dispute des stercoristes*. Cette
querelle n'excita pas de guerre, & fut du moins par-là
une des plus douces impertinences de l'esprit humain.

La dispute qui partagea l'Espagne savante au même
siècle sur la version mosarabique, se termina aussi sans
ravage de provinces & sans effusion de sang humain.
L'esprit de chevalerie qui régnait alors, ne permit pas
qu'on éclaircît autrement la difficulté qu'en remettant
la décision à deux nobles chevaliers. Celui des deux
Dom Quichottes qui renverserait par terre son adversaire,
devait faire triompher la version dont il était le tenant.
Dom Ruis de Martanza, chevalier du rituel mosarabique,

fit perdre les arçons au *Dom Quichotte* du rituel latin :
mais comme les lois de la noble chevalerie ne déci-
daient pas positivement qu'un rituel dût être proscrit
parce que son chevalier avait été défarçonné , on se
fervit d'un secret plus sûr & fort en ufage , pour
favoir lequel des deux livres devait être préféré ; ce
fut de les jeter tous deux dans le feu : car il n'était pas
possible que le bon rituel ne fût préfervé des flammes.
Je ne fais comment il arriva qu'ils furent brûlés tous
deux ; la difpute resta indécife , au grand étonnement
des Efpagnols. Peu à peu le rituel latin eut la préférence ; & s'il fe fût préfenté par la fuite quelque
chevalier pour foutenir le mofarabique , ç'eût été le
chevalier & non le rituel qu'on eût jeté dans le feu.

Dans ces beaux fiècles , nous autres peuples polis ,
quand nous étions malades , nous étions obligés
d'avoir recours à un médecin arabe. Quand nous
voulions favoir quel jour de la lune nous avions , il
fallait s'en rapporter aux Arabes. Si nous voulions
faire venir une pièce de drap , il fallait payer chez un
juif ; & quand un laboureur avait befoin de pluie, il
s'adreffait à un forcier. Mais enfin lorfque quelques-
uns de nous eurent appris le latin , & que nous eûmes
une mauvaife traduction d'*Ariftote* , nous figurâmes
dans le monde avec honneur ; nous paffâmes trois
ou quatre cents ans à déchiffrer quelques pages du
Stagirite, à les adorer , & à les condamner ; les uns
ont dit que fans lui nous manquerions d'articles de
foi, les autres qu'il était athée. Un Efpagnol a prouvé
qu'*Ariftote* était un faint , & qu'il fallait fêter fa fête.
Un concile en France a fait brûler fes divins écrits.
Des collèges , des univerfités , des ordres entiers de

religieux fe font anathématifés réciproquement , au
fujet de quelques paffages de ce grand-homme , que
ni eux , ni les juges qui interpofèrent leur autorité,
ni l'auteur, n'entendirent jamais. Il y eut beaucoup
de coups de poing donnés en Allemagne pour ces
graves querelles ; mais enfin il n'y eut pas beaucoup de
fang répandu. C'eft dommage pour la gloire d'*Arijlote*,
qu'on n'ait pas fait la guerre civile , & donné quelques
batailles rangées en faveur des *quiddités* , & de l'*univerfel
de la part de la chofe*. Nos pères fe font égorgés pour
des queftions qu'ils ne comprenaient pas davantage.

Il eft vrai qu'un fou fort célébre nommé *Occam* ,
furnommé *le doÉleur invincible* , chef de ceux qui
tenaient pour l'*univerfel de la part de la penfée*, demanda
à l'empereur *Louis de Bavière* qu'il défendît fa plume
par fon épée impériale , contre *Scot* autre fou écoffais ,
furnommé *le doÉleur fubtil* , qui bataillait pour l'*univerfel de la part de la chofe*. Heureufement l'épée de
Louis de Bavière refta dans fon fourreau. Qui croirait
que ces difputes ont duré jufqu'à nos jours , & que le
parlement de Paris , en 1624, a donné un bel arrêt
en faveur d'*Arijlote* ?

Vers le temps du brave *Occam* & de l'intrépide *Scot* ,
il s'éleva une querelle bien plus férieufe , dans laquelle
les révérends pères cordeliers entraînèrent tout le
monde chrétien. C'était pour favoir fi leur potage leur
appartenait en propre , ou s'ils n'en étaient que fimples
ufufruitiers. La forme du capuchon , & la largeur de
la manche furent encore les fujets de cette guerre
facrée. Le pape *Jean XXII*, qui voulut s'en mêler ,
trouva à qui parler. Les cordeliers quittèrent fon parti
pour celui de *Louis de Bavière*, qui alors tira fon épée.

Il y eut d'ailleurs trois ou quatre cordeliers de brûlés comme hérétiques. Cela eſt un peu fort ; mais-après tout , cette affaire n'ayant pas ébranlé de trônes & ruiné des provinces , on peut la mettre au rang des ſottiſes paiſibles.

Il y en a toujours eu de cette eſpèce. La plupart ſont tombées dans le plus profond oubli ; & de quatre ou cinq cents ſectes qui ont paru , il ne reſte dans la mémoire des hommes que celles qui ont produit ou d'extrêmes déſordres ou d'extrêmes ridicules , deux choſes qu'on retient aſſez volontiers. Qui ſait aujourd'hui s'il y a eu des orebites , des oſmites , des inſdorfiens ? qui connaît les oints & les pâtiſſiers , les cornaciens , les iſcariotiſtes ?

Un jour en dînant chez une dame hollandaiſe , je fus charitablement averti par un des convives , de prendre bien garde à moi , & de ne me pas aviſer de louer *Voëtius*. Je n'ai nulle envie , lui dis-je , de dire ni bien ni mal de votre *Voëtius* ; mais pourquoi me donnez-vous cet avis? C'eſt que madame eſt cocceienne, me dit mon voiſin. Hélas ! très-volontiers , lui dis-je. Il m'ajouta qu'il y avait encore quatre cocceiennes en Hollande , & que c'était grand dommage que l'eſpèce pérît. Un temps viendra où les janſéniſtès, qui ont fait tant de bruit parmi nous , & qui ſont ignorés par-tout ailleurs , auront le ſort des cocceiens. Un vieux docteur me diſait : Monſieur, dans ma jeuneſſe je me ſuis eſcrimé pour le *mandata impoſſibilia volentibus & conantibus*. J'ai écrit contre le formulaire & contre le pape ; & je me ſuis cru confeſſeur. J'ai été mis en priſon , & je me ſuis cru martyr. Actuellement je ne me mêle plus de rien , & je me crois raiſonnable.

Quelles font vos occupations ? lui dis-je. Monfieur, me répondit-il, j'aime beaucoup l'argent. C'eft ainfi que prefque tous les hommes dans leur vieilleffe fe moquent intérieurement des fottifes qu'ils ont avidement embraffées dans leur jeuneffe. Les fectes vieilliffent comme les hommes. Celles qui n'ont pas été foutenues par de grands princes, qui n'ont point caufé de grands maux, vieilliffent plutôt que les autres. Ce font des maladies épidémiques qui paffent comme la fuette & la coqueluche.

Il n'eft plus queftion des pieufes rêveries de madame *Guion*. Ce n'eft plus le livre inintelligible des Maximes des Saints qu'on lit, c'eft le Télémaque. On ne fe fou-vient plus de ce que l'éloquent *Boffuet* écrivit contre le tendre, l'élégant, l'aimable *Fénélon* ; on donne la préférence à fes oraifons funèbres. Dans toute la difpute fur ce qu'on appelait le *Quiétifme*, il n'y a eu de bon que l'ancien conte réchauffé de la bonne femme qui apportait un réchaud pour brûler le paradis, & une cruche d'eau pour éteindre le feu de l'enfer, afin qu'on ne fervît plus DIEU par efpérance ni par crainte. Je remarquerai feulement une fingu-larité de ce procès, laquelle ne vaut pas le conte de la bonne femme ; c'eft que les jéfuites, qui étaient tant accufés en France par les janféniftes, d'avoir été fondés par St *Ignace* exprès pour détruire l'amour de DIEU, follicitèrent vivement à Rome en faveur de l'amour pur de M. de *Cambrai*. Il leur arriva la même chofe qu'à M. de *Langeais*, qui était pourfuivi par fa femme au parlement de Paris, pour caufe d'impuif-fance, & par une fille au parlement de Rennes, pour lui avoir fait un enfant. Il fallait qu'il gagnât l'une des deux affaires : il les perdit toutes deux. L'amour pur, pour lequel les jéfuites s'étaient donné tant de mouvement, fut condamné à Rome ; & ils paffèrent toujours à Paris pour ne vouloir pas qu'on aimât DIEU. Cette opinion était tellement enracinée dans les efprits, que lorfqu'on s'avifa de vendre dans Paris, il y a quelques années, une taille-douce repréfentant notre Seigneur JESUS-CHRIST habillé en jéfuite, un plaifant (c'était apparemment le *Louftig* du parti janfénifte) mit ces vers au bas de l'eftampe.

> Admirez l'artifice extrême
> De ces pères ingénieux ;
> Ils vous ont habillé comme eux,
> Mon DIEU, de peur qu'on ne vous aime.

A Rome, où l'on n'effuie jamais de pareilles difputes, & où l'on juge celles qui s'élèvent ailleurs, on était fort ennuyé des querelles fur l'amour pur. Le cardinal *Carpègne*, qui était rapporteur de l'affaire de l'archevêque de Cambrai, était malade, & fouffrait beaucoup dans une partie qui n'eft pas plus épargnée chez les cardinaux que chez les autres hommes. Son chirurgien lui enfonçait de petites tentes de linon, qu'on appelait du *cambrai* en Italie, comme dans beaucoup d'autres pays. Le cardinal criait. C'eft pourtant du plus fin cambrai, difait le chirurgien. Quoi ! du cambrai encore là ? difait le cardinal ; n'était-ce pas affez d'en avoir la tête fatiguée ? Heureufes les difputes qui fe terminent ainfi ! Heureux les hommes, fi tous les difputeurs de ce monde, fi les héréfiarques s'étaient foumis avec autant de modération, avec une douceur auffi magnanime, que le grand archevêque de Cambrai, qui n'avait nulle envie d'être héréfiarque ! Je ne fais pas s'il avait raifon de vouloir qu'on aimât DIEU pour lui-même ; mais M. de *Fénélon* méritait d'être aimé ainfi.

Dans les difputes purement littéraires, il y a eu fouvent autant d'acharnement, autant d'efprit de parti, que dans des querelles plus intéreffantes. On renouvellerait, fi on pouvait, les factions du cirque, qui agitèrent l'empire romain. Deux actrices rivales font capables de divifer une ville. Les hommes ont tous un fecret penchant pour la faction. Si on ne peut cabaler, fe pourfuivre, fe nuire pour des couronnes, des tiares, des mitres ; nous nous acharnerons les uns contre les autres pour un danfeur, pour un muficien. *Rameau* a eu un violent parti contre lui, qui aurait voulu l'exterminer ; & il n'en favait rien. J'ai eu un parti plus violent contre moi, & je le favais bien.

S T Y L E.

SECTION PREMIERE.

LE ftyle des lettres de *Balzac* n'aurait pas été mauvais pour des oraifons funèbres ; & nous avons quelques morceaux de phyfique dans le goût du poëme épique & de l'ode. Il eft bon que chaque chofe foit à fa place.

Ce n'eft pas qu'il n'y ait quelquefois un grand art, ou plutôt un très-heureux naturel à mêler quelques traits d'un ftyle majeftueux dans un fujet qui demande de la fimplicité ; à placer à propos de la fineffe, de la délicateſſe dans un diſcours de véhémence & de force. Mais ces beautés ne s'enſeignent pas. Il faut beaucoup d'eſprit & de goût. Il ferait difficile de donner des leçons de l'un & de l'autre.

Il eſt bien étrange que depuis que les Français s'aviſèrent d'écrire, ils n'eurent aucun livre écrit d'un bon ſtyle, juſqu'à l'année 1654 où les Lettres provinciales parurent. Pourquoi perſonne n'avait-il écrit l'hiſtoire d'un ſtyle convenable, juſqu'à la conſpiration de Veniſe de l'abbé de *St Réal*?

D'où vient que *Péliſſon* eut le premier le vrai ſtyle de l'éloquence cicéronienne, dans ſes mémoires pour le ſurintendant *Fouquet*?

Rien n'eſt donc plus difficile & plus rare que le ſtyle convenable à la matière que l'on traite?

N'affeƈtez point des tours inuſités & des mots nouveaux dans un livre de religion comme l'abbé *Houtteville*. Ne déclamez point dans un livre de phyſique. Point de plaiſanterie en mathématique. Evitez l'enflure & les figures outrées dans un plaidoyer. Une pauvre bourgeoiſe ivrogne ou ivrogneſſe meurt d'apoplexie; vous dites qu'elle eſt dans la région des morts: on l'enſevelit; vous aſſurez que ſa dépouille mortelle eſt confiée à la terre. Si on ſonne pour ſon enterrement, c'eſt un ſon funèbre qui ſe fait entendre dans les nues. Vous croyez imiter *Cicéron;* & vous n'imitez que maître *Petit-Jean.*

J'ai entendu ſouvent demander ſi dans nos meilleures tragédies on n'avait pas trop ſouvent admis le ſtyle familier, qui eſt ſi voiſin du ſtyle ſimple & naïf?

Par

Par exemple dans Mithridate :

> Seigneur, vous changez de vifage !

cela eft fimple & même naïf. Ce demi-vers placé où
il eft, fait un effet terrible ; il tient du fublime. Au lieu
que les mêmes paroles de *Bérénice* dans Antiochus,

> Prince, vous vous troublez & changez de vifage,

ne font que très-ordinaires ; c'eft une tranfition plutôt
qu'une fituation.

Rien n'eft fi fimple que ce vers :

> Madame, j'ai reçu des lettres de l'armée.

mais le moment où *Roxane* prononce ces paroles fait
trembler. Cette noble fimplicité eft très-fréquente dans
Racine, & fait une de fes principales beautés.

Mais on fe récria contre plufieurs vers qui ne
parurent que familiers.

> Il fuffit ; & que fait la reine Bérénice ?
> A-t-on vu de ma part le roi de Comagène ?
> Sait-il que je l'attends ? — J'ai couru chez la reine.
> Il en était forti lorfque j'y fuis couru.
> On fait qu'elle eft charmante ; & de fi belles mains
> Semblent vous demander l'empire des humains.
> Comme vous je m'y perds d'autant plus que j'y penfe.
> Quoi ! Seigneur, le fultan reverra fon vifage ?
>   Mais à ne point mentir
> Votre amour dès long-temps a dû le preffentir.
> Madame, encore un coup, c'eft à vous de choifir.
> Elle veut, Acomat, que je l'époufe. — Eh bien.
> Et je vous quitte. — Et moi je ne vous quitte pas.

Dictionn. philofoph. Tome VII.   P

Crois-tu fi je l'époufe
Qu'Andromaque en fon cœur n'en fera pas jaloufe ?
Tu vois que c'en eft fait, ils fe vont époufer.
Pour bien faire, il faudrait que vous les prévinfliez.
Attendez—Non, vois-tu, je le nirais en vain.

On a trouvé une grande quantité de pareils vers trop profaïques, & d'une familiarité qui n'eft le propre que de la comédie. Mais ces vers fe perdent dans la foule des bons; ce font des fils de laiton qui fervent à joindre des diamans.

Le ftyle élégant eft fi néceffaire, que fans lui la beauté des fentimens eft perdue. Il fuffit feul pour embellir les fentimens les moins nobles & les moins tragiques.

Croirait-on qu'on pût, entre une reine inceftueufe & un père qui devient parricide, introduire une jeune amoureufe, dédaignant de fubjuguer un amant qui aît déjà eu d'autres maîtreffes, & mettant fa gloire à triompher de l'auftérité d'un homme qui n'a jamais rien aimé ? C'eft pourtant ce qu'*Aricie* ofe dire dans le fujet tragique de Phèdre. Mais elle le dit dans des vers fi féducteurs, qu'on lui pardonne ces fentimens d'une coquette de comédie.

Phèdre en vain s'honorait des foupirs de Théfée.
Pour moi, je fuis plus fière & fuis la gloire aifée,
D'arracher un hommage à tant d'autres offert,
Et d'entrer dans un cœur de toutes parts ouvert:
Mais de faire fléchir un courage inflexible,
De porter la douleur dans une ame infenfible,

D'enchaîner un captif de fes fers étonné,
Contre un joug qui lui plaît vainement mutiné;
Voilà ce qui me plaît, voilà ce qui m'irrite.
Hercule à défarmer coûtait moins qu'Hyppolite;
Et vaincu plus fouvent & plutôt furmonté,
Préparait moins de gloire aux yeux qui l'ont dompté.

Ces vers ne font pas tragiques; mais tous les vers ne doivent pas l'être; & s'ils ne font aucun effet au théâtre, ils charment à la lecture par la feule élégance du ftyle.

Prefque toujours les chofes qu'on dit, frappent moins que la manière dont on les dit; car les hommes ont tous à-peu-près les mêmes idées de ce qui eft à la portée de tout le monde. L'expreffion, le ftyle fait toute la différence. Des déclarations d'amour, des jaloufies, des ruptures, des raccommodemens, forment le tiffu de la plupart de nos pièces de théâtre, & fur-tout de celles de *Racine*, fondées fur ces petits moyens. Combien peu de génies ont-ils fu exprimer ces nuances que tous les auteurs ont voulu peindre! Le ftyle rend fingulières les chofes les plus communes, fortifie les plus faibles, donne de la grandeur aux plus fimples.

Sans le ftyle, il eft impoffible qu'il y ait un feul bon ouvrage en aucun genre d'éloquence & de poëfie.

La profufion des mots eft le grand vice du ftyle de prefque tous nos philofophes & anti-philofophes, modernes. *Le Syftème de la nature* en eft un grand exemple. Il y a dans ce livre confus quatre fois trop de paroles; & c'eft en partie par cette raifon qu'il eft fi confus.

L'auteur de ce livre dit d'abord (*a*) que l'homme eſt l'ouvrage de la nature, qu'il exiſte dans la nature, qu'il ne peut même ſortir de la nature par la penſée, &c. que pour un être formé par la nature & circonſcrit par elle, il n'exiſte rien au-delà du grand tout dont il fait partie & dont il éprouve les influences ; qu'ainſi les êtres qu'on ſuppoſe au-deſſus de la nature ou diſtingués d'elle-même, ſeront toujours des chimères.

Il ajoute enſuite : *Il ne nous ſera jamais poſſible de nous en former des idées véritables*. Mais comment peut-on ſe former une idée, ſoit fauſſe, ſoit véritable, d'une chimère, d'une choſe qui n'exiſte point ? Ces paroles oiſeuſes n'ont point de ſens, & ne ſervent qu'à l'arrondiſſement d'une phraſe inutile.

Il ajoute encore *qu'on ne pourra jamais ſe former des idées véritables du lieu que ces chimères occupent, ni de leur façon d'agir*. Mais comment des chimères peuvent-elles occuper une place dans l'eſpace ? comment peuvent-elles avoir des façons d'agir ? quelle ſerait la façon d'agir d'une chimère qui eſt le néant ? Dès qu'on a dit *chimère* on a tout dit. *Omne ſuper vacuum pleno de pectore manat.*

Que l'homme apprenne les lois de la nature ; (b) qu'il ſe ſoumette à ces lois auxquelles rien ne peut le ſouſtraire ; qu'il conſente à ignorer les cauſes entourées pour lui d'un voile impénétrable.

Cette ſeconde phraſe n'eſt point du tout une ſuite de la première. Au contraire, elle ſemble la contredire viſiblement. Si l'homme apprend les lois de la nature, il connaîtra ce que nous entendons par les cauſes des phénomènes ; elles ne ſont point pour lui entourées

d'un voile impénétrable. Ce font des expreffions triviales échappées à l'écrivain.

*Qu'il fubiffe fans murmurer les arrêts d'une force uni-
verfelle qui ne peut revenir fur fes pas, ou qui ne peut jamais
s'écarter des régles que fon effence lui prefcrit.*

Qu'eft-ce qu'une force qui ne revient point fur fes
pas ? les pas d'une force ! & non content de cette fauffe
image, il vous en propofe une autre fi vous l'aimez
mieux ; & cette autre eft une régle prefcrite par une
effence. Prefque tout le livre eft malheureufement
écrit de ce ftyle obfcur & diffus.

*Tout ce que l'efprit humain a fucceffivement inventé pour
changer ou perfectionner fa façon d'être, n'eft qu'une conféquence néceffaire de l'effence propre de l'homme & de celle
des êtres qui agiffent fur lui. Toutes nos inftitutions, nos
réflexions, nos connaiffances, n'ont pour objet que de nous
procurer un bonheur vers lequel notre propre nature nous
force de tendre fans ceffe. Tout ce que nous fefons ou penfons,
tout ce que nous fommes & que nous ferons, n'eft jamais
qu'une fuite de ce que la nature nous a faits.*

Je n'examine point ici le fond de cette métaphyfique ; je ne recherche point comment nos inventions
pour changer notre façon d'être &c. font les effets
néceffaires d'une effence qui ne change point. Je me
borne au ftyle. *Tout ce que nous ferons n'eft jamais ;*
quel folécifme ! *une fuite de ce que la nature nous a faits ;*
quel autre folécifme ! il fallait dire : *ne fera jamais
qu'une fuite des lois de la nature.* Mais il l'a déjà dit
quatre fois en trois pages.

Il eft très-difficile de fe faire des idées nettes fur
Dieu & fur la nature ; il eft peut-être auffi difficile de
fe faire un bon ftyle.

Voici un monument fingulier de ftyle dans un difcours que nous entendîmes à Verfailles, en 1745.

Harangue au roi, prononcée par M. le Camus, premier préfident de la cour des aides.

S I R E,

LES conquêtes de V. M. font fi rapides, qu'il s'agit de ménager la croyance des defcendans, & d'adoucir la furprife des miracles, de peur que les héros ne fe difpenfent de les fuivre, & les peuples de le croire.

Non, Sire, il n'eft plus poffible qu'ils en doutent lorfqu'ils liront dans l'hiftoire, qu'on a vu V. M. à la tête de fes troupes, les écrire elle-même au champ de Mars fur un tambour ; c'eft les avoir gravés à toujours au temple de mémoire.

Les fiècles les plus reculés fauront que l'Anglais, cet ennemi fier & audacieux, cet ennemi jaloux de votre gloire, a été forcé de tourner autour de votre victoire ; que leurs alliés ont été témoins de leur honte, & qu'ils n'ont tous accouru au combat que pour immortalifer le triomphe du vainqueur.

Nous n'ofons dire à V. M. quelqu'amour qu'elle ait pour fon peuple, qu'il n'y a plus qu'un fecret d'augmenter notre bonheur, c'eft de diminuer fon courage, & que le ciel nous vendrait trop cher fes prodiges s'il nous en coûtait vos dangers, ou ceux du jeune héros qui forme nos plus chères efpérances.

S E C T I O N I I.

Sur la corruption du style.

ON fe plaint généralement que l'éloquence eft corrompue, quoique nous ayons des modèles prefqu'en tous les genres. Un des grands défauts de ce fiècle, qui contribue le plus à cette décadence, c'eft le mélange des ftyles. Il me femble que nous autres auteurs nous n'imitons pas affez les peintres, qui ne joignent jamais des attitudes de *Calot* à des figures de *Raphaël.* Je vois qu'on affecte quelquefois dans des hiftoires, d'ailleurs bien écrites, dans de bons ouvrages dogmatiques, le ton le plus familier de la converfation. Quelqu'un a dit autrefois, qu'il faut écrire comme on parle; le fens de cette loi eft qu'on écrive naturellement. On tolère dans une lettre l'irrégularité, la licence du ftyle, l'incorrection, les plaifanteries hafardées; parce que des lettres écrites fans deffein & fans art font des entretiens négligés : mais quand on parle, ou qu'on écrit avec refpect, on s'aftreint alors à la bienféance. Or, je demande à qui on doit plus de refpect qu'au public?

Eft-il permis de dire dans des ouvrages de mathématique, *qu'un géomètre qui veut faire fon falut, doit monter au ciel en ligne perpendiculaire; que les quantités qui s'évanouiffent donnent du nez en terre pour avoir voulu trop s'élever; qu'une femence qu'on a mife le germe en bas, s'aperçoit du tour qu'on lui joue & fe relève; que fi Saturne périffait, ce ferait fon cinquième fatellite & non le premier*

P 4

qui prendrait fa place, parce que les rois éloignent toujours d'eux leurs héritiers ; qu'il n'y a de vide que dans la bourfe d'un homme ruiné ; qu'Hercule était un phyficien, & qu'on ne pouvait réfifter à un philofophe de cette force.

Des livres très-eftimables font infectés de cette tache. La fource d'un défaut fi commun vient, me femble, du reproche de pédantifme qu'on a fait long-temps & juftement aux auteurs : *In vitium ducit culpæ fuga.* On a tant répété qu'on doit écrire du ton de la bonne compagnie, que les auteurs les plus férieux font devenus plaifans, & pour être de *bonne compagnie* avec leurs lecteurs, ont dit des chofes de très-mauvaife compagnie.

On a voulu parler de fcience comme *Voiture* parlait à mademoifelle *Paulet* de galanterie, fans fonger que *Voiture* même n'avait pas faifi le véritable goût de ce petit genre dans lequel il paffa pour exceller ; car fouvent il prenait le faux pour le délicat, & le précieux pour le naturel. La plaifanterie n'eft jamais bonne dans le genre férieux, parce qu'elle ne porte jamais que fur un côté des objets, qui n'eft pas celui que l'on confidère ; elle roule prefque toujours fur des rapports faux, fur des équivoques : de-là vient que les plaifans de profeffion ont prefque tous l'efprit faux autant que fuperficiel.

Il me femble qu'en poëfie on ne doit pas plus mélanger les ftyles qu'en profe. Le ftyle marotique a depuis quelque temps gâté un peu la poëfie, par cette bigarrure de termes bas & nobles, furannés & modernes ; on entend dans quelques pièces de morale les fons du fifflet de *Rabelais* parmi ceux de la flûte d'*Horace.*

Il faut parler français : Boileau n'eut qu'un langage ;
Son efprit était jufte, & fon ftyle était fage.
Sers-toi de fes leçons : laiffe aux efprits mal-faits,
L'art de moralifer du ton de Rabelais.

J'avoue que je fuis révolté de voir dans une épître
férieufe les expreffions fuivantes.

Des rimeurs difloqués, à qui le cerveau tinte,
Plus amers qu'aloès, & jus de coloquinte,
Vices portant méchef. Gens de tel acabit,
Chifoniers, Oftrogoths, maroufles que DIEU *fit.*

De tous ces termes bas l'entaffement facile
Déshonore à la fois le génie & le ftyle. (*)

SUICIDE OU HOMICIDE DE SOI-MEME.

IL y a quelques années (1) qu'un anglais, nommé
Bacon Morris, ancien officier & homme de beaucoup
d'efprit, me vint voir à Paris. Il était accablé d'une
maladie cruelle dont il n'ofait efpérer la guérifon.
Après quelques vifites, il entra un jour chez moi avec
un fac & deux papiers à la main. L'un de ces deux
papiers, me dit il, eft mon teftament; le fecond eft
mon épitaphe ; & ce fac plein d'argent eft deftiné aux
frais de mon enterrement. J'ai réfolu d'éprouver pendant quinze jours ce que pourront les remèdes & le
régime pour me rendre la vie moins infupportable ;
& fi je ne réuffis pas, j'ai réfolu de me tuer. Vous me

(*) Voyez *Genre de ftyle.*
(1) Ce fait fe trouve à l'art. *Caton*, mais avec moins de détail.

ferez enterrer où il vous plaira ; mon épitaphe eſt
courte. Il me la fit lire ; il n'y avait que ces deux mots
de *Pétrone* : *Valete curæ, adieu les ſoins.*

Heureuſement pour lui & pour moi qui l'aimais,
il guérit & ne ſe tua point. Il l'aurait ſurement fait
comme il le diſait. J'appris qu'avant ſon voyage en
France, il avait paſſé à Rome dans le temps qu'on
craignait, quoique ſans raiſon, quelque attentat de la
part des Anglais ſur un prince reſpectable & infortuné ;
mon *Bacon Morris* fut ſoupçonné d'être venu dans
la ville ſainte pour une fort mauvaiſe intention. Il y
était depuis quinze jours quand le gouverneur l'envoya
chercher, & lui dit qu'il fallait s'en retourner dans
vingt-quatre heures. Ah ! répondit l'anglais, je pars
dans l'inſtant, car cet air-ci ne vaut rien pour un
homme libre : mais pourquoi me chaſſez-vous ? On
vous prie de vouloir bien vous en retourner, reprit le
gouverneur, parce qu'on craint que vous n'attentiez
à la vie du prétendant. Nous pouvons combattre des
princes, les vaincre, & les dépoſer, repartit l'anglais ;
mais nous ne ſommes point aſſaſſins pour l'ordinaire :
or, monſieur le gouverneur, depuis quand croyez-vous
que je ſois à Rome ? Depuis quinze jours, dit le gouverneur. Il y a donc quinze jours que j'aurais tué la
perſonne dont vous parlez, ſi j'étais venu pour cela ;
& voici comme je m'y ferais pris. J'aurais d'abord
dreſſé un autel à *Mucius Scævola* ; puis j'aurais frappé
le prétendant du premier coup, entre vous & le pape,
& je me ferais tué du ſecond ; mais nous ne tuons les
gens que dans les combats. Adieu, monſieur le gouverneur. Et après avoir dit ces propres paroles, il
retourna chez lui, & partit.

A Rome, qui eſt pourtant le pays de *Mucius Scævola*, cela paſſe pour férocité barbare, à Paris pour folie, à Londres pour grandeur d'ame.

Je ne ferai ici que très-peu de réflexions ſur l'homicide de ſoi-même; je n'examinerai point ſi feu M. *Creech* eut raiſon d'écrire à la marge de ſon Lucrèce: *Nota bene*, *que quand j'aurai fini mon livre ſur Lucrèce il faut que je me tue;* & s'il a bien fait d'exécuter cette réſolution. Je ne veux point éplucher les motifs de mon ancien préfet le père *Bienaſſés*, jéſuite, qui nous dit adieu le ſoir, & qui le lendemain matin, après avoir dit ſa meſſe & avoir cacheté quelques lettres, ſe précipita du troiſième étage. Chacun a ſes raiſons dans ſa conduite.

Tout ce que j'oſe dire avec aſſurance, c'eſt qu'il ne ſera jamais à craindre que cette folie de ſe tuer devienne une maladie épidémique, la nature y a trop bien pourvu; l'eſpérance, la crainte ſont les reſſorts puiſſans dont elle ſe ſert pour arrêter preſque toujours la main du malheureux prêt à ſe frapper.

On a beau nous dire qu'il y a eu des pays où un conſeil était établi pour permettre aux citoyens de ſe tuer, quand ils en avaient des raiſons valables. Je réponds, ou que cela n'eſt pas, ou que ces magiſtrats avaient très-peu d'occupation.

Pourquoi donc *Caton*, *Brutus*, *Caſſius*, *Antoine*, *Othon*, & tant d'autres, ſe ſont-ils tués ſi réſolument, & que nos chefs de parti ſe ſont laiſſés pendre, ou bien ont laiſſé languir leur miſérable vieilleſſe dans une priſon? Quelques beaux eſprits diſent que ces anciens n'avaient pas le véritable courage; que *Caton* fit une action de poltron en ſe tuant, & qu'il y aurait

eu bien plus de grandeur d'ame à ramper fous *Céfar*.
Cela eft bon dans une ode, ou dans une figure de
rhétorique. Il eft très-fûr que ce n'eft pas être fans
courage que de fe procurer tranquillement une mort
fanglante, qu'il faut quelque force pour furmonter
ainfi l'inftinct le plus puiffant de la nature, & qu'enfin
une telle action prouve plutôt de la férocité que de
la faibleffe. Quand un malade eft en frénéfie, il ne
faut pas dire qu'il n'a point de force ; il faut dire que
fa force eft celle d'un frénétique.

La religion païenne défendait l'homicide de foi-
même, ainfi que la chrétienne; il y avait même des
places dans les enfers pour ceux qui s'étaient tués. (*)

SUPERSTITION.

SECTION PREMIERE.

J E vous ai entendu dire quelquefois : Nous ne
fommes plus fuperftitieux ; la réforme du feizième
fiècle nous a rendus plus prudens ; les proteftans nous
ont appris à vivre.

Et qu'eft-ce donc que le fang d'un *St Janvier* que
vous liquéfiez tous les ans quand vous l'approchez de
fa tête ? Ne vaudrait-il pas mieux faire gagner leur
vie à dix mille gueux, en les occupant à des travaux
utiles, que de faire bouillir le fang d'un faint pour les
amufer ? Songez plutôt à faire bouillir leur marmite.

(*) Voyez au tome II de ce Dictionnaire, pag. 400, *Des lois contre
le fuicide.*

Pourquoi béniffez-vous encore dans Rome les chevaux & les mulets à fainte Marie majeure?

Que veulent ces bandes de flagellans en Italie &
en Efpagne, qui vont chantant & fe donnant la difcipline en préfence des dames? penfent-ils qu'on ne
va en paradis qu'à coups de fouet?

Ces morceaux de la vraie croix qui fuffiraient à
bâtir un vaiffeau de cent pièces de canon, tant de
reliques reconnues pour fauffes, tant de faux miracles,
font-ils des monumens d'une piété éclairée?

La France fe vante d'être moins fuperftitieufe qu'on
ne l'eft devers St Jacques de Compoftelle, & devers
Notre-Dame de Lorette. Cependant que de facrifties
où vous trouvez encore des pièces de la robe de la
Vierge, des roquilles de fon lait, des rognures de fes
cheveux! & n'avez-vous pas encore dans l'églife du
Puy-en-Velay le prépuce de fon fils confervé précieu-
fement?

Vous connaiffez tous l'abominable farce qui fe
joue depuis les premiers jours du quatorzième fiècle
dans la chapelle de St Louis, au palais de Paris, la
nuit de chaque jeudi faint au vendredi. Les poffédés
du royaume fe donnent rendez-vous dans cette églife;
les convulfions de St Médard n'approchent pas des
horribles fimagrées, des hurlemens épouvantables,
des tours de force que font ces malheureux. On leur
donne à baifer un morceau de la vraie croix, enchâffé
dans trois pieds d'or & orné de pierreries. Alors les
cris & les contorfions redoublent. On apaife le diable
en donnant quelques fous aux énergumènes: mais
pour les mieux contenir, on a dans l'églife cinquante
archers du guet, la baïonnette au bout du fufil.

La même exécrable comédie fe joue à St Maur. Je vous citerais vingt exemples femblables; rougiffez, & corrigez-vous.

Il eft des fages qui prétendent qu'on doit laiffer au peuple fes fuperftitions, comme on lui laiffe fes guinguettes &c.

Que de tout temps il a aimé les prodiges, les difeurs de bonne aventure, les pélerinages & les charlatans ; que dans l'antiquité la plus reculée on célébrait *Bacchus* fauvé des eaux, portant des cornes, fefant jaillir d'un coup de fa baguette une fource de vin d'un rocher, paffant la mer Rouge à pied fec avec tout fon peuple, arrêtant le foleil & la lune &c.

Qu'à Lacédémone on confervait les deux œufs dont accoucha *Leda*, pendans à la voûte d'un temple; que dans quelques villes de la Grèce les prêtres montraient le couteau avec lequel on avait immolé *Iphigénie* &c.

Il eft d'autres fages qui difent : Aucune de ces fuperftitions n'a produit du bien ; plufieurs ont fait de grands maux. Il faut donc les abolir.

SECTION II.

JE vous prie, mon cher lecteur, de jeter un coup d'œil fur le miracle qui vient de s'opérer en Baffe-Bretagne, dans l'année 1771 de notre ère vulgaire. Rien n'eft plus authentique ; cet imprimé eft revêtu de toutes les formes légales. Lifez.

Récit surprenant sur l'apparition visible & miraculeuse de Notre Seigneur JESUS-CHRIST *au saint Sacrement de l'autel, qui s'est faite par la toute-puissance de* DIEU *, dans l'église paroissiale de Paimpole, près Tréguier en Basse-Bretagne , le jour des Rois.*

LE 6 janvier 1771 , jour des Rois, pendant qu'on chantait le salut, on vit des rayons de lumière sortir du saint sacrement, & l'on aperçut à l'instant notre seigneur JESUS en figure naturelle, qui parut plus brillant que le soleil, & qui fut vu une demi-heure entière, pendant laquelle parut un arc-en-ciel sur le faîte de l'église. Les pieds de JESUS restèrent imprimés sur le tabernacle, où ils se voient encore, & il s'y opère tous les jours plusieurs miracles. A quatre heures du soir JESUS ayant disparu de dessus le tabernacle, le curé de ladite paroisse s'approcha de l'autel, & y trouva une lettre que JESUS y avait laissée : il voulut la prendre ; mais il lui fut impossible de la pouvoir lever. Ce curé, ainsi que le vicaire , en furent avertir monseigneur l'évêque de Tréguier, qui ordonna dans toutes les églises de la ville les prières de quarante heures pendant huit jours , durant lequel temps le peuple allait en foule voir cette sainte lettre. Au bout de la huitaine, monseigneur l'évêque y vint en procession, accompagné de tout le clergé séculier & régulier de la ville, après trois jours de jeûne au pain & à l'eau. La procession étant entrée dans l'église, monseigneur l'évêque se mit à genoux sur les degrés de l'autel ; & après avoir demandé à Dieu la grâce de pouvoir lever cette lettre, il monta à l'autel, & la prit sans difficulté : s'étant enfuite tourné vers le peuple, il en fit la lecture à haute voix, & recommanda à tous ceux qui favaient lire de lire cette lettre tous les premiers vendredis de chaque mois ; & à ceux qui ne favaient pas lire, de dire cinq *pater* & cinq *ave* en l'honneur des cinq plaies de Jesus-Christ, afin d'obtenir les grâces promifes à ceux qui la liront dévotement, & la confervation des biens de la terre. Les femmes enceintes doivent dire, pour leur heureufe délivrance, neuf *pater* & neuf *ave* en faveur des ames du purgatoire, afin que leurs enfans aient le bonheur de recevoir le faint facrement de baptême.

Tout le contenu en ce récit a été approuvé par monfeigneur l'évêque, par monfieur le lieutenant-général de ladite ville de Tréguier, & par plufieurs perfonnes de diftinction, qui fe font trouvées préfentes à ce miracle.

Copie de la lettre trouvée fur l'autel, lors de l'apparition miraculeufe de Notre Seigneur JESUS-CHRIST *au très-faint facrement de l'autel, le jour des Rois* 1771.

» Eternité de vie, éternité de châtimens,
» éternelles délices ; rien n'en peut difpenfer : il faut
» choifir un parti, ou celui d'aller à la gloire, ou
» marcher au fupplice. Le nombre d'années que les
» hommes paffent fur la terre dans toutes fortes
» de plaifirs fenfuels & de débauches exceffives,

d'ufurpations,

» d'ufurpations, de luxe, d'homicides, de larcins,
» de médifances & d'impuretés, blafphémant &
» jurant mon faint nom en vain, & mille autres
» crimes, ne permettant pas de fouffrir plus long-
» temps que des créatures créées à mon image &
» reffemblance, rachetées par le prix de mon fang
» fur l'arbre de la croix, où j'ai enduré mort &
» paffion, m'offenfent continuellement, en tranf-
» greffant mes commandemens & abandonnant ma
» loi divine ; je vous avertis que fi vous continuez
» à vivre dans le péché, & que je ne voie en vous
» ni remords, ni contrition, ni une fincère & véri-
» table confeffion & fatisfaction, je vous ferai fentir
» la pefanteur de mon bras divin. Si ce n'était les
» prières de ma chère mère, j'aurais déjà détruit la
» terre, pour les péchés que vous commettez les uns
» contre les autres. Je vous ai donné fix jours pour
» travailler, & le feptième pour vous repofer, pour
» fanctifier mon faint nom, pour entendre la fainte
» meffe, & employer le refte du jour au fervice de
» DIEU mon père. Au contraire, on ne voit que
» blafphèmes & ivrogneries ; & le monde eft tellement
» débordé, qu'on n'y voit que vanité & menfonges.
» Les chrétiens, au lieu d'avoir compaffion des
» pauvres qu'ils voient à leurs portes, & qui font
» mes membres pour parvenir au royaume célefte,
» ils aiment mieux mignarder des chiens & autres
» animaux, & laiffer mourir de faim & de foif ces
» objets, en s'abandonnant entièrement à *Satan*, par
» leur avarice, gourmandife, & autres vices : au lieu
» d'affifter les pauvres, ils aiment mieux facrifier tout
» à leurs plaifirs & débauches. C'eft ainfi qu'ils me

,, déclarent la guerre. Et vous, pères & mères pleins
,, d'iniquités, vous fouffrez vos enfans jurer & blaf-
,, phémer mon faint nom : au lieu de leur donner
,, une bonne éducation, vous leur amaffez, par
,, avarice, des biens qui font dédiés à *Satan*. Je vous
,, dis par la bouche de DIEU mon père, de ma chère
,, mère, de tous les chérubins & féraphins, & par
,, S¹ *Pierre* le chef de mon Eglife, que fi vous ne
,, vous amendez, je vous enverrai des maladies
,, extraordinaires qui périra tout ; vous reffentirez
,, la jufte colère de DIEU mon père ; vous ferez
,, réduits à un tel état, que vous n'aurez connaiffance
,, des uns des autres. Ouvrez les yeux & contemplez
,, ma croix, que je vous ai laiffée pour arme contre
,, l'ennemi du genre - humain, & pour vous fervir
,, de guide à la gloire éternelle : regardez mon chef
,, couronné d'épines, mes pieds & mes mains percés
,, de clous ; j'ai répandu jufqu'à la dernière goutte
,, de mon fang pour votre rédemption, par un pur
,, amour de père pour des enfans ingrats. Faites des
,, œuvres qui puiffent vous attirer ma miféricorde ;
,, ne jurez pas mon faint nom ; priez-moi dévote-
,, ment ; jeûnez fouvent ; & particulièrement faites
,, l'aumône aux pauvres, qui font mes membres ;
,, car c'eft de toutes les bonnes œuvres celle qui m'eft
,, la plus agréable : ne méprifez ni la veuve ni l'or-
,, phelin ; reftituez ce qui ne vous appartient pas ;
,, fuyez toutes les occafions de pécher ; gardez foigneu-
,, fement mes commandemens ; honorez *Marie*, ma
,, très-chère mère.

,, Ceux ou celles qui ne profiteront pas des aver-
,, tiffemens que je leur donne, qui ne croiront pas

,, mes paroles, attireront par leur obftination mon
,, bras vengeur fur leurs têtes ; ils feront accablés de
,, malheurs, qui feront les avant-coureurs de leur
,, fin dernière & malheureufe, après laquelle ils
,, feront précipités dans les flammes éternelles, où
,, ils fouffriront des peines fans fin, qui font le jufte
,, châtiment réfervé à leurs crimes.

,, Au contraire, ceux ou celles qui feront un faint
,, ufage des avertiffemens de DIEU, qui leur font
,, donnés par cette lettre, apaiferont fa colère, &
,, obtiendront de lui, après une confeffion fincère de
,, leurs fautes, la rémiffion de leurs péchés, tant
,, grands foient-ils. ,,

*Il faut garder foigneufement cette lettre, en l'honneur
de Notre Seigneur* JESUS-CHRIST.

Avec permiffion. A Bourges, le 30 juillet 1771.
DE BEAUVOIR, lieutenant-général de police.

N. B. Il faut remarquer que cette fottife a été
imprimée à Bourges, fans qu'il y ait eu ni à Tréguier
ni à Paimpole, le moindre prétexte qui pût donner
lieu à une pareille impofture. Cependant, fuppofons
que dans les fiècles à venir quelque cuiftre à miracle
veuille prouver un point de théologie par l'apparition
de JESUS-CHRIST fur l'autel de Paimpole, ne fe croira-
t-il pas en droit de citer la propre lettre de JESUS,
imprimée à Bourges avec permiffion ? ne traitera-t-il
pas d'impies ceux qui en douteront ? ne prouvera-t-il
pas par les faits que JESUS opérait par-tout des
miracles dans notre fiècle ? Voilà un beau champ
ouvert aux *Houtevilles* & aux *Abadies*.

SECTION III.

Nouvel exemple de la superſtition la plus horrible.

Ils avaient communié à l'autel de la ſainte Vierge ;
ils avaient juré à la ſainte Vierge de maſſacrer leur
roi, ces trente conjurés qui ſe jetèrent ſur le roi de
Pologne, la nuit du 3 novembre de la préſente année
1771.

Apparemment quelqu'un des conjurés n'était pas
entièrement en état de grâce, quand il reçut dans ſon
eſtomac le corps du propre fils de la ſainte Vierge
avec ſon ſang ſous les apparences du pain, & qu'il fit
ſerment de tuer ſon roi ayant ſon Dieu dans ſa bouche ;
car il n'y eut que deux domeſtiques du roi de tués.
Les fuſils & les piſtolets tirés contre ſa majeſté le
manquèrent ; il ne reçut qu'un léger coup de feu au
viſage, & pluſieurs coups de ſabre qui ne furent pas
mortels.

C'en était fait de ſa vie, ſi l'humanité n'avait pas
enfin combattu la ſuperſtition dans le cœur d'un des
aſſaſſins nommé *Koſinski.* Quel moment quand ce
malheureux dit à ce prince tout ſanglant : *Vous êtes
pourtant mon roi ! Oui*, lui répondit Staniſlas-Auguſte,
*& votre bon roi qui ne vous ai jamais fait de mal. Cela eſt
vrai*, dit l'autre, *mais j'ai fait ſerment de vous tuer.*

Ils avaient juré devant l'image miraculeuſe de la
Vierge à Czentoshova. Voici la formule de ce beau
ſerment : „ Nous qui, excités par un zèle ſaint &

,, religieux, avons réfolu de venger la Divinité, la
,, religion & la patrie outragées par *Staniflas-Augufte*,
,, contempteur des lois divines & humaines &c.
,, fauteur des athées & des hérétiques &c. jurons &
,, promettons, devant l'image facrée & miraculeufe
,, de la mère de D I E U &c. d'extirper de la terre celui
,, qui la déshonore en foulant aux pieds la religion &c.
,, D I E U nous foit en aide ! ,,

C'eft ainfi que les affaffins des *Sforce* & des *Médicis*,
& que tant d'autres faints affaffins fefaient dire des
meffes, ou la difaient eux-mêmes pour l'heureux fuccès
de leur entreprife.

La lettre de Varfovie qui fait le détail de cet attentat, ajoute : *Les religieux qui emploient leur pieufe ardeur*
à faire ruiffeler le fang & ravager la patrie, ont réuffi en
Pologne comme ailleurs, à inculquer à leurs affiliés qu'il
eft permis de tuer les rois.

En effet, les affaffins s'étaient cachés dans Varfovie
pendant trois jours chez les révérends pères dominicains ; & quand on a demandé à ces moines complices,
pourquoi ils avaient gardé chez eux trente hommes
armés fans en avertir le gouvernement, ils ont répondu
que ces hommes étaient venus pour faire leurs dévotions & pour accomplir un vœu.

O temps des *Jean Châtel*, des *Guignard*, des *Rico-
dovis*, des *Poltrot*, des *Ravaillac*, des *Damiens*, des
Malagrida, vous revenez donc encore ! Sainte Vierge,
& vous fon digne fils, empêchez qu'on n'abufe de vos
facrés noms pour commettre le même crime !

M. *Jean-George le Franc*, évêque du Puy-en-Velay,
dit, dans fon immenfe paftorale aux habitans du

Q 3

Puy, pages 258 & 259, que ce font les philofophes qui font des féditieux. Et qui accufe-t-il de fédition ? lecteurs, vous ferez étonnés ; c'eft *Locke*, le fage *Locke* lui-même ; il le rend *complice des pernicieux deffeins du comte de Shaftesbury*, *l'un des héros du parti philo-fophifte.*

Ah ! M. *Jean-George*, combien de méprifes en peu de mots ! premièrement vous prenez le petit-fils pour le grand-père. Le comte *Shaftesbury*, l'auteur des Caractériftiques & des Recherches fur la vertu ; ce héros du parti philofophifte, mort en 1713, cultiva toute fa vie les lettres dans la plus profonde retraite. Secondement, le grand-chancelier *Shaftesbury* fon grand-père, à qui vous attribuez des forfaits, paffe en Angleterre pour avoir été un véritable patriote. Troifièmement, *Locke* eft révéré dans toute l'Europe comme un fage.

Je vous défie de me montrer un feul philofophe, depuis *Zoroaftre* jufqu'à *Locke*, qui ait jamais excité une fédition, qui ait trempé dans un attentat contre la vie des rois, qui ait troublé la fociété ; & malheu-reufement je vous trouverai mille fuperftitieux, depuis *Aod* jufqu'à *Kofinski*, teints du fang des rois & de celui des peuples. La fuperftition met le monde entier en flammes ; la philofophie les éteint.

Peut-être ces pauvres philofophes ne font-ils pas affez dévots à la fainte Vierge ; mais ils le font à DIEU, à la raifon, à l'humanité.

Polonais, fi vous n'êtes pas philofophes, du moins ne vous égorgez pas. Français & Welches, réjouiffez vous, & ne vous querellez plus.

Espagnols, que les noms d'*inquisition* & de *sainte Hermandad* ne soient plus prononcés parmi vous. Turcs qui avez asservi la Grèce, moines qui l'avez abrutie, disparaissez de la terre.

SECTION IV.

Chapitre tiré de Cicéron, de Sénèque, & de Plutarque.

P R E S Q U E tout ce qui va au-delà de l'adoration d'un Etre suprême, & de la soumission du cœur à ses ordres éternels, est superstition. C'en est une très-dangereuse que le pardon des crimes attaché à certaines cérémonies.

Et nigras mactant pecudes, & Manibu' Divis,
In ferias mittunt.
O faciles nimiùm qui tristia crimina cædis,
Flumineâ tolli posse putatis aquâ!

Vous pensez que DIEU oubliera votre homicide, si vous vous baignez dans un fleuve, si vous immolez une brebis noire, & si on prononce sur vous des paroles. Un second homicide vous sera donc pardonné au même prix, & ainsi un troisième, & cent meurtres ne vous coûteront que cent brebis noires & cent ablutions! Faites mieux, misérables humains, point de meurtres & point de brebis noires.

Quelle infame idée d'imaginer qu'un prêtre d'*Isis* & de *Cybéle*, en jouant des cimbales & des castaguettes, vous réconciliera avec la Divinité! Et qu'est-il

Q 4

donc ce prêtre de *Cybéle* , cet eunuque errant qui vit
de vos faibleffes , pour s'établir médiateur entre le ciel
& vous ? Quelles patentes a-t-il reçues de DIEU ? Il
reçoit de l'argent de vous pour marmoter des paroles ,
& vous penfez que l'Etre des êtres ratifie les paroles
de ce charlatan ?

Il y a des fuperftitions innocentes ; vous danfez les
jours de fêtes en l'honneur de *Diane* ou de *Pomone* ,
ou de quelqu'un de ces dieux fécondaires dont votre
calendrier eft rempli : à la bonne heure. La danfe
eft tres-agréable , elle eft utile au corps , elle réjouit
l'ame , elle ne fait de mal à perfonne ; mais n'allez
pas croire que *Pomone* & *Vertumne* vous fachent beaucoup de gré d'avoir fauté en leur honneur, & qu'ils
vous puniffent d'y avoir manqué. Il n'y a d'autre
Pomone ni d'autre *Vertumne* que la bèche & le hoyau
du jardinier. Ne foyez pas affez imbécilles pour croire
que votre jardin fera grêlé, fi vous avez manqué de
danfer la *pirrique* ou la *cordace*.

Il y a peut-être une fuperftition pardonnable &
même encourageante à la vertu ; c'eft célle de placer
parmi les dieux les grands-hommes qui ont été les
bienfaiteurs du genre-humain. Il ferait mieux fans
doute de s'en tenir à les regarder fimplement comme
des hommes vénérables ; & furtout de tâcher de les
imiter. Vénérez fans culte un *Solon*, un *Thalès*, un
Pythagore ; mais n'adorez pas un *Hercule* pour avoir
nettoyé les écuries d'*Augias* , & pour avoir couché
avec cinquante filles dans une nuit.

Gardez-vous furtout d'établir un culte pour des
gredins qui n'ont eu d'autre mérite que l'ignorance ,
l'enthoufiafme, & la craffe ; qui fe font fait un devoir

& une gloire de l'oisiveté & de la guéuserie : ceux qui ont été au moins inutiles pendant leur vie, méritent-ils l'apothéose après leur mort ?

Remarquez que les temps les plus superstitieux ont toujours été ceux des plus horribles crimes.

S E C T I O N   V.

LE superstitieux est au fripon ce que l'esclave est au tyran. Il y a plus encore; le superstitieux est gouverné par le fanatique & le devient. La superstition née dans le paganisme, adoptée par le judaïsme, infecta l'Eglise chrétienne dès les premiers temps. Tous les pères de l'Eglise, sans exception, crurent au pouvoir de la magie. L'Eglise condamna toujours la magie, mais elle y crut toujours : elle n'excommunia point les sorciers comme des fous qui étaient trompés, mais comme des hommes qui étaient réellement en commerce avec les diables.

Aujourd'hui la moitié de l'Europe croit que l'autre a été long-temps & est encore superstitieuse. Les protestans regardent les reliques, les indulgences, les macérations, les prières pour les morts, l'eau bénite, & presque tous les rites de l'Eglise romaine, comme une démence superstitieuse. La superstition, selon eux, consiste à prendre des pratiques inutiles pour des pratiques nécessaires. Parmi les catholiques romains il y en a de plus éclairés que leurs ancêtres, qui ont renoncé à beaucoup de ces usages autrefois sacrés; & ils se défendent sur les autres qu'ils ont conservés,

en difant: ils font indifférens , & ce qui n'eft qu'indifférent ne peut être un mal.

Il eft difficile de marquer les bornes de la fuperftition. Un français voyageant en Italie trouve prefque
tout fuperftitieux ; & ne fe trompe guère. L'archevêque de Cantorbéri prétend que l'archevêque de
Paris eft fuperftitieux; les presbytériens font le même
reproche à M. de Cantorbéri, & font à leur tour
traités de fuperftitieux par les quakers, qui font les plus
fuperftitieux de tous aux yeux des autres chrétiens.

Perfonne ne convient donc chez les fociétés chrétiennes de ce que c'eft que la fuperftition. La fecte
qui femble le moins attaquée de cette maladie de
l'efprit, eft celle qui a le moins de rites. Mais fi avec
peu de cérémonies elle eft fortement attachée à une
croyance abfurde, cette croyance abfurde équivaut,
elle feule, à toutes les pratiques fuperftitieufes obfervées depuis *Simon le magicien* jufqu'au curé *Gauffrédi*.

Il eft donc évident que c'eft le fond de la religion
d'une fecte, qui paffe pour fuperftition chez une autre
fecte.

Les mufulmans en accufent toutes les fociétés
chrétiennes, & en font accufés. Qui jugera ce grand
procès? Sera-ce la raifon? mais chaque fecte prétend
avoir la raifon de fon côté. Ce fera donc la force qui
jugera, en attendant que la raifon pénètre dans un
affez grand nombre de têtes pour défarmer la force.

Par exemple, il a été un temps dans l'Europe
chrétienne où il n'était pas permis à de nouveaux
époux de jouir des droits du mariage, fans avoir
acheté ce droit de l'évêque & du curé.

Quiconque dans son testament ne laissait pas une partie de son bien à l'Eglise, était excommunié & privé de la sépulture. Cela s'appelait mourir déconfès, c'est-à-dire, ne confessant pas la religion chrétienne. Et quand un chrétien mourait *intestat*, l'Eglise relevait le mort de cette excommunication, en fesant un testament pour lui, en stipulant, & en se fesant payer le legs pieux que le défunt aurait dû faire.

C'est pourquoi le pape *Grégoire IX* & *St Louis* ordonnèrent, après le concile de Narbonne tenu en 1235, que tout testament auquel on n'aurait pas appelé un prêtre serait nul ; & le pape décerna que le testateur & le notaire seraient excommuniés.

La taxe des péchés fut encore, s'il est possible, plus scandaleuse. C'était la force qui soutenait toutes ces lois auxquelles se soumettait la superstition des peuples ; & ce n'est qu'avec le temps que la raison fit abolir ces honteuses vexations, dans le temps qu'elle en laissait subsister tant d'autres.

Jusqu'à quel point la politique permet-elle qu'on ruine la superstition ? Cette question est très-épineuse ; c'est demander jusqu'à quel point on doit faire la ponction à un hydropique, qui peut mourir dans l'opération. Cela dépend de la prudence du médecin.

Peut-il exister un peuple libre de tous préjugés superstitieux ? C'est demander : Peut-il exister un peuple de philosophes ? On dit qu'il n'y a nulle superstition dans la magistrature de la Chine. Il est vraisemblable qu'il n'en restera aucune dans la magistrature de quelques villes d'Europe.

Alors ces magistrats empêcheront que la superstition du peuple ne soit dangereuse. L'exemple de ces magiſtrats n'éclairera pas la canaille, mais les principaux bourgeois la contiendront. Il n'y a peut-être pas un ſeul tumulte, un ſeul attentat religieux, où les bourgeois n'aient autrefois trempé, parce que ces bourgeois alors étaient canaille; mais la raiſon & le temps les auront changés. Leurs mœurs adoucies adouciront celles de la plus vile & de la plus féroce populace ; c'eſt de quoi nous avons des exemples frappans dans plus d'un pays. En un mot, moins de ſuperſtitions, moins de fanatiſme ; & moins de fanatiſme, moins de malheurs.

SUPPLICES.

SECTION PREMIERE.

OUI, répétons, un pendu n'eſt bon à rien. Probablement quelque bourreau auſſi charlatan que cruel aura fait accroire aux imbécilles de ſon quartier que la graiſſe de pendu guériſſait de l'épilepſie.

Le cardinal de *Richelieu*, en allant à Lyon ſe donner le plaiſir de faire exécuter *Cinq-Mars* & de *Thou*, apprit que le bourreau s'était caſſé la jambe : *Quel malheur*, dit-il au chancelier Seguier ; *nous n'avons point de bourreau !* J'avoue que cela était bien triſte ; c'était un fleuron qui manquait à ſa couronne. Mais enfin on trouva un vieux bon-homme qui abattit la tête de l'innocent & ſage de *Thou* en douze coups de ſabre. De quelle néceſſité était cette mort ? quel bien pouvait faire l'aſſaſſinat juridique du maréchal de *Marillac* ?

Je dirai plus ; fi le duc *Maximilien de Sulli* n'avait pas forcé le bon *Henri IV* à faire exécuter le maréchal de *Biron* couvert de bleffures reçues à fon fervice, peut-être *Henri* n'aurait-il pas été affaffiné lui-même ; peut-être cet acte de clémence, fi bien placé après la condamnation, aurait adouci l'efprit de la ligue qui était encore très-violent ; peut-être n'aurait-on pas crié fans ceffe aux oreilles du peuple : le roi protège toujours les hérétiques, le roi maltraite les bons catholiques, le roi eft un avare, le roi eft un vieux débauché qui à l'âge de cinquante-fept ans eft amoureux de la jeune princeffe de *Condé*, ce qui réduit fon mari à s'enfuir du royaume avec fa femme. Toutes ces flammes du mécontentement univerfel n'auraient pas mis le feu à la cervelle du fanatique feuillant *Ravaillac*.

Quant à ce qu'on appelle communément *la juftice*, c'eft-à-dire, l'ufage de tuer un homme parce qu'il aura volé un écu à fon maître, ou de le brûler comme *Simon Morin*, pour avoir dit qu'il a eu des converfations avec le St Efprit, & comme on a brûlé un vieux fou de jéfuite nommé *Malagrida* pour avoir imprimé les entretiens que la fainte Vierge *Marie* avait avec fa mère *Ste Anne* quand elle était dans fon ventre &c. ; cet ufage, il en faut convenir, n'eft ni humain, ni raifonnable, & ne peut jamais être de la moindre utilité.

Nous avons déjà demandé, à l'article *Queftion*, quel avantage pouvait réfulter pour l'Etat de la mort d'un pauvre homme connu fous le nom du *fou de Verberie*, qui, dans un foupé chez des moines, avait proféré des paroles infenfées, & qui fut pendu au lieu d'être purgé & faigné.

Nous avons demandé encore s'il était bien néces-
faire qu'un autre fou qui était dans les gardes du
corps, & qui se fit quelques taillades légères avec
un couteau à l'exemple des charlatans, pour obtenir
quelque récompense, fût pendu auffi par arrêt du
parlement? était-ce là un grand crime? y avait-il
un grand danger pour la fociété de laiffer vivre cet
homme?

En quoi était-il néceffaire qu'on coupât la main &
la langue au chevalier de *la Barre*? qu'on l'appliquât
à la torture ordinaire & extraordinaire, & qu'on le
brûlât tout vif? telle fut fa fentence, prononcée par
les *Solons* & les *Lycurgues* d'Abbeville. De quoi s'agif-
fait-il? avait-il affaffiné fon père & fa mère? crai-
gnait-on qu'il ne mît le feu à la ville? on l'accufait
de quelques irrévérences fi fecrètes que la fentence
même ne les articula pas. Il avait, difait-on, chanté
une vieille chanfon que perfonne ne connaît; il avait
vu paffer de loin une proceffion de capucins fans la
faluer.

Il faut que chez certains peuples le plaifir de tuer
fon prochain en cérémonie, comme dit *Boileau*, &
de lui faire fouffrir des tourmens épouvantables, foit
un amufement bien agréable. Ces peuples habitent
le quarante-neuvième degré de latitude; c'eft précifément la pofition des Iroquois. Il faut efpérer qu'on
les civilifera un jour.

Il y a toujours dans cette nation de barbares, deux
ou trois mille perfonnes très-aimables, d'un goût
délicat, & de très-bonne compagnie, qui à la fin
poliront les autres.

Je demanderais volontiers à ceux qui aiment tant
à élever des gibets, des échafauds, des bûchers, &
à faire tirer des arquebufades dans la cervelle, s'ils
font toujours en temps de famine, & s'ils tuent ainfi
leurs femblables de peur d'avoir trop de monde à
nourrir ?

Je fus effrayé un jour en voyant la lifte des défer-
teurs depuis huit années feulement ; on en comptait
foixante mille. C'était foixante mille compatriotes
auxquels il fallait caffer la tête au fon du tambour,
& avec lefquels on aurait conquis une province s'ils
avaient été bien nourris & bien conduits.

Je demanderais encore à quelques-uns de ces
Dracons fubalternes, fi dans leur pays il n'y a pas de
grandes routes, & des chemins de traverfe à conftruire, des terrains incultes à défricher, & fi les
pendus & les arquebufés peuvent leur rendre ce
fervice ?

Je ne leur parlerais pas d'humanité, mais d'utilité :
malheureufement ils n'entendent quelquefois ni l'un
ni l'autre. Et quand M. *Beccaria* fut applaudi de
l'Europe pour avoir démontré que les peines doivent
être proportionnées aux délits, il fe trouva bien vîte
chez les Iroquois un avocat gagé par un prêtre, qui
foutint que torturer, pendre, rouer, brûler, dans tous
les cas, eft toujours le meilleur.

C'EST en Angleterre, furtout, plus qu'en aucun pays, que s'eft fignalée la tranquille fureur d'égorger les hommes avec le glaive prétendu de la loi. Sans parler de ce nombre prodigieux de feigneurs du fang royal, de pairs du royaume, d'illuftres citoyens, péris fur un échafaud en place publique, il fuffirait de réfléchir fur le fupplice de la reine *Anne Boulen*, de la reine *Catherine Howard*, de la reine *Jeanne Gray*, de la reine *Marie Stuart*, du roi *Charles I*, pour juftifier celui qui a dit que c'était au bourreau d'écrire l'hiftoire d'Angleterre.

Après cette île, on prétend que la France eft le pays où les fupplices ont été les plus communs. Je ne dirai rien de celui de la reine *Brunehaut*; car je n'en crois rien. Je paffe à travers mille échafauds, & je m'arrête à celui du comte de *Montécuculi*, qui fut écartelé en préfence de *François I* & de toute la cour, parce que le dauphin *François* était mort d'une pleuréfie.

Cet événement eft de 1536. *Charles-Quint*, victorieux de tous les côtés en Europe & en Afrique, ravageait à la fois la Provence & la Picardie. Pendant cette campagne qui commençait pour lui avec avantage, le jeune dauphin âgé de dix-huit ans s'échauffe à jouer à la paume dans la petite ville de Tournon. Tout en fueur il boit de l'eau glacée; il meurt de la pleuréfie le cinquième jour. Toute la cour, toute la France crie que l'empereur *Charles-Quint* a fait empoifonner le dauphin de France. Cette

accufation

accufation auffi horrible qu'abfurde, eft répétée jufqu'à nos jours. *Malherbe* dit dans une de fes odes :

François, quand la Caftille inégale à fes armes
       Lui vola fon dauphin,
Semblait d'un fi grand coup devoir jeter des larmes
       Qui n'euffent jamais fin.

Il n'eft pas queftion d'examiner fi l'empereur était
inégal aux armes de *François I* parce qu'il fortit de
Provence après l'avoir épuifée, ou fi c'eft voler un
dauphin que de l'empoifonner, ou fi on jette des
larmes d'un coup, lefquelles n'ont point fin. Ces
mauvais vers font voir feulement que l'empoifonnement de *François* dauphin par *Charles-Quint*, paffa
toujours en France pour une vérité inconteftable.

Daniel ne difculpe point l'empereur. *Hénault* dit
dans fon abrégé, *François dauphin mort de poifon.*

Ainfi tous les écrivains fe copient les uns les autres.
Enfin, l'auteur de l'hiftoire de *François I*, ofe, comme
moi, difcuter le fait.

Il eft vrai que le comte *Montécuculi* qui était au fervice
du dauphin, fut condamné par des commiffaires à
être écartelé, comme coupable d'avoir empoifonné
ce prince.

Les hiftoriens difent que ce *Montécuculi* était fon
échanfon. Les dauphins n'en ont point. Mais je veux
qu'ils en euffent alors ; comment ce gentilhomme
eût-il mêlé fur le champ du poifon dans un verre
d'eau fraîche ? avait-il toujours du poifon tout prêt
dans fa poche pour le moment où fon maître deman-
derait à boire ? il n'était pas feul avec le dauphin qu'on
effuyait au fortir du jeu-de-paume. Les chirurgiens

Dictionn. philofoph. Tome VII.   R

qui ouvrirent fon corps dirent (à ce qu'on prétend) que le prince avait pris de l'arfenic. Le prince en l'avalant aurait fenti dans le gofier des douleurs infupportables, l'eau aurait été colorée; on ne l'aurait pas traité d'une pleuréfie. Les chirurgiens étaient des ignorans qui difaient ce qu'on voulait qu'ils diffent: cela n'eft que trop commun.

Quel intérêt aurait eu cet officier à faire mourir fon maître? de qui pouvait-il efpérer plus de fortune?

Mais, dit-on, il avait auffi l'intention d'empoifonner le roi. Nouvelle difficulté, & nouvelle improbabilité.

Qui devait lui payer ce double crime? on répond que c'était *Charles-Quint.* Autre improbabilité non moins forte. Pourquoi commencer par un enfant de dix-huit ans & demi qui d'ailleurs avait deux frères? comment arriver au roi que *Montécuculi* ne fervait point à table?

Il n'y avait rien à gagner pour *Charles-Quint* en donnant la mort à ce jeune dauphin qui n'avait jamais tiré l'épée, & qui aurait eu des vengeurs. C'eût été un crime honteux & inutile. Il ne craignait pas le père qui était le plus brave chevalier de fa cour, & il aurait craint le fils qui fortait de l'enfance!

Mais on nous dit que ce *Montécuculi*, dans un voyage à Ferrare fa patrie, fut préfenté à l'empereur; que ce monarque lui demanda des nouvelles de la magnificence avec laquelle le roi était fervi à table, & de l'ordre qu'il tenait dans fa maifon. Voilà certes une belle preuve que cet Italien fut fuborné par *Charles-Quint* pour empoifonner la famille royale!

Oh ce ne fut pas l'empereur qui l'engagea lui-même dans ce crime; ce furent fes généraux, *Antoine de*

Lève & le marquis de *Gonzague*. Qui ! *Antoine de Lève* âgé de quatre-vingts ans , & l'un des plus vertueux chevaliers de l'Europe ! & ce vieillard eut la discrétion de lui propofer ces empoifonnemens conjointement avec un prince de *Gonzague !* d'autres nomment le marquis *del Vaſlo* que vous appelez *du Guaſt*. Accordez-vous donc , pauvres impoſteurs. — Vous dites que *Montècuculi* l'avoua à fes juges. Avez-vous vu les pièces originales du procès ?

Vous avouez que cet infortuné était chimiſte. Voilà vos feules preuves ; voilà les feules raifons pour lefquelles il fubit le plus effroyable des fupplices. Il était italien , il était chimiſte , on haïſſait *Charles-Quint ;* on fe vengeait bien honteufement de fa gloire. Quoi ! votre cour fait écarteler un homme de qualité fur de fimples foupçons , dans la vaine efpérance de déshonorer un empereur trop puiſſant.

Quelque temps après , vos foupçons toujours légers accufent de cet empoifonnement *Catherine de Médicis ,* époufe de *Henri II ,* dauphin , depuis roi de France. Vous dites que pour régner elle fit empoifonner ce premier dauphin qui était entre le trône & fon mari. Impoſteurs ! encore une fois , accordez-vous donc. Songez-vous que *Catherine de Médicis* n'était alors âgée que de dix-fept ans ?

On a dit que ce fut *Charles-Quint* lui-même qui imputa cette mort à *Catherine ,* & on cite l'hiſtorien *Vera*. On fe trompe ; voici fes paroles : (*a*)

En eſte año avia muerto en Paris el delfin de Francia con fenales evidentes de veneno. Attribuyeronlo los fujos a

(*a*) Page 166.

R 2

diligencia del marques de Baſto, y Antonio de Leiva, y coſtò la vida al conde de Monte-cuculo, Francès, con quien ſe correſpondian: indigna ſoſpecha de tan generoſos hombres, y inutil; pueſto, que con matar al delfin, ſe grangeava poca, porque no era nada valeroſo, ni ſin hermanos que le ſucedieſſen.

Brevemente ſe paſſò deſta preſuncion a otra mas fundada, que avia ſido la muerte per orden de ſu hermano el duque de Orliens, a perſuaſion de Catalina de Medicis ſu muger, ambicioſa dellegar a ſer reyna, como lo fue. Y nota bien un autor que la muerte deſgraciada que tuvo deſpues eſte Enrico, la permitiò Dios en càſtigo de la alevoſa que dio (ſi la dio) al inocente hermano: coſtumbre mas que medianamente introducida en principes, deshazerſe a poca coſta de los que por algun camino los embaraçan; pero ſiempre ſon viſiblement caſtigados por Dios.

„En cette année mourut à Paris le dauphin de France avec des ſignes évidens de poiſon. Les ſiens l'attri-buèrent aux ordres du marquis *del Vaſto* & d'*Antoine de Lève*, ce qui coûta la vie au comte de *Montccuculo* Français, qui était en correſpondance avec eux: indigne & inutile ſoupçon contre des hommes ſi généreux; puiſqu'en tuant le dauphin on gagnait peu. Il n'était encore connu par ſa valeur ni lui ni ſes frères qui devaient lui ſuccéder.

De cette préſomption on paſſa à une autre; on prétendit que ce meurtre avait été commis par l'ordre du duc d'*Orléans* ſon frère, à la perſuaſion de *Catherine de Médicis* ſa femme, qui avait l'ambition d'être reine, comme elle le fut en effet. Et un auteur remarque très-bien que la mort funeſte de ce duc d'*Orléans*, depuis *Henri II*, fut une punition divine du poiſon

qu'il avait donné à fon frère ; (fi pourtant il lui en fit
donner) coutume trop ordinaire aux princes de fe
défaire à peu de frais de ceux qui les embarraffent
dans leur chemin, mais fouvent & vifiblement punie
de DIEU. ,,

Le *feñor de Vera* n'eft pas , comme on voit, un
Tacite. D'ailleurs, il prend *Montécuculi* ou *Montecuculo*
pour un Français. Il dit que le dauphin mourut à
Paris , & ce fut à Tournon. Il parle de marques
évidentes de poifon fur le bruit public ; mais il eft
évident qu'il n'attribue qu'aux Français l'accufation
contre *Catherine de Médicis.*

Cette accufation eft auffi injufte & auffi extravagante que celle qui chargea *Montécuculi.*

Il réfulte que cette légéreté particulière aux Français, a dans tous les temps produit des cataftrophes
bien funeftes. A remonter du fupplice injufte de
Montécuculi jufqu'à celui des templiers, c'eft une fuite
de fupplices atroces, fondés fur les préfomptions les
plus frivoles. Des ruiffeaux de fang ont coulé en
France, parce que la nation eft fouvent peu réflé-
chiffante & très-prompte dans fes jugemens. Ainfi
tout fert à perpétuer les malheurs de la terre.

Difons un mot de ce malheureux plaifir que les
hommes, & furtout les efprits faibles, reffentent en
fecret à parler de fupplices, comme ils en ont à parler
de miracles & de fortiléges. Vous trouverez dans le
dictionnaire de la bible de *Calmet*, plufieurs belles
eftampes des fupplices ufités chez les Hébreux. Ces
figures font frémir tout honnête homme. Prenons
cette occafion de dire que jamais ni les Juifs, ni
aucun autre peuple, ne s'avifèrent de crucifier avec

R 3

des clous, & qu'il n'y en a aucun exemple. C'eſt une fantaiſie de peintre qui s'eſt établie ſur une opinion aſſez erronée.

SECTION III.

Hommes ſages répandus ſur la terre, (car il y en a) criez de toutes vos forces, avec le ſage *Beccaria*, qu'il faut proportionner les peines aux délits.

Que ſi on caſſe la tête d'un jeune homme de vingt ans, qui aura paſſé ſix mois auprès de ſa mère ou de ſa maîtreſſe au lieu de rejoindre le régiment, il ne pourra plus ſervir ſa patrie.

Que ſi vous pendez dans la place des Terreaux cette jeune ſervante qui a volé douze ſerviettes à ſa maîtreſſe, elle aurait pu donner à votre ville une douzaine d'enfans que vous étouffez ; (*b*) qu'il n'y a nulle proportion entre douze ſerviettes & la vie, & qu'enfin vous encouragez le vol domeſtique ; parce que nul maître ne ſera aſſez barbare pour faire pendre ſon cocher qui lui aura volé de l'avoine, & qu'il le ferait punir pour le corriger, ſi la peine était proportionnée.

Que les juges & les légiſlateurs ſont coupables de la mort de tous les enfans que de pauvres filles ſéduites abandonnent, ou laiſſent périr, ou étouffent par la même faibleſſe qui les a fait naître.

Et c'eſt ſur quoi je veux vous conter ce qui vient d'arriver dans la capitale d'une ſage & puiſſante république qui, toute ſage qu'elle eſt, a le malheur d'avoir conſervé quelques lois barbares de ces temps antiques

_____

(*b*) Le cas eſt arrivé à Lyon en 1772.

& sauvages qu'on appelle le temps des bonnes mœurs.
On trouve auprès de cette capitale un enfant nouveau
né & mort ; on soupçonne une fille d'en être la mère ;
on la met au cachot ; on l'interroge ; elle répond qu'elle
ne peut avoir fait cet enfant , puisqu'elle est grosse.
On la fait visiter par ce qu'on appelle si mal-à-propos
des sages-femmes , des matrones. Ces imbécilles
attestent qu'elle n'est point enceinte ; que ses vidanges
retenues ont enflé son ventre. La malheureuse est
menacée de la question ; la peur trouble son esprit ;
elle avoue qu'elle a tué son enfant prétendu ; on la
condamne à la mort ; elle accouche pendant qu'on
lui lit sa sentence. Ses juges apprennent qu'il ne faut
pas prononcer des arrêts de mort légérement.

A l'égard de ce nombre innombrable de supplices ,
dans lesquels des fanatiques imbécilles ont fait périr
tant d'autres fanatiques imbécilles , je n'en parlerai
plus, quoiqu'on ne puisse trop en parler.

Il ne se commet guère de vols sur les grands
chemins en Italie sans assassinats ; parce que la peine
de mort est la même pour l'un & l'autre crime.

Sans doute que M. de *Beccaria* en parle dans son
Traité des délits & des peines.

S Y M B O L E, O U C R E D O.

Nous ne ressemblons point à mademoiselle *Duclos*
cette célébre comédienne, à qui on disait : Je parie,
mademoiselle, que vous ne savez pas votre *Credo*.
,, Ah, ah, dit-elle, je ne sais pas mon *Credo* ! je vais
,, vous le réciter. *Pater noster qui*. Aidez-moi, je ne

,, me souviens plus du reste. ,, Pour moi, je récite mon *Pater* & mon *Credo* tous les matins ; je ne suis point comme *Broussin* dont *Réminiac* disait :

> Broussin , dès l'âge le plus tendre ,
> Posséda la sauce Robert ,
> Sans que son précepteur lui pût jamais apprendre
> Ni son *Credo* ni son *Pater*.

Le *symbole* ou la *collation*, vient du mot *Symbolein*, & l'Eglise latine adopte ce mot comme elle a tout pris de l'Eglise grecque. Les théologiens un peu instruits savent que ce symbole qu'on nomme *des apôtres*, n'est point du tout des apôtres.

On appelait *symbole* chez les Grecs , les paroles , les signes auxquels les initiés aux mystères de *Cérès*, de *Cybèle*, de *Mithra*, se reconnaissaient ; (*a*) les chrétiens avec le temps eurent leur symbole. S'il avait existé du temps des apôtres, il est à croire que *St Luc* en aurait parlé.

On attribue à *St Augustin* une histoire du symbole dans son sermon 115 ; on lui fait dire dans ce sermon, que *Pierre* avait commencé le symbole en disant : *Je crois en* DIEU *père tout-puissant ;* Jean ajouta : *Créateur du ciel & de la terre ;* Jacques ajouta : *Je crois en* JESUS-CHRIST *son fils notre Seigneur ;* & ainsi du reste. On a retranché cette fable dans la dernière édition d'*Augustin*. Je m'en rapporte aux révérends pères bénédictins , pour savoir au juste s'il fallait retrancher ou non ce petit morceau qui est curieux.

(*a*) *Arnobe* , liv. V, *Symbola quæ rogata sacrorum &c.* Voyez aussi *Clément* d'Alexandrie dans son sermon protreptique , ou *cohortatio ad gentes*.

Le fait eft que perfonne n'entendit parler de ce *Credo* pendant plus de quatre cents années. Le peuple dit que Paris n'a pas été bâti en un jour ; le peuple a fouvent raifon dans fes proverbes. Les apôtres eurent notre fymbole dans le cœur, mais ils ne le mirent point par écrit. On en forma un du temps de St *Irénée*, qui ne reffemble point à celui que nous récitons. Notre fymbole, tel qu'il eft aujourd'hui, eft conftamment du cinquième fiècle. Il eft poftérieur à celui de Nicée. L'article qui dit que JESUS defcendit aux enfers, celui qui parle de la communion des faints, ne fe trouvent dans aucun des fymboles qui précédèrent le nôtre. Et en effet, ni les évangiles, ni les actes des apôtres, ne difent que JESUS defcendit dans l'enfer. Mais c'était une opinion établie dès le troifième fiècle, que JESUS était defcendu dans l'Hadès, dans le Tartare, mots que nous traduifons par celui d'enfer. L'enfer, en ce fens, n'eft pas le mot hébreu *Scheol*, qui veut dire le fouterrain, la foffe. Et c'eft pourquoi *faint Athanafe* nous apprit depuis comment notre Sauveur était defcendu dans les enfers. *Son humanité*, dit-il, *ne fut ni toute entière dans le fépulcre, ni toute entière dans l'enfer. Elle fut dans le fépulcre felon la chair, & dans l'enfer felon l'ame.*

St *Thomas* affure que les faints qui reffufcitèrent à la mort de JESUS-CHRIST moururent de nouveau pour reffufciter enfuite avec lui ; c'eft le fentiment le plus fuivi. Toutes ces opinions font abfolument étrangères à la morale ; il faut être homme de bien, foit que les faints foient reffufcités deux fois, foit que DIEU ne les ait reffufcités qu'une. Notre fymbole a été fait tard, je l'avoue ; mais la vertu eft de toute éternité.

S'il eſt permis de citer des modernes dans une matière ſi grave, je rapporterai ici le *Credo* de l'abbé de *St Pierre*, tel qu'il eſt écrit de ſa main dans ſon livre ſur la pureté de la religion, lequel n'a point été imprimé, & que j'ai copié fidellement.

,, Je crois en un ſeul DIEU & je l'aime. Je crois
,, qu'il illumine toute ame venant au monde, ainſi
,, que le dit *St Jean*. J'entends par-là toute ame qui
,, le cherche de bonne foi.

,, Je crois en un ſeul DIEU, parce qu'il ne peut y
,, avoir qu'une ſeule ame du grand tout, un ſeul être
,, vivifiant, un formateur unique.

,, Je crois en DIEU le père tout-puiſſant, parce qu'il
,, eſt père commun de la nature, & de tous les
,, hommes qui ſont également ſes enfans. Je crois
,, que celui qui les fait tous naître également, qui
,, arrangea les reſſorts de notre vie de la même
,, manière, qui leur a donné les mêmes principes de
,, morale, aperçue par eux dès qu'ils réfléchiſſent,
,, n'a mis aucune différence entre ſes enfans que celle
,, du crime & de la vertu.

,, Je crois que le Chinois juſte & bienfeſant eſt
,, plus précieux devant lui qu'un doċteur d'Europe
,, pointilleux & arrogant.

,, Je crois que DIEU étant notre père commun,
,, nous ſommes tenus de regarder tous les hommes
,, comme nos frères.

,, Je crois que le perſécuteur eſt abominable, &
,, qu'il marche immédiatement après l'empoiſonneur
,, & le parricide.

,, Je crois que les diſputes théologiques ſont à la
,, fois la farce la plus ridicule & le fléau le plus affreux

,, de la terre, immédiatement après la guerre, la
,, pefte, la famine, & la vérole.

,, Je crois que les eccléfiaftiques doivent être payés
,, & bien payés, comme ferviteurs du public, précep-
,, teurs de morale, teneurs des regiftres des enfans
,, & des morts; mais qu'on ne doit leur donner ni
,, les richeffes des fermiers-généraux, ni le rang des
,, princes, parce que l'un & l'autre corrompent
,, l'ame; & que rien n'eft plus révoltant que de voir
,, des hommes fi riches & fi fiers, faire prêcher l'hu-
,, milité & l'amour de la pauvreté par leurs commis,
,, qui n'ont que cent écus de gages.

,, Je crois que tous les prêtres qui deffervent une
,, paroiffe, pourraient être mariés comme dans l'Eglife
,, grecque; non - feulement pour avóir une femme
,, honnête qui prenne foin de leur ménage, mais
,, pour être meilleurs citoyens, donner de bons fujets
,, à l'Etat, & pour avoir beaucoup d'enfans bien
,, élevés.

,, Je crois qu'il faut abfolument rendre plufieurs
,, moines à la fociété, que c'eft fervir la patrie &
,, eux-mêmes. On dit que ce font des hommes que
,, *Circé* a changés en pourceaux; le fage *Ulyffe* doit
,, leur rendre la forme humaine. ,,

Paradis aux bienfefans !

Nous rapportons hiftoriquement ce fymbole de
l'abbé de *St Pierre*, fans l'approuver. Nous ne le
regardons que comme une fingularité curieufe; &
nous nous en tenons, avec la foi la plus refpectueufe,
au véritable fymbole de l'Eglife.

S Y S T E M E.

Nous entendons par fyftème une fuppofition ; enfuite, quand cette fuppofition éft prouvée, ce n'eft plus un fyftème, c'eft une vérité. Cependant, nous difons encore par habitude le fyftème célefte, quoique nous entendions par-là la pofition réelle des aftres.

Je crois avoir cru autrefois que *Pythagore* avait appris chez les Chaldéens le vrai fyftème célefte ; mais je ne le crois plus. A mefure que j'avance en âge, je doute de tout.

Cependant, *Newton*, *Grégori*, & *Keil*, font honneur à *Pythagore* & à ces Chaldéens du fyftème de *Copernic ;* & en dernier lieu M. *le Monnier* eft de leur avis. J'ai l'impudence de n'en plus être. (1)

Une de mes raifons, c'eft que fi les Chaldéens en avaient tant fu, une fi belle & fi importante découverte

(1) Si nous ofions avoir une opinion fur ce fujet, nous dirions qu'il eft vraifemblable que ni les Egyptiens, ni les Chaldéens, ni les Indiens, n'ont jamais connu le véritable fyftème du monde ; que *Pythagore* a connu ce fyftème, parce qu'il l'a donné d'après les obfervations des Orientaux ; alors beaucoup plus anciennes & plus complètes que celles des Grecs ; qu'il fuffit pour cela d'avoir une idée bien nette des lois du mouvement apparent, ce qui n'était pas impoffible pour un homme qui avait autant de génie que *Pythagore* ; que ce fyftème fut rejeté par les Grecs, parce qu'il était trop contraire aux idées communes, & que d'ailleurs *Pythagore* ne pouvait l'appuyer fur d'affez fortes preuves ; mais que les Grecs en confervèrent un fouvenir vague qu'ils nous ont tranfmis. Le livre d'*Eufèbe* de Céfarée fourmille d'erreurs groffières fur l'aftronomie & la phyfique des anciens ; mais ce livre eft précieux, parce que fes abfurdités même peuvent conduire à retrouver les vérités qu'il défigure. Il en eft de même de *Plutarque*, d'ailleurs beaucoup meilleur homme, & plus inftruñif qu'*Eufèbe* de Céfarée.

ne se serait jamais perdue ; elle se serait transmise de siècle en siècle comme les belles démonstrations d'*Archimède*.

Une autre raison, c'est qu'il fallait être plus profondément instruit que ne l'étaient les Chaldéens, pour contredire les yeux de tous les hommes & toutes les apparences célestes ; qu'il eût fallu non - seulement faire les expériences les plus fines, mais employer les mathématiques les plus profondes, avoir le secours indispensable des télescopes, sans lesquels il était impossible de découvrir les phases de Vénus qui démontrent son cours autour du soleil, & sans lesquels encore il était impossible de voir les taches du soleil qui démontrent sa rotation autour de son axe presqu'immobile.

Une raison non moins forte, c'est que de tous ceux qui ont attribué à *Pythagore* ces belles connaissances, aucun ne nous a dit positivement de quoi il s'agit.

Diogène de Laërce, qui vivait environ neuf cents ans après *Pythagore*, nous apprend que, selon ce grand philosophe, le nombre UN était le premier principe, & que de DEUX naissent tous les nombres ; que les corps ont quatre élémens, le feu, l'eau, l'air, & la terre ; que la lumière & les ténèbres, le froid & le chaud, l'humide & le sec, sont en égale quantité ; qu'il ne faut point manger de fèves ; que l'ame est divisée en trois parties ; que *Pythagore* avait été autrefois *Aetalide*, puis *Euphorbe*, puis *Hermotime*, & que ce grand-homme étudia la magie à fond. Notre *Diogène* ne dit pas un mot du vrai système du monde, attribué à ce *Pythagore* : & il faut avouer qu'il y a loin de son aversion prétendue pour les fèves aux observations

& aux calculs qui démontrent aujourd'hui le cours des planètes & de la terre.

Le fameux arien *Eufèbe*, évêque de Céfarée, dans fa Préparation évangélique, s'exprime ainfi : (*a*) *Tous les philofophes prononcent que la terre eft en repos ; mais Philolaus le péripatéticien penfe qu'elle fe meut autour du feu dans un cercle oblique , tout comme le foleil & la lune.*

Ce galimatias n'a rien de commun avec les fublimes vérités que nous ont enfeignées *Copernic*, *Galilée*, *Képler*, & furtout *Newton*.

Quant au prétendu *Ariftarque* de Samos, qu'on dit avoir développé les découvertes des Chaldéens fur le cours de la planète de la terre & des autres planètes, il eft fi obfcur, que *Wallis* a été obligé de le commenter d'un bout à l'autre pour tâcher de le rendre intelligible.

Enfin il eft fort douteux que le livre attribué à cet *Ariftarque* de Samos foit de lui. On a fort foupçonné les ennemis de la nouvelle philofophie d'avoir fabriqué cette fauffe pièce en faveur de leur mauvaife caufe. Ce n'eft pas feulement en fait de vieilles chartes que nous avons eu de pieux fauffaires. Cet *Ariftarque* de Samos eft d'autant plus fufpect, que *Plutarque* l'accufe d'avoir été un bigot, un méchant hypocrite, imbu de l'opinion contraire. Voici les paroles de *Plutarque* dans fon fatras intitulé : *La face du rond de la lune. Ariftarque* le Samien difait que les Grecs devaient *punir Cléanthe de Samos , lequel foupçonnait que le ciel eft immobile , & que c'eft la terre qui fe meut autour du zodiaque , en tournant fur fon axe.*

(*a*) Pag. 850, édition *in-fol.*

Mais, me dira-t-on, cela même prouve que le fyftème de *Copernic* était déjà dans la tête de ce *Cléanthe* & de bien d'autres. Qu'importe qu'*Ariftarque* le Samien ait été de l'avis de *Cléanthe* le Samien, ou qu'il ait été fon délateur, comme le jéfuite *Skeiner* a été depuis le délateur de *Galilée?* Il réfulte toujours évidemment que le vrai fyftème d'aujourd'hui était connu des anciens.

Je réponds que non ; qu'une très-faible partie de ce fyftème fut vaguement foupçonnée par quelques têtes mieux organifées que les autres. Je réponds qu'il ne fut jamais reçu, jamais enfeigné dans les écoles ; que ce ne fut jamais un corps de doctrine. Lifez attentivement cette *face de la lune* de *Plutarque*, vous y trouverez, fi vous voulez, la doctrine de la gravitation. Le véritable auteur d'un fyftème eft celui qui le démontre.

N'envions point à *Copernic* l'honneur de la découverte. Trois ou quatre mots déterrés dans un vieil auteur, & qui peuvent avoir quelque rapport éloigné avec fon fyftème, ne doivent pas lui enlever la gloire de l'invention.

Admirons la grande règle de *Képler*, que les quarrés des révolutions des planètes autour du foleil font proportionnels aux cubes de leurs diftances.

Admirons encore davantage la profondeur, la jufteffe, l'invention du grand *Newton*, qui feul a découvert les raifons fondamentales de ces lois inconnues à toute l'antiquité, & qui a ouvert aux hommes un ciel nouveau.

Il fe trouve toujours de petits compilateurs qui ofent être ennemis de leur fiècle ; ils entaffent, entaffent des paffages de *Plutarque* & d'*Athénée* , pour tâcher de nous prouver que nous n'avons nulle obligation aux *Newton* , aux *Halley* , aux *Bradley*. Ils fe font les trompettes de la gloire des anciens. Ils prétendent que ces anciens ont tout dit ; & ils font affez imbécilles pour croire partager leur gloire , parce qu'ils la publient. Ils tordent une phrafe d'*Hippocrate* pour faire accroire que les Grecs connaiffaient la circulation du fang mieux qu'*Harvey*. Que ne difent-ils auffi que les Grecs avaient de meilleurs fufils , de plus gros canons que nous ; qu'ils lançaient des bombes plus loin ; qu'ils avaient des livres mieux imprimés , de plus belles eftampes &c. &c. ? qu'ils excellaient dans la peinture à l'huile; qu'ils avaient des miroirs de criftal , des télefcopes , des microfcopes , des thermomètres ? Ne s'eft-il pas trouvé des gens qui ont affuré que *Salomon* , qui ne poffédait aucun port de mer , avait envoyé des flottes en Amérique ? &c. &c.

Un des plus grands détracteurs de nos derniers fiècles a été un nommé *Dutens*. Il a fini par faire un libelle auffi infame qu'infipide contre les philofophes de nos jours. Ce libelle eft intitulé *Le Tocfin ;* mais il a eu beau fonner fa cloche , perfonne n'eft venu à fon fecours , & il n'a fait que groffir le nombre des *Zoïles* , qui , ne pouvant rien produire , ont répandu leur venin fur ceux qui ont immortalifé leur patrie , & fervi le genre-humain par leurs productions.

T.

T.

Remarques fur cette lettre.

L'EUPHONIE, qui adoucit toujours le langage & qui l'emporte fur la grammaire, fait que dans la prononciation nous changeons fouvent ce *t* en *c*. Nous prononçons *ambicieux*, *akcion*, *parcial;* car lorfque ce *t* eft fuivi d'un *i* & d'une autre voyelle, le fon du *t* paraît un peu trop dur. Les Italiens ont changé même ce *t* en *z*. La même raifon nous a infenfiblement accoutumés à écrire & à prononcer un *t* à la fin de certains temps des verbes. *Il aima*, mais *aima-t-il* conftamment? *il arriva*, mais à peine *arriva-t-il;* il s'éleva, mais *s'éleva-t-il* au-deffus des préjugés? *on raifonne*, mais *raifonne-t-on* conféquemment? &c. *il écrira*, mais *écrira-t-il* avec élégance; il joue, *joue-t-il* habilement?

Ainfi donc quand la troifième perfonne du préfent, du prétérit, & du futur, fe terminaut en voyelle, eft fuivie d'un article ou de la particule *on* qui tient lieu d'article, l'ufage a voulu qu'on plaçât toujours ce *t*. On étendait autrefois plus loin cet ufage. On prononçait ce *t*, à la fin de tous les prétérits en *a*; il *aima à aller*, on difait *il aima-t-à aller;* & cette prononciation s'eft confervée dans quelques provinces. L'ufage de Paris l'a rendue très-vicieufe.

Il n'eft pas vrai que pour rendre la prononciation plus douce on change le *b* en *p* devant un *t* & qu'on dife *optenir* pour *obtenir*. Ce ferait au contraire rendre la prononciation plus dure. Le *t* fe met encore après l'impératif *va*, va-t-en.

Ta, pronom poff. féminin ; *ta mère, ta vie, ta haine*. La même euphonie qui adoucit toujours le langage a changé *ta* en *ton* devant toutes les voyelles ; *ton adreſſe, ſon adreſſe, mon adreſſe*, & non *ta, ſa, ma adreſſe ; ton épée*, & non *ta épée ; ton induſtrie, ton ignorance*, non *ta induſtrie, ta ignorance ; ton ouverture*, non *ta ouverture*. La lettre *h* quand elle n'eſt point afpirée & qu'elle tient lieu de voyelle exige auſſi le changement de *ta, ma, ſa*, en *ton, mon, ſon : ton honnêteté*, & non *ta honnêteté*.

Ta ainſi que *ton* donne *tes* au pluriel ; *tes peines ſont inutiles.*

Le redoublement du mot *ta*, ſignifie un reproche de trop de vîteſſe ; *ta ta ta voilà bien inſtruire une affaire !* Mais ce n'eſt point un terme de la langue, c'eſt une efpèce d'exclamation arbitraire. C'eſt ainſi que dans les ſalles d'armes on difait c'eſt un *tata* pour défigner un ferrailleur.

T A B A C.

TABAC, fubſt. maſc., mot étranger. On donna ce nom en 1560 à cette herbe découverte dans l'île de Tabago. Les naturels de la Floride la nommaient *petun ;* elle eut en France le nom de *nicotiane*, d'*herbe à la reine*, & divers autres noms. Il y a pluſieurs efpèces de tabac ; chacune prend ſon nom ou de l'endroit où

cette plante croît , ou de celui où elle eſt manufac-
turée , ou du port principal , ou du pays d'où part
cette marchandiſe. Le petit peuple ayant commencé
en France à prendre du tabac par le nez , ce fut
d'abord une indécence aux femmes d'en faire uſage.
Voilà pourquoi *Boileau* dit dans la ſatire des femmes :

Et fait à ſes amans, trop faibles d'eſtomac,
Redouter ſes baiſers pleins d'ail & de tabac.

On dit *fumer du tabac* , & on entend la même choſe
par le mot ſeul de *fumer*.

T A B A R I N.

TABARIN, nom propre , devenu nom appellatif.
Tabarin , valet de *Mondor* , charlatan ſur le pont-neuf
du temps de *Henri IV*, fit donner ce nom aux bouffons
groſſiers.

Et ſans honte à Térence allier Tabarin.

Tabarine n'eſt pas d'uſage & ne doit pas en être,
parce que les femmes ſont toujours plus décentes
que les hommes.
Tabarinage , & ſurtout *tabarinique* qu'on trouve dans
le dictionnaire de Trévoux , ſont auſſi proſcrits.

T A B I S.

TABIS, étoffe de ſoie unie & ondée, paſſée à la calendre ſous un cylindre qui imprime ſur l'étoffe ces iné-
galités onduleuſes gravées ſur le cylindre même.

C'eſt ce qu'on appelle improprement *moire* de deux mots anglais *mo hair*, poil de chèvre ſauvage. La véritable moire n'admet pas un ſeul fil de ſoie.

Où fur l'ouate molle éclate le tabis.

BOILEAU.

Tabiſer, paſſer à la calendre. Taffetas, gros-de-tours *tabiſé*.

T A B L E.

*T*ABLE, ſ. f., terme très-étendu qui a pluſieurs ſignifications.

Table à manger, table de jeu, table à écrire. Première table, ſeconde table, table du commun. Table de buffet, table d'hôte où l'on mange à tant par repas, bonne table, table réglée, table ouverte, être à table, ſe mettre à table, ſortir de table. Table briſée, table ronde, ovale, longue, carrée. Courir les tables (en ſtyle familier) ſe dit des paraſites; *bénir la table*, c'eſt-à-dire, faire une prière avant le repas. *Tomber ſous la table*, dernier effet de l'ivreſſe. *Propos de table*, traits de gaieté & de familiarité qui échappent dans un repas.

Table de nuit, inventée en 1717. Meuble commode qu'on place auprès d'un lit & fur lequel ſe placent pluſieurs uſtenſiles.

Table à tiroir, mettre papiers ſur table. Table d'un inſtrument de muſique, comme luth, clavecin; c'eſt la partie ſur laquelle poſent les cordes ou les touches.

Table de verre, ſignifie le verre plat qui n'a point été ſoufflé, & qui n'eſt pas encore employé.

Table de plomb, *de cuivre ;* plaque de plomb & de cuivre d'une étendue un peu considérable.

Tables de la loi, la loi des douze tables chez les Romains, les deux tables de la loi chez les Hébreux. On ne dit point *la loi des deux tables.*

Table d'autel, dans laquelle on encastre la pierre bénite sur laquelle le prêtre pose le calice. *Sainte table*, c'est l'autel même sur lequel le prêtre prend les pains enchantés avec lesquels il va donner la communion. *Approcher de la sainte table*, communier. On ne dit pas *se mettre à la sainte table.*

Table isiaque ou *table du soleil.* C'est une grande plaque de cuivre qu'on regarde comme un des plus précieux monumens de l'ancienne Egypte ; elle est couverte d'hiéroglyphes gravés. Ce monument, qui vient de la maison de *Gonzague*, est conservé à Turin.

Table ronde, (chevaliers de la table ronde) imaginée pour éviter les disputes pour la préséance, & dont les romans ont attribué l'invention à un roi fabuleux d'Angleterre nommé *Artus.*

Table pythagorique ou de multiplication des nombres les uns par les autres.

Table en mathématique, suite de nombres rangés suivant certain ordre propre à faire retrouver l'un de ces nombres dont on a besoin.

Table d'astronomie, ou calcul des mouvemens célestes.

On a les *tables Alfonsines*, les *tables Rodolphines*, ainsi nommées parce qu'on les a faites pour ces deux monarques.

Table des sinus, *des tangentes*, *des logarithmes.*

Tables généalogiques, plus communément nommées *arbres*.

La table d'un livre, c'eſt-à-dire, liſte alphabétique, ou des noms, ou des matières, ou des chapitres.

Table d'attente en architecture, c'eſt d'ordinaire un boſſage pour recevoir une inſcription.

Table de trictrac.

Toute table, jeu différent du trictrac ordinaire.

Table de diamant ; le diamant eſt taillé en table quand ſa ſurface eſt plate & les côtés à biſeaux.

Les deux parties oſſeuſes qui compoſent le crâne ſont appelées *tables*.

Les trumeaux, cartouches, paneaux en architecture, prennent auſſi le nom de *table.*

Table de crépi, table en ſaillie, table couronnée, table fouillée, table ruſtique.

Table de marbre. L'une des plus anciennes juriſdictions du royaume, partagée en trois tribunaux ; celui du connétable, à préſent des maréchaux de France ; celui de l'amiral ; & celui du grand-foreſtier qui eſt aujourd'hui repréſenté par le grand-maître des eaux & forêts : cette juriſdiction eſt ainſi nommée d'une longue table de marbre ſur laquelle les vaſſaux étaient tenus d'apporter leurs redevances ; chaque ſeigneur avait une table pareille, & les mots de *table, domaine, juſtice*, étaient preſque ſynonymes ; *réunir à ſa table*, était, réunir à ſon domaine.

Table raſe. Expreſſion empruntée de la toile des peintres avant qu'ils y aient appliqué leurs couleurs ; l'eſprit d'un enfant eſt une table raſe ſur laquelle les préjugés n'ont encore rien imprimé.

TABLER.

*T*ABLER, v. n. Il vient du jeu de trictrac. On difait *tabler* quand on pofait deux dames fur la même ligne ; on dit aujourd'hui *cafer*, & le mot *tabler*, qui n'eft plus d'ufage au propre, s'eft confervé au figuré. *Tabler fur cet arrangement*, *tabler fur cette nouvelle*. Il était d'ufage dans le fiècle paffé de dire *tabler* pour *tenir table*.

> Allez tabler jufqu'à demain.
> (Amphitrion de MOLIERE.)

TABOR OU THABOR.

MONTAGNE fameufe dans la Judée ; ce nom entre fouvent dans le difcours familier. Il eft faux que cette montagne ait une lieue & demie d'élévation au-deffus de la plaine, comme le difent plufieurs dictionnaires ; il n'y a point de montagne de cette hauteur. Le tabor n'a pas plus de fix cents pieds de haut, mais il paraît très-élevé parce qu'il eft fitué dans une vafte plaine.

Le tabor de Bohème eft encore célèbre par la réfiftance de *Ziska* aux armées impériales ; c'eft de-là qu'on a donné le nom de *Tabor* aux retranchemens faits avec des chariots.

Les *taborites*, fecte à peu près femblable à celle des huffites, prirent auffi leur nom de cette montagne

S 4

T A C T I Q U E.

Tactique, f. f., fignifie proprement *ordre, arran-gement*, mais ce mot eft confacré depuis long-temps à la fcience de la guerre. La tactique confifte à ranger les troupes en bataille, à faire les évolutions, à difpofer les troupes, à fe prévaloir avec avantage des machines de guerre. L'art de bien camper prend un autre nom qui eft celui de *cameftration* ; lorfqu'une fois la bataille eft engagée, & que le fuccès ne dépend plus que de la valeur des troupes & du coup d'œil du général, le terme de *tactique* n'eft plus convenable, parce qu'alors il ne s'agit plus ni d'ordre ni d'arrangement.

T A G E.

Tage, f. m. Quoique ce ne foit que le nom propre d'une rivière, le fréquent ufage qu'on en fait, lui doit donner place dans le dictionnaire de l'Académie. Les tréfors du Pactole & du Tage font communs en poëfie ; on a fuppofé que ces deux fleuves roulaient une grande quantité d'or dans leurs eaux, ce qui n'eft pas vrai.

T A L I S M A N.

Talisman, f. m., terme arabe francifé, propre-ment *confécration*. La même chofe que *telefma* ou *phylactère*, préfervatif, figure, caractère, dont la superstition s'est servie dans tous les temps , & chez tous les peuples ; c'est d'ordinaire une espèce de médaille fondue & frappée sous certaines constellations ; le fameux talisman de *Catherine de Médicis* existe encore.

T A L M U D.

ANCIEN recueil des lois , des coutumes , des traditions , & des opinions des Juifs compilées par leurs docteurs. Il est divisé en deux parties , la *gemare* & la *misna* , postérieures de quelques siècles à notre ère vulgaire. Ce mot est devenu français parce qu'il est commun à toutes les nations.

Talmudiste , attaché aux opinions du talmud.

Talmudique, docteur talmudique, peu en usage.

T A M A R I N.

TAMARIN, s. m., arbre des Indes & de l'Afrique, dont l'écorce ressemble à celle du noyer, les feuilles à la fougère , & les fleurs à celle de l'oranger ; son fruit est une petite gousse qui renferme une pulpe noire assez semblable à la casse, mais d'un goût un peu aigre. L'arbre & le fruit portent le nom de *tamarin*.

T A M A R I S.

TAMARIS , s. m. , arbrisseau dont les fruits ont quelque ressemblance à ceux du tamarin , mais qui ont une vertu plus détersive & plus atténuante.

T A M B O U R.

*T*AMBOUR, f. m., terme imitatif qui exprime le fon de cet inftrument guerrier inconnu aux Romains, & qui nous eft venu des Arabes & des Maures. C'eft une caiffe ronde, exactement fermée en deffus & en deffous par un parchemin de mouton épais, tendu à force fur une corde à boyau. Le tambour ne fert parmi nous que pour l'infanterie ; c'eft avec le tambour qu'on l'affemble, qu'on l'exerce, qu'on la conduit. *Battre le tambour, le tambour bat, il bat aux champs, il appelle, il rappelle, il bat la générale ; la garnifon marche, fort tambour battant.*

T A N T.

ADVERBE de quantité, qui devient quelquefois conjonction.

Il eft adverbe quand il eft attaché au verbe, quand il en modifie le fens. *Il aima tant la patrie.* *Vous connaiffez les coquettes ? oh tant ! Il a tant de fineffe dans l'efprit qu'il fe trompe prefque toujours.*

Tant eft une conjonction, quand il fignifie *tandis que ; elle fera aimée tant qu'elle fera jolie ;* c'eft-à-dire, tandis qu'elle fera jolie.

Tant, lorfqu'il eft fuivi de quelque mot dont il défigne la quantité, gouverne toujours le génitif ; *tant d'amitié, tant de richeffes, tant de crimes.*

Il ne se joint jamais à un simple adjectif. On ne dit point *tant vertueux, tant méchant, tant libéral, tant avare ;* mais *si vertueux, si méchant, si libéral, si avare.*

Après le verbe actif ou neutre, sans auxiliaire, il faut toujours mettre *tant ; il travaille tant, il pleut tant.* Quand le verbe auxiliaire se joint au verbe actif, vous placez le *tant* entre l'un & l'autre ; *il a tant travaillé, il a tant plu ; ils ont tant écrit ;* & jamais on ne se sert du *si ; il a si plu, ils ont si écrit :* ce serait un barbarisme. Mais avec un verbe passif, le *tant* est remplacé par le *si*, & voici dans quel cas. Lorsque vous avez à exprimer un sentiment particulier par un verbe passif, comme *je suis si touché, si ému, si courroucé, si animé ;* vous ne pouvez dire, *je suis tant ému, tant touché, tant courroucé, tant animé ;* parce que ces mots tiennent lieu d'épithète : mais lorsqu'il s'agit d'une action, d'un fait, vous employez le mot de *tant ; cette affaire fut tant débattue ; les accusations furent tant renouvelées ; les juges tant sollicités ; les témoins tant confrontés ;* & non pas *si confrontés, si sollicités, si renouvelés, si débattus ;* là raison en est que ces participes expriment des faits, & ne peuvent être regardés comme des épithètes.

On ne dit point *cette femme tant belle,* parce que *belle* est épithète ; mais on peut dire, surtout en vers, *cette femme autrefois tant aimée*, encore mieux que *si aimée ;* mais quand on ajoute de qui elle a été aimée, il faut dire *si aimée de vous, de lui,* & non *tant aimée de vous, de lui ;* parce qu'alors vous désignez un sentiment particulier. *Cette personne autrefois tant célébrée par vous ;* célébrer est un fait. *Cette personne autrefois si estimée par vous ;* c'est un sentiment.

Eſt-ce là cette ardeur tant promiſe à ſa cendre ?
Quel crime a donc commis ce fils tant condamné ?

Condamné, *promis*, expriment des faits.

Tant peut être conſidéré comme une particule d'exclamation ; *tant il eſt difficile de bien écrire ! tant les oreilles ſont délicates !*

Tant ſe met pour *autant ; tant plein que vide*, pour dire, autant plein que vide ; *tant vaut l'homme tant vaut ſa terre*, pour, autant vaut l'homme autant vaut ſa terre. *Tant tenu, tant payé ;* c'eſt-à-dire, il ſera payé autant qu'il aura ſervi.

On ne dit plus *tant plus, tant moins ;* parce que *tant* eſt alors inutile. *Plus on la pare, moins elle eſt belle.* A quoi ſervirait, *tant plus on la pare, tant moins elle eſt belle ?*

Il n'en eſt pas de même de *tant pis* & de *tant mieux. Pis* & *mieux* ne feraient pas ſeuls un ſens aſſez complet. *Il ſe croit ſûr de la victoire, tant pis ; il ſe défie de ſa bonne fortune, tant mieux. Tant* alors ſignifie *d'autant, il fait d'autant mieux.*

Tant que ma vue peut s'étendre, pour, autant que ma vue peut s'étendre.

Tant & ſi peu qu'il vous plaira ; au lieu de dire, autant & ſi peu qu'il vous plaira.

TAPISSERIE, TAPISSIER.

TAPISSERIE, f. f., ouvrage au métier ou à l'aiguille pour couvrir les murs d'un appartement. Les tapifferies au métier font de haute ou de baffe-liffe ; pour fabriquer celles de haute-liffe , l'ouvrier regarde le tableau placé à côté de lui; mais pour la baffe-liffe le tableau eft fous le métier , & l'artifte le déroule à mefure qu'il en a befoin : l'un & l'autre travaillent avec la navette. Les tapifferies à l'aiguille s'appellent *tapifferies de point* à caufe des points d'aiguille. La tapifferie de gros point eft celle dont les points font plus écartés , plus groffiers ; celle de petit point au contraire. Les tapifferies des Gobelins , de Flandre, de Beauvais, font de haute - liffe. On y employait autrefois le fil d'or & la foie ; mais l'or fe blanchit , la foie fe ternit. Les couleurs durent plus long-temps fur la laine.

Les tapifferies de point de Hongrie font celles qui font à points lâches & à longues aiguillées qui forment des pointes de diverfes couleurs ; elle font communes & d'un bas prix.

Les tapifferies de verdure peuvent admettre quelques petits perfonnages & retiennent le nom de *verdure*. *Oudri* a donné la vogue aux tapifferies d'animaux. Celles à perfonnages font les plus eftimées. Les tapifferies des Gobelins font des chefs-d'œuvre d'après les plus grands peintres. On diftingue les tapifferies par pièces, on les vend à la pièce, on les compte par aunes de cours. Plufieurs pièces qui tapiffent un appartement s'appellent une *tenture*. On les tend , on les détend, on les cloue , on les décloue.

Les petites bordures font aujourd'hui plus estimées que les grandes.

Toutes fortes d'étoffe peuvent fervir de tapifferie ; le damas , le fatin , le velours , la ferge. On donne même au cuir doré le nom de *tapifferie*. Il fe fait de très - beaux fauteuils , de magnifiques canapés de tapifferies , foit de petit point , foit de haute ou baffe-liffe.

Tapiffier , f. m. , c'eft le manufacturier même ; il n'eft pas nommé autrement en Flandre. C'eft auffi l'ouvrier qui tend les tapifferies dans une maifon , qui garnit les fauteuils. Il y a des valets-de-chambre tapiffiers.

T A Q U I N, T A Q U I N E.

T A Q U I N , *ine* , adj. , terme populaire qui fignifie avare dans les petites chofes , vilain dans fa dépenfe ; quelques-uns s'en fervent auffi dans le ftyle familier pour fignifier un homme renfrogné & têtu , comme fuppofant qu'un avare doit toujours être de mauvaife humeur. Il eft peu en ufage.

T A R I F.

T A R I F , f. m. , mot arabe devenu français & qui fignifie *rôle* , *table* , *catalogue* , *évaluation*. *Tarif du prix des denrées* , *tarif de la douane* , *tarif des monnaies*. L'édit du tarif dans la minorité de *Louis XIV* fit révolter le parlement, & caufa la guerre infenfée de la fronde. On paya mille fois plus pour la guerre civile ; que le tarif n'aurait coûté.

T A R T A R E.

*T*ARTARE, f. & adj. m. & f., habitant de la Tartarie. On s'eft fervi fouvent de ce mot pour fignifier barbare.

> Et ne voyez-vous pas par tant de cruautés,
> La rigueur d'un Tartare à travers fes bontés ?

On a nommé *tartares* les valets militaires de la maifon du roi, parce qu'ils pillaient pendant que leurs maîtres fe battaient.

La langue tartare , les coutumes tartares.

Tartare , f. m., enfer des Grecs & des Romains, imité du Tartarot égyptien , qui fignifiait *demeure éternelle*; ce mot entre très-fouvent dans notre poëfie, dans les odes , dans les opéra ; *les peines du Tartare , les fleuves du Tartare.*

> Qu'entends-je ? le Tartare s'ouvre.
> Quels cris ! quels douloureux accens !
>> L A M O T T E.

T A R T A R E U X.

*T*ARTAREUX, adj., mot employé en chimie; *fédiment tartareux , liqueur tartareufe*, c'eft-à-dire , chargée de fel de tartre.

TARTRE.

TARTRE, f. m., fel formé par la fermentation dans les vins fumeux, & qui s'attache aux tonneaux en criftallifation.

Le tartre calciné s'appelle *fel de tartre*, c'eft l'alcali fixe végétal ; il s'emploie dans les arts & dans la médecine. Il fe réfout par l'humidité en une liqueur qu'on appelle *huile de tartre*.

Le *tartre vitriolé* eft cette même huile mêlée avec l'efprit de vitriol.

Criftal ou *crême de tartre* ; c'eft le tartre purifié & réduit en forme de criftal. Il eft formé d'un acide particulier & du fel de tartre ou alcali fixe avec une abondance d'acide.

Le *tartre émétique* eft une combinaifon de verre d'antimoine avec la crême de tartre.

Le *tartre folié* eft la combinaifon du fel de tartre avec le vinaigre.

TARTUFE, TARTUFERIE.

TARTUFE, f. m., nom inventé par *Molière* & adopté aujourd'hui dans toutes les langues de l'Europe pour fignifier les hypocrites, les fripons, qui fe fervent du manteau de la religion ; *c'eft un tartufe, c'eft un vrai tartufe.*

Tartuferie, f. f., mot nouveau formé de celui de *tartufe*, aétion d'hypocrite, maintien d'hypocrite, friponnerie de faux dévot ; on s'en eft fervi fouvent dans les difputes fur la bulle *Unigenitus*.

TAUPE.

T A U P E.

Taupe, petit quadrupède, un peu plus gros que la fouris, qui habite fous terre. La nature lui a donné des yeux extrêmement petits, enfoncés, & recouverts de petits poils afin que la terre ne les bleffe pas, & qu'il foit averti par un peu de lumière quand il eft expofé ; l'organe de l'ouïe très-fin, les pattes de devant larges, armées d'ongles tranchans, & placées toutes deux en plan incliné afin de jeter à droite & à gauche la terre qu'il fouille & qu'il foulève pour fe faire un chemin & une habitation ; il fe nourrit de la racine des herbes. Comme cet animal paffe pour aveugle, *la Fontaine* a eu raifon de dire :

Lynx envers nos pareils, & taupes envers nous.

Noir comme une taupe, trou de taupe, prendre des taupes. On fe fait d'affez jolies fourrures avec des peaux de taupes. Il eft allé au royaume des taupes, pour dire il eft mort, proverbialement & baffement.

T A U R E A U.

Taureau, f. m., quadrupède armé de cornes ayant le pied fendu, les jambes fortes, la marche lente, le corps épais, la peau dure, la queue moins longue que celle du cheval, ayant quelques longs poils au bout. Son fang a paffé pour être un poifon, mais il ne l'eft pas plus que celui des autres animaux;

Diétionn. philofoph. Tome VII.   T

& les anciens qui ont écrit que *Thémistocle* & d'autres s'étaient empoisonnés avec du sang de taureau, falsifiaient à la fois l'histoire & la nature. *Lucien*, qui reproche à *Jupiter* d'avoir placé les cornes du taureau au-dessus de ses yeux, lui fait un reproche très-injuste; car le taureau ayant l'œil grand, rond, & ouvert, il voit très-bien où il frappe; & si ses yeux avaient été placés sur sa tête, au-dessus des cornes, il n'aurait pu voir l'herbe qu'il broute.

Taureau banal est celui qui appartient au seigneur, & auquel ses vassaux sont tenus d'amener toutes leurs vaches.

Taureau de Phalaris, ou *taureau d'airain*; c'est un taureau jeté en fonte, qu'on trouva en Sicile, & qu'on suppose avoir été employé par *Phalaris* pour y enfermer & faire brûler ceux qu'il voulait punir, espèce de cruauté qui n'est nullement vraisemblable.

Les taureaux de Médée qui gardaient la toison d'or.

Le taureau de Marathon dompté par *Hercule*.

Le taureau qui porta Europe; le taureau de Mitras; le taureau d'Osiris; le taureau signe du zodiaque; *l'œil du taureau*, étoile de la première grandeur. *Combats de taureaux*, communs en Espagne. *Taureau-cerf*, animal sauvage d'Ethiopie. *Prune-taureau*, espèce de prune qui a la chair sèche.

T A U R I C I D E R.

TAURICIDER, v. n., combattre des taureaux; expression familière qui se trouve souvent dans *Scarron*, dans *Bussi*, & dans *Choisy*.

TAUROBOLE.

*T*AUROBOLE, facrifice d'expiation, fort commun aux troifième & quatrième fiècles : on égorgeait un taureau fur une grande pierre un peu creufée & percée de plufieurs trous ; fous cette pierre était une foffe, dans laquelle l'expié recevait fur fon corps & fur fon vifage le fang de l'animal immolé. *Julien* le philofophe daigna fe foumettre à cette expiation, pour fe concilier les prêtres des gentils.

TAUROPHAGE.

*T*AUROPHAGE, f. m., mangeur de taureau, nom qu'on donnait à *Bacchus* & à *Silène*.

TAXE.

LE pape *Pie II* dans une épître à *Jean Peregal* (*a*) avoue que la cour romaine ne donne rien fans argent : l'impofition même des mains & les dons du St Efprit s'y vendent, & la rémiffion des péchés ne s'y accorde qu'aux riches.

Avant lui *St Antonin*, archevêque de Florence, (*b*) avait obfervé que du temps de *Boniface IX* qui mourut l'an 1404, la cour romaine était fi infame par la tache de fimonie, que les bénéfices s'y conféraient moins

(*a*) Epit. 66.　　　(*b*) Chronique, troifième partie, tit. 22.

T 2

au mérite qu'à ceux qui apportaient beaucoup d'argent. Il ajoute que ce pape remplit l'univers d'indulgences plénières , de forte que les petites églifes dans leurs jours de fêtes les obtenaient à un prix modique.

Théodoric de Niem, (*c*) fecrétaire de ce pontife, nous apprend en effet que *Boniface* envoya des quêteurs en divers royaumes pour vendre l'indulgence à ceux qui leur offraient autant d'argent qu'ils en auraient dépenfé en chemin s'ils euffent fait pour cela le voyage de Rome ; de forte qu'ils remettaient tous les péchés , même fans pénitence , à ceux qui fe confeffaient , & les difpenfaient , moyennant de l'argent , de toutes fortes d'irrégularités , difant qu'ils avaient fur cela toute la puiffance que le *Chrift* avait accordée à *Pierre* de lier & de délier fur la terre. (*d*)

Et ce qui eft plus fingulier encore , le prix de chaque crime eft taxé dans un ouvrage latin imprimé à Rome par ordre de *Léon X* le 18 novembre 1514, chez *Marcel Silber* dans le champ de Flore , fous le titre de *Taxes de la facrée chancellerie & de la facrée pénitencerie apoftolique.*

Entre plufieurs autres éditions de ce livre , faites en différens pays , celle in-4°. de Paris de l'an 1520 chez *Touffaint Denis* rue faint Jacques à la croix de bois près St Yves , avec privilége du roi pour trois ans , porte au frontifpice les armes de France & celles de la maifon de *Médicis* de laquelle était *Léon X.* Voilà ce qui aura trompé l'auteur du *Tableau des papes* , (*e*) qui attribue à *Léon X* l'établiffement de

(*c*) Liv. I. du fchifme , chap. LXVIII.   (*e*) Page 154.
(*d*) *Matth.* chap. XVI, v. 19.

ces taxes, quoique *Polidore Virgile* (*f*) & le cardinal d'*Offat* (*g*) s'accordent à placer l'invention de la taxe de la chancellerie fous *Jean XXII* vers l'an 1320, & le commencement de celle de la pénitencerie feize ans plus tard fous *Benoit XII.*

Pour nous faire une idée de ces taxes, copions ici quelques articles du chapitre des abfolutions.

L'abfolution (*h*) pour celui qui a connu charnellement fa mère, fa fœur &c. coûte 5 gros.

L'abfolution pour celui qui a défloré une vierge, 6 gros.

L'abfolution pour celui qui a révélé la confeffion d'un autre, 7 gros.

L'abfolution (*i*) pour celui qui a tué fon père, fa mère &c. 5 gros. Et ainfi des autres péchés, comme nous verrons bientôt; mais à la fin du livre les prix font évalués par ducats.

Il y eft auffi parlé d'une forte de lettres appelées *confeffionales*, par lefquelles le pape permet de choifir à l'article de la mort un confeffeur qui donne plein pardon de tout péché; auffi ces lettres ne s'accordent qu'aux princes & même avec grande difficulté. Ce détail fe trouve page 32 de l'édition de Paris.

La cour de Rome dans la fuite eut honte de ce livre qu'elle fupprima tant qu'il lui fut poffible; elle l'a même fait inférer dans l'indice expurgatoire du concile de Trente, fur la fauffe fuppofition que les hérétiques l'ont corrompu.

Il eft vrai qu'*Antoine du Pinet*, gentilhomme franc-comtois, en fit imprimer à Lyon, en 1564, un

(*f*) Liv. VIII, chap. II, des inventeurs des chofes.
(*g*) Lettre CCCIII.　　(*h*) Page 36.　　(*i*) Page 38.

extrait *in-*8°, dont voici le titre : *Taxes des parties casuelles de la boutique du pape, en latin & en français, avec annotations prinses des décrets, conciles, & canons tant vieux que modernes, pour la vérification de la discipline anciennement observée en l'Eglise; par A. D. P.* Mais quoiqu'il n'avertisse point que son ouvrage n'est qu'un abrégé de l'autre, bien loin de corrompre son original, il en retranche au contraire quelques traits odieux, tels que celui qui se lit pag. 23, ligne 9, d'en bas dans l'édition de Paris : le voici. ,, Et remarquez soi- ,, gneusement que ces sortes de grâces & de dispenses ,, ne s'accordent point aux pauvres, parce que n'ayant ,, pas de quoi, ils ne peuvent être consolés. ,,

Il est vrai encore que *du Pinet* évalue ses taxes par tournois, ducats, & carlins; mais comme il observe, page 42, que les carlins & les gros sont de la même valeur, en substituant à la taxe de cinq, six, sept gros &c. qui est dans son original, celle d'un nombre égal de carlins, ce n'est point le falsifier. En voici la preuve dans les quatre articles déjà cités de l'original.

L'absolution, dit *du Pinet,* pour celui qui connaît charnellement sa mère, sa sœur, ou quelqu'autre parente ou alliée, ou sa commère de baptême, est taxée à cinq carlins.

L'absolution pour celui qui dépucelle une jeune fille, est taxée à six carlins.

L'absolution pour celui qui révèle la confession de quelque pénitent, est taxée à sept carlins.

L'absolution pour celui qui a tué son père, sa mère, son frère, sa sœur, sa femme, ou quelqu'autre parent ou allié, laïque néanmoins, est taxée à cinq carlins : car fi le mort était eccléfiaftique, l'homicide ferait obligé de vifiter les faints lieux.

Rapportons-en quelques autres.

L'abfolution, continue *du Pinet*, pour quelque acte de paillardife que ce foit, commis par un clerc, fut-ce avec une religieufe dans le cloître ou dehors, ou avec fes parentes & alliées, ou avec fa fille fpirituelle, (fa filleule) ou avec quelques autres femmes que ce foit, coûte trente-fix tournois, trois ducats.

L'abfolution pour un prêtre qui tient une concubine, vingt-un tournois, cinq ducats, fix carlins.

L'abfolution d'un laïque pour toutes fortes de péchés de la chair, fe donne au for de la confcience pour fix tournois, deux ducats.

L'abfolution d'un laïque pour crime d'adultère, donnée au for de la confcience, coûte quatre tournois; & s'il y a adultère & incefte, il faut payer par tête fix tournois. Si outre ces crimes on demande l'abfolution du péché contre nature ou de la beftialité, il faut quatre-vingt-dix tournois, douze ducats, & fix carlins ; mais fi on demande feulement l'abfolution du crime contre nature ou de la beftialité, il n'en coûtera que trente-fix tournois & neuf ducats.

La femme qui aura pris un breuvage pour fe faire avorter, ou le père qui le lui aura fait prendre, paiera quatre tournois, un ducat, & huit carlins ; & fi c'eft un étranger qui ait donné le breuvage pour la faire avorter, il paiera quatre tournois, un ducat, & cinq carlins.

Un père ou une mère ou quelqu'autre parent qui aura étouffé un enfant, paiera quatre tournois, un

ducat , huit carlins ; & fi le mari & la femme l'ont
tué enfemble , ils paieront fix tournois & deux ducats.

La taxe qu'accorde le dataire pour contracter
mariage hors les temps permis , eft de vingt carlins ;
& dans les temps permis , fi les contractans font au
fecond ou troifième degré , elle eft ordinairement de
vingt-cinq ducats , & quatre pour l'expédition des
bulles ; & au quatrième degré , de fept tournois , un
ducat , & fix carlins.

La difpenfe du jeûne pour un laïque aux jours
marqués par l'Eglife , & la permiffion de manger du
fromage , font taxées à vingt carlins. La permiffion
de manger de la viande & des œufs aux jours défendus,
eft taxée à douze carlins ; & celle de manger des lai-
tages à fix tournois pour une perfonne feule ; & à
douze tournois , trois ducats, & fix carlins, pour toute
une famille & pour plufieurs parens.

L'abfolution d'un apoftat & d'un vagabond qui
veut revenir dans le giron de l'Eglife , coûte douze
tournois , trois ducats , & fix carlins.

L'abfolution & la réhabilitation de celui qui eft
coupable de facrilège , de vol , d'incendie , de rapine ,
de parjure , & femblables , eft taxée à trente-fix tournois & neuf ducats.

L'abfolution pour un valet qui retient le bien de
fon maître trépaffé pour le payement de fes gages , &
qui étant averti n'en fait pas la reftitution , pourvu
que le bien qu'il retient n'excède pas la valeur de
fes gages , eft taxée feulement , dans le for de la confcience , à fix tournois , deux ducats.

Pour changer les claufes d'un teftament , la taxe ordinaire eft de douze tournois , trois ducats , fix carlins.

La permiffion de changer fon nom propre coûte neuf tournois, deux ducats, & neuf carlins; & pour changer le furnom & la manière de le figner, il faut payer fix tournois & deux ducats.

La permiffion d'avoir un autel portatif pour une feule perfonne, eft taxée à dix carlins; & celle d'avoir une chapelle domeftique, à caufe de l'éloignement de l'églife paroiffiale, & pour y établir des fonds baptifmaux & des chapelains, trente carlins.

Enfin la permiffion de tranfporter des marchandifes une ou plufieurs fois aux pays des infidelles, & généralement trafiquer & vendre fa marchandife, fans être obligé d'obtenir la permiffion des feigneurs temporels de quelques lieux que ce foit, fuffent-ils rois ou empereurs, avec toutes les claufes dérogatoires très-amples, n'eft taxée qu'à vingt-quatre tournois, fix ducats.

Cette permiffion qui fupplée à celle des feigneurs temporels, eft une nouvelle preuve des prétentions papales dont nous avons parlé à l'article *Bulle*. On fait d'ailleurs que tous les refcrits ou expéditions pour les bénéfices, fe payent encore à Rome fuivant la taxe; & cette charge retombe toujours fur les laïques, par les impofitions que le clergé fubalterne en exige. Ne parlons ici que des droits pour les mariages & pour les fépultures.

Un arrêt du parlement de Paris, du 19 mai 1409, rendu à la pourfuite des habitans & échevins d'Abbeville, porte que chacun pourra coucher avec fa femme fitôt après la célébration du mariage, fans attendre le congé de l'évêque d'Amiens, & fans payer le droit qu'exigeait ce prélat pour lever la défenfe qu'il avait faite de confommer le mariage les trois premières nuits des noces. Les moines de St Étienne de Nevers furent privés du même droit par un autre arrêt du 27 feptembre 1591. Quelques théologiens ont prétendu que cela était fondé fur le quatrième concile de Carthage, qui l'avait ordonné pour la révérence de la bénédiction matrimoniale. Mais comme ce concile n'avait point ordonné d'éluder fa défenfe en payant, il eft plus vraifemblable que cette taxe était une fuite de la coutume infame qui donnait à certains feigneurs la première nuit des nouvelles mariées de leurs vaffaux. *Buchanan* croit que cet ufage avait commencé en Ecoffe fous le roi *Even*.

Quoi qu'il en foit, les feigneurs de Prelley & de Parfanny en Piémont appelaient ce droit *carragio;* mais ayant refufé de le commuer en une preftation honnête, leurs vaffaux révoltés fe donnèrent à *Amédée VI*, quatorzième comte de Savoie.

On a confervé un procès-verbal fait par M. *Jean Fraguier*, auditeur en la chambre des comptes de Paris, en vertu d'arrêt d'icelle du 7 avril 1507, pour l'évaluation du comté d'Eu, tombé en la garde du roi par la minorité des enfans du comte de *Nevers* & de *Charlotte de Bourbon* fa femme. Au chapitre du revenu de la baronnie de Saint-Martin-le-Gaillard, dépendant du comté d'Eu, il eft dit : *Item*, a ledit feigneur audit lieu de Saint-Martin, droit de *cullage* quand on fe marie.

Les feigneurs de Sonloire avaient autrefois un droit femblable, & l'ayant omis en l'aveu par eux rendu au feigneur de *Montlevrier* leur fuzerain, l'aveu fut blâmé ; mais par acte du 15 décembre 1607 le sieur de *Montlevrier* y renonça formellement, & ces droits honteux ont été par-tout convertis en des prestations modiques appelées *marchetta*.

Or quand nos prélats eurent des fiefs, suivant la remarque du judicieux *Fleuri*, ils crurent avoir comme évêques ce qu'ils n'avaient que comme seigneurs; & les curés, comme leurs arrières-vassaux, imaginèrent la bénédiction du lit nuptial, qui leur valait un petit droit sous le nom de *plats de noces*; c'est-à-dire, leur dîner en argent ou en espèce. Voici le quatrain qu'un curé de province mit en cette occasion sous le chevet d'un président fort âgé, qui épousait une jeune demoiselle du nom de *la Montagne*; il sefait allusion aux cornes de *Moïse*, dont il est parlé dans l'Exode. (*k*)

> Le président à barbe grise
> Sur la montagne va monter;
> Mais certes il peut bien compter
> D'en descendre comme Moïse.

Disons aussi deux mots sur les droits qu'exige le clergé pour les sépultures des laïques. Autrefois, au décès de chaque particulier les évêques le sefaient représenter les testamens, & défendaient de donner la sépulture à ceux qui étaient morts *déconfès*; c'est-à-dire, qui n'avaient pas fait un legs à l'Eglise; à moins que les parens n'allassent à l'official, qui commettait un prêtre ou quelqu'autre personne ecclésiastique pour réparer la faute du défunt, & faire ce legs en son nom. Les curés aussi s'opposaient à la profession

(*k*) Chap. XXXIV, vers. 29.

de ceux qui voulaient fe faire moines , jufqu'à ce qu'ils euffent payé les droits de leur fépulture; difant que puifqu'ils mouraient au monde , il était jufte qu'ils s'acquittaffent de ce qu'ils auraient dû fi on les avait enterrés.

Mais les débats fréquens , occafionnés par ces vexations , obligèrent les magiftrats de fixer la taxe de ces droits finguliers. Voici l'extrait d'un règlement à ce fujet , porté par *François de Harlai de Chamvallon*, archevêque de Paris, le 30 mai 1693 , & homologué en la cour de parlement le 10 juin fuivant.

Mariages.

Pour la publication des bans . . . 1 l. 10 f.
Pour les fiançailles. 2
Pour la célébration du mariage. . . . 6
Pour le certificat de la publication des
   bans & la permiffion donnée au futur
   époux d'aller fe marier dans la paroiffe
   de la future époufe. 5
Pour l'honoraire de la meffe du mariage. 1   10
Pour le vicaire. 1   10
Pour le clerc des facremens. 1
Pour la bénédiction du lit. 1   10

Convois.

DE's enfans au-deffous de fept ans, lorfqu'on ne va
   point en corps de clergé.
Pour le curé. 1   10
Pour chaque prêtre.   10

Lorfqu'on ira en clergé.

Pour le droit curial. . . . . . . 4 l.

Pour la préfence du curé. 2

Pour chaque prêtre. . . . . . . 10 f.

Pour le vicaire. 1

Pour chaque enfant de chœur lorfqu'ils
portent le corps. 8

Et lorfqu'ils ne le portent pas. . . . 5

Et ainfi des jeunes gens au‑deffus de fept ans
jufqu'à douze.

Des perfonnes au‑deffus de douze ans.

Pour le droit curial. 6

Pour l'affiftance du curé. 4

Pour le vicaire. 2

Pour chaque prêtre. 1

Pour chaque enfant de chœur. . . . 10

Chacun des prêtres qui veillent le corps
pendant la nuit , à boire & . . . 3

Et pendant le jour , à chacun . . . 2

Pour la célébration de la meffe. . . 1

Pour le fervice extraordinaire , appelé le
fervice complet ; c'eft‑à‑dire les vigiles
& les deux meffes du faint Efprit & de
la fainte Vierge. 4 10

Pour chacun des prêtres qui portent le corps. 1

Pour le port de la haute croix. . . . 10

Pour le porte ‑ bénitier. 5

Pour le port de la petite croix. . . . 5

Pour le clerc des convois. 1

Pour le tranfport des corps d'une églife à
une autre , fera payé moitié plus des
droits ci‑deffus.

Pour la réception des corps tranſportés.

Au curé. . . . . · 6 l.
Au vicaire. . . . . 1 10 ſ.
A chaque prêtre. (1) 15

TECHNIQUE.

TECHNIQUE, adj. m. f., artificiel ; vers *techniques* qui renferment des préceptes. Vers *techniques* pour apprendre l'hiſtoire. Les vers de *Deſpautère* ſont *techniques*.

Maſcula ſunt pons, mons, fons.

Ce ne ſont pas des vers dans le goût de *Virgile*.

(1) Cette taxe eſt fort augmentée ; mais nous doutons que ces aug-mentations aient été homologuées. On a imaginé de faire jouer dans les enterremens le rôle de confeſſeur du mort, à un prêtre qui eſt dans un coſtume particulier, & auquel on donne un écu. Quand le malade eſt mort ſans confeſſion, quelquefois on accorde le confeſſeur pour éviter le ſcandale & gagner l'écu ; d'autrefois, l'Egliſe aime mieux le ſcandale que l'écu. C'eſt un moyen de décrier une famille honnête auprès de la canaille de la paroiſſe, qui eſt dans la main des prêtres, parce que les laïques ont encore la bêtiſe de les charger de la diſtribution de leurs aumônes.

Il y a long-temps qu'on ſe plaint de cette avidité du clergé. *Baptiſte Mantouan*, général des carmes, au quinzième ſiècle, dit dans ſes poëſies :

Venalia nobis
Templa, ſacerdotes, altaria, ſacra, coronæ,
Ignis, thura, preces, cœlum eſt venale, Deuſque.

Un poëte du ſiècle dernier a traduit ces vers de la manière ſuivante :

Chez nous tout eſt vénal ; prêtres, temples, autels,
L'*oremus* à voix baſſe, & les chants ſolemnels ;
La terre des tombeaux, l'hymen, & le baptême,
Et la parole ſainte, & le ciel, & DIEU même.

T E N I R.

Tenir, v. act. & quelquefois n. La fignification naturelle & primordiale de *tenir* eft d'avoir quelque chofe entre fes mains ; *tenir un livre , une épée , les rènes des chevaux , le timon, le gouvernail d'un vaiffeau ; tenir un enfant par les lifières ; tenir quelqu'un par le bras ; tenir fort ; tenir ferré , ferme , faiblement ; tenir à braffe corps ; tenir à deux mains ; tenir à la gorge ; tenir le poignard fur la gorge* au propre , &c.

Par extenfion & au figuré il a plufieurs autres fignifications. *Tenir* , pofféder. *Le roi d'Angleterre tient une principauté en Allemagne. On tient une terre en fief, un bénéfice en commende , une maifon à loyer , à bail judiciaire &c. Les mahométans tiennent les plus beaux pays de l'Europe & de l'Afie. Les rois d'Angleterre ont tenu plufieurs provinces en France à foi & hommage de la couronne.*

Tenir dans le fens d'occuper. *Un officier tient une place pour le roi. On tient le jeu de quelqu'un , pour quelqu'un ; il tient , il occupe le premier étage ; il le tient à bail , à loyer ; tenir une ferme.*

Tenir pour exprimer l'ordre des perfonnes & des chofes. *Les préfidens dans leurs compagnies tiennent le premier rang. On tient fon rang , fa place, fon pofte. Et* dans le difcours familier *on tient fon coin ; il a tenu le milieu entre ces deux extrémités. Les livres d'hiftoire tiennent le premier rang dans fa bibliothèque.*

Tenir pour garder. *Tenir fon argent dans fon cabinet , fon vin à la cave , fes papiers fous la clef , fa femme dans un couvent.*

Tenir pour *contenir* au propre. *Cette grange tient tant de gerbes , ce muid tant de pintes ; cette forêt tient dix lieues de long ; l'armée tenait quatre lieues de pays ; cet homme, ce meuble tient trop de place ; il ne peut tenir que vingt personnes à cette table.*

Tenir pour *contenir* au figuré. *Il est si remuant, si vif qu'on ne le peut tenir ; il ne peut tenir sa langue, tenir en place, rien ne le peut tenir,* c'est-à-dire *contenir, réprimer. Vous ne pouvez vous tenir de jouer, de médire.* C'est dans ce sens figuré qu'*on tient les peuples dans le devoir, les enfans dans le respect, les ennemis en échec, dans la crainte. On les contient* au figuré.

Il n'en est pas de même de *tenir la balance entre les puissances,* parce qu'on ne contient pas la balance. On est supposé tenir la balance dans sa main, c'est une métaphore. *Tenir de court* est aussi une métaphore prise des rênes des chevaux & des lesses des chiens.

Tenir, être proche, être joint, contigu, attaché, adhérer. *Le jardin tient à ma maison, la forêt au jardin. Ce tableau ne tient qu'à un clou ; ce miroir tient mal,* il est mal attaché. De-là on dit au figuré *la vie ne tient qu'à un fil, ne tient à rien. Sa condamnation a tenu à peu de chose. Je ne sais qui me tient que je n'éclate ! à quoi tient-il que vous ne sollicitiez cette affaire ? qu'à cela ne tienne. Il n'y a ni considération ni crédit qui tienne,* il sera condamné. *S'il ne tient qu'à donner de l'argent, en voilà. Il n'a pas tenu à moi que vous ne fussiez heureux. Votre argent ne tient à rien. Cela tient comme de la glu,* proverbialement & bassement.

Tenir, pour *avoir soin. Tenir sa maison propre, ses enfans bien vêtus, ses affaires en ordre, ses meubles en bon état, ses portes fermées, ses fenêtres ouvertes.*

Tenir pour exprimer les situations du corps. *Il tient les yeux ouverts, les yeux baissés, les mains jointes, la tête droite,*

droite , les pieds en dehors &c. Il se tient droit , debout , courbé , assis. Il se tient mal , il se tient bien. Il se tient sous les armes. On dit que Siméon Stylite se tint plusieurs années sur une jambe. Les grues se tiennent souvent sur une patte.

Et au figuré : *Il se tient à sa place*, c'est-à-dire, il est modeste, il ne se méconnaît pas, il ménage l'orgueil des autres. *Il se tient en repos , il se tient à l'écart, il se tient clos & couvert*, il ne se mêle pas des affaires d'autrui, il ne s'expose pas. *Vous tiendrez-vous les bras croisés ? vous tiendrez-vous à ne rien faire ?*

Tenir pour exprimer les effets un peu durables de quelque chose. *Le lait tient le teint frais ; les fruits fondans tiennent le ventre libre. La fourrure tient chaud ; la société tient gai. Le régime me tient sain , l'exercice me tient dispos , la solitude me tient laborieux &c.*

Tenir , être redevable. *Je tiens tout de votre bonté ; je tiens du roi ma terre, mes priviléges, ma fortune. S'il a quelque chose de bon , il le tient de vos exemples. Il tient la vie de la clémence du prince.*

Tu vois le jour, Cinna, mais ceux dont tu le tiens
Furent les ennemis de mon père & les miens.

C'est à peu près en ce sens qu'on dit, *je tiens ce secret d'un charlatan. Je tiens cette nouvelle d'un homme instruit. Je tiens cette façon de travailler d'un grand maître. Je tiens de lui ma méthode , mes idées sur la métaphysique* , c'est-à-dire , je lui en suis redevable , je les ai puisées chez lui.

Tenir, ressembler , participer. *Il tient de son père & de sa mère ; il a de qui tenir ; il tient de race. Il tient sa*

Dictionn. philosoph. Tome VII.   V

valeur de fon père & fa modeftie de fa mère. Ce ftyle tient du burlefque, il participe du burlefque ; cette architecture du gothique. *Le mulet tient de l'âne & du cheval.*

Tenir pour fignifier l'exercice des emplois & des profeffions. *Un maître ès-arts peut tenir école & penfion; il faut la permiffion du roi pour tenir manége. Tout négociant peut tenir banque ; il faut être maître pour tenir boutique. Ce n'eft que par tolérance qu'on tient académie de jeu. Tout citoyen peut tenir des chambres garnies. Pour tenir auberge, cabaret, il faut permiffion.*

Tenir pour demeurer, être long-temps dans la même fituation. *Ce général a tenu long-temps la campagne; ce malade tient la chambre, le lit. Ce débiteur tient prifon. Ce vaiffeau a tenu la mer fix mois. Il m'a tenu, je me fuis tenu long-temps au froid, à l'air, à la pluie.*

Tenir pour convoquer, affembler, préfider. *Le pape tient concile, confiftoire, chapelle. Le roi tient confeil, tient le fceau; on tient les états, la chambre des vacations, les grands jours &c. La foire fe tient; le marché fe tient.*

Tenir pour exprimer les maux du corps & de l'ame. *La goutte, la fièvre le tient. Son accès le tient; quand fa colère le tient, il n'eft plus maître de lui; fa mauvaife humeur le tient, il n'en faut pas approcher. On voit bien ce qui le tient, c'eft la peur. Qu'eft-ce qui le tient? la mauvaife honte.*

Remarquez que quand ces affections de l'ame la maîtrifent alors elles gouvernent le verbe; car ce font elles qui agiffent. Mais quand on femble les faire durer, c'eft la perfonne qui gouverne le verbe. *Il tint fa colère long-temps contre fon rival. Il lui tint rancune. Il tient fa gravité, fon quant-à-moi, fon fier. Je tiens ma colère* ne peut fignifier , je retiens ma colère, mais au contraire, je la garde. On ne peut dire *tenir fon courage*, *tenir fon humeur*, parce que le courage eft une qualité qui doit toujours dominer, & l'humeur une affection involontaire. Perfonne ne veut avoir d'humeur, mais on veut bien avoir de la colère contre les méchans, contre les hypocrites, *tenir fa colère contre eux*. C'eft par la même raifon qu'*on tient une conduite*, *un parti*, parce qu'on eft cenfé les vouloir tenir. Vous tenez votre férieux , & votre férieux ne vous tient pas. On tient rigueur, la rigueur ne vous tient pas.

Tenir pour *réfifter*. *La citadelle a tenu plus long-temps que la ville. Les ennemis pourront à peine tenir cette année. Ce général a tenu dans Prague contre une armée de foixante & dix mille hommes. Tenir tête, tenir bon, tenir ferme. Il tient au vent, à la pluie, à toutes les fatigues.*

Tenir pour *avoir* & *entretenir*. *Il tient fon fils au collége, à l'académie. Le roi tient des ambaffadeurs dans plufieurs cours ; il tient garnifon dans les villes frontières. Ce miniftre tient des émiffaires, des efpions, dans les cours étrangères.*

Tenir pour *croire*, *réputer*. *On ne tient plus dans les écoles les dogmes d'Ariftote; les mahométans tiennent que* DIEU *eft incommunicable ; la plupart tiennent que l'Alcoran n'eft pas de toute éternité. Les Indiens & les Chinois tiennent la métempfycofe. Je me tiens heureux, je me tiens perdu*, c'eft-à-dire, je me crois heureux , je me crois perdu. *On tient les opinions de Leibnitz pour chimériques , mais on tient ce philofophe pour un grand génie. Il a tenu ma vifite à honneur , & mes réflexions à injure. Il fe l'eft tenu pour dit*. Remarquez que lorfque *tenir* fignifie *réputer*, *avoir*

opinion , il s'emploie également avec l'accufatif , &
avec la prépofition *pour*.

Il la tient pour fenfée & de bon jugement.

Les Plaideurs.

Ma foi , je le tiens fou de toutes les manières.

L'Ecole des femmes.

Tenir pour *exécuter , accomplir , garder. Un honnête
homme tient fa promeffe ; un roi fage tient fes traités. On eft
obligé de tenir fes marchés ; quand on a donné fa parole ,
il la faut tenir.*

Tenir au lieu de *fuivre. Ils tiennent le chemin de Lyon.
Quelle route tiendrez-vous? Tenez les bords ; tenez toujours
le large, le bas, le haut, le milieu.*

Tenir , être contigu. *Cette maifon tient à la mienne ;
la galerie tient à fon appartement.*

Tenir pour fignifier les liaifons de parenté, d'affection. *Sa famille tient aux meilleures maifons du royaume.
Il ne tient plus au monde que par habitude ; vous ne tenez à
cet homme que par fa place ; il tient à cette femme par une
inclination invincible.*

Tenir , fe fixer à quelque chofe. *Je m'en tiens aux
découvertes de Newton fur la lumière. Il s'en tient à l'évangile, & rejette la tradition. Après avoir gagné cent mille
francs il devait s'en tenir là. Il faut s'en tenir à la décifion
des arbitres , & ne point plaider.* Remarquez que dans
toutes ces acceptions la particule *en* eft néceffaire ; elle
emporte l'exclufion du contraire. *Je m'en tiens à l'opinion de Locke* fignifie, De toutes les opinions je m'en tiens
à celle-là. Mais , *je me tiens aux opinions de Locke* fignifie
feulement, Je les adopte, fans exprimer abfolument fi
j'en ai examiné & rejeté d'autres.

Outre ces fignifications générales du mot *tenir*, il en a beaucoup de particulières. *Tenir une terre par fes mains*, c'eft la faire valoir ; *tenir le fceptre*, c'eft régner ; *tenir la mer*, c'eft être embarqué long-temps. *Une armée tient la campagne ; un embarras tient toute une rue ; l'eau glacée & l'eau bouillante tiennent plus de place que l'eau ordinaire. Ce fable ne tient point, cette colle tiendra long-temps. Il s'eft tenu au gros de l'arbre. Le gibier a tenu*, c'eft-à-dire ne s'eft pas écarté de la place où on l'a cherché. *Les gardes fe font tenues à la porte ; le marché, la foire tient ou fe tient aujourd'hui ; l'audience tient les matins ; on tient la main à l'exécution des réglemens ; le greffier tient la plume, le commis la caiffe. Tout père de famille doit tenir un regiftre, un livre de compte. On tient un enfant fur les fonts de baptême. Tenir un homme fur lès fonts*, c'eft parler de lui & difcuter fon caractère, répondre pour lui qu'il a telle inclination, comme au baptême on répond pour le filleul. *Une chofe tient lieu d'une autre ; ce préfent tient lieu d'argent ; fon accueil tient lieu de récompenfe. On eft tenu de rendre foi & hommage à fon feigneur, d'affifter aux états de fa province, de marcher avec fon régiment, de payer les dixmes &c.*

On tient table, on tient chapelle, on tient fa partie dans la mufique, on tient fur une note, on tient au jeu ; l'un fait va tout, l'autre le tient ; on tient les cartes, on tient le dé, on tient le haut bout, le haut du pavé, le milieu. On tient compte de l'argent, des faveurs qu'on a reçues. On va même jufqu'à dire que DIEU *nous tiendra compte d'une bonne action. On fe tient fûr, on tient pour quelqu'un. Les cordeliers tiennent pour Scot, & les dominicains pour S*t*Thomas. On tient une chofe pour non advenue quand elle n'a eu aucune fuite ; on tient une faveur pour reçue quand on eft fûr de la*

V 3

bonne volonté ; un bon vaiffeau tient à tout vent. On tient des propos, des difcours, un langage.

> Quel propos vous tenez!　　(MOLIERE.)
> Ceffez de tenir ce langage.　　(RACINE.)

Les proverbes qui naiffent de ce mot font en très-grand nombre. *Il en tient*, c'eft-à-dire, on l'a trompé, ou il a fuccombé dans une affaire, ou il a été condamné, ou il a été vaincu &c. *Il a vu cette femme, il en tient. Il a un peu trop bu, il en tient. Il tient le loup par les oreilles*, c'eft-à-dire il fe trouve dans une fituation épineufe. *Cet accord tient à chaux & à ciment*, c'eft-à-dire qu'il ne fera pas aifé-ment changé. *Cette femme tient fes amans le bec dans l'eau*, pour dire elle les amufe, leur donne de fauffes efpérances. *Tenir l'épée dans les reins, le poignard fur la gorge* ou *à la gorge*, fignifie preffer vivement quelqu'un de conclure. *Tenir pied à boule*, être affidu, ne point abandonner une affaire. *Tenir quelqu'un dans fa manche*, être fûr de fon confentement, de fon opinion. *Tenir le dé dans la converfation*, parler trop, vouloir primer. *C'eft un furieux, il faut le tenir à quatre. Se faire tenir à quatre*, faire le difficile. *Il tient bien fa partie*, c'eft-à-dire il s'acquitte bien de fon devoir. *Tenir quelqu'un fur le tapis*, parler beaucoup de lui. *Cet homme croyait réuffir, il ne tient rien. Il n'a qu'à fe bien tenir. Il a beau vouloir m'échapper, je le tiens. Il faut le tenir par les cordons ou les lifières*, c'eft-à-dire le mener comme un enfant, un homme qui ne fait pas fe conduire. *Rancune tenant. Tenir le bon bout par devers foi*, c'eft avoir fes furetés dans une affaire, c'eft être en poffeffion de ce qui eft contefté. *Croire tenir* DIEU *par les pieds*, expreffion populaire pour marquer fa joie d'un bonheur inefpéré.

Un lien vaut mieux que deux tu l'auras , ancien proverbe.
Serrez la main , & dites que vous ne tenez rien ; mauvais
proverbe populaire. *Cet homme se tient mieux à table qu'à
cheval ; il se tient droit comme un cierge. Le plus empêché
est celui qui tient la queue de la poële* , tous proverbes du
peuple.

T E R E L A S.

*T*ERELAS ou *Ptérélas*, ou *Ptérélaüs* , tout comme
vous voudrez , était fils de *Taphus* ou *Taphius*. Que
m'importe ? dites-vous. Doucement , vous allez voir.
Ce *Térélas* avait un cheveu d'or , auquel était attaché
le destin de sa ville de Taphe. Il y avait bien plus ;
ce cheveu rendait *Térélas* immortel; *Térélas* ne pouvait
mourir tant que ce cheveu serait à sa tête ; aussi ne se
peignait-il jamais , de peur de le faire tomber. Mais
une immortalité qui ne tient qu'à un cheveu n'est pas
chose fort assurée.

Amphitrion , général de la république de Thèbes ,
assiégea Taphe. La fille du roi *Térélas* devint éperdument amoureuse d'*Amphitrion* en le voyant passer
près des remparts. Elle alla pendant la nuit couper
le cheveu de son père , & en fit présent au général.
Taphe fut prise , *Térélas* fut tué. Quelques savans
assurent que ce fut la femme de *Térélas* qui lui joua
ce tour. Ils se fondent sur de grandes autorités : ce
serait le sujet d'une dissertation utile. J'avoue que
j'aurais quelque penchant pour l'opinion de ces savans :
il me semble qu'une femme est d'ordinaire moins
timorée qu'une fille.

Même chose advint à *Nisus* roi de Mégare. *Minos*
assiégeait cette ville. *Scylla* fille de *Nisus* devint folle

de *Minos*. Son père, à la vérité, n'avait point de cheveu d'or, mais il en avait un de pourpre, & l'on fait qu'à ce cheveu était attachée la durée de fa vie, & de l'empire mégarien. *Scylla*, pour obliger *Minos*, coupa ce cheveu fatal, & en fit préfent à fon amant.

Toute l'hiftoire de Minos eft vraie, dit le profond Banier, (*a*) *& elle eft atteftée par toute l'antiquité*. Je la crois auffi vraie que celle de *Térélas*; mais je fuis bien embarraffé entre le profond *Calmet* & le profond *Huet*. *Calmet* penfe que l'aventure du cheveu de *Nifus* préfenté à *Minos*, & du cheveu de *Térélas*, ou *Ptérélas*, offert à *Amphitrion*, eft vifiblement tirée de l'hiftoire véridique de *Samfon* juge d'Ifraël. D'un autre côté *Huet* le démontreur vous démontre que *Minos* eft vifiblement *Moïfe*, puifqu'un de ces noms eft vifiblement l'anagramme de l'autre en retranchant les lettres *n* & *e*.

Mais malgré la démonftration de *Huet*, je fuis entiérement pour le délicat dom *Calmet*, & pour ceux qui penfent que tout ce qui concerne les cheveux de *Térélas* & de *Nifus*, doit fe rapporter aux cheveux de *Samfon*. La plus convaincante de mes raifons victorieufes, eft que fans parler de la famille de *Térélas*, dont j'ignore la métamorphofe, il eft certain que *Scylla* fut changée en alouette, & que fon père *Nifus* fut changé en épervier. Or *Bochart* ayant cru qu'un épervier s'appelle *neis* en hébreu, j'en conclus que toute l'hiftoire de *Térélas*, d'*Amphitrion*, de *Nifus*, de *Minos*, eft une copie de l'hiftoire de *Samfon*.

(*a*) Mythol. de *Banier*, liv. II, pag. 151. Tom. III, édit. *in*-4°. Comment. littér. fur *Samfon*, chap. XVI.

Je fais qu'il s'est déjà élevé de nos jours une secte abominable, en horreur à DIEU & aux hommes, qui ose prétendre que les fables grecques sont plus anciennes que l'histoire juive ; que les Grecs n'entendirent pas plus parler de *Samson*, que d'*Adam*, d'*Eve*, d'*Abel*, de *Caïn*, &c. &c. ; que ces noms ne sont cités dans aucun auteur grec. Ils disent, comme nous l'avons modestement insinué à l'article *Bacchus* & à l'article *Juif*, que les Grecs n'ont pu rien prendre des Juifs, & que les Juifs ont pu prendre quelque chose des Grecs.

Je réponds avec le docteur *Hayet*, le docteur *Gauchat*, l'ex-jésuite *Patouillet*, l'ex-jésuite *Nonotte*, & l'ex-jésuite *Paulian*, que cette hérésie est la plus damnable opinion qui soit jamais sortie de l'enfer ; qu'elle fut anathématisée autrefois en plein parlement par un réquisitoire, & condamnée au rapport du sieur P....; que si on porte l'indulgence jusqu'à tolérer ceux qui débitent ces systèmes affreux, il n'y a plus de sûreté dans le monde, & que certainement l'antechrist va venir, s'il n'est déjà venu.

T E R R E.

*T*ERRE, f. f. proprement le limon qui produit les plantes ; qu'il soit pur ou mélangé, n'importe ; on l'appelle *terre vierge* quand elle est dégagée, autant qu'il est possible, des corps hétérogènes : si elle est aisée à rompre, peu mêlée de glaise & de sable, c'est de la *terre franche* ; si elle est tenace, visqueuse, c'est de la *terre glaise*.

Elle reçoit des dénominations différentes de tous les corps dont elle est plus ou moins remplie ; *terre pierreuſe*, *ſablonneuſe*, *graveleuſe*, *aqueuſe*, *ferrugineuſe*, *minérale &c.*

Elle prend ſes noms de ſes qualités diverſes ; *terre graſſe*, *maigre*, *fertile*, *ſtérile*, *humide*, *ſèche*, *brûlante*, *froide*, *mouvante*, *ferme*, *légère*, *compaɛte*, *friable*, *meuble*, *argilleuſe*, *marécageuſe*. *Terre neuve*, c'eſt-à-dire qui n'a pas encore été poſée à l'air, qui n'a pas encore pro-duit ; *terre uſée &c.*

Des façons qu'elle reçoit ; *cultivée*, *remuée*, *fouillée*, *creuſée*, *fumée*, *rapportée*, *ameublie*, *améliorée*, *criblée &c.*

Des uſages où elle eſt miſe ; *terre à pot* ou *à potier*, terre glaiſe, blanchâtre, compaɛte, molle, qui ſe cuit dans des fourneaux, & dont on fait les tuiles, les briques, les pots, la faïence. *Terre à foulon*, eſpèce de glaiſe onɛtueuſe au toucher, qui ſert à préparer les draps. *Terre ſigillée*, terre rouge de Lemnos miſe en paſtilles, gravées d'un cachet arabe ; on fait croire que c'eſt un antidote.

Terre d'ombre, eſpèce de craie brune qu'on tire du Levant. *Terre verniſſée*, c'eſt celle qui en ſortant de la roue du potier reçoit une couche de plomb calciné ; vaiſſelle de terre verniſſée.

Dans cette ſignification au propre du nom *terre*, aucun autre corps, quoique terreſtre, ne peut être compris. Qu'on tienne dans ſa main de l'or, ou du ſel, ou un diamant, ou une fleur, on ne dira pas, *je tiens de la terre ;* ſi on eſt ſur un rocher, ſur un arbre, on ne dira pas, *je ſuis ſur un morceau de terre.*

Ce n'eſt pas ici le lieu d'examiner ſi la terre eſt un élément ou non ; il faudrait ſavoir d'abord ce que c'eſt qu'un élément.

Le nom de *terre* s'eſt donné par extenſion à des parties du globe, à des étendues de pays; *les terres du turc, du mogol; terre étrangère, terre ennemie, les terres auſtrales, les terres arctiques. Terre-neuve* île du Canada; *terre des Papous* près des Moluques; *terres de la compagnie*, c'eſt-à-dire de la compagnie des Indes orientales de Hollande, au nord du Japon; *terre d'Harnem, de Yeſſo; terre de Labrador*, au nord de l'Amérique, près de la baie de Hudſon, ainſi nommée parce que le labour y eſt ingrat; *terre de Labour*, près de Gaïette, ainſi nommée par une raiſon contraire, c'eſt *la campania felice. Terre ſainte*, partie de la Paleſtine où JESUS-CHRIST opéra ſes miracles, & par extenſion toute la Paleſtine. *La terre de promiſſion*, c'eſt cette Paleſtine même, petit pays ſur les confins de l'Arabie pétrée & de la Syrie, que DIEU promit à *Abraham* né dans le beau pays de la Chaldée.

Terre, domaine particulier. *Terre ſeigneuriale, terre titrée, terre en mouvance, terre démembrée, terre en fief, en arrière-fief.* Le mot de *terre* en ce ſens ne convient pas aux domaines en roture, ils ſont appelés *domaine, métairie, fonds, héritage, campagne :* on y cultive la terre, on y afferme une pièce de terre ; mais il n'eſt pas permis de dire d'un tel fonds, *ma terre, mes terres,* ſous peine de ridicule, à moins qu'on n'entende le terrain, le ſol; *ma terre eſt ſablonneuſe, marécageuſe &c. Terre vague,* que perſonne ne réclame. *Terres abandonnées,* qui peuvent être réclamées, mais qu'on a laiſſées ſans culture, & que le ſeigneur alors a droit de faire cultiver à ſon profit.

Terres novales, qui ont été nouvellement défrichées.

Terre par extenſion, le globe terreſtre ou le globe terraqué. *La terre,* petite planète qui fait ſa révolution annuelle autour du foleil en trois cents foixante-cinq jours, fix heures & quelques minutes , & qui tourne fur elle-même en vingt-quatre heures. C'eft dans cette acception qu'on dit *mefurer la terre*, quand on a feulement mefuré un degré en longitude ou en latitude. *Diamètre de la terre , circonférence de la terre , en degrés , en lieues , en milles , & en toifes.*

Les climats de la terre , la gravitation de la terre fur le foleil & les autres planètes ; l'attraction de la terre , fon parallélifme , fon axe , fes pôles.

La terre ferme, partie du globe diftinguée des eaux, foit continent, foit île. *Terre ferme* en géographie eft oppofé à *île*, & cet abus eft devenu ufage.

On entend auffi par *terre ferme*, la Caftille noire, grand pays de l'Amérique méridionale ; & les Efpagnols ont encore donné le nom de *terre ferme* particulière au gouvernement de Panama.

Magellan entreprit le premier le tour de la terre , c'eft-à-dire, du globe.

Une partie du globe fe prend au figuré pour toute la terre ; on dit que les anciens Romains avaient conquis la terre , quoiqu'ils n'en poffédaffent pas la vingtième partie.

C'eft dans ce fens figuré , & par la plus grande hyperbole, qu'un homme connu dans deux ou trois pays , eft réputé célébre dans toute la terre ; *toute la terre parle de vous*, ne veut fouvent dire autre chofe, finon, quelques bourgeois de cette ville parlent de vous.

Ce monfieur de la Serre,
Si bien connu de vous & de toute la terre.

REGNARD , comédie du Joueur.

La terre & l'onde, expreffion trop commune en poëfie, pour fignifier l'empire de la terre & de la mer.

> Cet empire abfolu que j'ai fur tout le monde,
> Ce pouvoir fouverain fur la terre & fur l'onde.

Le ciel & la terre, expreffion vague par laquelle le peuple entend la terre & l'air ; & au figuré, *négliger le ciel pour la terre ; les biens de la terre font méprifables, il ne faut fonger qu'à ceux du ciel.*

Vent de terre, c'eft-à-dire, qui foufle de la terre & non de la mer.

Toucher la terre. Un vaiffeau qui touche la terre échoue, ou court rifque de fe brifer.

Prendre terre, aborder. *Perdre terre*, s'éloigner ou ne pouvoir toucher le fond dans l'eau ; & figuré-ment, ne pouvoir plus fuivre fes idées, s'égarer dans fes raifonnemens.

Rafer la terre, voguer près du rivage ; les barques peuvent aifément rafer la terre, les oifeaux rafent la terre quand ils s'en approchent en volant ; & au figuré, un auteur rafe la terre quand il manque d'élé-vation. *Aller terre à terre*, ne guère s'éloigner des côtes ; & au figuré, ne fe pas hafarder. *Marcher terre à terre*, ne point chercher à s'élever, être fans ambition. *Cet auteur ne s'élève jamais de terre.*

En terre, pieu enfoncé en terre ; *porter en terre*, c'eft-à-dire, à la fépulture.

Sous terre ; il y a long-temps qu'il eft fous terre, qu'il eft enfeveli. *Chemin fous terre ;* & au figuré, *tra-vailler fous terre, agir fous terre ;* c'eft-à-dire, former des intrigues fourdes, cabaler fecrètement.

Ce mot *terre* a produit beaucoup de formules &
de proverbes.

Que la terre te foit légère, ancienne formule pour les
fépultures des Grecs & des Romains.

Point de terre fans feigneur, maxime de droit féodal.
Qui terre a, guerre a, C'eft une terre de promiffion, proverbe pris de l'opinion que la Paleftine était très-
fertile. *Tant vaut l'homme, tant vaut fa terre. Cette parole
n'eft pas tombée par terre* ou *à terre.*

*Il va tant que terre peut le porter. Quitter une terre pour
le cens*, c'eft abandonner une chofe plus onéreufe
que profitable. *Faire perdre terre à quelqu'un*, l'embarraffer dans la difpute. *Faire de la terre le foffé;* c'eft-à-
dire, fe fervir d'une chofe pour en faire une autre. *Il
fait nuit, on ne voit ni ciel ni terre. Bonne terre, méchant
chemin. Baifer la terre; donner du nez en terre. Il ne
faurait s'élever de terre. Il voudrait être vingt pieds, cent
pieds fous terre;* c'eft-à-dire, il voudrait fe cacher de
honte, ou il eft dégoûté de la vie. *Le faible qui s'attaque
au puiffant, eft pot de terre contre pot de fer. Cet homme
vaudrait mieux en terre qu'en pré;* proverbe bas & odieux,
pour fouhaiter la mort à quelqu'un. *Entre deux felles
le cul à terre;* autre proverbe très-bas, pour fignifier
deux avantages perdus à la fois, deux occafions
manquées. Un homme qui s'était brouillé avec deux
rois, écrivait plaifamment : *Je me trouve entre deux
rois le cul à terre.*

T E S T I C U L E S.

CE mot eſt ſcientifique & un peu obſcène, il ſignifie *petit témoin*. Voyez dans le grand dictionnaire encyclopédique les conditions d'un bon teſticule, ſes maladies, ſes traitemens. *Sixte-Quint*, cordelier devenu pape, déclara en 1587 par ſa lettre du 25 juin à ſon nonce en Eſpagne, qu'il fallait démarier tous ceux qui n'avaient pas de teſticules. Il ſemble par cet ordre, lequel fut exécuté par *Philippe II*, qu'il y avait en Eſpagne pluſieurs maris privés de ces deux organes. Mais comment un homme qui avait été cordelier, pouvait-il ignorer que ſouvent des hommes ont leurs teſticules cachés dans l'abdomen, & n'en ſont que plus propres à l'action conjugale ? Nous avons vu en France trois frères de la plus grande naiſſance, dont l'un en poſſédait trois, l'autre n'en avait qu'un ſeul, & le troiſième n'en avait point d'apparens ; ce dernier était le plus vigoureux des frères.

Le docteur angélique, qui n'était que jacobin, décide (a) que deux teſticules ſont *de eſſentiâ matrimonii*, de l'eſſence du mariage ; en quoi il eſt ſuivi par *Richardus*, *Scotus*, *Durandus*, & *Sylvius*.

Si vous ne pouvez parvenir à voir le plaidoyer de l'avocat *Sébaſtien Rouillard* en 1600 pour les teſticules de ſa partie enfoncés dans ſon épigaſtre, conſultez du moins le dictionnaire de *Bayle* à l'article *Quellenec* ;

(a) IV. Diſt. XXXIV, queſt.

vous y verrez que la méchante femme du client de *Sébastien Rouillard*, voulait faire déclarer son mariage nul, sur ce que la partie ne montrait point de testicules. La partie disait avoir fait parfaitement son devoir. Il articulait intromission & éjaculation ; il offrait de recommencer en présence des chambres assemblées. La coquine répondait que cette épreuve alarmait trop sa fierté pudique, que cette tentative était superflue, puisque les testicules manquaient évidemment à l'intimé, & que messieurs savaient très-bien que les testicules sont nécessaires pour éjaculer.

J'ignore quel fut l'événement du procès ; j'oserais soupçonner que le mari fut débouté de sa requête & qu'il perdit sa cause, quoiqu'avec de très-bonnes pièces, pour n'avoir pu les montrer toutes.

Ce qui me fait pencher à le croire, c'est que le même parlement de Paris, le 8 janvier 1665, rendit arrêt sur la nécessité de deux testicules apparens, & déclara que sans eux on ne pouvait contracter mariage. Cela fait voir qu'alors il n'y avait aucun membre de ce corps qui eût ses deux témoins dans le ventre, ou qui fût réduit à un témoin ; il aurait montré à la compagnie qu'elle jugeait sans connaissance de cause.

Vous pouvez consulter *Pontas* sur les testicules comme sur bien d'autres objets ; c'était un sous-pénitencier qui décidait de tous les cas : il approche quelquefois de *Sanchez*.

SECTION

S E C T I O N I I.

Et par occasion , des hermaphrodites.

IL s'est glissé depuis long-temps un préjugé dans l'Eglise latine, qu'il n'est pas permis de dire la messe sans testicules, & qu'il faut au moins les avoir dans sa poche. Cette ancienne idée était fondée sur le concile de Nicée, (*b*) qui défend qu'on ordonne ceux qui se sont fait mutiler eux-mêmes. L'exemple d'*Origène* & de quelques enthousiastes attira cette défense. Elle fut confirmée au second concile d'Arles.

L'Eglise grecque n'exclut jamais de l'autel ceux à qui on avait fait l'opération d'*Origène* sans leur consentement.

Les patriarches de Constantinople, *Nicetas, Ignace, Photius, Méthodius*, étaient eunuques. Aujourd'hui ce point de discipline a semblé demeurer indécis dans l'Eglise latine. Cependant l'opinion la plus commune est que si un eunuque reconnu se présentait pour être ordonné prêtre, il aurait besoin d'une dispense.

Le bannissement des eunuques du service des autels, paraît contraire à l'esprit même de pureté & de chasteté que ce service exige. Il semble surtout que des eunuques, qui confesseraient de beaux garçons & de belles filles, seraient moins exposés aux tentations : mais d'autres raisons de convenance & de bienséance ont déterminé ceux qui ont fait les lois.

(*b*) Canon IV.

Dans le Lévitique on exclut de l'autel tous les défauts corporels, les aveugles, les boffus, les manchots, les boiteux, les borgnes, les galeux, les teigneux, les nez trop longs, les nez camus. Il n'eft point parlé des eunuques; il n'y en avait point chez les Juifs. Ceux qui fervirent d'eunuques dans les férails de leurs rois, étaient des étrangers.

On demande fi un animal, un homme par exemple peut avoir à la fois des teflicules & des ovaires, ou ces glandes prifes pour des ovaires, une verge & un clitoris, un prépuce & un vagin; en un mot fi la nature peut faire de véritables hermaphrodites; & fi un hermaphrodite peut faire un enfant à une fille & être engroffé par un garçon? Je réponds, à mon ordinaire, que je n'en fais rien; & que je ne connais pas la cent-millième partie des chofes que la nature peut opérer. Je crois bien qu'on n'a jamais vu naître dans notre Europe de véritables hermaphrodites. Auffi n'a-t-elle jamais produit ni éléphans, ni zèbres, ni girafes, ni autruches, ni aucun de ces animaux dont l'Afie, l'Afrique, l'Amérique, font peuplées. Il eft bien hardi de dire: Nous n'avons jamais vu ce phénomène; donc il eft impoffible qu'il exifte.

Confultez l'anatomie de *Chefelden*, page 34, vous y verrez la figure très-bien deffinée d'un animal homme & femme, nègre & négreffe d'Angola, amené à Londres dans fon enfance, & très-foigneufement examiné par ce célébre chirurgien auffi connu par fa probité que par fes lumières. L'eftampe qu'il deffina eft intitulée: *Parties d'un hermaphrodite nègre, âgé de vingt-fix ans, qui avait les deux fexes.* Ils n'étaient pas abfolument parfaits; mais c'était un mélange étonnant de l'un & de l'autre.

Chefelden m'attefta plufieurs fois la vérité de ce prodige, qui n'en eft peut-être pas un dans certains cantons de l'Afrique. Les deux fexes n'étaient pas complets en tout dans cet animal : mais qui m'affurera que d'autres nègres, ou des jaunes, ou des rouges, ne font pas quelquefois entièrement mâles & femelles ? J'aimerais autant dire qu'on ne peut faire de ftatues parfaites, parce que nous n'en aurions vu que de défectueufes. Il y a des infectes qui ont les deux fexes : pourquoi ne ferait-il pas une race d'hommes qui les aurait auffi ? Je n'affirme rien. DIEU m'en préferve ! Je doute.

Que de chofes dans l'animal homme, dont il faut douter ; depuis fa glande pinéale jufqu'à fa rate, dont l'ufage eft inconnu ; & depuis le principe de fa penfée & de fes fenfations jufqu'aux efprits animaux dont tout le monde parle, & que perfonne ne vit jamais !

T H E I S M E.

LE théifme eft une religion répandue dans toutes les religions ; c'eft un métal qui s'allie avec tous les autres, & dont les veines s'étendent fous terre aux quatre coins du monde. Cette mine eft plus à découvert, plus travaillée à la Chine ; par-tout ailleurs elle eft cachée, & le fecret n'eft que dans les mains des adeptes.

Il n'y a point de pays où il y ait plus de ces adeptes qu'en Angleterre. Il y avait au dernier fiècle beaucoup d'athées en ce pays-là, comme en France & en Italie. Ce que le chancelier *Bacon* avait dit fe trouve

X 2

vrai à la lettre, qu'un peu de philofophie rend un homme athée, & que beaucoup de philofophie mène à la connaiffance d'un DIEU. Lorfqu'on croyait avec *Epicure* que le hafard fait tout ; ou avec *Ariftote*, & même avec plufieurs anciens théologiens, que rien ne naît que par corruption, & qu'avec de la matière & du mouvement le monde va tout feul ; alors on pouvait ne pas croire à la Providence. Mais depuis qu'on entrevoit la nature que les anciens ne voyaient point du tout ; depuis qu'on s'eft aperçu que tout eft organifé, que tout a fon germe ; depuis qu'on a bien fu qu'un champignon eft l'ouvrage d'une fageffe infinie, auffi-bien que tous les mondes ; alors ceux qui penfent ont adoré, là où leurs devanciers avaient blafphémé. Les phyficiens font devenus les hérauts de la Providence : un catéchifte annonce DIEU à des enfans, & un *Newton* le démontre aux fages.

Bien des gens demandent fi le théifme, confidéré à part, & fans aucune autre cérémonie religieufe, eft en effet une religion ? La réponfe eft aifée ; celui qui ne reconnaît qu'un DIEU créateur, celui qui ne confidère en DIEU qu'un être infiniment puiffant, & qui ne voit dans fes créatures que des machines admirables, n'eft pas plus religieux envers lui qu'un Européen qui admirerait le roi de la Chine, n'eft pour cela fujet de ce prince. Mais celui qui penfe que DIEU a daigné mettre un rapport entre lui & les hommes, qu'il les a faits libres, capables du bien & du mal, & qu'il leur a donné à tous ce bon fens qui eft l'inftinct de l'homme, & fur lequel eft fondée la loi naturelle, celui-là fans doute a une religion, & une religion beaucoup meilleure que toutes les fectes qui font hors de notre Eglife ;

car toutes ces sectes sont fausses, & la loi naturelle est vraie. Notre religion révélée n'est même, & ne pouvait être que cette loi naturelle perfectionnée. Ainsi le théisme est le bon sens qui n'est pas encore instruit de la révélation, & les autres religions sont le bon sens perverti par la superstition.

Toutes les sectes sont différentes, parce qu'elles viennent des hommes; la morale est par-tout la même, parce qu'elle vient de DIEU.

On demande pourquoi de cinq ou six cents sectes il n'y en a guère eu qui n'ait fait répandre du sang, & que les théistes, qui sont par-tout si nombreux, n'ont jamais causé le moindre tumulte? c'est que ce sont des philosophes. Or des philosophes peuvent faire de mauvais raisonnemens, mais ils ne font jamais d'intrigues. Aussi ceux qui persécutent un philosophe, sous prétexte que ses opinions peuvent être dangereuses au public, font aussi absurdes que ceux qui craindraient que l'étude de l'algèbre ne fît enchérir le pain au marché; il faut plaindre un être pensant qui s'égare; le persécuteur est insensé & horrible. Nous sommes tous frères; si quelqu'un de mes frères, plein du respect & de l'amour filial, animé de la charité la plus fraternelle, ne salue pas notre père commun avec les mêmes cérémonies que moi, dois-je l'égorger & lui arracher le cœur?

Qu'est-ce qu'un vrai théiste? C'est celui qui dit à DIEU: *Je vous adore & je vous sers*: c'est celui qui dit au Turc, au Chinois, à l'Indien, & au Russe: *Je vous aime*.

Il doute peut-être que *Mahòmet* ait voyagé dans la lune, & en ait mis la moitié dans sa manche; il ne

X 3

veut pas qu'après fa mort fa femme fe brûle par dévotion ; il eſt quelquefois tenté de ne pas croire à l'hiſtoire
des onze mille vierges , & à celle de *St Amable* , dont
le chapeau & les gants furent portés par un rayon
du foleil , d'Auvergne juſqu'à Rome. Mais à cela près
c'eſt un homme juſte. *Noé* l'aurait mis dans ſon arche ,
Numa Pompilius dans ſes conſeils ; il aurait monté ſur
le char de *Zoroaſtre* ; il aurait philoſophé avec les
Platons , les *Ariſtippes* , les *Cicérons* , les *Atticus* : mais
n'aurait-il point bu de la ciguë avec *Socrate* ?

T H E I S T E.

LE théiſte eſt un homme fermement perſuadé de
l'exiſtence d'un être ſuprême auſſi bon que puiſſant ,
qui a formé tous les êtres étendus , végétans , ſentans ,
& réfléchiſſans ; qui perpétue leur eſpèce , qui punit
ſans cruauté les crimes , & récompenſe avec bonté les
actions vertueuſes.

Le théiſte ne ſait pas comment DIEU punit , comment il favoriſe , comment il pardonne , car il n'eſt
pas aſſez téméraire pour ſe flatter de connaître comment DIEU agit ; mais il ſait que DIEU agit & qu'il
eſt juſte. Les difficultés contre la Providence ne
l'ébranlent point dans ſa foi, parce qu'elles ne ſont
que de grandes difficultés & non pas des preuves; il eſt
ſoumis à cette Providence , quoiqu'il n'en aperçoive
que quelques effets & quelques dehors ; & jugeant des
choſes qu'il ne voit pas par les choſes qu'il voit , il
penſe que cette Providence s'étend dans tous les lieux
& dans tous les ſiècles.

Réuni dans ce principe avec le refte de l'univers, il n'embraffe aucune des fectes qui toutes fe contredifent ; fa religion eft la plus ancienne & la plus étendue ; car l'adoration fimple d'un DIEU a précédé tous les fyflèmes du monde. Il parle une langue que tous les peuples entendent, pendant qu'ils ne s'entendent pas entr'eux. Il a des frères depuis Pekin jufqu'à la Cayenne, & il compte tous les fages pour fes frères. Il croit que la religion ne confifte ni dans des opinions d'une métaphyfique inintelligible, ni dans de vains appareils, mais dans l'adoration & dans la juftice. Faire le bien, voilà fon culte ; être foumis à DIEU, voilà fa doctrine. Le mahométan lui crie : Prends garde à toi fi tu ne fais pas le pélerinage de la Mecque. Malheur à toi, lui dit un récollet, fi tu ne fais pas un voyage à notre Dame de Lorette. Il rit de Lorette & de la Mecque, mais il fecourt l'indigent & il défend l'opprimé.

THEOCRATIE.

Gouvernement de DIEU *ou des dieux.*

IL m'arrive tous les jours de me tromper ; mais je foupçonne que les peuples qui ont cultivé les arts ont été tous fous une théocratie. J'excepte toujours les Chinois, qui paraiffent fages dès qu'ils forment une nation. Ils font fans fuperftition fitôt que la Chine eft un royaume. C'eft bien dommage qu'ayant été d'abord élevés fi haut, ils foient demeurés au degré où ils font depuis fi long-temps dans les fciences. Il femble qu'ils aient reçu de la nature une grande mefure de bon fens, & une affez petite d'induftrie. Mais auffi leur induftrie s'eft déployée bien plutôt que la nôtre.

Les Japonais leurs voifins, dont on ne connaît point du tout l'origine, (car quelle origine connaît-on ?) furent inconteftablement gouvernés par une théocratie. Leurs premiers fouverains bien reconnus étaient les daïris, les grands-prêtres de leurs dieux ; cette théocratie eft très avérée. Ces prêtres régnèrent defpotiquement environ dix-huit cents ans. Il arriva au milieu de notre douzième fiècle qu'un capitaine, un imperator, un feogon partagea leur autorité ; & dans notre feizième fiècle les capitaines la prirent toute entière, & l'ont confervée. Les daïris font reftés les chefs de la religion ; ils étaient rois, ils ne font plus que faints ; ils règlent les fêtes, ils confèrent des titres facrés, mais ils ne peuvent donner une compagnie d'infanterie.

Les brachmanes dans l'Inde ont eu long-temps le pouvoir théocratique ; c'eft-à-dire qu'ils ont eu le pouvoir fouverain au nom de *Brama* fils de DIEU ; & dans l'abaiffement où ils font aujourd'hui, ils croient encore ce caractère indélébile. Voilà les deux grandes théocraties les plus certaines.

Les prêtres de Chaldée, de Perfe, de Syrie, de Phénicie, d'Egypte, étaient fi puiffans, avaient une fi grande part au gouvernement, fefaient prévaloir fi hautement l'encenfoir fur le fceptre, qu'on peut dire que l'empire chez tous ces peuples était partagé entre la théocratie & la royauté.

Le gouvernement de *Numa Pompilius* fut visiblement théocratique. Quand on dit je vous donne des lois de la part des dieux, ce n'est pas moi, c'est un Dieu qui vous parle; alors c'est DIEU qui est roi; celui qui parle ainsi est son lieutenant-général.

Chez tous les Celtes qui n'avaient que des chefs éligibles & point de rois, les druides & leurs sorcières gouvernaient tout. Mais je n'ose appeler du nom de *théocratie* l'anarchie de ces sauvages.

La petite nation juive ne mérite ici d'être considérée politiquement, que par la prodigieuse révolution arrivée dans le monde, dont elle fut la cause très-obscure & très-ignorante.

Ne considérons que l'historique de cet étrange peuple. Il a un conducteur qui doit le guider au nom de son Dieu dans la Phénicie qu'il appelle *le Canaan.* Le chemin était droit & uni depuis le pays de Gossen jusqu'à Tyr, sud & nord; & il n'y avait aucun danger pour six cents trente mille combattans, ayant à leur tête un général tel que *Moïse*, qui, selon *Flavien Josephe*, (a) avait déjà vaincu une armée d'Ethiopiens, & même une armée de serpens.

Au lieu de prendre ce chemin aisé & court, il les conduit de Ramessès à Baal-Sephon tout à l'opposite, tout au milieu de l'Egypte en tirant droit au sud. Il passe la mer, il marche pendant quarante ans dans des solitudes affreuses, où il n'y a pas une fontaine d'eau, pas un arbre, pas un champ cultivé; ce ne sont que des sables & des rochers affreux. Il est évident qu'un DIEU seul pouvait faire prendre aux

(a) *Josephe*, liv. II, chap. V.

Juifs cette route par miracle, & les y foutenir par des miracles continuels.

Le gouvernement juif fut donc alors une véritable théocratie. Cependant *Moïfe* n'était point pontife, & *Aaron* qui l'était ne fut point chef & légiflateur.

Depuis ce temps on ne voit aucun pontife régner : *Jofué*, *Jephté*, *Samfon*, & les autres chefs du peuple, excepté *Hélie* & *Samuel*, ne furent point prêtres. La république juive, réduite fi fouvent en fervitude, était anarchique bien plutôt que théocratique.

Sous les rois de Juda & d'Ifraël, ce ne fut qu'une longue fuite d'affaffinats & de guerres civiles. Ces horreurs ne furent interrompues que par l'extinction entière de dix tribus, enfuite par l'efclavage de deux autres, & par la ruine de là ville, au milieu de la famine & de la pefte. Ce n'était pas là un gouvernement divin.

Quand les efclaves juifs revinrent à Jérufalem, ils furent foumis aux rois de Perfe, au conquérant *Alexandre*, & à fes fuccefleurs. Il paraît qu'alors DIEU ne régnait pas immédiatement fur ce peuple, puifqu'un peu avant l'invafion d'*Alexandre*, le pontife *Jean* affaffina le prêtre *Jefu* fon frère dans le temple de Jérufalem, comme *Salomon* avait affaffiné fon frère *Adonias* fur l'autel.

L'adminiftration était encore moins théocratique quand *Antiochus Epiphane* roi de Syrie fe fervit de plufieurs juifs pour punir ceux qu'il regardait comme rebelles. (*b*) Il leur défendit à tous de circoncire leurs enfans fous peine de mort; (*c*) il fit

____

(*b*) Liv. VII.   (*c*) Liv. XI.

facrifier des porcs dans leur temple , brûler les portes , détruire l'autel ; & les épines remplirent toute
l'enceinte.

Matathias fe mit contre lui à la tête de quelques
citoyens , mais il ne fut pas roi. Son fils *Judas
Machabée* , traité de *Meffie* , périt après des efforts
glorieux.

A ces guerres fanglantes fuccédèrent des guerres
civiles. Les Jérofolymites détruifirent Samarie , que les
Romains rebâtirent enfuite fous le nom de *Sebafte.*

Dans ce chaos de révolutions , *Ariftobule* de la race
des Machabées , fils d'un grand-prêtre , fe fit roi ,
plus de cinq cents ans après la ruine de Jérufalem.
Il fignala fon règne comme quelques fultans turcs,
en égorgeant fon frère , & en fefant périr fa mère.
Ses fuccefleurs l'imitèrent jufqu'au temps où les
Romains punirent tous ces barbares. Rien de tout
cela n'eft théocratique.

Si quelque chofe donne une idée de la théocratie ,
il faut convenir que c'eft le pontificat de Rome ; (*d*)
il ne s'explique jamais qu'au nom de DIEU , & fes
fujets vivent en paix. Depuis long-temps le Thibet
jouit des mêmes avantages fous le grand-lama ; mais
c'eft l'erreur groffière qui cherche à imiter la vérité
fublime.

(*d*) Rome encore aujourd'hui confacrant ces maximes ,
  Joint le trône à l'autel par des nœuds légitimes.

Jean-George le Franc , évéque du Puy-en-Velay , prétend que c'eft mal
raifonner ; il eft vrai qu'on pourrait nier *les nœuds légitimes*. Mais il
pourrait bien raifonner lui-même fort mal. Il ne voit pas que le pape
ne devint fouverain qu'en abufant de fon titre de *pafteur* , qu'en changeant
fa houlette en fceptre ; ou plutôt il ne veut pas le voir. A l'égard de la
paix des Romains modernes , c'eft la tranquillité de l'apoplexie.

Les premiers incas, en se disant descendans en droite ligne du soleil, établirent une théocratie; tout se fesait au nom du soleil.

La théocratie devrait être par-tout; car tout homme ou prince, ou batelier, doit obéir aux lois naturelles & éternelles que DIEU lui a données.

T H E O D O S E.

T O U T prince qui se met à la tête d'un parti & qui réussit, est sûr d'être loué pendant toute l'éternité, si le parti dure ce temps-là; & ses adversaires peuvent compter qu'ils seront traités par les orateurs, par les poëtes, & par les prédicateurs, comme des titans révoltés contre les dieux. C'est ce qui arriva à *Octave-Auguste*, quand sa bonne fortune l'eut défait de *Brutus*, de *Cassius*, & d'*Antoine*.

Ce fut le sort de *Constantin*, quand *Maxence*, légitime empereur élu par le sénat & le peuple romain, fut tombé dans l'eau & se fut noyé.

Théodose eut le même avantage. Malheur aux vaincus : bénis soient les victorieux! voilà la devise du genre-humain.

Théodose était un officier espagnol, fils d'un soldat de fortune espagnol. Dès qu'il fut empereur, il persécuta les anti-consubstantiels. Jugez que d'applaudissemens, de bénédictions, d'éloges pompeux, de la part des consubstantiels! Leurs adversaires ne subsistent presque plus; leurs plaintes, leurs clameurs contre la tyrannie de *Théodose* ont péri avec eux; & le parti dominant prodigue encore à ce prince les

noms de pieux , de jufte , de clément , de fage , &
de grand.

Un jour ce prince pieux & clément, qui aimait
l'argent à la fureur , s'avifa de mettre un impôt très-
rude fur la ville d'Antioche, la plus belle alors de
l'Afie mineure ; le peuple défefpéré ayant demandé
une diminution légère , & n'ayant pu l'obtenir ,
s'emporta jufqu'à brifer quelques ftatues , parmi
lefquelles il s'en trouva une du foldat père de l'empereur. St *Jean Chryfoftome* , ou bouche d'or ,
prédicateur & un peu flatteur de *Théodofe* , ne manqua pas d'appeler cette action un déteftable facrilège,
attendu que *Théodofe* était l'image de Dieu & que
fon père était prefque auffi facré que lui. Mais fi
cet efpagnol reffemblait à Dieu , il devait fonger
que les Antiochiens lui reffemblaient auffi ; & qu'il
y eut des hommes avant qu'il y eût des empereurs.

Finxit in effigiem moderantum cuncta Deorum.

Théodofe envoie incontinent une lettre de cachet
au gouverneur , avec ordre d'appliquer à la torture
les principales images de Dieu qui avaient eu part
à cette fédition paffagère , de les faire périr fous
des coups de cordes armées de balles de plomb ,
d'en faire brûler quelques-uns , & de livrer les autres
au glaive. Cela fut exécuté avec la ponctualité de
tout gouverneur qui fait fon devoir de chrétien ,
qui fait bien fa cour & qui veut faire fon chemin.
L'Oronte ne porta que des cadavres à la mer pendant plufieurs jours ; après quoi fa gracieufe majefté
impériale pardonna aux Antiochiens avec fa clémence
ordinaire , & doubla l'impôt.

Qu'avait fait l'empereur *Julien* dans la même ville, dont il avait reçu un outrage plus perfonnel & plus injurieux ? Ce n'était pas une méchante ftatue de fon père qu'on avait abattue ; c'était à lui-même que les Antiochiens s'étaient adreffés ; ils avaient fait contre lui les fatires les plus violentes. L'empereur philofophe leur répondit par une fatire légère & ingénieufe. Il ne leur ôta ni la vie ni la bourfe. Il fe contenta d'avoir plus d'efprit qu'eux. C'eft-là cet homme que *S* Grégoire* de Nazianze & *Théodoret* , qui n'étaient pas de fa communion, ofèrent calomnier jufqu'à dire qu'il facrifiait à la lune des femmes & des enfans ; tandis que ceux qui étaient de la communion de *Théodofe* ont perfifté jufqu'à nos jours, en fe copiant les uns les autres , à redire en cent façons que *Théodofe* fut le plus vertueux des hommes , & à vouloir en faire un faint.

On fait affez quelle fut la douceur de ce faint dans le maffacre de quinze mille de fes fujets à Theffalonique. Ses panégyriftes réduifent le nombre des affaffinés à fept ou huit mille ; c'eft peu de chofe pour eux. Mais ils élèvent jufqu'au ciel la tendre piété de ce bon prince qui fe priva de la meffe , ainfi que fon complice le détestable *Rufin*. J'avoue, encore une fois , que c'eft une belle expiation , un grand acte de dévotion de ne point aller à la meffe: mais enfin cela ne rend point la vie à quinze mille innocens égorgés de fang - froid par une perfidie abominable. Si un hérétique s'était fouillé d'un pareil crime , avec quelle complaifance tous les hiftoriens déploiraient contre lui leur bavarderie ! avec quelles couleurs le peindrait-on dans les chaires & dans les déclamations de collége !

Je suppose que le prince de Parme fût entré dans Paris, après avoir forcé notre cher *Henri IV* à lever le siége ; je suppose que *Philippe II* eût donné le trône de la France à sa fille catholique & au jeune duc de *Guise* catholique, alors que de plumes & que de voix qui auraient anathématisé à jamais *Henri IV* & la loi salique ! Ils seraient tous deux oubliés ; & les *Guises* seraient les héros de l'Etat & de la religion.

Et cole felices, miseros fuge.

Que *Hugues-Capet* dépossède l'héritier légitime de *Charlemagne*, il devient la tige d'une race de héros. Qu'il succombe, il peut être traité comme le frère de *St Louis* traita depuis *Conradin* & le duc d'Autriche, & à bien plus juste titre.

Pepin rebelle détrône la race Mérovingienne, & enferme son roi dans un cloître ; mais s'il ne réussit pas, il monte sur l'échafaud.

Si *Clovis*, premier roi chrétien dans la Gaule belgique, est battu dans son invasion, il court risque d'être condamné aux bêtes comme le fut un de ses ancêtres par *Constantin*. Ainsi va le monde sous l'empire de la fortune, qui n'est autre chose que la nécessité, la fatalité insurmontable. *Fortuna sævo læta negotio.* Elle nous fait jouer en aveugles à son jeu terrible ; & nous ne voyons jamais le dessous des cartes.

T H E O L O G I E.

C'est l'étude & non la science de Dieu & des choses divines : il y eut des théologiens chez tous les prêtres de l'antiquité, c'est-à-dire des philosophes qui abandonnant aux yeux & aux esprits du vulgaire tout l'extérieur de la religion , pensaient d'une manière plus sublime sur la Divinité & sur l'origine des fêtes & des mystères ; ils gardaient ces secrets pour eux & pour les initiés. Ainsi dans les fêtes secrètes des mystères d'*Eleusine* on représentait le cahos & la formation de l'univers, & l'hiérophante chantait cette hymne. ,, Ecartez les préjugés qui vous ,, détourneraient du chemin de la vie immortelle où ,, vous aspirez ; élevez vos pensées vers la nature ,, divine ; songez que vous marchez devant le maître ,, de l'univers , devant le seul être qui soit par lui ,, même. ,, Ainsi dans la fête de l'autopsie , on ne reconnaissait qu'un seul Dieu.

Ainsi tout était mystérieux dans les cérémonies de l'Egypte ; & le peuple content de l'extérieur d'un appareil imposant, ne se croyait pas fait pour percer le voile qui lui cachait ce qui lui était d'autant plus vénérable.

Cette coutume naturellement introduite dans toute la terre ne laissa point d'alimens à l'esprit de dispute. Les théologiens du paganisme n'eurent point d'opinions à faire valoir dans le public , puisque le mérite de leurs opinions était d'être cachées ; & toutes les religions furent paisibles.

Si

- Si les théologiens chrétiens en avaient ufé ainfi, ils fe feraient concilié plus de refpect. Le peuple n'eft pas fait pour favoir fi le verbe engendré eft confubftantiel avec fon générateur; s'il eft une perfonne avec deux natures, ou une nature avec deux perfonnes, ou une perfonne & une nature; s'il eft defcendu dans l'enfer *per effeclum*, & aux limbes *per effentiam;* fi on mange fon corps avec les accidens feuls du pain, ou avec la matière du pain; fi fa grâce eft verfatile, fuffifante, concomitante, néceffitante dans le fens compofé ou dans le fens divifé. Neuf parts des hommes, qui fur dix gagnent leur vie de leurs mains, entendent peu ces queftions; les théologiens qui ne les entendent pas davantage, puifqu'ils les épuifent depuis tant d'années, fans être d'accord, & qu'ils difputeront encore, auraient mieux fait fans doute de mettre un voile entre eux & les profanes.

Moins de théologie & plus de morale les eût rendus vénérables aux peuples & aux rois; mais en rendant leurs difputes publiques ils fe font fait des maîtres de ces peuples mêmes qu'ils voulaient conduire. Car qu'eft-il arrivé? que ces malheureufes querelles ayant partagé les chrétiens, l'intérêt & la politique s'en font néceffairement mêlées. Chaque Etat (même dans des temps d'ignorance) ayant fes intérêts à part, aucune Eglife ne penfe précifément comme une autre & plufieurs font diamétralement oppofées. Ainfi un docteur de Stockholm ne doit point penfer comme un docteur de Genève; l'anglican doit dans Oxford différer de l'un & de l'autre; il n'eft pas permis à celui qui reçoit le bonnet à Paris de foutenir certaines opinions que le docteur de Rome ne peut abandonner. Les ordres religieux jaloux les uns des autres se font divisés. Un cordelier doit croire l'immaculée conception : un dominicain est obligé de la rejeter, & il passe aux yeux du cordelier pour un hérétique. L'esprit géométrique qui s'est tant répandu en Europe a achevé d'avilir la théologie. Les vrais philosophes n'ont pu s'empêcher de montrer le plus profond mépris pour des disputes chimériques dans lesquelles on n'a jamais défini les termes, & qui roulent sur des mots aussi inintelligibles que le fond. Parmi les docteurs mêmes il s'en trouve beaucoup de véritablement doctes qui ont pitié de leur profession ; ils font comme les augures dont *Cicéron* dit qu'ils ne pouvaient s'aborder sans rire.

THEOLOGIEN.

SECTION PREMIERE.

LE théologien fait parfaitement que, selon *St Thomas*, les anges font corporels par rapport à DIEU, que l'ame reçoit son être dans le corps, que l'homme a l'ame végétative, sensitive, & intellective.

Que l'ame est toute en tout, & toute en chaque partie.

Qu'elle est la cause efficiente & formelle du corps.

Qu'elle est la dernière dans la noblesse des formes.

Que l'appétit est une puissance passive.

Que les archanges tiennent le milieu entre les anges & les principautés.

Que le baptême régénère par foi-même & par accident.

Que le catéchifme n'eft pas facrement, mais facramental.

Que la certitude vient de la caufe & du fujet.

Que la concupifcence eft l'appétit de la déleétation fenfitive.

Que la confcience eft un aéte, & non pas une puiffance.

L'ange de l'école a écrit environ quatre mille belles pages dans ce goût. Un jeune homme tondu paffe trois années à fe mettre dans la cervelle ces fublimes connaiffances, après quoi il reçoit le bonnet de doéteur en forbonne, & non pas aux petites-maifons !

S'il eft homme de condition, ou fils d'un homme riche, ou intrigant & heureux, il devient évêque, archevêque, cardinal, pape.

S'il eft pauvre & fans crédit, il devient le théologien d'un de ces gens-là ; c'eft lui qui argumente pour eux, qui relit S*t Thomas* & *Scot* pour eux, qui fait des mandemens pour eux, qui dans un concile décide pour eux.

Le titre de théologien eft fi grand, que les pères du concile de Trente le donnèrent à leurs cuifiniers, *Cuoco celefte*, *gran theologo*. Leur fcience eft la première des fciences, leur condition la première des conditions, & eux les premiers des hommes : tant la véritable doétrine a d'empire ; tant la raifon gouverne le genre-humain !

Quand un théologien eft devenu, grâce à fes argumens, ou prince du S*t* Empire, ou archevêque de Tolède, ou l'un des foixante & dix princes vêtus de rouge fuccefleurs des humbles apôtres, alors les fuccefleurs de *Galien* & d'*Hippocrate* font à fes .gages. Ils étaient fes égaux quand ils étudiaient dans la même univerfité, qu'ils avaient les mêmes degrés, qu'ils recevaient le même bonnet fourré. La fortune change tout; & ceux qui ont découvert la circulation .du fang, les veines lactées, le canal thorachique, font les valets de ceux qui ont appris ce que c'eft que la grâce concomitante, & qui l'ont oublié.

SECTION II.

J'AI connu un vrai théologien; il poffédait les langues de l'Orient, & était inftruit des anciens rites des nations autant qu'on peut l'être. Les Brachmanes, les Chaldéens, les Ignicoles, les Sabéens, les Syriens, les Egyptiens, lui étaient auffi connus que les Juifs; les diverfes leçons de la Bible lui étaient familières; il avait pendant trente années effayé de concilier les Evangiles, & tâché d'accorder enfemble les pères. Il chercha dans quel temps précifément on rédigea le fymbole attribué aux apôtres, & celui qu'on met fous le nom d'Athanafe; comment on inftitua les facremens les uns après les autres; quelle fut la différence entre la fynaxe & la meffe; comment l'Eglife chrétienne fut divifée depuis fa naiffance en différens partis, & comment la fociété dominante traita toutes les autres d'hérétiques. Il fonda les profondeurs de la politique qui fe mêla toujours de ces querelles; & il diftingua entre la

politique & la fageffe, entre l'orgueil qui veut fubjuguer les efprits & le défir de s'éclairer foi-même,
entre le zèle & le fanatifme.

La difficulté d'arranger dans fa tête tant de chofes
dont la nature eft d'être confondue, & de jeter un
peu de lumière fur tant de nuages, le rebuta fouvent;
mais comme ces recherches étaient le devoir de fon
état, il s'y confacra malgré fes dégoûts. Il parvint
enfin à des connaiffances ignorées de la plupart de
fes confrères. Plus il fut véritablement favant, plus
il fe défia de tout ce qu'il favait. Tandis qu'il vécut,
il fut indulgent ; & à fa mort il avoua qu'il avait
confumé inutilement fa vie.

TOLERANCE.

SECTION PREMIERE.

QU'EST-CE que la tolérance ? c'eft l'apanage de
l'humanité. Nous fommes tous pétris de faibleffe &
d'erreurs ; pardonnons-nous réciproquement nos
fottifes, c'eft la première loi de la nature.

Qu'à la bourfe d'Amfterdam, de Londres, ou de
Surate, ou de Baffora, le guèbre, le banian, le juif, le
mahométan, le déicole chinois, le bramin, le chrétien
grec, le chrétien romain, le chrétien proteftant, le
chrétien quaker, trafiquent enfemble, ils ne leveront
pas le poignard les uns fur les autres pour gagner des
ames à leur religion. Pourquoi donc nous fommes-nous
égorgés prefque fans interruption depuis le premier
concile de Nicée ?

Y 3

Conſtantin commença par donner un édit qui permettait toutes les religions ; il finit par perſécuter. Avant lui on ne s'éleva contre les chrétiens que parce qu'ils commençaient à faire un parti dans l'Etat. Les Romains permettaient tous les cultes , juſqu'à celui des Juifs , juſqu'à celui des Egyptiens , pour leſquels ils avaient tant de mépris. Pourquoi Rome tolérait-elle ces cultes ? C'eſt que ni les Egyptiens , ni même les Juifs ne cherchaient à exterminer l'ancienne religion de l'empire , ne couraient point la terre & les mers pour faire des proſélytes ; ils ne ſongeaient qu'à gagner de l'argent ; mais il eſt inconteſtable que les chrétiens voulaient que leur religion fût la dominante. Les Juifs ne voulaient pas que la ſtatue de *Jupiter* fût à Jéruſalem ; mais les chrétiens ne voulaient pas qu'elle fût au Capitole. *S*[t] *Thomas* a la bonne foi d'avouer que ſi les chrétiens ne détrônèrent pas les empereurs , c'eſt qu'ils ne le pouvaient pas. Leur opinion était que toute la terre doit être chrétienne. Ils étaient donc néceſſairement ennemis de toute la terre , juſqu'à ce qu'elle fût convertie.

Ils étaient entr'eux ennemis les uns des autres ſur tous les points de leur controverſe. Faut-il d'abord regarder Jesus-Christ comme Dieu ? ceux qui le nient ſont anathématiſés ſous le nom d'ébionites, qui anathématiſent les adorateurs de Jesus.

Quelques-uns d'entr'eux veulent-ils que tous les biens ſoient communs , comme on prétend qu'ils l'étaient du temps des apôtres ? leurs adverſaires les appellent nicolaïtes , & les accuſent des crimes les plus infames. D'autres prétendent-ils à une dévotion myſtique ? on les appelle gnoſtiques , & on s'élève contre eux avec fureur. *Marcion* difpute-t-il fur la Trinité ? on le traite d'idolâtre.

Tertullien, *Praxéas*, *Origène*, *Novat*, *Novatien*, *Sabellius*, *Donat*, font tous perfécutés par leurs frères avant *Conftantin* ; & à peine *Conftantin* a-t-il fait régner la religion chrétienne, que les athanafiens & les eufébiens fe déchirent : & depuis ce temps l'Eglife chrétienne eft inondée de fang jufqu'à nos jours.

Le peuple juif était, je l'avoue, un peuple bien barbare. Il égorgeait fans pitié tous les habitans d'un malheureux petit pays fur lequel il n'avait pas plus de droit qu'il n'en a fur Paris & fur Londres. Cependant quand *Naaman* eft guéri de fa lèpre pour s'être plongé fept fois dans le Jourdain, quand pour témoigner fa gratitude à *Elifée* qui lui a enfeigné ce fecret, il lui dit qu'il adorera le Dieu des Juifs par reconnaiffance, il fe réferve la liberté d'adorer auffi le Dieu de fon roi ; il en demande permiffion à *Elifée*, & le prophète n'héfite pas à la lui donner. Les Juifs adoraient leur Dieu ; mais ils n'étaient jamais étonnés que chaque peuple eût le fien. Ils trouvaient bon que *Chamos* eût donné un certain diftrict aux Moabites, pourvu que leur Dieu leur en donnât auffi un. *Jacob* n'héfita pas à époufer les filles d'un idolâtre. *Laban* avait fon Dieu, comme *Jacob* avait le fien. Voilà des exemples de tolérance chez le peuple le plus intolérant & le plus cruel de toute l'antiquité ; nous l'avons imité dans fes fureurs abfurdes, & non dans fon indulgence.

Il eft clair que tout particulier qui perfécute un homme, fon frère, parce qu'il n'eft pas de fon opinion, eft un monftre. Cela ne fouffre pas de difficulté. Mais le gouvernement ! mais les magiftrats ! mais les princes !

comment en uferont-ils envers ceux qui ont un autre culte que le leur ? Si ce font des étrangers puiffans, il eft certain qu'un prince fera alliance avec eux. *François I* très-chrétien s'unira avec les mufulmans contre *Charles-Quint* très-catholique. *François I* donnera de l'argent aux luthériens d'Allemagne pour les foutenir dans leur révolte contre l'empereur ; mais il commencera, felon l'ufage, par faire brûler les luthériens chez lui. Il les paye en Saxe par politique ; il les brûle par politique à Paris. Mais qu'arrivera-t-il ? Les perfécutions font des profélytes. Bientôt la France fera pleine de nouveaux proteftans. D'abord ils fe laifferont pendre, & puis ils pendront à leur tour. Il y aura des guerres civiles : puis viendra la St Barthelemi, & ce coin du monde fera pire que tout ce que les anciens & les modernes ont jamais dit de l'enfer.

Infenfés ! qui n'avez jamais pu rendre un culte pur au DIEU qui vous a faits ! Malheureux que l'exemple des noachides, des lettrés chinois, des parfis, & de tous les fages n'a jamais pu conduire ! Monftres qui avez befoin de fuperftitions comme le géfier des corbeaux a befoin de charognes ! On vous l'a déjà dit & on n'a autre chofe à vous dire ; fi vous avez deux religions chez vous, elles fe couperont la gorge ; fi vous en avez trente, elles vivront en paix. Voyez le grand-turc, il gouverne des guèbres, des banians, des chrétiens grecs, des neftoriens, des romains. Le premier qui veut exciter du tumulte eft empalé ; & tout le monde eft tranquille.

S E C T I O N   I I.

DE toutes les religions la chrétienne est sans doute celle qui doit inspirer le plus de tolérance , quoique jusqu'ici les chrétiens aient été les plus intolérans de tous les hommes.

JESUS ayant daigné naître dans la pauvreté & dans la bassesse, ainsi que ses frères, ne daigna jamais pratiquer l'art d'écrire. Les Juifs avaient une loi écrite avec le plus grand détail , & nous n'avons pas une seule ligne de la main de JESUS. Les apôtres se divisèrent sur plusieurs points. *St Pierre* & *St Barnabé* mangeaient des viandes défendues avec les nouveaux chrétiens étrangers , & s'en abstenaient avec les chrétiens-juifs. *St Paul* lui reprochait cette conduite , & ce même *St Paul* pharisien, disciple du pharisien *Gamaliel*, ce même *St Paul* qui avait persécuté les chrétiens avec fureur , & qui ayant rompu avec *Gamaliel* se fit chrétien lui-même, alla pourtant ensuite sacrifier dans le temple de Jérusalem , dans le temps de son apostolat. Il observa publiquement pendant huit jours toutes les cérémonies de la loi judaïque à laquelle il avait renoncé ; il y ajouta même des dévotions , des purifications qui étaient la surabondance ; il judaïsa entièrement. Le plus grand apôtre des chrétiens fit pendant huit jours les mêmes choses pour lesquelles on condamne les hommes au bûcher chez une grande partie des peuples chrétiens.

Theudas, *Judas*, s'étaient dit *messies* avant JESUS. *Dosithée*, *Simon*, *Ménandre*, se dirent *messies* après JESUS.

Il y eut dès le premier siècle de l'Eglise, & avant même que le nom de chrétien fût connu, une vingtaine de sectes dans la Judée.

Les gnostiques contemplatifs, les dosithéens, les cerinthiens, existaient avant que les disciples de JESUS eussent pris le nom de chrétiens. Il y eut bientôt trente évangiles, dont chacun appartenait à une société différente; & dès la fin du premier siècle on peut compter trente sectes de chrétiens dans l'Asie mineure, dans la Syrie, dans Alexandrie, & même dans Rome.

Toutes ces sectes méprisées du gouvernement romain, & cachées dans leur obscurité, se persécutaient cependant les unes les autres dans les souterrains où elles rampaient; c'est-à-dire, elles se disaient des injures. C'est tout ce qu'elles pouvaient faire dans leur abjection. Elles n'étaient presque toutes composées que de gens de la lie du peuple.

Lorsqu'enfin quelques chrétiens eurent embrassé les dogmes de *Platon*, & mêlé un peu de philosophie à leur religion qu'ils séparèrent de la juive, ils devinrent insensiblement plus considérables, mais toujours divisés en plusieurs sectes, sans que jamais il y ait eu un seul temps où l'Eglise chrétienne ait été réunie. Elle a pris sa naissance au milieu des divisions des Juifs, des Samaritains, des pharisiens, des saducéens, des esséniens, des judaïtes, des disciples de *Jean*, des thérapeutes. Elle a été divisée dans son berceau, elle l'a été dans les persécutions mêmes qu'elle essuya quelquefois sous les premiers empereurs. Souvent le martyr était regardé comme un apostat par ses frères, & le chrétien carpocratien expirait sous le glaive des bourreaux romains, excommunié par le chrétien ébionite, lequel ébionite était anathématifé par le fabellien.

Cette horrible difcorde, qui dure depuis tant de fiècles, eft une leçon bien frappante que nous devons mutuellement nous pardonner nos erreurs; la difcorde eft le grand mal du genre-humain, & la tolérance en eft le feul remède.

Il n'y a perfonne qui ne convienne de cette vérité, foit qu'il médite de fang-froid dans fon cabinet, foit qu'il examine paifiblement la vérité avec fes amis. Pourquoi donc les mêmes hommes qui admettent en particulier l'indulgence, la bienfefance, la juftice, s'élèvent-ils en public avec tant de fureur contre ces vertus? pourquoi? c'eft que leur intérêt eft leur Dieu, c'eft qu'ils facrifient tout à ce monftre qu'ils adorent.

Je poffède une dignité & une puiffance que l'ignorance & la crédulité ont fondée; je marche fur les têtes des hommes profternés à mes pieds : s'ils fe relèvent & me regardent en face, je fuis perdu; il faut donc les tenir attachés à la terre avec des chaînes de fer.

Ainfi ont raifonné des hommes que des fiècles de fanatifme ont rendus puiffans. Ils ont d'autres puiffans fous eux, & ceux-ci en ont d'autres encore, qui tous s'enrichiffent des dépouilles du pauvre, s'engraiffent de fon fang, & rient de fon imbécillité. Ils déteftent tous la tolérance comme des partifans enrichis aux dépens du public craignent de rendre leurs comptes, & comme des tyrans redoutent le mot de liberté. Pour comble, enfin, ils foudoient des fanatiques qui crient à haute voix : Refpectez les abfurdités de mon maître, tremblez, payez, & taifez-vous.

C'eft ainfi qu'on en ufa long-temps dans une grande partie de la terre ; mais aujourd'hui que tant de fectes fe balancent par leur pouvoir, quel parti prendre avec elles ? toute fecte, comme on fait, eft un titre d'erreur ; il n'y a point de fecte de géomètres, d'algébriftes, d'arithméticiens, parce que toutes les propofitions de géométrie, d'algèbre, d'arithmétique, font vraies. Dans toutes les autres fciences on peut fe tromper. Quel théologien thomifte ou fcotifte oferait dire férieufement qu'il eft fûr de fon fait ?

S'il eft une fecte qui rappelle les temps des premiers chrétiens, c'eft fans contredit celle des quakers. Rien ne reffemble plus aux apôtres. Les apôtres recevaient l'efprit, & les quakers reçoivent l'efprit. Les apôtres & les difciples parlaient trois ou quatre à la fois dans l'affemblée au troifième étage, les quakers en font autant au rez-de-chauffée. Il était permis, felon *St Paul*, aux femmes de prêcher, & felon le même *St Paul* il leur était défendu ; les quakereffes prêchent en vertu de la première permiffion.

Les apôtres & les difciples juraient par oui & par non, les quakers ne jurent pas autrement.

Point de dignité, point de parure différente parmi les difciples & les apôtres ; les quakers ont des manches fans boutons, & font tous vêtus de la même manière.

JESUS-CHRIST ne baptifa aucun de fes apôtres, les quakers ne font point baptifés.

Il ferait aifé de pouffer plus loin le parallèle ; il ferait encore plus aifé de faire voir combien la religion chrétienne d'aujourd'hui diffère de la religion que Jesus a pratiquée. Jesus était juif, & nous ne fommes point juifs. Jesus s'abftenait de porc parce qu'il eft immonde, & du lapin parce qu'il rumine & qu'il n'a point le pied fendu ; nous mangeons hardiment du porc parce qu'il n'eft point pour nous immonde, & nous mangeons du lapin qui a le pied fendu, & qui ne rumine pas.

Jesus était circoncis, & nous gardons notre prépuce. Jesus mangeait l'agneau pafcal avec des laitues, il célébrait la fête des tabernacles ; & nous n'en fefons rien. Il obfervait le fabbat, & nous l'avons changé ; il facrifiait, & nous ne facrifions point.

Jesus cacha toujours le myftère de fon incarnation & de fa dignité, il ne dit point qu'il était égal à Dieu. St Paul dit expreffément dans fon épître aux Hébreux que Dieu a créé Jesus inférieur aux anges ; & malgré toutes les paroles de St Paul Jesus a été reconnu Dieu au concile de Nicée.

Jesus n'a donné au pape ni la marche d'Ancone, ni le duché de Spolette ; & cependant le pape les poffède de droit divin.

Jesus n'a point fait un facrement du mariage ni du diaconat, & chez nous le diaconat & le mariage font des facremens.

Si l'on veut bien y faire attention, la religion catholique, apoftolique, & romaine, eft dans toutes fes cérémonies & dans tous fes dogmes, l'oppofé de la religion de Jesus.

Mais quoi! faudra-t-il que nous judaïfions tous parce que JESUS a judaïfé toute fa vie?

S'il était permis de raifonner conféquemment en fait de religion, il eſt clair que nous devrions tous nous faire juifs, puifque JESUS-CHRIST notre Sauveur eſt né juif, a vécu juif, eſt mort juif, & qu'il a dit expreſſément qu'il accompliſſait, qu'il rempliſſait la religion juive. Mais il eſt plus clair encore que nous devons nous tolérer mutuellement parce que nous fommes tous faibles, inconféquens, fujets à la mutabilité, à l'erreur : un rofeau couché par le vent dans la fange, dira-t-il au rofeau voifin couché dans un fens contraire : *Rampe à ma façon, miférable, ou je préfenterai requête pour qu'on t'arrache & qu'on te brûle?*

SECTION III.

MES amis, quand nous avons prêché la tolérance en profe, en vers, dans quelques chaires, & dans toutes nos fociétés ; quand nous avons fait retentir ces véritables voix humaines (*a*) dans les orgues de nos églifes ; nous avons fervi la nature, nous avons rétabli l'humanité dans fes droits ; & il n'y a pas aujourd'hui un ex-jéfuite, ou un ex-janféniſte, qui ofe dire, je fuis intolérant.

Il y aura toujours des barbares & des fourbes qui fomenteront l'intolérance ; mais ils ne l'avoueront pas ; & c'eſt avoir gagné beaucoup.

(*a*) Il y a un jeu d'orgues qu'on appelle *voix humaines*, & qui fe combine avec les jeux de flûtes.

Souvenons-nous toujours, mes amis, répétons, (car il faut répéter de peur qu'on n'oublie) répétons les paroles de l'évêque de Soiffons, non pas *Languet*, mais *Fitzjames-Stuart*, dans fon mandement de 1757 : *Nous devons regarder les Turcs comme nos frères.*

Songeons que, dans toute l'Amérique anglaife, ce qui fait à-peu-près le quart du monde connu, la liberté entière de confcience eft établie ; & pourvu qu'on y croie un Dieu, toute religion eft bien reçue, moyennant quoi le commerce fleurit & la population augmente.

Réfléchiffons toujours que la première loi de l'empire de Ruffie, plus grand que l'empire romain, eft la tolérance de toute fecte.

L'empire turc & le perfan ufèrent toujours de la même indulgence. *Mahomet II*, en prenant Conftantinople, ne força point les Grecs à quitter leur religion, quoiqu'il les regardât comme des idolâtres. Chaque père de famille grec en fut quitte pour cinq ou fix écus par an. On leur conferva plufieurs prébendes & plufieurs évêchés ; & même encore aujourd'hui le fultan turc fait des chanoines & des évêques, fans que le pape ait jamais fait un iman ou un mollah.

Mes amis, il n'y a que quelques moines, & quelques proteftans auffi fots & auffi barbares que ces moines, qui foient encore intolérans.

Nous avons été fi infeétés de cette fureur, que dans nos voyages de long cours, nous l'avons portée à la Chine, au Tunquin, au Japon. Nous avons empefté ces beaux climats. Les plus indulgens des hommes ont appris de nous à être les plus inflexibles.

Nous leur avons dit d'abord pour prix de leur bon accueil : Sachez que nous fommes fur la terre les feuls qui aient raifon, & que nous devons être partout les maîtres. Alors on nous a chaffés pour jamais ; il en a coûté des flots de fang : cette leçon a dû nous corriger.

SECTION IV.

L'AUTEUR de l'article précédent eft un bon homme qui voulait fouper avec un quaker, un anabaptifte, un focinien, un mufulman &c. Je veux pouffer plus loin l'honnêteté, je dirai à mon frère le turc : Mangeons enfemble une bonne poule au riz en invoquant *Allah*; ta religion me paraît très-refpectable, tu n'adores qu'un DIEU, tu es obligé de donner en aumônes tous les ans le denier quarante de ton revenu, & de te réconcilier avec tes ennemis le jour du bairam. Nos bigots qui calomnient la terre, ont dit mille fois que ta religion n'a réuffi que parce qu'elle eft toute fenfuelle. Ils en ont menti les pauvres gens, ta religion eft très-auftère ; elle ordonne la prière cinq fois par jour, elle impofe le jeûne le plus rigoureux, elle te défend le vin & les liqueurs que nos directeurs favourent ; & fi elle ne permet que quatre femmes à ceux qui peuvent les nourrir, (ce qui eft bien rare) elle condamne par cette contrainte l'incontinence juive qui permettait dix-huit femmes à l'homicide *David*, & fept cents à *Salomon*, l'affaffin de fon frère, fans compter les concubines.

Je dirai à mon frère le chinois : Soupons enfemble fans cérémonies, car je n'aime pas les fimagrées ;

mais

mais j'aime ta loi, la plus fage de toutes , & peut-
être la plus ancienne. J'en dirai à-peu-près autant à
mon frère l'indien.

Mais que dirai-je à mon frère le juif? lui don-
nerai-je à fouper? oui, pourvu que pendant le repas
l'âne de *Balaam* ne s'avife pas de braire ; qu'*Ezéchiel*
ne mêle pas fon déjeûner avec notre fouper ; qu'un
poiffon ne vienne pas avaler quelqu'un des convives ,
& le garder trois jours dans fon ventre ; qu'un ferpent ne fe mêle pas de la converfation pour féduire
ma femme ; qu'un prophète ne s'avife pas de coucher
avec elle après fouper , comme fit le bon-homme
Ozée pour quinze francs & un boiffeau d'orge ; furtout
qu'aucun juif ne faffe le tour de ma maifon en
fonnant de la trompette , ne faffe tomber les murs
& ne m'égorge , moi , mon père , ma mère , ma
femme , mes enfans , mon chat , & mon chien , felon
l'ancien ufage des Juifs. Allons , mes amis , la paix ;
difons notre *benedicite.*

TONNERRE.

Vidi & crudeles dantem Salmonea pœnas
Dum flammas Jovis & sonitus imitatur Olympi &c.

VIRGILE, *Enéide, l. VI.*

A d'éternels tourmens je te vis condamnée,
Superbe impiété du tyran Salmonée.
Rival de Jupiter il crut lui ressembler,
Il imita la foudre & ne put l'égaler ;
De la foudre des dieux il fut frappé lui-même &c.

CEUX qui ont inventé & perfectionné l'artillerie
font bien d'autres *Salmonées.* Un canon de vingt-quatre
livres de balle peut faire, & a fait souvent plus de
ravage que cent coups de tonnerre ; cependant aucun
canonnier n'a été jusqu'à présent foudroyé par
Jupiter pour avoir voulu imiter ce qui se passe dans
l'atmosphère.

Nous avons vu que *Polyphême*, dans une pièce
d'*Euripide*, se vante de faire plus de bruit que le
tonnerre de *Jupiter* quand il a bien soupé.

Boileau, plus honnête que *Polyphême*, dit dans sa
première satire :

Pour moi qu'en santé même un autre monde étonne,
Qui crois l'ame immortelle, & que c'est Dieu qui tonne.

Je ne sais pourquoi il est si étonné de l'autre monde,
puisque toute l'antiquité y avait cru. *Etonne* n'était
pas le mot propre, c'était *alarme.* Il croit que c'est

Dieu qui tonne; mais il tonne comme il grêle, comme il envoie la pluie & le beau temps, comme il opère tout, comme il fait tout; ce n'est point parce qu'il est fâché qu'il envoie le tonnerre & la pluie. Les anciens peignaient *Jupiter* prenant le tonnerre composé de trois flèches brûlantes dans la patte de son aigle, & le lançant sur ceux à qui il en voulait. La saine raison n'est pas d'accord avec ces idées poëtiques.

Le tonnerre est, comme tout le reste, l'effet nécessaire des lois de la nature, prescrites par son auteur. Il n'est qu'un grand phénomène électrique; *Franklin* le force à descendre tranquillement sur la terre; il tombe sur le professeur *Richman* comme sur les rochers & sur les églises; & s'il foudroya *Ajax Oilée*, ce n'est pas assurément parce que *Minerve* était irritée contre lui.

S'il était tombé sur *Cartouche* ou sur l'abbé *Desfontaines*, on n'aurait pas manqué de dire : Voilà comme Dieu punit les voleurs & les sodomites. Mais c'est un préjugé utile de faire craindre le ciel aux pervers.

Aussi tous nos poëtes tragiques, quand ils veulent rimer à *poudre* ou à *résoudre*, se servent-ils immanquablement de la *foudre*, & font gronder le *tonnerre*, s'il s'agit de rimer à *terre*.

Théfée dans Phèdre dit à son fils :

Monstre qu'a trop long-temps épargné le tonnerre,
Reste impur des brigands dont j'ai purgé la terre.

Sévère dans Polyeucte, sans même avoir besoin de rimer, dès qu'il apprend que sa maîtresse est mariée, dit à son ami *Fabian* :

Soutiens-moi, Fabian, ce coup de foudre est grand.

Pour diminuer l'horrible idée d'un coup de tonnerre

qui n'a nulle reſſemblance à une nouvelle mariée, il ajoute que ce coup de tonnerre

> Le frappe d'autant plus que plus il le ſurprend.

Il dit ailleurs au même *Fabian :*

> Qu'eſt ceci, Fabian, quel nouveau coup de foudre
> Tombe ſur mon eſpoir & le réduit en poudre ?

Un *eſpoir réduit en poudre* devait étonner le parterre. *Luſignan* dans Zaïre prie DIEU

> Que la foudre en éclats ne tombe que ſur lui.

Agenor, en parlant de ſa ſœur, commence par dire que

> Pour lui livrer la guerre
> Sa vertu lui ſuffit au défaut du tonnerre.

L'*Atrée* du même auteur dit, en parlant de ſon frère :

> Mon cœur qui ſans pitié lui déclare la guerre
> Ne cherche à le punir qu'au défaut du tonnerre.

Si *Thieſte* fait un ſonge, il vous dit que

> Ce ſonge a fini par un coup de tonnerre.

Si *Tidée* conſulte les Dieux dans l'antre d'un temple, l'antre ne lui répond qu'à grands coups de tonnerre.

> Enfin j'ai vu par-tout le tonnerre & la foudre
> Mettre les vers en cendre & les rimes en poudre.

Il faudrait tâcher de tonner moins ſouvent.

Je n'ai jamais bien compris la fable de *Jupiter* & des tonnerres dans *la Fontaine.*

Vulcain remplit ſes fourneaux
De deux ſortes de carreaux.
L'un jamais ne ſe fourvoie,
Et c'eſt celui que toujours
L'Olympe en corps nous envoie.
L'autre s'écarte en ſon cours,
Ce n'eſt qu'aux monts qu'il en coûte ;
Bien ſouvent même il ſe perd,
Et ce dernier en ſa route
Nous vient du ſeul Jupiter.

Avait-on donné à *la Fontaine* le ſujet de cette mauvaiſe fable qu'il mit en mauvais vers ſi éloignés de ſon genre ? voulait-on dire que les miniſtres de *Louis XIV* étaient inflexibles, & que le roi pardonnait ? (1)

Crébillon, dans ſes diſcours académiques en vers étranges, dit que le cardinal de *Fleuri* eſt un ſage dépoſitaire,

Uſant en citoyen du pouvoir arbitraire,
Aigle de Jupiter, mais ami de la paix,
Il gouverne la foudre & ne tonne jamais.

Il dit que le maréchal de *Villars*

Fit voir qu'à Malplaquet il n'avait ſurvécu
Que pour rendre à Denain ſa valeur plus célébre,
Et qu'un foudre, du moins, Eugène était vaincu.

Ainſi l'aigle *Fleuri* gouvernait le tonnerre ſans tonner, & *Eugène* le tonnerre était vaincu.; voilà bien. des tonnerres.

(1) Cette fable vient des anciens Etruſques. Voyez *Sénèque*, Queſtions naturelles, liv. II, chap. XLI, XLVI.

Z 3

*H*ORACE, tantôt le débauché & tantôt le moral, a dit :

>*Cælum ipsum petimus stultitiâ.*
>Nous portons jufqu'au ciel notre folie.

On peut dire aujourd'hui : Nous portons jufqu'au ciel notre fageffe, fi pourtant il eft permis d'appeler *ciel* cet amas bleu & blanc d'exhalaifons qui forme les vents, la pluie, la neige, la grêle, & le tonnerre. Nous avons décompofé la foudre, comme *Newton* a détiffu la lumière. Nous avons reconnu que ces foudres portés autrefois par l'aigle de *Jupiter*, ne font en effet que du feu électrique ; qu'enfin on peut foutirer le tonnerre, le conduire, le divifer, s'en rendre le maître, comme nous fefons paffer les rayons de lumière par un prifme, comme nous donnons cours aux eaux qui tombent du ciel, c'eft-à-dire de la hauteur d'une demi-lieue de notre atmofphère. On plante un haut fapin ébranché, dont la cime eft revêtue d'un cône de fer. Les nuées qui forment le tonnerre, font électriques ; leur électricité fe communique à ce cône, & un fil d'archal qui lui eft attaché conduit la matière du tonnerre où l'on veut. Un phyficien ingénieux appelle cette expérience l'*inoculation du tonnerre*,

Il eft vrai que l'inoculation de la petite vérole, qui a confervé tant de mortels, en a fait périr quelques-uns auxquels on avait donné la petite vérole inconfidéré-ment ; de même l'inoculation du tonnerre mal faite ferait dangereufe. Il y a des grands feigneurs dont il ne faut approcher qu'avec d'extrêmes précautions. Le tonnerre eft de ce nombre. On fait que le profeffeur de mathématique *Richman* fut tué à Pétersbourg , en 1753 , par la foudre qu'il avait attirée dans fa chambre ; *arte fuâ periit*. Comme il était philofophe, un profeffeur théologien ne manqua pas d'imprimer qu'il avait été foudroyé comme *Salmonée* pour avoir ufurpé les droits de DIEU , & pour avoir voulu lancer le tonnerre.

Mais fi le phyficien avait dirigé le fil d'archal hors de la maifon, & non pas dans fa chambre bien fermée, il n'aurait point eu le fort de *Salmonée*, d'*Ajax Oïlée* , de l'empereur *Carus* , du fils d'un miniftre d'Etat en France, & de plufieurs moines dans les Pyrenées.

Placez votre *conduéteur* à quelque diftance de la maifon , jamais dans votre chambre , & vous n'avez rien à craindre.

Mais dans une ville les maifons fe touchent ; choififfez les places , les carrefours , les jardins , les parvis des églifes , les cimetières, fuppofé que vous ayez confervé l'abominable ufage d'avoir des charniers dans vos villes.

T O P H E T.

TOPHET était & eft encore un précipice auprès de Jérufalem , dans la vallée d'Hennon. Cette vallée eft un lieu affreux où il n'y a que des cailloux. C'eft dans cette folitude horrible que les Juifs immolèrent leurs enfans à leur Dieu qu'ils appelaient alors *Moloc ;* car nous avons remarqué qu'ils ne donnèrent jamais à DIEU que des noms étrangers. *Shadaï* était fyrien ;

Adonaï phénicien , *Jeova* était auffi phénicien; *Eloi* , *Eloïm* , *Eloa* chaldéen , ainfi que tous les noms de leurs anges furent chaldéens ou perfans. C'eft ce que nous avons obfervé avec attention.

Tous ces noms différens fignifiaient également le Seigneur dans le jargon des petites nations devers la Paleftine. Le mot de *Moloc* vient évidemment de *Melk*. C'eft la même chofe que *Melcom* ou *Millcon* qui était la divinité des mille femmes du férail de *Salomon* , favoir fept cents femmes & trois cents concubines. Tous ces noms-là fignifiaient *feigneur* , & chaque village avait fon feigneur.

Des doctes prétendent que *Moloc* était particulièrement le feigneur du feu , & que pour cette raifon les Juifs brûlaient leurs enfans dans le creux de l'idole même de *Moloc*. C'était une grande ftatue de cuivre auffi hideufe que les Juifs la pouvaient faire. Ils fefaient rougir cette ftatue à un grand feu, quoiqu'ils euffent très-peu de bois ; & ils jetaient leurs petits enfans dans le ventre de ce dieu , comme nos cuifiniers jettent des écreviffes vivantes dans l'eau toute bouillante de leurs chaudières.

Tels étaient les anciens Welches & les anciens Tudefques quand ils brûlaient des enfans & des femmes en l'honneur de *Teutatès* & d'*Irminful* : telle la vertu gauloife & la franchife germanique.

Jérémie voulut en vain détourner le peuple juif de ce culte diabolique, en vain il leur reprocha d'avoir bâti une efpèce de temple à *Moloc* dans cette abominable vallée. *Aedificaverunt excelfa Tophet quæ eft in valle filiorum Hennon , ut incenderent filios fuos & filias fuas*

igni. (*a*) „ Ils ont édifié des hauteurs dans Tophet
„ qui eſt dans la vallée des enfans d'Hennon, pour y
„ brûler leurs fils & leurs filles par le feu. „

Les Juifs eurent d'autant moins d'égards aux remontrances de *Jérémie*, qu'ils lui reprochaient hautement
de s'être vendu au roi de Babylone, d'avoir toujours
prêché en ſa faveur, d'avoir trahi ſa patrie; & en effet
il fut puni de la mort des traîtres, il fut lapidé.

Le livre des Rois nous apprend que *Salomon* bâtit
un temple à *Moloc*, mais il ne nous dit pas que ce
fût dans la vallée de Tophet. Ce fut dans le voiſinage,
ſur la montagne des Oliviers. (*b*) La ſituation était
plus belle, ſi pourtant il peut y avoir quelque bel
aſpect dans le territoire affreux de Jéruſalem.

Des commentateurs prétendent qu'*Achas* roi de
Juda fit brûler ſon fils à l'honneur de *Moloc*, & que
le roi *Manaſſé* fut coupable de la même barbarie. (*c*)
D'autres commentateurs prétendent (*d*) que ces rois
du peuple de DIEU ſe contentèrent de jeter leurs
enfans dans les flammes, mais qu'ils ne les brûlèrent
pas tout-à-fait. Je le ſouhaite; mais il eſt bien difficile
qu'un enfant ne ſoit pas brûlé quand on le met ſur
un bûcher enflammé.

Cette vallée de Tophet était le *clamar* de Paris;
c'était là qu'on jetait toutes les immondices, toutes
les charognes de la ville. C'était dans cette vallée
qu'on précipitait le bouc émiſſaire; c'était la voierie
où l'on laiſſait pourrir les charognes des ſuppliciés. Ce
fut là qu'on jeta les corps des deux voleurs qui furent
ſuppliciés avec le fils de DIEU lui-même. Mais notre

(*a*) *Jérémie*, chap. VII.   (*c*) Liv. IV, chap. XVI, v. 3.
(*b*) Liv. III, chap. II.   (*d*) Chap. XXI, v. 6.

Sauveur ne permit pas que fon corps, fur lequel il avait donné puiffance aux bourreaux, fût jeté à la voierie de Tophet felon l'ufage. Il eft vrai qu'il pouvait reffufciter auffi-bien dans Tophet que dans le Calvaire; mais un bon juif nommé *Jofeph*, natif d'Arimathie, qui s'était préparé un fépulcre pour lui-même fur le mont Calvaire, y mit le corps du Sauveur, felon le témoignage de *St. Matthieu*. Il n'était pas permis d'enterrer perfonne dans les villes; le tombeau même de *David* n'était pas dans Jérufalem.

Jofeph d'Arimathie était riche, *quidam homo divès ab Arimathiâ*, afin que cette prophétie d'*Ifaïe* fût accomplie : *Il donnera* (e) *les méchans pour fa fépulture, & les riches pour fa mort.*

T O R T U R E.

Quoiqu'il y ait peu d'articles de jurifprudence dans ces honnêtes réflexions alphabétiques, il faut pourtant dire un mot de la *torture*, autrement nommée *queftion*. C'eft une étrange manière de queftionner les hommes. Ce ne font pourtant pas de fimples curieux qui l'ont inventée; toutes les apparences font que cette partie de notre légiflation doit fa première origine à un voleur de grand chemin. La plupart de ces meffieurs font encore dans l'ufage de ferrer

(e) Le fameux rabbin *Ifaac*, dans fon Rempart de la foi, au ch. XXIII, entend toutes les prophéties, & furtout celle-là, d'une manière toute contraire à la façon dont nous les entendons. Mais qui ne voit que les Juifs font féduits par l'intérêt qu'ils ont de fe tromper? en vain répondent-ils qu'ils font auffi intéreffés que nous à chercher la vérité, qu'il y va de leur falut pour eux comme pour nous; qu'ils feraient plus heureux dans cette vie & dans l'autre s'ils trouvaient cette vérité; que s'ils entendent les pouces, de brûler les pieds, & de queſtionner par d'autres tourmens ceux qui refuſent de leur dire où ils ont mis leur argent.

Les conquérans ayant ſuccédé à ces voleurs trouvèrent l'invention fort utile à leurs intérêts, ils la mirent en uſage quand ils ſoupçonnèrent qu'on avait contre eux quelques mauvais deſſeins, comme, par exemple, celui d'être libre; c'était un crime de lèſe-majeſté divine & humaine. Il fallait connaître les complices; & pour y parvenir on feſait ſouffrir mille morts à ceux qu'on ſoupçonnait, parce que ſelon la juriſprudence de ces premiers héros, quiconque était ſoupçonné d'avoir eu ſeulement contre eux quelque penſée peu reſpectueuſe, était digne de mort. Dès qu'on a mérité ainſi la mort, il importe peu qu'on y ajoute des tourmens épouvantables de pluſieurs jours, & même de pluſieurs ſemaines; cela même tient je ne ſais quoi de la Divinité. La Providence nous met quelquefois à la torture en y employant la pierre, la gravelle, la goutte, le ſcorbut, la lèpre, la vérole grande ou petite, le déchirement d'entrailles, les convulſions de nerfs, & autres exécuteurs des vengeances de la Providence.

leurs propres écritures différemment de nous, c'eſt qu'elles ſont dans leur propre langue très-anciennes, & non dans nos idiomes très-nouveaux; qu'un hébreu doit mieux ſavoir la langue hébraïque qu'un baſque ou un poitevin; que leur religion a deux mille ans d'antiquité plus que la nôtre, que toute leur Bible annonce les promeſſes de Dieu faites avec ſerment de ne changer jamais rien à la loi; qu'elle fait des menaces terribles contre quiconque oſera jamais en altérer une ſeule parole; qu'elle veut même qu'on mette à mort tout prophète qui prouverait par des miracles une autre religion; qu'enfin ils ſont les enfans de la maiſon, & nous des étrangers qui avons ravi leurs dépouilles. On ſent bien que ce ſont-là de très-mauvaiſes raiſons qui ne méritent pas d'être réfutées.

Or, comme les premiers defpotes, furent de l'aveu de tous leurs courtifans, des images de la Divinité, ils l'imitèrent tant qu'ils purent.

Ce qui eft très-fingulier, c'eft qu'il n'eft jamais parlé de queftion, de torture dans les livres juifs. C'eft bien dommage qu'une nation fi douce, fi honnête, fi compatiffante n'ait pas connu cette façon de favoir la vérité. La raifon en eft, à mon avis, qu'ils n'en avaient pas befoin, DIEU la leur fefait toujours connaître comme à fon peuple chéri. Tantôt on jouait la vérité aux dés, & le coupable qu'on foupçonnait avait toujours rafle de fix. Tantôt on allait au grand-prêtre qui confultait DIEU fur le champ par l'*urim* & le *thummim*. Tantôt on s'adreffait au voyant, au prophète ; & vous croyez bien que le voyant & le prophète découvrait tout auffi-bien les chofes les plus cachées que l'*urim* & le *thummim* du grand-prêtre. Le peuple de DIEU n'était pas réduit comme nous à interroger, à conjecturer ; ainfi la torture ne put être chez lui en ufage. Ce fut la feule chofe qui manquât aux mœurs du peuple faint. Les Romains n'infligèrent la torture qu'aux efclaves, mais les efclaves n'étaient pas comptés pour des hommes. Il n'y a pas d'apparence non plus, qu'un confeiller de la tournelle regarde comme un de fes femblables un homme qu'on lui amène have, pâle, défait, les yeux mornes, la barbe longue & fale, couvert de la vermine dont il a été rongé dans un cachot. Il fe donne le plaifir de l'appliquer à la grande & à la petite torture en préfence d'un chirurgien qui lui tâte le pouls, jufqu'à ce qu'il foit en danger de mort, après quoi on recommence ; & comme dit très-bien la comédie des Plaideurs , *cela fait toujours paffer une heure ou deux.*

Le grave magiftrat qui a acheté pour quelqu'argent le droit de faire ces expériences fur fon prochain, va conter à dîner à fa femme ce qui s'eft paffé le matin. La première fois madame en a été révoltée, à la feconde elle y a pris goût, parce qu'après tout les femmes font curieufes ; & enfuite la première chofe qu'elle lui dit lorfqu'il rentre en robe chez lui : Mon petit cœur, n'avez-vous fait donner aujourd'hui la queftion à perfonne ?

Les Français qui paffent, je ne fais pourquoi, pour un peuple fort humain, s'étonnent que les Anglais qui ont eu l'inhumanité de nous prendre tout le Canada, aient renoncé au plaifir de donner la queftion.

Lorfque le chevalier de *la Barre*, petit-fils d'un lieutenant-général des armées, jeune homme de beaucoup d'efprit & d'une grande efpérance, mais ayant toute l'étourderie d'une jeuneffe effrénée, fut convaincu d'avoir chanté des chanfons impies, & même d'avoir paffé devant une proceffion de capucins fans avoir ôté fon chapeau ; les juges d'Abbeville, gens comparables aux fenateurs romains, ordonnèrent non-feulement qu'on lui arrachât la langue, qu'on lui coupât la main & qu'on brulât fon corps à petit feu ; mais ils l'appliquèrent encore à la torture pour favoir précifément combien de chanfons il avait chanté, & combien de proceffions il avait vu paffer le chapeau fur la tête.

Ce n'eft pas dans le treizième ou dans le quatorzième fiècle que cette aventure eft arrivée, c'eft dans le dix-huitième. Les nations étrangères jugent de la

France par les fpectacles, par les romans, par les jolis vers, par les filles d'opéra qui ont les mœurs fort douces, par nos danfeurs d'opéra qui ont de la grâce, par mademoifelle *Clairon* qui déclame des vers à ravir. Elles ne favent pas qu'il n'y a point au fond de nation plus cruelle que la françaife.

Les Ruffes paffaient pour des barbares en 1700, nous ne fommes qu'en 1769; une impératrice vient de donner à ce vafte Etat des lois qui auraient fait honneur à *Minos*, à *Numa*, & à *Solon*, s'ils avaient eu affez d'efprit pour les inventer. La plus remarquable eft la tolérance univerfelle; la feconde eft l'abolition de la torture. La juftice & l'humanité ont conduit fa plume; elle a tout réformé. Malheur à une nation qui étant depuis long-temps civilifée, eft encore conduite par d'anciens ufages atroces! Pourquoi changerions-nous notre jurifprudence? dit-elle; l'Europe fe fert de nos cuifiniers, de nos tailleurs, de nos perruquiers; donc nos lois font bonnes. (*)

TRANSSUBSTANTIATION.

L ES proteftans, & furtout les philofophes proteftans, regardent la tranffubftantiation comme le dernier terme de l'impudence des moines, & de l'imbécillité des laïques. Ils ne gardent aucune mefure fur cette croyance qu'ils appellent monftrueufe; ils ne penfent pas même qu'il y ait un feul homme de bon fens, qui, après avoir réfléchi, ait pu l'embraffer férieufement. Elle eft, difent-ils, fi abfurde, fi contraire à

(*) Voyez *Queftion*.

toutes les lois de la phyfique, fi contradictoire, que
DIEU même ne pourrait pas faire cette opération ;
parce que c'eft en effet anéantir DIEU que de fuppofer
qu'il fait les contradictoires. Non-feulement un dieu
dans un pain, mais un dieu à la place du pain ; cent
mille miettes de pain, devenues en un inftant autant
de dieux ; cette foule innombrable de dieux ne fefant
qu'un feul dieu ; de la blancheur, fans un corps
blanc ; de la rondeur, fans un corps rond ; du vin
changé en fang, & qui a le goût du vin ; du pain
qui eft changé en chair & en fibres, & qui a le goût
du pain : tout cela infpire tant d'horreur & de mépris
aux ennemis de la religion catholique, apoftolique, &
romaine, que cet excès d'horreur & de mépris s'eft
quelquefois changé en fureur.

Leur horreur augmente, quand on leur dit qu'on
voit tous les jours dans les pays catholiques, des
prêtres, des moines qui, fortant d'un lit inceftueux,
& n'ayant pas encore lavé leurs mains fouillées d'impuretés, vont faire des dieux par centaines ; mangent
& boivent leur dieu ; chient & piffent leur dieu. Mais
quand ils réfléchiffent que cette fuperftition, cent
fois plus abfurde & plus facrilège que toutes celles
des Egyptiens, a valu à un prêtre italien quinze à
vingt millions de rente, & la domination d'un pays
de cent milles d'étendue en long & en large, ils vou-
draient tous aller, à main armée, chaffer ce prêtre
qui s'eft emparé du palais des Céfars. Je ne fais fi je
ferai du voyage, car j'aime la paix ; mais quand ils
feront établis à Rome, j'irai furement leur rendre
vifite.

Par M. Guillaume, miniftre proteftant.

TRINITÉ.

LE premier qui parla de la Trinité parmi les Occidentaux, fut *Timée* de Locres dans son Ame du monde.

Il y a d'abord l'idée, l'exemplaire perpétuel de toutes choses engendrées; c'est le premier verbe, le verbe interne & intelligible.

Ensuite la matière informe, second verbe ou verbe proféré.

Puis le fils ou le monde sensible, ou l'esprit du monde.

Ces trois qualités constituent le monde entier, lequel monde est le fils de DIEU, *Monogenes*. Il a une ame, il a de la raison, il est *empsukos*, *logikos*.

DIEU ayant voulu faire un Dieu très-beau, a fait un Dieu engendré : *Touton epoie theon genaton*.

Il est difficile de bien comprendre ce système de *Timée*, qui peut-être le tenait des Egyptiens, peut-être des brachmanes. Je ne sais si on l'entendait bien de son temps. Ce sont de ces médailles frustes & couvertes de rouille, dont la légende est effacée. On a pu la lire autrefois, on la devine aujourd'hui comme on peut.

Il ne paraît pas que ce sublime galimatias ait fait beaucoup de fortune jusqu'à *Platon*. Il fut enseveli dans l'oubli, & *Platon* le ressuscita. Il construisit son édifice en l'air, mais sur le modèle de *Timée*.

Il admit trois essences divines, le père, le suprême, le producteur; le père des autres dieux est la première essence.

Le

La feconde eft le Dieu vifible, miniftre du DIEU invifible, le verbe, l'entendement, le grand démon.

La troifième eft le monde.

Il eft vrai que *Platon* dit fouvent des chofes toutes différentes & même toutes contraires ; c'eft le privilége des philofophes grecs : & *Platon* s'eft fervi de fon droit plus qu'aucun des anciens & des modernes.

Un vent grec pouffa ces nuages philofophiques d'Athènes dans Alexandrie, ville prodigieufement entêtée de deux chofes, d'argent & de chimères. Il y avait dans Alexandrie des juifs qui ayant fait fortune fe mirent à philofopher.

La métaphyfique a cela de bon, qu'elle ne demande pas des études préliminaires bien gênantes. C'eft-là qu'on peut favoir tout fans avoir jamais rien appris ; & pour peu qu'on ait l'efprit un peu fubtil & bien faux, on peut être fûr d'aller loin.

Philon le juif fut un philofophe de cette efpèce ; il était contemporain de JESUS-CHRIST ; mais il eut le malheur de ne le pas connaître, non plus que *Jofephe* l'hiftorien. Ces deux hommes confidérables, employés dans le chaos des affaires d'Etat, furent trop éloignés de la lumière naiffante. Ce *Philon* était une tête toute métaphyfique, toute allégorique, toute myftique. C'eft lui qui dit que DIEU devait former le monde en fix jours, comme il le forma felon *Zoroaftre* en fix temps, (a) *parce que trois eft la moitié de fix, & que deux en eft le tiers, & que ce nombre eft mâle & femelle.*

Ce même homme entêté des idées de *Platon*, dit, en parlant de l'ivrognerie, que DIEU & la fageffe fe

(a) Page 4, édition 1719.

Dictionn. philofoph. Tome VII.   A a

marièrent, & que la fageffe accoucha d'un fils bien-
aimé ; ce fils eft le monde.

Il appelle les anges les verbes de DIEU, & le monde
verbe de DIEU, *logon tou Theou.*

Pour *Flavien Jofephe*, c'était un homme de guerre
qui n'avait jamais entendu parler du *Logos*, & qui
s'en tenait aux dogmes des pharifiens, uniquement
attachés à leurs traditions.

Cette philofophie platonicienne perça des Juifs
d'Alexandrie jufqu'à ceux de Jérufalem. Bientôt toute
l'école d'Alexandrie, qui était la feule favante, fut
platonicienne ; & les chrétiens qui philofophaient ne
parlèrent plus que du *Logos*.

On fait qu'il en était des difputes de ces temps-là
comme de celles de ce temps-ci. On coufait à un
paffage mal entendu un paffage inintelligible qui n'y
avait aucun rapport. On en fuppofait un fecond, on
en falfifiait un troifième ; on fabriquait des livres
entiers qu'on attribuait à des auteurs refpectés par le
troupeau. Nous en avons vu cent exemples au mot
Apocryphe.

Cher lecteur, jetez les yeux, de grâce, fur ce paffage
de *Clément Alexandrin :* (*b*) *Lorfque Platon dit qu'il eft
difficile de connaître le père de l'univers, non-feulement il
fait voir par-là que le monde a été engendré, mais qu'il a
été engendré comme fils de* DIEU. Entendez-vous ces logo-
machies, ces équivoques ? voyez-vous la moindre
lumière dans ce chaos d'expreffions obfcures ?

O *Locke, Locke !* venez, définiffez les termes. Je
ne crois pas que de tous ces difputeurs platoniciens il

_____

(*b*) Strom. liv. V.

y en eût un feul qui s'entendît. On diſtingua deux verbes ; le *Logos endiathétos* , le verbe en la penſée ; & le verbe produit, *Logos prophorikos*. On eut l'éternité d'un verbe , & la prolation, l'émanation d'un autre verbe.

Le livre des *Conſtitutions apoſtoliques* ; (*c*) ancien monument de fraude , mais auſſi ancien dépôt des dogmes informes de ces temps obſcurs , s'exprime ainſi :

Le père qui eſt antérieur à toute génération , à tout commencement , ayant tout créé par ſon fils unique , a engendré ſans intermède ce fils par ſa volonté & ſa puiſſance.

Enſuite *Origène* avança (*d*) que le Sᵗ Eſprit a été créé par le fils, par le verbe.

Puis vint *Euſèbe* de Céſarée qui enſeigna (*e*) que l'eſprit, paraclet, n'eſt ni Dieu ni fils.

L'avocat *Lactance* fleurit en ce temps-là. (*f*) *Le fils de* DIEU , dit-il , *eſt le verbe, comme les autres anges ſont les eſprits de* D I E U. *Le verbe eſt un eſprit proféré par une voix ſignificative , l'eſprit procédant du nez, & la parole de la bouche. Il s'enſuit qu'il y a différence entre le fils de* DIEU *& les autres anges , ceux-ci étant émanés comme eſprits tacites & muets. Mais le fils étant eſprit eſt ſorti de la bouche avec ſon & voix pour prêcher le peuple.*

On conviendra que l'avocat *Lactance* plaidait ſa cauſe d'une étrange manière. C'était raiſonner à la *Platon* ; c'était puiſſamment raiſonner.

Ce fut environ ce temps-là que, parmi les diſputes violentes ſur la Trinité, on inſéra dans la première

(*c*) Liv. VIII , chap. XLII.   (*e*) Theol. liv. II , chap. VI.
(*d*) I. partie ſur *ſaint Jean*.   (*f*) Liv. IV , chap. VIII.

épître de S*t* *Jean* ce fameux verſet : *Il y en a trois qui rendent témoignage en terre, l'eſprit ou le vent, l'eau, & le ſang ; & ces trois ſont un.* Ceux qui prétendent que ce verſet eſt véritablement de S*t* *Jean* ſont bien plus embarraſſés que ceux qui le nient, car il faut qu'ils l'expliquent.

S*t* *Auguſtin* dit que le vent ſignifie le Père, l'eau le S*t* Eſprit, & que le ſang veut dire le Verbe. Cette explication eſt belle, mais elle laiſſe toujours un peu d'embarras.

S*t* *Irénée* va bien plus loin ; il dit (*g*) que *Rahab* la proſtituée de *Jericho*, en cachant chez elle trois eſpions du peuple de Dieu, cacha le Père, le Fils, & le S*t* Eſprit ; cela eſt fort, mais cela n'eſt pas net.

D'un autre côté, le grand, le ſavant *Origène* nous confond d'une autre manière. Voici un de ſes paſſages parmi bien d'autres : (*h*) *Le Fils eſt autant au-deſſous du Père, que lui & le S*t* Eſprit ſont au-deſſus des plus nobles créatures.*

Après cela que dire ? comment ne pas convenir avec douleur que perſonne ne s'entendait ? comment ne pas avouer que depuis les premiers chrétiens ébionites, ces hommes ſi mortifiés & ſi pieux, qui révérèrent toujours JÉSUS quoiqu'ils le cruſſent fils de *Joſeph*, juſqu'à la grande diſpute d'*Athanaſe*, le platoniſme de la Trinité ne fut jamais qu'un ſujet de querelles. Il fallait abſolument un juge ſuprême qui décidât ; on le trouva enfin dans le concile de Nicée ; encore ce concile produiſit-il de nouvelles factions & des guerres.

(*g*) Liv. IV, chap. XXXVII.   (*h*) Liv. XXIV, ſur *ſaint Jean.*

Explication de la Trinité suivant Abauzit.

„ L'on ne peut parler avec exactitude de la manière
„ dont fe fait l'union de Dieu avec Jesus-Christ,
„ qu'en rapportant les trois fentimens qu'il y a fur
„ ce fujet, & qu'en fefant des réflexions fur chacun
„ d'eux. „

Sentiment des orthodoxes.

„ Le premier fentiment eft celui des orthodoxes.
„ Ils y établiffent, 1°. une diftinction de trois per-
„ fonnes dans l'effence divine avant la venue de
„ Jesus-Christ au monde. 2°. Que la feconde de
„ ces perfonnes s'eft unie à la nature humaine de
„ Jesus-Christ. 3°. Que cette union eft fi étroite,
„ que par-là Jesus-Christ eft Dieu ; qu'on peut
„ lui attribuer la création du monde, & toutes les
„ perfections divines, & qu'on peut l'adorer d'un
„ culte fuprême. „

Sentiment des unitaires.

„ Le fecond eft celui des unitaires. Ne concevant
„ point la diftinction des perfonnes dans la Divinité,
„ ils établiffent, 1°. Que la divinité s'eft unie à la
„ nature humaine de Jesus-Christ. 2°. Que cette
„ union eft telle que l'on peut dire que Jesus-Christ
„ eft Dieu ; que l'on peut lui attribuer la création &
„ toutes les perfections divines, & l'adorer d'un culte
„ fuprême. „

Sentiment des sociniens.

„ LE troisième sentiment est celui des sociniens,
„ qui, de même que les unitaires, ne concevant
„ point de distinction de personnes dans la Divinité,
„ établissent, 1°. Que la Divinité s'est unie à la
„ nature humaine de JESUS-CHRIST. 2°. Que cette
„ union est fort étroite. 3°. Qu'elle n'est pas telle
„ que l'on puisse appeler JESUS-CHRIST Dieu, ni lui
„ attribuer les perfections divines & la création, ni
„ l'adorer d'un culte suprême; & ils pensent pouvoir
„ expliquer tous les passages de l'Ecriture sans être
„ obligés d'admettre aucune de ces choses.

Réflexions sur le premier sentiment.

„ DANS la distinction qu'on fait des trois personnes
„ dans la Divinité, ou on retient l'idée ordinaire des
„ personnes, ou on ne la retient pas. Si on retient
„ l'idée ordinaire des personnes, on établit trois
„ Dieux; cela est certain. Si l'on ne retient pas l'idée
„ ordinaire des trois personnes, ce n'est plus alors
„ qu'une distinction de propriétés, ce qui revient au
„ second sentiment. Ou, si on ne veut pas dire que
„ ce n'est pas une distinction des personnes propre-
„ ment dites, ni une distinction de propriétés, on
„ établit une distinction dont on n'a aucune idée. Et
„ il n'y a point d'apparence que pour faire soupçonner
„ en DIEU une distinction dont on ne peut avoir
„ aucune idée, l'Ecriture veuille mettre les hommes
„ en danger de devenir idolâtres en multipliant la

„ Divinité. Il eft d'ailleurs furprenant que cette dif-
„ tinction de perfonnes ayant toujours été, ce ne foit
„ que depuis la venue de JESUS-CHRIST qu'elle a
„ été révélée, & qu'il foit néceffaire de les connaître. „

Réflexions fur le fecond fentiment.

„ IL n'y a pas à la vérité un fi grand danger de jeter
„ les hommes dans l'idolâtrie dans le fecond fenti-
„ ment que dans le premier ; mais il faut avouer
„ pourtant qu'il n'en eft pas entièrement exempt. En
„ effet, comme par la nature de l'union qu'il établit
„ entre la Divinité & la nature humaine de JESUS-
„ CHRIST, on peut appeler JESUS-CHRIST Dieu, &
„ l'adorer : voilà deux objets d'adoration, JESUS-
„ CHRIST & DIEU. J'avoue qu'on dit que ce n'eft
„ que DIEU qu'on doit adorer en JESUS-CHRIST :
„ mais qui ne fait l'extrême penchant que les hommes
„ ont de changer les objets invifibles du culte en des
„ objets qui tombent fous les fens, où du moins fous
„ l'imagination ; penchant qu'ils fuivront ici avec
„ d'autant moins de fcrupule, qu'on dit que la Divi-
„ nité eft perfonnellement unie à l'humanité de
„ JESUS-CHRIST. „

Réflexions fur le troifième fentiment.

„ LE troifième fentiment, outre qu'il eft très-fimple
„ & conforme aux idées de la raifon, n'eft fujet à
„ aucun femblable danger de jeter les hommes dans
„ l'idolâtrie : quoique par ce fentiment JESUS-CHRIST
„ ne foit qu'un fimple homme, il ne faut pas craindre

,, que par-là il foit confondu avec les prophètes ou
,, les faints du premier ordre. Il refte toujours dans
,, ce fentiment une différence entr'eux & lui. Comme
,, on peut imaginer prefqu'à l'infini des degrés
,, d'union de la Divinité avec un homme, ainfi on
,, peut concevoir qu'en particulier l'union de la Divi-
,, nité avec JESUS-CHRIST a un fi haut degré de
,, connaiffance, de puiffance, de félicité, de perfec-
,, tion, de dignité, qu'il y a toujours eu une diftance
,, immenfe entre lui & les plus grands prophètes. Il
,, ne s'agit que de voir fi ce fentiment peut s'accorder
,, avec l'Ecriture, & s'il eft vrai que le titre de Dieu,
,, que les perfections divines, que la création, que le
,, culte fuprême ne foient jamais attribués à JESUS-
,, CHRIST dans les évangiles. ,,

C'était au philofophe *Abauzit* à voir tout cela. Pour
moi, je me foumets de cœur, de bouche, & de plume
à tout ce que l'Eglife catholique a décidé, & à tout ce
qu'elle décidera fur quelque dogme que ce puiffe être.
Je n'ajouterai qu'un mot fur la Trinité; c'eft que nous
avons une décifion de *Calvin* fur ce myftère. La
voici :

,, En cas que quelqu'un foit hétérodoxe, & qu'il
,, fe faffe fcrupule de fe fervir des mots Trinité &
,, Perfonne, nous ne croyons pas que ce foit une
,, raifon pour rejeter cet homme; nous devons le
,, fupporter fans le chaffer de l'Eglife, & fans l'expofer
,, à aucune cenfure comme un hérétique. ,,

C'eft après une déclaration auffi folemnelle que
Jean Chauvin, dit *Calvin*, fils d'un tonnelier de
Noyon, fit brûler dans Genève, à petit feu avec des
fagots verds, *Michel Servet* de Villa-Nueva. Cela
n'eft pas bien.

TYRAN.

Tyrannos fignifiait autrefois celui qui avait fu s'attirer la principale autorité ; comme roi, *Bazileus* , fignifiait celui qui était chargé de rapporter les affaires au fénat.

Les acceptions des mots changent avec le temps. *Idiotés* ne voulait dire d'abord qu'un folitaire , un homme ifolé : avec le temps il devint le fynonyme de fot.

On donne aujourd'hui le nom de tyran à un ufurpateur , ou à un roi qui fait des actions violentes & injuftes.

Cromwell était un tyran fous ces deux afpects. Un bourgeois qui ufurpe l'autorité fuprême , qui, malgré toutes les lois , fupprime la chambre des pairs , eft fans doute un tyran ufurpateur. Un général qui fait couper le cou à fon roi prifonnier de guerre , viole à la fois & ce qu'on appelle les lois de la guerre , & les lois des nations, & celles de l'humanité. Il eft tyran , il eft affaffin & parricide.

Charles I n'était point tyran , quoique la faction victorieufe lui donnât ce nom : il était, à ce qu'on dit, opiniâtre, faible, & mal confeillé. Je ne l'affurerai pas ; car je ne l'ai pas connu, mais j'affure qu'il fut très-malheureux.

Henri VIII était tyran dans fon gouvernement , comme dans fa famille, & couvert du fang de deux époufes innocentes , comme de celui des plus vertueux citoyens : il mérite l'exécration de la poftérité.

Cependant il ne fut point puni ; & *Charles I* mourut fur un échafaud.

Elifabeth fit une action de tyrannie, & fon parlement une de lâcheté infame, en fefant affaffiner par un bourreau la reine *Marie Stuart.* Mais dans le refte de fon gouvernement elle ne fut point tyrannique ; elle fut adroite & comédienne, mais prudente & forte.

Richard III fut un tyran barbare ; mais il fut puni.

Le pape *Alexandre VI* fut un tyran plus exécrable que tous ceux-là ; & il fut heureux dans toutes fes entreprifes.

Chriftiern II fut un tyran auffi méchant qu'*Alexandre VI*, & fut châtié ; mais il ne le fut point affez.

Si on veut compter les tyrans turcs, les tyrans grecs, les tyrans romains, on en trouvera autant d'heureux que de malheureux. Quand je dis heureux, je parle felon le préjugé vulgaire, felon l'acception ordinaire du mot, felon les apparences ; car qu'ils aient été heureux réellement, que leur ame ait été contente & tranquille, c'eft ce qui me paraît impoffible.

Conftantin le grand fut évidemment un tyran à double titre. Il ufurpa dans le nord de l'Angleterre la couronne de l'empire romain, à la tête de quelques légions étrangères, malgré toutes les lois, malgré le fénat & le peuple qui élurent légitimement *Maxence.* Il paffa toute fa vie dans le crime, dans les voluptés, dans les fraudes & dans les impoftures. Il ne fut point puni ; mais fut-il heureux ? DIEU le fait. Et je fais que fes fujets ne le furent pas.

Le grand *Théodofe* était le plus abominable des tyrans quand, fous prétexte de donner une fête, il fefait égorger dans le cirque quinze mille citoyens romains, plus ou moins, avec leurs femmes & leurs enfans ; & qu'il ajoutait à cette horreur la facétie de paſſer quelques mois ſans aller s'ennuyer à la grand'meſſe. On a preſque mis ce *Théodoſe* au rang des bienheureux ; mais je ſerais bien fâché qu'il eût été heureux ſur la terre. En tout cas, il ſera toujours bon d'aſſurer aux tyrans qu'ils ne ſeront jamais heureux dans ce monde, comme il eſt bon de faire accroire à nos maîtres-d'hôtel & à nos cuiſiniers qu'ils ſeront damnés éternellement s'ils nous volent.

Les tyrans du bas empire grec furent preſque tous détrônés, aſſaſſinés les uns par les autres. Tous ces grands coupables furent tour à tour les exécuteurs de la vengeance divine & humaine.

Parmi les tyrans turcs on en voit autant de dépoſés que de morts ſur leur trône.

A l'égard des tyrans ſubalternes, de ces monſtres en ſous-ordre, qui ont fait remonter juſque ſur leur maître l'exécration publique, dont ils ont été chargés, le nombre de ces *Amans*, de ces *Séjans* eſt un infini du premier ordre.

T Y R A N N I E.

ON appelle tyran le ſouverain qui ne connaît de lois que ſon caprice, qui prend le bien de ſes ſujets, & qui enſuite les enrôle pour aller prendre celui de ſes voiſins. Il n'y a point de ces tyrans-là en Europe.

On diſtingue la tyrannie d'un ſeul & celle de pluſieurs. Cette tyrannie de pluſieurs ſerait celle d'un corps qui envahirait les droits des autres corps, & qui exercerait le defpotifme à la faveur des lois corrompues par lui. Il n'y a pas non plus de cette efpèce de tyrans en Europe.

Sous quelle tyrannie aimeriez-vous mieux vivre? Sous aucune; mais s'il fallait choifir, je détefterais moins la tyrannie d'un feul que celle de plufieurs. Un defpote a toujours quelques bons momens; une affemblée de defpotes n'en a jamais. Si un tyran me fait une injuftice, je peux le défarmer par fa maîtreffe, par fon confeffeur, ou par fon page; mais une compagnie de graves tyrans eft inacceffible à toutes les féductions. Quand elle n'eft pas injufte, elle eft au moins dure, & jamais elle ne répand de grâces.

Si je n'ai qu'un defpote, j'en fuis quitte pour me ranger contre un mur lorfque je le vois paffer, ou pour me profterner, ou pour frapper la terre de mon front, felon la coutume du pays; mais s'il y a une compagnie de cent defpotes, je fuis expofé à répéter cette cérémonie cent fois par jour, ce qui eft très-ennuyeux à la longue quand on n'a pas les jarrets fouples. Si j'ai une métairie dans le voifinage de l'un de nos feigneurs, je fuis écrafé; fi je plaide contre un parent des parens d'un de nos feigneurs, je fuis ruiné. Comment faire? J'ai peur que dans ce monde on ne foit réduit à être enclume ou marteau; heureux qui échappe à cette alternative!

U.

UNIVERSITÉ.

Du *Boulai*, dans fon *Hiſtoire de l'univerſité de Paris*, adopte les vieilles traditions incertaines, pour ne pas dire fabuleuſes, qui en font remonter l'origine juſqu'au temps de *Charlemagne*. Il eſt vrai que telle eſt l'opinion de *Gaguin* & de *Gilles* de Beauvais ; mais outre que les auteurs contemporains, comme *Eginhard*, *Almon*, *Reginon*, & *Sigebert*, ne font aucune mention de cet établiſſement, *Paſquier* & du *Tillet* aſſurent expreſſément qu'il commença dans le douzième ſiècle, ſous les règnes de *Louis le jeune* & de *Philippe-Auguſte*.

D'ailleurs les premiers *ſtatuts* de l'univerſité ne furent dreſſés par *Robert de Corcéon*, légat du Sᵗ Siége, que l'an 1215 ; & ce qui prouve qu'elle eut d'abord la même forme qu'aujourd'hui, c'eſt qu'une bulle de *Grégoire IX*, de l'an 1231, fait mention des maîtres en théologie, des maîtres en droit, des phyſiciens, (on appelait alors ainſi les médecins) & enfin des artiſtes. Le nom d'univerſité vient de la ſuppoſition que ces quatre corps que l'on nomme facultés feſaient l'univerſité des études, c'eſt-à-dire comprenaient toutes celles que l'on peut faire.

Les papes, au moyen de ces établiſſemens dont ils jugeaient les déciſions, devinrent les maîtres de l'inſtruction des peuples ; & le même eſprit qui feſait regarder comme une faveur la permiſſion accordée

aux membres du parlement de Paris de se faire enterrer
en habit de cordelier , comme nous l'avons vu à
l'article *Quête* , dicta les arrêts donnés par cette cour
souveraine contre ceux qui osèrent s'élever contre une
scolastique inintelligible, laquelle, de l'aveu de l'abbé
Trithème , n'était qu'une fausse science qui avait gâté
la religion. En effet , ce que *Constantin* n'avait fait
qu'insinuer touchant la sibylle de Cumes , a été dit
expressément d'*Aristote*. Le cardinal *Pallavicini* relève
la maxime de je ne sais quel moine *Paul* , qui disait
plaisamment que , sans *Aristote* , l'Eglise aurait manqué
de quelques-uns de ses articles de foi.

Aussi le célébre *Ramus* , ayant publié deux ouvrages
dans lesquels il combattait la doctrine d'*Aristote* ensei-
gnée par l'université , aurait été immolé à la fureur
de ses ignorans rivaux , si le roi *François I* n'eût évoqué
à soi le procès qui pendait au parlement de Paris entre
Ramus & *Antoine Govea*. L'un des principaux griefs
contre *Ramus* était la manière dont il sefait prononcer
la lettre Q à ses disciples.

Ramus ne fut pas seul persécuté pour ces graves
billevesées. L'an 1624, le parlement de Paris bannit
de son ressort trois hommes qui avaient voulu soutenir
publiquement des thèses contre la doctrine d'*Aristote ;*
défendit à toute personne de publier, vendre & débi-
ter les propositions contenues dans ces thèses , à peine
de punition corporelle , & d'enseigner aucunes
maximes contre les anciens auteurs & approuvés , à
peine de la vie.

Les remontrances de la sorbonne sur lesquelles le
même parlement donna un arrêt contre les chimistes ,

l'an 1629, portaient qu'on ne pouvait choquer les principes de la philosophie d'*Ariſlote* ſans choquer ceux de la théologie ſcolaſtique reçue dans l'Egliſe. Cependant la faculté ayant fait, en 1566, un décret pour défendre l'uſage de l'antimoine, & le parlement ayant confirmé ce décret, *Paumier* de Caen, grand chimiſte & célébre médecin de Paris, pour ne s'être pas conformé au décret de la faculté & à l'arrêt du parlement, fut ſeulement dégradé l'an 1609. Enfin, l'antimoine ayant été inféré depuis dans le livre des médicamens compoſé par ordre de la faculté, l'an 1637, la faculté en permit l'uſage l'an 1666, un ſiécle après l'avoir défendu ; & le parlement autoriſa de même ce nouveau décret. Ainſi l'univerſité a ſuivi l'exemple de l'Egliſe qui fit proſcrire, ſous peine de mort, la doctrine d'*Arius*, & qui approuva le mot *conſubſtantiel* qu'elle avait auparavant condamné, comme nous l'avons vu à l'article *Concile*.

Ce que nous venons de dire, touchant l'univerſité de Paris, peut nous donner une idée des autres univerſités dont elle eſt regardée comme le modèle. En effet quatre-vingts univerſités, à ſon imitation, ont fait un décret que la ſorbonne fit dès le quatorzième ſiécle : c'eſt que quand on donne le bonnet à un docteur, on lui fait jurer qu'il ſoutiendra l'immaculée conception de la Vierge. Elle ne la regarde cependant point comme un article de foi, mais comme une opinion pieuſe & catholique.

USAGES.

Des usages méprisables ne supposent pas toujours une nation méprisable.

IL y a des cas où il ne faut pas juger d'une nation par les usages & par les superstitions populaires. Je suppose que *César* après avoir conquis l'Egypte, voulant faire fleurir le commerce dans l'empire romain, eût envoyé une ambassade à la Chine par le port d'Arsinoé, par la mer Rouge, & par l'Océan indien. L'empereur *Yventi*, premier du nom, régnait alors ; les annales de la Chine nous le représentent comme un prince très-sage & très-savant. Après avoir reçu les ambassadeurs de *César* avec toute la politesse chinoise, il s'informe secrétement par ses interprètes des usages, des sciences & de la religion de ce peuple romain, aussi célèbre dans l'Occident que le peuple chinois l'est dans l'Orient. Il apprend d'abord que les pontifes de ce peuple ont réglé leurs années d'une manière si absurde, que le soleil est déjà entré dans les signes célestes du printemps lorsque les Romains célèbrent les premières fêtes de l'hiver.

Il apprend que cette nation entretient à grands frais un collége de prêtres qui savent au juste le temps où il faut s'embarquer & où l'on doit donner bataille, par l'inspection du foie d'un bœuf, ou par la manière dont les poulets mangent de l'orge. Cette science sacrée fut apportée autrefois aux Romains par un petit dieu nommé *Tagès*, qui sortit de terre en Toscane.

Ces

Ces peuples adorent un Dieu suprême & unique qu'ils appellent toujours Dieu très-grand & très-bon. Cependant ils ont bâti un temple à une courtifane nommée *Flora ;* & les bonnes femmes de Rome ont prefque toutes chez elles de petits dieux pénates hauts de quatre ou cinq pouces. Une de ces petites divinités eft la déeffe des tetons ; l'autre celle des feffes. Il y a un pénate qu'on appelle le dieu *Pet.* L'empereur *Yventi* fe met à rire : les tribunaux de Nanquin penfent d'abord avec lui que les ambaffadeurs romains font des fous ou des impofteurs qui ont pris le titre d'envoyés de la république romaine ; mais comme l'empereur eft auffi jufte que poli, il a des converfations particulières avec les ambaffadeurs. Il apprend que les pontifes romains ont été très-ignorans, mais que *Céfar* réforme actuellement le calendrier ; on lui avoue que le collége des augures a été établi dans les premiers temps de la barbarie ; qu'on a laiffé fubfifter cette inftitution ridicule, devenue chère à un peuple long-temps groffier ; que tous les honnêtes gens fe moquent des augures ; que *Céfar* ne les a jamais confultés ; qu'au rapport d'un très-grand homme nommé *Caton*, jamais augure n'a pu parler à fon camarade fans rire ; & qu'enfin *Cicéron*, le plus grand orateur & le meilleur philofophe de Rome, vient de faire contre les augures un petit ouvrage intitulé *de la divination*, dans lequel il livre à un ridicule éternel tous les arufpices, toutes les prédictions, & tous les fortiléges dont la terre eft infatuée. L'empereur de la Chine a la curiofité de lire ce livre de *Cicéron*, les interprètes le traduifent ; il admire le livre & la république romaine.

Diétionn. philofoph. Tome VII.   B b

V.

V A M P I R E S.

Quoi! c'eſt dans notre dix-huitième ſiècle qu'il y a eu des vampires ! c'eſt après le règne des *Locke*, des *Shaftesbury*, des *Tranchard*, des *Colins*; c'eſt ſous le règne des d'*Alembert*, des *Diderot*, des *Sᵗ Lambert*, des *Duclos*, qu'on a cru aux vampires; & que le révérend père dom *Auguſtin Calmet*, prêtre, bénédictin de la congrégation de Sᵗ Vannes & de Sᵗ Hidulphe, abbé de Sénone, abbaye de cent mille livres de rentes, voiſine de deux autres abbayes du même revenu, a imprimé & réimprimé l'hiſtoire des vampires avec l'approbation de la ſorbonne, ſignée *Marcilli* !

Ces vampires étaient des morts qui ſortaient la nuit de leurs cimetières pour venir ſucer le ſang des vivans ſoit à la gorge ou au ventre, après quoi ils allaient ſe remettre dans leurs foſſes. Les vivans ſucés maigriſſaient, pâliſſaient, tombaient en conſomption, & les morts ſuceurs engraiſſaient, prenaient des couleurs vermeilles, étaient tout-à-fait appétiſſans. C'était en Pologne, en Hongrie, en Siléſie, en Moravie, en Autriche, en Lorraine, que les morts feſaient cette bonne chère. On n'entendait point parler de vampires à Londres, ni même à Paris. J'avoue que dans ces deux villes il y eut des agioteurs, des traitans, des gens d'affaires, qui ſucèrent en plein jour le ſang du peuple, mais ils n'étaient point morts quoique corrompus. Ces suceurs véritables ne demeuraient pas dans des cimetières, mais dans des palais fort agréables.

Qui croirait que la mode des vampires nous vint de la Grèce? Ce n'est pas de la Grèce d'*Alexandre*, d'*Ariftote*, de *Platon*, d'*Epicure*, de *Démofthène*, mais de la Grèce chrétienne, malheureufement fchifmatique.

Depuis long-temps les chrétiens du rite grec s'imaginent que les corps des chrétiens du rite latin, enterrés en Grèce, ne pourriffent point; parce qu'ils font excommuniés. C'eft précifément le contraire de nous autres chrétiens du rite latin. Nous croyons que les corps qui ne fe corrompent point, font marqués du fceau de la béatitude éternelle. Et dès qu'on a payé cent mille écus à Rome pour leur faire donner un brevet de faints, nous les adorons de l'adoration de dulie.

Les Grecs font perfuadés que ces morts font forciers; ils les appellent *broucolacas* ou *vroucolacas*, felon qu'ils prononcent la feconde lettre de l'alphabet. Ces morts grecs vont dans les maifons fucer le fang des petits enfans, manger le fouper des pères & mères, boire leur vin, & caffer tous les meubles. On ne peut les mettre à la raifon qu'en les brûlant, quand on les attrape. Mais il faut avoir la précaution de ne les mettre au feu qu'après leur avoir arraché le cœur que l'on brûle à part.

Le célébre *Tournefort*, envoyé dans le Levant par *Louis XIV*, ainfi que tant d'autres virtuofes, (*a*) fut

(*a*) *Tournefort*, tom. I, pag. 155 & fuiv.

témoin de tous les tours attribués à un de ces broucolacas, & de cette cérémonie.

Après la médifance rien ne fe communique plus
promptement que la fuperftition, le fanatifme, le for-
tilége, & les contes des revenans. Il y eut des broucolacas en Valachie, en Moldavie, & bientôt chez
les Polonais, lefquels font du rite romain. Cette fuperftition leur manquait; elle alla dans tout l'orient de
l'Allemagne. On n'entendit plus parler que de vampires depuis 1730 jufqu'en 1735; on les guetta, on
leur arracha le cœur, & on les brûla : ils reffemblaient aux anciens martyrs ; plus on en brûlait,
plus il s'en trouvait.

Calmet enfin devint leur hiftoriographe, & traita
les vampires comme il avait traité l'ancien & le nouveau teftament, en rapportant fidellement tout ce qui
avait été dit avant lui.

C'eft une chofe à mon gré très-curieufe, que les
procès-verbaux faits juridiquement concernant tous
les morts qui étaient fortis de leurs tombeaux pour
venir fucer les petits garçons & les petites filles de
leur voifinage. *Calmet* rapporte qu'en Hongrie deux
officiers délégués par l'empereur *Charles VI*, affiftés
du bailli du lieu & du bourreau, allèrent faire
enquête d'un vampire, mort depuis fix femaines, qui
fuçait tout le voifinage. On le trouva dans fa bière
frais, gaillard, les yeux ouverts, & demandant à
manger. Le bailli rendit fa fentence. Le bourreau
arracha le cœur au vampire & le brûla ; après quoi
le vampire ne mangea plus.

Qu'on ofe douter après cela des morts reffufcités,
dont nos anciennes légendes font remplies, & de tous

les miracles rapportés par *Bollandus*, & par le fincère & révérend dom *Ruinart!*

Vous trouvez des hiftoires de vampires jufque dans les lettres juives de ce d'*Argens* que les jéfuites, auteurs du journal de Trévoux, ont accufé de ne rien croire. Il faut voir comme ils triomphèrent de l'hiftoire du vampire de Hongrie ; comme ils remerciaient D I E U & la Vierge d'avoir enfin converti ce pauvre d'*Argens*, chambellan d'un roi qui ne croyait point aux vampires.

Voilà donc, difaient-ils, ce fameux incrédule qui a ofé jeter des doutes fur l'apparition de l'ange à la Ste Vierge ; fur l'étoile qui conduifit les mages ; fur la guérifon des poffédés ; fur la fubmerfion de deux mille cochons dans un lac ; fur une éclipfe de foleil en pleine lune ; fur la réfurrection des morts qui fe promenèrent dans Jérufalem : fon cœur s'eft amolli, fon efprit s'eft éclairé, il croit aux vampires.

Il ne fut plus queftion alors d'examiner fi tous ces morts étaient reffufcités par leur propre vertu, ou par la puiffance de D I E U, ou par celle du diable. Plufieurs grands théologiens de Lorraine, de Moravie, & de Hongrie étalèrent leurs opinions & leur fcience. On rapporta tout ce que St *Auguftin*, St *Ambroife*, & tant d'autres faints, avaient dit de plus inintelligible fur les vivans & fur les morts. On rapporta tous les miracles de St *Etienne* qu'on trouve au feptième livre des œuvres de St *Auguftin* ; voici un des plus curieux. Un jeune homme fut écrafé dans la ville d'Aubzal en Afrique fous les ruines d'une muraille ; la veuve alla fur le champ invoquer St *Etienne*, à qui elle était très-dévote. St *Etienne* le reffufcita. On lui demanda ce qu'il avait vu dans l'autre monde. Meſſieurs, dit-il, quand mon ame eut quitté mon corps, elle rencontra une infinité d'ames qui lui feſaient plus de queſtions ſur ce monde-ci que vous ne m'en faites ſur l'autre. J'allais je ne ſais où, lorſque j'ai rencontré *St Etienne* qui m'a dit : rendez ce que vous avez reçu. Je lui ai répondu : que voulez-vous que je vous rende, vous ne m'avez jamais rien donné ? Il m'a répété trois fois : rendez ce que vous avez reçu. Alors j'ai compris qu'il voulait parler du *credo*. Je lui ai récité mon *credo*, & ſoudain il m'a reſſuſcité.

On cita ſurtout les hiſtoires rapportées par *Sulpice Sévère* dans la vie de *St Martin*. On prouva que *St Martin* avait entr'autres reſſuſcité un damné.

Mais toutes ces hiſtoires, quelque vraies qu'elles puiſſent être, n'avaient rien de commun avec les vampires qui allaient ſucer le ſang de leurs voiſins, & venaient enſuite ſe replacer dans leurs bières. On chercha ſi on ne trouverait pas dans l'ancien Teſtament ou dans la mythologie quelque vampire qu'on pût donner pour exemple ; on n'en trouva point. Mais il fut prouvé que les morts buvaient & mangeaient, puiſque chez tant de nations anciennes on mettait des vivres ſur leurs tombeaux.

La difficulté était de ſavoir ſi c'était l'ame ou le corps du mort qui mangeait. Il fut décidé que c'était l'un & l'autre. Les mets délicats & peu ſubſtantiels, comme les méringues, la crême fouettée, & les fruits fondans, étaient pour l'ame ; les roſt-bif étaient pour le corps.

Les rois de Perfe furent, dit-on, les premiers qui fe firent fervir à manger après leur mort. Prefque tous les rois d'aujourd'hui les imitent; mais ce font les moines qui mangent leur dîner & leur fouper, & qui boivent le vin. Ainfi les rois ne font pas à proprement parler des vampires. Les vrais vampires font les moines qui mangent aux dépens des rois & des peuples.

Il eft bien vrai que St *Staniflas* qui avait acheté une terre confidérable d'un gentilhomme polonais, & qui ne l'avait point payée, étant pourfuivi devant le roi *Boleflas* par les héritiers, reffufcita le gentilhomme; mais ce fut uniquement pour fe faire donner quittance. Et il n'eft point dit qu'il ait donné feulement un pot de vin au vendeur, lequel s'en retourna dans l'autre monde fans avoir ni bu ni mangé.

On agite enfuite la grande queftion, fi l'on peut abfoudre un vampire qui eft mort excommunié. Cela va plus au fait.

Je ne fuis pas affez profond dans la théologie pour dire mon avis fur cet article; mais je ferais volontiers pour l'abfolution; parce que dans toutes les affaires douteufes, il faut toujours prendre le parti le plus doux.

Odia reftringenda, favores ampliandi.

Le réfultat de tout ceci eft qu'une grande partie de l'Europe a été infeftée de vampires pendant cinq ou fix ans, & qu'il n'y en a plus; que nous avons eu des convulfionnaires en France pendant plus de vingt ans, & qu'il n'y en a plus; que nous avons eu des poffédés pendant dix-fept cents ans, & qu'il n'y en a plus ; qu'on a toujours reſſuſcité des morts depuis *Hippolyte* , & qu'on n'en reſſuſcite plus ; que nous avons eu des jéſuites en Eſpagne , en Portugal , en France , dans les deux Siciles , & que nous n'en avons plus.

VELETRI ou VELITRI,

Petite ville d'Ombrie , à neuf lieues de Rome ; & par occaſion de la divinité d'Auguſte.

CEUX qui aiment l'hiſtoire ſont bien aiſes de ſavoir à quel titre un bourgeois de Veletri , gouverna un empire qui s'étendait du mont Taurus au mont Atlas , & de l'Euphrate à l'Océan occidental. Ce ne fut point comme dictateur perpétuel ; ce titre avait été trop funeſte à *Jules-Céſar. Auguſte* ne le porta que onze jours. La crainte de périr comme ſon prédéceſ-ſeur , & les conſeils d'*Agrippa* , lui firent prendre d'autres meſures. Il accumula inſenſiblement ſur ſa tête toutes les dignités de la république : treize conſulats , le tribunat renouvelé en ſa faveur de dix en dix ans , le nom de prince du ſénat, celui d'*empe-reur* , qui d'abord ne ſignifiait que *général d'armée* , mais auquel il ſut donner une dénomination plus étendue; ce ſont-là les titres qui ſemblèrent legitimer ſa puiſſance.

Le ſénat ne perdit rien de ſes honneurs; il conſerva même toujours de très-grands droits. *Auguſte* partagea avec lui toutes les provinces de l'empire , mais il retint pour lui les principales. Enfin , maître de l'argent & des troupes , il fut en effet ſouverain.

Ce qu'il y eut de plus étrange , c'eſt que *Jules-Céſar* ayant été mis au rang des dieux après ſa mort, *Auguſte* fut dieu de ſon vivant. Il eſt vrai qu'il n'était pas tout-à- fait dieu à Rome , mais il l'était dans les provinces : il y avait des temples & des prêtres. L'abbaye d'Ainay à Lyon était un beau temple d'*Auguſte*. *Horace* lui dit :

Jurandaſque tuum per nomen ponimus aras.

Cela veut dire qu'il y avait chez les Romains même d'aſſez bons courtiſans pour avoir dans leurs maiſons de petits autels qu'ils dédiaient à *Auguſte*. Il fut donc canoniſé de ſon vivant ; & le nom de dieu devint le titre ou le fobriquet de tous les empereurs ſuivans. *Caligula* ſe fit dieu ſans difficulté ; il ſe fit adorer dans le temple de *Caſtor* & de *Pollux*. Sa ſtatue était poſée entre ces deux gémeaux; on lui immolait des paons , des faiſans, des poules de Numidie; juſqu'à ce qu'enfin on l'immola lui-même. *Néron* eut le nom de dieu avant qu'il fût condamné par le ſénat à mourir par le ſupplice des eſclaves.

Ne nous imaginons pas que ce nom de *dieu* ſignifiât chez ces monſtres ce qu'il ſignifie parmi nous : le blaſphème ne pouvait être porté juſque-là. *Divus* voulait dire préciſément *ſanctus*. De la liſte des proſcriptions , & de l'épigramme ordurière contre *Fulvie*, il y a loin juſqu'à la divinité.

Il y eut onze conſpirations contre ce dieu , ſi l'on compte la prétendue conjuration de *Cinna ;* mais aucune ne réuſſit : & de tous ces miſérables qui uſurpèrent les honneurs divins , *Auguſte* fut ſans doute le plus fortuné. Il fut véritablement celui par lequel la

république romaine périt ; car *Céſar* n'avait été dictateur que dix mois , & *Auguſte* régna plus de quarante
années. Ce fut dans cet eſpace de temps que les mœurs
changèrent avec le gouvernement. Les armées , com-
poſées autrefois de légions romaines & des peuples
d'Italie , furent dans la ſuite formées de tous les peuples
barbares. Elles mirent ſur le trône des empereurs de
leurs pays.

Dès le troiſième ſiècle , il s'éleva trente tyrans prefqu'à la fois , dont les uns étaient de la Tranſilvanie,
les autres des Gaules , d'Angleterre , ou d'Allemagne.
Dioclétien était le fils d'un eſclave de Dalmatie ;
Maximien - Hercule était un villageois de Sirmik ;
Théodoſe était d'Eſpagne qui n'était pas alors un pays
fort policé.

On fait affez comment l'empire romain fut enfin
détruit, comment les Turcs en ont ſubjugué la moitié,
& comment le nom de l'autre moitié ſubſiſte encore
ſur les rives du Danube, chez les Marcomans. Mais
la plus ſingulière de toutes les révolutions , & le plus
étonnant de tous les ſpectacles , c'eſt de voir par qui
le capitole eſt habité aujourd'hui.

VENALITÉ.

CE fauſſaire dont nous avons tant parlé, qui fit le teſtament du cardinal de *Richelieu*, dit au chapitre IV, *qu'il vaut mieux laiſſer la vénalité & le droit annuel , que d'abolir ces deux établiſſemens difficiles à changer tout d'un coup ſans ébranler l'Etat.*

Toute la France répétait, & croyait répéter après le cardinal de *Richelieu* , que la vénalité des offices de judicature était très-avantageuſe.

L'abbé de *St Pierre* fut le premier qui croyant encore que le prétendu teſtament était du cardinal , oſa dire dans ſes obſervations ſur le chapitre IV : *Le cardinal s'eſt engagé dans un mauvais pas , en ſoutenant que quant à préſent la vénalité des charges peut être avantageuſe à l'Etat. Il eſt vrai qu'il n'eſt pas poſſible de rembourſer toutes les charges.*

Ainſi non-ſeulement cet abus paraiſſait à tout le monde irréformable, mais utile : on était ſi accoutumé à cet opprobre qu'on ne le ſentait pas ; il ſemblait éternel ; un ſeul homme en peu de mois l'a ſu anéantir.

Répétons donc qu'on peut tout faire, tout corriger ; que le grand défaut de preſque tous ceux qui gouvernent eſt de n'avoir que des demi-volontés & des demi-moyens. Si *Pierre le grand* n'avait pas voulu fortement, deux mille lieues de pays ſeraient encore barbares.

Comment donner de l'eau dans Paris à trente mille maiſons qui en manquent ? comment payer les dettes de l'Etat ? comment fe fouftraire à la tyrannie révérée d'une puiffance étrangère qui n'eft pas une puiffance, & à laquelle on paye en tribut les premiers fruits ? Ofez-le vouloir, & vous en viendrez à bout plus aifément que vous n'avez extirpé les jéfuites, & purgé le théâtre de petits-maîtres.

V E N I S E,

Et par occafion de la liberté.

N U L L E puiffance ne peut reprocher aux Vénitiens d'avoir acquis leur liberté par la révolte ; nulle ne peut leur dire : Je vous ai affranchis, voilà le diplôme de votre manumiffion.

Ils n'ont point ufurpé leurs droits comme les *Céfars* ufurpèrent l'empire, comme tant d'évêques, à commencer par celui de Rome, ont ufurpé les droits régaliens ; ils font feigneurs de Venife (fi l'on ofe fe fervir de cette audacieufe comparaifon) comme Dieu eft feigneur de la terre, parce qu'il l'a fondée.

Attila, qui ne prit jamais le titre de *fléau de Dieu*, va ravageant l'Italie. Il en avait autant de droit qu'en eurent depuis *Charlemagne* l'auftrafien, & *Arnould le bâtard* carinthien, & *Gui* duc de Spolète, & *Bérenger* marquis de Frioul, & les évêques qui voulaient fe faire fouverains.

Dans ce temps de brigandages militaires & ecclé-fiaftiques, *Attila* paffe comme un vautour, & les Vénitiens fe fauvent dans la mer comme des alcions. Nul ne les protège qu'eux-mêmes ; ils font leur nid au milieu des eaux ; ils l'agrandiſſent ; ils le peuplent ; ils le défendent ; ils l'enrichiſſent. Je demande s'il eſt poſſible d'imaginer une poſſeſſion plus juſte ? Notre père *Adam* , qu'on ſuppoſe avoir vécu dans le beau pays de la Méſopotamie , n'était pas à plus juſte titre ſeigneur & jardinier du paradis terreſtre.

J'ai lu le *Squittinio della libertà di Venezia* , & j'en ai été indigné.

Quoi ! Veniſe ne ſerait pas originairement libre , parce que les empereurs grecs , ſuperſtitieux , & méchans , & faibles , & barbares , diſent : Cette nouvelle ville a été bâtie ſur notre ancien territoire ; & parce que des allemands , ayant le titre d'*empereur d'Occident* , diſent : Cette ville étant dans l'Occident , eſt de notre domaine ?

Il me ſemble voir un poiſſon volant , pourſuivi à la fois par un faucon & par un requin , & qui échappe à l'un & à l'autre.

Sannazar avait bien raiſon de dire , en comparant Rome & Veniſe :

Illam homines dicas , hanc poſuiſſe Deos.

Rome perdit par *Céſar* , au bout de cinq cents ans , ſa liberté acquiſe par *Brutus*. Veniſe a conſervé la ſienne pendant onze ſiècles , & je me flatte qu'elle la conſervera toujours.

Gènes , pourquoi fais-tu gloire de montrer un diplôme d'un *Bérenger* qui te donna des priviléges en l'an 958 ? On ſait que des conceſſions de priviléges ne ſont que des titres de ſervitude. Et puis voilà un beau titre qu'une charte d'un tyran paſſager qui ne fut jamais bien reconnu en Italie , & qui fut chaſſé deux ans après la date de cette charte !

La véritable charte de la liberté eſt l'indépendance ſoutenue par la force. C'eſt avec la pointe de l'épée qu'on ſigne les diplômes qui aſſurent cette prérogative naturelle. Tu perdis plus d'une fois ton privilége & ton coffre-fort. Garde l'un & l'autre depuis 1748.

Heureuſe Helvétie ! à quelle pancarte dois-tu ta liberté ? à ton courage , à ta fermeté , à tes montagnes. — Mais je ſuis ton empereur. — Mais je ne veux plus que tu le ſois. — Mais tes pères ont été eſclaves de mon père. — C'eſt pour cela même que leurs enfans ne veulent point te ſervir. — Mais j'avais le droit attaché à ma dignité. — Et nous nous avons le droit de la nature.

Quand les ſept Provinces - Unies eurent-elles ce droit inconteſtable ? au moment même où elles furent unies ; & dès-lors ce fut *Philippe II* qui fut le rebelle. Quel grand-homme que ce *Guillaume* prince d'Orange ! il trouva des eſclaves , & il en fit des hommes libres.

Pourquoi la liberté eſt-elle ſi rare ?

Parce qu'elle eſt le premier des biens.

VENTRES PARESSEUX.

SAINT Paul a dit que les Crétois font toujours *menteurs, de méchantes bêtes, & des ventres pareſſeux.* Le médecin *Hequet* entendait par *ventres pareſſeux*, que les Crétois allaient rarement à la felle ; & qu'ainſi la matière fécale refluant dans leur fang, les rendait de mauvaiſe humeur & en feſait de méchantes bêtes. Il eſt très-vrai qu'un homme qui n'a pu venir à bout de pouſſer fa felle, fera plus fujet à la colère qu'un autre ; fa bile ne coule pas, elle eſt recuite, fon fang eſt aduſte.

Quand vous avez le matin une grâce à demander à un miniſtre ou à un premier commis de miniſtre, informez-vous adroitement s'il a le ventre libre. Il faut toujours prendre *mollia fandi tempora.*

Perſonne n'ignore que notre caractère & notre tour d'eſprit dépendent abſolument de la garde-robe. Le cardinal de *Richelieu* n'était fanguinaire que parce qu'il avait des hémorrhoïdes internes qui occupaient fon inteſtin rectum, & qui durciſſaient fes matières. La reine *Anne d'Autriche* l'appelait toujours *cul pourri.* Ce fobriquet redoubla l'aigreur de fa bile, & coûta probablement la vie au maréchal de *Marillac*, & la liberté au maréchal de *Baſſompierre.* Mais je ne vois pas pourquoi les gens conſtipés feraient plus menteurs que d'autres ; il n'y a nulle analogie entre le fphincter de l'anus & le menfonge, comme il y en a une très-fenſible entre les inteſtins & nos paſſions, notre manière de penfer, notre conduite.

Je fuis donc bien fondé à croire que *St Paul* entendait par *ventres pareffeux*, des gens voluptueux, des efpèces de prieurs, de chanoines, d'abbés commendataires, de prélats fort riches, qui reftaient au lit tout le matin pour fe refaire des débauches de la veille, comme dit *Marot* :

> Un gras prieur fon petit-fils baifait
> · Et mignardait au matin dans fa couche,
> Tandis rôtir la perdrix on fefait &c. &c.

Mais on peut fort bien paffer le matin au lit, & n'être ni menteur, ni méchante bête. Au contraire, les voluptueux indolens font pour la plupart très-doux dans la fociété, & du meilleur commerce du monde.

Quoi qu'il en foit, je fuis très-fâché que *St Paul* injurie toute une nation : il n'y a dans ce paffage (humainement parlant) ni politeffe, ni habileté, ni vérité. On ne gagne point les hommes en leur difant qu'ils font de méchantes bêtes ; & furement il aurait trouvé en Crète des hommes de mérite. Pourquoi outrager ainfi la patrie de *Minos*, dont l'archevêque *Fénélon* (bien plus poli que *St Paul*) fait un fi pompeux éloge dans fon Télémaque ?

St Paul n'était-il pas difficile à vivre ? d'une humeur brufque, d'un efprit fier, d'un caractère dur & impérieux ? Si j'avais été l'un des apôtres, ou feulement difciple, je me ferais infailliblement brouillé avec lui. Il me femble que tout le tort était de fon côté, dans fa querelle avec *Pierre Simon Barjone*. Il avait la fureur de la domination ; il fe vante toujours d'être apôtre,

&

& d'être plus apôtre que ſes confrères ; lui qui avait ſervi à lapider S*t* *Etienne !* lui qui avait été un valet perſécuteur ſous *Gamaliel*, & qui aurait dû pleurer ces crimes, bien plus long-temps que S*t* *Pierre* ne pleura ſa faibleſſe, (toujours humainement parlant.)

Il ſe vante d'être citoyen romain né à Tharſis ; & S*t* *Jérôme* prétend qu'il était un pauvre juif de province né à Giſcale dans la Galilée. (*a*) Dans ſes lettres au petit troupeau de ſes frères, il parle toujours en maître très-dur. *Je viendrai*, écrit-il à quelques corinthiens, *je viendrai à vous*, *je jugerai tout par deux ou trois témoins ; je ne pardonnerai ni à ceux qui ont péché, ni aux autres.* Ce *ni aux autres* eſt un peu dur.

Bien des gens prendraient aujourd'hui le parti de S*t* *Pierre* contre S*t* *Paul*, n'était l'épiſode d'*Ananie* & de *Saphire*, qui a intimidé les ames enclines à faire l'aumône.

Je reviens à mon texte des Crétois menteurs, méchantes bêtes, ventres pareſſeux ; & je conſeille à tous les miſſionnaires de ne jamais débuter avec aucun peuple par lui dire des injures.

Ce n'eſt pas que je regarde les Crétois comme les plus juſtes & les plus reſpectables des hommes, ainſi que le dit la fabuleuſe Grèce. Je ne prétends point concilier leur prétendue vertu avec leur prétendu taureau dont la belle *Paſiphaë* fut ſi amoureuſe, ni avec l'art dont le fondeur *Dédale* fit une vache d'airain, dans laquelle *Paſiphaë* ſe poſta ſi habilement, que ſon tendre amant lui fit un minotaure, auquel le pieux

_____

(*a*) Nous l'avons déjà dit ailleurs, & nous le répétons ici. Pourquoi ? parce que les jeunes welches, pour l'édification de qui nous écrivons, liſent en courant & oublient tout ce qu'ils liſent.

Dictionn. philoſoph. Tome VII.   C c

& équitable *Minos* facrifiait tous les ans, (& non pas tous les neuf ans) fept grands garçons & fept grandes filles d'Athènes.

Ce n'eft pas que je croie aux cent grandes villes de Crète ; paffe pour cent mauvais villages établis fur ce rocher long & étroit avec deux ou trois villes. On eft toujours fâché que *Rollin*, dans fa compilation élégante de l'Hiftoire ancienne, ait répété tant d'anciennes fables fur l'île de Crète & fur *Minos* comme fur le refte.

A l'égard des pauvres grecs & des pauvres juifs qui habitent aujourd'hui les montagnes efcarpées de cette île, fous le gouvernement d'un bacha, il fe peut qu'ils foient des menteurs & de méchantes bêtes. J'ignore s'ils ont le ventre pareffeux, & je fouhaite qu'ils aient à manger.

V E R G E,

Baguette divinatoire.

Les theurgites, les anciens fages, avaient tous une verge avec laquelle ils opéraient.

Mercure paffe pour le premier dont la verge ait fait des prodiges. On tient que *Zoroaftre* avait une grande verge. La verge de l'antique *Bacchus* était fon thyrfe, avec lequel il fépara les eaux de l'Oronte, de l'Hydafpe, & de la mer Rouge. La verge d'*Hercule* était fon bâton, fa maffue. *Pythagore* fut toujours repréfenté avec fa verge. On dit qu'elle était d'or ; il n'eft pas étonnant qu'ayant une cuiffe d'or , il eût une verge du même métal.

Abaris , prêtre d'*Apollon* hyperboréen , qu'on prétend avoir été contemporain de *Pythagore* , fut bien plus fameux par fa verge ; elle n'était que de bois ; mais il traverfait les airs à califourchon fur elle. *Porphyre* & *Jamblique* affirment que ces deux grands theurgites , *Abaris* & *Pythagore* , fe montrèrent amicalement leur verge.

La verge fut en tout temps l'inftrument des fages & le figne de leur fupériorité. Les confeillers forciers de *Pharaon* firent d'abord autant de preftiges avec leur verge , que *Moïfe* fit de prodiges avec la fienne. Le judicieux *Calmet* nous apprend dans fa differtation fur l'Exode , *que les opérations de ces mages n'étaient pas des miracles proprement dits , mais une métamorphofe fort fingulière & fort difficile , qui néanmoins n'eft ni contre , ni au-deffus des lois de la nature.* La verge de *Moïfe* eut la fupériorité qu'elle devait avoir fur celle de ces chotim d'Egypte.

Non-feulement la verge d'*Aaron* partagea l'honneur des prodiges de fon frère *Moïfe;* mais elle en fit en fon particulier de très-admirables. Perfonne n'ignore comment de treize verges celle d'*Aaron* fut la feule qui fleurit , qui pouffa des boutons , des fleurs , & des amandes.

Le diable , qui , comme on fait , eft un mauvais finge des œuvres des faints , voulut avoir auffi fa verge , fa baguette , dont il gratifia tous les forciers. *Médée* & *Circé* furent toujours armées de cet inftrument myftérieux. De-là vient que jamais magicienne ne paraît à l'opéra sans cette verge, & qu'on appelle ces rôles *des rôles à baguette.*

Aucun joueur de gobelets ne fait ses tours de passe-passe sans sa verge, sans sa baguette.

On trouve les sources d'eau, les tréfors, au moyen d'une verge, d'une baguette de coudrier, qui ne manque pas de forcer un peu la main à un imbécille qui la serre trop, & qui tourne aisément dans celle d'un fripon. M. *Formey*, secrétaire de l'académie de Berlin, explique ce phénomène par celui de l'aimant dans le grand Dictionnaire encyclopédique. Tous les forciers du siècle passé croyaient aller au sabbat sur une verge magique, ou sur un manche à balai qui en tenait lieu; & les juges, qui n'étaient pas forciers, les brûlaient.

Les verges de bouleau sont une poignée de scions dont on frappe les malfaiteurs sur le dos. Il est honteux & abominable qu'on inflige un pareil châtiment sur les fesses à de jeunes garçons & à de jeunes filles. C'était autrefois le supplice des esclaves. J'ai vu dans des collèges, des barbares qui fesaient dépouiller des enfans presqu'entièrement; une espèce de bourreau, souvent ivre, les déchirait avec de longues verges, qui mettaient en sang leurs aines & les fesaient enfler démesurément. D'autres les fesaient frapper avec douceur, & il en naissait un autre inconvénient. Les deux nerfs qui vont du sphincter au pubis étant irrités, causaient des pollutions; c'est ce qui est arrivé souvent à de jeunes filles.

Par une police incompréhensible, les jésuites du Paraguai fouettaient les pères & les mères de famille

fur leurs feffes nues. (*a*) Quand il n'y aurait eu
que cette raifon pour chaffer les jéfuites, elle aurait
fuffi. (1)

V E R I T É.

,, *P*ILATE lui dit alors : Vous êtes donc roi ? JESUS
,, lui répondit : Vous dites que je fuis roi, c'eft pour
,, cela que je fuis né & que je fuis venu au monde,
,, afin de rendre témoignage à la vérité ; tout homme
,, qui eft de vérité écoute ma voix.

,, *Pilate* lui dit : Qu'eft-ce que vérité ? & ayant dit
,, cela il fortit &c. ,, (*Jean*, chap. XVIII.)

Il eft trifte pour le genre-humain que *Pilate* fortît
fans attendre la réponfe ; nous faurions ce que c'eft
que la vérité. *Pilate* était bien peu curieux. L'accufé
amené devant lui dit qu'il eft roi, qu'il eft né pour
être roi ; & il ne s'informe pas comment cela peut
être. Il eft juge fuprême au nom de *Céfar ;* il a la
puiffance du glaive ; fon devoir était d'approfondir le
fens de ces paroles. Il devait dire : Apprenez-moi ce
que vous entendez par être roi ? comment êtes-vous
né pour être roi & pour rendre témoignage à la

(*a*) Voyez le Voyage de M. le colonel de *Bougainville* , & les Lettres
fur le Paraguai.

(1) Dans le temps de la révocation de l'édit de Nantes , les religieufes
chez qui l'on enfermait les filles arrachées des bras de leurs parens , ne
manquaient pas de les fouetter vigoureufement lorfqu'elles ne voulaient pas
affifter à la meffe le dimanche : quand les religieufes n'étaient pas affez
fortes , elles demandaient du fecours à la garnifon ; & l'exécution fe
fefait par des grenadiers , en préfence d'un officier-major. Voyez l'hiftoire
de la révocation de l'édit de Nantes.

vérité? on prétend qu'elle ne parvient que difficilement à l'oreille des rois. Moi qui fuis juge, j'ai
toujours eu une peine extrême à la découvrir. Inf-
truifez-moi pendant que vos ennemis crient là dehors
contre vous; vous me rendrez le plus grand fervice
qu'on ait jamais rendu à un juge ; & j'aime bien
mieux apprendre à connaître le vrai que de condefcendre à la demande tumultueufe des Juifs qui veulent
que je vous faffe pendre.

Nous n'oferons pas fans doute rechercher ce que
l'auteur de toute vérité aurait pu dire à *Pilate*.

Aurait-il dit : *La vérité eft un mot abftrait que la plupart
des hommes emploient indifféremment dans leurs livres &
dans leurs jugemens, pour erreur & menfonge.* Cette défi-
nition aurait merveilleufement convenu à tous les
fefeurs de fyftèmes. Ainfi le mot *fageffe* eft pris fouvent pour folie, & *efprit* pour fottife.

Humainement parlant, définiffons la vérité, en
attendant mieux, *ce qui eft énoncé tel qu'il eft.*

Je fuppofe qu'on eût mis feulement fix mois à
enfeigner à *Pilate* les vérités de la logique, il eût fait
fans doute ce fyllogifme concluant. On ne doit point
ôter la vie à un homme qui n'a prêché qu'une bonne
morale ; or, celui qu'on m'a déféré, a, de l'avis de
fes ennemis même, prêché fouvent une morale
excellente ; donc on ne doit point le punir de mort.

Il aurait pu encore tirer cet autre argument.

Mon devoir eft de diffiper les attroupemens d'un
peuple féditieux qui demande la mort d'un homme,
fans raifon & fans forme juridique ; or, tels font les
Juifs dans cette occafion ; donc je dois les renvoyer
& rompre leur affemblée.

Nous fuppofons que *Pilate* favait l'arithmétique, ainfi nous ne parlerons pas de ces efpèces de vérités.

Pour les vérités mathématiques, je crois qu'il aurait fallu trois ans pour le moins, avant qu'il pût être au fait de la géométrie tranfcendante. Les vérités de la phyfique, combinées avec celles de la géométrie, auraient exigé plus de quatre ans. Nous en confumons fix, d'ordinaire, à étudier la théologie; j'en demande douze pour *Pilate*, attendu qu'il était païen, & que fix ans n'auraient pas été trop pour déraciner toutes fes vieilles erreurs, & fix autres années pour le mettre en état de recevoir le bonnet de docteur.

Si *Pilate* avait eu une tête bien organifée, je n'aurais demandé que deux ans pour lui apprendre les vérités métaphyfiques; & comme ces vérités font néceffairement liées avec celles de la morale, je me flatte qu'en moins de neuf ans *Pilate* ferait devenu un vrai favant & parfaitement honnête-homme.

Vérités hiftoriques.

J'AURAIS dit enfuite à *Pilate :* Les vérités hiftoriques ne font que des probabilités. Si vous avez combattu à la bataille de Philippes, c'eft pour vous une vérité que vous connaiffez par intuition, par fentiment. Mais pour nous qui habitons tout auprès du défert de Syrie, ce n'eft qu'une chofe très-probable, que nous connaiffons par ouï-dire. Combien faut-il de ouï-dire pour former une perfuafion égale à celle d'un homme qui, ayant vu la chofe, peut fe vanter d'avoir une efpèce de certitude ?

Celui qui a entendu dire la chofe à douze mille témoins oculaires, n'a que douze mille probabilités égales à une forte probabilité, laquelle n'eft pas égale à la certitude.

Si vous ne tenez la chofe que d'un feul des témoins, vous ne favez rien; vous devez douter. Si le témoin eft mort, vous devez douter encore plus, car vous ne pouvez plus vous éclaircir. Si de plufieurs témoins morts; vous êtes dans le même cas.

Si de ceux à qui les témoins ont parlé; le doute doit encore augmenter.

De génération en génération le doute augmente, & la probabilité diminue; & bientôt la probabilité eft réduite à zéro.

Des degrés de vérité fuivant lefquels on juge les accufés.

On peut être traduit en juftice ou pour des faits, ou pour des paroles.

Si pour des faits, il faut qu'ils foient auffi certains que le fera le fupplice auquel vous condamnerez le coupable: car fi vous n'avez, par exemple, que vingt probabilités contre lui, ces vingt probabilités ne peuvent équivaloir à la certitude de fa mort. Si vous voulez avoir autant de probabilités qu'il vous en faut pour être fûr que vous ne répandez point le fang innocent, il faut qu'elles naiffent de témoignages unanimes de dépofans qui n'aient aucun intérêt à dépofer. De ce concours de probabilités, il fe formera une opinion très-forte qui pourra fervir à excufer votre jugement. Mais comme vous n'aurez jamais de certitude entière, vous ne pourrez vous flatter de connaître parfaitement la vérité. Par conféquent vous devez toujours pencher vers la clémence plus que vers la rigueur.

S'il ne s'agit que de faits dont il n'ait réfulté ni mort d'homme, ni mutilation, il eft évident que vous ne devez faire mourir ni mutiler l'accufé.

S'il n'eft queftion que de paroles, il eft encore plus évident que vous ne devez point faire pendre un de vos femblables, pour la manière dont il a remué la langue; car toutes les paroles du monde n'étant que de l'air battu, à moins que ces paroles n'aient excité au meurtre, il eft ridicule de condamner un homme à mourir pour avoir battu l'air. Mettez dans une balance toutes les paroles oifeufes qu'on ait jamais dites, & dans l'autre balance le fang d'un homme, ce fang l'emportera. Or celui qu'on a traduit devant vous n'étant accufé que de quelques paroles que fes ennemis ont prifes en un certain fens, tout ce que vous pourriez faire ferait auffi de lui dire des paroles qu'il prendra dans le fens qu'il voudra : mais livrer un innocent au plus cruel & au plus ignominieux fupplice, pour des mots que fes ennemis ne comprennent pas, cela eft trop barbare. Vous ne faites pas plus de cas de la vie d'un homme que de celle d'un lézard, & trop de juges vous reffemblent.

VERS ET POESIE.

IL eſt aiſé d'être proſateur, très-difficile & très-rare d'être poëte. Plus d'un proſateur a fait ſemblant de mépriſer la poëſie. Il faut leur rappeler ſouvent le mot de *Montagne* : *Nous ne pouvons y atteindre, vengeons- nous par en médire.*

Nous avons déjà remarqué que *Monteſquieu* n'ayant pu réuſſir en vers, s'aviſa dans ſes Lettres perſanes, de n'admettre nul mérite dans *Virgile* & dans *Horace*. L'éloquent *Boſſuet* tenta de faire quelques vers & les fit déteſtables ; mais il ſe garda bien de déclamer contre les grands poëtes.

Fénélon ne fit guère de meilleurs vers que *Boſſuet*; mais il ſavait par cœur preſque toutes les belles poëſies de l'antiquité ; ſon eſprit en eſt plein ; il les cite ſouvent dans ſes lettres.

Il me ſemble qu'il n'y a jamais eu d'homme véri- tablement éloquent qui n'ait aimé la poëſie. Je n'en citerai pour exemples que *Céſar* & *Cicéron*. L'un fit la tragédie d'Oedipe. Nous avons de l'autre des morceaux de poëſie qui pouvaient paſſer pour les meilleurs avant que *Lucrèce*, *Virgile*, & *Horace* paruſſent.

Rien n'eſt plus aiſé que de faire de mauvais vers en français ; rien de plus difficile que d'en faire de bons. Trois choſes rendent cette difficulté preſque inſurmontable : la gêne de la rime ; le trop petit nombre de rimes nobles & heureuſes ; la privation de ces inverſions dont le grec & le latin abondent. Auſſi nous avons très-peu de poëtes qui ſoient toujours

élégans & toujours corrects. Il n'y a peut-être en
France que *Racine* & *Boileau* qui aient une élégance
continue. Mais remarquez que les beaux morceaux de
Corneille sont toujours bien écrits, à quelques petites
fautes près. On en peut dire autant des meilleures
scènes en vers de *Molière*, des opéra de *Quinault*, des
bonnes fables de *la Fontaine*. Ce sont-là les seuls génies
qui ont illustré la poësie en France dans le grand
siècle. Presque tous les autres ont manqué de naturel,
de variété, d'éloquence, d'élégance, de justesse, de
cette logique secrète qui doit guider toutes les pensées
sans jamais paraître; presque tous ont péché contre
la langue.

Quelquefois au théâtre on est ébloui d'une tirade
de vers pompeux, récités avec emphase. L'homme sans
discernement applaudit, l'homme de goût condamne.
Mais comment l'homme de goût fera-t-il comprendre
à l'autre que les vers applaudis par lui ne valent rien?
Si je ne me trompe, voici la méthode la plus sure.

Dépouillez les vers de la cadence & de la rime,
sans y rien changer d'ailleurs. Alors la faiblesse & la
fausseté de la pensée, ou l'impropriété des termes, ou
le solécisme, ou le barbarisme, ou l'ampoulé se manifeste dans toute sa turpitude.

Faites cette expérience sur tous les vers de la tragédie d'Iphigénie, ou d'Armide, & sur ceux de l'Art
poétique; vous n'y trouverez aucun de ces défauts,
pas un mot vicieux, pas un mot hors de sa place.
Vous verrez que l'auteur a toujours exprimé heureu-
sement sa pensée, & que la gêne de la rime n'a rien
coûté au sens.

Prenez au hafard toute autre pièce de vers; par exemple, la tragédie de Didon qui me tombe actuellement fous la main. Voici le difcours que tient *Iarbe* à la première fcène.

>> Tous mes ambaffadeurs irrités & confus
>> Trop fouvent de la reine ont fubi les refus.
>> Voifin de fes Etats, faibles dans leur naiffance,
>> Je croyais que Didon, redoutant ma vengeance,
>> Se réfoudrait fans peine à l'hymen glorieux
>> D'un monarque puiffant, fils du maître des dieux.
>> Je contiens cependant la fureur qui m'anime;
>> Et déguifant encor mon dépit légitime,
>> Pour la dernière fois en proie à fes hauteurs,
>> Je viens, fous le faux nom de mes ambaffadeurs,
>> Au milieu de la cour d'une reine étrangère,
>> D'un refus obftiné pénétrer le myftère;
>> Que fais-je!... n'écouter qu'un tranfport amoureux,
>> Me découvrir moi-même, & déclarer mes feux. >>

Otez la rime, & vous ferez révolté de voir *fubir des refus;* parce qu'on effuie un refus, & qu'on fubit une peine. *Subir un refus* eft un barbarifme.

Je croyais que Didon, redoutant ma vengeance, fe réfoudrait fans peine. Si elle ne fe réfolvait que par crainte de la vengeance, il eft bien clair qu'alors elle ne fe réfoudrait pas fans peine, mais avec beaucoup de peine & de douleur. Elle fe réfoudrait malgré elle; elle prendrait un parti forcé. *Iarbe*, en parlant ainfi, fait un contre-fens.

Il dit *qu'il eft en proie aux hauteurs de la reine.* On peut être expofé à des hauteurs, mais on ne peut y être en proie, comme on l'eſt à la colère, à la vengeance, à la cruauté. Pourquoi? c'eſt que la cruauté, la vengeance, la colère, pourſuivent en effet l'objet de leur reſſentiment; & cet objet eſt regardé comme leur proie: mais des hauteurs ne pourſuivent perſonne; les hauteurs n'ont point de proie.

Il vient ſous le faux nom de ſes ambaſſadeurs. Tous ſes ambaſſadeurs ont ſubi des refus. Il eſt impoſſible qu'il vienne ſous le nom de tant d'ambaſſadeurs à la fois. Un homme ne peut porter qu'un nom; & s'il prend le nom d'un ambaſſadeur, il ne peut prendre le faux nom de cet ambaſſadeur, il prend le véritable nom de ce miniſtre. *Iarbe* dit donc tout le contraire de ce qu'il veut dire, & ce qu'il dit ne forme aucun ſens.

Il veut pénétrer le myſtère d'un refus. Mais s'il a été refuſé avec tant de hauteur, il n'y a nul myſtère à ce refus. Il veut dire qu'il cherche à en pénétrer les raiſons. Mais il y a grande différence entre raiſon & myſtère. Sans le mot propre, on n'exprime jamais bien ce qu'on penſe.

Que ſais-je!.... n'écouter qu'un tranſport amoureux, me découvrir moi-même, & déclarer mes feux.

Ces mots *que ſais-je!* font attendre que *Iarbe* va ſe livrer à la fureur de ſa paſſion. Point du tout: il dit qu'il parlera peut-être d'amour à ſa maîtreſſe; ce qui n'eſt aſſurément ni extraordinaire, ni dangereux, ni tragique, & ce qu'il devrait avoir déjà fait. Obſervez encore que s'il ſe découvre, il faut bien qu'il ſe découvre lui-même: ce *lui-même* eſt un pléonaſme.

Ce n'eſt pas ainſi que dans l'Andromaque, *Racine* fait parler *Oreſte*, qui ſe trouve à-peu-près dans la même ſituation.

Il dit :

» Je me livre en aveugle au tranfport qui m'entraîne.
» J'aime, je viens chercher Hermione en ces lieux,
» La fléchir, l'enlever, ou mourir à fes yeux. »

Voilà comme devait s'exprimer un caractère fougueux
& paffionné tel qu'on peint *Iarbe*.

Que de fautes dans ce peu de vers dès la première
fcène ! prefque chaque mot eft un défaut. Et fi on
voulait examiner ainfi tous nos ouvrages dramatiques,
y en a-t-il un feul qui pût tenir contre une critique
févère ?

L'Inès de *la Motte* eft certainement une pièce
touchante ; on ne peut voir le dernier acte fans verfer
des larmes. L'auteur avait infiniment d'efprit ; il
l'avait jufte, éclairé, délicat, & fécond ; mais dès le
commencement de la pièce, quelle verfification faible,
languiffante, découfue, obfcure, & quelle impropriété
de termes !

» Mon fils ne me fuit point : il a craint, je le vois,
» D'être ici le témoin du bruit de fes exploits.
» Vous, Rodrigue, le fang vous attache à fa gloire ;
» Votre valeur, Henrique, eut part à fa victoire.
» Reffentez avec moi fa nouvelle grandeur.
» Reine, de Ferdinand voici l'ambaffadeur. »

D'abord, on ne fait quel eft le perfonnage qui
parle, ni à qui il s'adreffe, ni dans quel lieu il eft,
ni de quelle victoire il s'agit. Et c'eft pécher contre
la grande règle de *Boileau* & du bon fens.

- „ Le fujet n'eft jamais affez tôt expliqué :
„ Que le lieu de la fcène y foit fixe & marqué ;

. . . .

. . . .

„ Que dès les premiers vers l'action préparée
„ Sans peine du fujet applaniffe l'entrée. „

Enfuite, remarquez qu'on n'eft point témoin d'un
bruit d'exploits. Cette expreffion eft vicieufe. L'auteur
entend que peut-être ce fils trop modefte craint de
jouir de fa renommée ; qu'il veut fe dérober aux
honneurs qu'on s'empreffe à lui rendre. Ces expreffions feraient plus juftes & plus nobles. Il s'agit d'une
ambaffade envoyée pour féliciter le prince. Ce n'eft
pas là un bruit d'exploits.

Vous, Rodrigue. — Vous, Henrique. Il femble que
le roi aille donner fes ordres à ce *Rodrigue* & à ce
Henrique : point du tout ; il ne leur ordonne rien , il
ne leur apprend rien. Il s'interrompt pour leur dire
feulement, *reffentez avec moi la nouvelle grandeur de mon
fils.* On ne reffent point une grandeur. Ce terme eft
abfolument impropre ; c'eft une efpèce de barbarifme.
L'auteur aurait pu dire : *Partagez fon triomphe , ainfi
que fon bonheur.*

Le roi s'interrompt encore pour dire : *Reine, de
Ferdinand voici l'ambaffadeur ,* fans apprendre au public
quel eft ce *Ferdinand,* & de quel pays cet ambaffadeur
eft venu. Auffitôt l'ambaffadeur arrive. On apprend
qu'il vient de Caftille ; que le perfonnage qui vient
de parler eft roi de Portugal, & qu'il vient le compli-
menter fur les victoires de l'infant fon fils. Le roi de
Portugal répond au compliment de cet ambaffadeur

de Caftille, qu'il va enfin marier fon fils à la fœur
de *Ferdinand* roi de Caftille.

» Allez ; de mes deffeins inftruifez la Caftille ;
» Faites favoir au roi cet hymen triomphant
» Dont je vais couronner les exploits de l'infant. »

Faire favoir un hymen eft fec & fans élégance. *Un hymen
triomphant* eft très-impropre & très-vicieux, parce que
cet hymen ne triomphe pas.

Couronner les exploits d'un hymen eft trop trivial &
n'eft point à fa place ; parce que ce mariage était
conclu avant les triomphes de l'infant. Une plus
grande faute, eft celle de dire féchement à l'ambaffadeur, *allez-vous-en*, comme fi on parlait à un courrier.
C'eft manquer à la bienféance. Quand *Pyrrhus* donne
audience à *Orefte* dans l'Andromaque, & lorfqu'il
refufe fes propofitions, il lui dit :

» Vous pouvez cependant voir la fille d'Hélène.
» Du fang qui vous unit je fais l'étroite chaîne.
» Après cela, Seigneur, je ne vous retiens plus. »

Toutes les bienféances font obfervées dans le difcours
de *Pyrrhus ;* c'eft une règle qu'il ne faut jamais violer.
Quand l'ambaffadeur a été congédié, le roi de
Portugal dit à fa femme :

» . . . Mon fils eft enfin digne que la princeffe
» Lui donne avec fa main l'eftime & la tendreffe. »

Voilà un folécifme intolérable, ou plutôt un barbarifme. On ne donne point l'eftime & la tendreffe
comme on donne le bon jour. Le pronom était abfolument néceffaire ; les efprits les plus groffiers fentent

cette

cette néceffité. Jamais le bourgeois le plus mal élevé
n'a dit à fa maîtreffe, accordez-moi l'eftime, mais
votre eftime. La raifon en eft que tous nos fentimens
nous appartiennent. Vous excitez *ma* colère, & non
pas la colère; *mon* indignation, & non pas l'indignation, à moins qu'on n'entende l'indignation, la colère
du public. On dit, vous avez l'eftime & l'amour du
peuple; vous avez mon amour & mon eftime. Le vers
de *la Motte* n'eft pas français; & rien n'eft peut-être
plus rare que de parler français dans notre poëfie.

Mais, me dira-t-on, malgré cette mauvaife verfification, Inès réuffit : oui; elle réuffirait cent fois
davantage, fi elle était bien écrite. Elle ferait au rang
des pièces de *Racine*, dont le ftyle eft fans contredit
le principal mérite.

Il n'y a de vraie réputation que celle qui eft formée
à la longue par le fuffrage unanime des connaiffeurs
févères. Je ne parle ici que d'après eux; je ne critique
aucun mot, aucune phrafe, fans en rendre une raifon
évidente. Je me garde bien d'en ufer comme ces
regrattiers infolens de la littérature, ces fefeurs d'obfervations à tant la feuille, qui ufurpent le nom de
journaliftes; qui croient flatter la malignité du public
en difant : Cela eft ridicule, cela eft pitoyable, fans
rien difcuter, fans rien prouver. Ils débitent pour
toute raifon des injures, des farcafmes, des calomnies.
Ils tiennent bureau ouvert de médifance, au lieu
d'ouvrir une école où l'on puiffe s'inftruire.

Celui qui dit librement fon avis, fans outrage &
fans raillerie amère; qui raifonne avec fon lecteur;
qui cherche férieufement à épurer la langue & le goût,
mérite au moins l'indulgence de fes concitoyens. Il

y a plus de foixante ans que j'étudie l'art des vers, & peut-être fuis-je en droit de dire mon fentiment. Je dis donc qu'un vers, pour être bon, doit être fem-blable à l'or, en avoir le poids, le titre, & le fon. Le poids, c'eft la penfée; le titre, c'eft la pureté élé-gante du ftyle; le fon, c'eft l'harmonie. Si l'une de ces trois qualités manque, le vers ne vaut rien.

J'avance hardiment, fans crainte d'être démenti par quiconque a du goût, qu'il y a plufieurs pièces de *Corneille* où l'on ne trouvera pas fix vers irrépréhen-fibles de fuite. Je mets de ce nombre Théodore, dom Sanche, Attila, Bérénice, Agéfilas; & je pourrais augmenter beaucoup cette lifte. Je ne parle pas ainfi pour déprifer le mâle & puiffant génie de *Corneille*; mais pour faire voir combien la verfification françaife eft difficile, & plutôt pour excufer ceux qui l'ont imité dans fes défauts que pour les condamner. Si vous lifez le Cid, les Horaces, Cinna, Pompée, Polyeucte, avec le même efprit de critique; vous y trouverez fouvent douze vers de fuite, je ne dis pas feulement bien faits, mais admirables.

Tous les gens de lettres favent que lorfqu'on apporta au févère *Boileau* la tragédie de Rhadamifte, il n'en put achever la lecture, & qu'il jeta le livre à la moitié du fecond acte. *Les Pradons*, dit-il, *dont nous nous fommes tant moqués, étaient des foleils en compa-raifon de ces gens-ci*. L'abbé *Fraguier* & l'abbé *Gédouin* étaient préfens avec *le Verrier*, qui lifait la pièce. Je les entendis plus d'une fois raconter cette anecdote; & *Racine* le fils en fait mention dans la vie de fon père. L'abbé *Gédouin* nous difait que ce qui les avait d'abord révoltés tous, était l'obfcurité de l'expofition faite en mauvais vers. En effet, difait-il, nous ne pûmes jamais comprendre ces vers de *Zénobie*.

» A peine je touchais à mon troifième luftre,
» Lorfque tout fut conclu pour cet hymen illuftre
» Rhadamifte déjà s'en croyait affuré;
» Quand fon père cruel, contre nous conjuré,
» Entra dans nos Etats fuivi de Tyridate,
» Qui brûlait de s'unir au fang de Mithridate.
» Et ce Parthe indigné qu'on lui ravît ma foi,
» Sema par-tout l'horreur, le défordre & l'effroi.
» Mithridate accablé par fon perfide frère,
» Fit tomber fur le fils les cruautés du père. »

Nous fentîmes tous, dit l'abbé *Gédouin*, que l'*hymen illuftre* n'était que pour rimer à *troifième luftre* : Que *le père cruel contre nous conjuré*, & *entrant dans nos Etats fuivi de Tyridate*, *qui brûlait de s'unir au fang de Mithridate*, était inintelligible à des auditeurs qui ne favaient encore ni qui était ce *Tyridate*, ni qui était ce *Mithridate* : Que *ce Parthe, femant par-tout l'horreur, le défordre & l'effroi*, font des expreffions vagues, rebattues, qui n'apprennent rien de pofitif : Que *les cruautés du père, tombant fur le fils*, font une équivoque; qu'on ne fait fi c'eft le père qui pourfuit le fils, ou fi c'eft *Mithridate* qui fe venge fur le fils des cruautés du père.

Le refte de l'expofition n'eft guère plus clair. Ce défaut devait choquer étrangement *Boileau* & fes élèves, *Boileau* furtout qui avait dit dans fa Poëtique :

» Je me ris d'un acteur qui, lent à s'exprimer,
» De ce qu'il veut d'abord ne fait pas m'informer.

,, Et qui débrouillant mal une pénible intrigue,
,, D'un divertiffement me fait une fatigue.

L'abbé *Gédouin* ajoutait que *Boileau* avait arraché
la pièce des mains de *le Verrier*, & l'avait jetée par
terre à ces vers.

,, Eh! que fais-je, Hiéron? furieux, incertain,
,, Criminel fans penchant, vertueux fans deffein,
,, Jouet infortuné de ma douleur extrême,
,, Dans l'état où je fuis me connais-je moi-même?
,, De mille foins divers fans ceffe combattu,
,, Ennemi du forfait, fans aimer la vertu &c. ,,

Ces antithèfes en effet ne forment qu'un contre-
fens inintelligible. Que fignifie *criminel fans penchant*?
Il fallait au moins dire, fans penchant au crime.
Il fallait joûter contre ces beaux vers de *Quinault*.

,, Le deftin de Médée eft d'être criminelle;
,, Mais fon cœur était fait pour aimer la vertu. ,,

Vertueux fans deffein, fans quel deffein? Eft-ce fans
deffein d'être vertueux? Il eft impoffible de tirer de
ces vers un fens raifonnable.

Comment le même homme, qui vient de dire qu'il
eft vertueux, quoique fans deffein, peut-il dire qu'il
n'aime point la vertu? Avouons que tout cela eft
un étrange galimatias, & que *Boileau* avait raifon.

,, Par un don de Céfar je fuis roi d'Arménie,
,, Parce qu'il croit par moi détruire l'Ibérie. ,,

Boileau avait dit:

,, Fuyez des mauvais fons le concours odieux.

Certes, ce vers : *Parce qu'il croit par moi*, devait révolter fon oreille.

Le dégoût & l'impatience de ce grand critique étaient donc très-excufables. Mais s'il avait entendu le refte de la pièce il y aurait trouvé des beautés, de l'intérêt, du pathétique, du neuf, & plufieurs vers dignes de *Corneille*.

Il eft vrai que dans un ouvrage de longue haleine on doit pardonner à quelques vers mal faits, à quelques fautes contre la langue ; mais en général un ftyle pur & châtié eft abfolument néceffaire. Ne nous laffons point de citer l'Art poëtique ; il eft le code, non-feulement des poëtes, mais même des profateurs.

›› Mon efprit n'admet point un pompeux barbarifme,
›› Ni d'un vers ampoulé l'orgueilleux folécifme.
›› Sans la langue, en un mot, l'auteur le plus divin
›› Eft toujours, quoi qu'il faffe, un méchant écrivain.

On peut être fans doute très-ennuyeux en écrivant bien ; mais on l'eft bien davantage en écrivant mal.

N'oublions pas de dire qu'un ftyle froid, languiffant, découfu, fans grâces & fans force, dépourvu de génie & de variété, eft encore pire que mille folécifmes. Voilà pourquoi fur cent poëtes il s'en trouve à peine un qu'on puiffe lire. Songez à toutes les pièces de vers dont nos mercures font furchargés depuis cent ans, & voyez fi de dix mille il y en a deux dont on fe fouvienne. Nous avons environ quatre mille pièces de théâtre : combien peu font échappées à un éternel oubli !

Eſt-il poſſible qu'après les vers de *Racine*, des barbares aient oſé forger des vers tels que ceux-ci!

>> Le lac, où vous avez cent barques toutes prêtes,
>> Lavant le pied des murs du palais où vous êtes,
>> Vous peut faire aiſément regagner Tetſuco;
>> Ses ports nous ſont ouverts d'ailleurs à Tabaſco.
>> Vous le ſavez, Seigneur; l'ardeur étant nouvelle,
>> Et d'un premier butin l'eſpérance étant belle....
>> Ne les bravons donc point, riſquons moins, & que Charle
>> En maître déſormais ſe préſente & lui parle. —
>> Ce prêtre d'un grand deuil menace Tlaſcala,
>> Fſt-ce aſſez? Sa fureur n'en demeure pas là.
>> Nous ſaurons les ſerrer. Mais dans un temps plus calme
>> Le myrte ne ſe doit cueillir qu'après la palme.
>> Il apprit que le trône eſt l'autel éminent
>> D'où part du roi des rois l'oracle dominant,
>> Que le ſceptre eſt la verge &c. >>

Eſt-ce ſur le théâtre d'Iphigénie & de Phèdre; eſt-ce chez les Hurons, chez les Illinois, qu'on a fait ronfler ces vers & qu'on les a imprimés?

Il y a quelquefois des vers qui paraiſſent d'abord moins ridicules, mais qui le ſont encore plus, pour peu qu'il ſoient examinés par un ſage critique.

CATILINA.

>> Quoi! Madame, aux autels vous devancez l'aurore!
>> Hé! quel ſoin ſi preſſant vous y conduit encore?
>> Qu'il m'eſt doux cependant de revoir vos beaux yeux
>> Et de pouvoir ici raſſembler tous mes dieux!

TULLIE.

» Si ce font-là les dieux à qui tu facrifies,

» Apprends qu'ils ont toujours abhorré les impies ;

» Et que fi leur pouvoir égalait leur courroux,

» La foudre deviendrait le moindre de leurs coups.

CATILINA.

» Tullie, expliquez-moi ce que je viens d'entendre.

Il a bien raifon de demander à *Tullie* l'explication de tout ce galimatias.

Une femme qui dévance l'aurore aux autels ,
Et qu'un foin preffant y conduit encore.
Ses beaux yeux qui s'y raffemblent avec tous les dieux ,
Ces beaux yeux qui abhorrent les impies ,
Ces yeux dont la foudre deviendrait le moindre coup ,
Si leur pouvoir égalait le courroux de ces yeux &c.

De telles tirades (& qui font en très-grand nombre) font encore pires que le lac qui peut faire aifément regagner Tetfuco , & dont les ports font ouverts d'ailleurs à Tabafco. Et que pouvons-nous dire d'un fiècle qui a vu repréfenter des tragédies écrites toutes entières dans ce ftyle barbare ?

Je le répète ; je mets ces exemples fous les yeux, pour faire voir aux jeunes gens dans quels excès incroyables on peut tomber quand on fe livre à la fureur de rimer fans demander confeil. Je dois exhorter les artiftes à fe nourrir du ftyle de *Racine* & de *Boileau* , pour empêcher le fiècle de tomber dans la plus ignominieufe barbarie.

On dira, fi l'on veut, que je fuis jaloux des beaux yeux raffemblés avec les dieux , & dont la foudre eft le moindre coup. Je répondrai que j'ai les mauvais vers en horreur, & que je fuis en droit de le dire.

Un abbé *Trublet* a imprimé qu'il ne pouvait lire un poëme tout de fuite. Hé! M. l'abbé, que peut-on lire, que peut-on entendre, que peut-on faire long-temps & tout de fuite?

V E R T U.

S E C T I O N P R E M I E R E.

ON dit de *Marcus Brutus*, qu'avant de fe tuer il prononça ces paroles : O vertu! j'ai cru que tu étais quelque chofe; mais tu n'es qu'un vain fantôme!

Tu avais raifon, *Brutus*, fi tu mettais la vertu à être chef de parti & l'affaffin de ton bienfaiteur, de ton père *Jules-Céfar*; mais fi tu avais fait confifter la vertu à ne faire que du bien à ceux qui dépendaient de toi, tu ne l'aurais pas appelée *fantôme*, & tu ne te ferais pas tué de défefpoir.

Je fuis très-vertueux, dit cet excrément de théologie, car j'ai les quatre vertus cardinales, & les trois théologales. Un honnête homme lui demande: Qu'eft-ce que vertu cardinale? l'autre répond : C'eft force, prudence, tempérance, & juftice.

L'HONNETE HOMME.

Si tu es jufte, tu as tout dit; ta force, ta prudence, ta tempérance, font des qualités utiles. Si tu les as, tant mieux pour toi; mais fi tu es jufte, tant mieux pour les autres. Ce n'eft pas encore affez d'être jufte, il faut être bienfefant ; voilà ce qui eft véritablement cardinal. Et tes théologales, qui font-elles ?

L' E X C R E M E N T.

Foi, efpérance, charité.

L' H O N N E T E H O M M E.

Eft-ce vertu de croire ? ou ce que tu crois te femble vrai, & en ce cas il n'y a nul mérite à le croire ; ou il te femble faux, & alors il eft impoffible que tu le croies.

L'efpérance ne faurait être plus vertu que la crainte ; on craint & on efpère, felon qu'on nous promet ou qu'on nous menace. Pour la charité, n'eft-ce pas ce que les Grecs & les Romains entendaient par huma-nité, amour du prochain ? cet amour n'eft rien s'il n'eft agiffant ; la bienfefance eft donc la feule vraie vertu.

L' E X C R E M E N T.

Quelque fot ! vraiment oui, j'irai me donner bien du tourment pour fervir les hommes ; & il ne m'en reviendrait rien ! chaque peine mérite falaire. Je ne prétends pas faire la moindre action honnête, à moins que je ne fois fûr du paradis.

> *Quis enim virtutem amplectitur ipfam*
> *Præmia fi tollas ?*

> Qui pourra fuivre la vertu
> Si vous ôtez la récompenfe ?

L' H O N N E T E H O M M E.

Ah ! maître, c'eft-à-dire que fi vous n'efpériez pas le paradis, & fi vous ne redoutiez pas l'enfer, vous ne feriez jamais aucune bonne œuvre. Vous me citez des vers de *Juvénal* pour me prouver que vous n'avez que votre intérêt en vue. En voici de *Racine*, qui pourront vous faire voir au moins qu'on peut trouver dès ce monde fa récompenfe en attendant mieux.

》Quel plaifir de penfer & de dire en vous-même:
》Par-tout en ce moment on me bénit, on m'aime!
》On ne voit point le peuple à mon nom s'alarmer;
》Le ciel dans leurs chagrins ne m'entend point nommer.
》Leur fombre inimitié ne fuit point mon vifage,
》Je vois voler par-tout les cœurs à mon paffage!
》Tels étaient vos plaifirs.》

Croyez-moi, maître, il y a deux chofes qui méritent d'être aimées pour elles-mêmes, DIEU & la vertu.

L'E X C R E M E N T.

Ah! Monfieur, vous êtes fénelonifte.

L'H O N N E T E H O M M E.

Oui, maître.

L'E X C R E M E N T.

J'irai vous dénoncer à l'official de Meaux.

L'H O N N E T E H O M M E.

Va, dénonce.

S E C T I O N I I.

Qu'E S T - C E que vertu? Bienfefance envers le prochain. Puis-je appeler vertu autre chofe que ce qui me fait du bien? Je fuis indigent, tu es libéral. Je fuis en danger, tu me fecours. On me trompe, tu me dis la vérité. On me néglige, tu me confoles. Je fuis ignorant, tu m'inftruis. Je t'appelerai fans difficulté vertueux. Mais que deviendront les vertus cardinales & théologales ? Quelques-unes refteront dans les écoles.

Que m'importe que tu fois tempérant ? c'eft un précepte de fanté que tu obferves ; tu t'en porteras mieux, & je t'en félicite. Tu as la foi & l'efpérance, je t'en félicite encore davantage ; elles te procureront la vie éternelle. Tes vertus théologales font des dons céleftes ; tes cardinales font d'excellentes qualités qui fervent à te conduire : mais elles ne font point vertus par rapport à ton prochain. Le prudent fe fait du bien, le vertueux en fait aux hommes. S' *Paul* a eu raifon de te dire que la charité l'emporte fur la foi, fur l'efpérance.

Mais quoi, n'admettra-t-on de vertus que celles qui font utiles au prochain! Hé comment puis-je en admettre d'autres ? Nous vivons en fociété ; il n'y a donc de véritablement bon pour nous que ce qui fait le bien de la fociété. Un folitaire fera fobre, pieux ; il fera revêtu d'un cilice ; hé bien, il fera faint : mais je ne l'appellerai vertueux que quand il aura fait quelque acte de vertu dont les autres hommes auront profité. Tant qu'il eft feul, il n'eft ni bienfefant ni malfefant ; il n'eft rien pour nous. Si S' *Bruno* a mis la paix dans les familles, s'il a fecouru l'indigence, il a été vertueux ; s'il a jeûné, prié dans la folitude, il a été un faint. La vertu entre les hommes eft un commerce de bienfaits ; celui qui n'a nulle part à ce commerce ne doit point être compté. Si ce faint était dans le monde, il ferait du bien fans doute ; mais tant qu'il n'y fera pas, le monde aura raifon de ne lui pas donner le nom de vertueux ; il fera bon pour lui, & non pour nous.

Mais, me dites-vous, fi un folitaire eft gourmand, ivrogne, livré à une débauche fecrète avec lui-même, il eft vicieux ; il eft donc vertueux s'il a les qualités contraires. C'eft de quoi je ne peux convenir : c'eft un très-vilain homme s'il a les défauts dont vous parlez ; mais il n'eft point vicieux, méchant, puniffable par rapport à la fociété à qui fes infamies ne font aucun mal. Il eft à préfumer que s'il rentre dans la fociété il y fera du mal, qu'il y fera très-vicieux ; & il eft même bien plus probable que ce fera un méchant homme, qu'il n'eft fûr que l'autre folitaire tempérant & chafte fera un homme de bien ; car dans la fociété les défauts augmentent, & les bonnes qualités diminuent.

On fait une objeftion bien plus forte ; *Néron*, le pape *Alexandre VI*, & d'autres monftres de cette efpèce, ont répandu des bienfaits ; je réponds hardiment qu'ils furent vertueux ce jour-là.

Quelques théologiens difent que le divin empereur *Antonin* n'était pas vertueux ; que c'était un ftoïcien entêté, qui non content de commander aux hommes voulait encore être eftimé d'eux ; qu'il rapportait à lui-même le bien qu'il fefait au genre-humain ; qu'il fut toute fa vie jufte, laborieux, bienfefant, par vanité, & qu'il ne fit que tromper les hommes par fes vertus ; je m'écrie alors : Mon DIEU, donnez-nous fouvent de pareils fripons !

VIANDE, VIANDE DEFENDUE, VIANDE DANGEREUSE.

Court examen des préceptes juifs & chrétiens , & de ceux des anciens philosophes.

V I A N D E vient fans doute de *victus* , ce qui nourrit , ce qui foutient la vie ; de *victus* on fit *viventia* , de *viventia* viande. Ce mot devrait s'appliquer à tout ce qui fe mange ; mais par la bizarrerie de toutes les langues , l'ufage a prévalu de refufer cette dénomination au pain, au laitage, au riz, aux légumes, aux fruits, au poiffon, & de ne le donner qu'aux animaux terreftres. Cela femble contre toute raifon , mais c'eft l'apanage de toutes les langues & de ceux qui les ont faites.

Quelques premiers chrétiens fe firent un fcrupule de manger de ce qui avait été offert aux Dieux , de quelque nature qu'il fût. St Paul n'approuva pas ce fcrupule. Il écrit aux Corinthiens : (*a*) *Ce qu'on mange n'eft pas ce qui nous rend agréables à* D I E U. *Si nous mangeons , nous n'aurons rien de plus devant lui , ni rien de moins fi nous ne mangeons pas.* Il exhorte feulement à ne point fe nourrir de viandes immolées aux Dieux, devant ceux des frères qui pourraient en être fcandalifés. On ne voit pas après cela pourquoi il traite fi mal St Pierre , & le reprend d'avoir mangé des viandes défendues avec les gentils. On voit d'ailleurs dans

(*a*) Chap. VIII.

les Actes des apôtres que *Simon-Pierre* était autorisé à manger de tout indifféremment. Car il vit un jour le ciel ouvert, & une grande nappe descendant par les quatre coins du ciel en terre; elle était couverte de toutes sortes d'animaux terrestres à quatre pieds, de toutes les espèces d'oiseaux & de reptiles, (ou animaux qui nagent) & une voix lui cria : Tue & mange. (*b*)

Vous remarquerez qu'alors le carême & les jours de jeûne n'étaient point institués. Rien ne s'est jamais fait que par degrés. Nous pouvons dire ici, pour la consolation des faibles, que la querelle de *S*ᵗ *Pierre* & de *S*ᵗ *Paul* ne doit point nous effrayer. Les saints sont hommes. *Paul* avait commencé par être le geolier & même le bourreau des disciples de JESUS. *Pierre* avait renié JESUS, & nous avons vu que l'Eglise naissante, souffrante, militante, triomphante, a toujours été divisée depuis les ébionites jusqu'aux jésuites.

Je pense bien que les brachmanes, si antérieurs aux Juifs, pourraient bien avoir été divisés aussi ; mais enfin ils furent les premiers qui s'imposèrent la loi de ne manger d'aucun animal. Comme ils croyaient que les ames passaient & repassaient des corps humains dans ceux des bêtes, ils ne voulaient point manger leurs parens. Peut-être leur meilleure raison était la crainte d'accoutumer les hommes au carnage, & de leur inspirer des mœurs féroces.

On sait que *Pythagore*, qui étudia chez eux la géométrie & la morale, embrassa cette doctrine humaine & la porta en Italie. Ses disciples la suivirent très-long-temps : les célébres philosophes *Plotin*, *Jamblique*,

(*b*) Actes, chap. X.

& *Porphyre* la recommandèrent , & même la prati-
quèrent , quoiqu'il foit affez rare de faire ce qu'on
prêche. L'ouvrage de *Porphyre* fur l'abftinence des
viandes écrit au milieu de notre troifième fiècle, très-
bien traduit en notre langue par M. de *Burigni* , eft
fort eftimé des favans ; mais il n'a pas fait plus de
difciples parmi nous que le livre du médecin *Héquet*.
C'eft en vain que *Porphyre* propofe pour modèles les
brachmanes & les mages perfans de la première claffe ,
qui avaient en horreur la coutume d'engloutir dans
nos entrailles les entrailles des autres créatures ; il
n'eft fuivi aujourd'hui que par les pères de la Trappe.
L'écrit de *Porphyre* eft adreffé à un de fes anciens
difciples nommé *Firmus*, qui fe fit, dit-on, chrétien
pour avoir la liberté de manger de la viande & de
boire du vin.

Il remontre à *Firmus* qu'en s'abftenant de la viande
& des liqueurs fortes, on conferve la fanté de l'ame
& du corps ; qu'on vit plus long-temps & avec plus
d'innocence. Toutes fes réflexions font d'un théologien fcrupuleux, d'un philofophe rigide, & d'une ame
douce & fenfible. On croirait, en le lifant, que ce
grand ennemi de l'Eglife eft un père de l'Eglife.

Il ne parle point de métempfycofe, mais il regarde
les animaux comme nos frères , parce qu'ils font
animés comme nous, qu'ils ont les mêmes principes
de vie, qu'ils ont ainfi que nous des idées , du fentiment , de la mémoire , de l'induftrie. Il ne leur manque
que la parole ; s'ils l'avaient , oferions-nous les
tuer & les manger ? oferions-nous commettre ces
fratricides ? Quel eft le barbare qui pourrait faire rôtir
un agneau , fi cet agneau nous conjurait par un

difcours attendriffant de n'être point à la fois affaffin & anthropophage ?

Ce livre prouve du moins qu'il y eut chez les gentils des philofophes de la plus auftère vertu ; mais ils ne purent prévaloir contre les bouchers & les gourmands.

Il eft à remarquer que *Porphyre* fait un très-bel éloge des efféniens. Il eft rempli de vénération pour eux, quoiqu'ils mangeaffent quelquefois de la viande. C'était alors à qui ferait le plus vertueux des efféniens, des pythagoriciens, des ftoïciens & des chrétiens. Quand les fectes ne forment qu'un petit troupeau, leurs mœurs font pures ; elles dégénèrent dès qu'elles deviennent puiffantes.

La gola, il dado e l'otiofe piume
Hanno dal' mondo ogni virtù sbandita.

V I E.

On trouve ces paroles dans le *Syflème de la nature*, page 84, édition de Londres : *Il faudrait définir la vie avant de raifonner de l'ame, mais c'eft ce que j'eftime impoffible.*

C'eft ce que j'ofe eftimer très-poffible. La vie eft organifation avec capacité de fentir. Ainfi on dit que tous les animaux font en vie. On ne le dit des plantes que par extenfion, par une efpèce de métaphore ou de catachrèfe. Elles font organifées, elles végètent ; mais n'étant point capables de fentiment, elles n'ont point proprement la vie.

On

On peut être en vie fans avoir un fentiment actuel ;
car on ne fent rien dans une apoplexie complète,
dans une léthargie, dans un fommeil plein & fans
rêves, mais on a encore le pouvoir de fentir. Plufieurs
perfonnes, comme on ne le fait que trop, ont été
enterrées vives comme des veftales, & c'eft ce qui
arrive dans tous les champs de bataille, furtout dans
les pays froids ; un foldat eft fans mouvement & fans
haleine ; s'il était fecouru, il les reprendrait ; mais
pour avoir plutôt fait, on l'enterre.

Qu'eft-ce que cette capacité de fenfation ? autrefois
vie & ame c'était même chofe, & l'une n'eft pas plus
connue que l'autre ; le fond en eft-il mieux connu
aujourd'hui ?

Dans les livres facrés juifs, ame eft toujours
employée pour vie.

(a) *Dixit etiam Deus, producant aquæ reptile animæ*
viventis.

Et DIEU dit, que les eaux produifent des reptiles
d'ame vivante.

Creavit Deus cete grandia & omnem animam viventem
atque motabilem quam produxerant aquæ.

Il créa auffi de grands dragons, (tannitim) tout
animal ayant vie & mouvement, que les eaux avaient
produit.

Il eft difficile d'expliquer comment DIEU créa ces
dragons produits par les eaux ; mais la chofe eft ainfi,
& c'eft à nous de nous foumettre.

(b) *Producat terra animam viventem in genere fuo,*
jumenta & reptilia.

(a) Genèfe, chap. XX.   (b) Chap. XXIV.

Dictionn. philofoph. Tome VII.   E e

Que la terre produife ame vivante en fon genre, des behemoths & des reptiles.

(*c*) *Et in quibus eft anima vivens, ad vefcendum.*

Et à toute ame vivante pour fe nourrir.

Et infpiravit in faciem ejus fpiraculum vitæ, & factus eft homo in animam viventem.

(*d*) Et il fouffla dans fes narines fouffle de vie, & l'homme eut fouffle de vie. (felon l'hébreu)

Sanguinem enim animarum veftrarum requiram de manu cunctarum befliarum, & de manu hominis &c.

Je redemanderai vos ames aux mains des bêtes & des hommes. *Ames* fignifie ici *vies* évidemment. Le texte facré ne peut entendre que les bêtes auront avalé l'ame des hommes, mais leur fang qui eft leur vie. Quant aux mains que ce texte donne aux bêtes, il entend leurs griffes.

En un mot, il y a plus de deux cents paffages où l'ame eft prife pour la vie des bêtes ou des hommes ; mais il n'en eft aucun qui vous dife ce que c'eft que la vie & l'ame.

Si c'eft la faculté de la fenfation, d'où vient cette faculté ? A cette queftion tous les docteurs répondent par des fyftèmes, & ces fyftèmes font détruits les uns par les autres. Mais pourquoi voulez-vous favoir d'où vient la fenfation ? Il eft auffi difficile de concevoir la caufe qui fait tendre tous les corps à leur commun centre, que de concevoir la caufe qui rend l'animal fenfible. La direction de l'aimant vers le pôle arctique, les routes des comètes, mille autres phénomènes font auffi incompréhenfibles.

(*c*) Chap. XXX.   (*d*) Chap. II, v. 7.

Il y a des propriétés évidentes de la matière, dont le principe ne fera jamais connu de nous. Celui de la fenfation, fans laquelle il n'y a point de vie, eft & fera ignoré comme tant d'autres.

Peut-on vivre fans éprouver des fenfations? non. Suppofez un enfant qui meurt après avoir été toujours en léthargie; il a exifté, mais il n'a point vécu.

Mais fuppofez un imbécille qui n'ait jamais eu d'idées complexes, & qui ait eu du fentiment; certainement il a vécu fans penfer; il n'a eu que les idées fimples de fes fenfations.

La penfée eft-elle néceffaire à la vie? non, puifque cet imbécille n'a point penfé, & a vécu.

De-là quelques penfeurs penfent que la penfée n'eft point l'effence de l'homme; ils difent qu'il y a beaucoup d'idiots non-penfans qui font hommes, & fi bien hommes qu'ils font des hommes fans pouvoir jamais faire un raifonnement.

Les docteurs qui croient penfer répondent que ces idiots ont des idées fournies par leurs fenfations.

Les hardis penfeurs leur répliquent qu'un chien de chaffe qui a bien appris fon métier, a des idées beaucoup plus fuivies, & qu'il eft fort fupérieur à ces idiots. De-là naît une grande difpute fur l'ame. Nous n'en parlerons pas; nous n'en avons que trop parlé à l'article *Ame*.

V I S I O N.

Quand je parle de vision, je n'entends pas la manière admirable dont nos yeux aperçoivent les objets, & dont les tableaux de tout ce que nous voyons se peignent dans la rétine : peinture divine, dessinée suivant toutes les lois des mathématiques, & qui par conséquent est, ainsi que tout le reste, de la main de l'éternel géomètre, en dépit de ceux qui font les entendus, & qui feignent de croire que l'œil n'est pas destiné à voir, l'oreille à entendre, & le pied à marcher. Cette matière a été traitée si savamment par tant de grands génies, qu'il n'y a plus de grains à ramasser après leurs moissons.

Je ne prétends point parler de l'hérésie dont fut accusé le pape *Jean XXII*, qui prétendait que les saints ne jouiraient de la vision béatifique qu'après le jugement dernier. Je laisse là cette vision.

Mon objet est cette multitude innombrable de visions dont tant de saints personnages ont été favorisés ou tourmentés, que tant d'imbécilles ont cru avoir, & avec lesquelles tant de fripons & de friponnes ont attrapé le monde, soit pour se faire une réputation de béats, de béates, ce qui est très-flatteur; soit pour gagner de l'argent, ce qui est encore plus flatteur pour tous les charlatans.

Calmet & *Langlet* ont fait d'amples recueils de ces visions. La plus intéressante à mon gré, celle qui a produit les plus grands effets, puisqu'elle a servi à la réforme des trois quarts de la Suisse, est celle de ce jeune jacobin *Yetzer* , dont j'ai déjà entretenu mon cher lecteur. Cet *Yetzer* vit, comme vous favez, plusieurs fois la Ste Vierge & *Ste Barbe* qui lui imprimèrent les ftigmates de JESUS - CHRIST. Vous n'ignorez pas comment il reçut d'un prieur jacobin une hoftie faupoudrée d'arfenic, & comment l'évêque de Lausanne voulut le faire brûler, pour s'être plaint d'avoir été empoifonné. Vous avez vu que ces abominations furent une des caufes du malheur qu'eurent les Bernois de ceffer d'être catholiques, apoftoliques, & romains.

Je fuis fâché de n'avoir point à vous parler de vifions de cette force.

Cependant vous m'avouerez que la vifion des révérends pères cordeliers d'Orléans , en 1534, eft celle qui en approche le plus, quoique de fort loin. Le procès criminel qu'elle occafionna eft encore en manufcrit dans la bibliothèque du roi de France, nº 1770.

L'illuftre maifon de *Saint-Mémin* avait fait de grands biens au couvent des cordeliers, & avait fa fépulture dans leur églife. La femme d'un feigneur de *Saint-Mémin* , prévôt d'Orléans , étant morte , fon mari croyant que fes ancêtres s'étaient affez appauvris en donnant aux moines , fit un préfent à ces frères qui ne leur parut pas affez confidérable. Ces bons francifcains s'avifèrent de vouloir déterrer la défunte , pour forcer le veuf à faire réenterrer fa femme en leur terre fainte, en les payant mieux. Le projet n'était pas fenfé ; car le feigneur de *Saint - Mémin* n'aurait pas manqué de la faire inhumer ailleurs. Mais il entre fouvent de la folie dans la friponnerie.

D'abord l'ame de la dame de *Saint-Mémin* n'apparut qu'à deux frères. Elle leur dit : (*a*) *Je suis damnée comme Judas , parce que mon mari n'a pas donné assez.* Les deux petits coquins qui rapportèrent ces paroles ne s'aperçurent pas qu'elles devaient nuire au couvent plutôt que lui profiter. Le but du couvent était d'extorquer de l'argent du seigneur de *Saint-Mémin* , pour le repos de l'ame de sa femme. Or , si madame de *Saint-Mémin* était damnée , tout l'argent du monde ne pouvait la sauver ; on n'avait rien à donner ; les cordeliers perdaient leur rétribution.

Il y avait dans ce temps-là très-peu de bon sens en France. La nation avait été abrutie par l'invasion des Francs , & ensuite par l'invasion de la théologie scolastique ; mais il se trouva dans Orléans quelques personnes qui raisonnèrent. Elles se doutèrent que si le grand Etre avait permis que l'ame de madame de *Saint-Mémin* apparût à deux franciscains , il n'était pas naturel que cette ame se fût déclarée *damnée comme Judas.* Cette comparaison leur parut hors d'œuvre. Cette dame n'avait point vendu notre Seigneur JESUS-CHRIST trente deniers ; elle ne s'était point pendue; ses intestins ne lui étaient point sortis du ventre : il n'y avait aucun prétexte pour la comparer à *Judas.*

Cela donna du soupçon ; & la rumeur fut d'autant plus grande dans Orléans , qu'il y avait déjà des hérétiques qui ne croyaient pas à certaines visions , & qui, en admettant des principes absurdes, ne laissaient

(*a*) Tiré d'un manuscrit de la bibliothèque de l'évêque de Blois , *Caumartin.*

pas pourtant d'en tirer d'assez bonnes conclusions. Les cordeliers changèrent donc de batterie, & mirent la dame en purgatoire.

Elle apparut donc encore, & déclara que le purgatoire était son partage ; mais elle demanda d'être déterrée. Ce n'était pas l'usage qu'on exhumât les purgatoriés, mais on espérait que M. de *Saint-Mémin* préviendrait cet affront extraordinaire en donnant quelque argent. Cette demande d'être jetée hors de l'église augmenta les soupçons. On savait bien que les ames apparaissaient souvent, mais elles ne demandent point qu'on les déterre.

L'ame, depuis ce temps, ne parla plus ; mais elle lutina tout le monde dans le couvent & dans l'église. Les frères cordeliers l'exorcisèrent. Frère *Pierre* d'Arras s'y prit, pour la conjurer, d'une manière qui n'était pas adroite. Il lui disait : Si tu es l'ame de feue madame de *Saint-Mémin* , frappe quatre coups ; & on entendit les quatre coups. Si tu es damnée , frappe six coups ; & les six coups furent frappés. Si tu es encore plus tourmentée en enfer parce que ton corps est enterré en terre sainte , frappe six autres coups ; & ces six autres coups furent entendus encore plus distincte-ment. (*b*) Si nous déterrons ton corps , & si nous cessons de prier DIEU pour toi, feras-tu moins damnée ? frappe cinq coups pour nous le certifier ; & l'ame le certifia par cinq coups.

Cet interrogatoire de l'ame, fait par *Pierre* d'Arras, fut signé par vingt-deux cordeliers, à la tête desquels était le révérend père provincial. Ce père provincial

_____

(*b*) Toutes ces particularités sont détaillées dans l'histoire des apparitions & visions de l'abbé *Langlet.*

lui fit le lendemain les mêmes queſtions, & il lui fut répondu de même.

On dira que l'ame ayant déclaré qu'elle était en purgatoire, les cordeliers ne devaient pas la ſuppoſer en enfer ; mais ce n'eſt pas ma faute ſi des théologiens ſe contrediſent.

Le ſeigneur de *Saint-Mémin* préſenta requête au roi contre les pères cordeliers. Ils préſentèrent requête de leur côté ; le roi délégua des juges, à la tête deſquels était *Adrien Fumée* maître des requêtes.

Le procureur-général de la commiſſion requit que leſdits cordeliers fuſſent brûlés ; mais l'arrêt ne les condamna qu'à faire tous amende honorable la torche au poing, & à être bannis du royaume. Cet arrêt eſt du 18 février 1534.

Après une telle viſion, il eſt inutile d'en rapporter d'autres : elles ſont toutes ou du genre de la friponnerie, ou du genre de la folie. Les viſions du premier genre ſont du reſſort de la juſtice ; celles du ſecond genre ſont ou des viſions de fous malades, ou des viſions de fous en bonne ſanté. Les premières appartiennent à la médecine, & les ſecondes aux petites-maiſons.

VISION DE CONSTANTIN.

DE graves théologiens n'ont pas manqué d'alléguer des raiſons ſpécieuſes pour ſoutenir la vérité de l'apparition de la croix au ciel ; mais nous allons voir que leurs argumens ne ſont point aſſez convaincans pour exclure le doute ; les témoignages qu'ils citent en leur faveur n'étant d'ailleurs ni perfuafifs ni d'accord entr'eux.

Premièrement, on ne produit d'autres témoins que des chrétiens dont la dépofition peut être fufpecte, dans ce cas où il s'agit d'un fait qui prouverait la divinité de leur religion. Comment aucun auteur païen n'a-t-il fait mention de cette merveille que toute l'armée de *Conflantin* avait également aperçue ? Que *Zofime*, qui femble avoir pris à tâche de diminuer la gloire de *Conflantin*, n'en ait rien dit, cela n'eft pas furprenant ; mais ce qui paraît étrange eft le filence de l'auteur du panégyrique de *Conflantin*, prononcé en fa préfence à Trèves, dans lequel ce panégyrifte s'exprime en termes magnifiques fur toute la guerre contre *Maxence*, que cet empereur avait vaincu.

Nafaire autre rhéteur, qui dans fon panégyrique differte fi éloquemment fur la guerre contre *Maxence*, fur la clémence dont ufa *Conflantin* après la victoire, & fur la délivrance de Rome, ne dit pas un mot de cette apparition, tandis qu'il affure que par toutes les Gaules on avait vu des armées céleftes qui prétendaient être envoyées pour fecourir *Conflantin*.

Non-feulement cette vifion furprenante a été inconnue aux auteurs païens, mais à trois écrivains chrétiens qui avaient la plus belle occafion d'en parler. *Optatien Porphyre* fait mention plus d'une fois du monogramme de Chrift, qu'il appelle le figne célefte, dans le panégyrique de *Conflantin* qu'il écrivit en vers latins ; mais on n'y trouve pas un mot fur l'apparition de la croix au ciel.

Lactance n'en dit rien dans fon *Traité de la mort des perfécuteurs*, qu'il compofa vers l'an 314, deux ans après la vifion dont il s'agit. Il devait cependant être parfaitement inftruit de tout ce qui regarde *Conftantin*, ayant été précepteur de *Crifpus* fils de ce prince. Il rapporte feulement (*a*) que *Conftantin* fut averti en fonge de mettre fur les boucliers de fes foldats la divine image de la croix, & de livrer bataille ; mais en racontant un fonge dont la vérité n'avait d'autre appui que le témoignage de l'empereur, il paffe fous filence un prodige qui avait eu toute l'armée pour témoin.

Il y a plus ; *Eufèbe* de Céfarée lui-même, qui a donné le ton à tous les autres hiftoriens chrétiens fur ce fujet, ne parle point de cette merveille dans tout le cours de fon Hiftoire eccléfiaftique, quoiqu'il s'y étende fort au long fur les exploits de *Conftantin* contre *Maxence*. Ce n'eft que dans la vie de cet empereur qu'il s'exprime en ces termes : (*b*) ,, *Conftantin*,
,, réfolu d'adorer le dieu de *Conftance* fon père, implora
,, la protection de ce dieu contre *Maxence*. Pendant
,, qu'il lui fefait fa prière, il eut une vifion merveilleufe
,, & qui paraîtrait peut-être incroyable fi elle était
,, rapportée par un autre ; mais puifque ce victorieux
,, empereur nous l'a racontée lui-même, à nous qui
,, écrivons cette hiftoire long-temps après, lorfque
,, nous avons été connus de ce prince, & que nous
,, avons eu part à fes bonnes grâces, confirmant ce
,, qu'il difait par ferment ; qui pourrait en douter ?
,, furtout l'événement en ayant confirmé la vérité.

,, Il affurait qu'il avait vu dans l'après-midi, lorfque
,, le foleil baiffait, une croix lumineufe au-deffus du
,, foleil, avec cette infcription en grec : *Vainquez par*

(*a*) Chap. 44.   (*b*) Liv. I, chap. 28, 31 & 32.

,, *ce figne;* que ce fpectacle l'avait extrêmement étonné,
,, de même que tous les foldats qui le fuivaient, qui
,, furent témoins du miracle ; que tandis qu'il avait
,, l'efprit tout occupé de cette vifion & qu'il cherchait
,, à en pénétrer le fens, la nuit étant furvenue, JESUS-
,, CHRIST lui était apparu pendant fon fommeil, avec
,, le même figne qu'il lui avait montré le jour dans
,, l'air, & lui avait commandé de faire un étendard
,, de la même forme, & de le porter dans les combats
,, pour fe garantir du danger. *Conftantin* s'étant levé
,, dès la pointe du jour, raconta à fes amis le fonge
,, qu'il avait eu ; & ayant fait venir des orfèvres &
,, des lapidaires, il s'affit au milieu, leur expliqua la
,, figure du figne qu'il avait vu, & leur commanda
,, d'en faire un femblable d'or & de pierreries : &
,, nous nous fouvenons de l'avoir vu quelquefois. ,,

Eufèbe ajoute enfuite que *Conftantin*, étonné d'une
fi admirable vifion, fit venir les prêtres chrétiens ; &
qu'inftruit par eux, il s'appliqua à la lecture de nos
livres facrés, & conclut qu'il devait adorer avec un
profond refpect le Dieu qui lui était apparu.

Comment concevoir qu'une vifion fi admirable,
vue de tant de milliers de perfonnes, & fi propre à
juftifier la vérité de la religion chrétienne, ait été
inconnue à *Eufèbe*, hiftorien fi foigneux de rechercher
tout ce qui pouvait contribuer à faire honneur au
chriftianifme, jufqu'à citer à faux des monumens
profanes, comme nous l'avons vu à l'article *Eclipfe?*
& comment fe perfuader qu'il n'en ait été informé
que plufieurs années après, par le feul témoignage
de *Conftantin?* N'y avait-il donc point de chrétiens
dans l'armée qui fiffent gloire publiquement d'avoir

vu un pareil prodige? auraient-ils eu fi peu d'intérêt à leur caufe que de garder le filence fur un fi grand miracle? Doit-on après cela s'étonner que *Gelafe de Cifique*, un des fuccefleurs d'*Eufèbe* dans le fiége de Céfarée au cinquième fiècle, ait dit que bien des gens foupçonnaient que ce n'était-là qu'une fable inventée en faveur de la religion chrétienne? (c)

Ce foupçon fera bien plus fort, fi l'on fait attention combien peu les témoins font d'accord entr'eux fur les circonftances de cette merveilleufe apparition. Prefque tous affurent que la croix fut vue de *Conftantin* & de toute fon armée; & *Gelafe* ne parle que de *Conftantin* feul. Ils diffèrent fur le temps de la vifion. *Philoftorge*, dans fonHiftoire eccléfiaftique, dont *Photius* nous a confervé l'extrait, dit (d) que ce fut lorfque *Conftantin* remporta la victoire fur *Maxence*; d'autres prétendent que ce fut auparavant, lorfque *Conftantin* fefait des préparatifs pour attaquer le tyran & qu'il était en marche avec fon armée. *Arthémius*, cité par *Métaphrafte* & *Surius*, fur le 20 octobre, dit que c'était à midi; d'autres l'après midi lorfque le foleil baiffait.

Les auteurs ne s'accordent pas davantage fur la vifion même, le plus grand nombre n'en reconnaiffant qu'une & encore en fonge; il n'y a qu'*Eufèbe* fuivi par *Philoftorge* & *Socrate* (e) qui parlent de deux; l'une que *Conftantin* vit de jour, & l'autre qu'il vit en fonge, fervant à confirmer la première; *Nicéphore Callifte* (f) en compte trois.

(c) Hift. des act. du conc. de Nicée, chap. IV.
(d) Liv. I, chap. VI.
(e) Hift. eccl. liv. I, chap. II.
(f) Hift. eccl. liv. VIII, chap. III.

L'infcription offre de nouvelles différences. *Eufèbe* dit qu'elle était en grec, d'autres ne parlent point d'infcription. Selon *Philoftorge* & *Nicéphore*, elle était en caractères latins; les autres n'en difent rien & femblent par leur récit fuppofer que les caractères étaient grecs. *Philoftorge* affure que l'infcription était formée par un affemblage d'étoiles; *Arthémius* dit que les lettres étaient dorées. L'auteur cité par *Photius* (*g*) les repréfente compofées de la même matière lumineufe que la croix; & felon *Sofomène*, (*h*) il n'y avait point d'infcription; & ce furent les anges qui dirent à *Conftantin* : *Remportez la victoire par ce figne.*

Enfin le rapport des hiftoriens eft oppofé fur les fuites de cette vifion. Si l'on s'en tient à *Eufèbe*, *Conftantin*, aidé du fecours de DIEU, remporta fans peine la victoire fur *Maxence*. Mais felon *Lactance*, la victoire fut fort difputée. Il dit même que les troupes de *Maxence* eurent quelqu'avantage avant que *Conftantin* eût fait approcher fon armée des portes de Rome. Si l'on en croit *Eufèbe* & *Sofomène*, depuis cette époque, *Conftantin* fut toujours victorieux, & oppofa le figne falutaire de la croix à fes ennemis, comme un rempart impénétrable. Cependant un auteur chrétien, dont M. de *Valois* a raffemblé des fragmens à la fuite d'*Ammien Marcellin*, (*i*) rapporte que dans les deux batailles livrées à *Licinius* par *Conftantin*, la victoire fut douteufe, & que *Conftantin* fut même bleffé légèrement à la cuiffe; & *Nicéphore* (*k*) dit que depuis la première apparition, il combattit deux fois les Bifantins fans leur oppofer la croix, & ne s'en ferait

(*g*) Bibl. cayer 256.   (*i*) Pag. 473 & 475.
(*h*) Hift. eccl. liv. I, c. III.   (*k*) Liv. VII, chap. XLVII.

pas même fouvenu, s'il n'eût perdu neuf mille hommes, & s'il n'eût eu encore deux fois la même vifion. Dans la première, les étoiles étaient arrangées de façon qu'elles formaient ces mots d'un pfeaume : (*l*) *Invoque-moi au jour de ta détreffe, je t'en délivrerai & tu m'honoreras* ; & l'infcription de la dernière, beaucoup plus claire & plus nette encore, portait : *Par ce figne tu vaincras tous tes ennemis.*

Philoflorge affure que la vifion de la croix, & la victoire remportée fur *Maxence*, déterminèrent *Conf- tantin* à embraffer la foi chrétienne ; mais *Rufin*, qui a traduit en latin l'Hiftoire eccléfiaftique d'*Eufèbe*, dit qu'il favorifait déjà le chriftianifme & honorait le vrai DIEU. L'on fait cependant qu'il ne reçut le baptême que peu de jours avant de mourir, comme le difent expreffément *Philoflorge*, (*m*) S*t* *Athanafe*, (*n*) *faint Ambroife*, (*o*) S*t* *Jérôme*, (*p*) *Socrate*, (*q*) *Théodoret*, (*r*) & l'auteur de la chronique d'Alexandrie. (*s*) Cet ufage, commun alors, était fondé fur la croyance que le baptême effaçant tous les péchés de celui qui le reçoit, on mourait affuré de fon falut.

Nous pourrions nous borner à ces réflexions géné- rales ; mais par furabondance de droit, difcutons l'autorité d'*Eufèbe* comme hiftorien ; & celle de *Conf- tantin* & d'*Arthémius* comme témoins oculaires.

Pour *Arthémius*, nous ne penfons pas qu'on doive le mettre au rang des témoins oculaires, fon difcours

---

(*l*) Pf. XLIX, v. 16.
(*m*) Liv. VI, chap. VI.
(*n*) Pag. 917, fur le fynode.
(*o*) Oraifon fur la mort de *Théodofe.*
(*p*) Chronic. année 337.
(*q*) Liv. II, chap. XLVII.
(*r*) Chap. XXXII.
(*s*) Page 684.

n'étant fondé que fur fes Actes, rapportés par *Méta-phrafte* auteur fabuleux, Actes que *Baronius* prétend à tort de pouvoir défendre, en même temps qu'il avoue qu'on les a interpolés.

Quant au difcours de *Conftantin* rapporté par *Eufèbe*, c'eft fans contredit une chofe étonnante que cet empereur ait craint de n'en être pas cru à moins qu'il ne fît ferment, & qu'*Eufèbe* n'ait appuyé fon témoignage par celui d'aucun des officiers ou des foldats de l'armée. Mais fans adopter ici l'opinion de quelques favans, qui doutent qu'*Eufèbe* foit l'auteur de la vie de *Conftantin*, n'eft-ce pas un témoin qui dans cet ouvrage revêt par-tout le caractère de pané-gyrifte plutôt que celui d'hiftorien? N'eft-ce pas un écrivain qui a fupprimé foigneufement tout ce qui pouvait être défavantageux & peu honorable à fon héros? En un mot, ne montre-t-il pas fa partialité, quand il dit dans fon Hiftoire eccléfiaftique, (*t*) en parlant de *Maxence*, qu'ayant ufurpé à Rome la puif-fance fouveraine, il feignit d'abord, pour flatter le peuple, de faire profeffion de la religion chrétienne; comme s'il eût été impoffible à *Conftantin* de fe fervir d'une feinte pareille, & de fuppofer cette vifion, de même que *Licinius* quelque temps après, pour encou-rager fes foldats contre *Maximin*, fuppofa qu'un ange lui avait dicté en fonge une prière qu'il devait réciter avec fon armée?

Comment en effet *Eufèbe* a-t-il le front de donner pour chrétien un prince qui fit rebâtir à fes dépens le temple de la Concorde, comme il eft prouvé par

(*t*) Liv. VIII, chap. XIV.

une infcription qui fe lifait du temps de *Lélio Giraldi* dans la bafilique de Latran? Un prince qui fit périr *Crifpus* fon fils, déjà décoré du titre de céfar, fur un léger foupçon d'avoir commerce avec *Faufla* fa belle-mère; qui fit étouffer, dans un bain trop chauffé, cette même *Faufla* fon époufe, à laquelle il était redevable de la confervation de fes jours; qui fit étrangler l'empereur *Maximien Herculius* fon père adoptif; qui ôta la vie au jeune *Licinius* fon neveu, qui fefait paraître de fort bonnes qualités; qui enfin s'eft déshonoré par tant de meurtres, que le conful *Ablavius* appelait ces temps-là néroniens? On pourrait ajouter qu'il y a d'autant moins de fond à faire fur le ferment de *Conftantin*, qu'il n'eut pas le moindre fcrupule de fe parjurer, en fefant étrangler *Licinius* à qui il avait promis la vie par ferment. *Eufébe* paffe fous filence toutes ces actions de *Conftantin* qui font rapportées par *Eutrope*, (*u*) *Zofime*, (*x*) *Orofe*, (*y*) *St Jérôme*, (*z*) & *Aurélius Victor*. (*a*)

N'a-t-on pas lieu de penfer après cela que l'apparition prétendue de la croix dans le ciel, n'eft qu'une fraude que *Conftantin* imagina pour favorifer le fuccès de fes entreprifes ambitieufes? Les médailles de ce prince & de fa famille, que l'on trouve dans *Banduri* & dans l'ouvrage intitulé *Numifmata imperatorum romanorum*, l'arc de triomphe dont parle *Baronius*, (*b*) dans l'infcription duquel le fénat & le peuple romain difaient que *Conftantin*, par l'inftinct de la Divinité, avait vengé la république du tyran *Maxence* & de toute

(*u*) Liv. X, chap. IV.
(*x*) Liv. II, chap. XXIX.
(*y*) Liv. VII, chap. XXVIII.
(*z*) Chron. année 321.
(*a*) Epitome, chap. L.
(*b*) Tome III, pag. 296.

fa

fa faction ; enfin , la ftatue que *Conftantin* lui-même fe
fit ériger à Rome , tenant une lance terminée par un
travers en forme de croix , avec cette infcription que
rapporte *Eufèbe* , (*c*) *Par ce figne falutaire , j'ai délivré votre ville du joug de la tyrannie ;* tout cela , dis-
je, ne prouve que l'orgueil immodéré de ce prince
artificieux , qui voulait répandre par-tout le bruit de
fon prétendu fonge , & en perpétuer la mémoire.

Cependant , pour excufer *Eufèbe* , il faut lui comparer un évêque du dix-feptième fiècle que *la Bruyère*
n'héfitait pas d'appeler un père de l'Eglife. *Boffuet , en
même temps* qu'il s'élevait avec un acharnement fi
impitoyable contre les vifions de l'élégant & fenfible
Fénélon , commentait lui-même , dans l'*oraifon funèbre*
d'*Anne de Gonzague* de Clèves , les deux vifions qui
avaient opéré la converfion de cette princeffe Palatine.
Ce fut un fonge admirable , dit ce prélat ; elle crut
que , marchant feule dans une forêt , elle y avait rencontré un aveugle dans une petite loge. Elle comprit
qu'il manque un fens aux incrédules comme à
l'aveugle ; & *en même temps* , au milieu d'un fonge fi
myftérieux , elle fit l'application de la belle comparaifon de l'aveugle aux vérités de la religion & de
l'autre vie.

Dans la feconde vifion , DIEU continua de l'inftruire
comme il a fait *Jofeph* & *Salomon ;* & durant l'affou-
piffement que l'accablement lui caufa , il lui mit dans
l'efprit cette parabole fi femblable à celle de l'évangile.
Elle voit paraître ce que JESUS-CHRIST n'a pas
dédaigné de nous donner comme l'image de fa tendreffe ; (*d*) une poule devenue mère , empreffée autour

(*c*) Liv. I , chap. IV. · · · · .(*d*) *Matt.* chap. XXIII, v. 37.

Dictionn. philofoph. Tome VII.　　　　F f

des petits qu'elle conduifait. Un d'eux s'étant écarté, notre malade le voit englouti par un chien avide. Elle accourt, elle lui arrache cet innocent animal. *En même temps* on lui crie d'un autre côté qu'il le fallait rendre au ravifïeur. Non, dit-elle, je ne le rendrai jamais. En ce moment elle s'éveilla, & l'application de la figure qui lui avait été montrée fe fit en un inftant dans fon efprit.

VOEUX.

FAIRE un vœu pour toute fa vie, c'eft fe faire efclave. Comment peut-on fouffrir le pire de tous les efclavages dans un pays où l'efclavage eft profcrit?

Promettre à DIEU par ferment qu'on fera, depuis l'âge de quinze ans jufqu'à fa mort, jacobin, jéfuite, ou capucin, c'eft affirmer qu'on penfera toujours en capucin, en jacobin, ou en jéfuite. Il eft plaifant de promettre pour toute fa vie ce que nul homme n'eft fûr de tenir du foir au matin.

Comment les gouvernemens ont-ils été affez ennemis d'eux-mêmes, affez abfurdes, pour autorifer les citoyens à faire l'aliénation de leur liberté dans un âge où il n'eft pas permis de difpofer de la moindre partie de fa fortune? Comment tous les magiftrats étant convaincus de l'excès de cette fottife n'y mettent-ils pas ordre?

N'eft-on pas épouvanté quand on fait réflexion qu'on a plus de moines que de foldats?

N'eſt-on pas attendri quand on découvre les ſecrets des cloîtres, les turpitudes, les horreurs, les tourmens auxquels ſe ſont ſoumis de malheureux enfans qui déteſtent leur état de forçat quand ils ſont hommes, & qui ſe débattent avec un déſeſpoir inutile contre les chaînes dont leur folie les a chargés?

J'ai connu un jeune homme que ſes parens engagèrent à ſe faire capucin à quinze ans & demi ; il aimait éperdument une fille à-peu-près de cet âge. Dès que ce malheureux eut fait ſes vœux à *François d'Aſſiſe*, le diable le fit ſouvenir de ceux qu'il avait faits à ſa maîtreſſe, à qui il avait ſigné une promeſſe de mariage. Enfin le diable étant plus fort que *ſaint François*, le jeune capucin ſort de ſon cloître, & court à la maiſon de ſa maîtreſſe; on lui dit qu'elle s'eſt jetée dans un couvent, & qu'elle a fait profeſſion.

Il vole au couvent, il demande à la voir, il apprend qu'elle eſt morte de déſeſpoir. Cette nouvelle lui ôte l'uſage de ſes ſens, il tombe preſque ſans vie. On le tranſporte dans un couvent d'hommes voiſin, non pour lui donner les ſecours néceſſaires qui ne peuvent tout au plus que ſauver le corps, mais pour lui procurer la douceur de recevoir avant ſa mort l'extrêmeonction qui ſauve infailliblement l'ame.

Cette maiſon où l'on porta ce pauvre garçon évanoui, était juſtement un couvent de capucins. Ils le laiſſèrent charitablement à leur porte pendant plus de trois heures; mais enfin il fut heureuſement reconnu par un des révérends pères, qui l'avait vu dans le monaſtère d'où il était ſorti. Il fut porté dans une cellule, &

l'on y eut quelque foin de fa vie, dans le deffein de la fanctifier par une falutaire pénitence.

Dès qu'il eut recouvré fes forces, il fut conduit bien garrotté à fon couvent, & voici très-exactement comme il y fut traité. D'abord on le defcendit dans une foffe profonde, au bas de laquelle eft une pierre très-groffe, à laquelle une chaîne de fer eft fcellée. Il fut attaché à cette chaîne par un pied ; on mit auprès de lui un pain d'orge & une cruche d'eau ; après quoi on referma la foffe, qui fe bouche avec un large plateau de grais, & qui ferme l'ouverture par laquelle on l'avait defcendu.

Au bout de trois jours on le tira de fa foffe pour le faire comparaître devant la tournelle des capucins. Il fallait favoir s'il avait des complices de fon évafion ; & pour l'engager à les révéler, on l'appliqua à la queftion ufitée dans le couvent. Cette queftion préparatoire eft infligée avec des cordes qui ferrent les membres du patient, & qui lui font fouffrir une efpèce d'eftrapade.

Quand il eut fubi ces tourmens, il fut condamné à être enfermé pendant deux ans dans fon cachot, & à en fortir trois fois par femaine pour recevoir fur fon corps entièrement nu la difcipline avec des chaînes de fer.

Son tempérament réfifta feize mois entiers à ce fupplice. Il fut enfin affez heureux pour fe fauver, à la faveur d'une querelle arrivée entre les capucins. Ils fe battirent les uns contre les autres, & le prifonnier échappa pendant la mêlée.

S'étant caché pendant quelques heures dans des brouffailles, il fe hafarda de fe mettre en chemin au

déclin du jour, preffé par la faim, & pouvant à peine
fe foutenir. Un famaritain qui paffait eut pitié de ce
fpectre ; il le conduifit dans fa maifon, & lui donna
du fecours. C'eft cet infortuné lui-même qui m'a conté
fon aventure en préfence de fon libérateur. Voilà donc
ce que les vœux produifent !

C'eft une queftion fort curieufe de favoir fi les
horreurs qui fe commettent tous les jours chez les
moines mendians font plus révoltantes que les richeffes
pernicieufes des autres moines qui réduifent tant de
familles à l'état de mendians.

Tous ont fait vœu de vivre à nos dépens, d'être un
fardeau à leur patrie, de nuire à la population, de
trahir leurs contemporains & la poftérité. Et nous le
fouffrons !

Autre queftion intéreffante pour les officiers.

On demande pourquoi on permet à des moines de
reprendre un de leurs moines qui s'eft fait foldat, &
pourquoi un capitaine ne peut reprendre un déferteur
qui s'eft fait moine ?

VOLONTÉ.

D E s grecs fort fubtils confultaient autrefois le pape
Honorius I, pour favoir fi JESUS, lorfqu'il était au
monde, avait eu une volonté ou deux volontés lorfqu'il fe déterminait à quelque action ; par exemple,
lorfqu'il voulait dormir ou veiller, manger ou aller
à la garde-robe, marcher ou s'affeoir.

Que vous importe ? leur répondait le très-fage évêque de Rome, *Honorius.* Il a certainement aujourd'hui la volonté que vous foyez gens de bien, cela vous doit fuffire ; il n'a nulle volonté que vous foyez des fophiftes babillards, qui vous battez continuellement pour la chappe à l'évêque, & pour l'ombre de l'âne. Je vous confeille de vivre en paix, & de ne point perdre en difputes inutiles un temps que vous pourriez employer en bonnes œuvres.

St Père, vous avez beau dire ; c'eſt ici la plus importante affaire du monde. Nous avons déjà mis l'Europe, l'Aſie, & l'Afrique en feu, pour ſavoir ſi JESUS *avait deux perſonnes & une nature, ou une nature & deux perſonnes, ou bien deux perſonnes & deux natures, ou bien une perſonne & une nature.*

Mes chers frères, vous avez très-mal fait : il fallait donner du bouillon aux malades, du pain aux pauvres.

Il s'agit bien de ſecourir les pauvres ! voilà-t-il pas le patriarche Sergius qui vient de faire décider dans un concile à Conſtantinople, que JESUS *avait deux natures & une volonté ! & l'empereur qui n'y enteud rien eſt de cet avis.*

Hé bien, foyez-en auffi ; & furtout défendez-vous mieux contre les mahométans qui vous donnent tous les jours fur les oreilles, & qui ont une très-mauvaife volonté contre vous.

C'eſt bien dit ; mais voilà les évêques de Tunis, de Tripoli, d'Alger, de Maroc, qui tiennent fermement pour les deux volontés. Il faut avoir une opinion ; quelle eſt la vôtre ?

Mon opinion eft que vous êtes des fous qui perdrez la religion chrétienne que nous avons établie avec tant de peine. Vous ferez tant, par vos fottifes, que Tunis, Tripoli, Alger, Maroc, dont vous me parlez, deviendront mufulmans, & qu'il n'y aura pas une chapelle chrétienne en Afrique. En attendant je fuis pour l'empereur & le concile, jufqu'à ce que vous ayez pour vous un autre concile & un autre empereur.

Ce n'eſt pas nous fatisfaire. Croyez-vous deux volontés ou une ?

Ecoutez ; fi ces deux volontés font femblables, c'eſt comme s'il n'y en avait qu'une feule ; fi elles font contraires, celui qui aura deux volontés à la fois fera deux chofes contraires à la fois, ce qui eſt abfurde : par conféquent je fuis pour une feule volonté.

Ah! St Père, vous êtes monothélite. A l'héréſie! à l'héréſie! au diable! à l'excommunication, à la dépoſition; un concile, vîte un autre concile; un autre empereur, un autre évêque de Rome, un autre patriarche.

Mon DIEU! que ces pauvres Grecs font fous avec toutes leurs vaines & interminables difputes, & que mes fucceſſeurs feront bien de fonger à être puiſſans & riches !

A peine *Honorius* avait proféré ces paroles, qu'il apprit que l'empereur *Héraclius* était mort après avoir été bien battu par les mahométans. Sa veuve *Martine* empoifonna fon beau-fils ; le fénat fit couper la langue à *Martine* & le nez à un autre fils de l'empereur. Tout l'empire grec nagea dans le fang.

N'eût-il pas mieux valu ne point difputer fur les deux volontés ? Et ce pape *Honorius*, contre lequel les janféniftes ont tant écrit, n'était-il pas un homme très-fenfé ?

VOYAGE DE SAINT PIERRE A ROME.

LA fameufe difpute fi *Pierre* fit le voyage de Rome, n'eſt-elle pas au fond auſſi frivole que la plupart des autres grandes difputes? Les revenus de l'abbaye de St Denis en France, ne dépendent ni de la vérité du voyage de *St Denis* l'aréopagite d'Athènes au milieu des Gaules, ni de ſon martyre à Montmartre, ni de l'autre voyagé qu'il fit après ſa mort, de Montmartre à St Denis, en portant ſa tête entre ſes bras, & en la baiſant à chaque pauſe.

Les chartreux ont de très-grands biens, ſans qu'il y ait la moindre vérité dans l'hiſtoire du chanoine de Magdebourg, qui ſe leva de ſa bière à trois jours conſécutifs, pour apprendre aux aſſiſtans qu'il était damné.

De même, il eſt bien ſûr que les revenus & les droits du pontife romain peuvent ſubſiſter, ſoit que *Simon Barjone*, ſurnommé *Céphas*, ait été à Rome, ſoit qu'il n'y ait pas été. Tous les droits des métropolitains de Rome & de Conſtantinople furent établis au concile de Chalcédoine, en 451 de notre ère vulgaire, & il ne fut queſtion dans ce concile d'aucun voyage fait par un apôtre à Bizance ou à Rome.

Les patriarches d'Alexandrie & de Conſtantinople ſuivirent le ſort de leurs provinces. Les chefs eccléſiaſtiques des deux villes impériales & de l'opulente Egypte, devaient avoir naturellement plus de priviléges, d'autorité, de richeſſes, que les évêques des petites villes.

Si la réſidence d'un apôtre dans une ville avait décidé de tant de droits, l'évêque de Jéruſalem aurait fans contredit été le premier évêque de la chrétienté. Il était évidemment le fucceffeur de *S¹ Jacques* frère de JESUS-CHRIST, reconnu pour fondateur de cette Eglife; & appelé depuis le premier de tous les évêques. Nous ajouterions que par le même raifonnement, tous les patriarches de Jérufalem devaient être circoncis, puifque les quinze premiers évêques de Jérufalem, berceau du chriftianifme & tombeau de JESUS-CHRIST, avaient tous reçu la circoncifion. (*a*)

Il eft indubitable que les premières largeffes faites à l'Eglife de Rome par *Conftantin*, n'ont pas le moindre rapport au voyage de *S¹ Pierre*.

1°. La première église élevée à Rome fut celle de *S¹ Jean* : elle en eft encore la véritable cathédrale. Il eft fûr qu'elle aurait été dédiée à *S¹ Pierre* s'il en avait été le premier évêque; c'eft la plus forte de toutes les préfomptions; elle feule aurait pu finir la difpute.

2°. A cette puiffante conjecture, fe joignent des preuves négatives convaincantes. Si *Pierre* avait été à Rome avec *Paul*, les Actes des apôtres en auraient parlé, & ils n'en difent pas un mot.

3°. Si *S¹ Pierre* était allé prêcher l'Evangile à Rome, *S¹ Paul* n'aurait pas dit dans fon épître aux Galates : *Quand ils virent que l'évangile du prépuce m'avait été confié, & à Pierre celui de la circoncifion, ils me donnèrent les mains à moi & à Barnabé ; ils confentirent que nous allaffions chez les gentils & Pierre chez les circoncis.*

„ (*a*) Il fallut que quinze évêques de Jérufalem fuffent circoncis, & „ que tout le monde penfât comme eux, coopérât avec eux. „ *Saint Epiphane*, Héréf. LXX.

„ J'ai appris par les monumens des anciens, que jufqu'au fiége de „ Jérufalem par *Adrien*, il y eut quinze évêques de fuite natifs de cette „ ville. „ *Eufebe*, liv. IV.

4°. Dans les lettres que *Paul* écrit de Rome, il ne parle jamais de *Pierre* ; donc il est évident que *Pierre* n'y était pas.

5°. Dans les lettres que *Paul* écrit à ses frères de Rome, pas le moindre compliment à *Pierre*, pas la moindre mention de lui ; donc *Pierre* ne fit un voyage à Rome, ni quand *Paul* était en prison dans cette capitale, ni quand il en était dehors.

6°. On n'a jamais connu aucune lettre de *St Pierre* datée de Rome.

7°. Quelques-uns, comme *Paul-Orose*, espagnol du cinquième siècle, veulent qu'il ait été à Rome les premières années de *Claude* ; & les Actes des apôtres disent qu'il était alors à Jérusalem, & les épîtres de *Paul* disent qu'il était à Antioche.

8°. Je ne prétends point apporter en preuve, qu'à parler humainement & selon les règles de la critique profane, *Pierre* ne pouvait guère aller de Jérusalem à Rome, ne sachant ni la langue latine, ni même la langue grecque, laquelle *St Paul* parlait, quoiqu'assez mal. Il est dit que les apôtres parlaient toutes les langues de l'univers, ainsi je me tais.

9°. Enfin, la première notion qu'on ait jamais eue du voyage de *St Pierre* à Rome, vient d'un nommé *Papias* qui vivait environ cent ans après *St Pierre*. Ce *Papias* était phrygien ; il écrivait dans la Phrygie, & il prétendit que *St Pierre* était allé à Rome, sur ce que dans une de ses lettres il parle de Babylone. Nous avons en effet une lettre attribuée à *St Pierre* écrite en ces temps ténébreux, dans laquelle il est dit : *L'Eglise qui est à Babylone, ma femme & mon fils Marc vous saluent.* Il a plu à quelques translateurs de traduire le mot qui veut dire ma femme, par la conchoifie, Babylone la conchoifie; c'eſt traduire avec un grand ſens.

Papias, qui était (il faut l'avouer) un des grands viſionnaires de ces ſiècles, s'imagina que Babylone voulait dire Rome. Il était pourtant tout naturel que *Pierre* fût parti d'Antioche pour aller viſiter les frères de Babylone. Il y eut toujours des Juifs à Babylone; ils y firent continuellement le métier de courtiers & de porte-balles; il eſt bien à croire que pluſieurs diſciples s'y réfugièrent, & que *Pierre* alla les encourager. Il n'y a pas plus de raiſon à imaginer que Babylone ſignifie Rome, qu'à ſuppoſer que Rome ſignifie Babylone. Quelle idée extravagante de ſuppoſer que *Pierre* écrivait une exhortation à ſes camarades, comme on écrit aujourd'hui en chiffre! craignait-il qu'on ouvrît ſa lettre à la poſte? pourquoi *Pierre* aurait-il craint qu'on eût connaiſſance de ſes lettres juives, ſi inutiles ſelon le monde, & auxquelles il eût été impoſſible que les Romains euſſent fait la moindre attention? qui l'engageait à mentir ſi vainement? dans quel rêve a-t-on pu ſonger que lorſqu'on écrivait Babylone cela ſignifiait Rome?

C'eſt d'après ces preuves aſſez concluantes, que le judicieux *Calmet* conclut que le voyage de St Pierre à Rome eſt prouvé par St *Pierre* lui-même, qui marque expreſſément qu'il a écrit ſa lettre de Babylone; c'eſt-à-dire de Rome, comme nous l'expliquons avec les anciens. Encore une fois, c'eſt puiſſamment raiſonner; il a probablement appris cette logique chez les vampires.

Le ſavant archevêque de Paris *Marca*, *Dupin*, *Blondel*, *Spanheim*, ne ſont pas de cet avis; mais enfin c'était celui de *Papias* qui raifonnait comme *Calmet*, & qui fut fuivi d'une foule d'écrivains fi attachés à la fublimité de leurs principes, qu'ils négligèrent quelquefois la faine critique & la raifon.

C'eft une très-mauvaife défaite des partifans du voyage, de dire que les Actes des apôtres font deftinés à l'hiftoire de *Paul* & non pas de *Pierre*, & que s'ils paffent fous filence le féjour de *Simon Barjone* à Rome, c'eft que *les faits & geftes* de *Paul* étaient l'unique objet de l'écrivain.

Les Actes parlent beaucoup de *Simon Barjone* furnommé *Pierre*; c'eft lui qui propofe de donner un fucceffeur à *Judas*. On le voit frapper de mort fubite *Ananie* & fa femme qui lui avaient donné leur bien, mais qui malheureufement n'avaient pas tout donné. On le voit reffufciter fa couturière *Dorcas* chez le corroyeur *Simon* à Joppé. Il a une querelle dans Samarie avec *Simon* furnommé le magicien; il va à Lippa, à Céfarée, à Jérufalem; que coûtait-il de le faire aller à Rome?

Il eft bien difficile que *Pierre* foit allé à Rome, foit fous *Tibère*, foit fous *Caligula*, ou fous *Claude*, ou fous *Néron*. Le voyage du temps de *Tibère* n'eft fondé que fur de prétendus faftes de Sicile apocryphes. (*b*)

Un autre apocryphe, intitulé Catalogues d'évêques, fait au plus vîte *Pierre* évêque de Rome, immédiatement après la mort de fon maître.

Je ne fais quel conte arabe l'envoie à Rome fous *Caligula*. *Eufèbe*, trois cents ans après, le fait conduire à Rome fous *Claude* par une main divine, fans dire en quelle année.

(*b*) Voyez Spanheim, *facræ antiq. lib. III.*

Laélance, qui écrivait du temps de *Conflantin*, eft
le premier auteur bien avéré, qui ait dit que *Pierre*
alla à Rome fous *Néron*, & qu'il y fut crucifié.

On avouera que fi dans un procès une partie ne
produifait que de pareils titres, elle ne gagnerait pas fa
caufe ; on lui confeillerait de s'en tenir à la prefcription,
à l'*uti poffidetis ;* & c'eft le parti que Rome a pris.

Mais, dit-on, avant *Eufébe*, avant *Laélance*, l'exact
Papias avait déjà conté l'aventure de *Pierre* & de
Simon vertu de Dieu, qui fe paffa en préfence de
Néron ; le parent de *Néron* à moitié reffufcité par
Simon vertu-Dieu, & entièrement reffufcité par *Pierre;*
les complimens de leurs chiens ; le pain donné par
Pierre aux chiens de *Simon;* le magicien qui vole dans
les airs ; le chrétien qui le fait tomber par un figne
de croix, & qui lui caffe les jambes ; *Néron* qui fait
couper la tête à *Pierre* pour payer les jambes de fon
magicien &c. &c. Le grave *Marcel* répète cette hiftoire
authentique, & le grave *Hégéfippe* la répète encore, &
d'autres la répètent après eux ; & moi je vous répète
que fi jamais vous plaidez pour un pré, fût-ce devant
le juge de Vaugirard, vous ne gagnerez jamais votre
procès fur de pareilles pièces.

Je ne doute pas que le fauteuil épifcopal de *faint
Pierre* ne foit encore à Rome dans la belle églife. Je
ne doute pas que S*t Pierre* n'ait joui de l'évêché de
Rome vingt-cinq ans, un mois & neuf jours, comme
on la rapporte. Mais j'ofe dire que cela n'eft pas
prouvé démonftrativement, & j'ajoute qu'il eft à
croire que les évêques romains d'aujourd'hui font plus
à leur aife que ceux de ces temps paffés, temps un
peu obfcurs qu'il eft fort difficile de bien débrouiller.

X.

X A V I E R.

SAINT *Xavier* , furnommé l'apôtre des Indes, fut un des premiers difciples de *St Ignace de Loyola.*

Quelques écrivains modernes, trompés par l'équivoque du nom , fe font imaginés que les apôtres *St Barthelemi* & *St Thomas* avaient prêché aux Indes orientales. Mais *Abdias* (a) remarque très-bien que les anciens font mention de trois Indes ; la première fituée vers l'Ethiopie , la feconde proche des Mèdes , & la troifième à l'extrémité du continent.

Les Indiens à qui *St Barthelemi* prêcha font les Arabes de l'Hyémen, qui font nommés par *Philoflorge* (b) les Indiens intérieurs , & par *Sophronius* (c) les Indiens fortunés. Ce font les habitans de l'Arabie heureufe.

L'Inde qui eft proche des Mèdes eft évidemment la Perfe & les provinces voifines, qui furent d'abord foumifes aux Parthes. Or c'eft dans ce pays-là, dans l'empire des Parthes , que les hiftoriens eccléfiaftiques (d) témoignent que *St Thomas* alla prêcher l'Evangile. Auffi le métropolitain de Perfe fe vante-t-il depuis plufieurs fiècles d'être le fucceffeur de *St Thomas.* L'auteur des voyages de cet apôtre, & celui de l'hif-

---

(a) L. VIII , art. I.

(b) Hift. eccl. liv. II , ch. VI.

(c) *Saint Jérôme* , dans le catalog.

(d) *Eufebe* , liv. III , ch. I ; & Recognitions , liv. IX , art. I.

toire d'*Abdias*, s'accordent là-dessus avec nos autres écrivains.

Enfin la troisième Inde, à l'extrémité du continent, comprend les côtes de Coromandel & de Malabar, & c'est celle dont *Xavier* fut l'apôtre. Il arriva à Goa, l'an 1542, sous la protection de *Jean III* roi de Portugal; & malgré les miracles qu'il y opéra, il prétendait, de l'aveu du missionnaire dominicain *Navarette*, (*e*) qu'on n'établirait jamais aucun christianisme de durée parmi les païens, à moins que les auditeurs ne fussent à la portée d'un mousquet. Le jésuite *Tellez*, dans son *Histoire d'Ethiopie*, (*f*) fait le même aveu. Ç'a toujours été, dit-il, le sentiment que nos religieux ont formé concernant la religion catholique, qu'elle ne pourrait être d'aucune durée en Ethiopie, à moins qu'elle ne fût appuyée par les armes.

L'expérience, en effet, vient à l'appui de cette opinion. Ce fut par les armes que l'on convertit l'Amérique; & *Barthelemi de las Casas*, moine & évêque de Chiapa, écrivit en langue castillane l'*Histoire admirable des horribles insolences, cruautés, & tyrannies exercées par les Espagnols aux Indes occidentales*. Ce témoin oculaire affirme (*g*) que, dans les îles & sur la terre ferme, ils firent mourir en quarante ans plus de douze millions d'ames. Ils fesaient certains gibets longs & bas, de manière que les pieds touchaient quasi à la terre, chacun pour treize, à l'honneur & révérence de notre Rédempteur & de ses douze apôtres, comme ils disaient; & y mettant le feu, brûlaient ainsi tout

(*e*) Traité VI, pag. 456, col. 6.
(*f*) Liv. IV, ch. III.
(*g*) Pag. 6 & 10 de la traduction française de *Jacques de Miggrode*.

vifs ceux qui y étaient attachés. Ils prenaient les petites
créatures par les pieds, les arrachant des mamelles de
leurs mères, & leur froiffaient la tête contre les rochers.
Las Cafas oublie de remarquer que le pfalmifte (*h*)
appelle heureux celui qui pourra traiter ainfi les petits
enfans.

Au refte il faut redire ici comme à l'article *Reliques*:
J ESUS n'a condamné que l'hypocrifie des Juifs, en
difant : (*i*) Malheur à vous , fcribes & pharifiens
hypocrites, parce que vous courez la mer & la terre
pour faire un profélyte; & quand il l'eft devenu, vous
le rendez digne de la géhenne deux fois plus que
vous.

X E N O P H A N E S.

B *AYLE* a pris le prétexte de l'article *Xénophanes*
pour faire le panégyrique du diable, comme autrefois
Simonide, à l'occafion d'un lutteur qui avait remporté
le prix à coups de poing aux jeux olympiques, chanta
dans une belle ode les louanges de *Caftor* & de *Pollux*.
Mais au fond, que nous importent les rêveries de
Xénophanes ! Que faurons-nous en apprenant qu'il
regardait la nature comme un être infini , immobile,
compofé d'une infinité de petits corpufcules , de
petites monades douces, d'une force motrice, de petites
molécules organiques ; qu'il penfait d'ailleurs à peu-
près comme penfa depuis *Spinofa* , ou que plutôt il
cherchait à penfer, & qu'il fe contredit plufieurs fois,
ce qui était le propre des anciens philofophes ?

(*h*) Pf. CXXXVI, v. 12.   (*i*) *Matth.* ch. XXIII, v. 15.

Si

Si *Anaximène* enfeigna que l'atmofphère était Dieu ;
fi *Thalès* attribua à l'eau la formation de toutes chofes,
parce que l'Egypte était fécondée par fes inondations ;
fi *Phérécide* & *Héraclite* donnèrent au feu tout ce que
Thalès donnait à l'eau, quel bien nous revient-il de
toutes ces imaginations chimériques ?

Je veux que *Pythagore* ait exprimé par des nombres
des rapports très-mal connus, & qu'il ait cru que la
nature avait bâti le monde par des règles d'arithmétique.
Je confens qu'*Ocellus Lucanus* & *Empédocle* aient tout
arrangé par des forces motrices antagoniftes, quel
fruit en recueillerai-je ? quelle notion claire fera entrée
dans mon faible efprit ?

Venez, divin *Platon*, avec vos idées archétypes,
vos androgynes, & votre verbe ; établiffez ces belles
connaiffances en profe poëtique dans votre république
nouvelle, où je ne prétends pas plus avoir une maifon
que dans la Salente du Télémaque; mais au lieu d'être
un de vos citoyens, je vous enverrai, pour bâtir votre
ville, toute la matière fubtile de *Defcartes*, toute fa
matière globuleufe & toute fa rameufe que je vous ferai
porter par *Cyrano de Bergerac*. (*a*)

Bayle a pourtant exercé toute la fagacité de fa dia-
lectique fur vos antiques billevefées; mais c'eft qu'il
en tirait toujours parti pour rire des fottifes qui leur
fuccédèrent.

O philofophes ! les expériences de phyfique bien
conftatée, les arts & métiers, voilà la vraie philofophie. Mon fage eft le conducteur de mon moulin,
lequel pince bien le vent, ramaffe mon fac de blé,

(*a*) Plaifant affez mauvais & un peu fou.

Dictionn. philofoph. Tome VII.   G g

le verfe dans la trémie, le moud également, & fournit à moi & aux miens une nourriture aifée. Mon
fage eft celui qui, avec la navette, couvre mes murs
de tableaux de laine ou de foie, brillans des plus riches
couleurs ; ou bien celui qui met dans ma poche la
mefure du temps en cuivre & en or. Mon fage eft
l'invefligateur de l'*Hiftoire naturelle*. On apprend plus
dans les feules expériences de l'abbé *Nollet*, que dans
tous les livres de l'antiquité.

X E N O P H O N,

Et la retraite des dix mille.

Q U A N D *Xénophon* n'aurait eu d'autre mérite que
d'être l'ami du martyr *Socrate*, il ferait un homme
recommandable ; mais il était guerrier, philofophe,
poëte, hiftorien, agriculteur, aimable dans la fociété ;
& il y eut beaucoup de grecs qui réunirent tous ces
mérites.

Mais pourquoi cet homme libre eut-il une compagnie greçque à la folde du jeune *Cofrou*, nommé
Cyrus par les Grecs ? Ce *Cyrus* était frère puîné &
fujet de l'empereur de Perfe *Artaxerxe Mnemon*, dont
on a dit qu'il n'avait jamais rien oublié que les injures.
Cyrus avait déjà voulu affaffiner fon frère dans le temple
même où l'on fefait la cérémonie de fon facre, (car les
rois de Perfe furent les premiers qui furent facrés)
non-feulement *Artaxerxe* eut la clémence de pardonner
à ce fcélérat, mais il eut la faibleffe de lui laiffer le
gouvernement abfolu d'une grande partie de l'Afie

mineure qu'il tenait de leur père, & dont il méritait au moins d'être depouillé.

Pour prix d'une si étonnante clémence, dès qu'il put se soulever dans sa satrapie contre son frère, il ajouta ce second crime au premier. Il déclara par un manifeste, *qu'il était plus digne du trône de Perse que son frère, parce qu'il était meilleur magicien, & qu'il buvait plus de vin que lui.*

Je ne crois pas que ce fussent ces raisons qui lui donnèrent pour alliés les Grecs. Il en prit à sa solde treize mille, parmi lesquels se trouva le jeune *Xénophon*, qui n'était alors qu'un aventurier. Chaque soldat eut d'abord une darique de paye par mois. La darique valait environ une guinée ou un louis d'or de notre temps, comme le dit très-bien M. le chevalier de *Jaucourt*, & non pas dix francs, comme le dit *Rollin*.

Quand *Cyrus* leur proposa de se mettre en marche avec ses autres troupes, pour aller combattre son frère vers l'Euphrate, ils demandèrent une darique & demie, & il fallut bien la leur accorder. C'était trente-six livres par mois, & par conséquent la plus forte paye qu'on ait jamais donnée. Les soldats de *César* & de *Pompée* n'eurent que vingt sous par jour dans la guerre civile. Outre cette solde exorbitante, dont ils se firent payer quatre mois d'avance, *Cyrus* leur fournissait quatre cents chariots chargés de farine & de vin.

Les Grecs étaient donc précisément ce que font aujourd'hui les Helvétiens, qui louent leur service & leur courage aux princes leurs voisins, mais pour une somme trois fois plus modique que n'était la solde des Grecs.

Il eſt évident, quoi qu'on en diſe, qu'ils ne s'infor-
maient pas ſi la cauſe pour laquelle ils combattaient
était juſte ; il ſuffiſait que *Cyrus* payât bien.

Les Lacédémoniens compoſaient la plus grande
partie de ces troupes. Ils violaient en cela leurs traités
ſolemnels avec le roi de Perſe.

Qu'était devenue l'ancienne averſion de Sparte
pour l'or & pour l'argent ? où était la bonne foi dans
les traités ? où était leur vertu altière & incorruptible ?
C'était *Cléarque*, un ſpartiate, qui commandait le
corps principal de ces braves mercenaires.

Je n'entends rien aux manœuvres de guerre d'*Artaxerxès* & de *Cyrus* ; je ne vois pas pourquoi cet
Artaxerxès, qui venait à ſon ennemi avec douze cents
mille combattans, commence par faire tirer des
lignes de douze lieues d'étendue entre *Cyrus* & lui ;
& je ne comprends rien à l'ordre de bataille. J'entends
encore moins comment *Cyrus*, ſuivi de ſix cents chevaux ſeulement, attaque dans la mêlée les ſix mille
gardes à cheval de l'empereur, ſuivi d'ailleurs d'une
armée innombrable. Enfin, il eſt tué de la main
d'*Artaxerxès*, qui apparemment ayant bu moins de
vin que le rebelle ingrat, ſe battit avec plus de ſang-
froid & d'adreſſe que cet ivrogne. Il eſt clair qu'il
gagna complètement la bataille malgré la valeur & la
réſiſtance de treize mille grecs, puiſque la vanité
grecque eſt obligée d'avouer qu'*Artaxerxès* leur fit dire
de mettre bas les armes. Ils répondent qu'ils n'en
feront rien, mais que ſi l'empereur veut les payer, ils
ſe mettront à ſon ſervice. Il leur était donc très-
indifférent pour qui ils combattiſſent, pourvu qu'on

les payât. Ils n'étaient donc que des meurtriers à
louer.

Il y a, outre la Suiffe, des provinces d'Allemagne
qui en ufent ainfi. Il n'importe à ces bons chrétiens
de tuer pour de l'argent des anglais, ou des français,
ou des hollandais, ou d'être tués par eux. Vous les
voyez réciter leurs prières & aller au carnage comme
des ouvriers vont à leur attelier. Pour moi, j'avoue
que j'aime mieux ceux qui s'en vont en Penfilvanie
cultiver la terre avec les fimples & équitables quakers,
& former des colonies dans le féjour de la paix & de
l'induftrie. Il n'y a pas un grand favoir-faire à tuer
& à être tué pour fix fous par jour; mais il y en a
beaucoup à faire fleurir la république des Dunkards,
ces thérapeutes nouveaux, fur la frontière du pays le
plus fauvage.

Artaxerxès ne regarda ces Grecs que comme des
complices de la révolte de fon frère, & franchement
c'eft tout ce qu'ils étaient. Il fe croyait trahi par eux,
& il les trahit, à ce que prétend *Xénophon*. Car après
qu'un de fes capitaines eut juré en fon nom de leur
laiffer une retraite libre, & de leur fournir des vivres;
après que *Cléarque* & cinq autres commandans des
Grecs fe furent mis entre fes mains pour régler la
marche, il leur fit trancher la tête, & on égorgea
tous les grecs qui les avaient accompagnés dans cette
entrevue, s'il faut s'en rapporter à *Xénophon*.

Cet acte royal nous fait voir que le machiavélifme
n'eft pas nouveau : mais auffi eft-il bien vrai qu'*Artaxerxès* eût promis de ne pas faire un exemple des
chefs mercenaires qui s'étaient vendus à fon frère?

ne lui était-il pas permis de punir ceux qu'il croyait
fi coupables ?

C'eſt ici que commence la fameuſe retraite des dix
mille. Si je n'ai rien compris à la bataille, je ne comprends pas plus à la retraite.

L'empereur, avant de faire couper la tête aux ſix
généraux grecs & à leur ſuite, avait juré de laiſſer
retourner en Grèce cette petite armée réduite à dix
mille hommes. La bataille s'était donnée ſur le chemin
de l'Euphrate ; il eût donc fallu faire retourner les
Grecs par la Méſopotamie occidentale, par la Syrie,
par l'Aſie mineure, par l'Ionie. Point du tout ; on les
feſait paſſer à l'Orient, on les obligeait de traverſer le
Tigre ſur des barques qu'on leur fourniſſait ; ils
remontaient enſuite par le chemin de l'Arménie lorſque
leurs commandans furent ſuppliciés. Si quelqu'un
comprend cette marche, dans laquelle on tournait le
dos à la Grèce, il me fera plaiſir de me l'expliquer.

De deux choſes l'une ; ou les Grecs avaient choiſi
eux-mêmes leur route, & en ce cas ils ne ſavaient ni
où ils allaient, ni ce qu'ils voulaient ; ou *Artaxerxés*
les feſait marcher malgré eux, (ce qui eſt bien plus
probable) & en ce cas pourquoi ne les exterminait-il
point ?

On ne peut ſe tirer de ces difficultés qu'en ſuppo-
ſant que l'empereur perſan ne ſe vengea qu'à demi ;
qu'il ſe contenta d'avoir puni les principaux chefs
mercenaires qui avaient vendu les troupes grecques
à *Cyrus ;* qu'ayant fait un traité avec ces troupes fugi-
tives, il ne voulait pas deſcendre à la honte de le
violer ; qu'étant ſûr que de ces Grecs errans il en
périrait un tiers dans la route, il abandonnait ces

malheureux à leur mauvais sort. Je ne vois pas d'autre jour pour éclairer l'esprit du lecteur sur les obscurités de cette marche.

On s'est étonné de la retraite des dix mille ; mais on devait s'étonner bien davantage qu'*Artaxerxès*, vainqueur à la tête de douze cents mille combattans, (du moins à ce qu'on dit) laissât voyager dans le nord de ses vastes Etats dix mille fugitifs qu'il pouvait écraser à chaque village, à chaque passage de rivière, à chaque défilé, ou qu'on pouvait faire périr de faim & de misère.

Cependant on leur fournit, comme nous l'avons vu, vingt-sept grands bateaux vers la ville d'Itace pour leur faire passer le Tigre, comme si on voulait les conduire aux Indes. De là on les escorte en tirant vers le nord, pendant plusieurs jours, dans le désert où est aujourd'hui Bagdad. Ils passent encore la rivière de Zabate , & c'est là que viennent les ordres de l'empereur de punir les chefs. Il est clair qu'on pouvait exterminer l'armée aussi facilement qu'on avait fait justice des commandans. Il est donc très-vraisemblable qu'on ne le voulut pas.

On ne doit donc plus regarder les Grecs perdus dans ces pays sauvages, que comme des voyageurs égarés, à qui la bonté de l'empereur laissait achever leur route comme ils pouvaient.

Il y a une autre observation à faire, qui ne paraît pas honorable pour le gouvernement persan. Il était impossible que les Grecs n'eussent pas des querelles continuelles pour les vivres, avec tous les peuples chez lesquels ils devaient passer. Les pillages, les désolations, les meurtres étaient la suite inévitable de ces défordres ; & cela eft fi vrai, que dans une route de fix cents lieues, pendant laquelle les Grecs marchèrent toujours au hafard ; ces Grecs n'étant ni efcortés, ni pourfuivis par aucun grand corps de troupes perfanes, perdirent quatre mille hommes, ou affommés par les payfans, ou morts de maladie. Comment donc *Artaxerxès* ne les fit-il pas efcorter depuis leur paffage de la rivière de Zabate, comme il l'avait fait depuis le champ de bataille jufqu'à cette rivière ?

Comment un fouverain fi fage & fi bon commit-il une faute fi effentielle ? Peut-être ordonna-t-il l'efcorte ; peut-être *Xénophon*, d'ailleurs un peu déclamateur, la paffe-t-il fous filence pour ne pas diminuer le merveilleux de la retraite des dix mille ; peut-être l'efcorte fut toujours obligée de marcher très-loin de la troupe grecque par la difficulté des vivres. Quoi qu'il en foit, il paraît certain qu'*Artaxerxès* ufa d'une extrême indulgence, & que les Grecs lui durent la vie, puifqu'ils ne furent pas exterminés.

Il eft dit dans le dictionnaire encyclopédique, à l'article *Retraite*, que celle des dix mille fe fit fous le commandement de *Xénophon*. On fe trompe ; il ne commanda jamais ; il fut feulement fur la fin de la marche à la tête d'une divifion de quatorze cents hommes.

Je vois que ces héros, à peine arrivés, après tant de fatigues, fur le rivage du Pont-Euxin, pillent indifféremment amis & ennemis pour fe refaire. *Xénophon* embarque à Héraclée fa petite troupe, & va faire un nouveau marché avec un roi de Thrace qu'il ne connaiffait pas. Cet athénien, au lieu d'aller fecourir

fa patrie accablée alors par les Spartiates, fe vend
donc encore une fois à un petit defpote étranger. Il
fut mal payé, je l'avoue; & c'eft une raifon de plus
pour conclure qu'il eût mieux fait d'aller fecourir fa
patrie.

Il réfulte de tout ce que nous avons remarqué,
que l'athénien *Xénophon* n'étant qu'un jeune volon-
taire, s'enrôla fous un capitaine lacédémonien, l'un
des tyrans d'Athènes, au fervice d'un rebelle & d'un
affaffin; & qu'étant devenu chef de quatorze cents
hommes, il fe mit aux gages d'un barbare.

Ce qu'il y a de pis, c'eft que la néceffité ne le
contraignait pas à cette fervitude. Il dit lui-même
qu'il avait laiffé en dépôt, dans le temple de la fameufe
Diane d'Ephèfe, une grande partie de l'or gagné au
fervice de *Cyrus*.

Remarquons qu'en recevant la paye d'un roi, il
s'expofait à être condamné au fupplice, fi cet étranger
n'était pas content de lui. Voyez ce qui eft arrivé au
major-général *Doxat*, homme né libre. Il fe vendit à
l'empereur *Charles VI*, qui lui fit couper le cou pour
avoir rendu aux Turcs une place qu'il ne pouvait
défendre.

Rollin, en parlant de la retraite des dix mille, dit
que cet heureux fuccès remplit de mépris pour Artaxerxès
les peuples de la Grèce, en leur fefant voir que l'or, l'argent,
les délices, le luxe, un nombreux férail, fefaient tout le mérite
du grand roi &c.

Rollin pouvait confidérer que les Grecs ne devaient
pas méprifer un fouverain qui avait gagné une bataille
complète; qui ayant pardonné en frère avait vaincu
en héros; qui maître d'exterminer dix mille Grecs,

les avait laiffé vivre & retourner chez eux ; & qui pouvant les avoir à fa folde , avait dédaigné de s'en fervir. Ajoutez que ce prince vainquit depuis les Lacé- démoniens & leurs alliés , & leur impofa des lois humiliantes ; ajoutez que dans une guerre contre des Scythes nommés Cadufiens, vers la mer Cafpienne , il fupporta comme le moindre foldat toutes les fatigues & tous les dangers. Il vécut & mourut plein de gloire ; il eft vrai qu'il eut un férail , mais fon courage n'en fut que plus eftimable. Gardons-nous des déclamations de collége.

Si j'ofais attaquer le préjugé , j'oferais préférer la retraite . du maréchal de *Belle-Ifle* à celle des dix mille. Il eft bloqué dans Prague par foixante mille hommes, il n'en a pas treize mille. Il prend fes mefures avec tant d'habileté , qu'il fort de Prague, dans le froid le plus rigoureux , avec fon armée , fes vivres , fon bagage , & trente pièces de canon, fans que les affiégeans s'en doutent. Il a déjà gagné deux marches avant qu'ils s'en foient aperçus. Une armée de trente mille combattans le pourfuit fans relâche l'efpace de trente lieues. Il fait face par-tout ; il n'eft jamais entamé ; il brave , tout malade qu'il eft , les faifons , la difette , & les ennemis. Il ne perd que les foldats qui ne peuvent réfifter à la rigueur extrême de la faifon. Que lui a-t-il manqué ? une plus longue courfe , & des éloges exagérés à la grecque.

Y.

Y V E T O T.

C'est le nom d'un bourg de France à six lieues de Rouen en Normandie, qu'on a qualifié de royaume pendant long-temps, d'après *Robert Gaguin* hiftorien du feizième fiècle.

Cét écrivain rapporte que *Gautier* ou *Vautier* feigneur d'Yvetot, chambrier du roi *Clotaire I*, ayant perdu les bonnes grâces de fon maître par des calomnies dont on n'eft pas avare à la cour, s'en bannit de fon propre mouvement, paffa dans les climats étrangers où, pendant dix ans, il fit la guerre aux ennemis de la foi ; qu'au bout de ce terme, fe flattant que la colère du roi ferait apaifée, il reprit le chemin de la France ; qu'il paffa par Rome où il vit le pape *Agapet*, dont il obtint des lettres de recommandation pour le roi qui était alors à Soiffons, capitale de fes Etats. Le feigneur d'Yvetot s'y rendit un jour de vendredi-faint, & prit le temps que *Clotaire* était à l'églife pour fe jeter à fes pieds, en le conjurant de lui faire grâce par le mérite de celui qui, en pareil jour, avait répandu fon fang pour le falut des hommes ; mais *Clotaire*, prince farouche & cruel, l'ayant reconnu, lui paffa fon épée au travers du corps.

Gaguin ajoute que le pape *Agapet*, ayant appris une action fi indigne, menaça le roi des foudres de l'Eglife, s'il ne réparait fa faute ; & que *Clotaire* juftement intimidé, & pour fatisfaction du meurtre de fon fujet, érigea la seigneurie d'Yvetot en royaume, en faveur des héritiers & des successeurs de *Gautier;* qu'il en fit expédier des lettres signées de lui, & scellées de son sceau; que c'est depuis ce temps-là que les seigneurs d'Yvetot portent le titre de rois : & je trouve, par une autorité constante & indubitable, continue *Gaguin*, qu'un événement aussi extraordinaire s'est passé en l'an de grâce 536.

Rappelons, à propos de ce récit de *Gaguin*, l'observation que nous avons déjà faite sur ce qu'il dit de l'établissement de l'université de Paris. C'est qu'aucun des historiens contemporains ne fait mention de l'événement singulier qui, selon lui, fit ériger en royaume la seigneurie d'Yvetot ; & comme l'ont très-bien remarqué *Claude Malingre* & l'abbé de *Vertot*, *Clotaire I*, qu'on suppose souverain du bourg d'Yvetot, ne régnait point dans cette contrée ; les fiefs alors n'étaient point héréditaires ; l'on ne datait point les actes de l'an de grâce, comme le rapporte *Robert Gaguin;* enfin le pape *Agapet* était déjà mort. Ajoutons que le droit d'ériger un fief en royaume appartenait exclusivement à l'empereur.

Ce n'est pas à dire cependant que les foudres de l'Eglise ne fussent déjà usitées du temps d'*Agapet*. On sait que *St Paul* (a) excommunia l'incestueux de Corinthe ; on trouve aussi dans les lettres de *St Basile* quelques exemples de censures générales dès le quatrième siècle. Une de ces lettres est contre un ravisseur. Le saint prélat y ordonne de faire rendre la fille à ses parens, d'exclure le ravisseur des prières, & de le déclarer excommunié, avec ses complices & toute sa maison,

_____
(a) I Corint. ch. V, v. 5.

pendant trois ans ; il ordonne auffi d'exclure des prières tout le peuple de la bourgade qui a reçu la perfonne ravie.

Auxilius, jeune évêque, excommunia la famille entière de *Clacicien* : & quoique *St Auguftin* ait défapprouvé cette conduite, & que le pape *St Léon* ait établi les mêmes maximes que *St Auguftin*, dans une de fes lettres aux évêques de la province de Vienne ; pour ne parler ici que de la France, *Prétextat* évêque de Rouen, ayant été affaffiné l'an 586 dans fa propre églife, *Leudovalde* évêque de Bayeux ne laiffa pas de mettre en interdit toutes les églifes de Rouen, défendant d'y célébrer le fervice divin, jufqu'à ce que l'on eût trouvé l'auteur du crime.

L'an 1141, *Louis le jeune* ayant refufé de confentir à l'élection de *Pierre de la Châtre* que le pape avait fait nommer à la place d'*Alberic* archevêque de Bourges, mort l'année précédente, *Innocent II* mit toute la France en interdit.

L'an 1200, *Pierre de Capoue*, chargé d'obliger *Philippe-Augufte* à quitter *Agnès*, & à reprendre *Ingerburge*, & n'y ayant pas réuffi, publia le 15 janvier la fentence d'interdit fur tout le royaume, qui avait été prononcée par le pape *Innocent III*. Cet interdit fut obfervé avec une extrême rigueur. La chronique anglicane, citée par le bénédictin *Martenne*, (*b*) dit que tout acte de chriftianifme, hormis le baptême des enfans, fut interdit en France ; les églifes fermées, les chrétiens en étaient chaffés comme des chiens ; plus d'office divin ni de facrifice de la meffe, plus de fépultures eccléfiaftiques pour les défunts ; les cadavres

(*b*) Tome V, pag. 868.

abandonnés au hafard répandaient la plus affreufe infection, & pénétraient d'horreur ceux qui leur fur-vivaient.

La chronique de Tours fait la même defcription; elle y ajoute feulement un trait remarquable confirmé par l'abbé *Fleuri* & l'abbé de *Vertot*; (c) c'eft que le faint viatique était excepté, comme le baptême des enfans, de cette privation des chofes faintes. Le royaume fut pendant neuf mois dans cette fituation; *Innocent III* permit feulement au bout de quelque temps les prédications & le facrement de confirmation. Le roi fut fi courroucé qu'il chaffa les évêques & tous les autres eccléfiaftiques de leurs demeures, & confifqua leurs biens.

Mais ce qui eft fingulier, les fouverains eux-mêmes priaient quelquefois les évêques de prononcer un interdit fur les terres de leurs vaffaux. Par des lettres du mois de février 1356, confirmatives de celles de *Guy* comte de Nevers & de *Mathilde* fa femme en faveur des bourgeois de Nevers; *Charles V*, régent du royaume, prie les archevêques de Lyon, de Bourges, & de Sens; & les évêques d'Autun, de Langres, d'Auxerre, & de Nevers; de prononcer une excommunication contre le comte de Nevers, & un interdit fur fes terres, s'il n'exécute pas l'accord qu'il avait fait avec fes habitans. On trouve auffi, dans le recueil des ordonnances de la troifième race, plufieurs lettres femblables du roi *Jean*, qui autorifent les évêques à mettre en interdit les lieux dont le feigneur tenterait d'enfreindre les priviléges.

(c) Liv. I, pag. 148.

Enfin, ce qui femble incroyable, le jéfuite *Daniel* rapporte que, l'an 998, le roi *Robert* fut excommunié par *Grégoire V* pour avoir époufé fa parente au quatrième degré. Tous les évêques qui avaient affifté à ce mariage furent interdits de la communion jufqu'à ce qu'ils fuffent allés à Rome faire fatisfaction au St Siége. Les peuples, les courtifans même fe féparèrent du roi ; il ne lui refla que deux domefliques qui purifiaient par le feu toutes les chofes qu'il avait touchées. Le cardinal *Damien* & *Romualde* ajoutent même qu'un matin *Robert* étant allé, felon fa coutume, dire fes prières à la porte de l'églife de *St Barthelemi,* car il n'ofait pas y entrer ; *Abbon* abbé de Fleuri, fuivi de deux femmes du palais qui portaient un grand plat de vermeil couvert d'un linge, l'aborde, lui annonce que *Berthe* vient d'accoucher ; & découvrant le plat : Voyez, lui dit-il, les effets de votre défobéiffance aux décrets de l'Eglife, & le fceau de l'anathème fur ce fruit de vos amours. *Robert* regarde & voit un monftre qui avait le cou & la tête d'un canard. *Berthe* fut répudiée, & l'excommunication enfin levée.

Urbain II, au contraire, excommunia l'an 1092 *Philippe I*, petit-fils de *Robert,* pour avoir quitté fa parente. Ce pape prononça la fentence d'excommunication dans les propres Etats du roi, à Clermont en Auvergne, où fa fainteté venait chercher un afile ; dans ce même concile où fut prêchée la croifade, & où pour la première fois le nom de pape fut donné à l'évêque de Rome, à l'exclufion des autres évêques qui le prenaient auparavant.

On voit que ces peines canoniques furent d'abord plutôt médicinales que mortelles ; mais *Grégoire VII*

& quelques-uns de fes fucceffeurs oferent prétendre qu'un fouverain excommunié était privé de fes Etats, & que fes fujets n'étaient plus obligés de lui obéir : fuppofé cependant qu'un roi puiffe être excommunié en certains cas graves, l'excommunication n'étant qu'une peine purement fpirituelle, ne faurait difpenfer fes fujets de l'obéiffance qu'ils lui doivent, comme tenant fon autorité de DIEU même. C'eft ce qu'ont reconnu conftamment les parlemens & même le clergé de France, dans les excommunications de *Boniface VIII* contre *Philippe-le-bel;* de *Jules II* contre *Louis XII;* de *Sixte V* contre *Henri III;* de *Grégoire XIII* contre *Henri IV;* & c'eft auffi la doctrine de la fameufe affemblée du clergé de 1682.

Z.

Z E L E.

CELUI de la religion eft un attachement pur & éclairé au maintien & au progrès du culte qu'on doit à la Divinité; mais quand ce zèle eft perfécuteur, aveugle & faux, il devient le plus grand fléau de l'humanité.

Voici comme l'empereur *Julien* parle du zèle des chrétiens de fon temps : Les galiléens, dit-il, (*a*) ont fouffert fous mon prédéceffeur l'exil & les prifons; on a maffacré réciproquement ceux qui s'appellent tour à tour hérétiques. J'ai rappelé leurs exilés, élargi

(*a*) Lettre LII.

leurs

leurs prifonniers ; j'ai rendu leurs biens aux profcrits, je les ai forcés de vivre en paix : mais telle eft la fureur inquiète des galiléens , qu'ils fe plaignent de ne pouvoir plus fe dévorer les uns les autres.

Ce portrait ne paraîtra point outré , fi l'on fait feulement attention aux calomnies atroces dont les chrétiens fe noirciffaient réciproquement. Par exemple, St *Auguftin* (*b*) accufe les manichéens de contraindre leurs élus à recevoir l'euchariftie après l'avoir arofée de femence humaine. Avant lui St *Cyrille* de Jéru-falem (*c*) les avait accufés de la même infamie en ces termes : Je n'oferais dire en quoi ces facriléges trempent leur *ifchas* qu'ils donnent à leurs malheureux fectateurs , qu'ils expofent au milieu de leur autel , & dont le manichéen fouille fa bouche & fa langue. Que les hommes penfent à ce qui a coutume de leur arriver en fonge & les femmes dans le temps de leurs règles. Le pape St *Léon*, dans un de fes fermons . (*d*) appelle auffi le facrifice des manichéens la turpitude même. Enfin *Suidas* (*e*) & *Cedrenus* (*f*) ont encore enchéri fur cette calomnie , en avançant que les manichéens fefaient des affemblées nocturnes , où, après avoir éteint les flambeaux , ils commettaient les plus énormes impudicités.

Obfervons d'abord que les premiers chrétiens furent accufés des mêmes horreurs qu'ils imputèrent depuis aux manichéens , & que la juftification des

(*b*) Chap. XLVI , des Héréfies.
(*c*) N. XIII, de la fixième catéchèfe.
(*d*') Sermon cinquième , fur le jeûne du dixième mois.
(*e*) Sur *Manès*.
(*f*) Annales, pag. 260.

Dictionn. philofoph. Tome VII.   H h

uns peut également s'appliquer aux autres. Afin d'avoir des prétextes de nous perfécuter, difait *Athénagore* dans fon apologie pour les chrétiens, (*g*) on nous accufe de faire des feftins déteftables & de commettre des inceftes dans nos affemblées. C'eft un vieux artifice dont on a ufé de tout temps pour faire périr la vertu. Ainfi *Pythagore* fut brûlé avec trois cents de fes dif-ciples, *Héraclite* chaffé par les Ephéfiens, *Démocrite* par les Abdéritains, & *Socrate* condamné par les Athéniens.

Athénagore fait voir enfuite que les principes & les mœurs des chrétiens fuffifaient feuls pour détruire les calomnies qu'on répandait contre eux; les mêmes raifons militent en faveur des manichéens. Pourquoi, d'ailleurs, *St Auguftin*, qui eft fi affirmatif dans fon livre des Héréfies, eft-il réduit dans celui des Mœurs des manichéens, en parlant de l'horrible cérémonie dont il s'agit, à dire fimplement : (*h*) On les en foupçonne.... Le monde a cette opinion d'eux.... S'ils ne font pas ce qu'on leur impute.... La renommée publie beaucoup de mal d'eux; mais ils foutiennent que ce font des menfonges.

Pourquoi ne pas foutenir en face cette accufation dans fa difpute contre *Fortunat*, qui l'en fommait en public & en ces termes : Nous fommes accufés de faux crimes; & comme *Auguftin* a affifté à notre culte, je le prie de déclarer devant tout le peuple fi ces crimes font véritables ou non ? *St Auguftin* répond : Il eft vrai que j'ai affifté à votre culte; mais autre eft la queftion de la foi, autre celle des mœurs; & c'eft celle de la foi que j'ai propófée. Cependant, fi les

(*g*) Page 35.　　　　　(*h*) Chap. XVI.

perfonnes qui font préfentes aiment mieux que nous agitions celle de vos mœurs, je ne m'y oppoferai pas.

Fortunat s'adreffant à l'affemblée : Je veux, dit-il, avant toutes chofes, être juftifié dans l'efprit des perfonnes qui nous croient coupables, & qu'*Auguftin* témoigne à préfent devant vous & un jour devant le tribunal de JESUS-CHRIST, s'il a jamais vu, ou s'il fait de quelque manière que ce foit, que les chofes qu'on nous impute fe commettent parmi nous ? *Saint Auguftin* répond encore : Vous fortez de la queftion, celle que j'ai propofée roule fur la foi & non fur les mœurs. Enfin, *Fortunat* continuant à preffer *faint Auguftin* de s'expliquer, il le fait en ces termes : Je reconnais que dans la prière où j'ai affifté, je ne vous ai vu commettre rien d'impur.

Le même *St Auguftin*, dans fon livre de l'Utilité de la foi, (*i*) juftifie encore les manichéens. Dans ce temps-là, dit-il à fon ami *Honorat*, lorfque j'étais engagé dans le manichéifme, j'étais encore plein du défir & de l'efpérance d'époufer une belle femme, d'acquérir des richeffes, de parvenir aux honneurs, & de jouir des autres voluptés pernicieufes de la vie. Car lorfque j'écoutais avec affiduité les docteurs manichéens, je n'avais pas encore renoncé au défir & à l'efpérance de toutes ces chofes. Je n'attribue pas cela à leur doctrine ; car je dois leur rendre ce témoignage, qu'ils exhortent foigneufement les hommes à fe préferver de ces mêmes chofes. C'eft donc là ce qui m'empêchait de m'attacher tout-à-fait à la fecte, & ce qui me retenait dans le rang de ceux qu'ils appellent

(*i*) Chap. I.

auditeurs. Je ne voulais pas renoncer aux espérances
& aux affaires du siècle. Et dans le dernier chapitre
de ce livre, où il représente les docteurs manichéens
comme des hommes superbes, qui avaient l'esprit
aussi grossier qu'ils avaient le corps maigre & décharné,
il ne dit pas un mot de leurs prétendues infamies.

Mais sur quelles preuves étaient donc fondées ces
imputations? La première qu'allégue *St Augustin*,
c'est que ces impudicités étaient une suite du système
de *Manichée*, sur les moyens dont DIEU se sert pour
arracher aux princes des ténèbres les parties de sa
substance. Nous en avons parlé à l'article *Généalogie*;
ce sont des horreurs que l'on se dispense de répéter.
Il suffit de dire ici que le passage du septième livre
du Trésor de *Manichée*, que *St Augustin* cite en plusieurs
endroits, est évidemment falsifié. L'hérésiarque dit,
si nous l'en croyons, que ces vertus célestes qui se
transforment tantôt en beaux garçons & tantôt en
belles filles, sont DIEU le père lui-même. Cela est
faux. *Manès* n'a jamais confondu les vertus célestes
avec DIEU le père. *St Augustin* n'ayant pas compris
l'expression syriaque d'*une vierge de lumière* pour
dire *une lumière vierge*, suppose que DIEU fait voir
aux princes des ténèbres une belle fille vierge pour
exciter leur ardeur brutale; il ne s'agit point du tout
de cela dans les anciens auteurs, il est question de la
cause des pluies.

Le grand prince, dit *Tirbon*, cité par *St Epiphane*, (k)
fait sortir de lui-même dans sa colère des nuages noirs
qui obscurcissent tout le monde; il s'agite, se tourmente,
se met tout en eau, & c'est-là ce qui fait la pluie, qui

(k) Hérésie LXVI, chap. XXV.

n'eft autre chofe que la fueur du grand prince. Il
faut que *St Auguftin* ait été trompé par une traduction
ou plutôt par quelque extrait infidelle du Tréfor de
Manichée, dont il n'a cité que deux ou trois paffages.
Auffi le manichéen *Secundinus* lui reprochait-il de
n'entendre rien aux myftères de *Manichée*, & de ne
les combattre que par de purs paralogifmes. Comment d'ailleurs, dit le favant M. de *Beaufobre*, que
nous abrégeons ici, (*l*) *St Auguftin* aurait-il pu demeurer
tant d'années dans une fecte où l'on enfeignait publiquement de telles abominations ? & comment aurait-il
eu le front de la défendre contre les catholiques ?

De cette preuve de raifonnement, paffons aux
preuves de fait & de témoignage alléguées par *faint
Auguftin*, & voyons fi elles font plus folides. On dit,
continue ce père, (*m*) que quelques-uns d'eux ont
confeffé ce fait dans des jugemens publics, non-feulement dans la Paphlagonie, mais auffi dans les
Gaules, comme je l'ai ouï dire à Rome par un certain
catholique.

De pareils ouï-dire méritent fi peu d'attention,
que *St Auguftin* n'ofa en faire ufage dans fa conférence
avec *Fortunat*, quoiqu'il y eût fept à huit ans qu'il
avait quitté Rome ; il femble même avoir oublié le
nom du catholique de qui il les tient. Il eft vrai que
dans fon livre des Héréfies, le même *St Auguftin* parle
des confeffions de deux filles, nommées l'une *Mar-
guerite* & l'autre *Eufébie*, & de quelques manichéens
qui, ayant été découverts à Carthage & menés à

(*l*) Hiftoire du manichéifme, liv. IX, chap. VIII & IX.
(*m*) Chap. XLVII de la Nature du bien.

l'églife, avouèrent, dit-on, l'horrible fait dont il s'agit.

Il ajoute qu'un certain *Viator* déclara que ceux qui commettaient ces infamies s'appelaient cathariftes ou purgateurs ; & qu'interrogés fur quelle écriture ils appuyaient cette affreufe pratique, ils produifaient le paffage du Tréfor de *Manichée*, dont on a démontré la falfification. Mais nos hérétiques, bien loin de s'en fervir, l'auraient hautement défavoué comme l'ouvrage de quelque impofteur qui voulait les perdre. Cela feul rend fufpects tous ces actes de Carthage, que *Quod-vult-Deus* avait envoyés à St *Auguftin*; & ces miférables découverts & conduits à l'églife, ont bien la mine d'être des gens apoftés pour avouer tout ce qu'on voulait qu'ils avouaffent.

Au chapitre XLVII de la Nature du bien, *faint Auguftin* avoue que lorfqu'on reprochait à nos hérétiques les crimes en queftion, ils répondaient qu'un de leurs élus déferteur de leur fecte, & devenu leur ennemi, avait introduit cette énorme pratique. Sans examiner fi cette fecte que *Viator* nommait des cathariftes était réelle, il fuffit d'obferver ici que les premiers chrétiens imputaient de même aux gnoftiques les horribles myftères dont ils étaient accufés par les Juifs & par les païens ; & fi cette apologie eft bonne dans leur bouche, pourquoi ne le ferait-elle pas dans celle des manichéens ?

C'eft cependant ces bruits populaires que M. de *Tillemont*, qui fe pique d'exactitude & de fidélité, ofe convertir en faits certains. Il affure (*n*) qu'on avait

_____

(*n*) Manich. art. XII, pag. 795.

fait avouer ces infamies aux manichéens dans des jugemens publics en Paphlagonie, dans les Gaules, & diverses fois à Carthage.

Pefons auffi le témoignage de *St Cyrille* de Jérufalem, dont le rapport eft tout différent de celui de *St Auguftin* ; & confidérons que le fait eft fi incroyable & fi abfurde, qu'on aurait peine à le croire quand il ferait attefté par cinq ou fix témoins qui l'auraient vu & qui l'affirmeraient avec ferment. *St Cyrille* eft feul, il ne l'a point vu, il l'avance dans une déclamation populaire, où il fe donne la licence (*o*) de faire tenir à *Manichée*, dans la conférence de *Cafcar.*, un difcours dont il n'y a pas un mot dans les actes d'*Archelaüs*, comme M. *Zaccagni* (*p*) eft obligé d'en convenir ; & l'on ne faurait alléguer, pour la défenfe de *St Cyrille*, qu'il n'a pris que le fens d'*Archelaüs* & non les termes : car ni les termes, ni le fens, rien ne s'y trouve. D'ailleurs le tour que prend ce père, paraît être celui d'un hiftorien qui cite les propres paroles de fon auteur.

Cependant, pour fauver l'honneur & la bonne foi de *St Cyrille*, M. *Zaccagni* & après lui M. de *Tillemont* fuppofent, fans aucune preuve, que le traducteur ou le copifte ont omis l'endroit des actes allégué par ce père ; & les journaliftes de Trévoux ont imaginé deux fortes d'actes d'*Archelaüs*, les uns authentiques que *Cyrille* a copiés, les autres fuppofés dans le cinquième fiècle par quelque neftorien. Quand ils auront prouvé cette fuppofition, nous examinerons leurs raifons.

Venons enfin au témoignage du pape *Léon*, touchant les abominations manichéennes. Il dit dans fes

fermons (*q*) que les troubles furvenus en d'autres
pays avaient jeté en Italie des manichéens dont les
myftères étaient fi abominables, qu'il ne pouvait les
expofer aux yeux du public fans bleffer l'honnêteté.
Que pour les connaître, il avait fait venir des élus &
des élues de cette fecte dans une affemblée compofée
d'évêques, de prêtres, & de quelques laïques hommes
nobles. Que ces hérétiques avaient découvert beaucoup
de chofes touchant leurs dogmes & les cérémonies de
leur fête, & avaient avoué un crime qu'il ne pouvait
leur dire, mais dont on ne pouvait douter après la
confeffion des coupables; favoir d'une jeune fille qui
n'avait que dix ans; de deux femmes qui l'avaient
préparée pour l'horrible cérémonie de la fecte; du
jeune homme qui en avait été complice; de l'évêque
qui l'avait ordonnée & qui y avait préfidé. Il renvoie ceux de fes auditeurs qui en voudront favoir
davantage aux informations qui avaient été faites,
& qu'il communiqua aux évêques d'Italie dans fa
feconde lettre.

Ce témoignage paraît plus précis & plus décifif que
celui de S*t* *Auguftin;* mais il n'eft rien moins que
fuffifant, pour prouver un fait démenti par les pro-
teftations des accufés & par les principes certains de
leur morale. En effet, quelles preuves a-t-on que les
perfonnes infames interrogées par *Léon* n'ont pas été
gagnées pour dépofer contre leur fecte?

On répondra que la piété & la fincérité de ce
pape ne permettront jamais de croire qu'il ait procuré
une telle fraude. Mais fi, comme nous l'avons dit à

(*q*) Sermon **IV**, fur la nativité & fur l'épiphanie.

l'article *Reliques*, le même *S₁ Léon* a été capable de
fuppofer que des linges, des rubans qu'on a mis dans
une boîte, & que l'on a fait defcendre dans le fépulcre
de quelques faints, ont répandu du fang quand on
les a coupés; ce pape dut-il fe faire aucun fcrupule de
gagner ou de faire gagner des femmes perdues, & je
ne fais quel évêque manichéen, lefquels affurés de
leur grâce, s'avoueraient coupable des crimes qui
peuvent être vrais pour eux en particulier, mais non
pour leur fecte, de la féduction de laquelle *S¹ Léon*
voulait garantir fon peuple. De tout temps les évêques
fe font crus autorifés à ufer de ces fraudes pieufes
qui tendent au falut des ames. Les écrits fuppofés &
apocryphes en font une preuve; & la facilité avec
laquelle les pères ajoutaient foi à ces mauvais ouvrages,
fait voir que s'ils n'étaient pas complices de la fraude,
ils n'étaient pas fcrupuleux à en profiter.

Enfin *S¹ Léon* prétend confirmer les crimes fecrets
des manichéens, par un argument qui les détruit.
Ces exécrables myftères, dit-il, (*r*) qui plus ils font
impurs plus on a foin de les cacher, font communs
aux manichéens & aux prifcillianiftes. C'eft par-tout
le même facrilége, la même obfcénité, la même turpitude. Ces crimes, ces infamies, font les mêmes que
l'on découvrit autrefois dans les prifcillianiftes & dont
toute la terre a été informée.

Les prifcillianiftes ne furent jamais coupables de
ceux pour lefquels on les fit périr. On trouve dans
les œuvres de *S¹ Auguftin*, (*s*) le *mémoire inftructif* qui
fut remis à ce père par *Orofe*, & dans lequel ce prêtre

(*r*) Lettre XCIII, chap. XVI. (*s*) Tome VIII, col. 430.

efpagnol protefte qu'il a ramaffé toutes les plantes de perdition qui pullulent dans la fecte des prifcillianiftes ; qu'il n'en a pas oublié la moindre branche, la moindre racine ; qu'il expofe au médecin toutes les maladies de cette fecte, afin qu'il travaille à fa guérifon. *Orofe* ne dit pas un mot des myftères abominables dont parle *Léon;* démonftration invincible qu'il ne doutait pas que ce ne fuffent de pures calomnies. *St Jérôme* (*t*) dit auffi que *Prifcillien* fut opprimé par la faction, par les machinations des évêques *Ithace* & *Idace.* Parle-t-on ainfi d'un homme coupable de profaner la religion par les plus infames cérémonies ? Cependant *Orofe* & *St Jérôme* n'ignoraient pas ces crimes, dont toute la terre a été informée.

St Martin de Tours & *St Ambroife*, qui étaient à Trèves quand *Prifcillien* fut jugé, devaient en être également informés. Cependant ils follicitèrent inftamment fa grâce, & n'ayant pu l'obtenir, ils refufèrent de communiquer avec fes accufateurs & leur faction. *Sulpice Sévère* rapporte l'hiftoire des malheurs de *Prifcillien. Latronien, Euphrofine*, veuve du poëte *Delphidius,* fa fille, & quelques autres perfonnes, furent exécutés avec lui à Trèves, par les ordres du tyran *Maxime* & aux inftances d'*Ithace* & d'*Idace*, deux évêques vicieux, & qui, pour prix de leur injuftice, moururent dans l'excommunication, chargés de la haine de Dieu & des hommes.

Les prifcillianiftes étaient accufés comme les manichéens de doctrines obfcènes, de nudité & d'impudicité religieufes. Comment en furent-ils convaincus ?

(*t*) Dans le catalogue.

Prifcillien & fes complices les avouèrent, à ce qu'on dit, dans les tourmens. Trois perfonnes viles, *Tertulle, Potamius*, & *Jean*, les confeffèrent fans attendre la queftion. Mais l'aftion intentée contre les prifcillia-niftes , devait être fondée fur d'autres témoignages qui avaient été rendus contre eux en Efpagne. Cepen-dant les dernières informations furent rejetées par un grand nombre d'évêques, d'eccléfiaftiques eftimés ; & le bon vieillard *Higimis*, évêque de Cordoue , qui avait été le dénonciateur des prifcillianiftes, les crut dans la fuite fi innocens des crimes qu'on leur imputait, qu'il les reçut à fa communion, & fe trouva par-là enveloppé dans la perfécution qu'ils effuyèrent.

Ces horribles calomnies diftées par un zèle aveugle, fembleraient juftifier la réflexion qu'*Ammien Marcellin* (*u*) rapporte de l'empereur *Julien* : Les bêtes féroces, dit-il, ne font pas plus redoutables aux hommes, que les chrétiens le font les uns aux autres quand ils font divifés de croyance & de fentiment.

Ce qu'il y a de plus déplorable en cela, c'eft quand le zèle eft hypocrite & faux ; les exemples n'en font pas rares. L'on tient d'un dofteur de forbonne, qu'en fortant d'une féance de la faculté , *Tourneli*, avec lequel il était fort lié, lui dit tout bas : Vous voyez que j'ai foutenu avec chaleur tel fentiment pendant deux heures ; hé bien ! je vous affure qu'il n'y a pas un mot de vrai dans tout ce que j'ai dit.

On fait auffi la réponfe d'un jéfuite, qui avait été employé vingt ans dans les miffions du Canada, & qui ne croyant pas en DIEU, comme il en convenait

(*u*) Liv. XXII.

à l'oreille d'un ami, avait affronté vingt fois la mort pour la religion qu'il prêchait avec succès aux sauvages. Cet ami lui représentant l'inconféquence de fon zèle : Ah! répondit le jéfuite miffionnaire, vous n'avez pas d'idée du plaifir qu'on goûte à fe faire écouter de vingt mille hommes, & à leur perfuader ce qu'on ne croit pas foi-même.

On eft effrayé de voir que tant d'abus & de défordres foient nés de l'ignorance profonde où l'Europe a été plongée fi long-temps ; & les fouverains qui fentent enfin combien il importe d'être éclairé, deviennent les bienfaiteurs de l'humanité, en favorifant le progrès des connaiffances, qui font le foutien de la tranquillité & du bonheur des peuples, & le plus folide rempart contre les entreprifes du fanatifme.

Z O R O A S T R E.

S I c'eft *Zoroaftre* qui le premier annonça aux hommes cette belle maxime : *Dans le doute fi une action eft bonne ou mauvaife, abftiens-toi* ; *Zoroaftre* était le premier des hommes après *Confucius.*

Si cette belle leçon de morale ne fe trouve que dans les cents portes du Sadder, long-temps après *Zoroaftre*, béniffons l'auteur du Sadder. On peut avoir des dogmes & des rites très-ridicules avec une morale excellente.

Qui était ce *Zoroaftre* ? ce nom a quelque chofe de grec, & on dit qu'il était mède. Les Parfis d'aujourd'hui l'appellent *Zerduft*, ou *Zerdaft*, ou *Zaradaft*, ou *Zarathruft.* Il ne paffe pas pour avoir été le premier

du nom. On nous parle de deux autres *Zoroaftres*,
dont le premier a neuf mille ans d'antiquité ; c'eft
beaucoup pour nous, quoique ce foit très-peu pour
le monde.

Nous ne connaiffons que le dernier *Zoroaftre*.

Les voyageurs français, *Chardin* & *Tavernier*, nous
ont appris quelque chofe de ce grand prophète, par
le moyen des Guèbres ou Parfis, qui font encore
répandus dans l'Inde & dans la Perfe, & qui font
exceffivement ignorans. Le docteur *Hyde*, profeffeur
en arabe dans Oxford, nous en a appris cent fois
davantage fans fortir de chez lui. Il a fallu que dans
l'oueft de l'Angleterre, il ait deviné la langue que
parlaient les Perfes du temps de *Cyrus*, & qu'il l'ait
confrontée avec la langue moderne des adorateurs du
feu.

C'eft à lui furtout que nous devons ces cent portes
du Sadder, qui contiennent tous les principaux préceptes des pieux ignicoles.

Pour moi, j'avoue que je n'ai rien trouvé fur leurs
anciens rites de plus curieux que ces deux vers perfans
de *Saddi*, rapportés par *Hyde*.

> Qu'un Perfe ait confervé le feu facré cent ans,
> Le pauvre homme eft brûlé quand il tombe dedans.

Les favantes recherches de *Hyde* allumèrent, il y a
peu d'années, dans le cœur d'un jeune français, le
défir de s'inftruire par lui-même des dogmes des
Guèbres.

Il fit le voyage des grandes Indes, pour apprendre
dans Surate, chez les pauvres Parfis modernes, la

langue des anciens Perſes, & pour lire dans cette
langue les livres de ce *Zoroaſtre* ſi fameux, ſuppoſé
qu'en effet il ait écrit.

Les *Pythagore*, les *Platon*, les *Apollonius de Thyane*,
allèrent chercher autrefois en Orient la ſageſſe qui
n'était pas là. Mais nul n'a couru après cette divinité
cachée, à travers plus de peines & de périls que le
nouveau traducteur français des livres attribués à
Zoroaſtre. Ni les maladies, ni la guerre, ni les obſtacles
renaiſſans à chaque pas, ni la pauvreté même, le
premier & le plus grand des obſtacles, rien n'a rebuté
ſon courage.

Il eſt glorieux pour *Zoroaſtre* qu'un anglais ait écrit
ſa vie au bout de tant de ſiècles, & qu'enſuite un
français l'ait écrite d'une manière toute différente.
Mais ce qui eſt encore plus beau, c'eſt que nous avons
parmi les biographes anciens du prophète, deux
principaux auteurs arabes, qui précédemment écri-
virent chacun ſon hiſtoire; & ces quatre hiſtoires ſe
contrediſent merveilleuſement toutes les quatre. *Cela
ne s'eſt pas fait de concert;* & rien n'eſt plus capable de
faire connaître la vérité.

Le premier hiſtorien arabe, *Abu-Mohammed Mouſ-
tapha*, avoue que le père de *Zoroaſtre* s'appelait *Eſpintaman;* mais il dit auſſi qu'*Eſpintaman* n'était pas ſon
père, mais ſon triſaïeul. Pour ſa mère, il n'y a pas
deux opinions; elle s'appelait *Dogdu*, ou *Dodo*, ou
Dodu; c'était une très-belle poule d'Inde : elle eſt fort
bien deſſinée chez le docteur *Hyde*.

Bundari, le ſecond hiſtorien, conte que *Zoroaſtre*
était juif, & qu'il avait été valet de *Jérémie;* qu'il
mentit à ſon maître; que *Jérémie* pour le punir lui

donna la lèpre ; que le valet pour fe décraffer alla prêcher une nouvelle religion en Perfe, & fit adorer le foleil au lieu des étoiles.

Voici ce que le troifième hiftorien raconte, & ce que l'anglais *Hyde* a rapporté affez au long.

Le prophète *Zoroaftre* étant venu du paradis prêcher fa religion chez le roi de Perfe *Guftaph*, le roi dit au prophète : donnez-moi un figne ? Auffitôt le prophète fit croître devant la porte du palais un cèdre fi gros, fi haut, que nulle corde ne pouvait ni l'entourer, ni atteindre fa cime. Il mit au haut du cèdre un beau cabinet où nul homme ne pouvait monter. Frappé de ce miracle, *Guftaph* crut à *Zoroaftre*.

Quatre mages ou quatre fages, (c'eft la même chofe) gens jaloux & méchans, empruntèrent du portier royal la clef de la chambre du prophète pendant fon abfence, & jetèrent parmi fes livres des os de chiens & de chats, des ongles & des cheveux de morts, toutes drogues, comme on fait, avec lefquelles les magiciens ont opéré de tout temps. Puis ils allèrent accufer le prophète d'être un forcier & un empoi-fonneur. Le roi fe fit ouvrir la chambre par fon portier. On y trouva les maléfices, & voilà l'envoyé du ciel condamné à être pendu.

Comme on allait pendre *Zoroaftre*, le plus beau cheval du roi tombe malade ; fes quatre jambes rentrent dans fon corps, tellement qu'on n'en voit plus. *Zoroaftre* l'apprend, il promet qu'il guérira le cheval pourvu qu'on ne le pende pas. L'accord étant fait, il fait fortir une jambe du ventre, & il dit : Sire, je ne vous rendrai pas la feconde jambe que vous n'ayez embraffé ma religion. Soit, dit le monarque.

Le prophète, après avoir fait paraître la feconde jambe, voulut que les fils du roi fe fiffent zoroaftriens ; & ils le furent. Les autres jambes firent des profélytes de toute la cour. On pendit les quatre malins fages au lieu du prophète, & toute la Perfe reçut la foi.

Le voyageur français raconte à-peu-près les mêmes miracles, mais foutenus & embellis par plufieurs autres. Par exemple, l'enfance de *Zoroaftre* ne pouvait pas manquer d'être miraculeufe ; *Zoroaftre* fe mit à rire dès qu'il fut né, du moins à ce que difent *Pline* & *Solin*. Il y avait alors, comme tout le monde le fait, un grand nombre de magiciens très-puiffans ; & ils favaient bien qu'un jour *Zoroaftre* en faurait plus qu'eux, & qu'il triompherait de leur magie. Le prince des magiciens fe fit amener l'enfant & voulut le couper en deux ; mais fa main fe fécha fur le champ. On le jeta dans le feu, qui fe convertit pour lui en bain d'eau rofe. On voulut le faire brifer fous les pieds des taureaux fauvages ; mais un taureau plus puiffant prit fa défenfe. On le jeta parmi les loups ; ces loups allèrent incontinent chercher deux brebis qui lui donnèrent à teter toute la nuit. Enfin, il fut rendu à fa mère *Dogdo*, ou *Dodo*, ou *Dodu*, femme excellente entre toutes les femmes, ou fille admirable entre toutes les filles.

Telles ont été dans toute la terre toutes les hiftoires des anciens temps. C'eft la preuve de ce que nous avons dit fouvent que la fable eft la fœur aînée de l'hiftoire.

Je voudrais que pour notre plaifir, & pour notre inftruction, tous ces grands prophètes de l'antiquité, les *Zoroaftres*, les *Mercures Trifmégiftes*, les *Abaris*, les *Numa* même &c. &c. &c. revinffent aujourd'hui fur

la

la terre, & qu'ils converfaffent avec *Locke*, *Newton*, *Bacon*, *Shaftesbury*, *Pafcal*, *Arnaud*, *Bayle;* que dis-je, avec les philofophes les moins favans de nos jours qui ne font pas les moins fenfés.

J'en demande pardon à l'antiquité ; mais je crois qu'ils feraient une trifte figure.

Hélas, les pauvres charlatans ! ils ne vendraient pas leurs drogues fur le pont-neuf. Cependant, encore une fois, leur morale eft bonne. C'eft que la morale n'eft pas de la drogue. Comment fe pourrait-il que *Zoroaftre* eût joint tant d'énormes fadaifes à ce beau précepte de s'abftenir dans le doute fi on fera bien ou mal ? c'eft que les hommes font toujours pétris de contradictions.

On ajoute que *Zoroaftre* ayant affermi fa religion, devint perfécuteur. Hélas ! il n'y a pas de facriftain ni de balayeur d'églife qui ne perfécutât s'il le pouvait.

On ne peut lire deux pages de l'abominable fatras attribué à ce *Zoroaftre*, fans avoir pitié de la nature humaine. *Noftradamus* & le médecin des urines font des gens raifonnables, en comparaifon de cet énergumène. Et cependant on parle de lui, & on en parlera encore.

Ce qui paraît fingulier, c'eft qu'il y avait, du temps de ce *Zoroaftre* que nous connaiffons, & probablement avant lui, des formules de prières publiques & particulières inftituées. Nous avons au voyageur français l'obligation de nous les avoir traduites. Il y avait de telles formules dans l'Inde ; nous n'en connaiffons point de pareilles dans le Pentateuque.

Ce qui eft bien plus fort, c'eft que les mages, ainfi que les brames, admirent un paradis, un enfer, une réfurrection, un diable. (*a*) Il eft démontré que la loi des Juifs ne connut rien de tout cela. Ils ont été tardifs en tout. C'eft une vérité dont on eft convaincu, pour peu qu'on avance dans les connaiffances orientales.

Déclaration des amateurs, queftionneurs, & douteurs, qui fe font amufés à faire aux favans les queftions ci-deffus en neuf volumes. (*)

Nous déclarons aux favans qu'étant comme eux prodigieufement ignorans fur les premiers principes de toutes les chofes, & fur le fens natur'el, typique, myftique, allégorique, de plufieurs chofes, nous nous en rapportons fur ces chofes au jugement infaillible de la fainte inquifition de Rome, de Milan, de Florence, de Madrid, de Lisbonne, & aux décrets de la forbonne de Paris, concile perpétuel des Gaules.

Nos erreurs n'étant point provenues de malice, mais étant la fuite naturelle de la faibleffe humaine, nous efpérons qu'elles nous feront pardonnées en ce monde-ci & en l'autre.

Nous fupplions le petit nombre d'efprits céleftes qui font encore enfermés en France dans des corps mortels, & qui de-là éclairent l'univers à *trente fous* la

---

(*a*) Le diable chez *Zoroaftre* eft *Hariman*, ou, fi vous voulez, *Arimane*; il avait été créé. C'était tout comme chez nous originairement ; il n'était point principe ; il n'obtint cette dignité de mauvais principe qu'avec le temps. Ce diable, chez *Zoroaftre*, eft un ferpent qui produifit quarante-cinq mille envies. Le nombre s'en eft accru depuis ; & c'eft depuis ce temps-là, qu'à Rome, à Paris, chez les courtifans, dans les armées, & chez les moines, nous voyons tant d'envieux.

(*) Les premières éditions étaient en neuf volumes.

feuille, de nous communiquer leurs lumières pour le tome dixième que nous comptons publier à la fin du carême de 1772, ou dans l'avent de 1773; & nous payerons leurs lumières *quarante fous*.

Nous fupplions le peu de grands-hommes qui nous reftent d'ailleurs; comme l'auteur de la *Gazette eccléfiaftique*; & l'abbé *Guyon*; & l'abbé de *Caveirac* auteur de l'apologie de la St Barthelemi; & celui qui a pris le nom de *Chiniac*; & l'agréable *Larcher*; & le vertueux, le docte, le fage *Langleviel* dit *la Beaumelle*; le profond & l'exact *Nonotte*; le modéré, le pitoyable, & doux *Patouillet*, de nous aider dans notre entreprife. Nous profiterons de leurs critiques inftructives, & nous nous ferons un vrai plaifir de rendre à tous ces meffieurs la juftice qui leur eft due.

Ce dixième tome contiendra des articles très-curieux, lefquels, fi DIEU nous favorife, pourront donner une nouvelle pointe au fel que nous tâcherons de répandre dans les remercîmens que nous ferons à tous ces meffieurs.

Fait au mont Krapac, le 30 du mois de *Janus*, l'an du monde, felon *Scaliger* 5722
felon les *Etrennes mignones* 5776
felon *Riccioli* 5956
felon *Eufebe* 6972
felon les *Tables alphonfines* 8707
felon les *Egyptiens* 370000
felon les *Chaldéens* 465102
felon les *brames* 780000
felon les *philofophes* . . . . . ∞

Fin du feptième & dernier volume.

Ii 2

TABLE

DES ARTICLES

CONTENUS DANS CE VOLUME.

Dictionn. philofoph. Tome VII.   K k

Fin de la Table du septième & dernier volume.

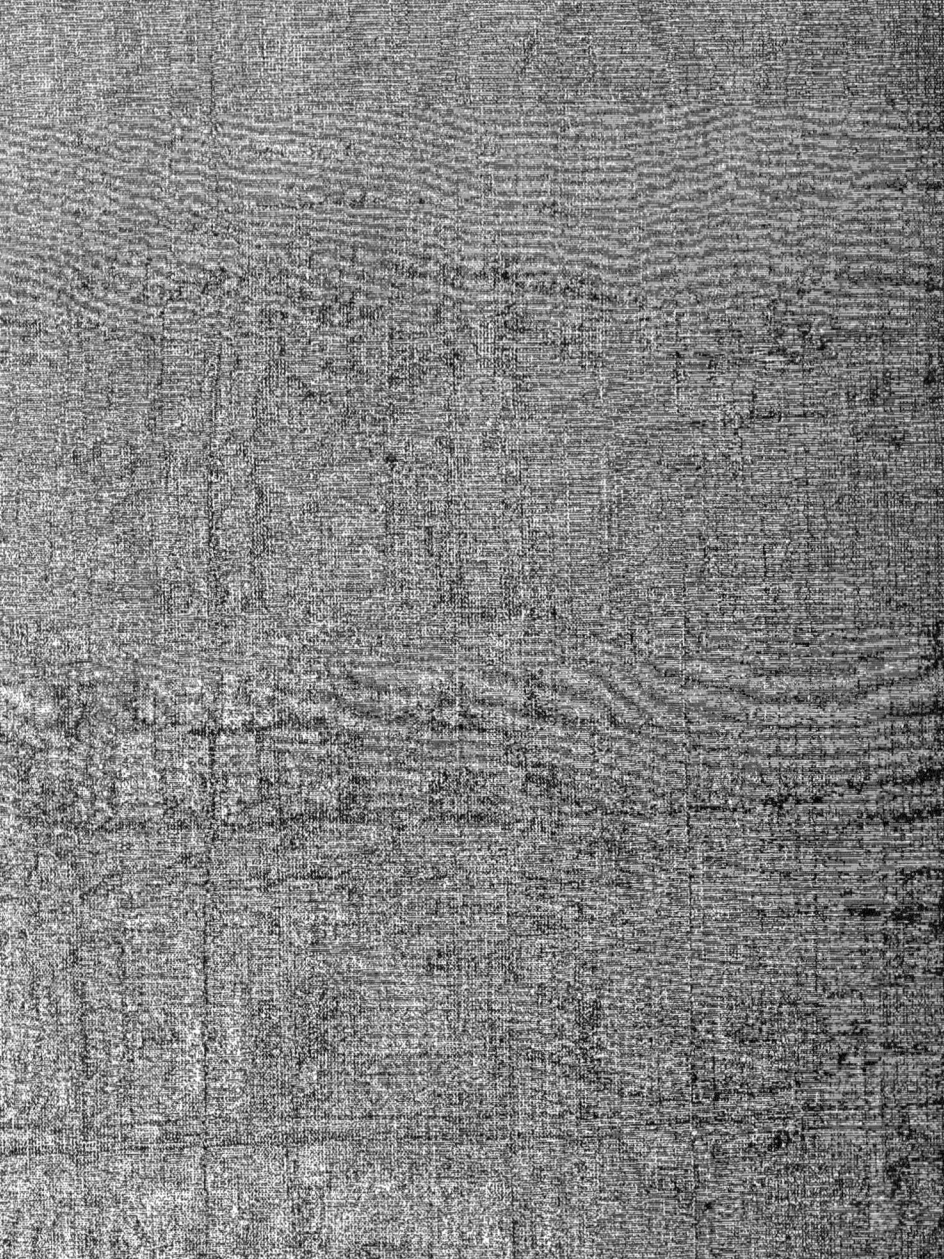

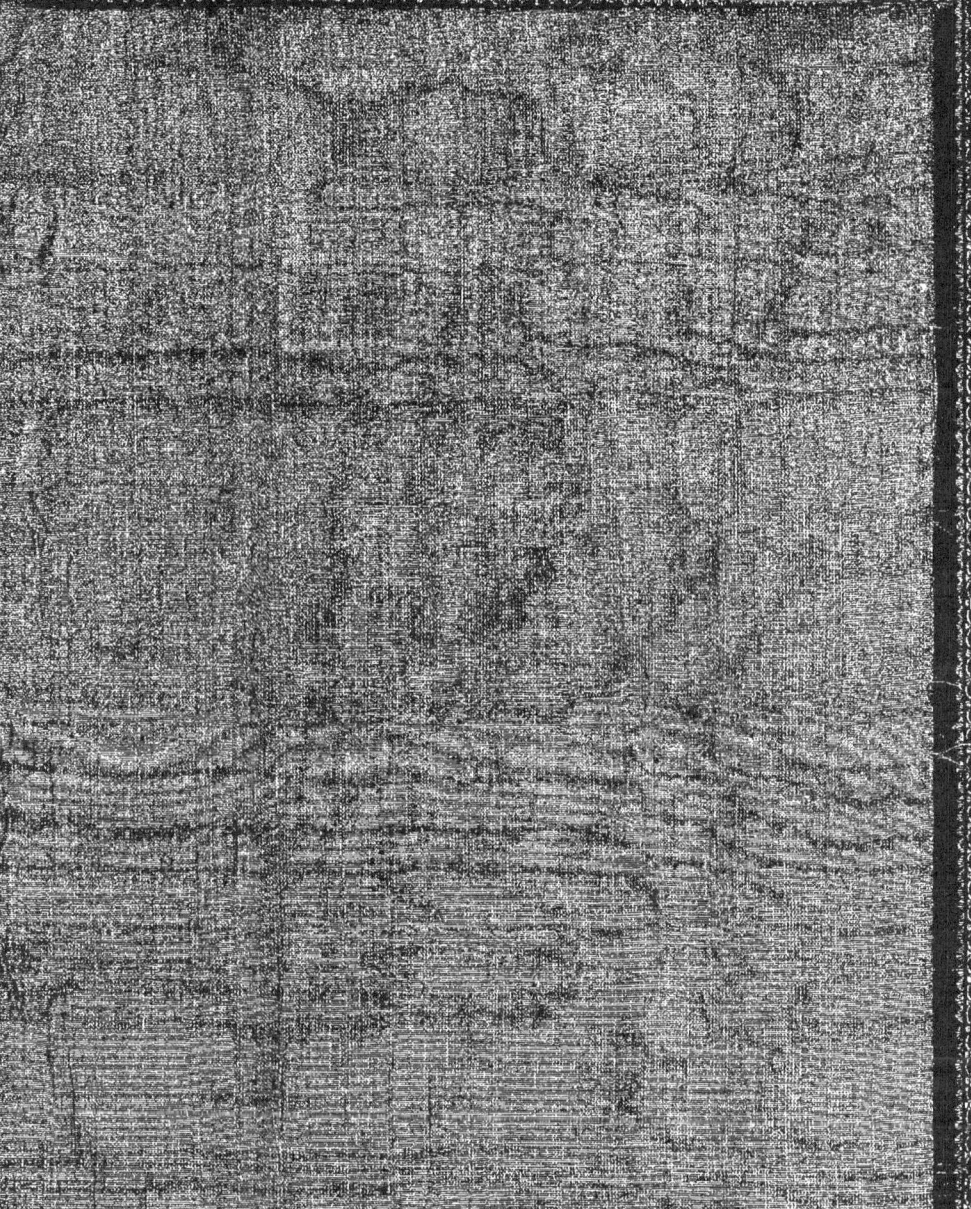

VOLTAIRE

43

DICTIONNAIRE
PHILOSOPHIQUE
TOM. VII

www.ingramcontent.com/pod-product-compliance
Lightning Source LLC
Chambersburg PA
CBHW061028030726
47504CB00002B/297